Arne Dahl
Opferzahl

PIPER

Zu diesem Buch

Um 0.45 Uhr explodiert ein U-Bahn-Waggon an der Station Fridhemsplan. Zehn Menschen sterben, der Terror kommt nach Schweden. Rasch glaubt man, die Täter gefunden zu haben – »Siffins heilige Reiter«, eine geheime islamistische Vereinigung. Doch dann werden die »heiligen Reiter« einer nach dem anderen ermordet. Kommissarin Kerstin Holm greift auf die Erfahrung des pensionierten Kollegen Jan-Olof Hultin zurück. Denn ihr A-Team gerät in eine fatale Hetzjagd nach den wahren Tätern, deren Verbindungen bis ins Herz der Stockholmer Polizei reichen.

Arne Dahl ist das Pseudonym des 1963 geborenen schwedischen Romanautors Jan Arnald. Arnald ist Literatur- und Theaterkritiker und arbeitet für die Schwedische Akademie, die alljährlich den Nobelpreis vergibt. Mit seinen Kriminalromanen um den Stockholmer Inspektor Paul Hjelm und die Sonderermittler der A-Gruppe wird er von Publikum und Kritik begeistert aufgenommen. Die Verfilmung der gesamten Serie ist in Vorbereitung. Arne Dahl erhielt mehrere Auszeichnungen, darunter zweimal den Deutschen Krimipreis und den Preis »Bester Kriminalroman 2011« der »Swedish Crime Writers' Academy«. Zuletzt erschien mit »Gier« der erste Band einer neuen Thrillerreihe.

Arne Dahl

Opferzahl

Kriminalroman

Aus dem Schwedischen von
Wolfgang Butt

Piper München Zürich

Mehr über unsere Autoren und Bücher:
www.piper.de

Von Arne Dahl liegen bei Piper vor:
Misterioso
Böses Blut
Falsche Opfer
Tiefer Schmerz
Rosenrot
Ungeschoren
Totenmesse
Dunkelziffer
Opferzahl
Gier

MIX
Papier aus verantwortungsvollen Quellen
FSC® C014496

Ungekürzte Taschenbuchausgabe
August 2012
© 2006 Arne Dahl
Titel der schwedischen Originalausgabe:
»Efterskalv«, Albert Bonniers Förlag, Stockholm 2006
© der deutschsprachigen Ausgabe:
2011 Piper Verlag GmbH, München
Umschlaggestaltung: Cornelia Niere, München
Umschlagabbildung: Elspeth Ross/The Bridgeman Art Library
Satz: Kösel, Krugzell
Gesetzt aus der Stempel Garamond
Papier: Munken Print von Arctic Paper Munkedals AB, Schweden
Druck und Bindung: GGP Media GmbH, Pößneck
Printed in Germany   ISBN 978-3-492-27450-0

1

Etwas drängte in den Sommer.

Er konnte es nicht benennen, aber irgendetwas war da – ein eisiger Windstoß vielleicht, eine unerwartete Kraft in den durch die Nacht segelnden Spätsommerwolken, eine neue Schwere, die sich von dem grau melierten Himmel herabsenkte – oder vielleicht lag es nur daran, dass er zu spät war.

Zu spät …

Das Schlimmste war, dass er wusste, weshalb er zu spät dran war. Er hatte auf dem ganzen Weg gezögert, hatte sich Zeit gelassen, sich unsicher durch Raum und Zeit bewegt.

War dies wirklich die Richtung, die sein Leben nehmen sollte? Hatte alles auf diesen Punkt hingezielt, all die Mühe, die Anstrengung, der ganze Einsatz, den das Leben nun einmal bedeutete? Hatte er wirklich an diesen Punkt gelangen sollen?

An diesen heiklen Punkt?

Er hätte laufen müssen, um rechtzeitig zu kommen. Warum tat er es nicht? Wollte er nicht rechtzeitig dort sein? War es so einfach? Wollte er morgen früh zu sich sagen: Ich habe die U-Bahn verpasst. Deshalb ist nichts daraus geworden.

Nächstes Mal, vielleicht.

Nächstes Mal.

Aber natürlich würde er auch sagen können: Es hat am Licht gelegen. Es lag am Stockholmer Nachtlicht dieser ersten Augusttage. Eigentlich ist es stockdunkel, seit fünf, sechs Wochen raubt die Nacht dem Tag mehr und mehr Zeit. Aber es scheint, als habe der Tag das nicht recht verstanden, als finde ein Kampf statt zwischen einem sterbenden Tag und einer Nacht, die Morgenluft wittert. Das passiert immer nur in diesen frühen Augusttagen, wenn der Tag und die Nacht ihr tatsächliches Kräfteverhältnis zueinander offenbar noch nicht begriffen haben.

Ebenso hätte er auch sagen können: Es lag an den Düften. An den Düften, die immer noch glauben, es sei Sommer. Düfte, die von einer städtischen Natur, vielleicht in Todesahnung, ausgesandt werden, einer Natur, die sich weigert, die kurze Dauer ihrer Blütezeit zu akzeptieren.

Und deshalb habe er die U-Bahn verpasst.

Aber jetzt lief er wirklich. Vielleicht nicht ganz überzeugend, nicht mit jener Kraft, die sich weigert, zu spät zu kommen, und daher um jeden Preis und mit jeder Muskelfaser alle widrigen Umstände überwinden und das Unmögliche wahr machen will. Nein, so schnell lief er nicht – es waren eher die stolpernden Joggingschritte eines Siebzigjährigen.

Aber er lief.

Er hatte sich für diese U-Bahn-Station entschieden, um nicht erkannt zu werden. Was für idiotische Dinge wir tun, um unseren Ruf zu schützen, dachte er, als er das U-Bahn-Schild in großer Distanz auftauchen sah.

Denn darum geht es hier ja wohl?, dachte er. Um den Ruf.

Der Toten Tatenruhm.

Leider war es noch eine ziemlich lange gerade Strecke bis zur Station, und dass sie bereits zu sehen war, machte den Weg über die Brücke fast unerträglich. Aber das war keine Frage von physischer Kraft.

Es war ein moralischer Widerstand.

Gegen die eigene Schwäche.

Gegen den eigenen Verrat.

Denn sicher war Schwäche ein Verrat. Diese Art von Schwäche.

Er warf schnell einen Blick auf die Armbanduhr. Eine Minute. Es könnte immer noch reichen. Es war noch immer möglich.

Er entschloss sich und lief mit ausgreifenderen Schritten.

Jetzt, zum Teufel, werden wir diese verfluchte U-Bahn erreichen.

Während der Sekunden seines Sprints nahm er die Stockholmer Nacht noch einmal bewusst wahr. Seine Schlussfolgerung:

Es lag Tod in der Luft.

Nur wenige Menschen waren unterwegs. Es hätten mehr sein müssen, fand er. Mehr Menschen hätten diese Spätsommernacht genießen sollen. Und vor allem hätten ihn mehr Menschen sehen sollen. Ganz Stockholm hätte ihn anstarren und mit dem Finger auf ihn zeigen sollen. Er hatte erwartet, dass alle seine schmählichen Schritte auf dem gesamten Weg zum Tatort beobachtet und dokumentiert werden würden, aber so war es nicht.

Als hätten die Stockholmer plötzlich beschlossen, dass der Herbst hereingebrochen war.

Was geschieht bloß in unserem Leben?, dachte er. Warum sind wir nicht imstande, über uns selbst hinauszublicken? Warum ist die Perspektive so drastisch eingeschränkt?

Dass er selbst älter geworden war, reichte nicht als Erklärung.

Es kam sehr überraschend. Er war nicht mehr als fünfzehn Meter von der Treppe zur U-Bahn hinunter entfernt, als es passierte. Später – unter sehr starkem und sehr unangenehmem Druck – würde er versuchen, sich an jedes einzelne, mikroskopische Detail zu erinnern, das die allerletzten Schritte begleitete.

Die allerletzten Schritte, bevor er umkehrte.

Aber jetzt, in diesem Moment, war es sehr schwer, überhaupt etwas genau wahrzunehmen. Und irgendetwas zu verstehen.

Es war eigentlich nur ein Beben, anfangs völlig lautlos. Und obwohl keine größere Kraft in dem Beben lag, begriff er unmittelbar, dass etwas passiert war. Etwas sehr Außergewöhnliches. Das Beben glitt ihm gleichsam unter die Füße, ungefähr wie diese afrikanischen Würmer, die unter die äußere Haut des Menschen kriechen und ihr parasitäres Leben zwischen unseren Hautschichten entfalten. Genau so empfand er dieses Beben: Wie einen Wurm, der sich direkt unter die Oberfläche des Asphalts schob.

Und schon in diesem Moment verstand er – nein, wusste er, dass auf dieses leichte, leise Beben ganz andere Phänomene folgen würden.

Dass es Folgen haben würde.

Nachbeben.

Dann kam das Geräusch, schneidend, schreiend. Eine Kakophonie, die gleichsam aus dem Loch geschleudert wurde, wo sich die Rolltreppe nach oben wälzte. Obwohl ihm dazu später viel zu viel Gelegenheit gegeben wurde, sollte es ihm nie gelingen, das zu beschreiben. Nicht konkret. Nicht mit richtigen, eigenen Worten. Nur mit Bildern, Vergleichen, Analogien. Es war eine Art prähistorischer Laut des Zusammenbruchs.

Ein Gebrüll aus den Eingeweiden.

Danach kam der Rauch. Er wurde aus dem U-Bahn-Eingang gestoßen wie aus einem frischen Vulkankrater.

Und war beinahe so heiß.

In diesem Augenblick kehrte er um.

Auf der anderen Straßenseite zersplitterte das Leuchtschild der U-Bahn und fiel wie ein Sternenregen zu Boden.

2

AUS DER ONLINEAUSGABE DER *ABENDZEITUNG*,
Freitag, den 5. August, 1.18 Uhr

Nun ist der Terrorismus also auch nach Schweden gekommen. Was wir alle befürchtet, worauf wir alle gewartet haben, ist eingetreten.

Heute Nacht, um 0.59 Uhr, ereignete sich in einem U-Bahn-Wagen der blauen Linie zwischen Stadshagen und Fridhemsplan eine starke Explosion. Der Zug befand sich im Moment der Explosion kurz vor der Einfahrt in die U-Bahn-Station Fridhemsplan. Die Explosion löste im U-Bahn-Netz ein Chaos aus. Im Augenblick scheint der gesamte U-Bahn-Verkehr zum Erliegen gekommen zu sein. Wir werden Sie auf dieser Seite regelmäßig informieren. Und wir hoffen, Ihnen so bald wie möglich aktuelle Augenzeugenberichte liefern zu können. In diesen dramatischen Stunden in der Geschichte unseres Landes wird unsere Onlineausgabe ständig aktualisiert.

Polizeiberichten zufolge hat es bei der Explosion Todesopfer gegeben, aber noch gibt es keine genaueren Angaben über die Zahl der Toten und Verletzten, doch es können Hunderte sein. Auf den Bahnsteigen und in den Tunneln der U-Bahn spielen sich kaum vorstellbare Szenen ab. Als das Inferno ausbrach, kam es zu allgemeiner Panik.

Sollten Sie von Personen wissen, die vorhatten, mit der blauen Linie der U-Bahn zwischen Stadshagen und Fridhemsplan zu fahren, benachrichtigen Sie bitte die Polizei, falls Sie die Personen nicht erreichen können. Die Nummer des Krisentelefons für Betroffene finden Sie am Ende dieses Artikels.

Da seit der Tat nicht mehr als zwanzig Minuten vergangen sind, sind alle hier gemachten Angaben unbestätigt, aber die Redaktion arbeitet unter Hochdruck daran, weitere Informationen zu beschaffen. Augenzeugenberichte und Fotos von betroffenen Passagieren oder Angehörigen nehmen wir zu den üblichen Honorarsätzen gerne entgegen.

Den bisher vorliegenden Meldungen zufolge werden gegenwärtig Verletzte in die verschiedenen Stockholmer Krankenhäuser transportiert, doch auch dort ist die Lage völlig unübersichtlich.

Noch liegt keine offizielle Stellungnahme zu der Tat vor, und auch das Gerücht, dass im gesamten Land der Ausnahmezustand erklärt werden soll, ist bislang unbestätigt. Die Polizei rät den Stockholmern jedoch, heute Nacht ihre Wohnungen nicht zu verlassen.

Im Folgenden finden Sie Links zu unseren früheren Artikeln über den internationalen Terrorismus und die Bedrohungslage für Schweden.

Diese Seite wird im Laufe der Nacht regelmäßig aktualisiert.

Es gibt keinen Anlass zur Panik.

AUS DER ONLINEAUSGABE DER *MORGENZEITUNG*
Freitag, den 5. August, 5.04 Uhr

Vier Stunden sind vergangen seit dem größten Terroranschlag in der Geschichte Schwedens — auch wenn erste Angaben in den Medien dazu tendierten, seine Dimension zu übertreiben. Mittlerweile — nach der chaotischen Berichterstattung der letzten Stunden — ist es möglich, die Lage zu überschauen.

Heute Nacht um (genau) 0.45 Uhr explodierte ein U-Bahn-Wagen der grünen Linie, nicht der blauen, wie teilweise gemeldet, zwischen Fridhemsplan und St. Eriksplan. Die Bahn hatte gerade die Station Fridhemsplan verlassen. Experten am Tatort zufolge handelte es sich um eine heftige Explosion. Zehn Personen erlitten schwerwiegende Verletzungen, jüngsten Zahlen zufolge starben mindestens fünf Menschen. Die Angaben variieren noch.

Allem Anschein nach handelt es sich bei diesem Anschlag um einen einzelnen Vorfall, nicht um eine konzertierte Aktion wie sie sich vor einem Monat in London ereignet hat. Es wurde landesweit keine weitere Tat gemeldet, ein Bekennerschreiben ist bisher nicht eingegangen.

Bis zum gegenwärtigen Zeitpunkt liegt noch kein eindeutiger Beweis dafür vor, dass es sich um eine terroristische Tat und nicht um einen Unglücksfall handelt. Die Polizei hat für 9.30 Uhr eine Pressekonferenz im Stockholmer Polizeipräsidium angekündigt. Der Polizeisprecher wollte bei dieser Ankündigung über die Explosion als solche allerdings noch keine Angaben machen.

Gewisse Streckenabschnitte der grünen U-Bahn-Linie werden den ganzen Tag über gesperrt sein, dort werden Busse eingesetzt. Das Gleiche gilt am Vormittag für einzelne Sektionen der blauen Linie, die durch die Explosion ebenfalls in Mitleidenschaft gezogen wurde. Dies bedeutet, dass am heutigen Freitag nur die rote Linie fahrplanmäßig verkehrt. Folgen Sie dem unten stehenden Link, um sich über die Situation im öffentlichen Nahverkehr zu informieren.

AUS DER *ABENDZEITUNG*,
Morgenausgabe, Freitag, den 5. August
Kolumne von Veronica Janesen

Heute ist kein gewöhnlicher Tag für eine Kolumne. Denn heute ist einer von jenen Tagen, an denen man eigentlich nicht schreiben kann. Ich will es dennoch versuchen. Weil wir über das, was geschehen ist, sprechen müssen.

Wir haben darauf gewartet, haben es gewusst. Manche von uns waren vielleicht sogar in London, als es dort geschah. Wir wussten, genau wie die Londoner, dass es nur eine Frage der Zeit war, bis es geschehen würde. Und wir müssen darüber sprechen, dass es nicht unlogisch ist. Nicht einmal unmoralisch.

Auch wir leben in einer Zeit, die auf Werten aufbaut, deren Ursprung weit in der Vergangenheit liegt. Bilden wir uns nicht ein, wir seien besser als andere mit ihren uralten Werten.

Genug der geheuchelten Gefühle. Geben wir es unumwunden zu: Die altersgeile abendländische Gesellschaft verdient es, in die Luft gesprengt zu werden. Es ist sowieso nicht mehr als ein Tritt in den fetten Arsch. Überall sitzen die alten Säcke mit ihrer hässlichen Feistheit und tun so, als fühlten sie. Eigentlich wollen sie nur ficken und weitermachen. Sich entleeren und vergessen. Vielleicht ist eine Bombe in den Arsch genau das, was wir brauchen, damit wir unsere Verachtung in die richtige Richtung lenken.

Männer sind tatsächlich Tiere.

Schwanzfechter.

Mir steht die Konsensgesellschaft bis zum Hals. Und ich habe es zum Kotzen satt, dass auch diejenigen, die am radikalsten wirken, sagen, sie meinten eigentlich nichts Böses. Männer seien genau genommen nicht so schlimm, im Allgemeinen. Aber das ist falsch, sie lügen. Es ist glasklar, dass auch sie die Erhöhten von den Sockeln stoßen und in den Dreck trampeln wollen. Es ist klar, dass sie den aufgeblasenen Ballon der Kulturelite anstechen und zum Platzen bringen und die Ekelsäcke mit einem Wahnsinnsknall zu Boden sinken lassen und auf ihre wahren, *kleinen* Proportionen reduzieren wollen.

Wir brauchen eine härtere und schonungslosere Debatte. Wir müssen uns kritischer miteinander auseinandersetzen – oder aber mit all dem, was wir nur inoffiziell von uns geben, an die Öffentlichkeit gehen. Wir müssen hart gegen hart setzen. Anfangen, so zu reden, wie wir denken, ein wenig freier zu hassen. Die Bombe in der U-Bahn ist vielleicht ein Anfang.

Die fetten, mittelalten weißen Männer unterdrücken alle. Es liegt seit zweitausend Jahren in ihren Genen. Ihr müsst kapieren, wie grundlegend das ist. Die glasklare Einsicht in einen Unterdrückungsmechanismus, der so in die allerfeinsten Kapillaren der Gesellschaft eingesickert ist, muss am Ende zu einer Sturzflut führen.

In der U-Bahn starben, den letzten Angaben zufolge, heute Nacht sieben Männer und zwei Frauen. Ich frage mich, warum.

Warum die Frauen sterben mussten, also ...

3

Die Stille.
Diese absolute Stille, der Raum der Ruhe, ehe alles in Gang kommt. Darin befinde ich mich jetzt. In der Zeit hat sich ein Loch geöffnet. Die Zeit vorher und die Zeit danach werden sehr verschieden sein.
Und doch kam es so plötzlich. Irgendwo in mir wusste ich ja, dass es geschehen würde, dass ich eine latente Bedrohung bin. Aber es ist tatsächlich eine Lehre fürs Leben: Wenn es eintrifft, ist man trotzdem immer unvorbereitet. Wenn es wirklich passiert.
Außerdem hatte ich von dieser Variante nichts ahnen können. Dass sie immer noch zu Überraschungen fähig sind. Der Bereich, der außerhalb des Gesetzes liegt, ist unendlich viel größer als der innerhalb der Gesetzesgrenzen. Der erscheint so klein und verletzlich. Ein kleiner zitternder Nerv, eingebettet in einen großen Körper von Krebszellen, die alles tun, um wachsen zu können.
Man agiert, als wäre man allein. Man hat keine Angst. Man kommt selbst zurecht. Man denkt, man sei eine Insel, von nichts als Meer umgeben. Man vergisst, dass man seine Nächsten Gefahren aussetzt.
Seine Lieben...
Gott. Ich habe jahrelang nicht »Gott« gedacht, ich weiß. Aber jetzt musst du mir wirklich helfen. Ich habe nicht vor, im Staub zu kriechen, denn wenn du überhaupt irgendeinen Sinn hast, dann hilfst du mir. Das tust du. Wenn du je einem Menschen helfen musstest, dann jetzt. Sonst müsstest du endgültig abgeschafft werden.
Seltsam, dass ich schreibe.
Warum schreibe ich? Ich habe sehr lange nicht geschrieben. Wann war das letzte Mal?

In Zeiten existenzieller Krisen, vermute ich. Als ich ein neues Leben begann. Dann schreibt man vermutlich – wenn man niemanden zum Reden hat. Oder vielleicht eher, wenn das, was man zu sagen hat, in einem einfachen Gespräch keinen Platz findet oder nicht verstanden werden kann. Wenn man mehr ausdrücken will.
Wenn es einen fast zerreißt.
Ich kann mir vorstellen, dass dies die Schwierigkeit für einen Schriftsteller ist: weiterzuschreiben, wenn man jemanden zum Reden gefunden hat. Über alles. Warum soll man dann schreiben?
Und dann der andere Grund, vermute ich – der, den ich gerade angeführt habe. Dass das Schreiben die Angst ableitet. Sie für einen Augenblick wegnimmt.
Jetzt ist sie wieder da. Mit ganzer Wucht. Jesus Christus. Was habe ich getan? Ich hätte es nicht tun müssen. Hätte es sein lassen können, hätte die Tage ihren Lauf nehmen lassen, die toten Winkel des Systems akzeptieren können. Ich hätte an die Nächsten und Lieben denken können. Hätte darauf verzichten können ... sie zu opfern ...
Jesus Christus.
Was habe ich getan?
Aber das wäre ein Fehler.
Ja, es wäre ein Fehler.
Es muss ein Fehler sein. Sollte irgendjemand im Universum in der Lage sein, den galoppierenden Wahnsinn zu stoppen, muss es einer sein wie ich. Indem er Stopp! sagt. Verfluchte Pest, dass ihr so selbstverständlich die Oberhand gewinnt. Einfach, indem ihr rücksichtsloser seid.
Verfluchte Pest, dass so die neue Weltordnung aussehen soll.
Nein, nicht ich habe etwas getan.
Du warst es. Du Teufel.
Ich werde dich bekämpfen. Werde Widerstand leisten.
Aber es muss unsichtbar sein. Ich muss ein phantastisches

Doppelspiel spielen. Es wird meine ganze Kraft in Anspruch nehmen, und es darf nicht zu sehen sein. Kein anderer als du, mein Text, darf auch nur das Geringste ahnen. Ich werde im Stillen siegen, und wenn es das Letzte ist, was ich tue.

Wenn ich an das denke, was geschehen ist, an das, was uns droht, was über uns schwebt – und vor allem über dir, meine Arme –, dann erfasst mich die schlimmste Angst, die man sich überhaupt vorstellen kann. Ich glaube, es gibt nichts Schlimmeres. Sicher liegen viele höllische Dinge auf gleichem Niveau – es gibt eine ziemliche Ansammlung infernalischer Dinge in der Welt –, aber schlimmer kann nichts sein.

Jedenfalls hast du gut gezielt, du Teufel.

Aber auf die falsche Person.

Wenn du mit mir auf die Reise gehen willst, Gott, dann sei willkommen. Wenn du weiter den Anspruch erhebst, eine positive Kraft zu sein. Denn jetzt, verflucht, haben wir es mit dem Teufel persönlich zu tun. Kein anderer als du selbst entscheidet darüber, wie kraftlos du sein willst.

Ich gedenke jedenfalls nicht, kraftlos zu sein.

Ich gedenke zu zeigen, wie wahrer Widerstand aussieht.

4

»Es ist wie immer: Ich weiß nicht, ob du mich hören kannst. Aber ich tue, was ich immer tue: Ich stelle mir vor, du könntest es. Ich bin ziemlich sicher, dass du es kannst. Ich sage es jedes Mal, wenn ich hier bin, und ich werde es weiter sagen: Ich habe Zeichen wahrgenommen, ich weiß nicht wie, aber ich habe Schwingungen von Einverständnis gefühlt, obwohl du liegst, wie du liegst. Ich habe gespürt, dass du weiterleben willst. Ich will dafür sorgen, dass du es kannst. Wenn nicht, musst du versuchen, es mir auf irgendeine Art und Weise mitzuteilen. Ich kann mir in meiner wildesten Phantasie nicht vorstellen, wie man sich fühlt, wenn man so eingeschlossen ist. Aber ich hoffe, dass meine Besuche wenigstens eine gewisse Linderung bringen.

Ich sehe, dass der Fernseher läuft. Wie üblich ist er wohl den ganzen Vormittag gelaufen, sie foltern dich, du Ärmster – ist es in Ordnung, wenn ich den Ton ein wenig leiser stelle? So. Das bedeutet an und für sich, dass du wohl weißt, was passiert ist? Dann weißt du ja auch, was um halb zehn geschieht. Wir können ja hin und wieder zum Fernseher hinüberschauen, damit wir nichts verpassen. Ich möchte schon gern wissen, wen sie diesmal als Frontfigur vorschicken ...

Aber bis jetzt weiß man wahrlich nicht viel. Die Säpo, die schwedische Sicherheitspolizei, hat das Ganze sofort an sich gezogen. Sie haben uns alle überfahren.

Möchtest du, dass ich dir erzähle, was bisher geschehen ist? Es wäre vielleicht gar nicht verkehrt, wieder Kontakt zu jener Welt aufzunehmen. Und sei es nur, um zu genießen, dass man verschont geblieben ist ...

Stell dir vor, wie viel wir trotz allem gemeinsam gemacht haben, beruflich und ... privat ...

Ja ... Was sagt man ...?
Verdammt, ich will jetzt nicht weinen.
Weißt du noch, wie ich zu dir gesagt hatte, dass ich dich liebte?
Es kommt mir vor, als wäre es unendlich lange her.
Auf jeden Fall ... Ich war eingeschlafen. Waldemar Mörner rief mich um halb zwei in der Nacht an. Er war ziemlich angesäuselt, sodass nicht ganz klar war, was er sagte. Aber wann war es das je ... Nun, du weißt ja, wie er ist. Ich bekam auf jeden Fall den Eindruck, dass höchste Eile geboten war, ins Präsidium zu kommen, also ging ich hin.
Ich kam wohl eine gute Stunde, nachdem es geknallt hatte, dort an. Noch nie im Leben habe ich ein derartiges Chaos gesehen. Man würde meinen, dass man für einen Fall wie diesen gut vorbereitet wäre, es ist ja kein gänzlich unerwartetes Szenario. Aber ich hatte noch nie ein solches Bedürfnis verspürt, das Wort ›Tohuwabohu‹ zu benutzen. Dummerweise schnappte der Chef der Sicherheitspolizei es auf, als er gerade vorbeilief. Du kennst ihn ja, ein arroganter Arsch. Er stoppte, fragte, wer ich wäre und was ich dort täte.
Die Sicherheitspolizei ist ja hauptverantwortlich, wenn es um Terrorismus geht. Du hast das ganze Geschwafel darüber ja mitbekommen, dass Schweden seine Abwehrbereitschaft gegen die neue Form des Terrorismus stärken muss. Vielleicht erinnerst du dich an diese Untersuchung vor zwei Jahren, derzufolge das Militär auch in Friedenszeiten eingesetzt und unter den Befehl der Polizei gestellt werden sollte. Und seitdem wittern der militärische Nachrichtendienst Must und die Sonderschutzeinheit SSG Morgenluft. Der Must ist auf einmal richtig öffentlich geworden. Im Frühjahr wies ein Bericht des Forschungsinstituts der Gesamtstreitkräfte darauf hin, dass Schweden auf einen größeren Terroranschlag im eigenen Land nicht ausreichend vorbereitet sei. Im Moment haben wir dafür nur die Sicherheitspolizei.
Jedenfalls betrachtete mich der Sicherheitschef von oben

herab und sagte: ›Keine Sekretärinnen in der Führungszentrale.‹ Es war ein erhebender Augenblick. Das Komische war, dass ich nicht in erster Linie auf die ›Sekretärin‹ reagierte, sondern fragte: ›Welche verdammte Führungszentrale?‹ Und dann erntete ich diesen Blick, du weißt schon, wie singende Orang-Utans im Ballkleid.

Ich versuchte, im Lauf der Nacht Kontakt zu Mörner und zur Führung der Reichskrim zu bekommen, aber weder unser neuer Reichskrim-Chef noch Mörner waren zu erreichen. Vielleicht saßen sie in der geheimen Führungszentrale. Die einzige Auskunft, die ich erhielt, war die, dass die Dienste der A-Gruppe wohl kaum erwünscht wären. Ich glaube nicht, dass die Sicherheitspolizei überhaupt weiß, was die Sondereinheit für Gewaltverbrechen von internationalem Charakter bei der Reichskriminalpolizei ist. Angesichts des Charakters dieser Tat sollte man es vielleicht doch wissen.

Dagegen stieß ich auf den Pressesprecher der Stockholmer Polizei, der auf dem Weg zu einer improvisierten Pressekonferenz war. Er sagte, dass es wirklich eine Führungszentrale gebe, aber die sei woanders. Damit meinte er natürlich, dass sie in der Domäne der Sicherheitspolizei zu finden sei. Ich sah seine Miene.

Er ist ein zuverlässiger Mann, und ich hatte den Eindruck, dass die Stockholmer Polizei ein wenig gegen die Sicherheitspolizei kämpft. Wir werden sehen, wie es weitergeht. Ich bezweifle, dass sie einen ihrer eigenen Leute als Frontmann einsetzen. Es wird sich zeigen, es sind noch ein paar Minuten bis zur Sendung.

Jedenfalls konnte ich in der Nacht nicht viel mehr in Erfahrung bringen. Wir werden wohl nicht mit der Sache befasst werden. Keiner will uns auch nur mit der Zange anfassen, aber das weißt du ja alles. Ich sage es jedes Mal, wenn ich hier bin, tut mir leid, wenn ich dir auf die Nerven gehe. Ich nehme an, es ist eine Art Therapie.

Das Ansehen der A-Gruppe ist nach den Ereignissen im letzten Sommer leider den Bach runtergegangen. Wir kamen noch einmal davon, wenn auch nur um Haaresbreite – vielleicht nur, weil das ganze Bemühen letztlich darauf gerichtet war, den großen Showdown draußen im Industriegebiet von Segeltorp für die Öffentlichkeit zu frisieren, bei dem du ja eine Hauptrolle gespielt hast.

Oh Mann.

Das Wichtigste war auf jeden Fall, dass die Presse nicht erfuhr, was genau passiert war. Ich weiß nicht, ob ich dir erzählt habe, wie die Schuld verteilt wurde: Jorge Chavez und Jon Anderson erhielten Goldplaketten und ehrenhafte Erwähnungen für ihren heroischen Einsatz – die Befehlsverweigerer. Arto Söderstedt und Viggo Norlander wurden beide wegen Schusswaffengebrauchs mit Todesfolge von deinen Freunden bei den internen Ermittlungen gehörig in die Mangel genommen, aber freigesprochen. Gunnar Nyberg, Sara Svenhagen und Lena Lindberg landeten ja auch bei ihnen – im Zusammenhang mit der Ermittlung wegen eines Selbstmords in der Untersuchungszelle auf der Polizeiwache in Sollefteå. Auch sie wurden nicht für schuldig befunden – es ließ sich nicht herausfinden, was den Pädophilen Carl-Olof Strandberg letztlich zum Selbstmord veranlasst hatte –, also ist die A-Gruppe weiterhin intakt. Intakt, aber zusammengestaucht. Am schlimmsten erging es mir – denn im Grunde war natürlich alles mein Fehler. Die Chefin, die das Ganze nicht im Griff hat und alles aus dem Ruder laufen lässt. Ich bekam einen kräftigen Rüffel und wurde für ein halbes Jahr vom Dienst suspendiert. Nun bin ich wieder zurück, immer noch Chefin, aber einen weiteren Fehlgriff kann ich mir nicht mehr leisten.

Jetzt fängt die Übertragung an. Ich stelle es ein wenig lauter.«

Szene auf dem Fernsehschirm:
Ein überfüllter kleiner Konferenzraum. Eine Reporterin versucht, zwischen zwei entschieden größeren Männern hindurchzublicken, die mit dem Rücken zur Kamera stehen und nach Leibwachen aussehen. Als sie zu sprechen beginnt, kommt kein Ton. Nach ungefähr zehn Sekunden setzt er ein:
»… einen viel zu kleinen Raum für die versammelte Weltpresse gewählt. Aber sonst wissen wir praktisch nichts. Wir wissen nicht, wer zu uns sprechen wird, wer verantwortlich ist, wer die Leitung der polizeilichen Ermittlung übernimmt, die sicher zu den größten in der Geschichte Schwedens gehören wird. Es ist halb zehn, und ich glaube, jetzt tut sich etwas hinter mir …«
Zwei Personen treten ein und setzen sich an das Katheder auf dem Podium. Die Tür schräg hinter ihnen bleibt offen. Die Stimme der Reporterin wird hörbar, sie flüstert fast:
»Wenn ich mich nicht irre, sind dies der Sprecher der Stockholmer Polizei und der Chef der Sicherheitspolizei …«
Sie wird von der versammelten Weltpresse angezischt und verstummt. Der ältere Mann auf dem Podium räuspert sich und ergreift das Wort.
»Willkommen zu dieser Pressekonferenz. Wir wollen Ihnen die Lage kurz erläutern. Wie Sie sehen, hat die Sicherheitspolizei in Zusammenarbeit mit der Polizei Stockholm die Situation in die Hand genommen. Ich repräsentiere die Letztere, mein Kollege hier die Erstere. Wir sind indessen zu der Übereinkunft gelangt, die Leitung der Ermittlung einer unabhängigen Instanz zu übertragen, nämlich Kommissar Jan-Olov Hultin von der Reichskriminalpolizei.«
Ein älterer Mann mit einer auf einer sehr großen Nase balancierenden Eulenbrille tritt durch die Tür ein und schließt sie hinter sich. Er lässt sich zwischen den beiden Würdenträgern nieder, schiebt die Eulenbrille eine ansehnliche Strecke hinunter bis zur Nasenspitze und blickt unbewegt über die versammelte Weltpresse. Nach einigen Sekunden sagt er:

»Ich gebe Ihnen eine kurze Lagebeschreibung. Anschließend haben Sie Zeit für Fragen. Ich bitte Sie, mich vorher nicht zu unterbrechen.

Heute Nacht um 0.45 Uhr explodierte ein Waggon der grünen U-Bahn-Linie, also der Linie 19, kurz nach dem Verlassen der U-Bahn-Station Fridhemsplan in Richtung St. Eriksplan. Durch die Explosion wurde vor allem der letzte der drei Waggons beschädigt. Sämtliche Toten und Schwerverletzten befanden sich in diesem Wagen. Zum gegenwärtigen Zeitpunkt beläuft sich die Zahl der Todesopfer auf neun, die der Verletzten auf zwei. Sieben der Toten sind Männer, zwei sind Frauen. Der Zustand der zwei Schwerverletzten, beides Männer, ist kritisch. Ganz vorn in besagtem Wagen wurden fünf Personen leicht verletzt. Sie sind vernommen worden, ebenso eine große Anzahl weiterer Augenzeugen.

Die technische Untersuchung ist noch im Gange, aber wir können so viel sagen, dass es sich tatsächlich um eine Bombe handelte. Wir haben es also mit einem Bombenanschlag zu tun. Der Umfang ist jedoch so begrenzt, dass wir vorerst kaum von Terrorismus sprechen können, ein Wort, das in den Medien allzu oft und unreflektiert benutzt worden ist. Wir wissen nichts über den Zweck der Tat, und bisher hat sich keine Gruppierung dazu bekannt.

Die Ermittlung wird von einer Führungsgruppe geleitet, in der die Sicherheitspolizei die Federführung innehat, in der aber auch die Reichskriminalpolizei und die Polizei Stockholm mitwirken. Dies ist fürs Erste alles. Fragen dazu?«

Eine exaltierte Männerstimme:

»Aber eben waren doch nur die Sicherheitspolizei und die Polizei Stockholm verantwortlich?«

Kriminalkommissar Jan-Olov Hultin:

»Es existiert in einem Fall wie diesem keine vorgegebene Aufgabenverteilung. Wir wissen wie gesagt noch nicht genau, wie wir das Verbrechen einstufen sollen. Deshalb haben wir uns nach ausgiebiger Diskussion für die Lösung

einer Zusammenarbeit auf breiter Basis zwischen den polizeilichen Instanzen entschieden.«
Der Chef der Sicherheitspolizei:
»Aber die Hauptverantwortung liegt natürlich bei der Sicherheitspolizei.«
Eine gefasste Frauenstimme:
»Wird das Militär nicht hinzugezogen?«
Jan-Olov Hultin:
»Selbstverständlich nicht.«
Der Chef der Sicherheitspolizei:
»Es gibt politische Diskussionen über derartige Lösungen in der Zukunft. Aber gegenwärtig nicht.«
Die Fernsehreporterin:
»Sind alle Toten identifiziert?«
»Nicht alle, nein.«
Die Fernsehreporterin erneut:
»Können Sie schon etwas über die Identität der Toten und Verletzten sagen?«
Jan-Olov Hultin:
»Zu gegebener Zeit. Erst müssen sämtliche Angehörigen benachrichtigt werden.«
Die exaltierte Männerstimme, durch Mineralwasser, vermutlich kohlensäurehaltiges, gefiltert:
»Aber Sie müssen doch eindeutig mehr über die Bombe selbst sagen können ...«
Der Chef der Sicherheitspolizei:
»Formulieren Sie Ihre Fragen als Fragen. Sonst werden sie nicht beantwortet.«
Jan-Olov Hultin:
»Nein, darüber gibt es im Moment nicht mehr zu sagen. Wir warten noch auf das erste Teilergebnis einer sehr umfassenden technischen Untersuchung.«
Eine aufgeregte norwegische Frauenstimme:
»Aber wen verdächtigen Sie? War es ein Selbstmordattentäter?«

Jan-Olov Hultin:
»Wir haben im Moment keine Verdächtigen. Und wir sind weit davon entfernt, Aussagen darüber machen zu können, ob es sich um einen Selbstmordattentäter handelt. Aber die Möglichkeit ist nicht auszuschließen.«
Wieder die exaltierte Männerstimme:
»Sind die Grenzen des Landes geschlossen worden?«
Jan-Olov Hultin:
»Wir sehen keinen Grund, wegen dieser allem Anschein nach isolierten Tat, das Land hermetisch abzuriegeln. Wir sehen auch keinen Anlass für die Vermutung, dass dies der Anfang einer Anschlagserie ist. Falls weitere Taten folgen, können wir eine Schließung der Grenzen diskutieren. Ich halte dies jedoch im Moment für übereilt.«
Der Chef der Sicherheitspolizei:
»Aber natürlich stellt sich die Sicherheitspolizei diese Frage.«
Jan-Olov Hultin ruhig:
»Natürlich.«
Der Sprecher der Polizei Stockholm:
»Ich denke, hiermit kann diese Pressekonferenz als beendet angesehen werden. Wir danken für Ihr Interesse und werden eine weitere Pressekonferenz anberaumen, wenn die Lage es erfordert. Vermutlich heute Nachmittag, der genaue Zeitpunkt wird im Laufe des Tages mitgeteilt.«

»Da sieht man es. Still going strong. Nicht zu glauben. Oder vielleicht doch, genau betrachtet. Es muss unglaublich schön sein, Hultin einschalten zu können, den Mann, der Öl auf alle Wogen gießt. Man kann sich ungefähr vorstellen, was für ein Chaos hinter der Maßnahme steckt, wieder einmal den Schwanz einzuziehen und einen so vielfach pensionierten Pensionär einzuberufen.

Aber du bist ja abgerutscht. Warte, ich zieh dich ein wenig hoch. So. Besser jetzt?

Tja, das bedeutet wohl, dass wir doch mehr Chancen haben, mit dem Fall befasst zu werden. Wenn Jan-Olov sich in den letzten Jahren nicht radikal verändert hat, wird er, glaube ich, alles tun, um die A-Gruppe in die Ermittlungen einzubeziehen. Ich fahre gleich hin und rede mit ihm.

Das bedeutet, dass ich dich jetzt allein lasse.

Ich hoffe wirklich, dass du verstehst, was ich sage. Und verdammt, wie ich mir wünsche, ich könnte eine Methode finden, mit dir zu reden. Ich bin es nicht gewöhnt, Monologe zu halten.

Ich komme wieder, sobald ich kann. Das hängt natürlich ein bisschen davon ab, wie nun die Ermittlungen laufen sollen.

Ich hoffe, du findest eine Art Frieden in deinem Inneren.

Ich muss jetzt los. Tschüss dann, Bengt. Mach's gut.«

5

Es war wie abstrakte Kunst. Dieses unvergleichliche Spiel von Form und Farbe, ungefähr wie Action-Painting. Jackson Pollock. Furiose Farbbehandlung.

Oder avanciertes Geschmiere. Tags und Graffiti in munterer Mischung.

Wie nannten sie das noch? Wenn eine ganze Bande von Sprayern einen U-Bahn-Wagen entert und ohne jede Hemmung mit ihren Spraydosen loslegt?

Ja, genau: einen U-Bahn-Wagen »bombardieren« ...

Der Ausdruck erschien in der jetzigen Situation ein wenig geschmacklos.

Und bei näherem Hinsehen waren die Bilder auch nicht besonders abstrakt. Eher sehr konkret, äußerst grafisch, irdisch und wirklichkeitsgetreu.

Und ganz unerträglich.

Der Mann vor den Bildern war gezwungen, den Blick abzuwenden und eine Pause einzulegen. Er dachte an U-Bahnen. Er dachte zielbewusst an alles, was er über U-Bahnen gelesen hatte, diese sonderbaren Erfindungen, die offensichtlich eine umgekehrte Parallele zum Flugzeug waren. Die U-Bahn ist eine typisch städtische Konstruktion, bei der alles darauf ankommt, Fläche einzusparen. Also eher eine Parallele zu den Wolkenkratzern – der Kunst, eine Stadt vertikal zu bauen.

Die erste U-Bahn war die Metropolitan-Linie in London, eröffnet im Jahr 1863. Sie verlief in unmittelbarer Nähe zur Ebene der Straße, und die Züge wurden von Dampfloks gezogen. Erst mit der Elektrizität wurden U-Bahnen in größerem Umfang gebaut, um die Jahrhundertwende zum Beispiel in Budapest, Paris und Berlin. Heute gibt es die größten

U-Bahn-Netze in New York, London, Paris, Moskau und Tokio.

In Stockholm wurde die erste U-Bahn-Linie, Slussen-Hökarängen, am ersten Oktober 1950 eingeweiht. Die Wagen der U-Bahn erhielten alle Bezeichnungen mit C. Der erste Wagen wurde folglich C1 genannt. Während das U-Bahn-Netz in den Fünfziger- und Sechzigerjahren expandierte, wurden die Wagen modernisiert, und 1967, als »Stockholms Spårvägar« (mit der unglücklichen Abkürzung SS) in »Stockholms Lokaltrafik« umbenannt wurde (mit der neutraleren Abkürzung SL), gab es bei der U-Bahn sechshundertfünfundsechzig Wagen, vom Typ C1 bis C5. Kurz darauf kam die neue Generation vom Wagentyp C6, und in den Siebziger- und Achtzigerjahren erweiterten sich die Wagennummern bis C15.

Der letzte Generationswechsel fand 1997 statt, als der neue Wagen C20, auch Wagen 2000 genannt, in Betrieb genommen wurde. Heute umfasst das U-Bahn-Netz hundertzehn Kilometer Schienen. Die U-Bahn wird täglich von einer halben Million Passagiere benutzt, und ein großer Teil der insgesamt achthundertsechzig Wagen ist vom Typ C20. Und man hat den Wagen individuelle, persönliche Namen gegeben. Wagen 2013 heißt zum Beispiel Ludmila, es gibt Janne, Sara oder Gunnar. Außerdem hat man auch etwas familiäre Namen wie Mama, Papa und Kleiner Bruder gewählt.

Kein Wagen heißt Paul, dachte der Mann kurz.

Und keiner heißt Kerstin.

Der letzte Wagen des Zuges, der die U-Bahn-Station Fridhemsplan in der Nacht zu Freitag, dem 5. August, um 0.45 Uhr verließ, hieß Carl Jonas und trug die Wagennummer 2255.

Den gab es nun nicht mehr.

Jeder U-Bahn-Wagen vom Modell C20 ist bedeutend länger als die alten C-Modelle, genauer gesagt sechsundvierzig und einen halben Meter. Drei C20-Wagen entsprechen acht älteren Wagen, was dadurch ermöglicht wird, dass der Wagen in drei gegliederte Sektionen unterteilt wird. Die mittlere Sektion hat sechs Türpaare, und die beiden Sektionen vorn und hinten haben je vier. An jedem Ende befindet sich auch eine Fahrerkabine. Der Wagen soll den technischen Angaben zufolge Platz für vierhundertundvierzehn Personen bieten, davon einhundertsechsundzwanzig auf Sitzplätzen und zweihundertachtundachtzig auf Stehplätzen.

Glücklicherweise waren sie heute Nacht nicht alle besetzt gewesen.

In dem Wagen hatten sich sechzehn Personen befunden.

Aber das waren mehr als genug. Der Mann hatte jetzt genügend Gleichgewicht wiedergefunden, um den Blick erneut auf die Fotos zu richten.

Das erste Bild zeigte die Sicht nach vorn vom zweitletzten Türenpaar des Wagens aus gesehen, zu Beginn des durch Gummifalze abgetrennten letzten Drittels des Wagens. Links war viel Platz nach vorn – zwei Drittel des Wagens, und er schien umso weniger stark beschädigt zu sein, je weiter man nach vorne sah, abgesehen davon, dass sämtliche Fenster im Wagen herausgeflogen waren. Aber dort lag ein Arm. Das heißt: Man konnte sehen, dass es ein Arm gewesen war, wenn man sich sehr anstrengte, teils um überhaupt etwas zu erkennen, teils um den Mageninhalt bei sich zu behalten. Bei dem gegenüberliegenden, total zerstörten Türpaar, war nichts. Aber rechts, am unteren Bildrand, war etwas zu erkennen. Es hatte eine sehr diffuse Form, war aber so beunruhigend, dass der Mann, der es betrachtete, ein deutliches Unbehagen verspürte, ehe er zum nächsten Bild griff.

Dieses war direkt mit Blick auf den zweitletzten Sitzplatzbereich des Wagens aufgenommen.

Und es zeigte ein einzigartiges Spiel von Form und Farbe – wie Action-Painting.

Der Mann vor den Bildern nahm sich zusammen und verengte den Blick. Das war nie seine Stärke als Polizist gewesen, und es wurde mit den Jahren immer schwieriger. Trotzdem war es hin und wieder notwendig. Um sich nicht übergeben zu müssen. Um nicht daran denken zu müssen, was für ein Gefühl es gewesen war. Um nicht weinen zu müssen. Und um die Fakten zu fixieren.

Und so sahen die Fakten aus: Ein einzigartiges Spiel von Form und Farbe, ungefähr wie Action-Painting.

Weiter konnte man nicht kommen.

Und länger konnte man es nicht betrachten.

»Wieso hast du die?«

Der Mann vor den Bildern wandte sich von dem zerbombten U-Bahn-Wagen ab und sah sich nach dem anderen Mann um. Dem Mann, der in sein großes Dienstzimmer gekommen war und ihn angesprochen hatte.

»Weil ich Polizist bin«, sagte Paul Hjelm. »Weil ich immer noch Polizist bin.«

»Aber das da ist doch wohl nicht deine Aufgabe«, sagte Niklas Grundström streng.

»Die *Aufgabe* hat mit der Sache nichts zu tun«, erwiderte Paul Hjelm und wandte sich seinem Chef zu, der im Übrigen Chef der Abteilung für interne Ermittlungen in der gesamten schwedischen Polizei war.

Paul Hjelm selbst war nur der Chef der Stockholmer Abteilung dieser Instanz.

Niklas Grundström war wie immer tadellos gekleidet und machte einen eleganten und kraftvollen Eindruck. Er schwenkte eine Mappe und kam ein paar Schritte näher, den Blick auf die Reihe vermutlich abstrakter Kunstwerke gerichtet.

»Genauer besehen ist es gut, dass du dich mit dem Fall befasst.«

»Auweia!«, sagte Paul Hjelm.

Grundström hielt mitten in der Bewegung inne und sah ihn an.

»Auweia?«, wiederholte er.

»Du willst doch nicht sagen, dass ein Polizist die U-Bahn gesprengt hat.«

Grundström gab ein Schnauben von sich – meist war das die Vorstufe zu seinem völlig überraschenden, hellen Jungenlachen. Aber dieses Mal ließ er es dabei bewenden.

»Was glaubst du?«, fragte er stattdessen und zeigte auf die Bilder an der Bürowand.

Hjelm schüttelte eine Weile den Kopf. Dann sagte er:

»Weiß nicht.«

»Aber irgendetwas arbeitet in diesem Schädel«, sagte Grundström und zeigte mit der Mappe auf Hjelms Kopf. »Das habe ich gelernt zu sehen.«

Hjelm schnaubte und sagte:

»Ich versuche mir vorzustellen, wie es normalerweise aussieht, wenn elf Personen in einem dieser neuen, großen U-Bahn-Wagen sitzen. Unregelmäßig verteilte Menschen, einige paarweise, vielleicht eine Gruppe. Aus irgendeinem Grund pflegt man in der U-Bahn Gesellschaft zu meiden. Irre ich mich?«

»Nicht direkt«, sagte Grundström. »Ich suche immer die freien Plätze.«

»Ja, ich auch«, nickte Hjelm. »Aber wie haben die hier sich hingesetzt?«

Niklas Grundström betrachtete die Reihe der Fotos genau und nickte ebenfalls.

»Ich sehe«, sagte er. »Nahe beieinander, aber doch jeder für sich. Wie eine widerwillig versammelte Gruppe. Und trotzdem ist es reiner Zufall. Natürlich.«

»Natürlich?«

»Einer von ihnen ist ein Selbstmordattentäter«, sagte Grundström und deutete auf ein Bild. »Der da.«

»Sieht so aus«, gab Hjelm zu. »Von ihm geht die Explosion aus, und von ihm ist am wenigsten übrig. Vermutlich hatte er die Bombe am Körper. Aber was hat das mit der Platzierung der Passagiere zu tun?«

»Er ist ein Selbstmordattentäter«, wiederholte Grundström und zuckte die Schultern. »Er setzt sich so nahe wie möglich zu den Menschen, denen er Schaden zufügen will. Das ist alles. Und vor allem sollst du deine Aufmerksamkeit nicht darauf richten.«
Hjelm seufzte und fragte diplomatisch:
»Und worauf soll ich meine Aufmerksamkeit richten?«
»Auf die Straße draußen.«
»Ach ja?«
Grundström nickte, dann sagte er:
»Komm mit zu den Arrestzellen.«
Und er zog seinen Chefkollegen mit sich aus dessen Zimmer.
Sie wanderten durch die Korridore. Wenn sie nebeneinander gingen, waren es immer Grundströms rasche, geschmeidige Schritte, die das Tempo bestimmten. Das war ein wenig störend, aber daran war nicht viel zu ändern.
Grundström sagte:
»Es geht also um diesen Fall. Wenn auch indirekt.«
Dann schwieg er.
Bis sie die Flure mit den Arrestzellen im Stockholmer Polizeipräsidium erreichten. Dem war ein langer Weg quer durch das Innere des Polizeigebäudes vorausgegangen, von den Korridoren der Reichspolizeidirektion an der Polhemsgata bis zu Kronobergs Untersuchungsgefängnis an der Bergsgata. Die beiden Polizeichefs gingen nebeneinander durch ein ganzes Universum potenzieller Straftäter. Die Blicke der Kollegen, die zu kontrollieren und zu durchleuchten ihre Aufgabe war, waren teils ängstlich, teils respektvoll, teils argwöhnisch, teils hasserfüllt, und als das Duo das düstere und immer sehr überfüllte Arrestlokal erreichte, hatte es mehr als die normale wöchentliche Ration an Standardreaktionen erlebt.
Es war nicht leicht, das schlechte Gewissen der Ordnungsmacht zu sein.

Anderseits war es das, wofür sie bezahlt wurden.

Niklas Grundström blieb an einer Tür stehen, die sich von den anderen unterschied, und wartete auf einen Wärter. Dieser kam wie auf Bestellung, schloss auf, ließ die beiden Ermittler hinein zu einem einsamen Schreibtisch, verschwand wieder und kehrte mit einem Mann mit fliegender gelbweißer Mähne zurück, alt und ungepflegt.

Der Wächter platzierte den Mann nicht ohne eine gewisse, gleichsam angeborene Rohheit auf einen Stuhl auf der anderen Seite des Schreibtisches. Der Mann sah sich um, als sei er gerade erwacht. Der Blick, der sie erreichte, kam zweifellos aus einem anderen Universum.

Grundström warf Hjelm schnell einen Blick zu und sagte dann mit großer Deutlichkeit:

»Guten Morgen, Arvid. Wie geht es heute?«

Der gelbweißbärtige Mann betrachtete ihn eingehend, mit einer Mischung aus großer Skepsis und großer Unschuld. Schließlich sprach er mit lauter Stimme, ungefähr so, wie man sich Jehova im Gespräch mit Moses vorstellt, während die Gesetze in die Tafeln eingemeißelt wurden.

»Über deinem Kopf ist eine schwarze Wolke, mein Freund.«

»Können Sie sich erinnern, was Sie heute Nacht gemacht haben, Arvid?«

»Sie wird dichter. Sie konzentriert sich auf das rechte Ohr. Sie wird bald platzen, mein Freund. Du hängst einem bösen Glauben an.«

»Versuchen wir, uns auf die Ereignisse der Nacht zu konzentrieren, Arvid? Ich will Ihrem Gedächtnis ein bisschen auf die Sprünge helfen. Sie haben in einem Hauseingang an der St. Eriksgata auf der Treppe gesessen, in der Nähe der Kreuzung zur Flemminggata, und haben sechsundneunzigprozentigen Krankenhaussprit gesoffen, der kurz zuvor im Sankt Görans Krankenhaus gestohlen worden war. Was ist dann passiert?«

»Wenn die Wolke sich so konzentriert, breitet sich Böses im Körper aus, mein Freund. Es macht sich bereit. Du musst mit ihr sprechen. Sonst öffnet sich die Wolke, und der Blitz zerspaltet dir das Haupt.«

Paul Hjelm betrachtete Niklas Grundström ein wenig amüsiert, wie der nur kurz den Kopf schüttelte und sich auf die Sachfrage konzentrierte. Er zog ein Papier aus der Mappe und sagte:

»Als man Sie heute Morgen um 1.13 Uhr in Gewahrsam nahm, haben Sie hier im Arrest mit dem Wachhabenden gesprochen. Erinnern Sie sich, was Sie gesagt haben?«

»Das Land der Farne«, sagte Arvid Gelbweiß träumerisch.

»Nein, das haben Sie nicht gesagt, Arvid. Sie haben gesagt, Sie hätten eine Wolke gesehen ...«

»Um deinen Kopf, mein Freund. Ich sehe sie jetzt. Die Wolke wird sich im Laufe des Tages öffnen, und es wird dir leidtun. Denke an meine Worte, mein Freund. Die Äpfel werden fallen. Gelbrote – weißt du, welche ich meine? Das sind die besten. Es gibt die Roten, mit diesem etwas mürben Fleisch, es gibt die Grünen mit dem harten, saftigen Fleisch, und es gibt die Gelben, mit dem weichen, süßen Fleisch. Und dann gibt es die Gelbroten. Die sind am besten.«

»Und warum werden sie fallen?«, fragte Paul Hjelm ernst, und erntete den obligatorisch versteinerten Blick von Grundström, der sich weiter unverdrossen an des Pudels Kern heranarbeitete.

»Sie haben gesagt, Sie hätten eine Wolke gesehen, die aus dem Eingang zur U-Bahn kam. Erinnern Sie sich? Das U-Bahn-Schild zersplitterte auf der anderen Straßenseite – wissen Sie noch?«

»Ich erinnere mich.«

»Gut, Arvid. Woran erinnern Sie sich noch?«

»An eine andere, schönere Welt. Wo niemand eine schwarze Wolke um den Kopf hat. Ich bin dort gewesen. Sie heißt Kongo. Dort wohnen nur die Toten.«

Niklas Grundström war in Sachen Konzentration das Phänomen der Stockholmer Polizei, das wurde allgemein anerkannt. Er war in der Lage, Verhöre unter den anstrengendsten Umständen durchzuführen, und er besaß eine geradezu phantastische Fähigkeit, bei der Sache zu bleiben und sich von keinerlei äußeren Dingen beeinflussen zu lassen. Deshalb fand Paul Hjelm es sehr interessant, Grundström unter den gegebenen Umständen zu beobachten. Es ging nicht darum, ohne einen Schweißtropfen auf der Stirn den Teufel im Vorhof der Hölle zu verhören oder sich in einem Graben in Sarajevo vor verirrten Kugeln zu ducken, während man gleichzeitig versucht, einem verschreckten Kind die Position des Heckenschützen zu entlocken. Nein, hier ging es darum, wie Niklas Grundström sich gegenüber mentalen Randzonen verhielt.

Paul Hjelm lachte.

Innerlich.

Äußerlich wirkte er beinahe so ungerührt wie sein Chef.

»Sind Sie im Kongo gewesen?«, fragte er.

»Ja«, sagte Arvid und richtete seinen überirdischen Blick zum ersten Mal auf ihn. Es fühlte sich an, als wollte er ihn aufspießen.

»In Katanga vielleicht?«, fuhr Hjelm fort. »Anfang der Sechzigerjahre?«

Der gelbweiße Arvid sank irgendwie in sich zusammen.

»Es waren Neger«, sagte er.

Grundström sah ein bisschen erregt aus. Er verpasste seinem Untergebenen eine Kaskade von Blicken, jedoch ohne größere Wirkung.

»Und dort wohnen nur die Toten?«, fragte Hjelm weiter. »Wie viele Neger haben Sie getötet? Und warum?«

Arvid richtete sich auf und sah wieder hoch. Sein Blick war jetzt ein bisschen kaputter, hatte aber immer noch eine gewisse Schärfe.

»Du hast auch eine Wolke um den Kopf gehabt, mein

Freund«, sagte er heiser. »Sie war viel schwärzer als die von meinem anderen Freund, aber jetzt ist sie weg. Du hast sie weggekriegt. Wie hast du das gemacht?«
»Wie groß ist deine eigene Wolke, Arvid?«, fragte Hjelm.
Zum ersten Mal lächelte Arvid Gelbweiß. Ein fast zahnloses Lächeln. Dabei wäre totale Zahnlosigkeit besser gewesen als diese Ruine von Zahnreihen, die auf unergründliche Weise erhalten geblieben war.
»Sie ist groß«, nickte er. »Sehr groß.«
»Klar erinnerst du dich an dies und das, Arvid. Du erinnerst dich an das U-Bahn-Schild, das auf die Straße fiel. Du erinnerst dich sicher an das Splittern, als es kaputtging.«
Und an die kleine Geste, mit der er nun das Wort an Niklas Grundström übergab, würde sich Paul Hjelm immer als an einen der Höhepunkte in seinem Berufsleben erinnern.
Innerlich.
Grundström musste tatsächlich ein wenig blinzeln – fand aber schnell das Gleichgewicht wieder und übernahm.
»Was hast du gesehen, Arvid, als das Schild kaputtging? War da ein Mann?«
Arvid sah ihn nicht an. Er starrte geradewegs durch ihn hindurch. Und durch die Wand, durch die Mauern des Polizeigebäudes, hinauf in den verstecktesten Winkel des Himmels. In die schwärzesten Wolken.
Und sagte:
»Da war ein Mann.«
Grundström rümpfte kurz die Nase.
»Erzähl uns von dem Mann.«
»Er ging zur U-Bahn. Und dann, als die Wolke kam, drehte er sich um und ging weg.«
»Und das war alles?«
»Er haute ab.«
»Haute ab?«
»Verduftete. Verzog sich.«

»Vielleicht hatte er nur Angst? Die Welt explodiert, und er läuft weg.«

»Nein, er haute ab. Er haute vor der Wolke ab. Aber das geht nicht. Man kann nicht vor seiner Wolke abhauen. Er hatte eine große, schwere, schwarze Wolke über dem Kopf, viel größer als deine, mein Freund. Deshalb möchte ich wissen, wie du deine losgeworden bist, mein anderer Freund. *Wie hast du das gemacht?*«

»Lass uns versuchen, die verschiedenen Wolken auseinanderzuhalten«, schlug Grundström ohne ein Zeichen von Ungeduld vor. »Halten wir uns an die Wolke, die aus dem U-Bahn-Eingang kam. Da war noch etwas mit diesem Mann, oder? Etwas Besonderes?«

»Seine Wolke war groß. Vielleicht ein Zehntel von meiner.«

»Aber du hast ihn wiedererkannt? Du hattest ihn schon mal gesehen?«

»In seiner Wolke brannte ein Feuer. Das habe ich noch nie gesehen. Wie Gasplaneten im Universum. Wie die Sonne. Protuberanzen.«

»Wie was?«, entfuhr es Grundström.

»Protuberanzen.« Hjelm konnte sich nicht verkneifen das Wort zu wiederholen. »Gasbeulen auf der Sonnenoberfläche, die zuweilen, wenn sie aktiv sind, ziemlich weit hinausgeschleudert werden. Bis um ein Vielfaches des Erdballs.«

»Danke«, sagte Grundström mit Grabesstimme.

»Es können sich auch Teile ablösen«, fuhr Hjelm fort. »Kleine Stücke der Sonne, die ins Universum geschleudert werden.«

»Danke«, wiederholte Grundström wie zuvor. »Was wollen Sie damit sagen, Arvid.«

Arvid starrte sie an und sagte:

»Unter der Wolkendecke brodelte Magma.«

»Und Sie haben ihn also wiedererkannt?«

»Ich wollte Astronom werden«, sagte Arvid mit kreisrunden Augen. »Ich wollte das riesige Universum verstehen. Interessiert man sich nicht für Menschen, wenn man sich für das Universum interessiert? Das haben sie gesagt, als sie mich schlugen.«

»Wer hat Sie geschlagen?«, reagierte Grundström ganz automatisch. »Im Streifenwagen? Hier im Arrest?«

»Im Kongo«, sagte Arvid. »Dort war es hart. Wir haben getötet. Ich habe getötet, weil sie böse zu mir waren. Sie fanden, ich sei ein Trottel, weil ich Astronomie studierte. ›Du bist ein Idiot, Arvid. Es gibt genug schwarze Löcher in Afrika.‹«

»Hat man 1960 schon von schwarzen Löchern gewusst?«, fragte Paul Hjelm.

»Jedenfalls von denen in Afrika«, sagte Arvid.

Und dann wiederholte Paul Hjelm seine kleine Geste gegenüber Grundström und spürte, wie die Süße des Triumphes durch seinen Kreislauf rann und sich Wohlbehagen in seinem Körper ausbreitete.

»Haben Sie den Mann auf der St. Eriksgata wiedererkannt?«, fragte Grundström.

»Ja«, sagte Arvid glasklar.

»Wer war es?«

»Es war ein Polizist.«

»Danke«, sagte Grundström. »Wissen Sie, wer es war?«

»Es war ein Polizist, der schlimmste von allen. Er hieß Hans-Jörgen. Ich fand, dass es deutsch klang. Und er war genauso wie ein Nazi. Er kam nie auf die Idee, dass Neger Menschenwert haben könnten.«

»Jörgen ist ein skandinavischer Name«, sagte Paul Hjelm. »In Deutschland würde er Jürgen heißen.«

»Aber in Dänemark heißen sie Jørgen«, sagte Arvid.

»Das stimmt«, gab Hjelm zu.

»Es war also ein Polizist, den Sie vor der Rauchwolke fliehen sahen?«, fragte Grundström mit versteinerter Stimme.

»Er und seine Leute haben mich mit Lederriemen gefesselt. Und dann haben sie mich geschlagen. Ich glaube, sie haben zum Fesseln die Trageriemen der Gewehre genommen. Dann schlugen sie mich, bis ich versprach, mehr Neger zu töten als sie. Dann haben wir gesoffen. Das Saufen habe ich im Kongo gelernt. Hans-Jörgen hat mir das Saufen, Töten und Ficken beigebracht. Er war Polizist in Södertälje. So war das.«

»Sah der Polizist, den Sie gestern gesehen haben, wie Hans-Jörgen aus?«, fragte Grundström tapfer weiter und zeigte auf sein Papier. »Haben Sie das gemeint, als Sie sagten, Sie hätten ihn wiedererkannt? Denn so steht es hier, genau das haben Sie zu den Kollegen vom Arrest gesagt: ›Er ist Polizist, und ich weiß, wer er ist. Wenn ihr mich gehen lasst, sage ich, wer er ist.‹ Das ist ein direktes Zitat aus dem Polizeibericht.«

»Er war der Teufel«, sagte Arvid. »Ich verstehe erst jetzt, dass er der Teufel in Person war. Der echte Teufel. Er muss natürlich die Gestalt eines Menschen annehmen, wenn er auf der Erde etwas ausrichten will.«

»Meinen Sie jetzt den Polizisten auf der St. Eriksgata?«, fragte Grundström beherrscht.

»Da ist die Wolke.«

»Wir konzentrieren uns jetzt auf das, was heute Nacht passiert ist.«

»Die Wolke um uns wird größer. Die schwarze Wolke. Wir können sie bekämpfen. Wenn auch nur bis zu einem gewissen Punkt – dann schließt sie sich um uns und überwältigt uns. Sie dringt in uns ein, damit wir sie nicht loswerden können. Niemand wird böse geboren.«

»Ist der Polizist auf der St. Eriksgata böse?«, versuchte es Grundström, aber Hjelm hörte an seiner Stimme, dass er aufgegeben hatte. An der Veränderung in den Nuancen.

Der Blick, mit dem Arvid Gelbweiß zu Niklas Grundström aufsah, war abwesender denn je.

»Und du, mein Freund, musst aufpassen. Die Wolke wird größer. Sie bedeckt schon fast die ganze rechte Gesichtshälfte.«

»Okay, Arvid. Dann wird es wohl eine Weile dauern, bis Sie hier herauskommen. Wir sehen uns bald wieder.«

»Ich will mit *ihm* reden«, sagte Arvid und zeigte auf Hjelm. »Er kann sagen, wie man die Wolke verschwinden lässt. Es war das erste Mal, dass ich das sehe. Aber jetzt muss ich schlafen.«

Sie ließen ihn allein. Der Wärter erschien im Korridor, und sie gingen schweigend an der langen Reihe der Zellentüren entlang. Hjelm sah von Zeit zu Zeit verstohlen zu Grundström hinüber, der wieder sein normales, strammes Ich war.

Äußerlich jedenfalls.

Schließlich sagte Grundström ausdruckslos:

»Ja, wie wird man die schwarze Wolke los, verdammt?«

Paul Hjelm konnte nicht leugnen, dass ihn die Frage während des ganzen Gesprächs mit Arvid Gelbweiß beschäftigt hatte. Aber er hatte doch nichts Besonderes getan? In der letzten Zeit war in seinem Leben nichts Außergewöhnliches passiert. Oder doch? Atmete er nicht ein wenig leichter? Ging er dem Tag nicht mit etwas mehr Zuversicht entgegen? Aber das war ja nichts wirklich Neues – die einzige wirklich umwälzende Kraft, an die Paul Hjelm glaubte, war die Liebe, und die war vor einem Jahr gescheitert, sehr handgreiflich, in Form eines Nadelstichs in den Nacken im Parkhaus des internationalen Flughafens Arlanda. Vielleicht war er doch ein anderer gewesen, als er aufgewacht war? Vielleicht hatte ihm die merkwürdige und sehr zwiespältige Frau mit Namen Christine Clöfwenhielm doch eine positive Kraft injiziert? Er wusste es nicht. Und das sagte er.

»Ich weiß es nicht.«

Grundström wechselte ohne sichtbare Anstrengung das Thema:

»Er ist tatsächlich Astronom geworden. Sein Name ist Arvid Lagerberg, und, er war eine Zeit lang ein international anerkannter Forscher. Schwedischer Vertreter an einem Observatorium namens Keck – du als Bildungssnob kennst das sicher. Dann ging es abwärts. Wie bist du auf den Kongo gekommen?«

»Ich weiß nicht«, sagte Hjelm stillvergnügt. »Es ist ein dunkler Fleck in der schwedischen Geschichte. Schwedische UN-Soldaten sind kürzlich wieder in den Kongo gegangen, vierzig Jahre später. Was dort beim vorigen Mal passiert ist, liegt immer noch im Dunkeln. Ich habe mich ein wenig für diese Zeit interessiert. Ein Haufen naiver junger Schweden wurde in eine wahre Pesthöhle geschickt, und dort wurden sie zu Monstern. Niemand wollte sie da haben. Weder die kongolesische Armee noch die Katanga-Milizen, schon gar nicht die noch anwesenden belgischen Offiziere und auch nicht die widerlichen Söldner aus Südafrika. Alle lehnten die UN-Truppen ab.«

»Was du alles weißt«, sagte Grundström mit Marmorstimme.

»Ich weiß noch was«, sagte Paul Hjelm kühl. »Der Terminus Schwarzes Loch wurde erst 1968 von dem Physiker John Wheeler geprägt.«

»Tüchtiger Junge. Und was hätte das zu bedeuten?«

»Dass Arvid auf diesen Witz mit den schwarzen Löchern in Afrika vermutlich selbst gekommen ist. Oder ihn sich zumindest angeeignet hat. Was wiederum bedeuten würde, dass er ein bisschen direkter, als er behauptet, an einer Reihe von Vergewaltigungen beteiligt gewesen ist. Und vielleicht ist er auch diesem Polizisten Hans-Jörgen begegnet. Dem Teufel.«

»Nun mal langsam«, sagte Grundström. »Es war Krieg, und außerdem ist es über vierzig Jahre her. Was kann das in unserem Zusammenhang für eine Rolle spielen?«

»Es ist entscheidend für seinen Charakter«, antwortete

Hjelm und zuckte die Schultern. »Denn ich vermute, dass du bei dieser ganzen Sache daran gedacht hast, dass ich mich seiner annehme?«

»Aber er ist doch total versoffen. Er hat keinen Charakter. Der ist geistig völlig weg. Da ist nur Chaos. Das Land der Farne, Scheiße. Es geht nur darum, ihn zum Reden zu bringen.«

»Wie du da drinnen vermutlich gemerkt hast, gehört dazu etwas mehr als sonst«, sagte Hjelm trotzig. »Aber die Grundfrage ist: Warum so viel Energie darauf verwenden? Spielt es wirklich irgendeine Rolle? Wenn da tatsächlich ein Polizist auf der St. Eriksgata gewesen ist – kann man dann nicht verstehen, dass er sich aus dem Staub gemacht hat? Vielleicht hatte er etwas getrunken, vielleicht begriff er, dass da etwas Großes passiert war, das viel Arbeit machen würde, und wollte nicht involviert werden? Was sollte das mit der Explosion selbst zu tun haben?«

»Scheißen wir also drauf?«

Das war eine ungewöhnlich direkte Frage aus dem Mund von Niklas Grundström. Paul Hjelm blieb auf dem Flur stehen – und brachte Grundström tatsächlich dazu, ebenfalls stehen zu bleiben. Sie sahen sich an.

»Nein«, sagte Hjelm schließlich. »Dieser Mann hat etwas Wichtiges gesehen. Davon bin ich überzeugt. Trotz allem. Da ist etwas in seinem, ich weiß nicht, in seiner Energie ...?«

»Gut«, sagte Grundström bestimmt und setzte sich wieder in Bewegung. »Ein paar Grundinstinkte haben wir jedenfalls gemeinsam. Und ihr habt euch ja gut verstanden. Arvid und Paul.«

Hjelm holte ihn im Laufschritt ein, und sie gingen eine Weile schweigend durch die Flure. Erst als sie wieder im Inneren des Präsidiums waren, sagte Grundström, ohne stehen zu bleiben und ohne seine Miene zu verändern:

»Aber ein bisschen unheimlich war es doch.«

Hjelm merkte, dass er die Augen aufriss.

»Wieso?«

»Elsa und ich haben uns heute morgen gestritten.«

Zu seiner Verwunderung spürte Paul Hjelm, dass sich seine Brauen ein paar weitere Millimeter hoben.

»Ach ja?«, sagte er vorsichtig.

Grundström sagte:

»Sie hat mir eine Ohrfeige verpasst. Mein rechtes Ohr tut immer noch weh.«

6

Eine Regenwolke glitt über die Stadt und ging über den Einwohnern nieder. Es war eine jämmerliche kleine Regenwolke, ein windgetriebener Scheuerlappen, den der Zufall gerade über dieser kleinen Großstadt auswrang, die seit siebenhundertfünfzig Jahren Stockholm genannt wurde. Und die ärmlichen, wenig dauerhaften Individuen, die der gleiche Zufall – oder ein anderer – genau an diesem Punkt in dem vierdimensionalen Puzzle namens Menschheit platziert hatte, ließen die Rinnsale an ihren Gesichtern herablaufen und stellten beim Anblick der gleichen Rinnsale in den Gesichtern der anderen eine gewisse Erleichterung an sich selbst fest. Als ob sie trotz allem irgendwie zusammengehörten. Als ob sie eine Erfahrung teilten.

Vielleicht war etwas Außergewöhnliches vonnöten, um dies einzusehen, nämlich, dass es eine ganze Menge gibt, was uns verbindet.

Ein großer Mann unbestimmten Alters und in einem überraschend modischen Jackett begriff dies, als er am Slussen aus dem Bus aus Nacka stieg und sich auf seine tägliche Wanderung entlang des Söder Mälarstrand und weiter zur Västerbro begab. Er hieß Gunnar Nyberg und konnte sich tatsächlich darüber freuen, dass die Störungen des U-Bahn-Verkehrs ihn nicht betrafen. Er lief weiter als nötig, während die Regentropfen ihm ins Gesicht klatschten. Erst als er weitgehend durchnässt war, spannte er den Schirm auf und erkannte, dass Stockholm neue Formen bekommen hatte.

Eine blonde Frau in kaputten Jeans und einem Strickpullover, der hartnäckig über ihren gepiercten Bauchnabel nach oben rutschte, begriff es, als sie von ihrer neuen Wohnung auf halber Höhe von Götgatsbacken auf die Straße trat und die wenigen Schritte zur U-Bahn gehen wollte. Stattdessen blieb sie stehen und spürte, wie die Tropfen sich an den Haarwurzeln sammelten und, wenn sie groß genug waren, am Scheitel abwärtsglitten. Sie hieß Lena Lindberg, und als sie schließlich zu dem erwarteten Durcheinander von Ersatzbussen am Slussen hinunterschlenderte, fühlte sie sich teilhaftiger an der Menschheit als nur wenige Sekunden zuvor.

Erst auf dem U-Bahnsteig kam einem älteren Mann in Lederjacke die gleiche Einsicht. Außerdem erkannte er, wie nass er war. Obwohl er die ganze Fahrt von Karlaplan bis T-Centralen dafür brauchte. Er hieß Viggo Norlander und fragte sich, ob er ungewöhnlich dickhäutig oder ungewöhnlich wirklichkeitsentrückt war. Und es dauerte mindestens ebenso lange, bis er begriff, warum der Bahnsteig der blauen Linie nach Rådhuset menschenleer dalag. Schließlich landete er in einem proppenvollen Ersatzbus. Er trocknete sich mit einer Gratiszeitung ab, woraufhin die Mitpassagiere folgenden Schriftzug auf seiner hohen Stirn lesen konnten: »benanschlag in U-Bahn!« Allerdings spiegelverkehrt.

Ein kleiner dunkelhäutiger Mann von knapp vierzig Jahren begriff es, als er in seinem viel zu dünnen Leinenjackett die Polhemsgata hinaufwanderte. Sein Name war Jorge Chavez. Er hielt einen kurzen Moment inne, als der Regen heranwehte, blieb auf dem Bürgersteig stehen und ließ sich durchnässen. Es ging ihm nicht besonders gut. Er vollführte langsam eine Drehung um sich selbst – zuerst sah er den Kronobergspark, der im Schatten des Regens wie ein wahrer Dschungel aussah, dann sah er das Polizeipräsidium. Einen Moment lang fragte er sich, welche Seite der Polhemsgata eigentlich die wildere war.

Ein überaus weißer Mann begriff es erst in dem Augenblick, als eine Putzfrau seine Lieblingstoilette besetzte und er in ihrem Gesicht dieselbe Regennässe sah wie in seinem. Sie sah aus, als komme sie aus Südamerika, und sie schien geradewegs von der Straße in seine Herrentoilette gestiefelt zu sein. Er hieß Arto Söderstedt, und seine schlechte Angewohnheit, jeden Morgen einen Liter Apfelsinensaft zu trinken, machte den langen Spaziergang von Södermalm zu einem Kampf gegen die Zeit. Eine blockierte Toilette konnte leicht schicksalsschwere Folgen haben. Er wusste, wie weit es bis zur Nächsten war, und zu laufen war in seinem Zustand keine gute Idee. So erschütterungsfrei wie möglich bewegte er sich die Treppe hinauf.

Als die kurz geschorene blonde Frau mit einem knappen »Hej« auf der Treppe an ihm vorbeistieg, fragte sie sich einerseits, ob er im Begriff war, den Geist aufzugeben wie ein alter Motor, andererseits nahm sie die Rinnsale wahr, die ihm in die Stirn liefen. Und damit überkam sie die Einsicht, dass uns alle trotz allem eine ganze Menge verbindet. Ihr Name war Sara Svenhagen, und als sie neben dem Weißen innehielt, wurde sie hastig weggewinkt und stieg weiter die Treppe hinauf. Als sie schließlich ihr Gesicht in ein geschmeidig hervorgezaubertes Papiertaschentuch drückte, war sie praktisch schon vor der ihr wohlbekannten Tür angelangt.

Dort stand bereits ein sehr großer, schlanker Mann von knapp dreißig Jahren und las eine mit Tesafilm befestigte Mitteilung. Als er Sara sah, erkannte er, dass er nicht der Einzige war, dem die Rinnsale beharrlich über die Stirn liefen. Er hieß Jon Anderson, und er war verblüfft über die Verwunderung in seiner Stimme, als er sagte:

»Die Kampfleitzentrale ist geschlossen.«

»Selbst guten Morgen«, sagte Sara und versuchte, ihr zerlaufenes Gesicht trockenzutupfen.

»Wir sollen anscheinend zur Sicherheitspolizei.«

»Dann schaffe ich es vielleicht noch, mich in Ordnung zu bringen«, sagte Sara mit einem blassen Lächeln.

Was Kerstin Holm betraf, so unterstrich für sie der Anblick eines triefend nassen Sicherheitspolizeichefs die metaphysische Bedeutung dieses kurzen, aber intensiven Regens. Da ihm das für gewöhnlich so glatt gekämmte Haar zu Berge stand und er aussah, als habe er in totaler Verzweiflung versucht, es ohne Spiegel zu ordnen, dachte sie: Der Regen fällt auf Große wie auf Kleine.

Sie fragte sich, ob das ein Liedtext war.

Ohne ein Wort der Begrüßung oder eine Spur von Höflichkeit zeigte der Chef der Sicherheitspolizei auf eine geschlossene Tür und sagte:

»Deine Männer sind schon da. Du bist spät dran.«

»Und du selbst?«, fragte Kerstin Holm lächelnd.

»Komme gleich«, antwortete der Chef der Sicherheitspolizei etwas verkniffen.

»Übrigens sind drei meiner sogenannten Männer Frauen, mich selbst eingeschlossen.«

»Ich weiß«, zischte der Säpo-Chef. »Und du kannst Gift darauf nehmen, dass *ich* nicht um euch gebeten habe.«

Damit verschwand er auf einer Toilette. Mit eigenem Schlüssel.

Kerstin Holm, die operative Chefin der Sondereinheit für Gewaltverbrechen von internationalem Charakter bei der Reichskriminalpolizei, besser bekannt als die A-Gruppe, befand sich nicht oft im Säpo-Trakt des Polizeipräsidiums. In der Regel war er hermetisch verschlossen. Und auch diesmal war sie nur hereingekommen, nachdem sie sich mehrere Male ausgewiesen hatte. Ihr früherer Chef, Jan-Olov Hultin, hatte anscheinend beim Reichspolizeichef einen Stein im Brett. Sonst wäre ein Treffen wie dieses völlig undenkbar.

Okay, dachte sie und legte eine Hand auf den Türgriff, ich bin ziemlich spät dran. Aber Bengt Åkesson stand diese Zeit zu. Das sind wir ihm schuldig. Das bin *ich* ihm schuldig.

Dann öffnete sie die Tür.

Der Raum erinnerte an die Kampfleitzentrale, den alten, abgenutzten Sitzungsraum der A-Gruppe, allerdings im Maßstab zwei zu eins. Alles war doppelt so groß, doppelt so elegant, doppelt so zweckdienlich.

Und tatsächlich saßen sie da, alle miteinander, und der

Regen lief ihnen über die Gesichter. Da waren Gunnar Nyberg, Lena Lindberg und Viggo Norlander, außerdem Jorge Chavez, Arto Söderstedt, Sara Svenhagen und Jon Anderson. Und, ganz vorn auf dem Podium, völlig unverändert und sich selbst treu, saß der Pensionär Jan-Olov Hultin in höchsteigener Person. Es war gespenstisch, wie ein merkwürdig vergrößertes Standfoto aus der Vergangenheit.

Doch sie waren nicht allein hier, der große Konferenzraum war proppenvoll mit Polizisten. Sie erkannte Gesichter von der Säpo und Gesichter von der Polizei Stockholm. Und Gesichter vom Reichskriminalamt. Hier wurde auf die Pauke gehauen, so viel war klar.

Die A-Gruppe saß gleichsam eingeklemmt in einer eigenen Ecke, und an der Wand hinter Hultin (der allein auf dem mittleren von nicht weniger als neun Stühlen saß) leuchtete ein Bild, das aus einer Power-Point-Präsentation entnommen schien. Darauf stand: »Organisation Fall Carl Jonas«. Hultin warf einen Blick darauf und anschließend einen langen Blick quer durch den Saal.

Kerstin Holm spürte die unaufgeregte Wärme darin, die Hultins Merkmal war. Sie lächelte schwach und glitt, aus einem unerfindlichen Grund in leicht geduckter Haltung, hinüber zu ihren Untergebenen in der A-Gruppe. Sie nickten einander andeutungsweise zu, wischten sich die hartnäckigsten Rinnsale aus der Stirn und rückten zusammen. Als sei es sehr, sehr kalt im Raum.

Sie betrachteten ihren ehemaligen Chef, der vor ihnen auf dem Podium thronte. Er war auffallend unverändert – und gleichzeitig lag ein Schleier von Müdigkeit über seiner Erscheinung. Doch keine Müdigkeit existentieller Art, wie sie ein Pensionär, der fertig gelebt zu haben meint, oder ein Mensch, welchen Alters auch immer, der seiner Arbeit oder seines Lebens extrem überdrüssig ist, so leicht ausstrahlt. Nein, dies war eine konkrete Müdigkeit, eine Müdigkeit, die verriet, dass Jan-Olov Hultin, der nun auf die Siebzig zuging, in dieser Nacht kein Auge zugetan hatte. Im Fernsehen hatte man die Müdigkeit überschminken können. So war es hier nicht. Allem Anschein nach hatte er mit dem Säpo-Chef und dem Duo, das sich jetzt in seinem Rücken offenbarte, in knallharten Verhandlungen gesessen. Es waren die Polizeipräsidentin von Stockholm und der Chef der Reichskriminalpolizei persönlich. Sie nahmen, beide mit einem kurzen Nicken, rechts und links von Hultin Platz.

»Wieso Carl Jonas?«, flüsterte Arto Söderstedt und beugte sich zu Kerstin Holm hinüber; Jon Anderson, der dazwischen saß, wurde eingeklemmt.

»2255 im C20«, flüsterte Kerstin Holm erläuternd.

Söderstedt gefror für zwei Sekunden gleichsam zu Eis. Dann schüttelte er kurz den Kopf und sagte:

»Was?«

»Der gesprengte U-Bahn-Waggon«, verdeutlichte Kerstin Holm. »Er hieß Carl Jonas. Nach Carl Jonas Love Almqvist, darf man vermuten. Wenn es nicht irgendeinen Dokusoap-Promi gibt, der auch so heißt. Fall Carl Jonas. So ist das. Almqvist dreht sich im Grabe um.«

»Das ist er doch gewöhnt«, sagte Kerstin Holm.

Inzwischen waren zwei weitere Potentaten auf dem Podium erschienen: der Säpo-Chef, jetzt mit eleganter, nass gekämmter Frisur, und die neue Chefin der Reichskriminalpolizei. Die erste Frau, die jemals diesen Posten innehatte.

Zusammengenommen ergab das Quintett eine ziemlich imposante Riege, die kurz darauf um den zweiten Mann der Säpo und um Waldemar Mörner ergänzt wurde, den formellen Chef der Sondereinheit für Gewaltverbrechen von internationalem Charakter bei der Reichskriminalpolizei.

Zuweilen auch als A-Gruppe bezeichnet.

»Mörner?«, platzte Söderstedt heraus.

Vielleicht ein wenig zu laut; die Leute vor ihm drehten sich um und sahen ihn an.

»Was bedeuten dürfte, dass wir in dieser Geschichte eine

wichtige Rolle spielen werden«, flüsterte Jorge Chavez von vorn.

Kriminalkommissarin Kerstin Holm konnte lediglich mit den Schultern zucken. Sie lehnte sich zurück und machte sich auf so gut wie alles gefasst.

Möglicherweise hätte Hultin sich melden und erzählen können, was sie erwartete. Aber als sie zum Podium aufblickte und seinem Blick begegnete, sah sie ein, dass er vermutlich keine Gelegenheit dazu gehabt hatte. Die Verhandlungen hatten wahrscheinlich bis vor wenigen Minuten angedauert. Und es war fraglich, ob sie überhaupt schon abgeschlossen waren.

Schließlich betraten noch zwei Personen die Bühne. Es waren alte Bekannte, ein kantiges Urgestein in den gehobenen mittleren Jahren mit granithartem Blick und eine krumme Gestalt, um die Motten zu kreisen schienen. Letztere war der oberste Gerichtsmediziner Sigvard Quarfordt, der Jahr um Jahr allen Lebenserwartungsprognosen trotzte und sich dank panischer Angst vor einer Pensionierung in seiner führenden Position hielt, während es sich bei ersterer Person um den Chefkriminaltechniker Brynolf Svenhagen handelte, den Leiter des Staatlichen Kriminaltechnischen Labors.

Neun Personen dort oben. Viele Interessenten.

Viele Medieninteressenten. Viele Machtinteressenten. Und, nicht zu vergessen, eine ganze Menge professioneller Polizeiinteressenten.

Wer würde zuerst reden?

»Der Säpo-Chef«, flüsterte Chavez.

»Der Reichspolizeichef«, flüsterte Söderstedt.

»Hultin«, flüsterte Jon Anderson.

Kerstin Holm lächelte und fixierte die Szene.

Söderstedt behielt recht.

Der Reichspolizeichef war relativ neu im Amt und im Unterschied zu seinem Vorgänger kein Politiker, wenngleich auf politischem Weg berufen. Polizist war er auf jeden Fall nicht, er war Jurist bis in die Knochen, und man hatte ihn, dem Justizminister zufolge, geholt, um »die schwedische Polizei moderner, offener und effizienter zu machen«. Er befand sich also in gewissem Sinne in Feindesland, als er jetzt das Wort ergriff und sagte:

»Willkommen, meine Freunde, bei diesem größten Fall der schwedischen Kriminalgeschichte.« Er hielt kurz inne und blickte sich um. Es hatte den Anschein, als hörte man ihm zu. Durch diese unerwartete Widerstandslosigkeit angespornt, fuhr er fort:

»Diese Tat ereignet sich zu einem Zeitpunkt, da die Strategien der schwedischen Terrorbekämpfung einer größeren Überprüfung unterzogen werden. Einige Untersuchungen sind abgeschlossen, andere sind noch im Gang, weitere sind kürzlich in die Wege geleitet worden. Man muss einräumen, gewissermaßen, dass es ein glücklicher Umstand ist, dass es sich um eine so – relativ betrachtet – begrenzte Tat handelt; das gibt uns die Möglichkeit, die Organisation zu testen und genau unter die Lupe zu nehmen, was funktioniert und wo es hapert. Es geht also nicht allein darum, den ›Fall Carl Jonas‹, wie wir ihn genannt haben, zu lösen, es geht um die Zukunft der schwedischen Terrorbekämpfung. Dieser Fall, meine Freunde, wird darüber entscheiden, wie sich die polizeiliche Zukunft gestalten wird. Es gibt, wie Sie sicher wissen, Kräfte, die gern das Militär und insbesondere den militärischen Sicherheitsdienst in diese Form von Terrorbekämpfung einbeziehen würden. Ich hoffe, Sie nehmen jetzt die Gelegenheit wahr, zu demonstrieren, dass die schwedische Polizei international auf der Höhe der Zeit ist. Alle denkbaren internationalen Kontakte stehen Ihnen via Europol und Interpol zur Verfügung, die amerikanische wie die spanische und die englische Polizei werden Ihnen zur Seite stehen. Die verfügen ja über eine gewisse Routine, was Terroranschläge betrifft.«

Der Reichspolizeichef hielt erneut inne und schob seine

kleine Plastikbrille in die Stirn. Er wandte sich dem zweiten Mann der Säpo zu, der links außen saß, und dieser tippte etwas auf die Tastatur seines vor ihm stehenden Computers. Das Power-Point-Bild hinter dem Rücken der glorreichen Neun wurde durch ein anderes mit mehr Text ersetzt. Ein leichtes Zucken ging durch die vielköpfige Polizeischar im Publikum.
Der Reichspolizeichef wandte sich kurz um und sprach weiter:
»Formell und faktisch ist und bleibt die Sicherheitspolizei die Instanz, die bei Terroranschlägen die letzte Verantwortung hat. Aber die Gesetzeslage ist verschwommen, und die Verantwortungsverteilung äußerst diffus. Wir sind uns dessen schon länger bewusst, doch die Trägheit des Systems hat es uns schwer gemacht, zu reagieren. Wohlgemerkt: die dem System *innewohnende*, bewusst eingebaute Trägheit. Es *soll* ganz einfach nicht zu leicht sein, in einer Demokratie die Gesetze zu ändern. Aber das bringt auch gewisse organisatorische und administrative Probleme mit sich.«
»Das kann man wohl sagen!«, schnaubte eine Stimme aus der vorderen Sitzreihe. »Ich sage nur: Rockerbanden.«
Kerstin Holm glaubte die Stimme zu erkennen. Sie gehörte einem der am wenigsten demokratisch gesinnten Polizisten, die sie kannte. Einer lichtscheuen Gestalt aus der finstersten Ecke der Säpo.
Der Säpo-Chef auf dem Podium erwachte zum Leben und sagte, und es klang, als ob es einstudiert wäre:
»Ich vermute, damit ist die unterschiedliche Vorgehensweise der Schweden und der Dänen bei der Bekämpfung der zunehmenden Kriminalität unter Rockerbanden angesprochen. Ich bin auch der Meinung, dass dies lehrreich ist. Die Dänen halten uns für eine Bande von Paragrafenreitern, die sich von den Reglementierungen haben schlucken lassen. Sie selbst haben einen großen Teil der veralteten Integritätsschutzbestimmungen gelockert, um die Banden zu bekämp-

fen. Und sie sind ganz entschieden erfolgreicher als wir in Schweden. Hier werden die Banden stärker – und wir stehen dem hilflos gegenüber. Wir sind eine Polizei ohne Handlungsfreiheit.«

Der Reichspolizeichef warf einen fast scheu zu nennenden Blick auf den Säpo-Chef und sagte, ein wenig aus seinem frisch gewonnenen Gleichgewicht gebracht:

»Was hat das mit der terroristischen Tat von vergangener Nacht zu tun?«

Und der Säpo-Chef erwiderte, wiederum beinahe, als ob es einstudiert wäre:

»Wir wollen hoffen, dass unsere Gesetzeslage nicht wieder so beschaffen ist, dass der Integrität der Täter größere Priorität eingeräumt wird als dem Leiden der Opfer.«

Kerstin Holm stellte fest, dass der Säpo-Chef ein Mann mit dramaturgischem Fingerspitzengefühl war. Dies war recht geschickt gemacht, das musste sie einräumen. Geschickt gemacht – wie jede effektive Propaganda. Denn jetzt hatte er den Ton für den Fall Carl Jonas angeschlagen: Hier sollte keine übertrieben liberale Rechtslage dem wirklichen Kampf im Wege stehen.

Da hörte man ein Räuspern, und eine wohlbekannte Stimme sagte vom Podium herab:

»Ich schlage vor, dass wir diese Ermittlung nicht mit politischem Hickhack beginnen.«

Seiner Gewohnheit treu, gelang es Jan-Olov Hultin, die Wogen zu glätten. Es waren von keiner Seite Proteste zu vernehmen. Er sah sich ruhig um und fuhr fort:

»Ich meine, wir sollten jetzt alle politischen Fragen ausklammern und uns direkt den Sachfragen zuwenden. Zu meiner großen Verwunderung wurde ich heute Nacht geweckt und gefragt, ob ich, der ich seit ein paar Jahren pensioniert bin, die Leitung der, wie man behauptete, größten schwedischen kriminalistischen Ermittlung übernehmen wolle. Ich habe zugesagt, und auch wenn ich als Kompromisskandidat berufen worden bin, habe ich die Absicht, die Ermittlung zu leiten, wie man mich gebeten hat. Ich bin nicht hergekommen, um eine zahnlose Galionsfigur abzugeben, auch nicht, um mir von anderen sagen zu lassen, was ich zu tun habe. Wir sind natürlich zahlreiche Beteiligte, und wir sitzen zu neunt hier oben auf dem Podium, vor allem, um Zusammenarbeit und Zusammengehörigkeit zu demonstrieren, wenn auch nicht immer Einverständnis. Wir werden diese Nuss knacken, und ich rechne damit, dass alle einer Meinung mit mir sind. Seid ihr das?«

Kerstin Holm lächelte. Es bestand kein Zweifel, dass Hultin noch alle seine Pferde im Stall hatte. Die Frage war eher, ob sie sich nicht sogar noch vermehrt hatten. Dort saß der wahre Reichspolizeichef.

Es erklang kollektives Gemurmel seitens des polizeilichen Auditoriums, und Hultin fuhr fort:

»Ich will euch nicht mit den exakten Organisationsdetails langweilen, aber die Säpo bleibt federführend in der Ermittlung, alles Ermittlungsmaterial läuft über die Führungsgruppe der Säpo. Wir Übrigen – die Länspolizei Stockholm und die Stadtteilpolizei sowie die Reichskriminalpolizei – sind formell an die Säpo ausgeliehen. Das gilt eigentlich für die gesamte Polizei in Stockholm, mit Ausnahme gewisser Segmente der Stadtteilpolizei – sodass die Kleinganoven frohlocken werden. Hier oben sitzen also der Reichspolizeichef, der Chef der Säpo und sein Vize, die Chefin der Reichskriminalpolizei, die Polizeipräsidentin von Stockholm, der formelle Chef für die Sondereinheit für Gewaltverbrechen von internationalem Charakter, der Chef der Gerichtsmedizin sowie der Chefkriminaltechniker. Und ich. Gemeinsam repräsentieren wir die geballte Muskelkraft des Polizeikorps. Von der ich wirklich hoffe, dass sie ausreicht, um die U-Bahn-Bomber zu fangen. Jetzt zur Sache: Chefkriminaltechniker Brynolf Svenhagen ist gerade nach einer schlaflosen Nacht vom Tatort zurückgekehrt. Wie ist die Lage?«

Brynolf Svenhagen nickte urgesteingrimmig und ergriff auf seine übliche distinkte Weise das Wort:

»Es handelt sich um eine Bombe in einer Tasche. Wagen 2000 besteht aus drei Teilen, die mittels zweier Gelenkböden verbunden sind. Der fragliche Zug hatte drei solche Wagen, von denen der Carl Jonas der letzte war. Die Bombe befand sich im hinteren Drittel des Wagens, wo sich elf Personen aufhielten. Im Mittelteil war niemand. Und im vorderen Teil waren fünf. Unsere elf Opfer, von denen sieben Männer und zwei Frauen tot und zwei Männer schwer verletzt sind, hielten sich also sämtlich im hinteren Drittel des Wagens auf. Die fünf Personen im vorderen Drittel des Wagens erlitten leichtere Verletzungen. Alle fünf sind identifiziert und von der lokalen Polizei vernommen worden, die als Erste am Tatort eintraf. Die Sprengwirkung war kräftig und brachte den Zug kurz nach der Abfahrt vom Fridhemsplan ein Stück vom Brückenlager der St. Eriksbro entfernt zum Stehen. Nach unserem gegenwärtigen Erkenntnisstand handelt es sich um einen hochmodernen militärischen Sprengstoff, der weitgehend mit dem des Londoner Anschlags vor einem Monat übereinstimmt. Die Tasche stand zu Füßen eines der beiden Männer, die einem anderen Mann gegenüber auf der zweiten hinteren Sitzbank, von der Tür aus gerechnet, saßen. Alle mit dem Fall befassten Polizisten haben ja die Bilder erhalten, ihr wisst also, wo. Ihr habt auch meine Skizze des Wagens bekommen, die wir vielleicht hier an die Wand werfen können. So, danke. Möglicherweise kann man vermuten, dass dieser einzelne Mann der Inhaber der Tasche war, und seine Identifizierung ist deshalb besonders wichtig. Die Identifizierung stellt uns jedoch vor gewisse Probleme, weil es sich um extrem verstümmelte Opfer handelt. Die Identität von fünf der neun Todesopfer ist mit hoher Wahrscheinlichkeit gesichert, hauptsächlich aufgrund rekonstruierter Ausweispapiere. An den übrigen vier arbeiten wir noch. Außerdem sind die

Identitäten der beiden Überlebenden geklärt. Betrachten wir also die Skizze.«

Brynolf Svenhagen machte eine kurze Pause und wandte sich um. Seine Tochter Sara, Mitglied der A-Gruppe, atmete aus und dachte an die phantastischen Darlegungen in ihrer Kindheit. Schon damals hatte der Mann, der im normalen Alltagsleben kein Wort äußerte, hin und wieder plötzlich Wind unter die Flügel und Wind ins Gaumensegel bekommen und eine maschinell vorgebrachte Erklärung geboten, beispielsweise über die Art, wie verschiedene Sorten von Gehirnsubstanz aus Austrittswunden spritzen. Er blieb kein einziges Mal stecken.

Manchmal grübelte Sara darüber nach, was diese verbalen Kanonaden in ihrer Kindheit mit ihr gemacht hatten.

Nun fuhr Brynolf Svenhagen fort:

»Wie ihr auf den Fotos vom Tatort gesehen habt, ist es für ein ungeübtes Auge leicht, von reinem Chaos zu sprechen. Aber ein geübtes Auge sieht viel mehr. Es lässt sich zum Beispiel ziemlich leicht entscheiden, wie die Sprengwirkung ausgesehen hat. Hier seht ihr die Streuung, wie ein Stern von einem Zentrum ausgehend. Die elf Individuen befanden sich also hier. Vier dürften gestanden haben, einer auf den Stehplätzen im vorderen Teil, drei im hinteren. Die vier standen ungefähr so, wie man in der U-Bahn in der Regel steht, wahrscheinlich an die Scheiben gelehnt, die dann zersplitterten. Zwischen diesen Stehenden saßen auf viermal vier Sitzplätzen fünf Personen, darunter also auch der mutmaßliche Bombenmann auf dem Fensterplatz, und zwar in Fahrtrichtung. Hier. Die zwei Verletzten saßen ganz hinten, hier. Da war die Sprengwirkung eine Spur geringer. Man kann hinzufügen, dass die Sprengkraft ungefähr ein Fünftel der Sprengkraft einer einzelnen der in London explodierten Bomben betrug. Von einer kräftemäßig enormen Tat kann also nicht die Rede sein. Dennoch starben neun Personen – möglicherweise sind es bald elf. Sigvard?«

Tatsache war, dass Kerstin Holm, die ja ein halbes Jahr suspendiert gewesen war und erst kürzlich ihren Dienst wieder angetreten hatte, nicht ahnte, dass der alte Uhu Sigvard Qvarfordt sich panisch an seinen Job klammerte. Sie würde sein Alter auf einhundertzwei Jahre getippt haben. Als er den Mund aufmachte, zeigte sich zwar, dass seine Stimme um einiges knarrender geworden war, aber seiner Vernunft schien es an nichts zu mangeln.

»Möglicherweise bald elf«, knarrte er. »Es steht nicht besonders gut um die beiden Verletzten. Wir haben es mit schweren Quetschungen und zahlreichen Knochenbrüchen, aber nicht mit Gehirnschäden zu tun. Beide liegen im Respirator, der Jüngere ist in etwas besserer Form als der Ältere. Aber beide befinden sich in einem kritischen Zustand. Sie liegen im Koma, und wir haben keine Ahnung, wann sie daraus erwachen.«

Während Qvarfordt sprach, hatte eine uniformierte Frau von hinten das Podium betreten. Sie stand mit einem Notizzettel in der Hand da und wirkte unschlüssig, wem von den anwesenden Vorsitzenden sie ihn geben sollte.

Schließlich streckte Jan-Olov Hultin die Hand aus und nahm der Polizeianwärterin das Hierarchieproblem ab. Erleichtert zog sie von dannen. Hultin las den Zettel und zog die Stirn kraus. Das hieß bei ihm schon einiges.

»Es ist etwas Wichtiges geschehen«, sagte er laut und übertönte damit die Schlussworte von Qvarfordts Darlegung. »Es sieht so aus, als habe eine Gruppe sich zu der Tat bekannt. Es soll einen Tonbandmitschnitt geben. Ich weiß nicht, ob du ihn finden kannst, Sune...«

Der Säpo-Vize beugte sich über seinen Laptop und bearbeitete die Tastatur mit beneidenswerter Behändigkeit. In der Zwischenzeit fuhr Hultin fort:

»Im Laufe der Nacht haben fünf einschlägig bekannte Irre die Sprengung auf sich genommen; die Motive reichten von ›miserabel gelagertem Whisky im Kvarnen‹ bis zu ›grauenvolle Herbstdepression‹. Dieser Anruf hier ist von der Stadtteilpolizei in Älvsjö, bei der er offenbar einging, anscheinend als ernst zu nehmend beurteilt worden.«

»Die Stadtteilpolizei in Älvsjö?«, platzte der Säpo-Chef heraus.

»Wir haben vermutlich Gelegenheit, dies genauer auszuwerten«, sagte Hultin. »Eine Gruppe, die sich ›Die heiligen Reiter von Siffin‹ nennt, bekennt sich auf Englisch zu der Tat. The Holy Riders of Siffin.«

»Reiter?«, entfuhr es Arto Söderstedt auf der Bank vor Kerstin Holm.

Er wurde von der versammelten Polizeimannschaft zum Schweigen gebracht.

»Haben wir die Aufnahme schon?«, fragte Hultin.

»Ich glaube ja«, sagte der Säpo-Vize. »Sie sollte jetzt kommen.«

Es knisterte leicht in den Lautsprechern, eine dunkle Stimme mit einem kaum hörbaren Akzent sagte:

»Is this the Swedish police?«

»Ääh, hem«, sagte eine verblüffte Männerstimme. »So ein Mist. Well, it's the Swedish police in Älvsjö, yes, verflixt.«

»The bomb in the subway was planted by us.«

»The bomb in the subway? Okay ... go on.«

»Sweden has for a long time been a nest of vipers, the worst kind of christian liberal trash can. You have lost all sense of morale and holiness. You have no values left at all. Your women are whores, and they are seducing the women of the right faith.«

»Who is this?«, sagte die unverändert verblüffte Männerstimme.

»You may call us The Holy Riders of Siffin. You will hear from us again. Lower your eyes. It makes the mind more focused, and gives more peace to the heart.«

Dann war deutlich zu hören, wie der Hörer aufgelegt wurde. Die völlig perplexe Männerstimme konnte noch sagen: »Scheiß Kanaken, beschmutzen ...«, bevor der Säpo-Vize mit überaus gestresstem Zeigefinger die Aufnahme stoppte.

Die Honoratioren auf dem Podium betrachteten einander.

»Glaubwürdig?«, fragte Hultin schließlich, wobei er sich dem Saal zuwandte. Mangels unmittelbarer Reaktion fuhr er selbst fort:

»Ziemlich gepflegtes Englisch, ›nest of vipers‹, ›christian liberal trash can‹. Leichter Akzent, den man vielleicht identifizieren kann. Ein gewisser Zorn in der Stimme, besonders bei der Aussprache von ›whores‹. Das hat eine gewisse Authentizität. Dazu das Wort ›subway‹ statt ›underground‹, amerikanisch geprägtes Vokabular. Noch jemand etwas?«

Kerstin Holm war nicht sicher, ob Hultin ihren Blick suchte, aber es fühlte sich so an. Es fühlte sich an, als kralle er sich in ihrem fest. Sie räusperte sich und versuchte, etwas Kluges zu formulieren.

»Warum ruft man in Älvsjö an, wenn man gerade eine große internationale Terroraktion begangen hat?«, brachte sie heraus. »Entweder ist es die reine Verarsche, oder es dient einem spezifischen Zweck.«

»Wie zum Beispiel?«, fragte Hultin neutral.

»Wie zum Beispiel, einen kleinen Vorsprung zu gewinnen oder der Abhörung zu entgehen. Oder man hat eine besondere Verbindung dorthin. Oder beides.«

Als Jan-Olov Hultin nickte, natürlich ohne eine Miene zu verziehen, fühlte sich Kerstin Holm um viele Jahre in die Vergangenheit versetzt. Sie war damals noch recht jung, war gerade aus einer Wahnsinnsbeziehung ausgebrochen, führte ein ziemlich graues und tristes berufliches Leben an der Westküste und wurde in den Vernehmungsraum der Polizeiwache in der Färgaregata in der Nähe vom Odinsplats in Göteborg gerufen. Da saß ein Mann, dessen Neutralität den blassgrauen Putz an der Wand hinter ihm vor Ausdrucksfülle Funken sprühen ließ. Im dazu passenden Tonfall fragte er:

»Was würdest du zu einem Umzug nach Stockholm sagen?«

Auf dem Podium saß nun der gleiche Mann, mit der gleichen Neutralität, und sie musste feststellen, dass die Jahre mit ihm entschieden gnädiger umgegangen waren als mit ihr selbst. Dabei war er der Pensionär.

Pensionär a. D. nun.

Bevor diese Neutralität sich erneut wie eine sichere Decke um sie legte, fragte sie sich, ob er wieder als Berater angestellt worden war. Kommissarberater. Oder war er in seines Alters Herbst – vielleicht eher Winter – endlich sogar befördert worden? Polizeiintendentberater? Wie auch immer, sie verspürte trotz der an die hundert kritischen Augen, die auf sie gerichtet waren, keinerlei Druck.

Jan-Olov Hultins väterliche Wirkung auf sie blieb ein Mysterium. Und sie beließ es dabei. Sie sagte:

»Sonst müssen wohl vor allem zwei Dinge näher untersucht werden: Wer sind The Holy Riders of Siffin? Und was bedeutet die Schlusswendung? ›Lower your eyes. It makes the mind more focused and gives more peace to the heart.‹ Der Rest ist ja Allgemeingut über den schwedischen und den westlichen Verfall, vor allem der Frauen.«

Eine kleine zurückhaltende Bewegung ging vor allem durch den Säpo-Teil des Auditoriums, wie eine leichte Frühlingsbrise durch ein frisch vom Eis befreites Schilfdickicht.

Unausgesprochene Zustimmung. Fand Kerstin Holm.

Sie, die damit prahlte, gegenüber polizeilichen Vorurteilen im Allgemeinen und einem genuin frauenfeindlichen Korpsgeist im Besonderen nicht mehr nennenswert empfindlich zu sein.

Jan-Olov Hultin nahm den Blick von ihr, und sie meinte, einen Anflug von Zufriedenheit über sein Gesicht huschen zu sehen, während er sich ans Auditorium wandte.

»Irgendwelche anderen Reflexionen?«, fragte er in den Raum.

Der Säpo-Chef neben ihm konnte natürlich nicht stumm bleiben. Seine Autorität verlangte nach einem Kommentar aus höchster Höhe:

»Mit einer Islamistenzelle dieser Größenordnung in unserem Land ist wahrlich nicht zu spaßen.«

Nicht einmal die allertreuesten Anhänger des Säpo-Chefs sahen sich in der Lage, in dem geäußerten Satz auf Anhieb einen Scherz zu entdecken. Daher nickten sie nach kurzer Bedenkzeit beifällig.

Der Reichspolizeichef schob seine Kunststoffbrille auf die Stirn, auf der man den einen und anderen Schweißtropfen ahnen konnte, und sagte:

»Ich bin überzeugt, dass alle berührten Instanzen sich des Ernstes der Lage bewusst sind. Darf ich dann den Ermittlungsleiter Jan-Olov Hultin bitten, zusammenfassend die Aufgabenverteilung vorzunehmen?«

Er durfte. Mit einem leichten Stirnrunzeln ließ Hultin seine Eulenbrille langsam die enorme Nase hinabgleiten. Zwei Sekunden, nachdem sie zum Stillstand gekommen war, sagte er, den Blick in ein handgeschriebenes Blatt Papier vertieft:

»Wir müssen folgendermaßen vorgehen. Eins: die technische Beweisführung. Bombe, Sprengstoff et cetera fallen hauptsächlich in den Verantwortungsbereich der Säpo, selbstverständlich in enger Zusammenarbeit mit dem Staatlichen Kriminaltechnischen Labor und Brynolf Svenhagen. Ebenso selbstverständlich das übliche nachrichtendienstliche Material, das die enge Zusammenarbeit mit internationalen sicherheitspolizeilichen Kontakten erbringt. Wie kommt es beispielsweise, dass es vorab keinerlei Hinweise auf die Tat gab? Zwei: die Identifikation. Vor allem natürlich des mutmaßlichen Selbstmordattentäters – aber auch der übrigen Opfer. Hier liegt die Hauptverantwortung bei der Reichskriminalpolizei, nicht zuletzt ihrer Interpolabteilung. Drei: allgemeine Spurensuche. Wir brauchen so viel Klarheit wie möglich über die Ereignisse im Wagen Carl Jonas entlang der Linie von Hässelby Strand, wo der Zug um 0.21 Uhr abfuhr, dreiundzwanzig Minuten, bevor er die Station Fridhemsplan erreichte, und vierundzwanzig, bevor der Wagen kurz vor der St. Eriksbro gesprengt wurde. Leider – oder vielleicht zum Glück – handelt es sich ja um die U-Bahn-Linie 19, die bis zum Fridhemsplan an nicht weniger als sechzehn Stationen hält. Alle diese Stationen müssen besucht und Zeugen gefunden werden. Diese Aufgabe ist wie gemacht für die Stockholmer Polizei, nicht zuletzt unter Einschaltung der Medien. Und schließlich vier: der Bekenneranruf. Er ist ja eben erst eingegangen, die Frage der Zuständigkeit hat sich bisher also noch gar nicht gestellt. Ich schlage jedoch vor, dass die Sondereinheit der Reichskriminalpolizei für Gewaltverbrechen von internationaler Art sich dieses Themas hauptverantwortlich annimmt.«

Zahlreiche giftige Blicke wandten sich augenblicklich in Richtung der kleinen Ecke des Saals, in dem die A-Gruppe saß.

»Klingt super«, sagte Kerstin Holm mit genau dem richtigen forschen Tonfall, der verbissenen Reaktionären im Polizeikorps regelmäßig die Galle überlaufen ließ.

»Im Übrigen«, fuhr Hultin fort, »möchte ich noch einmal betonen, dass dies ein Fall ist, an dem wir gemeinsam arbeiten, die Grenzen zwischen den Verantwortlichkeiten sind daher immer Grauzonen. Alle Ergebnisse werden den allgemein bekannten Vorschriften entsprechend direkt der Führungsgruppe gemeldet, das heißt mir. Anschließend werden sie ebenso prompt in das interne Netzwerk übernommen und sämtlichen Ermittlungsgruppen zugänglich gemacht. Ausnahmslos. Ich will auf keinen Fall Fraktionsbildung und Geheimnistuerei erleben. Ich selbst verstehe mich eher als Vermittlungszentrale denn als Chef. Meine Arbeit besteht in erster Linie darin, dafür zu sorgen, dass alle Informationen sämtlichen mit dem Fall befassten Kollegen zugänglich gemacht werden. Das betrifft also im Großen und Ganzen alle

Polizisten in der Stadt. Ja, im ganzen Land. Offenheit ist das A und O, wenn dieser Fall gelöst werden soll. Damit meine ich nicht Offenheit gegenüber den Medien, außer sie ist durch mich, und ausschließlich durch mich, sanktioniert. Jedes Leck wird ebenso minutiös untersucht wie die Sprengung der U-Bahn selbst. Konzentriert euch auf eure Aufgabe und haltet dicht.«

Dann geschah das, worauf die ganze A-Gruppe geschlossen gewartet hatte. Jan-Olov Hultin raffte die Papiere, die vor ihm lagen, zusammen und klopfte sie mit der Kante auf der Tischplatte zu einem Stapel. Es war eine magische Geste, die sie in eine andere Zeit, in einen anderen Raum zurückversetzte. Sie wussten: Jetzt war der Moment für ein paar ernste Worte. Und sie kamen:

»Dies kann unsere Chance sein, ein wenig von unserem verloren gegangenen guten Ruf zurückzuerobern, meine Damen und Herren. Wir müssen zeigen, dass wir Profis sind und keine Clowns. Lasst uns diese Angelegenheit jetzt richtig hübsch erledigen. Zeigen wir, dass die schwedische Polizei eine demokratische, professionelle und intelligente Instanz ist. So be it. Schreiten wir ans Werk, meine Freunde.«

Es kam zu einem kurzzeitigen Chaos auf dem Podium, als alle Honoratioren, die je einzeln ein Statement vorbereitet hatten, die Gelegenheit in Rauch aufgehen sahen. Ungelesene Papiere mit unleserlichen Stichworten raschelten im Takt. Jan-Olov Hultin, welchen Titel er auch tragen und wie vorübergehend dieser auch sein mochte, hatte gezeigt, wo der Hammer hing. Und er war verschwunden, bevor die Übrigen da vorn sich auch nur hatten erheben können.

Offensichtlich war dies trotz allem das, wonach er sich gesehnt hatte. Keine geschraubten politischen Rücksichten mehr nehmen zu müssen, keine mystischen Vorgesetzten ohne polizeiliche Kenntnisse, keine idiotische doppelte Buchführung mehr. Nur geradlinige, offene, akribische Polizeiarbeit.

Zumindest in der Theorie.

Welche unergründlichen Wendungen dieser Fall auch nehmen mag, dachte Kerstin Holm, so hat er zumindest gut angefangen.

Sie wandte sich ihrer kleinen Schafherde zu (so dachte sie insgeheim zuweilen von ihnen) und sagte, über den imponierenden Trommelwirbel von Klappstuhlsitzen, die gegen ihre Rückenlehnen prallten, hinweg:

»Wir treffen uns sofort zu einer Besprechung in der Kampfleitzentrale.«

Es wurde genickt – ein wenig zerstreut, fand sie. Entweder konzentriert oder träge, sie konnte es nicht eindeutig sagen.

Es würde sich bald zeigen.

7

Er saß in der Kampfleitzentrale, als sie dort ankamen. Sie hätte es ahnen müssen.

Einige Worte über die Kampfleitzentrale.

Der Terminus war irgendwo zwischen Ironie und Ernst angesiedelt. Formal gesehen war es ja ein militärischer Ausdruck, wie ihn die Polizei sonst nicht verwendet. Leitzentralen gibt es, aber eine Kampfleitzentrale gab es nicht einmal während der Ereignisse in Göteborg im Juni 2001. Aber als die A-Gruppe gebildet wurde, ein ganzes Jahr vor ihrer formalen Etablierung als Sondereinheit für Gewaltverbrechen von internationalem Charakter bei der Reichspolizeibehörde, wurde diese kleine Bude, dieser winzige, von Gott oder zumindest der Polizeiführung vergessene Versammlungsraum zum festen Punkt in ihrem damals ziemlich nomadenhaften Leben. In ironischer, nicht zuletzt selbstironischer Zuneigung tauften sie den lächerlichen Raum auf den Namen Kampfleitzentrale. Und derjenige, der sie alle aus verschiedenen Ecken Schwedens zusammengesucht und dort platziert hatte, war ebendieser Mann, der jetzt dort saß und auf sie wartete. Auf seinem altgewohnten Platz in der Kampfleitzentrale.

Sein Name war Jan-Olov Hultin.

»Was habt ihr unterwegs gemacht?«, fragte er barsch. »Erdbeeren am Wegesrand gepflückt?«

»Was haben die sich gedacht?«, erwiderte Arto Söderstedt. »Wie viele Steine haben sie umgedreht, bis du herausgekrochen kamst, alter Mann?«

»Ich glaube, die haben einfach nur jemanden gesucht, der nichts zu verlieren hat«, sagte Hultin ausdruckslos. »Setzt euch.«

Gehorsam nahmen sie Platz, in kleine Gruppen verteilt. Er wartete, bis sich auch Kerstin Holm einen Stuhl beim Fußvolk gesucht hatte. Dann sagte er:

»Arto ist also ein halbes Jahr lang Chef gewesen? Wie war das?«

»Es war ein permanentes Leiden«, sagte Viggo Norlander schlicht.

»Kann ich mir fast vorstellen«, sagte Hultin, und böse Zungen sollten später behaupten, dass er in diesem Augenblick lächelte. Er selbst würde es bis in alle Ewigkeit abstreiten.

»Ich hatte jedenfalls ein schönes halbes Jahr zusammen mit meinem Sohn«, sagte Kerstin Holm friedlich. »Aber dann war es natürlich eine ziemliche Mühe, den Betrieb wieder auf die Beine zu bringen.«

»Böswillige Verleumdungen«, sagte Arto Söderstedt. »Der Reichspolizeichef war selbst hier unten und hat mir dafür gedankt, dass ich es geschafft habe, in diesem Saustall Ordnung zu schaffen.«

Er wurde angestarrt. Genügend lange, dass er gezwungen war zu sagen:

»Nein. Das ist gelogen.«

»Tatsächlich war nichts in Ordnung«, beharrte Norlander. »Stell dir eine Organisation vor, die aussieht wie Artos Gehirn.«

»Ich stelle es mir vor«, antwortete Hultin unbewegt.

»Chef zu sein ist schwerer, als man denkt«, sagte Söderstedt, aber er sagte es ziemlich gutmütig.

»Ja, ja«, sagte Hultin und räusperte sich. »Ich bin jedenfalls gekommen, um euch in aller Eile zu sagen, dass ihr arbeiten sollt wie gewohnt.«

»Wie gewohnt?«, fragte Kerstin Holm. »Wir sollten uns doch auf den Telefonanruf und nichts anderes konzentrieren?«

»Denkt an die Grauzonen«, sagte Hultin und stand auf.

»Ich erwarte, dass ihr und sonst niemand diesen Fall löst. Ihr habt volle Handlungsfreiheit. Ich habe euch nicht ausgesucht, damit ihr herumsitzt und faulenzt.«

Und dann war er verschwunden.

Kerstin Holm stand auf und streckte sich. Sie ging nach vorn zum Podium und erklomm das berüchtigte Katheder. Und während sie sich hinsetzte, sagte sie:

»Also, Leute. Hultin hat da ein veritables Büfett für uns angerichtet. Am besten, wir futtern alles auf. Die Voraussetzungen für qualifizierte Polizeiarbeit sind die denkbar besten. Alle Basisfakten werden auf euren Bildschirmen erscheinen, und niemand kann so tun, als wäre er nicht informiert. Nicht einmal die Sicherheitspolizei. Unser Job besteht darin, das Puzzle zusammenzusetzen und Schlüsse zu ziehen. Nur darin. Also müssen wir lediglich anfangen. Zuerst aber verschaffen wir uns gemeinsam einen Überblick über die Fälle, die wir noch am Laufen haben. Können wir sie liegen lassen? Sara und Lena, wie steht es um den Serienvergewaltiger vom Hagapark?«

Kerstin Holm fand, dass Sara Svenhagen ein wenig erschöpft aussah, was sicher nicht nur der Einwirkung des Regens auf ihr an sich dezentes Make-up zuzuschreiben war. Zwar war das kurzgeschnittene blondierte, wieder einmal ziemlich grünliche Haar in gehöriger Unordnung, aber das war nicht alles. Sie sah müde aus, als leide sie irgendwie, was Kerstin bei ihr nicht gewohnt war.

Vielleicht war es nur eine Sinnestäuschung.

Lena Lindberg sah dagegen frischer aus als seit Langem. Kerstin hatte zwar nie ganz durchschaut, was sie in den letzten Jahren gequält hatte, aber sie hatte begriffen, dass es etwas Größeres sein musste. Eine Art von Lebenskrise. In der ein älterer norwegischer Exoffizier namens Geir eine Rolle gespielt hatte. Lena gehörte nicht zu denen, die verschwenderisch mit privaten Informationen umgingen, aber dieser Geir schien jetzt jedenfalls aus dem Spiel zu sein. Und damit offenbar ein großer Teil des Jochs, das ihre Schultern niedergedrückt und ihre Schritte beschwert hatte. Zum ersten Mal, seit sie Mitglied der A-Gruppe geworden war, sah sie jünger aus als ihre ständige Partnerin.

Aber sie war ja auch jünger. Und als sie einander ansahen, um auszumachen, wer das Wort führen sollte, waren sie sich sofort einig.

Sara Svenhagen sagte:

»Der Serienvergewaltiger aus dem Hagapark hat viel zu viel Zeit gehabt, sich zu einem dunklen Mythos zu entwickeln. Momentan deutet alles darauf hin, dass der dunkle Mann, der abends im ersten städtischen Nationalpark der Welt Frauen beim Joggen überfiel, aus drei verschiedenen Männern besteht, von denen ein Einziger eine Vergewaltigung begangen hat, und dieser sitzt seit einem halben Jahr hinter Schloss und Riegel. Der andere war ein verwirrter entlassener Psychiatriepatient, der sich darauf verlegt hatte, in Sandkisten zu scheißen – daher die geduckte, scheinbar lauernde Silhuette, die er abgab. Nach dem Dritten wird noch gefahndet, aber wir konnten den Fall gestern der Polizei von Solna übergeben. Es gibt kein Anzeichen dafür, dass dieser Dritte, der offenbar Stavros heißt, ein Vergewaltiger ist, er ist höchstens ein Fahrraddieb. Die ganze Geschichte von dem Serienvergewaltiger aus dem Hagapark scheint auf einer Art von Massenpsychose zu beruhen. Oder leider ...«

»Die natürlich von den Medien aufgeblasen wurde«, sagte Lena Lindberg und schüttelte ihre blonde Mähne, die immer länger wurde. »Junge Frauen sollten zu keiner Tageszeit allein in den Hagapark gehen. Vor allem nicht, wenn sie eine Stupsnase haben und zu Sommersprossen neigen.«

»Okay«, sagte Kerstin Holm. »Dann schwelt also nichts mehr in euren Büroschränken. Ich schlage vor, dass ihr beide euch ab sofort mit dem Telefonanruf befasst. Die Aufzeichnung steht im Intranet. Ihr braucht sie nur hochzuladen und könnt mit der Analyse anfangen.«

»Der erste städtische Nationalpark der Welt?«, fragte Jorge Chavez.

»Wir haben einiges über den Hagapark gelesen«, sagte seine Ehefrau Sara Svenhagen. »Wie du vielleicht weißt, waren wir ein paarmal abends zum Joggen da und haben Lockvogel gespielt.«

»Daran erinnere ich mich durchaus«, sagte Chavez mürrisch.

Svenhagen fuhr fort, ohne sich irritieren zu lassen:

»So konnten wir den Sandkastenkacker fassen. Er ist ins Karolinska Krankenhaus gebracht worden, und keiner weiß, wohin mit ihm. Psychiatrische Pflege liegt anscheinend nicht im Trend. Einfach raus mit ihm, auf die Straße.«

Sie machte eine kleine Pause, mit einem schiefen Blick zu ihrem Ehemann, und fuhr dann fort:

»Das bedeutete jedenfalls, dass wir einiges über den Hagapark lesen mussten. Offiziell heißt er nicht mehr Hagapark, sondern ist ein Teil des ersten städtischen Nationalparks der Welt, des Ekoparks, der aus den königlichen Parks Djurgården, Haga und Ulriksdal besteht und Brunsviken umschließt.«

»Genug palavert«, sagte Kerstin Holm mit von Hultin inspirierter Unbewegtheit. »Arto, ich vermute, der Drogenfall ist erledigt.«

»Man kann auch mit mir reden«, sagte Viggo Norlander grimmig. »Er ist nicht mehr der Chef. Wir sind vom Rang her gleich.«

»Viggo und Arto«, sagte Kerstin Holm mit deutlich gleichmäßiger Betonung. »Wie steht es um den Drogenfall, der eine Zeit lang unter dem zweifelhaften Namen ›Fall Pinky‹ lief?«

Söderstedt sah abwartend seinen alten Gespanngefährten an, in dessen Gehege er kürzlich mit einem hörbaren Seufzer zurückgekehrt war, aber es war deutlich, dass Viggo Norlander nicht die Absicht hatte, ein Wort zu sagen. Er hatte nur darauf hinweisen wollen, dass es ihn gab.

Als ob jemand auf die Idee gekommen wäre, das zu bezweifeln.

»Naja«, sagte also Söderstedt, immer noch mit einem Seitenblick auf seinen widerspenstigen Partner. »Das meiste wisst ihr ja. Im vorigen Frühjahr tauchte eine große Menge einer bis dahin ziemlich unbekannten Droge auf den Straßen Stockholms auf, eine kleine rosa Pille, die manchmal ›pinky‹ genannt wird und die hauptsächlich aus Metamphetamin besteht. Metamphetamin ist eine stärkere Variante von Amphetamin und wirkt länger. Und als Prominentendroge ist Metamphetamin auch nicht unbekannt. Sie bewirkt, dass man einfach mehr leisten kann. Das Besondere an diesen ›pinkies‹ waren zwei Dinge: Erstens die Dosen – was bisher nur in einzelnen, vermutlich persönlich eingeschmuggelten Mengen vorkam, war auf einmal allgemein verbreitet in Prominentenlokalen und bei bekannten Dealern – was auf einen neuen, organisierten Schmuggel hindeutete. Zweitens die übrigen Ingredienzien. Die Drogenpolizei war in Sorge, dass es sich um sogenannte ›kill pills‹, Mörderpillen, handelte, deren Inhaltsstoffe absolut topsecret sind. Sie tauchten erst kürzlich im Irak auf, genauer gesagt in der belagerten Stadt Basra, und gelten als neue Superdroge, die dem Konsumenten das Gefühl vermittelt, übermenschlich und unüberwindlich zu sein. Offenbar werden diese ›kill pills‹ von Selbstmordattentätern im Irak benutzt.«

»Damit sie den Mut haben, feige zu sein«, brummte Viggo Norlander, ohne von seinen gespreizten Händen aufzublicken, die vor ihm auf dem Tisch ruhten.

Die A-Gruppe betrachtete ihn einen Augenblick, ehe Arto fortfuhr:

»Natürlich wäre es nicht gut, wenn die ›kill pills‹ auf breiter Front nach Schweden kämen. Es ist eine selten scheußliche Droge, für den Konsumenten ebenso wie für die Menschen um ihn herum.«

»Ich vermute, wir denken jetzt alle an Selbstmordattentäter«, sagte Kerstin Holm. »Ist es ein Zufall, dass diese ›pinkies‹ und ›kill pills‹ und wie immer sie heißen, genau jetzt nach Schweden kommen, wo wir unseren ersten Selbstmordattentäter haben, der außerdem ein überzeugter Muslim zu sein scheint? Deshalb setze ich euch, Arto und Viggo – oder Viggo und Arto, falls es genehmer ist – genau darauf an. Ich habe nicht gehört, dass irgendwelche Superdrogen im Blut unseres vermutlichen Selbstmordattentäters kreisen, da scheint es keine Verbindung zu geben. Aber die Sache muss natürlich weiter untersucht werden. Also widmen sich Viggo und Arto im Wesentlichen der Identität von Täter und Opfern – inklusive möglichen Drogenkonsums.«

»Vielen Dank«, sagte Arto Söderstedt. »Aber ich war noch nicht ganz fertig.«

»Das ist mir bewusst«, sagte Kerstin Holm. »Es war eine Parenthese.«

Söderstedt nickte und schien ein bisschen zu lange über das Wort »Parenthese« nachzudenken. Oder er dachte einfach an etwas ganz anderes. Schließlich sagte er:

»Wir haben jedenfalls einen potenziellen Schmuggler namens Per Naberius identifiziert, einen Waffenhändler mit merkwürdigen Beziehungen zum Irak. Viggo und Gunnar haben ihn aufgestöbert, sie waren damals ja Partner.«

»Die guten alten bandagierten Schädel N&N«, sagte Jorge Chavez nostalgisch und spürte, dass er instinktiv seinen alten Gespanngefährten Paul Hjelm vermisste, nunmehr Potentat in der Sektion für interne Ermittlungen.

»Und nun bin ich wieder partnerlos«, sagte Gunnar Nyberg mit großer und mächtiger, ja nahezu russischer Trauer in der Bassstimme.

»Ich verspreche, wir werden bald wieder Partner sein«, sagte Kerstin Holm tröstend. »Die alten Chorsänger. Ich werde wieder zum Rädchen in der Maschinerie, es gibt schon viel zu viele Chefs.«

»Jedenfalls«, sagte Söderstedt mit der Art von Betonung,

die sich Gehör zu verschaffen versucht, »jedenfalls kamen wir nicht besonders nahe an unseren Waffenhändler heran. Wir schafften es nicht, ehe die Sicherheitspolizei den Fall übernahm und ihn begrub. Ich habe kürzlich letzte Hand an das Material gelegt, das der Säpo übergeben wurde. Unseren liebsten Freunden.«

»Wissen wir, dass sie den Fall begraben haben?«, fragte Kerstin Holm.

»Es hieß, auch der Must sei involviert gewesen. Aber ...«

»Verzeihung«, unterbrach Jon Anderson. »Der Must?«

»Militärischer Sicherheitsdienst«, verdeutlichte Söderstedt. »Schwedischer Waffenhandel ist nicht immer ganz fein. Aber ich habe keine Ahnung, worum es ging. Sie nahmen uns den Fall einfach weg. Kurzerhand.«

»Zusammengefasst: Alle Fäden zum ›Fall Pinky‹ sind gekappt?«

»Ich wünschte, du würdest nicht ›Fall Pinky‹ sagen«, meinte Söderstedt. »Das klingt billig.«

»Ihr wisst, was ihr zu tun habt«, murmelte Kerstin Holm und fuhr mit umso größerer Betonung fort: »Und dann wären da die Chinesen. Jorge?«

Jorge Chavez war völlig abwesend und ließ unablässig einen Stift vor sich auf der Tischplatte kreisen. Die Schallwellen schienen mindestens fünf Sekunden zu brauchen, um zu ihm zu dringen, und er sah mit einem Blick auf, der nichts als die eigenen inneren Weiten zu sehen schien.

»Die Chinesen?«, fragte er träge.

»Mit denen du und Jon euch monatelang herumgeschlagen habt«, sagte Kerstin Holm. »Vielleicht erinnerst du dich ja schwach an den Fall ›Yin Mo‹.«

»Diese neue Form von Fallbezeichnungen macht mich wahnsinnig«, sagte Arto Söderstedt. »Der ›Fall Carl Jonas‹, der ›Fall Pinky‹, der ›Fall Yin Mo‹.«

»Jetzt hast du es selbst gesagt«, sagte Viggo Norlander.

»Was?«, fragte Söderstedt.

»Fall Pinky«, erwiderte Norlander.

»Ich habe viele Gründe, wahnsinnig zu werden«, stellte Söderstedt fest. »Und einer davon sitzt neben mir.«

»Wir arbeiten gern zusammen«, informierte Norlander.

»Yin mo bedeutet verschwinden«, sagte Jon Anderson, und sein etwas angestrengtes Lächeln ließ erkennen, dass er und kein anderer für die mindestens ebenso angestrengte Bezeichnung des Falls verantwortlich war.

»Der Reihe nach«, sagte Kerstin Holm. »Die Chinesen, Jorge?«

»Na ja!«, sagte Chavez und suchte seine verlorenen Fäden zusammen. »Es begann damit, dass chinesische Kinder in viel zu großer Zahl aus schwedischen Flüchtlingslagern verschwanden. Tatsache ist, dass zwei von drei asylsuchenden Chinesen verschwinden, wenn sie in Schweden ankommen, Kinder ebenso wie Erwachsene. Schweden wird generell dazu benutzt, in das Gebiet des Schengener Abkommens zu gelangen, weil wir als ein Land gelten, das seine Grenzen nicht so streng bewacht wie andere. Aber bei den Kindern war es etwas Besonderes. Bei näherer Untersuchung zeigte sich, dass sie seltsamerweise immer auf die gleiche Art verschwanden, die Kinder tischten immer die gleiche Geschichte über ihre toten Eltern auf, und das minimale Gepäck, das sie bei sich hatten, bestand aus genau den gleichen Sachen, der gleichen Art von Tasche, der gleichen Art von Kleidung, der gleichen Art Spielsachen, den gleichen Handys. Alles deutete auf eine Art von organisiertem Menschenhandel hin.«

»Aber«, fügte Jon Anderson hinzu, »es gab niemanden, den man verhören konnte. Die Kinder verschwanden spurlos. Wir wissen nicht, wohin.«

»Ihr habt in einer etwas größeren Gruppe gearbeitet, wenn ich mich recht erinnere«, sagte Kerstin Holm.

»Ja«, sagte Jon Anderson. »Es war eine komplizierte Zusammenarbeit mit der Einwanderungsbehörde, der Schwedischen Botschaft in China, Europol und der Säpo.«

»Ihr scheint euch während meiner Abwesenheit mit der Säpo ja regelrecht verbrüdert zu haben«, stellte Kerstin Holm fest.

»Darf ich fortfahren?«, fragte Chavez mürrisch.

»Ich dachte, wir wären gerade dabei«, gab Kerstin Holm zurück.

»Jon und mir gelang es, mit avancierten Methoden der Tele- und Datentechnik ein Handy zu lokalisieren, das dem kürzlich verschwundenen zwölfjährigen Jungen Ji Weifeng gehört hatte, sofern dies sein richtiger Name ist. Er ist im Juni aus einem Flüchtlingslager in Gimo verschwunden. Wir isolierten einfach sämtliche ein- und ausgehenden Handygespräche im Lager – obwohl das gar nicht einfach war –, und mittels einer Art verfeinerter Ausschlussmethode ...«

»Wir wurden von der technischen Abteilung unterstützt«, unterbrach ihn Jon Anderson.

Chavez bedachte ihn mit einem bitterbösen Blick und fuhr fort:

»So fanden wir tatsächlich die Nummer, die Ji Weifeng nach der Ankunft im Flüchtlingslager anrief. Sie führte zu einem Handy, das einem Herrn namens Dong Liang gehörte, der sich als Inhaber einer Reisimportfirma mit dem etwas speziellen Namen Fan Wan Import AB erwies, und ...«

»Fan wan bedeutet übrigens Reisschale, aber auch Arbeit, Lebensunterhalt«, schob Anderson ein und schien diesmal etwas besser auf den bösen Blick vorbereitet zu sein. Dessen Aussender fuhr fort:

»Wir glaubten Dong Liang jedenfalls in einer kleineren Lagerhalle in der Svarvargata in der Nähe von Kungholms Strand lokalisiert zu haben und hatten eine gewisse Hoffnung, das Hauptquartier des Menschenhandels gefunden zu haben.«

»Aber ...«, begann Anderson.

»Aber als wir mit einer ganzen Batterie Polizisten und ziviler Beobachter und Botschaftsangehöriger und Videokameras und dem Teufel und seiner Großmutter hinkamen, war das Lager natürlich leer und ausgesprochen gründlich gestaubsaugt. Mein lieber Schwiegervater Brunte ...«

»Das heißt, der Chefkriminaltechniker ...«

»Brynolf Svenhagen, ganz richtig, und ich glaube, die meisten hier in diesem Raum ahnen es schon, er sagte jedenfalls, er habe so etwas noch nie gesehen. Er behauptete mit Bestimmtheit, dies sei der einzige Raum, den er je betreten habe, der völlig frei gewesen sei von DNA-Rückständen. Es gab in der Lagerhalle einfach keine Spuren menschlichen Lebens.«

»Und damit hörte auch xian sheng Dong Liang auf, menschliche Spuren zu hinterlassen. Er verschwand schlicht und einfach von der Erdoberfläche.«

»Xian was?«

»Manche von uns versuchen, etwas bei den Fällen zu lernen, an denen sie arbeiten«, sagte Jon Anderson trotzig. »Andere huschen nur hindurch.«

»Du hast ein paar Phrasen aufgeschnappt und hältst dich für hochgebildet«, sagte Jorge Chavez. »Toll, wenn man ein gesundes Selbstbild hat.«

»Xian sheng ist ein Titel, der Respekt ausdrückt, er bedeutet ungefähr so viel wie ›Herr‹ oder sogar ›Meister‹.«

»Der Mann importiert kleine Kinder und verkauft sie zum Höchstpreis an Pädophile, und du nennst ihn Meister. Du tickst doch nicht richtig.«

»Ich habe schon längst gemerkt, dass Ironie nicht Ihre starke Seite ist, xian sheng Chavez.«

»Und ich sage dir eine alte taoistische Weisheit«, entgegnete Chavez. »Fuck off.«

Erst jetzt verstand Kerstin Holm, dass sie sich amüsierten. Tatsache war, dass der neugierige, lange, offen homosexuelle Jon Anderson und der routinierte, dreißig Zentimeter kleinere Latino Jorge Chavez eine raffinierte polizeiliche Partnerschaft entwickelt hatten. Wenn sie nicht sofort begriff, dass der Charakter des Dialogs ein Bestandteil dieser Partnerschaft war, dann nur deswegen, weil sie eingerostet war. Immerhin war sie erst vor einer Woche zurückgekommen.

»Muss ich es also so verstehen, dass der Fall Mo Yin abgeschlossen ist?«, fragte sie friedlich.

»Yin Mo«, korrigierte Jon Anderson.

»Es ist natürlich ein laufender Fall«, sagte Jorge Chavez. »Das Einströmen chinesischer Kinder ist durch die Anwesenheit schwedischen Botschaftspersonals auf dem Flugplatz von Peking etwas gebremst worden. Aber es hat nicht den Anschein, dass wir Dong Liang irgendwie ausfindig machen können.«

»Gut«, sagte Kerstin Holm und bereute es sofort.

»Spitze«, sagte Chavez mürrisch.

»Gut natürlich in dem Sinne, dass ihr euch mit Haut und Haar der Bombe in der U-Bahn widmen könnt. Mein Vorschlag ist, dass ihr euch primär auf den Telefonanruf konzentriert, genauer gesagt, woher er kam. Bedient euch der avancierten Methoden der Tele- und Datentechnik.«

»Und der Unterstützung der technischen Abteilung«, setzte Jon Anderson hinzu.

»Und zum Schluss Gunnar«, sagte Kerstin Holm und sah ihren geliebten Riesen an. »Du hast einen ganz besonderen Fall gehabt?«

»Schlägerei«, sagte Gunnar dumpf.

»Und wie läuft es?«

»Es ist vorbei. Ich habe die letzten Tage in Papier gewühlt. Ich bin bereit für etwas, das mehr Spaß macht.«

»Wie zum Beispiel Terrorismus in Stockholm«, sagte Jorge Chavez.

»Ihr kennt den Fall«, sagte Nyberg ungerührt. »Er sagt einiges über unsere Zeit aus. Junge Gewerkschaftschefin benimmt sich in einem dieser neuen, ziemlich dubiosen Casinos daneben, wird rausgeschmissen, gerät handgreiflich mit dem Türsteher aneinander, stößt rassistische Beleidigungen aus, wird verprügelt, landet in der Ausnüchterungszelle, erstattet Anzeige und wird selbst angezeigt. Ich wurde hinzugezogen, um aufzuklären, was wirklich geschehen war, und das ist ein Morast von der schlimmsten Sorte, die unser Land zu bieten hat: altmodische Besäufnisse, politische Korruption, Frauenhass, latenter Rassismus, kriminelle Kneipenszene, Türstehermentalität, Vorstellungen davon, etwas Besonderes zu sein.«

»Gab es nicht eine Zeitungskolumne, die ziemliches Aufsehen erregt hat?«, fragte Kerstin Holm.

»Man muss schon fast im Erziehungsurlaub sein, um sie nicht gesehen zu haben«, knurrte Jorge Chavez.

»Ich war nicht im Erziehungsurlaub«, sagte Kerstin Holm ruhig.

»Veronica Janesen in der Abendzeitung«, Gunnar Nyberg nickte. »Sie nennt die Männer immer ›Schwanzfechter‹. Sie gehört zu diesem enorm einflussreichen Kreis junger Zeitungsschreiber, die das intellektuelle Niveau im Land bestimmen. Sie ist vermutlich eine der Aggressivsten und vereinigt einen militanten Feminismus mit einem ziemlich reaktionären Menschenbild. Sie schrieb, das Verhalten der Gewerkschaftschefin sei bewundernswert gewesen. Sie habe nur gewagt, sich wie ein richtiger Kerl zu benehmen, so wie richtige Kerle sich immer benommen haben und sich täglich zu Hunderten benehmen, überall in Schweden. Aber jetzt sei die Hölle los. Nur weil sie ein Frau sei.«

»Da liegt sie ja nicht ganz falsch«, sagte Lena Lindberg.

»Meinetwegen«, gab Gunnar Nyberg zu und zuckte mit den Schultern. »Aber in der Verlängerung der Argumentation liegt doch ein reiner Rachegedanke. Historisch müssen also alle Dummheiten erst einmal wiederholt werden, ehe wir neu anfangen können. Jetzt sind die Frauen an der Reihe, Idioten zu sein. Wollt ihr das wirklich? Freiwillig?«

»Zu welchem Ergebnis bist du gekommen?«, fragte Sara Svenhagen.

»Dass es ein normaler Streit im Suff war und die Medien alles übertreiben.«

»Professionelle Analyse«, sagte Chavez.

»Du hast ja eine richtige Scheißlaune«, stellte Jon Anderson fest.

Kerstin Holm unterdrückte ein kurzes Lachen und sagte souverän:

»Dann kann man jedenfalls sagen, dass auch du, Gunnar, für unsere bevorstehenden Aktivitäten zur Verfügung stehst.«

»Der Sommer ist vorbei«, sagte Lena Lindberg. »Es war ein schöner Sommer. Nach all den wunderbaren Terrorattentaten im Juli.«

»Ist doch erhebend«, sagte Kerstin Holm. »Vergewaltigungsängste im Hagapark, Killerdrogen auf den Straßen, Sklavenhandel mit Kindern direkt vor unseren Augen und Prominentenprügelei in einem Casino. Da kommt eine ordentliche U-Bahn-Bombe gerade recht.«

Es war eine Weile still.

Kerstin Holm streckte ihren Nacken. Sodass es hörbar knackte. Und bereute wieder einmal ihre Worte.

Dies war kaum die passende Art, um die Tatsache zu beschreiben, dass an diesem Tag neun Stockholmer auf denkbar bestialische Weise ihr Leben verloren hatten.

War sie wirklich im Begriff, zynisch zu werden?

Nein, kaum, entschied sie. Es gibt nur ein Zeichen von Alter, das schlimmer ist als Zynismus, und das ist Bitterkeit.

Und keins von beiden, hoffe ich, steht auf der Liste meiner Meriten.

Sie sagte:

»Dann weiß jeder, was er zu tun hat, oder?«

»Ja«, sagte Jorge Chavez. »Wir sollen Terroristen fangen.«

8

Wenn ich nur wüsste, was du willst, wäre alles viel einfacher. Und das weißt du natürlich. Du weißt, dass ich dich jetzt nicht bekämpfen kann. Du willst es hinauszögern und warten, bis ich mürbe bin, bis mein erzwungenes Doppelspiel mich völlig zermürbt hat. Erst dann wirst du enthüllen, was du eigentlich willst.

Das bedeutet, dass ich es vorher herausfinden muss. Ich muss das As im Ärmel haben. Und ich habe keine Ahnung, was es ist. Ich versuche, mich an alles zu erinnern, was zwischen uns passiert, was ausgetauscht worden ist. Aber ich finde nichts.

Ich weiß nicht, was es ist.

Das macht mich wahnsinnig.

Ich werde innerlich wahnsinnig und muss gleichzeitig nach außen so erscheinen wie immer. Das bringt mich um den Verstand.

Und deine Drohung ist echt. Nicht, dass ich eigentlich daran gezweifelt habe, doch jetzt weiß ich, dass sie echt ist. Ich habe die Oberfläche angesehen. Die schöne Oberfläche. Da ist eine Ausbeulung. Jetzt verstehe ich es. Und diesseits der Oberfläche spielt sich alles ab wie gewöhnlich.

Sie hat keine Ahnung.

Sie glaubt, es sei ein Wespenstich.

Du Teufel.

Ich will dich sterben sehen.

Ich habe nicht geahnt, dass ich jemals so denken würde. Aber man glaubt vieles von sich, bevor man auf die Probe gestellt wird. Ich bin noch nicht auf die Probe gestellt worden, dies ist erst der Anfang. Aber ich würde lügen, wenn ich sagte, dass der Schock sich langsam legt.

Ja, man ist ein Mensch, wenn die Welt wie gewöhnlich ist, und ein anderer, wenn sie in Unordnung ist. Letzteres ist das Gefährliche.

Ich hoffe, ich werde die Kraft haben, gefährlich zu sein.

Ich muss das Technische verstehen. Ich muss die Kraft haben, objektiv zu werden, die Lage nüchtern beurteilen zu können. Ich muss verstehen, wie es zugeht, wenn der Teufel am Werk ist.

Die kurzen, lakonischen Worte des Briefs. Nur die Drohung, ganz neutral. Nur eine klinische Beschreibung der Vorgehensweise und der potentiellen Wirkung. Reiner und schierer, bösartiger plötzlicher Tod in seiner nacktesten Form.

Und gleichzeitig geschieht all dies.

Wie soll ich das schaffen?

Aber es heißt, dass man in Augenblicken wie diesen übernatürliche Kräfte bekommt.

Ich brauche jetzt viel Übernatürliches.

So viel ist klar.

9

»Was schreibst du, Gunnar?«, fragte Kerstin Holm und zog sich die Jacke an. Sie sah in das Zimmer, in dem Gunnar Nyberg inzwischen in totaler Einsamkeit hauste, das Büro, das sie einmal geteilt hatten, die beiden Kirchenchorsänger. Nyberg saß am Computer und wechselte zu einem anderen Bild auf dem Monitor, als er sie hörte. Es erschien eine bekannte Seite. Der anschwellende Fall im Intranet der Polizei.

»Keine unmittelbaren Neuigkeiten«, sagte er und lehnte sich zurück. »Die Stockholmer Polizei ist dabei, sämtliche Stationen der grünen U-Bahn-Linie zu checken, aber Augenzeugen haben sich bisher nicht gefunden. Und irgendwelche heiligen Reiter scheint man auch nicht ausmachen zu können.«

»Ich weiß«, sagte Kerstin Holm. »Ich habe das gerade durchgesehen.«

»Dagegen fällt mir auf, dass die Nachricht vom Telefonanruf der heiligen Reiter von Siffin bereits bei beiden Abendzeitungen angekommen ist. Ist das ein neuer Weltrekord in Leckage?«

»Mannomann«, sagte Holm, ohne besonders überrascht zu sein. »Seit Jan-Olovs Ermahnung ist nicht mehr als eine halbe Stunde vergangen.«

»›Jedes Leck wird genauso minutiös untersucht wie die U-Bahn-Sprengung selbst‹«, zitierte Nyberg aus der Erinnerung. »›Konzentriert euch auf die Aufgabe und haltet dicht.‹ Das ist sicher die Säpo.«

»Ja, ja«, seufzte Holm. »Kommst du?«

»Wohin?«, fragte Gunnar Nyberg und lehnte sich auf dem Stuhl zurück.

»Zu Carl Jonas selbst«, sagte Holm. »Arto und Viggo kommen auch mit.«

»Viggo und Arto heißt es«, sagte Nyberg und zog seinen alten abgenutzten Lumberjack an. Er hing inzwischen ganztags im Polizeipräsidium, neben dem ungleich moderneren Jackett, und er betete zu den höheren Mächten, dass er im Dienst nicht zufällig Ludmila begegnete. Außerhalb des Dienstes dagegen, mit modernem und feinem Jackett, gab es keinen Menschen in der Welt, dem er so gern begegnete wie seiner Partnerin Ludmila Lundkvist, Dozentin für Slavistik an der Universität Stockholm und mit ihm Besitzerin eines kleinen Hauses in den Hügeln im nördlichen Teil der Insel Chios im Ägäischen Meer. Den abgenutzten Lumberjack hatte Gunnar Nyberg nicht weniger als vier Mal aus dem Müllsack gefischt, bis er zu der Einsicht gelangt war, dass es das Beste sei, die alte Lieblingsjacke heimlich zu tragen. Also im Dienst. Beim letzten Mal hatte der Müllsack sogar schon im Abfallschacht gelegen, und er hatte den Vermieter benachrichtigen und eine lange förmliche Prozedur mit tief skeptischen Amtspersonen durchstehen müssen, bevor er Zugang zum Abfallraum erhielt. Während er sich immer tiefer durch immer übler stinkenden Abfall gegraben hatte – und dabei die heimlichen Neigungen von mindestens drei Nachbarn identifiziert, von Pistazienmissbrauch bis hin zu Gummischlüpfern –, hatte er daran gedacht, dass es besser sei, die Jacke zur chemischen Reinigung zu bringen. Sicher hatte er auch an die seltsamen Erlebnisse des Kollegen Arto Söderstedt vor einigen Jahren in einem ähnlichen Müllschacht in einem Palast in Mailand gedacht – aber vor allem hatte er an die Jacke gedacht. Er hatte sie zu einer chemischen Reinigung gebracht, wo sie im Hinblick auf ihren Zustand einer Schnellbehandlung unterzogen worden war, und als er sie wiederbekommen hatte, war sie nicht nur zwei Nummern zu klein gewesen, sondern auch zerfranst wie ein Kleidungsstück aus den Sechzigerjahren. Er hatte sie mit ins Präsidium genommen, die losen Fäden einfach abgeschnitten, seinen wohlbeleibten Korpus in die Miniaturjacke gezwängt und die Fasern zu enormer Dehnleistung gezwungen. Jetzt trug sie sich ausgezeichnet, auch wenn er allmählich die Einsicht akzeptieren musste, dass sie jeden Moment zerfallen konnte.

Diese Jacke zog er nun über seinen großen, aber schlank gewordenen Körper – er hatte ein Jahr GI-Methoden hinter sich, und es war ihm gelungen, weitere acht Kilo abzunehmen – und sagte:

»Was Besonderes, das wir uns ansehen sollen?«

Kerstin Holm sah zu ihm auf und meinte:

»Ludmila tut dir wirklich gut, Gunnar.«

Er runzelte die Stirn und sagte:

»Das ist denn doch nicht nur ihr Verdienst.«

»Nein?«

»Es ist auch die Jacke.«

»Aber zwischen euch ist alles gut?«

»Alles ist sehr, sehr gut.«

Kerstin Holm nickte freundlich, und sie traten auf den Flur hinaus. Genau gleichzeitig sagten sie:

»Wir wollen uns nur ein möglichst realistisches Bild vom Tatort machen.«

Beziehungsweise:

»Aber um Bengt Åkesson steht es nicht so gut, habe ich gehört.«

Holm blinzelte.

»Entschuldigung«, sagte Nyberg. »Das hörte sich wohl gefühlloser an, als ich es gemeint habe.«

»Schon gut, Gunnar, ich habe mich daran gewöhnt. Ich bin bei ihm, so oft ich kann, aber ich weiß nicht, wie lange ich noch die Kraft habe.«

»Er hat verdammt viel Glück gehabt, dass er überlebt hat.«

»Glück? Ich weiß nicht. Es wäre wohl besser gewesen, wenn er gestorben wäre.«

Nyberg sah sie an. Sie sah längst nicht mehr so mitgenommen aus wie vor einem halben Jahr, als sie wegen ihres Vorgehens in jenem Fall suspendiert worden war, wegen dem ihr geliebter Bengt Åkesson angeschossen wurde, aber unter ihren Augen gab es sicher noch dunkle Schatten. Trauerschatten.

Sie hob ein wenig die Stimme, und der Ton wies kleine Risse an den Rändern auf.

»Das Schlimmste ist, dass ich nicht weiß, ob er mich hört. Er ist ja nicht hirntot, vielleicht hört er jedes Wort, das ich sage. Ich möchte es so gern glauben. Aber möglich ist auch, dass ich nur ins Leere rede.«

Sie kamen in die gigantische Garage unter dem Präsidium und quittierten bei einem Mann in einem kleinen Kabuff für die Schlüssel. Der Mann hieß Jinge und bewachte die Garage mit Adleraugen. Kerstin Holm nahm die Schlüssel in Empfang und winkte zwei Gestalten zu, die bei einem Wagen standen, der etwas größer war als die anderen zivilen Polizeifahrzeuge in der Garage. Bei näherem Hinsehen war es ein Minibus, ein Familienauto der Marke Toyota Picnic, der genau genommen Arto Söderstedts Privatwagen war und aus verschiedenen Gründen die meiste Zeit in der Garage des Präsidiums verbrachte. Die elenden Parkmöglichkeiten in Södermalm, wo er wohnte, waren ein Grund. Ein zweiter das Kilometergeld. Söderstedt war Rechtsanwalt gewesen und seine alte juristische Geschicklichkeit hatte es ihm möglich gemacht, den Minibus im Dienst zu benutzen. Niemand wusste, wie es zugegangen war, und niemand wagte zu fragen. Aber man ahnte eine Art korrupter Verbindung zwischen ihm und Waldemar Mörner, dem formalen Chef der A-Gruppe.

Als sie näher kamen, konnte Gunnar Nyberg endlich die Gesichtszüge der beiden Männer neben dem Minibus erkennen, aber wirklich sicher war er erst, als er Arto Söderstedts Stimme hörte. Zum allerersten Mal gestand er sich selbst ein, dass er eine Brille brauchte.

»Was soll das?«, fragte die freundliche finnlandschwedische Stimme, deren Inhaber auf die Schlüssel zeigte, die Kerstin Holm über ihrem Kopf schwenkte. »Fahren wir nicht mit meinem Auto?«

»Ich habe für einen neuen Dienstwagen quittiert«, sagte sie. »Komm mit.«

Söderstedt sah das Kilometergeld entschwinden und sagte: »Aber in meinem Auto haben wir mehr Platz. Gunnar fährt ja mit.«

»Ich bin nicht nur schlank«, sagte Gunnar Nyberg, »sondern auch so gut im Gleichgewicht, dass ich mich in meiner Gemütsruhe von den wenig geschmackvollen Äußerungen deiner Gier nicht beeinflussen lasse.«

»Ich will diesen hier ausprobieren«, sagte Kerstin Holm einfach. »Kommt alle mit. Ihr beide sitzt hinten.«

»Hm«, sagte Viggo Norlander.

Sie fanden das Dienstfahrzeug, für das sie gerade quittiert hatte, mithilfe des Schlüssels. Der Wagen, der hupte und blinkte, ließ die Augen der drei Männer schmal werden. Er war ziemlich klein und hatte eine surrealistische Kuppelform.

»Und da drin sollen Menschen sitzen?«, maulte Arto Söderstedt.

»Vorzugsweise ja«, sagte Kerstin Holm und öffnete die Fahrertür. »Aber ihr werdet sicher auch Platz finden.«

Wenig begeistert bestiegen die Herren das kleine bronzemetallicfarbene Auto. Als sie dann im Wagen saßen, sahen sie sich verdutzt an und stellten fest, dass sie kleiner waren, als sie geglaubt hatten.

»Es ist ein Hybridauto«, sagte Kerstin Holm und fuhr rückwärts aus der Parklücke. »Es wird von einer Kombination aus Elektro- und Benzinmotor angetrieben und braucht nur vier Liter auf hundert Kilometern. Aber im Stadtverkehr verbraucht es fast gar nichts. Und es ist ganz leise. Hört mal.«

Als das Auto auf die Bergsgata glitt, *glitt* es wirklich auf die Straße, und die drei Männer konnten nur feststellen, dass es tatsächlich völlig geräuschlos war. Es war ein Gefühl, als sei der Motor ausgegangen.

»Unglaublich«, meinte Söderstedt.

»Japaner, Japaner«, sagte Nyberg.

»Da habt ihr die Zukunft«, gab Holm zurück.

Dann sagten sie nichts mehr, bis sie nach Högdalen kamen. Schweigend passierten sie den Globus am Nynäsväg, bogen ab und folgten im Großen und Ganzen der Strecke der grünen U-Bahn-Linie nach Högsätra, der Endstation, die der Zug mit dem letzten Wagen Carl Jonas um 1.15 Uhr in der vorhergehenden Nacht hätte erreichen sollen. Was nicht geschehen war. Geräuschlos passierten sie die U-Bahn-Stationen Enskede gård, Sockenplan, Svedmyra, Stureby und Bandhagen, und als sie die Station Högdalen im Zentrum des gleichnamigen Stadtteils erreichten, zwei Stationen vor der Endstation Hagsätra, bogen sie, immer noch mäuschenstill, von der grünen Linie ab und kamen in ein spinnennetzähnliches Gleisgebiet, wo zahlreiche Anschlussgleise unter ein Dach führten. Im Depot waren zahlreiche U-Bahn-Wagen zu sehen, alte und neue.

Da erst redete Kerstin Holm.

»Wir sind mit Brynolf verabredet«, sagte sie.

Und als hätte dieser Bruch des Schweigens magische Wirkung gehabt, tauchte Chefkriminaltechniker Brynolf Svenhagen vor dem leise dahinrollenden Hybridauto auf. Er winkte sie männlich zu einem der Gleise. Als sie sich aus dem Auto schlängelten, sagte er zur Begrüßung:

»Das Depot von Högdalen ist eines von sechs Wagendepots der U-Bahn. Früher nannte man sie Wagenhallen. Wir haben uns entschieden, Carl Jonas in das nächste Depot zu bringen, auch wenn es nicht gerade das neueste ist. Eine Alternative wäre das in Gamla Hammarby gewesen, aber so war es doch das Einfachste.«

Im Innern der überdachten Wagenhalle stand Carl Jonas und sah sehr mitgenommen aus. Milde gesagt. Abgesehen von den fast vollständig herausgebrochenen Fenstern waren die beiden vorderen der sieben Türpaare intakt, die beiden mittleren ein wenig verbeult und die drei hinteren völlig demoliert. Es gab keinen Zweifel, wo sich die Bombe befunden hatte.

Brynolf Svenhagen zeigte mit einer kantigen Geste auf das Wrack und sagte:

»Da dieser ewigen A-Gruppe eine exklusive Präsentation gestattet worden ist, schlage ich eine Führung durch die Sehenswürdigkeit vor.«

Im Innern des Wagens machten sich noch einige Kriminaltechniker zu schaffen, obwohl die Truppe inzwischen stark verkleinert schien. Die meisten waren vermutlich schon in das Hauptquartier des Staatlichen Kriminaltechnischen Labors in der Brigadgata 13 in Linköping gefahren und analysierten die Resultate ihrer Mühen. Dies hier war die Nachhut.

Sie kletterten in den Wagen. Er war schwarz. Das Innere war reines Schwarz, jedenfalls in der hinteren Hälfte. Schwarz und, wie man zugeben musste, rot. Die Blutspuren waren noch vorhanden. Kerstin Holm war dankbar, dass die anderen Überreste weggebracht worden waren. Aber das Blut reichte durchaus.

Es war illustrativ genug.

Brynolf Svenhagen ging durch die zerstörten Türen am hinteren Ende des Wagens und ein paar Schritte nach rechts, zu den völlig deformierten Sitzplätzen. Er hielt auf einem Fleck inne, der, den Farbnuancen nach zu urteilen, aus dem Blut mehrerer Menschen bestehen musste.

»Es stand also eine Person – eine noch nicht identifizierte Frau, wir nennen sie Person 1 – im Stehplatzbereich, den wir gerade passiert haben«, sagte Svenhagen und zeigte auf den nächsten Sitzplatz. »Und hier auf dem Boden stand also die Bombe. In der Gruppe mit den vier Sitzplätzen – zwei nebeneinander, zwei einander gegenüber – saßen drei Personen.

Mit dem Rücken zum Stehplatzbereich Person 2, ein noch nicht identifizierter Mann, und ihm gegenüber zwei Personen nebeneinander: am Fenster Person 3 – unser möglicher Selbstmordattentäter, der natürlich nicht identifiziert ist – und Person 4, ein Mann namens Jonas Klingström, achtunddreißig Jahre alt. Identifiziert durch ein Stück seines Führerscheins, das so eingeklemmt war, dass es nur von ihm stammen kann; ich will euch nicht mit Einzelheiten ermüden.«

Brynolf Svenhagen wandte sich zur anderen Seite des Mittelgangs und fuhr fort:

»Die andere Seite des Gangs war leer, aber wenn wir zur nächsten Reihe von Sitzplätzen gehen, so saßen dort zwei Personen, eine auf jeder Seite des Mittelgangs, Person 5 hier links, ein nicht identifizierter Mann zwischen vierzig und fünfzig, und rechts Person 6, ein ebenfalls nicht identifizierter Mann, Alter unbekannt. Dann kommen wir zum hinteren Stehplatzbereich. Hier befanden sich drei Personen, stehend also. Alle drei sind identifiziert. Person 7 ist eine Frau, Alicia Ljung, vierundzwanzig Jahre alt, Person 8 Tommy Karlström, zweiundfünfzig Jahre, und Person 9 Hussein Al Qahtani, zweiundvierzig Jahre. Das sind alle unsere Toten. Auf der anderen Seite des Stehplatzbereichs, also ganz hinten im Zug, saßen Person 10, Roland Karlsson, sechzig Jahre, und Andreas Bingby, vierundzwanzig Jahre. Den letzten Berichten zufolge kann Karlsson jeden Moment sterben, während Bingby eine etwas bessere Prognose hat, nicht zuletzt dank seines Alters. Beide liegen im Söder-Krankenhaus im Koma. Ich würde nicht zu sehr auf Zeugenaussagen von den am schlimmsten Betroffenen hoffen.«

Kerstin Holm und Arto Söderstedt sahen sich an. Das Gleiche taten Gunnar Nyberg und Viggo Norlander. Und dann sah jeder jeden an.

»Bingby?«, sagte Viggo Norlander schließlich.

»Es gab also fünf weitere Zeugen in dem Wagen?«, fragte Gunnar Nyberg nach einer weiteren kurzen Pause.

»Ja«, sagte Brynolf Svenhagen, »aber die saßen weiter vorn in dem großen Wagen, mindestens dreißig Meter entfernt. Wenn ich mich recht erinnere, hat die lokale Polizei alle fünf an Ort und Stelle vernommen. Aber das ist ja deren Sache, nicht meine.«

»Im vorderen Teil des Wagens saßen also fünf Personen«, sagte Arto Söderstedt, »und in dem tödlichen hinteren befanden sich elf. Aber bei diesen Wagen ist ja das größte Drittel in der Mitte, zwischen den beiden Gummifalzen und den Gelenkböden. War der mittlere Teil des Wagens also ganz menschenleer?«

Svenhagen nickte langsam und sagte:

»Ganz vorn und ganz hinten im Zug sammeln sich immer die meisten Menschen. Sie kommen entweder im letzten Augenblick oder wollen als Erste wieder draußen sein. Außerdem war es der letzte Zug nach Hagsätra. Aber das wisst ihr besser als ich.«

»Weil wir U-Bahn fahren und keinen luxuriösen Dienstwagen«, sagte Viggo Norlander.

Svenhagen ließ die Bemerkung verhallen, ohne ein Miene zu verziehen. Allerdings war eine kleine Falte auf seiner Stirn erschienen, die dort sonst nicht zu sein pflegte.

»Kommt mit«, sagte er.

Das Quintett widmete sich wieder dem Wagen Carl Jonas und ging an dem Türenpaar vorbei, durch das es hereingekommen war, von hinten gesehen das zweite. Dann passierten sie den Gelenkboden und gelangten in das mittlere Drittel des Wagens. Beim zweiten Türenpaar blieb Svenhagen stehen und zeigte auf ein paar Kratzspuren an der Tür.

»Ich habe das hier natürlich in meinem Bericht vermerkt«, sagte er. »Aber ich habe es nicht als bemerkenswert beurteilt.«

»Ist es das denn?«, fragte Gunnar Nyberg und beugte sich zu den Kratzspuren hinunter.

»Vermutlich nicht«, sagte Svenhagen. »Aber sie scheinen ganz frisch zu sein.«

»Hat also jemand – ja, was? – an den Türen gerissen?«

»Man kann es so deuten.«

»Und tut man das?«

»Wenn man es tut«, sagte Svenhagen mit gewissem Nachdruck, »dann ist es auch möglich, dass dieser Jemand den Wagen verlassen hat. Nach vollendeter Tatsache, sozusagen.«

Kerstin Holm kratzte sich am Kopf und sagte:

»Sämtliche Fenster in dem fast fünfzig Meter langen Wagen sind zerstört, und die fünf Personen, die am weitesten entfernt waren, trugen massive Schnitt- und Quetschwunden davon. Müsste dann nicht eine Person, die sich viel näher bei der Bombe befunden hat, ziemlich schwer verletzt sein?«

»Vielleicht nicht«, sagte Arto Söderstedt, »wenn sie rechtzeitig in Deckung geht.«

»Ich finde, ihr zieht viel zu schnell Schlüsse«, sagte Brynolf Svenhagen, während er die vier Polizeibeamten von den U-Bahn-Türen wegzudrängen begann.

»Was tust du?«, fragte Viggo Norlander irritiert.

»Wir müssen diesen Bereich vielleicht doch noch einmal durchsuchen«, brummte Svenhagen grimmig.

»Habt ihr hier nicht nach Blutspuren gesucht?«, fragte Norlander. »Na so was.«

»Hier war ja kein Mensch«, sagte Svenhagen noch grimmiger.

»Was meinst du mit: rechtzeitig in Deckung gehen?«, hakte Kerstin Holm nach. »Meinst du, der Selbstmordattentäter hatte einen Partner?«

»Entweder das ...«, sagte Söderstedt.

»Oder ...?«, sagte Holm geduldig.

»Oder es war vielleicht gar kein Selbstmordattentäter. Die Tasche kann ebenso gut unter den Sitz geschoben worden sein, ohne dass jemand sie gesehen hat. Vielleicht von einem

Mann, der sich im passenden Abstand befand, zur rechten Zeit in Deckung ging und dann den Wagen verließ. Offenbar mithilfe irgendeines Werkzeugs. Denn diese Schrammen stammen kaum von menschlichen Fingernägeln. Oder, Brynolf?«

»Ihr seid sehr lästige Menschen«, sagte Svenhagen, der eine blauweiße Taperolle aus den geräumigen Taschen des weißen Kittels gezaubert hatte und begann, den Bereich um die Türen abzusperren.

»Oder, Brynolf?«, wiederholte Söderstedt.

Brynolf Svenhagen ließ die Fingerspitzen über die drei deutlichen waagerechten Schrammen gleiten, die die Farbe zerkratzt und das darunterliegende Metall freigelegt hatten.

»Es sieht nach, ich weiß nicht, nach irgendeinem Gartenwerkzeug aus. Einer Harke, einem Handkultivator oder dergleichen.«

»Sprich Schwedisch«, sagte Viggo Norlander.

»Kann man feststellen, ob die Tür nach der Explosion überhaupt geöffnet worden ist?«, fragte Gunnar Nyberg.

»Ich weiß es nicht«, sagte Svenhagen mit großer Selbstüberwindung – das war kein Satz, den er gerne aussprach. »Man müsste wohl einen ausreichend großen Spalt aufstemmen, um hinauszuschlüpfen. Mit genügend Kraft und einem guten Hebel in Form eines Werkzeugs. Darauf würde ich tippen.«

»Tippen?«, sagte Norlander boshaft.

Sie ließen Brynolf Svenhagen allein, der ihnen lange nachstarrte. Als sie das kleine magische Hybridauto wieder erreichten, sagte Kerstin Holm:

»Ihr versteht, worum es geht, oder?«

»Vermutlich«, antwortete Arto Söderstedt.

»Wir müssen checken, ob es in den vorliegenden Zeugenverhören mit den fünf Überlebenden aus dem vorderen Teil des Wagens irgendwelche Andeutungen gibt. Falls nicht, müssen sie noch einmal verhört werden. Du und ich, Gunnar? Dann könnt ihr beiden Grünschnäbel Person 1 bis 11 durcharbeiten.«

»Ist das wirklich gerecht?«, murrte Viggo Norlander.

10

Sara Svenhagen saß an ihrem Schreibtisch und tat immer wieder das Gleiche. Lena Lindberg saß neben ihr und machte auch das Gleiche, wieder und wieder.

Sie hörten sich eine Schleife an. Zwei Stimmen auf einem Tonband, oder besser, einer Tondatei im Intranet der Polizei. Wahrscheinlich hörten sich viele Polizisten im selben Haus genau in diesem Augenblick ebendiese Schleife an – Sara war nicht ganz sicher, ob die Effektivität der Organisation optimiert war.

In Saras niedergeschriebener schwedischer Übersetzung hörte sich die Schleife foldendermaßen an:

»Ist dort die schwedische Polizei?«

»Ääh, hem. So ein Mist. Tja, hier ist die schwedische Polizei in Älvsjö, ja, verflixt.«

»Die Bombe in der U-Bahn haben wir gelegt.«

»Die Bombe in der U-Bahn? Okay ... Sprechen Sie weiter.«

»Schweden ist seit Langem ein Schlangennest, die schlimmste Form von christlich-liberalem Mistkübel. Ihr habt jeden Sinn für Moral und Heiligkeit verloren. Ihr habt keinerlei Werte mehr. Eure Frauen sind Huren, und sie verführten die Frauen, die den rechten Glauben haben.«

»Wer spricht denn da?«

»Du kannst uns die heiligen Reiter von Siffin nennen. Ihr hört wieder von uns. Senke den Blick. Das schärft das Bewusstsein und schenkt dem Herzen mehr Frieden.«

Sara blickte Lena an und fragte:

»Irgendwelche neuen Erkenntnisse?«

Lena schüttelte den Kopf und sagte nach einer Weile:

»Nicht direkt. Steht etwas Neues im Intranet? Es sind ja

ziemlich viele, die gleichzeitig hieran herumpuzzeln, wie man sich vorstellen kann.«

»Aber die meisten halten sich an ihre eng begrenzten Aufgaben«, sagte Sara Svenhagen und gab einen Befehl über die Tastatur ein. »Das sind die vorbildlichen Polizisten. Wir sind etwas anderes.«

Ein neues Menü tauchte auf dem Monitor auf. Sara durchsuchte es und schüttelte den Kopf.

»Nein«, stellte sie fest. »Keiner hat über dieses Siffin noch mehr zu sagen.«

»Wenn es nicht rundum im Haus unter Verschluss gehalten wird«, sagte Lena Lindberg.

»Ich meine auf jeden Fall Folgendes«, sagte Sara und lehnte sich zurück. »Dies hier ist Ernst. Der Tonfall bebt vor Grabesernst, der jeden Gedanken an gewöhnliche Verrückte und üble Scherzbolde ausschließt. Außerdem finden sich ein paar Betonungen, wo die Silben gleichsam ausgespien werden, was auf realen Hass schließen lässt, Hass auf Schweden im Allgemeinen, auf schwedische – und westliche – Frauen im Besonderen. Also, ohne dieses Siffin würde man, nicht ganz vorurteilsfrei, in Richtung Muslime denken.«

»Aber mit Siffin denkt man noch viel weiter«, sagte Lena und nickte. »Wir sollten jetzt unseren Gast hereinbitten.«

»Jesses«, stieß Sara aus. »Den hatte ich ganz vergessen.«

Dann drückte sie einen Knopf am Haustelefon, und Kurt Ehnberg trat ein, Spezialist für internationale Phonologie an der Universität Stockholm. Die ganze Erscheinung des Mannes wurde durch die extrem dicken Brillengläser bestimmt. Wie er sonst aussah, darüber dachte niemand nach.

Sie waren ihm schon einmal begegnet, im Zusammenhang mit einer spektakulären Geiselnahme im Stockholmer Stadtteil Östermalm. Seine Brillengläser schienen jetzt, zwei Jahre später, noch dicker zu sein, und er setzte sich ohne die mindeste Andeutung eines Grußes auf den Besucherstuhl zwischen die beiden Damen.

»Lassen Sie hören«, sagte er.

Sie spielten ihm die Schleife vor, er wollte mehr hören. Sie ließen sie wieder und wieder laufen. Am Ende sagte er:

»Schwierig.«

Allen äußeren Anzeichen nach zu urteilen, war »schwierig« ein Wort, das Professor Kurt Ehnberg ungern in den Mund nahm. Aber jetzt tat er es.

»Schwierig?«, fragte Sara.

Die Phonologie ist die Wissenschaft von der Lautstruktur der Sprache und nichts anderes. Kurt Ehnberg hörte also ausschließlich auf die Lautstruktur des Telefongesprächs. Er suchte sprachliche Auffälligkeiten.

»Ja, tatsächlich«, sagte Ehnberg. »Ich werde aus dem Dialekt nicht klug.«

»Dem Dialekt?«

»Ja, ich meine, im Hintergrund eine deutliche Einfärbung von Arabisch zu ahnen. Das Englisch ist ausgezeichnet, alle stimmhaften ›s‹ sind an der richtigen Stelle – für jemanden, der Englisch nicht als Muttersprache spricht, das Schwerste und am wenigsten Begreifliche. Und doch hat es eine ganze Menge Fremdes an sich. Mir wird nicht recht klar, um welchen arabischen Dialekt es sich handelt.«

»Sind Sie denn sicher, dass es Arabisch ist?«, fragte Lena.

»Das auf jeden Fall«, sagte Ehnberg. »Die Besonderheit bei allen arabischen Dialekten, die unter dem Begriff ›Arabisch‹ zusammengefasst werden, ist der Überfluss an Konsonanten. Am hervorstechendsten sind die pharyngalen Konsonanten, die mit geweitetem Rachen ausgesprochen werden. Es klingt ungefähr wie ein Gähnen. Und hat man einmal Arabisch gesprochen, entgehen einem die Pharyngale nicht. Sie sind auch hier vorhanden, allerdings unterdrückt und vermischt. Und die phonologische Struktur bereitet mir Kopfzerbrechen.«

»Aber aufs Ganze gesehen sind Sie sicher, dass der Sprecher Araber ist?«

»Es steckt Arabisch darin«, nickte Ehnberg, sodass seine Fernglasbrille zur Seite rutschte und er Schlagseite bekam. »Es ist möglich, dass der Sprecher ziemlich lange in einem englischsprachigen Land gelebt hat. Aber wahrscheinlich nicht.«

»Wahrscheinlich nicht?«

»Sein Englisch, das mehr zum amerikanischen neigt als zum britischen, ist stellenweise sehr schwach, stellenweise überakzentuiert. Es ist im sozialen Leben kaum besonders intensiv erprobt worden. Ich würde eher sagen, dass der Sprecher viel amerikanische Populärkultur konsumiert hat. Aber das ist nur eine Vermutung. Auf jeden Fall handelt es sich eher um eine passive als um eine aktive Sprachaneignung.«

»Gibt es auch *Schwedisch* darin?«, fragte Sara Svenhagen.

Professor Kurt Ehnberg schnitt eine Grimasse. Schön sah sie nicht aus.

»Das *kann* der Grund dafür sein«, räumte er widerwillig ein, »warum es mir nicht richtig gelingt, den arabischen Dialekt zu finden. Weil der Mann nicht besonders oft Arabisch spricht, sondern eher Schwedisch. Eine Art Schwedisch. Das so unbedacht Rinkeby-Schwedisch genannt wird. Gewisse Lautbildungen deuten auf Schwedisch hin, aber sicher ist das keineswegs.«

»Wie alt ist er denn?«

»Schwer zu beurteilen«, antwortete Ehnberg. »Nicht besonders alt. Zwanzig, dreißig. Eher zwanzig als dreißig.«

»Sonst noch etwas?«, fragte Sara.

»Nicht direkt«, sagte Ehnberg. »Außer dass ich für Sie eigentlich nicht der richtige Mann bin.«

»Nicht?«

»Was Sie brauchen, ist ein Islamexperte.«

Damit verschwand er, und Sara und Lena waren allein.

»Natürlich hat er recht«, sagte Lena Lindberg und vollführte eine Geste der Ungeduld. »Wir wollen nicht dahin, aber wir müssen.«

»Aber erst eine kurze Zusammenfassung«, sagte Sara Svenhagen. »Acht Stunden nach der Explosion ruft ein Mann in den Zwanzigern, der ein gepflegtes amerikanisches Englisch mit einem schwachen schwedisch-arabischen Akzent spricht, bei der Polizei in Älvsjö an und bekennt sich zu der Tat, mit dem Motiv, dass schwedische Frauen Huren seien und die Schweden kein Gefühl für Moral und Heiliges hätten. Bis hierhin nichts Unerwartetes, oder?«

»Das kann man wohl sagen«, räumte Lena ein. »Eigene Sexualität ist gleichbedeutend mit Hure. Diese Angst vor der Frau ...«

»Und er ist echt zornig, das hört man. Aber dass er es ernst meint, muss ja noch nicht bedeuten, dass er tatsächlich die Bombe gelegt hat. Es verging schließlich ziemlich viel Zeit zwischen der Explosion und dem Anruf.«

»Obwohl es meistens eine Weile dauert, bis Gruppen sich zu ihren Taten bekennen«, sagte Lena. »Sie müssen sich erst sammeln und zusehen, dass sie den Rücken frei haben.«

»Okay, ich bin einig mit dir. Das sagt nichts. Und was sollen wir davon halten, dass er in Älvsjö anruft? Warum ausgerechnet da?«

»Ich habe ein bisschen im Internet geguckt«, sagte Lena. »Man könnte sich ja eine Situation vorstellen, wo die Nummer beim Aufrufen des Telefonbuchs ganz einfach als erste auftaucht – also dass ääö nicht berücksichtigt werden. Älvsjö wird zu Alvsjo und landet ganz vorn im Alphabet. Doch das geschieht nicht. Die direkte Nummer zur Polizei in Älvsjö steht ganz unten auf der Liste. Er muss einen ganz speziellen Zugang zu dieser Nummer gehabt haben. Wieso und weshalb, das müssen wir noch herausfinden.«

»Wir sollten mit den Kollegen in Älvsjö sprechen«, fasste Sara zusammen. »Vielleicht hat er persönlich Kontakt mit ihnen gehabt.«

»Dann das mit dem Englisch«, sagte Lena. »Handelt es sich wirklich um einen Amerikaner mit schwedischen und arabischen Wurzeln? Und warum zum Teufel?«

»Unserem verehrten Kurt Ehnberg zufolge, muss er wohl nicht unbedingt Amerikaner sein. Eher jemand, der eine Menge amerikanischer Filme und Musik konsumiert hat.«

»Und der zur richtigen Lehre bekehrt worden ist? Was ist er dann? Schwede?«

»Vermutlich«, sagte Sara und vollführte in etwa die gleiche Geste wie Lena kurz zuvor. »Weist das nicht doch in Richtung südlicher Vorort? Die Polizei in Älvsjö, vielleicht Hip-Hop-Kultur, Vorstadtaußenseitertum?«

»Ist er dann überhaupt Terrorist? Oder nur ein allgemein Unangepasster?«

»Vielleicht sowohl als auch. Vielleicht ein Vororttyp mit Unbehagen an der Kultur, der von einem Terrornetzwerk aufgesammelt worden ist. Das ist doch die Rekrutierungsbasis für den Fundamentalismus – die nicht angepassten, nicht assimilierten Jugendlichen, die sogenannte zweite und dritte Einwanderergeneration, bei deren Eingliederung in die Gesellschaft wir so kapital versagt haben.«

»Eine groteske Bezeichnung«, sagte Lena Lindberg. »Du bist in Schweden geboren und aufgewachsen und wirst trotzdem Einwanderer genannt.«

Sara Svenhagen sagte:

»Das Entscheidende, wenn es um die Glaubwürdigkeit geht, ist dennoch dieses Siffin.«

»Und seine eigentümlichen Schlussworte«, nickte Lena.

»›Lower your eyes. It makes the mind more focused, and gives more peace to the heart.‹ Das ist doch bestimmt ein Zitat?«

»Aber ein ziemlich seltsames Zitat«, sagte Sara. »Senke den Blick. Wieso senke den Blick? Dreht es sich beim gesamten Fundamentalismus nicht eher darum, den Blick zu heben? Stolz und hart und stark zu sein, mit festem, erhobenem Blick?«

»Anderseits scheint es sich um eine Art von Vorbereitung zu handeln. Das schärft das Bewusstsein und schenkt dem Herzen mehr Frieden. Ich weiß nicht, ob man das mit Siffin in Verbindung bringen soll.«

»Erzähl jetzt alles über Siffin«, sagte Lena. »Du hast dich ja mit Wesentlichem befasst, während ich Phonologen und anderem tristen Kram nachgejagt bin.«

Sara Svenhagen lachte auf und sagte:

»Siffin ist eine Stadt in Syrien. Dort fand eine der entscheidenden Schlachten in der frühen Geschichte des Islam statt. Es gibt eine Reihe von Schlachten, in der Anfangsphase der Religion: die Schlachten bei Badr, bei Uhud, bei Khandaq, bei Hunayn, bei Jamal, bei Nahrawan und bei Karbala. Und eben auch bei Siffin. Die Schlacht findet im Juli des Jahres 657 statt – im Jahr 37 nach muslimischer Zeitrechnung, die im Jahr 622 ihren Anfang nimmt, als der Kaufmann Mohammed sich auf seine berühmte Hedschra nach Medina begab und sein Wirken als der Prophet Allahs begann.«

»Hedschra?«, fragte Lena.

»Er hat seinen Heimatort verlassen. Mohammed verließ Mekka, wo seine Botschaft keinen Anklang fand, und zog nach Yathrib, das später den Namen Medina bekam, was ganz simpel ›Stadt‹ bedeutet. Erst mit seiner Ankunft dort wurde aus dem Islam eigentlich eine Religion.«

»Und was hat das mit Siffin zu tun?«

»Das ist in der Anfangszeit ziemlich unklar. Wenn eine Religion Fuß fassen soll, ist dies regelmäßig mit Gewalt verknüpft. Zuerst gegen die Ungläubigen, danach kämpfen die Gläubigen oft untereinander. In der Schlacht bei Siffin, fünfunddreißig Jahre später, standen sich Mohammeds Cousin Kalif Ali und Muawija von der umayyadischen Familie gegenüber. Sie bildet die Spaltung des Islam in Sunniten und Schiiten ab.«

»Wie kompliziert«, stöhnte Lena Lindberg. »Sind es nicht Sunniten im Irak und Schiiten im Iran?«

»So sah man es früher, als wir automatisch die Perspektive Saddam Husseins übernahmen. Aber die Sunniten – die den großen Zweig des Islam stellen, in der gesamten arabischen Welt bis nach Marokko und auch im größten muslimischen Gebiet, Indonesien –, waren faktisch auch im Irak die ganze Zeit in der Minderzahl. Jetzt, während und in der Folge des Irakkrieges, kämpfen nun die Sunniten und Schiiten miteinander. Das ist die Hauptursache für das Chaos im Irak. Einmal davon abgesehen, dass das Land von den USA besetzt ist ...«

»Was ist denn der Unterschied?«

»Die Sunniten meinten, der Führer, der Kalif, solle aufgrund persönlicher Fähigkeiten und des Respekts vor der Sunna, also im Großen und Ganzen Mohammeds eigenen Taten, ausgewählt werden. Die Schiiten meinten, er solle Mohammeds Geschlecht angehören. Es erinnert ein wenig an die Frage Republik oder Monarchie im säkularisierten Abendland. Den Thron erben oder gewählt werden.«

»Aber noch einmal, was hat das mit Siffin zu tun?«

»Der vierte Kalif war Ali, Mohammeds Cousin und Schwiegersohn, als nächster Verwandter war er der legitime Führer der muslimischen Gemeinschaft. Aber er wurde von der reichen arabischen Kaufmannsfamilie der Umayyiden in Damaskus herausgefordert, deren Oberhaupt zu diesem Zeitpunkt Muawiya hieß. Sie treffen in Siffin aufeinander, neunzigtausend Mann auf Alis Seite, hundertzwanzigtausend Mann auf Muawiyas. Die Kämpfe wüten in der Sommerhitze. Niemand hat so große militärische Fähigkeiten wie Ali, es ranken sich Mythen um ihn. Niemand wagt es, ihm von Angesicht zu Angesicht gegenüberzutreten, er ist gezwungen, sich zu verkleiden, um Gegner zu haben. Einmal geschieht es – Ali schwingt sein legendäres Schwert Zulfiqar gegen einen Widersacher, und alle glauben, er habe ihn verfehlt. Bis der Mann in zwei Hälften vom Pferd fällt.«

»Autsch«, sagte Lena Lindberg.

Sara Svenhagen fuhr fort:

»Trotz seiner numerischen Überlegenheit steht Muawiya im Begriff zu verlieren. Da erhält er von einem Weisen den Rat, die Heilige Schrift entscheiden zu lassen, und nicht weniger als fünfhundert seiner Männer befestigen den Koran an ihren Speerspitzen. Das lässt Alis Männer zögern. Viele legen die Waffen nieder. Ali begibt sich aufs Schlachtfeld und versucht, seine Männer dazu zu bewegen, nicht auf Muawiyas Trick hereinzufallen. Doch es funktioniert nicht. Die Schlacht endet in Verhandlungen, die zu nichts führen. Außer zu einer dauerhaften Spaltung. Muawiya verlor nicht weniger als fünfundvierzigtausend Mann, auf Alis Seite fielen fünfundzwanzigtausend.«

»Aber jetzt verstehe ich immer weniger die ›heiligen Reiter von Siffin‹. Was ist denn das Heroische an dem Ganzen?«

»Ich verstehe es auch nicht«, gab Sara zu. »Aber damit müssen wir uns wohl beschäftigen.«

»Mach du das«, sagte Lena. »Das ist ein Job für eine einzige Frau. Ich fahre stattdessen nach Älvsjö und rede mit dem Kollegen.«

»Okay«, sagte Sara. »Das klingt vernünftig. Ich will sehen, ob ich wenigstens einen guten Islamexperten auftreiben kann. Ich finde das wahnsinnig spannend.«

Lena verschwand, und Sara war allein. Einen kurzen Augenblick lehnte sie sich zurück und bedachte die Lage.

Die ganze Lage.

Das ganze verflixte Leben in exakt diesem Augenblick.

War Sara Svenhagen eine glückliche Frau?

Jeder Moment ist eigentlich akkumulierte Zeit. Alles Gute und Schlechte im Leben sammelt sich in einem einzigen Punkt. Manchmal hat das Gute die Nase vorn und ist ein wenig stärker, manchmal das Schlechte. Neues stößt dazu, anderes sackt ab. Aber alles ist gesammelt, alles bildet Parameter in der Antwort auf die alltägliche, aber lebenswichtige Frage »Wie ist die Lage?«, die wir gern mit einem zu nichts verpflichtenden »gut« vom Tisch wischen. Augenblicke sind nicht unsere starke Seite.

Also, wie war die Lage?

Im Wesentlichen »gut«. Sara sah einen ganzen Wald von Strichen vor sich, ungefähr wie bei einer Stereoanlage, einem Equalizer, sie bewegten sich nach oben und nach unten um eine Nulllinie, nach oben grün, nach unten rot. Rot bedeutete schlecht, grün gut. In der Sekunde, in der man sie fixierte, formten sie eine vollständige Lagebeschreibung. Manche Striche befanden sich so weit weg, dass sie kaum zu sehen waren, während andere aufdringlich nah waren, ein vielfältiges rotgrünes Blitzlicht in drei Dimensionen. Unglücklichsein bis zum Rand des Selbstmords mit fünfzehn – auch diesen Strich gab es – er war zwar extrem rot, aber auch sehr weit entfernt. Dafür war die Befriedigung darüber, wieder mit dem Schwimmen angefangen zu haben – was die blonde Bürste ihrer Haare wieder grün zu färben begonnen hatte – äußerst nah. Der Strich war lange nicht so hoch wie der zwanzig Jahre alte rote tief war, doch dafür befand er sich in sehr viel größerer Nähe. Es war ein niedriger grüner Strich, leichte Befriedigung, aber kaum Glück. Außerdem wurde er von einem seltsamen Stab verdeckt, der viel größer war als die anderen, viel näher, der sich unablässig zwischen rot und grün auf und ab bewegte.

Das war der Ehestrich.

Sara Svenhagens fünfjährige Ehe mit Jorge Chavez war in vielfacher Hinsicht ein Wunder. Sie waren einander in einer stressigen Zeit begegnet und hatten es geschafft, perfekt zueinander zu passen. Jorge war zwar schwer zu überreden gewesen, als es darum ging, ein Kind zu bekommen, doch als die kleine Isabel schließlich da war, erwies er sich als göttlicher Papa. Aber in dem Maße, in dem ihre Liebe zu der schönen kleinen Tochter an Stärke zunahm, nahm ihr Gefühl füreinander ab. Vor einem Jahr hatten sie eine wirkliche Krise erlebt – sie redeten aneinander vorbei, waren in den Gedanken des anderen kaum gegenwärtig, waren unfähig, einander zu berühren –, doch nach den dramatischen Ereignissen des vergangenen Sommers kamen sie sich wieder näher. Aber jetzt war es wieder so weit. Das eheliche Leben war nicht optimal.

In diesem fixierten Augenblick leuchtete der rote Schein dieses Strichs stärker als alle anderen.

Es war so leicht, auf Irrwege zu geraten, in einem unheilvollen Muster hängenzubleiben und nur darin umherzuirren. Sie versuchte, aus sich selbst herauszutreten und die Situation neutral zu überblicken, doch natürlich ging das nicht. Dieser Überblick zeigte nur, dass sie selbst keine Schuld trug. Er und ausschließlich er war derjenige, der sich abwandte.

Genug mit den Dummheiten, heute Abend würde sie ihn überraschen. Sie liebte ihn, und sie wusste, dass er sie liebte. Alles andere waren Dummheiten. Jeder Augenblick trug die Chance eines Neuanfangs in sich.

In diesem Moment, machte es »pling« in Sara Svenhagens Computer – hatte wirklich der alte, nicht digitale Uhu Jan-Olov Hultin diese elegante Vernetzung einer komplexen Ermittlung eingeführt? –, und auf dem Bildschirm erschien eine Mitteilung. Die Säpo meldete ein Teilergebnis ihrer Ermittlung. Es lautete, in lakonischem Säpo-Stil:

»The Holy Riders of Siffin sind international nicht bekannt. Nachfrage bei internationalen Sicherheitsdiensten ergebnislos.«

Sie nickte. Sie hatte es fast geahnt. Angesichts der Undurchsichtigkeit der Schlacht bei Siffin bedeutete das eine von drei Möglichkeiten.

Entweder das Ganze war ein Bluff, der schlecht durchdachte Anruf eines Witzbolds.

Sie fühlte, dass es das nicht war.

Oder es handelte sich um eine Gruppe auf lokaler Ebene in den südlichen Vororten.

Das kam ihr plausibler vor.

Oder die Tatsache, dass niemand die Gruppierung kannte, rührte daher, dass diese geschickt und gut organisiert war und kein Leck hatte.

Auch das kam ihr plausibler vor.

Sie wog die beiden Alternativen gegeneinander ab.

Im Moment hielten sie sich die Waage.

11

Jon Anderson war glücklich. Es war sicher das allererste Mal in seinem Leben, dass er diese Feststellung für sich zu machen wagte. Er war ein vorsichtiger Mensch.

Es war Freitag, und er hatte die ganze Woche lang mit gewisser Deutlichkeit die linke Hand benutzt, um nach Papieren auf der anderen Seite des Schreibtisches zu langen. Auf Jorges Seite. Die Hand war meist direkt vor der Nase des immer bockigeren Partners tätig geworden, der sie aber nicht bemerkt hatte. Oder nur irritiert abgewartet hatte, bis sie wieder verschwand.

Aber jetzt sah er sie. Nach vier Tagen.

Jorge Chavez zog die Brauen hoch, als die linke Hand vor seinen Augen nach einem technischen Handbuch griff, und diesmal war es automatisch passiert. Jon Anderson war in der stillen Hoffnung, dass sein Gespanngefährte sein Glück bemerken würde, schlicht zum Linkshänder geworden.

Und jetzt war es so weit. Wenn auch nicht ganz mit dem überströmenden Latino-Jubel, den Jon Anderson sich gewünscht hätte.

»Neuer Ring?«, fragte Jorge Chavez und tippte weiter.

Wie sollte man darauf antworten? Wo in diesem Ring das ganze eigene Glück lag? Vielleicht so:

»Ich habe mich verlobt.«

Chavez tippte eine Weile weiter. Dann blickte er auf, und Verwirrung war kaum das richtige Wort. Eher eine so große Zerstreutheit, dass auch der lauteste Knall ihn nicht in ein normales Leben hätte zurückrufen können.

»Was?«, sagte er.

»Ich habe mich mit Marcus verlobt«, antwortete Jon Anderson. »In Paris, am Samstag.«

»Wer zum Teufel ist Marcus?«, fragte Chavez immer noch völlig in Gedanken versunken.

»Willst du mir nicht gratulieren?«, musste Anderson schließlich fragen.

Chavez blinzelte sich langsam ins Hier und Jetzt zurück und sagte schließlich:

»Aber klar. Glückwunsch! Das muss ja schnell gegangen sein. Ich wusste gar nicht, dass es einen Marcus gibt.«

»Bei dir und Sara ging es auch ziemlich schnell, wenn ich richtig informiert bin. Habt ihr nicht nach ein paar Wochen geheiratet?«

»Das waren andere Zeiten«, sagte Chavez träge. »Wer ist er?«

»Ein wunderbarer Mann«, antwortete Anderson träumerisch. »Wir sind uns vor zwei Monaten auf einem Fest begegnet. Und jetzt wissen wir beide, dass es passt. Aber heiraten dürfen wir natürlich nicht.«

Chavez nickte.

»Das solltet ihr aber«, sagte er nur. »Glückwunsch noch mal! Entschuldige, dass ich ein bisschen abwesend war.«

»Vier Tage lang«, lachte Anderson.

»Nein, *jetzt*«, sagte Chavez. »Die vier Tage sind unentschuldbar. Das hier jetzt ist ein bisschen entschuldbarer. Ich glaube, ich habe eine Methode gefunden.«

Als Jon Anderson auf seiner Seite des gemeinsamen Schreibtisches aufstand, war ihm tatsächlich warm ums Herz. Jorge war zuweilen ein grantiger Lümmel, aber er hatte ihn aufrichtig gern. Außerdem war er ein smarter Lümmel. Wenn er sich denn mal von der Seite zeigte.

Aber das letzte Mal war nun schon ein Weilchen her.

»Okay«, sagte Anderson und beugte sich zum Bildschirm hinunter. »Eine Methode, das Handy zu finden? Aber es war nicht registriert und hatte eine Prepaid-Karte. Völlig anonym. Wir haben zwar die Nummer, aber über die finden wir ihn nicht. Wir wissen ja, dass das Telefon mit der SIM-Karte ursprünglich vor vier Wochen im PC-Großmarkt Com-Shop am Drottningsholmväg gekauft und bar bezahlt worden ist und dass mit der SIM-Karte vorher noch nie telefoniert worden ist. Sie lässt sich nicht identifizieren. Und sie lässt sich auch nicht mit geografischen Koordinaten lokalisieren, was wir den ganzen Tag versucht haben. Es gibt keine Methode.«

»Im ComShop gibt es Überwachungskameras«, sagte Chavez. »So einfach ist das. Und ich habe gerade eine E-Mail vom Filialleiter bekommen. Der Überwachungsfilm ist noch vorhanden. Sie werden ein halbes Jahr lang aufbewahrt, sauber datiert.«

Jon Anderson sah Chavez an.

»Man kann das Einfache schwierig machen«, sagte er. »Wir waren derart auf unsere Koordinaten fixiert, dass wir nicht fundamental gedacht haben.«

»Was vermutlich bedeutet, dass die halbe Stockholmer Polizei, die fundamentales Denken nicht gerade scheut, schon da gewesen ist und ihn sich geschnappt hat.«

»Aber davon hat dein Filialleiter nichts gesagt?«

»Eigentlich nicht«, sagte Chavez, vielleicht ein wenig hoffnungsvoller.

»Allerdings gibt es da einige Fragezeichen«, sagte Anderson und bewegte seinen langen Körper zurück auf seinen Platz. »Das erste ist offensichtlich.«

»Man kauft ein Handy ausschließlich für diesen Zweck«, nickte Chavez. »Ausschließlich um anzurufen und sich zu einem Bombenattentat zu bekennen, das genau geplant gewesen sein muss. Macht man dann den Fehler, sich vor einer Ladenkamera zu zeigen?«

»Das werden wir ja sehen«, sagte Anderson und ihm war innerlich immer noch ganz warm. Was vermutlich darauf hindeutete, dass er von seinem Partner mit Gefühlsäußerungen nicht verwöhnt wurde.

»Und zwar sehr bald«, sagte Chavez. »Die Datei kann

jeden Moment mit der E-Post kommen. An welche Fragezeichen hast du noch gedacht?«

»Hauptsächlich an dieses. Trotzdem wird es spannend werden. Irgendjemand hat dieses Handy gekauft, das von den Holy Riders of Siffin benutzt wurde, und wir werden gleich sehen, wer es war.«

»Optimist«, sagte Chavez.

»Von dort bis zur Identifikation ist es dann allerdings noch weit ...«

»Pessimist«, sagte Chavez.

Der Computer machte pling.

»Pluspunkt«, sagte Chavez. »Pluspunkt für einen gewissenhaften Filialleiter vom ComShop Computergroßmarkt am Drottningholmsväg. Pluspunkt, Mann.«

»Ja, ja«, sagte Jon Anderson und trottete erneut um den Tisch herum zu Chavez' Bildschirm. Der zeigte einen E-Mail-Text und ein Standbild, an dessen unterem Rand stand: »Juli 5, 5.09 pm«.

»Um 17.12 Uhr am Dienstag, dem 5. Juli, wurde das Handy an Kasse 3 bezahlt. Bis dahin sind es drei Minuten«, sagte Chavez und setzte den Film mit einem Klick in Gang.

Die Kamera befand sich offenbar schräg über der Kasse, die mit der Ziffer 3 bezeichnet war. Sie produzierte einen etwas steilen Bildwinkel, der die Gesichter ein wenig verzerrt aussehen ließ, etwas in die Länge gezogen.

Eine Warteschlange gab es an Kasse 3 nicht. Ein älterer Mann war gerade dabei, einen Wasserkocher zu bezahlen, und debattierte lautlos mit der Kassiererin über die Qualität des Kabels. Die Kassiererin, eine junge Frau zwischen zwanzig und dreißig mit zahllosen Piercings, warf dem alten Mann um 17.11.04 Uhr irgendetwas Bissiges an den Kopf, woraufhin er ihr mit der Faust drohte und beleidigt abzog. Dann tat sich eine Weile nichts. Die Kassiererin justierte einen Ring in ihrer Wange, der offenbar Probleme machte, und leckte sich dann den Finger ab.

»Igitt«, kam es spontan von Jon Anderson.

Chavez warf ihm einen hartgesottenen Blick zu und sagte: »Zart besaitet?«

Zu mehr war keine Zeit. Um 17.11.47 Uhr tauchte eine Gestalt im Bild auf. Sie legte ein Handy auf den Ladentisch neben die Kasse. Chavez hielt das Bild mit der Maus an.

Sie betrachteten die Gestalt. Sie trug eine grüngelbgestreifte Kapuzenjacke und hatte die Kapuze über den Kopf gezogen.

»Scheiße«, sagte Chavez. »Man sieht nichts.«

»Wie wir es geahnt haben«, sagte Anderson. »Aber der Kapuzenpulli ist originell.«

Chavez ließ den Film weiterlaufen. Der Mann, denn es war eindeutig ein Mann, zog eine Brieftasche hervor und blätterte ein Bündel Fünfhunderterscheine durch, das mindestens einen halben Zentimeter dick zu sein schien. Er nahm sechs davon heraus und reichte sie der Kassiererin, die sie der Reihe nach träge gegen das Licht hielt. Schließlich tippte sie den Betrag ein und gab ihm eine Quittung und etwas Wechselgeld zurück. Dann legte sie das Handy in einen Plastikbeutel und reichte ihn arrogant über den Tisch. Der Mann mit der Kapuzenjacke drehte das Gesicht für einen kurzen Moment zur Kamera. Aber die Kapuze war so tief ins Gesicht gezogen, dass sein Gesicht nur als Schatten zu sehen war. Dann verschwand er aus dem Bild und in die Freiheit.

»Ohne eine Spur zu hinterlassen«, wie Chavez es ausdrückte.

»Lass mal ein Stück zurücklaufen«, sagte Jon Anderson.

»Du willst doch nicht etwa sagen, ich hätte ein Detail übersehen? So was nervt.«

»Es war kein Detail. Es füllte das ganze Bild aus.«

Chavez seufzte und ließ den Film zu dem Punkt zurücklaufen, an dem sie gerade gewesen waren. »Da!«, rief Jon Anderson, wobei er dem Kollegen in den Arm kniff, sodass das ganze Bild vom Monitorschirm rutschte. Als Chavez es geduldig mit der Maus zurückholte, bewegte es sich jedoch nicht mehr.

»Was soll denn das jetzt?«, knurrte er.

»Hol es ein bisschen näher ran, weiter unten, auf seiner Brust.«

»Weiter unten auf der Brust?«

»Ungefähr bei der linken Brustwarze.«

Chavez tat, wie ihm gesagt wurde. Der Zwischenraum zwischen den Streifen des grüngelben Pullis wurde größer und größer. Schließlich wurde ein kleiner Fleck sichtbar. Und allmählich bekam der kleine dunkle Fleck Konturen.

Und wurde zu einem Minielch.

»Aha«, sagte Anderson. »Hab ich mir doch gedacht.«

»Ein Elch?«, sagte Chavez. »Hör mir auf.«

»Dieser Pulli kam mir doch bekannt vor. Er ist von Abercrombie and Fitch.«

»Und die haben einen Elch auf ihren Sachen?«

»Ja, das ist ihr Logo. Das kleine Emblem auf dem Pulli. Es ist eine etwas ausgefallene Marke, in gewissen Kreisen populär, wenn auch nicht direkt exklusiv. Ich weiß nicht, ob es sie in Schweden gibt, aber in New York gibt es sie.«

»The American Connection«, sagte Chavez mit einer Art von instinktiver Skepsis.

»Es ist eine Erinnerung, ziemlich vage«, sagte Anderson, ohne sich um Chavez zu kümmern. Er begann, im Zimmer auf und ab zu gehen.

»Gewisse Kreise?«, fragte Chavez vielsagend.

»Ja, du vermutest richtig. Es ist ein populäres Gay-Label. Und von daher kenne ich es. Plötzlich tauchte eine Ladung davon auf, die im Handumdrehen ausverkauft war. Ich hatte den Verdacht, dass sie gestohlen war, und verzichtete schweren Herzens darauf, etwas zu kaufen. Es gab da eine Homepage im Netz, erinnere ich mich, und dann fand ein Ausverkauf statt. Dieser Kapuzenpulli war auch auf der Homepage.«

»Bist du ganz sicher? Mir kommt das ein bisschen vage vor.«

»Ja, ich bin mehr und mehr sicher. Denn als ich zu dem Ausverkauf im Freihafen kam – ich begleitete einen zufälligen Bekannten –, gab es schon keine Pullis mehr. Obwohl wir zu den Allerersten gehörten.«

»Und was bedeutet das?«

»Dass vorher ein VIP-Verkauf stattgefunden haben muss. Und dass dabei genau dieser Pulli verkauft worden ist. Sie können nicht sehr viele auf Lager gehabt haben.«

»Kann er ihn denn nicht in New York gekauft haben? Wo er doch ein paar Jahre in den USA gelebt und sich einen amerikanischen Akzent zugelegt hat?«

»Natürlich«, sagte Anderson und richtete sich auf. »Aber dann sind wir echt angeschissen.«

»Und in dem Fall hätten wir hier nichts Geringeres als einen gut geplanten Terrorangriff aus den USA.«

»Das glaube ich nicht. Er ist Schwede. Aber die Jacke kann er natürlich in New York gekauft haben.«

»Gut geplant scheint es auf jeden Fall zu sein«, sagte Chavez und richtete sich ebenfalls auf. »Er hat das Handy einen Monat vorher gekauft. Und da befand er sich in Schweden. In Stockholm. Dann ließ er das Handy einen Monat lang liegen, um es nur für ein einziges Gespräch zu benutzen. Das entscheidende Gespräch.«

Jon Anderson machte mit den Händen eine ausfernde Geste, die nicht nur Ungeduld anzeigte, sondern auch Irritation. Er pochte auf den Bildschirm:

»Wir haben ihn doch. Da ist er. Verdammt.«

»Ich weiß«, sagte Chavez, wenn auch eher nachdenklich als ungeduldig oder irritiert. Darauf hielt Jon Anderson einen Wutausbruch zurück und sah seinen Partner an.

Allmählich kannten sie sich wirklich sehr gut.

»Sag ›hmmm‹ wie Sherlock Holmes«, forderte Anderson erwartungsvoll.

Chavez schüttelte langsam den Kopf und sagte:
»Du bist so plötzlich mit diesem VIP-Verkauf gekommen. Irgendwas rumort in mir, das nicht so schnell herauswill.«
»Ich bin ja auch viel jünger als du«, sagte Jon Anderson.
»Klappe«, sagte Chavez und fügte hinzu: »Hmmm.«
Wie Sherlock Holmes.
Jon Anderson wartete. So wie jüngere Menschen auf ältere warten. Die Zeit verging. Er sah sich in dem tristen kahlen Raum um. Vorurteile besagten, dass homosexuelle Männer gute Dekorateure seien. Sie versuchen, die Räume zu verschönern, in denen sie sich aufhalten müssen.
Aber das waren Vorurteile.
Endlich sagte Chavez:
»Da ist was an diesem Handy, das ich wiedererkenne. Aber ich kann nicht den Finger darauf legen. Immer noch nicht.«
»Was?«, wagte Anderson zu fragen. »Die Marke?«
»Nein«, sagte Chavez. »Ganz und gar nicht. Frag weiter.«
»Hmmm ... Dass es einen Monat lang nicht benutzt wurde?«
»Schon eher. Irgendwas in der Richtung.«
»Hat es mit Handys zu tun, die man nicht orten kann?«
»Vielleicht. Nicht ganz. Etwas spezifischer.«
»Handys, die man nicht orten kann und die ... nur einmal benutzt werden?«
»Jein, nicht ganz. Aber doch. Ja.«
»Woher erinnerst du dich daran? Von einem Gespräch?«
»Vielleicht.«
»Ging es um eine Ermittlung?«
»Ich glaube ja.«
»In der A-Gruppe oder außerhalb?«
»Außerhalb. Aber irgendwie nahe. Ich glaube, ich habe mich über eine Ermittlung informiert. Aber ich kann mich einfach nicht an den Zusammenhang erinnern.«
»Palaver in der Kantine?«

»Vielleicht. Aber ziemlich lange her. Mehr als ein Jahr. Eher zwei.«
»Ein Polizist außerhalb der A-Gruppe erzählt von einem Fall, der an diesen erinnert? In welcher Hinsicht?«
»Das Handy. Eine Bande.«
»Bande?«
»Eine Bande, die sich auf etwas spezialisiert hat.«
»Auf Handys, die man nicht orten kann?«
»Scheiße, ja. Aber ...«
»Geht es um gestohlene Handys?«
»Ja«, sagte Chavez und sah zum ersten Mal während des Gesprächs über den Schreibtisch hinweg seinen Partner an. »Ja, genau. Eine Bande, die unbenutzte, aber benutzbare Handys stiehlt, inklusive der SIM-Karte. Aber nicht aus Läden.«
»Sondern direkt von Privatpersonen? Organisiert?«
»Ich glaube ja«, sagte Chavez. »Ich habe das Gefühl, jetzt weiß ich genug, um im Register nachzusehen. Danke.«
»Aber du erinnerst dich nicht, mit wem du über den Fall gesprochen hast?«
»Nein, und das irritiert mich. Aber jetzt kann ich es herausfinden. Du auch?«
»Was herausfinden?«
»Dein Ding.«
»Mein Ding?«
Es war lange her, dass sie so viel miteinander gesprochen hatten.
»Deinen VIP-Verkauf«, erinnerte Chavez.
»Ach so«, sagte Anderson. »Ich glaube ja. Mit etwas Mühe. Ich muss einen alten Bekannten aufsuchen.«
»Einen alten Bekannten, der ...?«
»Ja, einen alten Bekannten von der Art. Etwas stressig, rein persönlich gesehen, aber das ist zu schaffen.«
»Tu das«, sagte Chavez. »Es ist wahrscheinlicher, dass er an deinem Ausverkauf teilgenommen hat, als dass er die Kla-

motten in New York gekauft hat. Ein bisschen wahrscheinlicher.«

»Ja, vielleicht«, sagte Jon Anderson.

Und dann begab sich jeder der beiden Herren in seinen Cyberspace.

12

Kerstin Holm hätte ohne Weiteres eine ganz normale Chefin sein können. Sie hätte sich in ihrem Büro zur Ruhe setzen und seelenruhig die Spinne im Netz abgeben können. Doch nach ihrer halbjährigen Suspendierung vom Dienst verlangte es sie nach wirklich knackiger Polizeiarbeit. Gern im Feld. Gern dreckig. Gern mit gezogener Waffe.

Aber das würde sie nie zugeben.

Es war in vielfacher Hinsicht ein schönes halbes Jahr gewesen. Sie hatte sich wieder auf sich selbst besonnen, hatte Zeit für sich selbst, pflegte ihre Seele, las Bücher, hörte Musik, ging wieder in ihren Kirchenchor in der Jakobskirche, nahm das Joggen wieder auf, wurde beinahe religiös, gelangte aber zu keiner bahnbrechenden Offenbarung. Und schaffte sich eine neue Wohnung an.

Endlich.

Die Zweizimmerwohnung in der Regeringsgata war in den letzten Jahren ein wenig zu eng geworden. Ihr Sohn Anders war inzwischen elf Jahre alt und ein sozialerer Junge, als sie sich je hätte träumen lassen. Es wimmelte ständig von Kindern in ihrer Wohnung mitten in der Innenstadt. Sie wollte eine größere und heraus aus dem Zentrum. Aber innerhalb der alten Stadtbegrenzungen wollte sie bleiben. Im westlichen Teil von Södermalm, oben bei Långholmen, fand sie genau, was sie suchte. Die Straße hieß Heleneborgsgata, und dort entdeckte sie eine Dreizimmerwohnung mit Spielgelände und Joggingpiste unmittelbar vor der Haustür. Perfekt für sie beide. Und sie gab ein Gebot ab.

Das Bieten für Wohnungen war noch vor einem Jahrzehnt ein unbekanntes Phänomen gewesen. Inzwischen waren alle Stockholmer, die jemals mit der Welt des Wohnrechts zu tun gehabt hatten, mit der Prozedur des Bietens gut vertraut. Es ist ein Albtraum. Man geht zu einer Wohnungsbesichtigung, sieht sich eine Wohnung an, erklärt sein Interesse und wird gezwungen, ein Gebot abzugeben. Es ist Stress pur. Mancher Stockholmer hat in Panik eine unbedacht hohe Zahl hingestottert, wenn ein hartnäckiger Makler auf dem Handy anruft und sagt, dass das Gebot um fünfzigtausend erhöht worden ist, und ich brauche die Antwort jetzt, sonst ist die Chance dahin, denn die Verkäufer wollen den Vertrag bis fünf Uhr unterzeichnet haben, und wenn Sie Ihr Gebot jetzt drastisch aufstocken, schaffen Sie es gerade noch, sich ins Taxi zu werfen und zur Vertragsunterzeichnung in mein Büro zu kommen. Zitternd kann der Stockholmer noch den Hauch des Gedankens »vier Millionen Kronen« an der Innenseite der Schädeldecke ahnen, bevor er ein piepsiges »Ja« herausbringt und hofft, dass der zugesagte Kredit sich wirklich so weit erstreckt. Wenn er dann, den Vertrag vor sich ausgebreitet, dasitzt und sich selbst sieht, wie er mit zitternder Hand seine Unterschrift auf das Papier setzt, fragt er sich, ob jener andere Bieter, der den Preis um eine halbe Million hochgetrieben hat, wirklich existiert hat.

Ungefähr so erging es jedenfalls Kerstin Holm.

Sie saß im Büro des höchstens achtundzwanzigjährigen Maklers, der ohne zu zögern Leben und Tod in seinen feingliedrigen Händen abwog. Er hatte sein Notizbuch aufgeschlagen und schrieb sich die Nummer ihres Zweithandys auf, als jemand ihn von draußen rief. Er stürzte mit unverminderter Energie hinaus in den Korridor. Die routinierte Kommissarin drehte sofort sein Notizbuch um. Zwischen einigen eigentümlichen Teufelszeichnungen entdeckte sie die Spuren einer in Gang befindlichen Gebotsaktion. Sie erkannte ihre eigenen Gebote, inklusive der letzten schweren Selbstüberwindung, die ihr den Sieg gebracht hatte, und daneben sorgfältig notiert »K. H.«. Als sie ihre Reihe zurückverfolgte, stand beim ersten Mal »Kjerstin Holmh«. Das j in

Kerstin musste wohl einer allgemeinen Dyslexie zugeschrieben werden, aber sie sollte sich lange über das abschließende h wundern. Woher kam es? Das war indessen nicht die hauptsächliche Quelle ihrer Verblüffung. Es war der zweite Bieter mit der Bezeichnung »P.H.«. Sie verfolgte die Reihe zurück und landete bei – »Paul Hjelm«.

Sie starrte mit offenem Mund das Notizbuch an und konnte es gerade noch über den Tisch zurückschieben, als der Maklerjüngling mit, wie üblich, elastischen Schritten zurückkehrte und mit einer als Milde maskierten Strenge sagte:

»Die Unterschrift ganz unten bitte.«

Sie hatte ihren alten Kollegen nicht mit der Tatsache konfrontiert, dass sein hartnäckiges Bieten sie fast eine halbe Million gekostet hatte. Schließlich hatte sie ihn seit über einem halben Jahr nicht getroffen. Anfänglich war er mitgegangen ins Krankenhaus, um Bengt Åkesson zu besuchen, aber als sie ihre unfreiwillige arbeitsfreie Zeit antrat, verschwand Paul Hjelm aus ihrem Leben.

Erst in diesem Augenblick, im Maklerbüro vor zwei Monaten, kam er zurück. Und zwar mit Macht.

Natürlich wusste sie, dass er aus seiner verwohnten Einzimmerwohnung in der Slipgata im eigentlichen Kniv-Söder herausmusste, aber die Heleneborgsgata konnte mit etwas gutem Willen zum gleichen Stadtteil gezählt werden. Der Mann hatte sich offenbar in die Gegend verliebt. Er brauchte nur etwas mehr Platz für seine Junggesellenaktivitäten.

Warum dachte sie so?, fragte sie sich, als sie jetzt neben Gunnar Nyberg stand und auf einen Mann und eine Frau auf einer Parkbank in ebendiesem Viertel um Hornstull blickte, genauer gesagt im Högalidspark, in der Spätsommersonne zwischen den Schatten, die die mächtige Högalidskirche warf.

Nyberg, der mit seiner gewohnten Sensibilität anscheinend ihre geistige Abwesenheit bemerkt hatte, gab ihr einen leichten Knuff und sagte:

»Sie heißen also Emil Strömberg und Jenna Svensson?«

Der Junge auf der Parkbank war um die zwanzig und trug eine vollständige Hip-Hop-Ausstattung sowie einen rasierten Schädel. Das Mädchen war ebenfalls unverkennbar hiphoppig, mit strubbeligen schwarzen Haaren, und ihre schlabberigen Jeans entblößten einen atemberaubenden Briefkasten. Gunnar Nyberg hatte gelernt, dass es so heißt, wenn die Arschspalte deutlich oberhalb des Hosensaums herausschaut. Sie blinzelten von der überraschend grellen Sonne geblendet, zu ihnen hoch, und der Junge sagte:

»Jepp. Und ihr seid Bullen.«

»Das ist korrekt«, sagte Gunnar Nyberg. »Und du befandst dich heute Nacht um 0.45 Uhr ganz vorn im Wagen Carl Jonas der U-Bahn-Linie neunzehn, als er explodierte.«

»Das ist auch korrekt«, sagte Emil Strömberg schleppend. »Und wir haben unsere Story schon drei verschiedenen Polizisten erzählt. Was ist eigentlich mit der Organisation der Polizei los?«

»Die Frage können nicht einmal wir beantworten«, sagte Gunnar. »Aber wir möchten deine Erzählung gern noch einmal hören.«

»Wir sind in Alvik eingestiegen, weil wir da auf einer Party waren. Wir hatten uns die letzte U-Bahn ausgeguckt, um hierher nach Hause zu fahren und abzuhängen. Die rote Linie geht ja etwas später, also sollten wir es schaffen, am Slussen umzusteigen. Wenn wir richtig gerechnet hatten.«

»Woher kamt ihr?«, fragte Kerstin Holm ein wenig vage.

»Das hab ich doch gesagt. Von einer Party in Traneberg.«

»Ich habe gemeint: von welcher Seite in Richtung des Zugs? Von hinten oder von vorn?«

»Jetzt kapier ich nicht, was du meinst.«

Das tat jedoch offensichtlich Jenny Svensson mit dem Briefkasten. Sie sagte:

»Wir sind von vorn gekommen und so weit nach hinten gegangen, wie es in Alvik möglich ist. Wir wollten hinten im

Zug sitzen, dachten wir. Denn am Hornstull nehmen wir den hinteren Ausgang, das ist am nächsten. Aber als wir im Zug saßen, fiel uns ein, dass der hintere Ausgang nachts wahrscheinlich geschlossen ist.«

»Danke«, sagte Kerstin Holm überrascht. »Also hattet ihr mit dem hinteren Teil des Wagens eigentlich keinen Kontakt?«

»Nein. Wir haben nicht mal in die Richtung geguckt. Haben uns gleich links hingesetzt. Mit dem Rücken nach hinten.«

»Ihr seid also drei Stationen gefahren, bevor es knallte?«

»Kristineberg, Thorildsplan, Fridhemsplan, ja.«

»Und dann kam die Vollbremsung, und überall flog Glas herum. Das haben wir doch schon erzählt«, sagte der bedeutend mürrischere Emil Strömberg.

»Ist es so schwer zu begreifen, dass wir es noch mal hören wollen?«, fragte Gunnar Nyberg und baute sich vor Emil Strömberg auf.

»Nein«, antwortete der kleinlaut.

»Was passierte dann?«

»Wir fielen alle durcheinander. Glas prasselte auf unsere Jacken, aber wir kamen ohne Schäden davon.«

»Ich habe ein blaues Knie und einen blauen Ellenbogen«, sagte Jenna Svensson. »Das ist alles.«

»Aber man hat ja so einiges gesehen«, sagte Emil Strömberg. »Das wird nicht so schnell heilen.«

»Und was habt ihr gesehen?«

»Also, es dauerte etwas, bis wir wieder hochkamen«, sagte Jenna. »Zuerst guckten wir bei uns beiden, ob wir verletzt waren, sozusagen, man konnte schwer sagen, ob wir was abgekriegt hatten. Vor allem wird man ja so unglaublich, also … zitterig. Schock sagt man wohl, oder? Physischer Schock.«

»Was glaubt ihr, wie lange es gedauert hat, bis ihr den ersten Blick nach hinten in den Wagen geworfen habt?«, fragte Kerstin Holm.

»Bestimmt ein paar Minuten«, sagte Emil Strömberg. »Erst musste ich Jenna trösten. Sie war ja total weggetreten.«

»Ich war wirklich weggetreten«, nickte Jenna. »Es war so ein verdammter Schock.«

»Aber dann habt ihr nach hinten in den Wagen geguckt?«

»Das Erste, was ich sah, war ein Typ, der umherirrte und an alle Türen schlug. Er blutete am Kopf und schlug an die Türen und schrie, dass er raus müsste, dass er eingeschlossen wäre. Auf dem Boden hinter ihm lag ein Mädchen, die war fertig, ihr Fuß stand in einem komischen Winkel ab, und sie schien bewusstlos zu sein. Und auf dem nächsten Sitz saß ein älterer Mann und starrte uns mit leerem Blick an. Er hielt sich ein Taschentuch oder was an den Kopf, und das war vollkommen rot. Das Blut lief ihm übers Gesicht, und er war total weiß.«

»Und dann?«, fragte Kerstin Holm.

»Dann habe ich bis ans Ende des Wagens geschaut, auch wenn alles voller Rauch war, und das war verdammich das Schlimmste, was ich je gesehen habe. Blut und Gedärme und Arme lagen lose darum. Ein Fuß. Aber es war total still, außer dem Typen, der herumlief und an die Türen hämmerte. Er riss sich den Schuh vom Fuß und schlug damit und brüllte.«

»Und im mittleren Teil des Wagens?«

»Der war leer«, sagte Jenna Svensson.

»Ganz leer?«

»Ganz. Dann weiß ich nicht, wie lange es dauerte, bis die Feuerwehrleute und die Sanitäter und die Bullen kamen.«

»Sieben Minuten, dem Bericht zufolge«, sagte Gunnar Nyberg. »Und an etwas anderes könnt ihr euch nicht erinnern, etwas, das euch in der Zwischenzeit eingefallen ist? Jede kleine Beobachtung kann wichtig sein.«

Die beiden Jugendlichen sahen sich an und schüttelten die Köpfe.

»Nein«, antwortete Emil Strömberg. »Nur, dass es richtig beschissen ekelhaft war.«

»Wenn ihr noch einmal nachdenkt«, sagte Kerstin Holm, »könnt ihr euch nicht an irgendetwas erinnern, als ihr in Alvik eingestiegen seid? War der Mittelteil des Wagens ganz leer? Sagte jemand was im hinteren Teil des Wagens? Nichts?«

»Nein, ich weiß nicht«, sagte Emil. »Nein, ich war auch ein bisschen betrunken. Aber dann wurde man ja verdammmich stocknüchtern.«

»Ich erinnere mich schwach daran, dass wir links sitzen wollten, weil rechts schon vier Leute saßen«, sagte Jenny. »Wir wollten für uns sitzen. Das will man ja in der U-Bahn.«

»Vier? Weißt du noch, wie sie saßen?«

»Ich glaube, einer stieg am Fridhemsplan aus. Ich frage mich, ob ich da nicht auch was gehört habe. Irgendwie Zoff. Weiter hinten.«

»Davon hast du vorher nichts gesagt«, stieß Emil hervor.

»Es fällt mir gerade im Moment ein«, sagte Jenny. »Aber genau genommen erinnere ich mich gar nicht. Irgendein Gerangel, laute Stimmen. Eine Frauenstimme, die schrie.«

»Schrie?«, fragte Kerstin Holm.

»Oder brüllte eher. Wütend. Betrunken.«

»In der Station Fridhemsplan?«

»Ja. Der Zug stand.«

»Und es kam von hinten? Oder vom Bahnsteig draußen?«

»Der Bahnsteig war leer, daran erinnere ich mich. Oder fast. Es kam von hinten.«

»Von weit hinten?«

»Ich glaube schon. Die einzige Frau in der Nähe war ja die mit dem verletzten Fuß später, und sie war es nicht.«

»Kam es von ganz hinten?«

»Das weiß ich nicht. Es war auf jeden Fall heftig. Sie muss sich ganz schön ins Zeug gelegt haben.«

»Und es kam nicht von der Person, die ausstieg?«

»Jemand stieg direkt hinter uns aus. Aber das Brüllen kam von weiter hinten.«

»Und du weißt nicht, was diese Frauenstimme brüllte?«

»Nein. Nur ein Brüllen. Dann nichts mehr.«

»Keine Antwort?«

»Ich hab jedenfalls nichts gehört.«

Holm und Nyberg sahen sich an. Keinem von beiden fiel noch eine Frage ein. Kerstin Holm reichte Jenny eine Visitenkarte und sagte:

»Denk noch einmal darüber nach. Und ruf mich direkt an, falls dir noch etwas einfällt. Jedes kleinste Bisschen ist nützlich. Und danke für die Hilfe.«

Sie gingen zu einer Rolltreppe, die zur Hornsbruksgata hinunterführte. Auf der Treppe blätterten beide in ihren altertümlichen Notizblöcken.

»Ich glaube an dieses Zurückkommen«, sagte Kerstin Holm. »Es fallen einem neue Sachen ein, wenn man eine Geschichte noch einmal erzählt.«

»Alles stimmt«, sagte Nyberg, den Blick in seinen Block vertieft. »Der Mann, der panisch durch den Wagen irrte, war Axel Bergman, sechsunddreißig Jahre alt, auf dem Heimweg nach Bandhagen von seiner Freundin in Abrahamsberg. Das verletzte Mädchen heißt Nadja Smith, achtzehn Jahre alt, sie hatte mit ihren Kolleginnen am Brommaplan ein Lokal besucht, nicht weit von dem Altenwohnheim, in dem sie arbeitet. Sie war unterwegs nach Gamla Stan, wo sie bei einer alten Tante ein Zimmer hat. Und der ältere Mann, der die schlimmsten Schäden davontrug und sich wahrscheinlich einer plastischen Operation unterziehen muss, heißt Nils-Åke Eskilsson, achtundsechzig Jahre alt. Er hatte seine Tochter und die Enkelkinder in Åkeshov besucht und war auf dem Weg zurück in sein altes Haus in Stureby. Und auch die Frau, die am Fridhemsplan ausstieg, ist identifiziert: Elsa Krook, fünfundvierzig, wohnhaft in der Arbetaregata. Hatte im Steuerberatungsbüro Jansson AB in Stora mossen Überstunden gemacht. Und ein paar andere, die nicht identifiziert wurden.«

»Es scheint auch zu stimmen, dass es in der U-Bahn-Station Fridhemsplan ein ruhiger Abend war«, sagte Kerstin Holm. »Die meisten, die sich auf dem Bahnsteig befanden, scheinen auf den Zug in die Gegenrichtung gewartet zu haben. Oder sind in die vorderen Wagen eingestiegen. Es gibt keinen Hinweis darauf, dass jemand am Fridhemsplan in den Wagen Carl Jonas eingestiegen ist.«

»Ist das nicht komisch?«, meinte Nyberg. »Der letzte Zug Richtung Hagsätra. Der vorherige Zug ging eine volle halbe Stunde früher. Hätte auf einem so zentralen Bahnhof wie Fridhemsplan nicht eine ganze Menge Menschen stehen müssen?«

»Anderseits war es halb eins in der Nacht auf Freitag«, sagte Kerstin Holm. »Es war trotz allem eine normale Nacht an einem Wochentag. Und die Kneipen um den Fridhemsplan herum sind nicht mehr besonders gut.«

»Also gut«, sagte Nyberg. »Ich versuche nur, etwas zu finden.«

»Vielleicht haben wir das gerade. Dieses Brüllen.«

»Das entweder von einer der beiden Frauen ganz hinten kam, die eine Minute später tot waren ...«

»... oder von einer unbekannten Frau in der Wagenmitte. Einer, die möglicherweise etwas so Sonderbares wie einen Handkultivator benutzt hat, um nach der Explosion die Wagentür aufzustemmen.«

»Was mir immer absurder vorkommt«, sagte Kerstin Holm lustlos. »Aber jetzt müssen wir wohl die restlichen Figuren abklappern.«

Was sie auch taten. Mithilfe des Hybridautos.

Axel Bergman war nicht weit entfernt. Er lag zur Observation in der Psychiatrie des Söder-Krankenhauses. Von einer derben Krankenschwester hineingelotst, fanden sie ihn in einem Einzelzimmer. Er hatte ein paar Kompressen am

Kopf und sah erschöpft und verwirrt aus, bedeutend älter als seine sechsunddreißig Jahre.

»Hej, Axel«, sagte Gunnar Nyberg. »Wir möchten gern mit Ihnen über die Ereignisse von letzter Nacht sprechen, wenn es sich machen lässt.«

»Wahnsinn«, sagte Axel Bergman. »Nirgendwo ist man sicher.«

»Hier sind Sie auf jeden Fall in Sicherheit.«

»Wer sagt denn, dass sie nicht das ganze Scheiß-Söder-Krankenhaus in die Luft sprengen? Wo sie schon mal dabei sind. Wahnsinnige Muslime.«

»Wir wissen noch nicht, wer für die Bombenexplosion verantwortlich ist, deshalb sind wir zurückhaltend mit Urteilen dieser Art. Erinnern Sie sich an das, was geschah? Wie ich es verstanden habe, lief die erste Vernehmung nicht besonders gut.«

»Ich erinnere mich jetzt etwas besser. Gestern war ich nicht ganz bei mir.«

»Das ist vollkommen verständlich. Wenn Sie jetzt erzählen können, hören wir gern zu.«

»Ich war bei Linda in Abrahamsberg. Sie wollte nicht, dass ich über Nacht blieb, also beschloss ich, die letzte U-Bahn zu nehmen. Tja, das war die Arschkarte.«

»Wie sind Sie auf dem Platz gelandet, auf dem Sie saßen?«

»Ich will nicht ganz hinten sitzen, weil da am meisten Gerenne ist. Ich will in der U-Bahn lesen. Sonst komme ich ja nicht dazu. Aber ich will auch nicht zu weit vorn sitzen, weil mein Aufgang in Bandhagen hinten am Bahnsteig liegt.«

»Sie haben also gelesen?«, fragte Kerstin Holm. »Und wo saßen Sie?«

»Ich muss immer in Fahrtrichtung sitzen, sonst wird mir schlecht.«

»Sie saßen also mit dem Rücken zu dem, was dann geschah?«

»Ich saß da und las. Ich liebe Krimis. Es war der mit dem

Wald auf dem Umschlag, mir fällt der Titel gerade nicht ein. Er war superspannend. Ich war gerade mitten in einer Art Showdown, wo einer der Polizisten beinahe erschossen wird, aber im letzten Augenblick rettet ihn sein Kollege, und er kann gerade noch denken: ›Dies ist eine Oper‹, bevor er in Ohnmacht fällt. Und genau da explodiert das ganze beschissene Universum. Ich bekam einen Wahnsinnsschlag gegen den Hinterkopf und wurde nach vorn geschleudert über ein Mädchen, die Ärmste, und dann lief mir das Blut vom Schädel und alles, was ich denken konnte, war ›Dies ist eine Oper‹. Aber in Ohnmacht gefallen bin ich nicht. Ich versuchte nur rauszukommen aus dieser Hölle. Aber wie, weiß ich nicht.«

»Sie sind herumgelaufen und haben mit einem Schuh an die Wände geschlagen«, sagte Gunnar Nyberg hilfsbereit. Die barsche Schwester betrachtete ihn bedrohlich.

»Jaha«, sagte Axel Bergman. »Da kann man mal sehen.«

»Und dieses Mädchen saß Ihnen also direkt gegenüber?«, fragte Kerstin Holm.

»Ja, die Ärmste bekam mich auf sich. Ich glaube, mit ihrem Fuß passierte was.«

»Das bedeutet also, dass Sie sich nicht nach hinten zum Wagenende umdrehten?«

»Ich weiß, dass vor mir, auf der anderen Seite der Stehplätze, ein junges Paar saß, und dann dieses arme Mädchen. Aber mehr nicht.«

»Keine Frauenschreie zu irgendeinem Zeitpunkt?«

»Wenn ich lese, bin ich sehr konzentriert. Besonders, wenn es ein guter Autor ist.«

»An mehr erinnern Sie sich also nicht? Denken Sie nach.«

Axel Bergman dachte wirklich nach. Das hätte man von Weitem erkennen können. Er stürzte sich ins eiskalte Wasser der Erinnerung und tastete nach dem Rand des Eislochs auf der anderen Seite. Aber er schien dort unten hängenzubleiben. Unter dem Eis.

»Nein«, sagte er schließlich. »Nichts.«

Es war eine Enttäuschung, aber sie machten weiter. Sie fuhren zu einem Einfamilienhaus in Stureby, wo ihnen die Tür von einer Mumie geöffnet wurde. Es war ein bemerkenswertes Erlebnis. Die Mumie stand einen Moment da und betrachtete sie, bevor sie sagte:

»Ich weiß schon. Kommen Sie herein.«

Sie gingen hinter ihm her in eine dunkle alte Villa. Nicht nur die Fenster waren gehörig von dicken Gardinen und absurd überquellenden Topfpflanzen bedeckt, auch die Einrichtung war gänzlich dunkel. Obwohl bis an die Grenze des Pedantischen geputzt war, war klar, dass hier ein Witwer lebte.

Die Mumie führte sie in die Küche und zeigte auf ein paar Stühle, die hart aussahen. Sie setzten sich, und der Mann nahm ihnen gegenüber am Küchentisch Platz. Er zeigte auf seinen bandagierten Schädel.

»Ich weiß, ich sehe grässlich aus. Aber das darunter ist noch schlimmer.«

»Sie haben zahlreiche Schnittwunden davongetragen, soweit ich gehört habe«, sagte Kerstin Holm und ergriff die Gelegenheit, sich und ihren Hünen von Kollegen vorzustellen.

»Tja«, sagte die Mumie schleppend. Dann fügte sie hinzu: »Ein Glück, dass man schon vorher alt und hässlich war.«

»Tut es weh?«, fragte Kerstin Holm und sah, wie ein roter Fleck auf der Totalbandage etwas schneller größer wurde, als es gut sein konnte.

»Sie wollten mir irgendwelche Narkotika eintrichtern, um den Schmerz zu betäuben«, sagte die Mumie. »Starke Schmerztabletten. Ich habe Nein gesagt. Und jetzt habe ich stattdessen eine halbe Flasche Whisky getrunken. Das ist vielleicht nicht besser, aber ich fühle mich viel sicherer damit.«

»Nils-Åke Eskilsson«, sagte Gunnar Nyberg trocken. »Erzählen Sie, was passiert ist.«

»Tja, der Zug ist explodiert.«
»Wo saßen Sie?«
»Wie beschreibt man das?«
»Ich weiß, das ist ein Dilemma, mit dem wir die ganze Zeit zu kämpfen haben«, sagte Kerstin Holm. »Sie sind durch die erste Tür im dritten und letzten Wagen eingestiegen. Danach gingen Sie nach rechts. Und dann?«
»Nein«, sagte Nils-Åke Eskilsson wach. »Das stimmt nicht.«
»Nicht?«
»Nein. Ich bin weiter hinten eingestiegen. Das sind ja lange Wagen.«
»Ja«, sagte Kerstin Holm. »Sie sind gut fünfundvierzig Meter lang und haben auf jeder Seite sieben Türenpaare. Sieben Türpaare im letzten Wagen. Durch welche Tür sind Sie eingestiegen?«
»Die dritte, würde ich tippen. Die dritte von vorn. Wenn es sieben sind.«
»Aber Sie setzten sich mitten zwischen die erste und die zweite Tür. Sie sind also über den Drehboden und zwischen den Gummiwänden hindurch nach vorn in den Wagen gegangen? Warum?«
»Hm«, machte die Mumie namens Nils-Åke Eskilsson. »Ja, warum habe ich das getan?«
»Ich frische Ihr Gedächtnis ein wenig auf. Sie hatten Ihre Tochter und Ihre Enkelkinder in Åkeshov besucht. Es war ziemlich spät geworden. Sie gingen, um die letzte U-Bahn nach Hause zu nehmen.«
»Es gab ein feines Essen«, sagte Eskilsson. »Und die Mädchen blieben lange auf. Sie werden allmählich groß. Elf und dreizehn. Wir haben einen Film gesehen. Einen Zeichentrickfilm über die Eiszeit. Ein lustiger Film. *Ice Age*. Dann gingen die Mädchen ins Bett, und wir tranken noch einen Cognac. Vielleicht zwei. Ich mag Lage, meinen Schwiegersohn. Er ist witzig.«

»Und dann gingen Sie zur U-Bahn.«

»Ja, stimmt. Ich hatte den Fahrplan nicht genau im Kopf, deshalb musste ich eine Viertelstunde auf dem Bahnsteig warten. Aber es war kein Mensch da, also kein Problem.«

»Dann fuhr der Zug ein ...«

»Ja. Ich ging durch die Tür, die mir am nächsten war, es muss die fünfte von hinten gewesen sein.«

»Dann hat etwas Sie veranlasst, im Wagen nach vorn zu gehen.«

»Es war irgendwie so laut. Ich wollte in einen ruhigeren Teil des Wagens. Das weiß ich noch.«

»Laut? War es nicht leer in der Wagenmitte?«

»Vielleicht war es nicht so schlimm. Aber ich erinnere mich, dass es vorn ruhiger wirkte. Da war es leer. Ich setzte mich vor der nächsten Stehplatzfläche. Dann stieg am Brommaplan ein junges Mädchen mit diesen Ohrstöpseln ein, in Abrahamsberg ein Mann, der las, in Stora Mossen eine magere Dame, in Alvik ein verliebtes Pärchen. Die magere Dame stieg am Fridhemsplan aus.«

»Durch welche Tür kamen diese Leute?«

»Ich sah sie einsteigen. Also von der vorderen Tür. Ich saß in Fahrtrichtung. Die magere Dame setzte sich neben mich. Der lesende Mann und das Mädchen mit den Ohrstöpseln auf die andere Seite des Gangs.«

»Sie haben ein gutes Gedächtnis«, sagte Kerstin Holm. »Nach Alvik ist also niemand mehr zugestiegen?«

»Nein ...«

»Sie zögern ...«

»Doch, ich erinnere mich, dass in Kristineberg und am Fridhemsplan eine Reihe Menschen vorbeiging. Am Thorildsplan war es vollkommen leer.«

»Vorbeiging?«

»Draußen. Auf dem Bahnsteig. Nach vorn. Zum nächsten Wagen vermutlich. Einige liefen.«

»Wieso? Als wollten sie nicht in Ihren Wagen?«

»Vielleicht ...«

»Was uns zur Ausgangsfrage zurückbringt. Warum gingen Sie selbst im Wagen nach vorn?«

»Ich müsste mich erinnern. Aber ich habe eine Gehirnerschütterung abbekommen. Neben all diesen Schnittwunden.«

»Und Sie haben sich eine halbe Flasche Whisky genehmigt«, sagte Gunnar Nyberg.

»Da können Sie Gift drauf nehmen«, sagte Eskilsson stocknüchtern. »Das schärft meine Sinne.«

»Trinken Sie viel?«, fragte Gunnar Nyberg.

»Wenn ich eine Gehirnerschütterung habe und mir das ganze Gesicht zerschnitten worden ist: ja.«

»Was war das für ein Lärm im Wagen?«, hakte Kerstin Holm nach. »Was hat Sie gestört, aber doch nicht genug, um den Wagen ganz zu meiden?«

Nils-Åke Eskilsson schüttelte langsam den Kopf.

»Ich nehme an, es war ein Besoffener«, sagte er. »Das ist das Einzige, was ich am U-Bahn-Fahren nicht ausstehen kann. Aber ich erinnere mich wirklich nicht. Als es knallte, spürte ich nur, wie mir das Blut übers Gesicht lief, und versuchte, mein Taschentuch gegen eine der Wunden zu pressen. Ich bin meinem Schöpfer dankbar, dass ich nicht ein einziges Mal hinter mich geschaut habe. Vielen ist es schlechter ergangen als mir. Die haben schlimmere Sachen gesehen. Und ich bekomme immerhin ganz umsonst ein neues Gesicht.«

Sie bedankten sich bei der alten Mumie und gingen. Auf dem Weg zum Auto sagte Nyberg:

»Ein Besoffener oder etwas ...«

»Entweder ging es laut zu in dem Kreis ganz hinten, bei denen, die dann starben«, sagte Kerstin Holm, »oder wir sind dabei, einen Menschen im mittleren Teil des Wagens zu lokalisieren.«

»Aber warum hat dann bisher niemand etwas gesagt. In den früheren Vernehmungen?«

»Es waren spontane Befragungen, direkt vor Ort. Alle waren geschockt. Und außerdem muss man eine Vorahnung von der Existenz einer unbekannten Person haben, um die Fragen zu stellen, die zu ihr hinführen.«

»Stimmt«, sagte Nyberg und streckte die Hand aus.

Kerstin Holm betrachtete sie ausdruckslos.

»Komm schon«, sagte Nyberg bittend. »Lass ihn mich ausprobieren.«

Kerstin Holm atmete einmal tief durch und legte den Schlüssel in die ausgestreckte Hand.

Hinterher sollten die Angaben von verschiedenen Mitgliedern der Sondereinheit für Gewaltverbrechen von internationaler Art stark infrage gestellt werden, und möglicherweise ging die Uhr im Wagen falsch, aber Tatsache war, dass sie für die Strecke von Stureby nach Gamla Stan sieben Minuten brauchten. Als das Hybridauto am Slottsbacken langsamer wurde und elegant auf einen freien Parkplatz glitt, betrachtete Gunnar Nyberg seine Chefin. Sie sah aus, als hätte sie in die tiefsten Abgründe der Hölle geblickt. Ihr Haar war in einer seltsamen Unordnung, und ihre Haut war bleich wie Pergament und wirkte, als könne sie jeden Augenblick reißen.

»Nicht schlecht«, sagte Nyberg und streichelte sanft das Armaturenbrett. »Hat echt Pfeffer, der Kleine.«

Er schleppte sie in einem engen Treppenhaus in der Österlånggata drei Treppen hinauf und klingelte an einer Tür, auf der »Smith« stand.

»Alias Smith and Jones«, sagte Gunnar Nyberg und warf Kerstin Holm einen raschen Blick zu. Ihre Augen waren immer noch glasig.

Eine alte Dame öffnete und starrte die Erscheinung vor der Tür feindlich an.

Gunnar Nyberg sagte:

»Frau Smith? Wir suchen ihre Nichte, Nadja.«

Der Blick der Dame wurde schärfer, und sie sagte belehrend:

»Besucher pflegen sich zunächst vorzustellen.«

»Wir kommen von der Polizei«, sagte Gunnar Nyberg geduldig und hielt ihr seinen Ausweis hin. »Gunnar Nyberg und Kerstin Holm.«

»Aber meine Kleine«, stieß Frau Smith hervor, als sie die Gestalt hinter dem Riesenkörper erblickte. »Was ist denn mit Ihnen los?«

»Es ist alles in Ordnung«, sagte Kerstin Holm mit einer Stimme, die nur in Gleichnissen beschrieben werden konnte. Nyberg dachte an das Geräusch von erkaltendem Asphalt.

»Möchten Sie ein Glas Wasser?«, fragte Frau Smith und griff nach Kerstins Arm.

»Danke, das wäre gut«, sagte Kerstin Holm mit der gleichen Stimme, allerdings in doppelter Lautstärke.

Während Frau Smith sich mit raschen Schritten durch die altmodische, aber gepflegte Wohnung bewegte, rief sie mit burschikoser Stimme:

»Nadja! Die Polizei schon wieder!«

Ein pochendes Geräusch wurde hörbar, und am Ende des Flurs erschien eine zarte junge Frau von etwa achtzehn Jahren auf einer Wendeltreppe. Sie hatte dunkle Haare und trug recht alltägliche Teenager-Freizeitklamotten. Bei jedem Schritt, den sie machte, schlug ein Gipsfuß gegen die Treppenstufe, und sie quälte sich mit widerspenstigen Krücken die schmale Treppe hinunter.

Kerstin Holm setzte sich auf einen Stuhl direkt an der Tür, und Nadja Smith ließ sich auf einen Stuhl daneben sinken.

»Sie sehen nicht allzu frisch aus, meine Damen«, sagte Gunnar Nyberg feinfühlend und griff nach einem Schemel, auf dem er sich umstandslos niederließ. Da saßen sie im Kreis, unmittelbar neben der Wohnungstür, als die alte Frau Smith mit einem Glas Wasser in der Hand erschien. Sie reichte es Kerstin Holm und sagte skeptisch:

»Aber möchten Sie wirklich hier sitzen? Wollen wir nicht in den Salon gehen?«

»Danke, es geht gut hier«, sagte Kerstin Holm und nippte an dem schwappenden Wasser. »Wir wollen es kurz machen.«
Zwei Generationen Smith starrten sie einen Augenblick an, als habe sie einen ausgefallenen Dialekt gesprochen. Dann ließ die ältere Generation die jüngere in Ruhe.
»Ich habe nichts Neues zu sagen«, begann Nadja Smith ungnädig. »Es ist schon ätzend genug, sich diese Scheißtreppe hinauf- und hinunterzuquälen.«
»Wir bedauern die Unannehmlichkeit«, sagte Gunnar Nyberg mit einer Ironie, die er für perfekt altersangepasst hielt.
»Sie waren die einzige Überlebende im Wagen, die mit dem Gesicht in Richtung der Explosion saß, Nadja«, sagte Kerstin Holm, deren Stimme sich langsam zu normalisieren begann. »Das macht Sie zu einer einzigartigen Zeugin. Also erzählen Sie alles, von Anfang an.«
Nadja vollführte eine Geste, die perfekt zu ihrem Alter passte.
Nach diesem kleinen obligatorischen Protest sagte sie:
»Ich bin am Brommaplan zugestiegen. Ich habe da einen Nebenjob während meines Studiums, um keine Studienschulden machen zu müssen. Wir waren aus gewesen, um ein paar Bier zu trinken. Ich hörte Musik auf meinem MP3-Player und hätte beinahe den Zug verpasst. Aber ich erwischte ihn noch, und ich setzte mich auf einen freien Sitz und hörte Robyn. Die ist so verdammt gut. ›Be Mine‹, besonders die Instrumentalversion. Ich hatte die Repeat-Taste eingeschaltet und schloss die Augen. Ich glaube, ich bin eingeschlafen. Da kam die Explosion, und ein Mann, der gelesen hatte, landete auf meinem Schoß und sein dickes Buch an meiner Stirn. Er trat mir auf den Fuß, und ich fühlte, wie etwas kaputtging. Als Nächstes erinnere ich mich erst wieder daran, dass ich in einem Krankenwagen lag.«
»Sie haben also die ganze Fahrt über die Augen geschlossen gehabt?«, fragte Kerstin Holm enttäuscht.

»Ja«, sagte Nadja Smith. »Ich hatte ein paar Bier getrunken. Ich habe nichts von irgendetwas gesehen.«

»Aber warten Sie«, sagte Gunnar. »Sie hätten beinahe den Zug verpasst?«

»Ja, ich habe auf der Treppe an meinem i-Pod rumgemacht und beinahe die Kopfhörer verloren und so. Ich war wohl ein bisschen angeheitert.«

»Aber Sie haben den Zug noch erwischt?«

»Ja, gerade noch.«

»Trotzdem sind Sie bis zur siebten Tür gelaufen? Warum nicht zur ersten? Warum sind Sie nicht ganz hinten eingestiegen? Das ist doch das Logische, wenn man in letzter Sekunde ankommt.«

Nadja Smith betrachtete ihn eine Weile mit ihren klaren nussbraunen Augen. Ihre glatte Stirn legte sich plötzlich in Falten.

»Ja«, sagte sie und erbleichte sichtlich. »Das hat mir ja praktisch das Leben gerettet. Verdammt, daran hab ich noch gar nicht gedacht.«

»Was war der Grund?«, hakte Nyberg nach. »Denken Sie zurück an den Moment. Sie kommen die Treppe zum Bahnsteig am Brommaplan heraufgelaufen. Der Zug steht schon da. Sie laufen bis zur nächsten Tür, ganz hinten im Zug. Was passiert?«

»Es schien voll zu sein«, sagte Nadja und dachte nach. »Es standen Leute im Weg, bei der letzten und der vorletzten Tür.«

»Aber warum steigen Sie nicht bei der Dritten, Vierten, Fünften, Sechsten ein? Sie laufen Gefahr, die Bahn zu verpassen, und dennoch sind Sie weitergelaufen. Bis zur siebten Tür. Warum?«

Nadja lehnte sich zurück, legte den Kopf in den Nacken und starrte an die hohe Decke mit den Stuckaturen.

»Es stand doch eine Verrückte da«, sagte sie.

»Eine Verrückte?«

»Ja, verdammt. Da wollte ich nicht hinein. Also lief ich weiter, so weit es ging. Ich sprang gerade noch rein, bevor sich die Türen schlossen. Da saß ein alter Mann, der wirkte ungefährlich. Da hörte ich weiter Robyn und schlief ein.«

»Was war das für eine Verrückte?«

»Na, eine Irre eben«, sagte Nadja. »Mit aufgerissenen Augen und irgendeiner verfluchten Waffe über dem Kopf. Jetzt fällt es mir ein: Ich hatte gehofft, es bis zum nächsten Wagen zu schaffen, aber das ging nicht. Aber sie kam nicht zu uns, sondern blieb hinten. Und da konnte ich mich entspannen und weiter Robyn hören.«

»Waffe?«, fragte Gunnar Nyberg.

»Irgendsoein Ding, ich weiß nicht, womit man im Garten gräbt. Eine kleine Harke, so was.«

»Mit wie vielen Spitzen?«, fragte Kerstin Holm und sah aus wie immer.

»Wieso, wie viele Spitzen?«, sagte Nadja und unterdrückte einen Ausbruch. »Ja«, sagte sie. »Ja, drei Spitzen. Es sah eklig aus.«

»Eine Lockerungsgabel oder ein Handkultivator vielleicht«, sagte Gunnar Nyberg.

»Was?«, sagte Nadja.

»Wie sah die Frau aus?«, fragte Kerstin Holm.

»Weiß nicht genau. Wie eine Irre. Verrückte Kleidung. Sah aus, als ob sie schlecht riechen würde. Wüste Haare. Zerlaufene Schminke.«

»Wie alt?«

»Nicht so alt. Vielleicht dreißig. Aber sie sah aus, als hätte sie ganz schön was mitgemacht. Wie eine alte Hure.«

»Schrie sie?«

»Nicht, dass ich mich erinnere. Sie gestikulierte nur wild.«

»Könnten Sie uns helfen, sie zu identifizieren? Dem Polizeizeichner bei einer Zeichnung helfen?«

»Wenn ich gefahren werde«, sagte Nadja Smith mürrisch.

»Wir fahren Sie«, antwortete Gunnar Nyberg und zog

sich einen langen Blick von seiner Chefin zu, die sich schnell wieder fasste und sagte:

»Noch eins: Wirkte es tatsächlich so voll ganz hinten im Wagen? So viele Menschen waren es doch gar nicht.«

»Es waren ziemlich viele Leute. Sah reichlich nach Gedränge aus. Leute standen da und verstellten die Türöffnungen.«

Sie gingen. Nadja humpelte vor ihnen in dem engen Treppenhaus. Nyberg flüsterte:

»Es hat vielleicht nichts zu bedeuten. Nur eine Verrückte, die zufällig eine seltsame Waffe dabeihat, mit der sie die Tür aufkriegte.«

»Du hast völlig recht«, flüsterte Kerstin Holm zurück. »Aber auf jeden Fall ist sie die Zeugin, die sich am dichtesten an der Explosion befand. Und offenbar hat sie überlebt. Obwohl sie zwangsläufig verletzt worden sein muss. Also durchsuchen wir als Nächstes die Krankenhäuser der Stadt nach einer verrückten Frau mit Quetschungen und Schnittverletzungen.«

»Und was mir auch immer wichtiger erscheint«, flüsterte Nyberg, »ist, dass wir mit den Zeugen aus dem nächsten Wagen genauer sprechen. Die am letzten Wagen vorbeigelaufen waren. Okay, sie wollten der Irren aus dem Weg gehen – aber es war da hinten nicht dermaßen voll, dass niemand hineingekonnt hätte. Sie waren elf Personen auf einer Fläche mit dreiundzwanzig Sitzplätzen und noch mehr Stehplätzen.«

»Das ist der nächste Schritt«, sagte Holm.

Sie kamen hinaus auf die Österlånggata und führten Nadja Smith Slottsbacken hinauf. Beim Auto angekommen, blieb Kerstin Holm stehen und streckte die Hand aus. Nyberg betrachtete die Hand und schüttelte den Kopf.

Aber die Hand blieb.

Schließlich seufzte er und legte den Wagenschlüssel hinein.

13

Arto Söderstedt fuhr Auto. Endlich durfte er wieder Auto fahren. Die verflixte Kerstin mit ihrem lächerlichen kleinen Umweltauto. Mädchenauto, dachte er und bestätigte so – verborgen in seinem Inneren – sämtliche Vorurteile über männliche Polizisten.

Viggo Norlander saß in dem alten Minibus neben ihm und zeichnete Pfeile und Striche in eine Skizze.

Es war ein U-Bahn-Wagen im Querschnitt. Oder eher der hintere Teil eines Wagens vom Typ 2000. Eine Vergrößerung des hinteren Drittels.

»Ja«, sagte Norlander. »Es wird Zeit, Struktur zu schaffen. Wir übernehmen die Bezeichnungen der Kriminaltechniker. Dann sieht die Liste der Opfer so wie hier aus, von links nach rechts, von der vorletzten Tür des Wagens bis zur letzten:

1. nicht identifizierte Frau, Alter unbekannt,
2. nicht identifizierter Mann, Alter unbekannt,
3. nicht identifizierter Mann (evtl. der Selbstmordattentäter), Alter unbekannt,
4. Jonas Klingström, 38 Jahre,
5. nicht identifizierter Mann, ca. 40 Jahre,
6. nicht identifizierter Mann, Alter unbekannt,
7. Alicia Ljung, 24 Jahre,
8. Tommy Karlström, 52 Jahre,
9. Hussein Al Qahtani, 42 Jahre,
10. Roland Karlsson, 60 Jahre,
11. Andreas Bingby, 24 Jahre.

Person 1 stand allein im vorderen Stehplatzbereich, die Personen 2 bis 4 saßen in der vorderen Hälfte des Sitzplatzbereichs, die Personen 5 bis 6 in der hinteren Hälfte, die Personen 7 bis 9 standen im hinteren Stehplatzbereich und die Personen 10 bis 11 saßen im Sitzplatzbereich ganz hinten, jenseits des hinteren Stehplatzbereichs, und jetzt habe ich so oft ›Bereich‹ und ›Person‹ gesagt, dass ich kotzen könnte.«

»Tu es nicht«, sagte Arto Söderstedt und bog in die Auffahrt zum Södersjukhus ein. »Freu dich lieber darüber, dass die Personen 10 und 11 leben.«

»Dass man derart unidentifizierbar sein kann, dass nicht mal mehr das Alter festzustellen ist, nicht mal ungefähr.«

»Das kommt noch«, sagte Söderstedt. »Es ist nur eine Frage der Zeit. Die Geschlechtsbestimmung ist offenbar leichter. Und außerdem hat Brynolf Svenhagen kürzlich mitgeteilt, dass seine Gruppe sämtliche DNA separiert und isoliert hat, was die Identifikation in die nähere Zukunft rückt. Was wissen wir über die bereits identifizierten Opfer?«

»Ich kann nur vorlesen, was die Stockholmer Polizei ins Intranet gestellt hat«, sagte Norlander und blätterte vehement in diversen Papieren.

»Dann tu das«, mahnte Söderstedt und bog scharf in die unterirdische Garage des Södersjukhus ein.

»Jonas Klingström, achtunddreißig Jahre, war ein alleinstehender Meeresbiologe, wohnhaft in Vällingby, arbeitete an der Universität Stockholm, die nächste Angehörige ist seine Mama in Stuvsta. Bekannt für eine für Meeresbiologen ungewöhnliche Fettleibigkeit – normalerweise bewegen die sich ja viel in Taucheranzügen und dergleichen. Alicia Ljung, vierundzwanzig Jahre, studierte Literaturwissenschaft mit Spezialisierung auf Gender Studies an der Hochschule Södertorn, aktive Veganerin und als Studentin sehr begabt, als nächste Angehörige werden die Eltern in Täby genannt, sie selbst wohnte allein in einer Einzimmerwohnung an der Sigtunagata in Vasastan. Tommy Karlström, zweiundfünfzig Jahre, war ein verheirateter Familienvater aus Ängby und das, was man früher einen Handelsreisenden nannte, Vertreter eines japanischen Hi-Fi-Unternehmens. Er reiste in

Schweden herum und verkaufte die Produkte des Unternehmens an Hi-Fi-Läden. Er hinterlässt zwei Kinder, vierundzwanzig und sechsundzwanzig Jahre alt, beide aus dem Haus, und eine Ehefrau. Hussein Al Qahtani, zweiundvierzig Jahre, war Taxifahrer mit eigenem Unternehmen, wohnhaft in Ekerö, alleinstehend und den Angaben zufolge Kettenraucher, nächster Angehöriger ist ein Bruder in Solna. Und nun unsere Überlebenden. Roland Karlsson, sechzig Jahre, ist alleinstehend und selbstständiger Unternehmer in der Computerbranche, aus Fredhäll, mit einem fünfunddreißigjährigen Sohn in Thailand als nächstem Angehörigen, und Andreas Bingby, vierundzwanzig Jahre und alleinstehend, studiert Architektur an der Technischen Hochschule, wohnt in der Creutzgata und hat als nächste Angehörige eine Mama namens Gullan, die in Gävle wohnt.«

»Stilvolle Zusammenfassung«, sagte Söderstedt und zog den Zündschlüssel ab. »Aber natürlich völlig unmöglich zu behalten.«

»Wo du doch für dein übermenschliches Gedächtnis bekannt bist«, sagte Norlander und stieg aus dem Auto.

Sie kamen in die Eingangshalle des Söder-Krankenhauses. Viggo Norlander verspürte sogleich schlechte Schwingungen. Das letzte Mal, als er in dienstlichen Angelegenheiten hier gewesen war, hatte er sich so oft verirrt, dass er eine Krankenschwester hatte um Hilfe bitten müssen, die ihn wie eine engelgleiche Ariadne durch das Labyrinth geführt hatte.

Diesmal hatte er Arto. Und obwohl Arto in der letzten Zeit nicht ganz der Alte gewesen war – aber wer war das schon? –, hatte er doch eine Vergangenheit als Engel.

Sie gingen zur Anmeldung, und Viggo war sich ganz sicher, dass es dieselbe Empfangsdame war wie letztes Mal – und das war immerhin vier Jahre her. Die Elster im Glaskäfig.

War es wirklich möglich, ein Leben lang am selben Empfangspult zu sitzen? Oder sahen diese Frauen nur gleich aus? Ein ganzes Menschengeschlecht robuster Damen, die von einer nie nachlassenden Begierde getrieben wurden, super-ironische Rezeptionistin in einem Krankenhaus zu sein?

»Wir suchen die beiden Verletzten vom U-Bahn-Unglück«, sagte Arto Söderstedt, sodass es das halbe Wartezimmer hören konnte. Alle Köpfe drehten sich in seine Richtung.

Diskretion war nicht gerade Arto Söderstedts Spezialität, das wusste Viggo Norlander schon lange. Aber dies hier war einfach zu blöd.

Die Empfangsdame kam natürlich aus dem Konzept. Sie blätterte wie wild in ihren Papieren und rief schließlich irgendwo an, ohne etwas zu sagen. Sofort trat ein muskulöser Wachmann aus der Wand hervor, mit zwei Ärzten im Schlepptau.

Arto Söderstedt betrachtete das grimmige Trio und sagte: »Was Sie auch tun, sagen Sie nicht, ›Was ist hier los?‹.«

»Was ist hier los?«, sagte der Wachmann im selben Moment.

»Nichts ist los«, gab Söderstedt zurück.

»Sie werden verstehen, dass in einem Krankenhaus gewisse Diskretionsregeln gelten?«, sagte einer der Ärzte.

»Wir sind Polizeibeamte«, antwortete Söderstedt. »Wir werden das schon schaffen.«

»Polizei?«, fragte der Wachmann und warf einen Blick auf die Empfangsdame, die noch immer den Telefonhörer in der Hand hielt.

»Davon haben sie nichts gesagt.« Die Elster im Glaskäfig fuchtelte verzweifelt mit dem Telefonhörer.

»Es blieb uns nicht die Zeit dazu«, sagte Söderstedt mit einem feinen Lächeln zu der Empfangsdame. »Dafür sagen wir es jetzt.«

»Darf ich Ihre Ausweise sehen?«, fragte der Wachmann.

Sie zeigten ihre Ausweise, der Wachmann prüfte sie genau. Dann wandte er sich den beiden Ärzten zu und nickte. Das Duo sagte:

»Folgen Sie uns.«

Und während der Wachmann zu der Empfangsdame ging, um sich wichtig zu machen, steuerten die Ärzte mit wehenden Kitteln den nächsten Flur an.

»Arbeiten die immer paarweise?«, fragte Söderstedt.

»Das tun wir auch«, sagte Viggo Norlander. »Leider.«

Natürlich wurden sie keines Blickes gewürdigt, noch weniger einer Antwort. Stattdessen bestieg das Arztduo einen Fahrstuhl, gefolgt von dem Polizistenduo. Während sie nach oben fuhren, fragte Söderstedt:

»Wie steht es um sie?«

»Der Ältere ist gerade gestorben«, sagte einer der Ärzte unverfroren. »Dem Jüngeren scheint es ein bisschen besser zu gehen.«

Söderstedt und Norlander sahen einander an.

»Roland Karlsson ist also tot?«, fragte Norlander.

»Man hat uns vor ungefähr fünf Minuten informiert«, sagte der Arzt.

»Die Anzahl der Todesopfer ist soeben zweistellig geworden«, bemerkte Arto Söderstedt düster.

Und dann wurden sie in einen dunklen Saal geführt, der von einem ganz normal uniformierten Polizisten, der ein Bund Bananen in der Hand hielt, bewacht wurde. Er nickte ihnen unwirsch zu und begann, eine Banane zu schälen. In dem Saal befanden sich zwei Betten, die durch einen Kunststoffvorhang getrennt waren. An beiden Kopfenden standen Beatmungsgeräte.

Aber nur das eine war in Betrieb.

Das andere war abgeschaltet.

»Liegt er da noch?«, stieß Söderstedt aus.

»Der verantwortliche Arzt war bislang nur hier, um die Todesnachricht zu überbringen.«

»Ich dachte, Sie wären die verantwortlichen Ärzte.«

»Wir sind verantwortlich für die verantwortlichen Ärzte«, sagte das Arztduo und überließ die Ermittler sich selbst.

Eine Krankenschwester tauchte auf und führte sie zu dem

Bett, an dem das Beatmungsgerät noch lief. Der Mann, der dort lag, war jung – das hatten sie gelesen –, aber er sah nicht jung aus. Er sah nicht so aus, als ob er überhaupt ein Alter hätte. Alles, was ein Indiz für sein Alter hätte sein können, war mit Schnittwunden und Verbänden bedeckt, und die Schläuche des Beatmungsgeräts saßen an einer Stelle, die ganz und gar nicht die Nase zu sein schien, eher das Ohr.

»Braucht er wirklich ein Beatmungsgerät?«, fragte Söderstedt.

»Stellen Sie eine medizinische Entscheidung infrage?«, gab die Krankenschwester empört zurück. Als sei eine heilige Schrift vor ihren Augen entweiht worden.

»Ich versuche nur zu verstehen, welche Art Verletzungen seine Fähigkeit zu atmen so drastisch eingeschränkt haben.«

»Es ist kompliziert und multipel«, sagte die Schwester. »Es sind Brandverletzungen und Schnitt- und Quetschwunden und Frakturen in einer schwierigen Verbindung.«

»Aber keine Hirnverletzung?«

»Nicht, soweit die Ärzte es beurteilen konnten.«

»Ist einer von den beiden irgendwann bei Bewusstsein gewesen, oder war er zu irgendeiner Form von Kommunikation fähig?«

»Nein«, sagte die Krankenschwester. »Keine Chance.«

»Keine Chance?«

»Nein, bisher nicht, beide waren viel zu schlimm zugerichtet. Aber was Andreas Bingby betrifft, gibt es wohl noch Hoffnung. Wir müssen abwarten. Aber soweit es sich beurteilen lässt, kann das Monate dauern.«

Ein leises metallisches Rütteln war im Hintergrund zu hören.

»Was zum Teufel!«, rief Viggo Norlander.

Söderstedt drehte sich rasch um und sah seinen Kollegen an. Der stand auf der anderen Seite des Bettes und zeigte hinein. Da war nichts. Die Augen des Verbundenen waren geschlossen, und er sah genauso aus wie vorher.

»Er hat die Augen geöffnet«, sagte Norlander. »Und dann hat er gezuckt.«

»Wirklich?«, fragte Söderstedt und sah die Krankenschwester an. Sie erbleichte sichtlich, schlug die Hände vors Gesicht und stürzte aus dem Saal. Die beiden Polizisten folgten ihr auf den Flur, doch sie war verschwunden. Sie suchten eine ganze Weile, bis sie die Schwester in einem Pausenraum fanden. Dort saß sie mit den Ellbogen auf dem Tisch und dem Gesicht in den Händen und weinte.

Söderstedt hockte sich neben sie und sagte:

»Es ist nicht schlimm, es ist nicht sicher, dass er uns gehört hat.«

Sie nahm die Hände vom Gesicht und sagte mit verweinten Augen:

»Man glaubt, man sei professionell, und dann macht man so einen Anfängerfehler. Und redet über schlechte Prognosen in Gegenwart des Patienten. So etwas darf nicht passieren.«

»Es war mein Fehler«, sagte Söderstedt tröstend. »Ich hätte da drinnen nicht anfangen dürfen zu reden.«

»Sie sind Polizist«, sagte die Schwester. »Ich bin professionelle Krankenschwester. Mir darf so etwas nicht passieren.«

»Wenn es ein Trost ist, die Polizei macht ungleich schlimmere Fehler.«

»Ich war ganz sicher, dass es keine Rettung für ihn gibt«, sagte die Schwester und schüttelte den Kopf.

»Wir nehmen im Leben zu viel für gegeben hin«, sagte Söderstedt und richtete sich auf.

Er strich der Schwester leicht über den Arm. Sie ließ es geschehen, er sagte:

»Nehmen Sie es nicht zu schwer. Sehen Sie es im Verhältnis zu dem Nutzen, den Sie bewirken, und dem Trost, den Sie geben.«

Viggo Norlander zog Arto Söderstedt in den Korridor. Er

hatte das Gefühl, dass es an der Zeit war, die Schwester allein zu lassen.

»Du bist ein viel sensiblerer Kerl, als dein Ruf glauben lässt«, sagte Norlander und legte den Arm um seinen mageren Kollegen.

»Ich habe fünf Kinder und eine Ehe, die nach zwanzig Jahren noch immer gut funktioniert«, sagte Söderstedt dumpf. »Ein bisschen psychologisches Verständnis werde ich ja wohl mitgekriegt haben.«

Norlander ließ den Arm auf Söderstedts Schulter liegen, und sie wanderten wie ein altes Schwulenpärchen durch den Flur, bis sie zur Tür der U-Bahn-Opfer kamen und von einem geradezu angewiderten Blick des Banane mampfenden Polizeiassistenten empfangen wurden. Da gab Norlander Söderstedt einen Schmatz auf die Wange. Der Uniformierte verschluckte sich und begann, schleimige Bananenstücke auf den frisch gebohnerten Krankenhausboden zu husten. Als Norlander ihm auf den Rücken klopfte, brüllte er im Stakkato zwischen den Hustenanfällen und dem Klopfen:

»Fass mich nicht an!«

Norlander ließ von ihm ab. Über die immer heftigeren Hustenanfälle hinweg, sagte Söderstedt:

»Glaubst du wirklich, er hat uns gehört?«

»Bingby? Doch, ich glaube ja.«

»Wie sah es aus?«

»Ich habe nicht gesehen, wie er die Augen öffnete, aber als ich ihn ansah, waren sie offen. Dann ist er zusammengezuckt, sodass das Bett vibrierte. Und dann hat er die Augen geschlossen.«

»Und ist ohnmächtig geworden?«

»Weiß nicht«, sagte Norlander. »Wollen wir es versuchen?«

»Warum nicht?«, sagte Söderstedt mit einem Abschiedsnicken zu dem Polizeiassistenten, der sich inzwischen krümmte.

Sie gingen zurück in den dunklen Krankensaal. Andreas Bingbys Beatmungsgerät pumpte unverdrossen weiter. Und Bingby selbst lag mit geschlossenen Augen da, als habe er nie etwas anderes getan.

»Andreas?«, sagte Söderstedt vorsichtig. »Hören Sie mich?«

Kein Anzeichen verriet, dass Bingby hörte. Hinter den geschlossenen Lidern war keine Bewegung zu erkennen.

Sie versuchten es noch eine Weile, vorsichtig. Schließlich gaben sie auf und ließen ihn zufrieden. Im Frieden des Komas.

Sie gingen zu Roland Karlssons Bett hinter dem Kunststoffvorhang. Das Schweigen des Beatmungsgerätes übertönte fast die immer matteren Hustenanfälle draußen auf dem Flur.

Der sechzigjährige Mann sah sehr friedlich aus, wie er da lag, den ganzen Körper außer den Augen in blutige Verbände gehüllt.

Als habe er endlich Frieden gefunden.

Söderstedt sah über das Bett hinweg Norlander an. Und sah, dass er genau das Gleiche dachte.

Als ob diese geschlossenen Augen tatsächlich zu sagen vermochten, dass es im Leben nicht viel Frieden gegeben hatte.

Aber Arto Söderstedt sah auch etwas anderes. Auf Viggo Norlanders Gesicht lag ein Schatten, und der hatte mit der handgreiflichen Nähe des Todes zu tun. Und nicht nur mit dem traurigen Tod Roland Karlssons. Sondern mit dem Tod im Allgemeinen.

Oder vielleicht mit dem Tod im Besonderen.

Norlander beugte sich ein wenig über das Krankenbett und sagte leise:

»Wir kriegen sie, Roland. Ich verspreche es dir.«

14

Es funktioniert ja. Ich komme auch durch diesen Tag, ohne dass man etwas merkt.
Ich glaube nicht, dass man etwas merkt.
Ich bin so dankbar dafür, dass ich die Idee hatte, die Sache schreibend zu durchdenken. Nein, dir bin ich dankbar, Schrift, und der Möglichkeit, die die Sprache uns allen bietet. Und ich bin froh, dass ich mich immer noch ungefähr daran erinnere, wie man schreibt.
Man schreibt in etwa so, wie man denkt. Es gilt nur, auf all das Treibholz zu achten, das die eigentümlichen Ströme der Gehirnzellen eventuell mit sich führen.
Alles, was durchs Gehirn strömt. Allerdings ohne den Mist. Ohne all das, was die Tendenz hat, in Blogs zu landen.
Aber natürlich bin ich ungerecht. Meine Perspektive ist so speziell. Ich schreibe am Rand. Balanciere auf Messers Schneide.
Und natürlich muss man wachsam sein, wegen des Klischeerisikos …
Er hat sich nicht gemeldet. Ich weiß nicht mehr als vorher. Alles steht am selben Punkt. Ist dort stecken geblieben. Wie sagt man noch: Die Hölle ist, dass nie etwas passiert.
Heaven is a place where nothing ever happens.
Das haben die Talking Heads einst behauptet.
Und wenn das stimmt, unterscheiden sich Himmel und Hölle nicht sehr voneinander. Ich will auf der Erde sein, hier und jetzt, in diesem Leben, mit all seinen Höhen und Tiefen, seinen Erfolgen und Misserfolgen. Und das bin ich auch. Die richtige Hölle, die in vollem Ernst böse ist, ist das, was in diesem Leben existiert.
In unserer Zeit.

Aber hier existiert genauso der richtige Himmel.

Ich weiß immer noch nicht, was von mir verlangt wird. Er weiß, dass ich alles tun werde, was in meiner Macht steht. Er weiß es. Und er fordert etwas von mir.

Und ich habe keine Ahnung, was es ist.

Ich habe heute keine Möglichkeit gehabt, es zu lokalisieren. Die Art von Tag war es nicht.

Ich weiß nicht, wann ich Zeit bekomme. Zeit, das mir Nahe zu retten.

Aber indem ich weiterarbeite mit dem, was ich liebe, überlebe ich das hier.

Ich werde nie aufhören, mir selbst Vorwürfe zu machen. Selbst wenn dies, gegen jede Vermutung, ein positives Ende finden sollte, werde ich nicht aufhören, mir Vorwürfe zu machen. Es ist mein Fehler. Ich habe etwas Vorschub geleistet, dem ich nicht Vorschub hätte leisten dürfen. Ich weiß nicht, wie es dazu gekommen ist, aber es ist klar, dass ich es war, der die Tür geöffnet hat. Weil ich bin, der ich bin, und tue, was ich tue.

Du hast mich erwischt, du Teufel.

Jetzt werde ich dich erwischen.

Auch durch einen geliebten Menschen.

15

Paul Hjelm klappte seinen Laptop zu und stöpselte sich mit großer Sorgfalt die Kopfhörer in die Ohren. Da die Umstände darauf hindeuteten, dass ihm eine gewisse Wartezeit bevorstand, hatte er die Situation sehr geschickt arrangiert. Das Kabel des MP3-Players zu den Kopfhörern führte in eleganter Bucht um das Tonbandgerät auf dem Verhörtisch. Wenn er ertappt wurde, würde es so aussehen, als habe er die Tonbandaufnahme des vorigen Verhörs abgehört.

Denn dieses hier war das dritte. Und er wusste, wie lange er aller Wahrscheinlichkeit nach würde warten müssen.

Arvid Gelbweiß – oder Arvid Lagerberg, unter welchem Namen ihn zumindest der eine oder andere Überwinterer in der einen oder anderen astronomischen Institution im Land besser kennen würde – war kein Mann regelmäßiger Gewohnheiten. Er war überhaupt kein Mann von Gewohnheiten. Er war einer, der ungefähr jedes zehnte Mal, wenn er wach war, eine unerwartete und unübertroffene Klarheit an den Tag legte. In der übrigen Zeit herrschte eine Art von unerhörtem Chaos.

In den Kopfhörern sang eine helle Männerstimme:
Karma police, arrest this man, he talks in maths,
he buzzes like a fridge, he's like a detuned radio.

Paul Hjelm stoppte die Musik, reckte sich und sah zu der tristen Decke des Verhörraums hinauf.

Diese Musik hatte ihn die letzten acht oder neun Jahre verfolgt. Er machte selbst keine Musik, höchstens privat, wenn er auf einem Klavier klimperte – anders als die Chorsänger Gunnar Nyberg und Kerstin Holm oder der vielseitige, inzwischen aber offenbar pensionierte Bassist Jorge Chavez. Nein, Paul Hjelm war Musik*hörer*. Zuerst hatte ihn der Jazz gefesselt, der klassische, komplexe Jazz eines Miles Davis oder Thelonius Monk. Er war seinem Herzen trotz allem immer noch am nächsten. Im letzten Jahr hatte er vorwiegend den schwedischen Meister Bobo Stenson gehört, war aber auch an Wynton Kelly hängen geblieben, dem etwas weniger profilierten der beiden Pianisten in Miles Davis' klassischem *Kind of Blue*-Album. Er hatte sich die Noten des meisterhaften Pianosolos aus dem Stück »Freddy Freeloader« aus dem Netz geladen und sie durchgeackert. Und dann hatte er, auch aus dem Internet, eine Platte mit Kelly und dessen eigener Band heruntergeladen, aus derselben Zeit, dem Grenzland zwischen Fünfziger- und Sechzigerjahren. Die Platte hieß *Pot Luck* und zeigte einen ganz einzigartigen Pianisten in voller Freiheit.

Aber ein anderer Teil von ihm liebte die klassische Musik, am liebsten Bach oder Mozart, denn die etwas schwieriger zu hörende atonale Musik bekam er von anderer Seite. Genauer gesagt von der Popmusik. Er hatte sehr lange gebraucht, um einzusehen, wie phantastisch Popmusik sein konnte, jenseits der Hitlisten im Schatten des immer matteren MTV. Eine Zeit lang hatte er sich in der aktuellen Indie-Szene festgehört und war nahe daran gewesen, einer dieser alten Sonderlinge zu werden, die in obskuren kleinen Klubs unter den Twens auftauchten. Vor allem aber liebte er das Grenzgebiet zwischen Jazz und Pop. Nicht unbedingt Jazzrock und Fusion – *Bitches Brew* des späten Miles Davis oder Weather Report waren eher faszinierend als gut –, auch wenn er eine gewisse Vorliebe für eine abgefahrene Band wie Brand X hatte, die Hobbyband des fabelhaften Schlagzeugers Phil Collins, ehe er ein leichtgewichtiger Hitschreiber geworden war. Nein, was er suchte, war weniger experimentell und schwierig. Eigentlich war es sein bester Kumpel Jorge Chavez, der ihm diesen Weg geöffnet hatte, mit seinem ständigen Reden über The Police, das galaktischste Trio der Popgeschichte. Er selbst war, auf der Seite des Jazz, am Esbjörn-Svensson-Trio hängen geblieben und schließlich, auf der Seite des Pop, ganz und gar auf die Band Radiohead abgefahren.

Beim Durchforsten des Werks von Radiohead stieß er dann auf eine frühere Platte, die er schließlich für eine der besten Scheiben hielt, die je produziert worden sind. Sie hieß *OK Computer*, und von dieser stammte das Stück, das Thom Yorke eben gewimmert hatte, das Stück »Karma Police«.

Nach einem sehr schönen Piano- und Gitarren-Intro fallen Bass und Trommeln ein – und Thom Yorke:
Karma police, arrest this man, he talks in maths,
he buzzes like a fridge, he's like a detuned radio.
Karma-Polizist, dachte Paul Hjelm. Bin ich das?

Im Buddhismus und auch im Hinduismus bezeichnet »Karma« nicht nur die Summe der Handlungen eines Menschen, sondern auch ihr Resultat. Oft ist es negativ – alles, wovon sich die Seele reinigen muss, um, im Buddhismus, das Nirvana, das Erlöschen, zu erreichen, oder, im Hinduismus, zu Gott zu gelangen.

Aber die Summe der Handlungen entscheidet auch darüber, als was man wiedergeboren wird.

Er stellte die Musik wieder an und ließ sich von ihr durchströmen. Unterdessen wurde die Tür geöffnet, und Arvid Lagerberg trat in Gesellschaft eines grimmigen Gefängniswärters ein. Widerwillig zog sich Paul Hjelm die Hörstöpsel aus den Ohren und stellte verstohlen den MP3-Player ab. Es fiel ihm schwer, in die Wirklichkeit zurückzukehren.

Aber der Wärter half ihm.

»Zum Teufel, du kommst mit einem Computer hierher?«

Paul Hjelms einzige Antwort war ein finsterer Blick.

Über Arvid schwebte so etwas wie eine Wolke. Eine Wolke gesammelter Handlungen. Für einen kurzen Augenblick hatte Hjelm die Vorstellung, er sehe das Karma des alten Mannes.

»Ist es so«, sagte er, als der Wärter sie widerwillig verlassen hatte, »dass Sie Mathematik reden, Arvid? Dass Sie brummen wie ein Kühlschrank und wie ein schlecht eingestelltes Radio rauschen?«

Arvid Lagerberg zupfte an seinem gelbweißen Bart und betrachtete ihn scharf.

Ja, scharf. In gewisser Weise.

»Deine Wolke ist immer noch weg«, sagte Arvid Lagerberg bewundernd.

»Die Wolke, von der Sie sprechen, heißt Karma«, sagte Paul Hjelm. »Das ist die Summe unserer Taten im Leben.«

»Ich weiß«, Arvid nickte ernst.

»Ihre ist dunkel, Arvid, das wissen Sie, oder?«

»Natürlich weiß ich das.«

»Wollen Sie darüber reden?«

»Ich habe es versucht. Aber Sie wollten nichts sagen.«

»Ich wollte nichts sagen?«, wiederholte Paul Hjelm.

»Wie Sie es geschafft haben, Ihre Wolke verschwinden zu lassen.«

»Was erzählen Sie mir, wenn ich es erzähle?«

»Was Sie wissen wollen.«

»Sie wissen also, was ich wissen will?«

»Ja, klar.«

»Aber Sie halten damit hinterm Berg, weil Sie herausfinden wollen, wie man seine dunkle Wolke los wird?«

Arvid Lagerberg schwieg und lehnte sich auf seinem Stuhl zurück.

»Wenn ich den Spieß nun einfach umdrehe«, sagte Hjelm, »und sage: Wenn Sie mir erzählen, was ich wissen will, dann erzähle ich Ihnen, wie ich meine schwarze Wolke losgeworden bin.«

Der alte Mann schloss die Augen. Hjelm betrachtete ihn. War dies ein entscheidender Moment? Jedenfalls wollte er es glauben. Plötzlich war diese ungewöhnliche Klarheit da, und es galt, so viel wie möglich daraus zu machen. Die Frage war, ob das gelang.

»Nein«, sagte Arvid. »Sie zuerst.«

Paul Hjelm nickte. Das kam nicht ganz unerwartet. Das Problem war, dass der alte Mann jederzeit umschlagen und ins Land der Farne zurückkehren konnte. Er entschloss sich, alles auf eine Karte zu setzen.

»Musik«, sagte er, und in ihm sang es:
This is what you get, this is what you get,
this is what you get, when you mess with us.
Arvid Lagerberg sah ihn skeptisch an. Schließlich fragte er: »Wieso Musik?«

»Die Musik als reinigende Kraft«, sagte Paul Hjelm. »Das ist das Einzige, was mir dazu einfällt. Hören Sie Musik?«

»Früher ja«, sagte Lagerberg. »Ich habe damit aufgehört.«

»Ging die Wolke nicht davon weg? Hörte es nicht auf, wehzutun?«

»Ich habe damals aufgehört.«

»Damals?«

»Ja, damals.«

»Nach dem Kongo?«, riet Paul Hjelm ins Blaue hinein.

Arvid schwieg. Das Kinn sank ihm auf die Brust, als sei er eingeschlafen. Die Augen waren geschlossen.

In Paul Hjelm sang es:
Karma police, I've given all I can, it's not enough,
I've given all I can, but we're still on the payroll.
Ohne seine Haltung zu verändern, sagte Arvid Lagerberg von unten aus der Brust heraus:

»Ja. Ich konnte danach keine Musik mehr hören. Sie gab mir nichts.«

»Das kommt vielleicht wieder. Sie sind alt genug, um das Recht zu haben, gewisse Dinge zu vergessen.«

»Nein«, sagte Lagerberg und sah auf. »Nein, ich werde nie wieder Musik hören können. Dieses Recht habe ich am dreiundzwanzigsten Oktober 1960 um fünf nach vier Uhr in der Nacht verwirkt.«

Hjelm beobachtete ihn und sagte schließlich:

»In fünf Jahren wird das ein halbes Jahrhundert her sein,

Arvid. Das ist eine lange Zeit. Und es war Krieg. Der Krieg macht etwas mit den Menschen, was man nicht verstehen kann.«

»Ich verstehe genau, was ich getan habe«, erwiderte Lagerberg glasklar. »Ich habe fünf Frauen vergewaltigt und sie danach getötet. Ich habe es nie jemandem erzählt.«

Paul Hjelm sog die Luft tief ein und hoffte, dass Arvid Lagerberg es nicht hörte. Es war nämlich ein entsetztes Stöhnen. So etwas erlaubte er sich nicht oft.

Er sagte:

»Ich glaube, Ihre Wolke ist gerade sehr viel kleiner geworden.«

»Nein«, antwortete Lagerberg und schüttelte seine gewaltige gelbweiße Mähne. »Nein, erst müssen Sie mich einsperren. Erst muss ich vor ein Kriegsgericht gestellt werden. Ich habe an einem Völkermord teilgenommen, der dem schwedischen Rechtswesen egal ist. Aber vielleicht nicht dem internationalen. Ich will vor den Kriegsgerichtshof in Den Haag und berichten. Erst dann kann sie kleiner werden.«

»Ich glaube nicht, dass die Sie dort haben wollen«, sagte Hjelm so verbindlich wie möglich. »Erzählen Sie es stattdessen mir.«

»Sperren Sie mich dann ein?«

»Aber ja«, sagte Paul Hjelm mit gekreuzten Fingern.

»Ich war ein neunzehnjähriger Jungspund aus Askersund. Ich träumte nicht von Frauen, ich träumte von Sternen und Sternbildern und Sternenhaufen. Alles, was ich wollte, war, Astronom zu werden. Ich war überhaupt noch nie in der Nähe einer Frau gewesen. Ich wurde einberufen, diente mein Jahr ab und hängte noch ein bisschen UN-Dienst dran. Es hieß, das sei eine gute Möglichkeit, um sich ein wenig in der Welt umzusehen. Wir wurden sofort in den Kongo geflogen, in die Provinz Katanga. Dort herrschte der totale Krieg, ein brutaler Krieg, und unsere Kompanie wurde in den Busch geschickt, ohne dass wir recht wussten, was vor sich ging.

Plötzlich war da eine Menge Menschen, die uns töten wollten. Das war so seltsam, wir dachten ja, wir seien dorthin geschickt worden, weil wir dort erwünscht wären. Und wir schliefen nicht mehr. Wir hatten eine Sterbensangst und waren durchnässt und verfroren und mitten im tiefsten Dschungel vor Schlafmangel völlig kaputt, und das war zu viel. Ich erinnere mich, dass ich explodierte. Es war in einer Nacht, als wir nach feindlichen Soldaten in einem Dorf suchen sollten. Ich erinnere mich, wie wir uns aus den Augen verloren, die Kameraden und ich. Ich erinnere mich, dass ich allein mit dem Rücken zu einer Art Strohwand stand und wie die Strohhalme wie Kanülen in meinen Rücken drangen, und ich erinnere mich, wie einer der Kameraden wie aus dem Nebel heraus rief: ›Hier sind nur Frauen.‹ Und da warf ich mich mit erhobener Waffe in die Strohhütte. Dort saß eine schwarze Frau in einer Art von Schilfkleid und weinte, und ich weiß nicht, was geschah. Ich habe fünfundvierzig Jahre lang versucht zu verstehen, was damals passierte. In mir. Ich hatte einen Ständer, verstehen Sie. In dieser Situation, als fast nichts im Körper funktionierte, wie es sollte, und es wirklich gar nichts gab, was einen erregen konnte, da bekam ich einen Ständer. Eine Erektion von einer Art, wie ich sie sonst nie, weder vorher noch nachher, erlebt habe. Ich riss ihr die Kleider herunter, und sie heulte etwas in einer merkwürdigen Sprache, als ob sie ein Teufel sei, und ich schlug sie, bis sie still wurde, und dann drang ich in sie ein und ejakulierte in ihr, und danach tötete ich sie. Aber die Erektion ließ nicht nach. Verstehen Sie? Sie war stärker als vorher. Ich lief weiter, in die nächste Hütte, und auch dort war eine Frau allein. Und so ging es weiter. Fünf Mal. Fünf Mal habe ich es gemacht. Können Sie das verstehen? Ich habe fünfundvierzig Jahre lang gelebt, ohne ein Recht dazu zu haben. Danach dachte ich, es würde ein Wahnsinnsbohei geben, mit Gerichtsverfahren und Kriegsgericht und Artikeln in den Zeitungen und Skandal für meine armen einfachen Eltern in Askersund. Oder dass mich zumindest meine Kameraden schief ansehen würden. Aber als ich sie wiederfand, begannen sie nach und nach zu erzählen, dass sie so ziemlich das Gleiche getan hatten. Ich war ganz und gar nicht der Einzige. Es war, als seien wir verhext gewesen. Verstehen Sie das? Das Böse hatte uns alle gepackt und uns zu Teufeln gemacht, und ich habe mein ganzes erwachsenes Leben lang – denn damals war ich nicht erwachsen – versucht zu verstehen, was in dieser kranken Nacht am dreiundzwanzigsten Oktober 1960 geschah. Die Hexennacht, in der ich zum Teufel wurde. In der ich mich selbst verlor.«

In Paul Hjelm sang es:
For a minute there, I lost myself, I lost myself,
for a minute there, I lost myself, I lost myself.
Er war nicht imstande, etwas zu sagen.

Aber Arvid Lagerberg fuhr aus eigenem Antrieb fort:
»Es stimmt, vorher habe ich Jazz gehört. Es war eine gute Zeit für den Jazz, die Jahre vor 1960. Als ich nach Hause kam, versuchte ich es wieder. Ich versuchte, die Jazzmusik zu benutzen, um mich zu heilen. Aber sie bedeutete mir nichts mehr. Ich hatte das Recht verwirkt, das Leben zu genießen. Ich habe nie wieder mit einer Frau geschlafen. Das war mein ganzes Sexualleben, und es hatte nichts mit Sex zu tun. Und natürlich nicht das Geringste mit Liebe. Das Gefühl sollte ich nie kennenlernen.«

This is what you get, this is what you get,
this is what you get, when you mess with us.
»Es waren besondere Umstände«, sagte Paul Hjelm mit großer Selbstüberwindung. »Schlafmangel, entsetzliche Angst, Vorgesetzte, die Ihnen Befehle gaben.«

»Vorgesetzte?«, wiederholte Lagerberg und starrte Hjelm erstaunt an.

»Den Schlimmsten von allen«, sagte Hjelm deutlich. »Den Polizisten, der Hans-Jörgen hieß und genauso war wie ein Nazi.«

Arvid Lagerberg schüttelte den Kopf. Tief und von Herzen. Er sagte:

»Den hat es nicht gegeben. Ich habe ihn erfunden. Ich habe viele Ausflüchte in meinem Leben erfunden.«

»Ja«, sagte Paul Hjelm. »Und diesen hier haben Sie aus einem besonderen Grund erfunden, oder?«

»Ich erinnere mich nicht«, sagte Lagerberg und schüttelte sein gelbweißes Haupt. »Ich erinnere mich überhaupt nicht.«

»Doch, Sie sind nicht fertig, Arvid. Sie sind dabei, Ihre schwarze Wolke kleiner und heller zu machen. Aber Sie sind nicht fertig.«

»Nein«, sagte Lagerberg.

»Warum haben Sie Hans-Jörgen erfunden?«

»Ich habe ihn erfunden, weil ich einen Polizisten gesehen hatte, der sich merkwürdig benahm.«

»Erzählen Sie.«

»Seine Wolke brannte so seltsam. Ich hatte so was noch nie gesehen.«

»Seine Wolke?«

»Er hatte eine Wolke um sich, die größer war als die, die ich sonst sehe. Vielleicht ein Zehntel meiner eigenen.«

»Wie Gasplaneten im Universum«, sagte Paul Hjelm. »Wie die Sonne. Protuberanzen.«

»Unter der Wolkendecke gurgelte das Magma«, sagte Arvid Lagerberg mit weit aufgerissenen Augen.

»Und was tat er?«

»Er lief auf den U-Bahn-Eingang zu. Dann kam die Explosion. Und der Rauch. Und da kehrte er auf der Stelle um. So plötzlich, wie man es tut, wenn man bei etwas ertappt wird. Beim Stehlen, zum Beispiel.«

»Mit den Fingern in der Keksdose«, konnte Paul Hjelm sich nicht verkneifen zu sagen.

»Genau«, sagte Arvid Lagerberg beeindruckt.

Paul Hjelm kehrte sein Inneres nach außen, um die richtige Formulierung für die nächste Frage zu finden.

Was daraus wurde, war:
»Aber als Sie diesen Polizisten das erste Mal sahen, hatte er nicht diese Wolke um den Kopf.«
Arvid Lagerberg starrte ihn an, und es schien, als sei sein Blick bereits zur Hälfte im Land der Farne.
»Nein«, sagte er. »Da erinnere ich mich an keine Wolke.«
»Wann war das?«
»Weiß nicht.«
»Würden Sie diesen Polizisten wiedererkennen?«
»Ja«, sagte Arvid Lagerberg und legte den Kopf schief.
»Wie sah er aus?«
»Das kann ich nicht beschreiben.«
»Warum nicht?«
»Ich weiß nicht, wie man Menschen beschreibt.«
»War er groß, zum Beispiel?«
Lagerberg schüttelte heftig den Kopf.
»Ich weiß nicht. Hören Sie auf, mich zu quälen.«
»Wenn Sie die Wolke loswerden wollen, sind Sie jetzt nahe dran«, sagte Paul Hjelm.
»Das will ich, aber ich kann nicht. Ich kann nicht mehr.«
»Versuchen Sie, sich zu erinnern, in welchem Zusammenhang Sie ihn gesehen haben, Arvid. Strengen Sie sich an.«
»Ich schaffe es nicht. Mir platzt der Kopf.«
»Woher wussten Sie, dass er Polizist ist, als Sie ihn das erste Mal sahen?«
»Er ... er ... er war zusammen mit Polizisten in Uniform. Sie öffneten eine große Tür.«
»Eine große Tür?«
»Sie zogen sie zur Seite. Sie schnitten eine große Kette durch.«
»Und wo befanden sie sich?«
»Ich weiß nicht mehr.« Lagerberg schrie es fast. »Sie waren viele, sehr viele.«
»Wo haben Sie gesessen und sie gesehen?«
»Auf der Straße, ich weiß nicht. Ich will jetzt schlafen. Ich

will einen Apfel, einen von den guten, gelbroten. Die sind am besten. Sie fallen bald runter.«

Arvid Lagerbergs Kinn sank wieder auf seine Brust herab, und so blieb er sitzen. Er sagte:

»Wissen Sie, wie groß Farne werden können?«

Da gab Paul Hjelm auf und rief den Wärter. Während dieser den Mann wie einen gelbweißen Sack mehr oder weniger hochhob, fragte Lagerberg:

»Sperren Sie mich jetzt ein?«

»Das habe ich doch versprochen«, sagte Paul Hjelm. »Obwohl die Wolke immer noch da ist. Sie müssen darüber nachdenken, wo Sie den Polizisten gesehen haben, wenn sie verschwinden soll.«

Arvid Lagerberg starrte ihn eine Weile an und sagte schließlich, viel klarer, als er es eigentlich vermochte:

»Ich will es versuchen.«

Dann gingen sie.

Paul Hjelm blieb allein zurück. Er zog die Kopfhörer aus der Tasche und stöpselte sie dorthin, wo sie hingehörten.

Er dachte: Farne können bis zu dreißig Meter hoch werden. Es gibt tatsächlich mehrere Hundert Arten von Baumfarnen.

In dem Augenblick, als er den Laptop aufklappte, hörte er Thom Yorkes seltsame Stimme:

For a minute there, I lost myself, I lost myself.

16

Die Dämmerung kam so langsam. Es dauerte erstaunlich lange, bis das grüne Käppi mit dem großen Schirm überflüssig wurde – und noch länger, bis die Sonnenbrille mit dem goldenen Gestell sich wie eine Belastung anfühlte. Der Mann, der sich Ata nannte, saß in dem unauffälligen Mietwagen und meinte, die Zeit in behäbig wehender, vermutlich spezifisch nordischer Form über den Himmel rollen zu sehen. Er hatte sie vorher nie so gesehen.

Aber er war auch noch nie zuvor im Norden gewesen.

Nicht, dass es eine Rolle spielte. Die Welt war sowieso eine Illusion, ein etwas unbequemer Wartesaal, in dem man auf das Fahrzeug wartet, das einen ins wirkliche Leben hinüberträgt. Gerade weil die Erde ihn eigentlich nicht berührte, bewegte Ata sich so geschmeidig auf ihr. Es spielte keine Rolle, wo er sich befand, wie kalt oder warm es war – oder wie lang die Augustdämmerung dauerte, was das betraf. Er war ganz einfach nicht richtig da. Deshalb war er so effektiv. Deshalb bekam er jetzt diese Aufträge.

Ata wartete. Und währenddessen ging kein Gedanke durch seinen Kopf. Höchstens ein Mantra, eine ewige Schleife, in der die einzige Wahrheit immer wieder von vorn abgespult wurde. Aber diesen westlichen Strom von ständig wechselnden Gedanken, Gefühlen, Eindrücken, Begierden, Einfällen, die unseren Alltag ausmachen, den kannte er nicht.

Er war nicht nötig.

Er wusste genau, was nötig war. Das genügte.

Es definierte seine Welt endgültig.

Ata hatte sich einmal dafür entschieden, die Grenze zu überschreiten. Aber sein erwarteter Übergang ins ewige Leben, das wahre Leben, war auf unbestimmte Zeit verschoben worden. Als alles schon beschlossen war und alle Abschiede genommen waren, waren seine Talente erkannt, verwaltet, veredelt worden. Und das akzeptierte er, auch wenn es letztlich keine größere Rolle spielte. Er war für dieses Leben nicht geeignet. Auch wenn er sich darauf verstand, jedenfalls auf gewisse Teile davon.

Er verstand sich darauf zu töten.

Vielleicht hätte er diesbezüglich moralische Aspekte abwägen müssen. So gut wie jeder Mörder hat irgendwann einmal mit moralischen Aspekten gerungen – und ist zu dem Ergebnis gekommen, dass sie sekundärer Natur sind. Für Ata hatte diese Frage nie existiert. Für ihn war das Sichherumschlagen bereits bei seiner Geburt überstanden.

Dieses Warten war er gewohnt. Er kannte es in- und auswendig. Es war seine Lebensluft.

Und doch brauche ich dies hier, dachte Ata, und das war sein erster Gedanke seit langer Zeit. Er betrachtete den kleinen runden Gegenstand in seiner rechten Hand.

Ata war zu diesem Zeitpunkt der Ansicht, über ein klares Bild der Lage zu verfügen. Der Wagen stand an einem Straßenschild geparkt, im Schatten eines enormen Hauses ohne Licht. Ein Lagerraum, wie er festgestellt hatte. Ein Lagerraum neben dem Vereinslokal. Auf dem Straßenschild stand »Vårbergsvägen«.

Dann war das Warten vorbei.

Wie gewöhnlich kam die Unterbrechung ziemlich abrupt. Aus dem Schatten des erleuchteten Gebäudes hundert Meter entfernt kam der Junge, allein. Bisher lief alles nach Plan. Er kam auf das Auto zu, die Hände in den Taschen, gebeugter Rücken, gefurchte Stirn. Er war unverkennbar.

Ata betrachtete die rosa Pille in seiner Hand. Er warf sie in den Mund und startete den Wagen. Es lief, wie es sollte. Der Motor gab das dezente Brummen von sich, das ihn dazu bewogen hatte, genau dieses Modell zu wählen.

Von dem Jungen keine sichtbare Reaktion. Er spazierte weiter auf den Wagen zu, mit schwerer Ernsthaftigkeit.

Diese ganze Schwere, dachte Ata und legte den ersten Gang ein.

Diese ganze Schwere, an der der Junge zu tragen schien. Als gäbe es wirklich so viel, worüber man sich in einer Welt wie dieser Sorgen machen müsste. Als ob das Materielle so schwer belasten könnte.

Der Rausch kam. Genau im rechten Augenblick.

Langsam ließ Ata die Kupplung kommen. Der Wagen begann zu rollen, beinahe lautlos. Er glitt an dem Bürgersteig entlang, auf dem der Junge ging, nur in die andere Richtung.

Sie näherten sich einander.

Als noch zehn Meter zwischen ihnen waren, trat Ata das Gaspedal durch. Der Junge hatte nicht einmal die Zeit, aufzuschauen. Die Stoßstange traf ihn oberhalb des Knies. Ata spürte im ganzen Körper, dass es ein perfekter Treffer war. Er schlug das Lenkrad noch ein wenig nach rechts ein, zum Bürgersteig hin.

Zuerst bogen sich die Beine um die Stoßstange, seitwärts, nahmen für einen flüchtigen Augenblick deren Form an. Dann wurde der Körper senkrecht in die Luft geschleudert. Ata dachte nicht an eine Stoffpuppe, wie es die meisten getan hätten, sondern an einen Wurfstern. Der Kopf und die Arme und Beine des Jungen waren die fünf Spitzen des Sterns.

Davidsstern war sein nächster Gedanke. Und der Davidsstern rotierte wie ein Wurfstern über den Wagen nach hinten. Der Wagen hatte wohl kaum eine Beule abbekommen.

Doch das spielte ohnehin keine Rolle.

Der Davidsstern als Wurfstern, dachte Ata und schaute in den Rückspiegel.

Er brauchte kaum einen Blick auf die Überreste auf dem Asphalt zu werfen. Er kannte das Ergebnis.

Langsam glitt Atas Mietwagen in der Dunkelheit des Augustabends den Vårbergsväg entlang.

Er hatte noch weitere Punkte auf seiner Liste.

17

AUS DER ONLINEAUSGABE DER *ABENDZEITUNG*
Freitag, 5. August, 20.31 Uhr

Wir spüren sie natürlich alle, die Panik. Jetzt ist es so weit, jetzt ist bei uns angekommen, was wir bisher von uns fernhalten konnten. Auch Stockholm hat nun teil an diesem blutigen Sommer. Der Juli dieses Jahres war der schlimmste Terrormonat seit Menschengedenken. Ein Monat, rot gefärbt von Blut, und vermutlich wird es im August nicht aufhören. Überall in der Welt haben Selbstmordattentäter zugeschlagen. In England, Ägypten, im Irak, in der Türkei und in Israel haben sie Menschen in Fetzen gesprengt.

Und jetzt in Stockholm. Leider scheint die chaotische schwedische Terrorabwehr nicht im Geringsten mit den deutlich professionelleren und effektiveren Organisationen, zum Beispiel in London und Tel Aviv, mithalten zu können.

Diesen Schluss kann man aus der abendlichen Pressekonferenz im Polizeipräsidium auf Kungsholmen in Stockholm ziehen. Der leitende Ermittler Jan-Olov Hultin hatte der versammelten Weltpresse im dicht gefüllten Presseraum in der Polhemsgata wahrlich nicht viel zu sagen. Er saß da und sagte im Großen und Ganzen nichts. Im Unterschied zu einigen seiner Vorgänger war er nicht einmal in der Lage, die übliche Anhäufung unverbindlicher Klischees zu produzieren, er hielt einfach nur den Mund. Seine einleitenden Ausführungen können buchstäblich mit den Worten zusammengefasst werden: »Wir haben keine Neuigkeiten.«

Wenn man bedenkt, wie viele Polizisten mit den Ermittlungen befasst sind, ist das eine erstaunliche Äußerung. Natürlich hat man Neuigkeiten – aber leider scheinen sie ausschließlich negativer Art zu sein. Offenbar kann nichts bestätigt werden.

Neben Hultin saßen der Chef der Säpo und die Polizeipräsidentin von Stockholm, die zumindest ein wenig eloquenter waren. Die Lage lässt sich nun folgendermaßen zusammenfassen:

Wie wir bereits berichten konnten, hat sich eine unbekannte muslimische Gruppe, die sich »Die heiligen Reiter von Siffin« nennt, zu der Tat bekannt. Siffin ist eine heilige arabische Stadt. Das Motiv ist glasklar. Der Westen ist moralisch verkommen, und schwedische Frauen sind Huren. Es erscheint höchst merkwürdig, dass sich über diese Gruppierung, die allem Anschein nach mit al-Qaida zusammenhängt, nicht mehr sagen lässt. Die Tatsache, dass die Säpo in die Ermittlungen eingeschaltet wurde, könnte ein Indiz dafür sein, dass der Fall zum großen Teil als geheim eingestuft worden ist. Wir können also nicht ausschließen, dass die Polizei – oder zumindest Teile von ihr – mehr weiß, als gesagt wird.

Anstatt sich der Medien bei der Jagd nach den zehnfachen Mördern (zehnfach, seit Roland Karlsson heute Nachmittag verstorben ist) zu bedienen, hat sich die Fahndungsleitung entschlossen, die Medien aus dem ganzen Prozess herauszuhalten. Das kann man nur als direktes Dienstvergehen bezeichnen. Wer erreicht die Allgemeinheit, wenn nicht wir? Wir haben in unserer Zeitung heute einen Appell an mögliche Zeugen gerichtet, und über unsere eigens eingerichtete Hotline haben sich nicht weniger als fünfhundertfünfundachtzig Zeugen gemeldet. Sie sind inzwischen an die Polizei weitergeleitet worden. Da sieht man, was die Abendpresse bewirken kann.

Weitere Links:
* Bombenattentate dieses Sommers weltweit in Bildern und Zahlen
* Ähnlichkeiten mit dem Bombenattentat in London
* Alle Toten
* Fotos aus dem Inneren der U-Bahn
* So starb die junge Studentin Alicia Ljung
* Die letzten Stunden des Familienvaters Tommy Karström
* Telefonnummern für Hinweise aus der Bevölkerung
* So verhalten Sie sich richtig, falls Ihre Stadt betroffen ist
* Verhalten bei Panik, einige Hinweise
* So groß ist das Terrorrisiko in der U-Bahn, Station für Station

AUS DER *ABENDZEITUNG*
Abendausgabe, Freitag 5. August
Kolumne von Veronica Janesen

Nein, dies ist kein normaler Tag für eine Kolumne. Das ist auch an den Reaktionen zu erkennen. Meine Mailbox ist normalerweise bis oben gefüllt von Drohungen weißer, heterosexueller Mittelschichtmänner mittleren Alters, die sich durch meine Existenz bedroht fühlen. Wie lächerlich. Deshalb ist heute der Server der Zeitung zusammengebrochen. Jetzt seid ihr wütend. Und das ist gut, Wut ist gut.

Obwohl es besser ist, auf die richtigen Dinge wütend zu sein. Ihr verdammten Schwanzfechter.

Es ist das erste Mal, dass ich zwei Kolumnen an einem Tag schreibe. Vielen Dank dafür, meine Leser. Ihr tragt aktiv dazu bei, mein unsicheres Dasein als freie Mitarbeiterin zu festigen.

Ich bleibe bei allem, was ich in meiner letzten Kolumne geschrieben habe. Das Einfachste wäre, sie zu kopieren und mir noch einmal honorieren zu lassen. Aber ich fürchte, das würde dem Chefredakteur nicht gefallen.

Also zurück zum Kernpunkt. Der Westen heute ist die schlimmste Unterdrückungsgesellschaft, die der Planet jemals erlebt hat. Sie ist schlimmer als alles bisher Dagewesene. Das lässt den Nationalsozialismus und Stalinismus in ihrer Deutlichkeit in einem hellerem Licht erscheinen. Was wir Rechtsstaat und Demokratie nennen, beruht auf der unbedingten Macht des Patriarchats, und die ist weder für Gesetze noch für das Stimmrecht erreichbar. Sie muss gesprengt werden. Und das hat der Terrorismus verstanden.

Natürlich habe ich mich gefragt, warum die Geschlechter der Opfer in dieser U-Bahn so und nicht anders verteilt waren. Neun Männer und zwei Frauen. Die Antwort ist sehr einfach: Frauen wagen sich abends nicht mehr aus dem Haus. Wenn wir ausgehen, dann in Gruppen – das gibt zumindest eine Illusion von Sicherheit. Ein paar mutige Frauen trotzten den neuen Geboten des Patriarchats und wurden zu Opfern. Ich würde gern eine Schweigeminute für die vierundzwanzigjährige Alicia Ljung und ihre anonyme Mitschwester ausrufen, die letzte Nacht in dem Wagen Carl Jonas gestorben sind.

Ich bereue nur eines in meiner Kolumne von heute Morgen. Ich schrieb, Männer seien Tiere. Das ist sehr ungerecht den Tieren gegenüber. Ich mag Tiere.

Ich nehme es also zurück und bitte die Tiere um Entschuldigung.

Ich (und die Zeitung) möchte allerdings betonen, dass ich mich (wie die Zeitung) von Gewalt distanziere und den Terrorismus nicht unterstütze. Ich (und die Zeitung) spreche nur von Denkstrukturen.

Aber ich verstehe, dass das euren Horizont überschreitet.

Schwanzfechter.

18

Das Lustige an dem Wort »Indianersommer« ist, dass seine Herkunft unbekannt ist. Aber es ist klar, dass es mit Indianern zu tun hat. Es bezeichnet einen Wettertyp, der im Herbst vor allem in den nordöstlichen USA vorkommt, warmes, ruhiges Wetter mit Dunst und Sonnenrauch. Das Problem ist lediglich, dass gerade der Nordosten der USA der an Indianern ärmste Teil des Kontinents ist.

Auch wenn es ähnlich ist, ist das schwedische »brittsommar« nicht das Gleiche. Es hat nichts mit Briten zu tun, sondern ist eine urschwedische Bezeichnung für eine Periode sonniger und warmer Tage zu Beginn des Herbstes, ursprünglich in der Zeit um den Tag der heiligen Birgitta, den 7. Oktober, Brittmess, wo im Volksglauben immer schönes und warmes Wetter herrscht.

Auch August Strindberg verlegt sein Gedicht über den »Indianersommer« in den Oktober. Er sitzt auf dem Balkon des Krankenhauses und trinkt Absinth, eingehüllt in eine geblümte Wolldecke, als die täuschenden Strahlen des Indianersommers einen Schmetterling dazu verführen, sich zu entpuppen. Er lässt sich auf der Decke nieder, auch von ihr getäuscht, und sucht sich die kleinste der Blumen darauf aus. »Als die Stunde vergangen / und ich mich erhob, / um hineinzugehen, / saß er noch da, / der dumme Schmetterling. / Er hatte seine Bestimmung erfüllt / und war tot, / der dumme Teufel!«

Als Sara Svenhagen jetzt auf die Birkagata hinaustrat und fühlte, wie der Sonnenrauch ihr entgegenschlug, dachte sie, dass sie Strindbergs Gedicht nie verstanden hatte. Armer Schmetterling, dachte sie, und erst danach fragte sie sich, warum sie an ihn gedacht hatte. Dann sah sie, dass um sie herum ganz einfach Indianersommer war. Wie ein Stück warmer Oktobertag Anfang August. Es war seltsam.

Im gleichen Augenblick, als Sara das Wort »Indianersommer« dachte, kam Lena Lindberg das Wort »brittsommar«. Es geschah, als sie aus ihrer Wohnung in einen merkwürdigen Nebel aus Sonnenrauch, Sonnendunst hinaustrat. Das Sonnenlicht breitete sich in schwebenden Partikeln durch die Atmosphäre aus, und plötzlich war mitten im Hochsommer »brittsommar«.

Im nächsten Augenblick beschlossen beide, unabhängig voneinander, zu Fuß zur Arbeit zu gehen. Da es von Götgatsbacken fast doppelt so weit zum Polizeipräsidium ist wie von der Birkagata, traf Sara Svenhagen beinahe eine Viertelstunde vor Lena Lindberg am gemeinsamen Schreibtisch ein. Die Viertelstunde widmete sie dem Intranet der Polizei, genauer gesagt der großen, von Jan-Olov Hultin versprochenen Ermittlung in ihrer unzensierten Gänze.

Kein anderer schien sich ernstlich mit dem Bekenneranruf und »Holy Riders of Siffin« zu befassen. Sie überflog kurz ihren eigenen Bericht – er beschäftigte sich mit pharyngalen Konsonanten, einem amerikanischen Englisch, das kaum in sozialem Zusammenhang praktiziert worden war, und umfasste die Schlacht bei Siffin im Jahr 657 zwischen dem Kalifen Ali, Mohammeds Cousin, und Muawiya vom Geschlecht der Umayyaden, die Spaltung zwischen sunnitischem und schiitischem Islam sowie ein Gespräch mit einem Islamexperten – und ging dann zu Lenas Bericht über, den sie schon gelesen und dessen Rechtschreibung sie dem Standard angeglichen hatte; was nötig gewesen war.

So gesehen war Lena Lindberg ein klassisches Beispiel für ein Mitglied des Polizeikorps. Sie war raubeinig, ziemlich gewaltbereit und leicht dyslektisch. Einiges hatte sich in letzter Zeit gebessert, nur die Rechtschreibung nicht.

Lena war nach Älvsjö gefahren und hatte mit Polizisten geplaudert. Was davon im Intranet präsentiert wurde, nachdem die gröbsten Vorurteile und Derbheiten ausgemerzt worden waren, war ein aufs Ganze gesehen sehr realistisches Gespräch unter Polizisten.

Zusammenfassung: Keiner auf der Polizeiwache in Älvsjö kannte die Stimme, keiner hatte die blasseste Ahnung, wer der Anrufer sein konnte.

»Aber warum fragt ihr noch einmal?«, hatte der Dienststellenleiter gesagt. »Die Säpo war doch schon mit vier Mann hier und hat uns gegrillt.«

Sara und Lena führten eine längere Diskussion darüber, ob die obenstehende Bemerkung in die Intranetermittlung eingefügt werden sollte. Sie kamen zu dem Ergebnis, dass Grund dazu bestand.

Das Gespräch mit dem Islamexperten war ein anderes Kapitel. Er war ein echt arroganter Typ, der davon ausging, dass sein Gesprächspartner ein Idiot war. Sara hatte gelernt, mit solchen Leuten einigermaßen zurechtzukommen, dies hier war allerdings ein Grenzfall. Aber auch wenn es sie einige Selbstüberwindung kostete, es gelang ihr, alles Äußerliche zu ignorieren und sich auf die Kernfrage zu konzentrieren. Die Schlacht bei Siffin. Was war daran so besonders? Und die Antwort lautete, dass es damit nichts Besonderes auf sich habe. Es war eine der vielen Schlachten bei der Entstehung und Ausbreitung des Islam. Es war die Schlacht, die für den Unterschied zwischen Sunni und Shia ausschlaggebend war. In der man den Koran auf den Speerspitzen getragen hatte. Es war die Schlacht, in der Mohammeds Verwandter hinters Licht geführt worden war. Aber sonst nicht viel. Außer einer Menge Toter.

Der Experte hatte noch nie etwas von irgendwelchen heiligen Reitern von Siffin gehört, aber er hatte zwei Interpretationen: Entweder waren sie eine magische (fiktive) Instanz, die die Kluft zwischen Sunniten und Schiiten aufhob, oder es waren einfach die fünfhundert (wirklichen) Männer, die den Koran an den Speerspitzen befestigt hatten, damit er den

Ausgang der Schlacht bestimmen sollte. Im ersten Fall, behauptete der Experte, waren sie vermutlich Schiiten, im zweiten vermutlich Sunniten.

Wie dem auch sei, es gelang dem Experten nicht, die Schlacht bei Siffin zu etwas ganz Entscheidendem in der Entwicklung des Islam zu machen, und nun traten sie auf der Stelle.

Das Zitat war die Lösung. Davon war Sara Svenhagen immer mehr überzeugt. Das Zitat beinhaltete alle wesentlichen Informationen über Siffins heilige Reiter.

»Lower your eyes. It makes the mind more focused, and gives more peace to the heart.«

In ihrer Übersetzung:

»Senke den Blick. Das schärft das Bewusstsein und schenkt dem Herzen mehr Frieden.«

Sie suchte im Netz, in internationalen Bibliotheken. Das Zitat existierte nicht, weder auf Englisch noch auf Schwedisch. Was wahrscheinlich bedeutete, dass es sich um eine unveröffentlichte Übersetzung handelte. Sonst hätte es wahrscheinlich irgendwo einen Treffer auf Englisch gegeben. Es war also, allem Anschein nach, direkt aus dem Arabischen übersetzt.

Daher trat sie in Kontakt mit Experten des Arabischen, sie wandte sich an arabische Lehranstalten in der ganzen arabischen Welt. Aber niemand kannte das Zitat.

Angesichts der verschiedenen Zeitzonen des Erdballs und der Tatsache, dass stets irgendwo auf der Erde Tag ist, war es nicht undenkbar, dass in der Nacht eine E-Mail für sie eingetroffen war.

Sie sah nach, aber da war keine Antwort.

Das störte sie. Sie hatte wirklich gehofft, ja, geglaubt, dass von den Gelehrten der arabischen Welt eine erlösende Antwort käme. Aber vielleicht hatte sie die Gelehrten der arabischen Welt nicht erreicht. Vielleicht hatte sie die wesentlichen Lehrinstanzen verfehlt?

Denn es war ganz einfach eine Tatsache, dass man im Westen viel zu wenig über die arabische Welt und den Islam wusste. Man sollte mehr wissen, worüber man redet, und nicht in Klischees und Stereotype verfallen, nur weil das einfacher ist. Klar, dass es einfacher ist. Man brauchte sich nicht so anzustrengen.

Vorurteile sind immer der einfache Ausweg.

Für beide Seiten.

Es sind Vorurteile, die Selbstmordattentäter hervorbringen.

Nichts Neues unter der Sonne.

Jede Verallgemeinerung in Bezug auf eine Bevölkerungsgruppe hat ein ihr eigenes inneres Bildspiel. Es betrifft »die linken Medien« und »Schwarzafrikaner« oder »Bibliothekarinnen« ebenso wie »Arabische Frauen in Burka«, »Gartenzaunligakicker« oder »Autofahrer aus Djursholm«. Vorurteile treffen ausnahmslos alle Gruppierungen, peripher oder nicht, fremd oder nicht.

Das Problem ist, dass der Blick so viel gröber wird, wenn es um Menschen geht, die man nicht besonders gut kennt.

Der Islamexperte hatte ihr geholfen, geeignete muslimische Gelehrte zu finden, um sie nach dem Zitat zu fragen. Sie hatte eine ganze Reihe von Namen und E-Mail-Adressen erhalten, aber nicht die geringste Andeutung einer Antwort war zurückgekommen.

Sara Svenhagen war tief enttäuscht.

Doch nur für wenige Sekunden. Dann arbeitete sie weiter. Kreativität ist nur eine Frage der Fähigkeit, *zurückzukommen*.

Zusammenbrechen und zurückkommen, wie ein weiser Mann es formuliert hat. Sie dachte nach. Alles deutete darauf hin, dass der Mann, der bei der Polizei in Älvsjö angerufen hatte, in der einen oder anderen Form arabische Wurzeln hatte. Sein Dialekt war zwar Professor Kurt Ehnberg zufolge unklar, aber es handelte sich um einen arabischen Dialekt, nicht etwa um einen indonesischen, persischen, türkischen oder kurdischen. Außerdem verfügte der Mann über gute Englischkenntnisse.

Aber war er nicht – allem Anschein nach – auch schwedischsprachig? Sie hatte den gestrigen Tag damit beschlossen, im Intranet den Bericht ihres Mannes Jorge Chavez zu lesen, und demzufolge hatte der Anrufer das Handy vor einem Monat in Stockholm gekauft, in höchsteigener Person.

Was wohl trotz allem darauf schließen ließ, dass er Schwede war, wenn es auch noch kein Beweis dafür war.

Und dann war das englische Zitat vielleicht nicht aus dem Arabischen übersetzt, sondern aus dem Schwedischen, aus der schwedischen Übersetzung eines arabischen Textes.

Der Grund, warum das englische Zitat nicht zu lokalisieren war, lag wahrscheinlich darin, dass es sich um eine eigenhändig zurechtgebastelte Übersetzung handelte. Wenn es aus dem Arabischen übersetzt war, musste man auf eine Antwort von einem arabischen Lehrstuhl irgendwo in der Welt warten. Wenn es aus dem Schwedischen übersetzt war, musste es zu finden sein, ganz einfach.

Sie improvisierte nur, sie sah es ein. Dennoch improvisierte sie weiter.

Wo fand sich dann die schwedische Übersetzung des arabischen Textes? In einem Buch, in einer Zeitschrift, auf einem Flugblatt? War es vielleicht sogar möglich, sie im Internet zu suchen? Sie hatte es ja getan, aber da hatte sie ihre eigene holperige Übersetzung benutzt, nicht den schwedischen Originaltext.

Sie musste den schwedischen Originaltext rekonstruieren. Der seinerseits eine Übersetzung aus dem Arabischen war. Und eventuell gar nicht existierte.

Alles Hypothesen …

Erst als sie die Hände in den Nacken legte und sich auf dem billigen Bürostuhl zurücklehnte, sodass der sehr viel stärker knackte, als er es bei ihrem Gewicht hätte tun dürfen, merkte sie, dass Lena Lindberg ins Zimmer gekommen war. Sie saß auf ihrer Seite des Schreibtischs und beobachtete Sara.

»Guten Morgen«, sagte Sara überrascht. »Ich hab dich gar nicht kommen hören.«

»Das hab ich gemerkt«, sagte Lena und lächelte. »Kann ich dir bei etwas helfen?«

»Ich habe nur gerade eine Idee«, sagte Sara. »Hast du Zeit?«

»Klar«, sagte Lena. »Die Älvsjö-Kollegen in allen Ehren, für einen Besuch ganz nett, aber besonders ergiebig war es nicht.«

Der Drucker, der unter dem Fenster zum großen Innenhof des Präsidiums stand, begann zu rasseln. Lena schnappte sich die erste Seite und überflog sie. Sara sagte:

»Ganz oben hast du den exakten Wortlaut des Anrufers: ›Lower your eyes. It makes the mind more focused, and gives more peace to the heart.‹«

»Yes«, sagte Lena erwartungsvoll. »And …?«

»Und jetzt möchte ich, dass du so viele schwedische Versionen wie möglich komponierst. Überall, wo es die kleinste Alternative gibt, schreibst du sie auf. Dann testen wir alle Versionen im Internet durch. Früher oder später finden wir die richtige Formulierung.«

»Du bist ein optimistischer Mensch«, sagte Lena und fühlte sich mindestens ebenso optimistisch. »Ich verstehe, was du meinst.«

»Die Frage nach dem arabischen Original liegt einer ganzen Reihe von Lehrstätten in der arabischen Welt und auch außerhalb vor. Viel mehr können wir hier nicht mehr tun. Aber auf Schwedisch können wir etwas tun.«

Und das taten sie.

»Senke den Blick. Das schärft das Bewusstsein und schenkt dem Herzen mehr Frieden.«

»Senkt eure Blicke. Das macht das Bewusstsein konzentrierter und gibt dem Herzen mehr Frieden.«
»Senk den Blick. Das macht das Gehirn fokussierter und gibt dem Herzen mehr Frieden.«
Und so weiter.
Als die beiden Sprachjongleurinnen ungefähr dreißig Kombinationen mit einigermaßen annehmbaren Übersetzungen zusammenhatten, wurde es Zeit für die Suche. Sie gingen direkt ins Internet.

Die Sonnenscheibe stieg am Himmel auf, der schöne Indianersommertag verflüchtigte sich, der Sonnenrauch löste sich auf, und es wurde ein ganz gewöhnlicher, und ziemlich wunderbarer Hochsommertag, Samstag, der sechste August.

Und Lena Lindberg hatte einen Treffer.

Sie hatte schon beinahe die Hoffnung aufgegeben. Formulierung nach Formulierung fiel unfruchtbar auf den Fels. Sie hatte gerade ergebnislos ihren eigenen Favoriten getestet – »Schlag deine Augen nieder. Das bringt deinem Gehirn mehr Biss und macht dein Herz friedlicher.« –, als sie eine von Saras Varianten versuchte: »Senkt den Blick. Das macht den Sinn konzentrierter und gibt dem Herzen mehr Frieden.«

Und die Variante gab es.

Tatsächlich.

Ein kleiner Aufschrei entfuhr ihr, und Sara stürzte hinüber auf Lenas Seite des Schreibtischs. Vier gierige Frauenaugen betrachteten zielgerichtet den hellen Bildschirm, auf dem zu lesen war:

»Worte des Kalifen Ali an seine Männer, aus Ibn Khalduns *al-Muqaddima* oder *Prolegomena*.«

Da dies für die beiden das reinste Arabisch war, klickte Sara – die umstandslos nach Lenas Maus griff, was diese ebenso umstandslos geschehen ließ – sich weiter. Es war offenbar eine private Homepage, die auf Schwedisch einen Autor des vierzehnten Jahrhunderts mit Namen Ibn Khaldun würdigte. Er war 1332 in einer bekannten spanisch-arabischen Familie in Tunis geboren worden. Als politischer Beamter bekleidete er verschiedene hohe Posten in der Verwaltung, an Gerichten und Universitäten in Nordwestafrika, Spanien und dem Mittleren Osten. Dann wurde er des »politischen Sumpfes« überdrüssig und machte sich stattdessen 1377 daran, in einem Wüstenfort in der Sahara eine breit angelegte Weltgeschichte zu schreiben. Sein Wissen über Geschichte und Gegenwart war enorm, und nach ungefähr einem Jahr intensiver schriftstellerischer Arbeit kehrte er ins öffentliche Leben zurück. Er bearbeitete jedoch in den Jahren bis zu seinem Tod im Jahr 1406 in Kairo sein immer monumentaleres Werk weiter, nahm Berichtigungen und Änderungen und Ergänzungen vor. Es wurde indessen nie mehr als eine »Einführung zur Weltgeschichte«, wie der Untertitel zu *al-Muqaddima* (was eben »Einführung« bedeutet) oder *Prolegomena* (wie es auch genannt wurde, weil die griechische und die muslimische intellektuelle Tradition sich in den Jahrhunderten nach Mohammed ständig gegenseitig befruchteten) lautet.

Der äußerst sorgfältig gestalteten Homepage zufolge versuchte Ibn Khaldun einen Gesamtüberblick über das gesammelte Wissen der Menschheit zu geben. Er behandelte die Formen und Triebkräfte gesellschaftlicher Organisation, den Zweck und die Funktionen der Regime, die Rolle der Arbeitskraft und des Geldes, die Künste, das Handwerk, die Wissenschaften und die Religionen. Das Buch *al-Muqaddima* war ganz einfach eine enzyklopädische Zusammenfassung der historischen Errungenschaften des Islam am Ende des vierzehnten Jahrhunderts – als es im etwas primitiveren Europa kaum eine Entsprechung dazu gab.

Ein Mann namens Ingvar Rydberg hatte sich in den Achtzigerjahren vorgenommen, das mächtige Werk ins Schwedische zu übersetzen. Im Jahr 1989 wurde es von dem kleinen Verlag Alhambra in Lund herausgebracht, sechshundertfünfzig dicht bedruckte Seiten mit dem Titel *Prolegomena*.

Unter Kapitelüberschriften wie »Der Übergang einer Dynastie vom Wüstenleben zur sesshaften Kultur«, »Die religiösen Funktionen des Kalifats« und »Die Preise in den Städten« fand sich auch die Überschrift »Der Krieg und die Art der Kriegführung bei verschiedenen Nationen«. In diesem Kapitel wird die kluge Kriegführung diskutiert.

Die umfangreiche Homepage zitierte Ibn Khalduns Appell: »Lasst uns an die Ermahnungen und die Aufmunterung denken, die Ali seinen Männern am Tag der Schlacht bei Siffin mit auf den Weg gab!« Und dann folgten die Worte des großen Kriegskünstlers Ali:

»Richtet eure Linien aus wie die eines massiven Gebäudes.

Stellt die bewaffneten Männer ganz nach vorn und die unbewaffneten nach hinten.

Beißt die Zähne zusammen, damit Schwertschläge euch nicht so leicht Kopfverletzungen beibringen.

Wickelt Lumpen um eure Speerspitzen, damit sie ihre Schärfe behalten.

Senkt den Blick. Das schärft den Sinn und gibt dem Herzen größeren Frieden.

Schweigt. Das vertreibt den Wankelmut besser und ist würdiger.

Haltet eure Fahnen nicht gesenkt und entfernt sie nicht.

Gebt sie nur in die Hände der Tapfersten.

Glaube und Ausdauer bringen am Ende den Sieg.«

»Da haben wir es ja«, sagte Sara Svenhagen atemlos. »Die ganze Litanei für Siffins heilige Krieger.«

»Es geht um Kriegskunst«, sagte Lena Lindberg ebenso atemlos.

Sie sahen sich an und erkannten, wie sich die Gedanken im Kopf der anderen überschlugen.

»Fokussierung, Konzentration, Ausdauer, Schweigen«, sagte Lena. »Die Voraussetzungen für den Sieg.«

»Oder für Polizeiarbeit, wenn man so will.«

»Stimmt.«

»Er hat dieses Buch gelesen«, sagte Sara und schlug mit dem Knöchel an den Bildschirm. »Woher hat er es?«

»Buchhandlungen, Bibliotheken«, sagte Lena. »Aber er kann ja genauso gut das arabische Original gehabt haben, und dann werden wir ihn nicht finden.«

»Also gehen wir davon aus, dass er diese Übersetzung hatte«, sagte Sara. »Und die kann es nicht an allzu vielen Stellen geben.«

»Wir könnten beim Verlag nachfragen«, sagte Lena. »So viele Exemplare können sie in letzter Zeit nicht verkauft haben. Wenn es 1989 erschienen ist.«

Sara Svenhagen tippte etwas auf der Tastatur und sagte: »Es gibt offenbar eine zweite Auflage.«

»Also ist es doch ziemlich verbreitet«, sagte Lena Lindberg mit enttäuschter Miene.

»Was sagt dein Bauch?«, meinte Sara. »Wenn man alles zusammennimmt?«

Lena Lindberg schnitt eine Grimasse. Schließlich brachte sie heraus:

»Wir haben zwei Möglichkeiten, nicht wahr? Entweder sind die heiligen Reiter von Siffin echte Profis, internationale Terroristen, und dann sind sie vermutlich alles andere als schwedisch. Oder sie sind ein örtlicher Ableger eines Terrornetzwerks, und dann sind sie vermutlich schwedisch. Was hat unser Phonologieprofessor gesagt? Dass sich eventuell Spuren ›einer Art Schwedisch‹ finden. ›Das so unbedacht Rinkeby-Schwedisch genannt wird.‹«

»Und dazu das Handy, das in Stockholm gekauft wurde«, nickte Sara. »Bestimmt hat er seinen Ibn Khaldun in einer Bibliothek in einem Einwanderervorort ausgeliehen.«

»So kommt es mir vor«, räumte Sara ein. »Aber vorhin hast du gesagt, er habe das Handy in der Innenstadt gekauft. Könnte er nicht auch das Buch in der Stadt ausgeliehen haben?«

»Er hat die Polizei in Älvsjö angerufen«, sagte Sara. »Ich tippe auf südlichen Vorort.«

»Teilen wir uns auf?«, fragte Lena Lindberg.

»Das wird nötig sein, glaube ich«, sagte Sara und kehrte an ihren Schreibtisch zurück. »Aber zuerst finden wir heraus, wo es das Buch gibt.«

»In welcher Bibliothek«, nickte Lena und begann, ihre Tastatur zu bearbeiten.

Und Sara Svenhagen tat desgleichen.

Lena hielt inne, betrachtete sie einen Augenblick und sagte:

»Und jetzt stellst du natürlich unseren Fortschritt zu dem gemeinsamen Ermittlungsmaterial im Intranet?«

Sara hielt ihrerseits inne und sagte:

»Ich denke, damit warten wir noch ein bisschen.«

19

Die Roslagsgata liegt mitten in Sibirien. In den Ohren eines Auswärtigen mag diese Behauptung verwirrend klingen, fast schon bizarr. Es sei denn, man ist beispielsweise Amerikaner und betrachtet alles Nordeuropäische als weißen, aber sowjetischen Fleck auf der Karte.

Aber es ist gar nicht so seltsam, wie es klingt. Es handelt sich um einen alten Namen für eine Gegend in Stockholm zwischen dem nördlichen Vasastan und Östermalm, die im achtzehnten Jahrhundert als so nördlich und, vom Stadtkern aus gesehen, als so entlegen galt, dass man zur schlimmstmöglichen Bezeichnung griff.

Sibirien.

An der Roslagsgata in Sibirien gibt es ein Restaurant namens Populäres Sibirien, das von einem homosexuellen Paar betrieben wird, »zwei blonden Stewardessen«, die es einer Formulierung in der größten Morgenzeitung Schwedens zufolge führen, »als sei das ganze Jahr über Schlagerfestival«.

Jon Anderson betrachtete den Eingang, zog vorsichtig seinen Verlobungsring vom Finger und trat ein. Dies hier war ein Heimspiel für ihn, seit er aus dem verhassten Uppsala, wo er von sogenannten Kollegen aufs Gröbste gemobbt worden war, nach Stockholm gezogen war. Als er dann in Polen mit einem Messer schwer verletzt worden war und lange zwischen Leben und Tod geschwebt hatte, hatte er sich den neuen Kollegen gegenüber endlich aus der Deckung gewagt.

Für einen kurzen Augenblick dachte er über die unergründlichen Wege des Lebens nach. Vor nur einem Jahr wäre er außerdem fast von einem Verrückten mit einer Maschinenpistole erschossen worden, wenn ihm sein Partner Jorge Chavez nicht in letzter Sekunde das Leben gerettet hätte.

Und es stimmte, was man sagt: So etwas vergisst man nie.

An einem Tisch etwas weiter im Inneren des Populären Sibirien saß eine wohlbekannte Gestalt, die sich erhob, die Arme ausbreitete und brüllte:

»Jon, mein Lieblingspolizist.«

Jon Anderson war zwar hochgradig homosexuell, aber zuweilen hatte er seine Probleme mit der Exaltiertheit manch anderer Homosexueller. Er war kein besonderer Freund von Flitter, und Tatsache war, dass er Schlagermusik hasste. Wogegen der flatterhafte, ausschweifende Frohsinn von diesem Mann mit dem kurz geschnittenen, blau gefärbten Haar personifiziert wurde, den er jetzt umarmte. Für einen kurzen Moment dachte er, er würde nie irgendwo hineinpassen.

Das ging vorbei. Der Schoß der homosexuellen Gemeinschaft war weit. Er konnte sein, der er war, niemand würde ihn zwingen, zum schwulen Schlagerfan zu werden. Und nirgends hatte er sich so sehr zu Hause, endlich zu Hause gefühlt wie in dieser freien Atmosphäre, wo man sein durfte, wie man sein wollte. Dass Jon Anderson dann nicht recht der sein wollte, der er war, war eine andere Sache. Er wäre eigentlich gern etwas offener und impulsiver gewesen. Aber es war wohl einfach zu spät, um daran etwas zu ändern. Er war stramm geboren und würde stramm sterben.

Mit gewisser Mühe brachte er seine langen Beine unter dem Tisch unter und faltete seinen Körper zusammen. Der Mann ihm gegenüber sagte:

»Wächst du immer noch?«

»Hör auf«, sagte Jon Anderson, und er sagte es stramm.

»Aber ich könnte darauf schwören, dass du jedes Mal, wenn ich dich treffe, größer aussiehst. Dabei sehe ich dich viel zu selten. Erinnerst du dich an unseren Abend in Athen? Ich krame ihn manchmal aus der Erinnerung und habe meinen Spaß.«

»Ich erinnere mich«, sagte Jon, und vermutlich breitete sich eine Art von Lächeln auf seinem Gesicht aus, denn der Mann ihm gegenüber sagte:

»So sollst du aussehen, ja. Das ist schon viel besser. Jetzt erkenne ich dich wieder. Möchtest du einen Frappé? Um der alten Zeiten willen?«

Der Mann klopfte mit seinem Glas leicht auf den Tisch. Es war halb gefüllt mit einer hellbraunen Flüssigkeit und schmelzenden Eiswürfeln.

Jon Anderson nickte, sah auf die Uhr und sagte:

»Hast du lange gewartet, Findus?«

Letzteres brachte er nur mit einer gewissen Selbstüberwindung über die Lippen. Er war grundsätzlich kein großer Freund von Kosenamen, und insbesondere Findus war ein ungewöhnlich dämlicher Kosename.

»Kein Problem«, sagte Findus. »Ich bin früh gekommen. Das muss man, wenn man mit der Polizei verabredet ist.«

Sie bestellten noch einen Eiskaffee und saßen eine Weile da und sahen sich gegenseitig an. Schließlich sagte Findus:

»Ich verstehe, dass du dich nicht mehr mit mir treffen willst, Jon. Es hat eine Weile gedauert, aber jetzt verstehe ich es.«

»Das hatte nichts mit dir zu tun«, erwiderte Jon Anderson. »Eher mit mir. Ich musste anders leben.«

»Ach, es ist doch völlig klar, dass es an mir lag. Die Menschen wollen nichts mit mir zu tun haben, Jon. Ich fange an, es zu verstehen. Ich habe eine Therapie begonnen.«

»Das klingt gut«, sagte Jon Anderson vorsichtig.

»Nein«, schrie Findus plötzlich. »Es klingt überhaupt nicht gut. Es ist Scheiße.«

Dann lachte er laut und sah Jon Anderson mit festem Blick an:

»Warum wolltest du mich treffen, Jon?«

Anderson blinzelte ein paarmal und zog ein Foto aus der Innentasche seiner Jacke. Er hielt es Findus hin, der es nahm und genau betrachtete. Dann ließ er es auf den Tisch fallen.

»Und?«, fragte er.

»Dieser Kapuzenpulli«, sagte Anderson und nickte in Richtung des Fotos. »Grüngelbgestreift, von Abercrombie and Fitch. Erkennst du den wieder?«

»Keine Ahnung«, sagte Findus, und sein Blick wurde scharf. »Bist du hinter mir her, Jon Anderson? Geht es darum?«

»Nein«, sagte Anderson ruhig. »Überhaupt nicht. Es geht nicht um eure gestohlenen Container. Es geht um das, was darin war.«

»Ich habe dazu nichts zu sagen«, entgegnete Findus mit bockiger Miene.

»Kannst du dich erinnern, wie diese Jacken verkauft wurden?«, fragte Anderson mit gleichbleibender Ruhe. »An diesen Ausverkauf?«

»An *diesen* Ausverkauf«, sagte Findus und beugte sich vor. »Ja, ich erinnere mich an *diesen* Ausverkauf, als du die Frechheit hattest, mit einem Vierzehnjährigen aufzukreuzen. Pfui Teufel, sage ich. Und jetzt hast du die Frechheit, herzukommen und mir die Scheiße in den Arsch zu stopfen. Du bist *gemein*, Jon Anderson. *Gemein*.«

Es war klar, dass das kommen musste. Er war vorbereitet. Trotzdem tat es weh.

»Er war zwanzig«, sagte er.

»Behauptete er, ja«, schrie Findus. »Du hast das Gesetz übertreten, Jon Anderson. Du hast einen Minderjährigen gefickt.«

Einige vereinzelte Blicke richteten sich auf ihren Tisch. Aber Anderson erkannte die Blicke wieder. Es waren Blicke, die Findus wiedererkannten. Lächelnde Blicke. Milde lächelnde Blicke.

»Und du hast eine Szene gemacht, die in die Weltgeschichte eingegangen ist«, sagte Jon Anderson.

Da brach Findus in Lachen aus.

»Die war doch gut, oder?«, brüllte er.

»Ein Klassiker ihres Genres«, sagte Anderson und lächelte.

Es war eine Weile still. Ihre Blicke suchten sich.

Und dann kam die Wärme.

Endlich.

»Was genau willst du, Jon?«, fragte Findus nach einer Weile.

»Sind diese Jacken jemals irgendwo anders in Schweden verkauft worden?«

»Meines Wissens nicht.«

»Bei dem Ausverkauf gab es wie gesagt ein kleines Chaos, aber wenn ich …«

»Kein Chaos«, unterbrach ihn Findus mit einem Lächeln. »Es war eine Szene.«

»Von enormen Ausmaßen«, sagte Anderson mit fast genau dem gleichen Lächeln. »Aber wenn ich mich recht erinnere, waren diese Jacken schon vorher ausverkauft. Stimmt das?«

»Ja«, sagte Findus. »Die wurden beim VIP-Verkauf am Abend zuvor angeboten. Da ging schon viel weg. Wir haben damals eine Menge Kohle gemacht. Heutzutage kommt man nicht mehr so leicht an Container heran. Neue, stressige Zollbestimmungen.«

»Das will ich nicht wissen«, sagte Jon Anderson und schüttelte den Kopf. »Was ich wissen will, ist, ob dein Gedächtnis funktioniert.«

»Ich habe ein legendäres Gedächtnis«, sagte Findus stolz, »und das weißt du sehr gut.«

»Wer hat eine solche Jacke gekauft? Erkennst du ihn wieder?«

Findus nahm das Foto und betrachtete es genau.

»Man sieht das Gesicht nicht«, sagte er.

»Du siehst vieles anderes.«

»So überlebt man in meiner Branche.«

»Ich weiß«, sagte Jon Anderson.

»Kann ich darauf zurückkommen?«, fragte Findus und ließ das Foto wieder auf den Tisch fallen. »Was hast du damit gemeint, ob mein Gedächtnis funktioniert?«

»Kannst du dich erinnern, wer eine solche Jacke gekauft hat? Es ist mehr als ein halbes Jahr her.«

»Was, glaubst du, geht gerade in diesem Kopf vor?«, entgegnete Findus und klopfte sich auf den kurz geschnittenen, blau gefärbten Schädel.

»Wie viele Jacken gab es?«

»Zehn vielleicht. Höchstens. Und fünf Leute sind mir schon eingefallen, die eine gekauft haben. Geht es hier um Kriminelle?«

»Mit einer gewissen Wahrscheinlichkeit«, sagte Jon Anderson.

»Dann ist es keiner von den fünfen«, meinte Findus bestimmt und knallte das leere Frappéglas auf den Tisch. »Die sind eher Östermalms-Schwule. Jetzt fällt mir ein sechster ein. Schauspieler am Dramaten.«

»Four to go«, sagte Jon Anderson.

Findus hatte plötzlich einen trüben Blick.

»Was ist dir gerade eingefallen?«, fragte Anderson.

Findus winkte abwehrend. Sein Blick wurde noch trüber. Nach einem undefinierbaren Zeitraum sagte er:

»Ein Türsteher«, sagte er. »Aber ich erinnere mich nicht, wer es war.«

»Türsteher?«

»Der Türsteher vom Riche«, nickte Findus, während sich der Schleier über seinem Blick langsam verflüchtigte. »Ja, ja. So war es.«

Jon Anderson ließ ihm Zeit. Wartete einfach.

Dann nahm Findus das Foto wieder in die Hand, drehte und wendete es.

»Definitiv«, sagte er und sah alles andere als definitiv aus.

Anderson überwand sich selbst und wartete weiter.

»Er hatte irgendwie von der Lieferung Wind bekommen«,

sagte Findus. »Der Teufel weiß wie. Er verschaffte sich Zugang zu dem VIP-Verkauf. Sonst, drohte er, würde er es den Bullen stecken.«

Anderson fixierte Findus. Es gab kein Anzeichen dafür, dass er fabulierte. Er wusste, wie es aussah, wenn Findus fabulierte. Wahrhaftig.

»Jonte«, sagte Findus und schlug mit der Faust auf den Tisch.

»Jonte?«, sagte Jon Anderson.

»Yes, indeed«, sagte Findus bestimmt. »Er ist der Mann auf dem Bild.«

»Woher weißt du das?«

»Meine Berufsgeheimnisse muss ich für mich behalten.«

»Schwede?«

»So schwedisch, wie man sein kann, ohne Wikinger zu sein«, sagte Findus selbstgefällig.

»Was weißt du noch über ihn?«

»Überhaupt nichts«, sagte Findus. »Nur, dass er eine Zeit lang Stress machte und dann verschwand. Wie du.«

Sie fixierten einander eine Weile. Dann sagte Findus:

»Nein.«

»Nein?«

»Nein, Jon Anderson. Du hast keinen Stress gemacht. Du warst gut. Ich erinnere mich, wie eifrig du warst in Athen. Genau, eifrig. Ich – habe dich geliebt.«

Jon Anderson schloss für ein paar Sekunden die Augen. Als er sie wieder öffnete, war Findus verschwunden. Er sah sich im Populären Sibirien um. Keine Spur von ihm. Nur sein leeres Frappéglas.

Jon Anderson berührte es mit der äußersten Fingerspitze. Dann schob er den Verlobungsring wieder auf seinen Ringfinger, holte sein Handy heraus und wählte eine Nummer.

»Jorge?«, sagte er ins Telefon. »Ich glaube, ich habe unseren Mann.«

★

Jorge Chavez saß in seinem Zimmer und war wütend. Er hatte den ganzen gestrigen Nachmittag und diesen Samstagvormittag vor seinem Computer gesessen. Und nicht nur vor dem Computer – er hatte vor dem gesammelten Gedächtnis des Polizeikorps gesessen. Vor dem Polizeiregister. Diesem schwer handhabbaren Gesamtkorpus merkwürdig archivierter und seltsam geschriebener Berichte, die irgendwie zusammenpassen sollten. Die etwas Ganzes bilden sollten, eine zugängliche Ganzheit. Es war nicht ganz einfach.

Besonders dann nicht, wenn man lediglich von der vagen Erinnerung an ein Gespräch in der Kaffeepause ausgehen konnte.

Eine Bande, die unbenutzte Handys mit Prepaid-Karten stahl. Das war nichts Besonderes. Nichts wird heute so oft gestohlen wie Handys. Sie sind das ideale Diebesgut.

Aber das hier war eindeutig ein bisschen ungewöhnlicher. Es ging um eine Bande, die sich spezialisiert hatte. Und Chavez kam beim besten Willen nicht darauf, wo und von wem er davon gehört hatte.

Er checkte alle Fälle im Stockholmer Raum, die mit gestohlenen Handys zu tun hatten. Es war völlig trostlos.

Normalerweise stellt sich auch bei der tristesten und monotonsten Arbeit ein Trott ein. Ein Moment, in dem sich Ärger und Ungeduld lösen und man gleichsam in Tristesse versinkt wie in einem Mantra. Es kann sogar erhebend sein, wie Yoga.

Dieser Moment kam nicht. Chavez war ununterbrochen ärgerlich und hatte das Gefühl, immer noch ärgerlicher zu werden. Minute für Minute, Stunde für Stunde, immer wütender.

Bis er es fand.

Er brauchte eine ganze Weile, um zu verstehen, dass er es gefunden hatte. So viele Male hatte es schon ausgesehen, als ob es passte, und dann war es am Ende doch nicht das Richtige gewesen. Aber dieses Mal passte es tatsächlich, von vorn bis hinten. Dies war der Fall, von dem er gehört hatte.

Von da war der Weg zum Fall Carl Jonas natürlich noch weit.

Der fragliche Bericht war vor einem guten Jahr geschrieben worden. Die Stockholmer Polizei hatte ein Muster entdeckt. Ein sehr spezielles Muster, zumal die Diebstähle selten angezeigt wurden. Es handelte sich nämlich um eine Bande, die neu gekaufte Handys mit Prepaid-Karten stahl, und sie stahl sie in der Regel von Kriminellen. Das war eine brillante Idee, obwohl sie ziemlich schwer durchführbar erschien.

Die Idee war jedoch so einfach wie genial. Prepaid-Handys werden nicht automatisch registriert. Wenn man so ein Handy registriert haben will, muss man es selbst anmelden. Hat man es nun auf einen Kundenkreis abgesehen, der das Handy weder registrieren lassen noch den Diebstahl anzeigen will, dann hat man seine Opfer gefunden. Seltsam nur, woher man wissen konnte, dass ein Krimineller im Begriff ist, ein Handy mit Prepaid-Karte zu kaufen. Voraussetzung war, dass man ein sehr umfangreiches Kontaktnetz in der Unterwelt hatte. Und das hatte diese Bande offensichtlich gehabt.

Die Bande hatte ihre Basis in Rågsved, südlich von Stockholm, und vor einem Jahr, als die Ermittlung aus einem bislang noch unbekannten Grund eingestellt worden war, war sie Hauptlieferant nicht lokalisierbarer Handys an die Kriminellen aller Kategorien im südlichen Stockholm gewesen. Man stahl von Kriminellen und verkaufte an Kriminelle.

Chavez las das Ende des Berichts:

»Damit darf der Kern der Bande, die drei Anführer, als identifiziert gelten. Da ich aufgrund akuten Personalmangels gezwungen war, diesen Fall selbst zu bearbeiten, muss ich ihn vorerst unabgeschlossen lassen, weil ich vorübergehend mit der Sektion für interne Ermittlungen zusammenarbeiten werde, genauer gesagt mit Kommissar Paul Hjelm. Ich rechne aber damit, in einer Woche, wenn ich den normalen Dienst wieder aufnehme, den Sack zumachen und die drei Anführer fassen zu können.«

Chavez unterbrach die Lektüre und spürte, wie es ihm eiskalt durch Arterien und Venen rann.

Der verantwortliche Kommissar von der Stockholmer Polizei hatte seinen normalen Dienst nie wieder aufgenommen. Er war zur Zusammenarbeit mit Chavez' früherem Kumpel Paul Hjelm abgeordnet und im Verlauf dieses Falles niedergeschossen worden.

Chavez las weiter. Er scrollte das Bild herunter und las den Namen des Ermittlers.

Kommissar Bengt Åkesson von der Stockholmer Polizei.

Und da war ihm alles klar.

Natürlich, es war Åkesson gewesen, dem er vor einem guten Jahr begegnet war, wenn auch nicht im Pausenraum, wie ihm seine Erinnerung vorgegaukelt hatte, sondern unten in der Kantine. Es war Åkesson gewesen, der, nicht ohne Hintergedanken, im Vorbeigehen von seinem Fall mit der Handybande erzählt hatte. Sie waren sich in der Schlange vor dem Mittagessen begegnet, Chavez in seiner verschlissenen alten Leinenjacke, Åkesson wie immer ganz in Jeans, und dann war jeder seiner Wege gegangen, und Åkessons Replik hatte gelautet:

»Ich habe einen wirklich guten Fall am Wickel, endlich mal. Smarte Burschen. Sie klauen Handys, die gerade gekauft worden sind, legen sie weg, ohne sie zu benutzen, achten darauf, dass der Diebstahl nicht angezeigt und die Nummer nicht abgeschaltet wird, und dann beliefern sie sämtliche Ganoven im Süden mit Handys, die man nicht orten kann. Sehr smart. Wer ein Handy haben will, das man nicht orten kann, wendet sich an sie.«

»Ich selbst habe zurzeit nur Kleinkram auf dem Tisch«, hatte Chavez gestöhnt. »Ich sehne mich nach einem echten Kracher.«

»Das kriegt ihr doch sonst immer hin«, lachte Åkesson und verschwand.

Knapp einen Monat später hatte es den Kracher tatsächlich gegeben. Und Bengt Åkesson war in den Fall hineingezogen und in dessen Verlauf durch Schüsse in die Brust schwer verletzt worden. Seitdem lag er im Karolinska im Koma. Und war unfähig, mit der Außenwelt zu kommunizieren.

Und der Fall, den er gerade hatte knacken wollen, war im Sande verlaufen. Die paar Schüsse eines Irren in einem Café in der Hornsgata hatten, ohne dass die Bande das Geringste davon ahnte, ihre gesamte kriminelle Aktivität gerettet.

So kann es gehen.

Das Telefon klingelte. Chavez antwortete zerstreut. Im Hörer tönte es:

»Jorge? Ich glaube, ich habe unseren Mann.«

»Jon«, sagte Chavez. »Ich auch.«

»Was?«, fragte Jon Andersons Stimme. »Ich habe unseren Handykäufer. Wen hast du?«

»Bengt Åkesson«, antwortete Chavez dumpf.

»You're not making any sense«, sagte Anderson.

»Später. Erzähl jetzt.«

»Es scheint, dass der Mann, der das Handy gekauft hat, mit dem die heiligen Reiter von Siffin sich zu dem Bombenattentat bekannt haben, ein ehemaliger Türsteher des Restaurants Riche namens Jonte ist.«

»Jonte?«

»Sorry, so scheint es. Ein echter blaugelber Schwede, offenbar.«

»Sorry, muss ich wohl sagen«, meinte Chavez. »Dein Jonte ist vermutlich völlig irrelevant. Ich glaube, er ist einer Bande zum Opfer gefallen, die ihn direkt vor dem Computergroßmarkt ComShop am Drottningsholmsväg ausgeraubt hat.«

Eine Weile war es still im Hörer. Dann sagte Jon Anderson:

»Aber dann haben wir sie ja.«

»Wie meinst du?«, fragte Chavez.

»Auf dem Film«, sagte Anderson.

Diesmal war Chavez stumm.

»Du bist ein Genie«, sagte er schließlich.

»Schau dir den Film an, ob du ein paar gute Gesichter findest. Ich werde jedenfalls Jonte überprüfen. Der Grund, warum er den Diebstahl nicht angezeigt hat, kann ja der sein, dass er die Täter kannte und Angst vor ihnen hatte.«

»Gut«, sagte Chavez. »Ich höre von Dir, wenn du was weißt.«

»Gleichfalls«, gab Anderson zurück.

Chavez legte auf und begann sofort, in den Dateien des Computers zu suchen. Natürlich war es so. Natürlich waren die Leute, die hinter Jonte mit der Kapuzenjacke in der Schlange im Computergroßmarkt Comshop standen, auch diejenigen, die ihn beraubt hatten.

Er lud die Filmsequenz auf den Bildschirm.

Kasse 3. Die Uhr am unteren Rand des Bildes zeigte 17.11.04. Die Kassiererin mit den vielen Piercings schickte einen alten Mann weg, der mit der Faust drohte und abzog. Es war eine Weile still. Die Kassiererin justierte einen ihrer Wangenringe, der offenbar Schwierigkeiten machte, und leckte sich dann den Finger ab. Die Uhr zeigte 17.11.47, als eine Gestalt in grüngelb gestreiftem Pulli mit der Kapuze über dem Kopf im Bild auftauchte. Sie legte ein Handy neben der Kasse auf den Ladentisch und bezahlte. Die Kassiererin hielt die Fünfhundertkronenscheine gegen das Licht, tippte den Betrag ein, gab eine Quittung und ein bisschen Wechselgeld zurück und legte das Handy in einen Plastikbeutel, den sie arrogant hinüberreichte, um sich demonstrativ dem nächsten Kunden zuzuwenden.

An dieser Stelle hielt Chavez das Bild an. Die Kassiererin wandte sich einem jungen Mann zu, der ihrem Geschmack offenbar sehr viel mehr entsprach. Chavez betrachtete das

Gesicht. Davon würden sich wohl brauchbare Bilder machen lassen.

Er setzte den Film wieder in Gang. Der junge Mann war schwarzhaarig und ziemlich klein. Tatsache war, dass er in gewisser Weise an Chavez selbst erinnerte, wie er vor zwanzig Jahren ausgesehen hatte.

Er fühlte sich alt.

Der Kerl zeigte auf etwas hinter dem Rücken der Kassiererin. Und während sie sich umdrehte, verschwand er. Er wandte das Gesicht zur Kamera und folgte dem vermutlichen Jonte. An dieser Stelle hielt Chavez den Film wieder an.

Es war ein ganz ausgezeichnetes Bild direkt von vorn, das Bild eines Mitglieds der Bande, gegen die Bengt Åkesson ermittelt hatte.

Chavez druckte es aus. Der Drucker drüben am Fenster begann zu rattern. Und dann schickte er die ganze Filmsequenz per E-Mail an Chefkriminaltechniker Brynolf Svenhagen mit den Worten:

»Lieber Brunte. Kann man aus diesem Film noch etwas rausholen? Wir interessieren uns besonders für den jungen Mann, der exakt um 17.13.24 Uhr das Gesicht zur Kamera wendet. Es bedankt sich dein von Herzen geliebter Schwiegersohn.«

Dann nahm er das Telefon und wählte eine Nummer. Die Stimme am anderen Ende der Leitung klang ein wenig gestresst:

»Ja, hier ist Kerstin.«

»Hier nicht. Hier ist Jorge. Hat Bengt jemals mit dir über einen Fall gesprochen, der mit gestohlenen Handys zu tun hatte?«

»Bengt?«, sagte Kerstin erstaunt. »Bengt Åkesson?«

»Ja. Er war im vorigen Sommer mit einem Fall befasst, unmittelbar bevor er mit Paul zusammenarbeitete. Aber hat er mal eine Bande erwähnt, die mit Handys zu tun hatte?«

»Nicht, soweit ich mich erinnere. Wir haben nicht oft über die Arbeit gesprochen. Wir hatten ja gar nicht die Zeit, viel miteinander zu sprechen.«

Erst jetzt merkte Chavez, der generell dazu tendierte, im Eifer des Gefechts ein wenig betriebsblind zu werden, dass er möglicherweise auf ein paar wunden Zehen herumtrampelte.

»Entschuldige, wenn ich rücksichtslos bin«, sagte er. »Aber der Fall, mit dem Bengt beschäftigt war, bevor ... ja, bevor er angeschossen wurde, der ist unmittelbar relevant für den Fall Carl Jonas.«

»Wegen des Handys?«

»Ja. Bengt Åkesson weiß mit Sicherheit, wer den heiligen Reitern von Siffin das Telefon geliefert hat.«

»Aber er liegt im Koma.«

»Ich weiß.«

»Ich bin über ein halbes Jahr lang so oft dort gewesen, wie ich konnte, und habe keinen Kontakt mit ihm bekommen. Kein einziges Anzeichen, dass er bei Bewusstsein ist.«

»Nein, du hast natürlich recht. Ich hatte gedacht, wir könnten es zumindest versuchen. Aber das war dumm.«

»Es ist keine gute Idee«, sagte Kerstin Holm schwer. »Bei ihm funktioniert nichts. Seine Tochter ist auch ganz oft dagewesen. Und er hört noch nicht einmal sie.«

»Wir lassen es sein. Wir haben andere Fäden. Ein Stück Film.«

»Allerdings ...«

»Ja?«

»Allerdings bin ich schon hier ...«

»Hier?«

»Im Karolinska.«

»Was tust du da?«

»Ich suche eine Vermisste aus dem Wagen Carl Jonas. Allem Anschein nach hat sie die U-Bahn nach der Explosion verlassen.«

»Okay, ich schaue mir euren Bericht im Intranet an. Sie ist also im Tunnel abgesprungen?«

»Ja, sie hat die Türen mit einer Harke oder einem Handkultivator geöffnet.«

»Rede Schwedisch.«

»Sie scheint nicht hier zu sein. Aber das Aufnahmesystem hier ist offenbar sehr kompliziert, daher kann man es noch nicht mit absoluter Gewissheit sagen. Nach den Toten und diesem Plingby befand sie sich am nächsten an der Explosion, sie müsste also schwer verletzt sein. Aber in den Krankenhäusern können wir sie nicht finden.«

»Bingby«, sagte Chavez. »Andreas Bingby.«

»Bond«, sagte Holm. »James Bond.«

»Typ«, sagte Chavez und brach damit zum ersten Mal sein Neujahrsversprechen, nie im Leben »Typ« zu sagen.

»Wir untersuchen die Sache noch etwa zehn Minuten«, sagte Kerstin Holm. »Dann sehe ich dich hier. Beim Haupteingang.«

»Yes, Sir«, sagte Jorge Chavez, schlug die Hacken zusammen, drückte seine Chefin weg und setzte sich sofort in Bewegung.

Die Chefin erlaubte es sich, einige Sekunden lang das Handy anzusehen, ehe sie es wieder in die Handtasche steckte. Sobald eine Frau eine Anweisung erteilt, wird sie zum »Sir«. Aber sie hatte im Moment keine Lust, daraus weitergehende feministische Schlussfolgerungen zu ziehen.

»Verflucht noch mal«, dröhnte ein Bass an ihrem linken Ohr.

»Tut mir leid«, sagte eine umso mildere Frauenstimme. »Das System erlaubt es nicht.«

»Darf ich Sie als Beispiel dafür zitieren«, sagte Gunnar Nyberg zu der armen Empfangsdame, »dass die Berliner Mauer noch steht?«

»Aber es ist nicht meine Schuld«, entgegnete die Frau in dem Glaskäfig. »Es ist das System.«

»Wissen Sie, wer das gesagt hat?«, brüllte Nyberg.

Kerstin Holm legte ihre Hand auf seinen Arm und stoppte damit den unbarmherzigen und vielleicht nicht ganz gerechten Ausbruch.

»Man darf mit anderen Worten schließen«, sagte sie diplomatisch, »dass Sie nicht endgültig sagen können, ob hier in der letzten Nacht eine Frau mit schweren Quetsch- und Schnittwunden eingeliefert worden ist?«

»Das ist korrekt«, sagte die Empfangsdame. »Nach meinen Instruktionen muss man sich an die einzelnen Abteilungen wenden.«

»Gibt es eine andere Person, mit der wir sprechen können?«, fragte Kerstin Holm.

Wie auf Befehl (aber wahrscheinlich eher auf ein Klingelsignal der Empfangsdame hin) erschien ein Mann mit strenger Miene und einem Anzug, der einer Uniform zum Verwechseln ähnlich sah.

»Kann ich irgendwie behilflich sein?«, fragte er barsch.

Vermutlich war er ein ehemaliger Polizist.

»Das wäre zur Abwechslung mal nett«, sagte Gunnar Nyberg.

Der Mann starrte ihn an und schien ihn zu taxieren. Das Ergebnis der Musterung war offenbar nicht ganz eindeutig. Vermutlich verlor er bei der Konfrontation mit Nybergs Körperfülle ein wenig den Faden. Stattdessen wandte er sich Kerstin Holm zu, die sagte:

»Wir suchen einfach nur eine Frau, die sich gestern Nacht irgendwann nach ein Uhr wegen ziemlich schwerer Quetsch-, Schnitt- und vielleicht auch Brandwunden behandeln lassen wollte.«

Der Uniformierte sah sie eine Weile an und verschwand dann ohne ein Wort.

Vier Minuten später (vier Minuten und drei Sekunden später, um genau zu sein, wie Gunnar Nyberg feststellen konnte) kam der Mann zurück und sagte:

»Tut mir leid.«

Und dann verschwand er wieder.

Stattdessen kam Jorge Chavez. Gunnar Nyberg betrachtete ihn skeptisch. So schnell konnte kein Mensch Auto fahren.

»Ich hatte Glück«, sagte Chavez, an ihn gewandt. »Ein Polizeikommando hat einen Betrunkenen hergebracht, der eine Messerstecherei hatte.«

»Glückspilz«, sagte Gunnar Nyberg.

Chavez betrachtete ihn seinerseits.

»Schlechter Tag?«, fragte er freundlich.

»Kein wirklich produktiver Tag«, sagte Kerstin Holm diplomatisch.

Aber Gunnar Nyberg war nicht bei Laune. Er sah sich mürrisch ein Plakat an, auf dem unterschiedliche Behandlungsformen beschrieben waren, und schien insgesamt abwesend zu sein.

»Wir suchen nach einer Frau, die sich offenbar in Nichts aufgelöst hat. Sie muss zehn bis fünfzehn Meter von der Explosion entfernt gewesen sein, die zehn Menschen das Fleisch von den Knochen gerissen hat. Also muss sie selbst ziemlich schwer verletzt sein.«

»Ich habe euren Bericht im Intranet überflogen«, nickte Chavez, »und denke Folgendes: Wir haben immer mehr Probleme mit psychischen Krankheiten. Die Pflegereform vor ein paar Jahren hat dazu geführt, dass psychisch verwirrte Personen als Obdachlose in den Straßen umherirren. Die Hälfte der Menschen, die sich bei den Parkbänken versammeln, braucht heute eher psychiatrische Behandlung, als dass sie drogenabhängig ist. Also ist es wahrscheinlich, dass eure verrückte Frau mit schweren Verletzungen jetzt unter irgendeiner Brücke liegt und vor sich hinstirbt. Verwirrt.«

Kerstin Holm sah zu Gunnar Nyberg hinüber, der immer noch das Plakat studierte.

»Ich weiß«, sagte sie. »Es ist ziemlich wahrscheinlich, dass sie schwer verletzt und hilflos ist.«

»Und im Sterben liegt«, fügte Chavez hinzu.

»Trotzdem müssen wir es versuchen«, sagte Kerstin Holm. »Wir stehen auch nicht allein da, eine Menge Polizisten sind damit befasst. Keiner hat etwas gefunden.«

»Und *wir* müssen auch einen Versuch machen, oder?«, meinte Chavez. »Ich brauche Bengt wirklich.«

Kerstin sah skeptisch aus, als sie sagte:

»Ja, einen Versuch machen wir. Aber erwarten darfst du nichts.«

»Was tust du normalerweise, wenn du dort bist?«

»Was macht man mit einem Menschen, der daliegt wie ein Gemüse? Man erzählt, was los ist und was seit dem letzten Mal passiert ist. Gestern haben wir uns Jan-Olov Hultins erste Pressekonferenz angesehen.«

»›Wir‹?«

»Ich habe sie mir angesehen, Bengt – war Bengt.«

»Was sagen die Ärzte?«

»Er hat allem Anschein nach keinen Hirnschaden. Er atmet selbstständig. Er könnte jederzeit aufwachen. Aber das höre ich jetzt seit einem Jahr. ›Jederzeit‹ ist zu einem sehr merkwürdigen Zeitraum geworden.«

Bengt Åkesson lag in einem Saal, der einen langen Spaziergang weit entfernt war. Bis sie bei ihm ankamen, sagte keiner ein Wort. Nyberg wirkte ungewöhnlich bockig, fand Chavez.

Sie gingen in Åkessons Zimmer. Er teilte es mit drei anderen in ungefähr der gleichen Verfassung. Von zwei der Betten war ein Pusten und Schnaufen zu hören, das sie alle drei bei verschiedenen Gelegenheiten in ihrem Leben mit Beatmungsgeräten zu verbinden gelernt hatten.

Aber nicht an Åkessons Bett. Dort herrschte eine seltsame Todesruhe. Über ein Jahr ohne Bewusstsein – was macht das eigentlich mit einem Menschen? Gut war es jedenfalls nicht für ihn. Bengt Åkessons Gesicht war übersät mit Pusteln und Blasen, als hätte er es ein Jahr lang nicht gewaschen. Was in etwa den Tatsachen entsprach. Höchstens hin und wieder kam eine Helferin mit einem Schwamm vorbei, den sie bereits bei vier Patienten benutzt hatte, und wischte ihm übers Gesicht, ohne ihn anzusehen. Das jedenfalls vermutete Jorge Chavez.

»Hej Bengt«, sagte Kerstin. »Ich weiß nicht, ob du mich hören kannst. Aber ich mache es wie immer: Ich tue so, als ob du es könntest. Ich habe zwei deiner Kollegen mitgebracht. Sie sind zum ersten Mal hier, aber ich glaube, du weißt, wer sie sind. Jorge Chavez und Gunnar Nyberg. Sie waren mal Partner, aber das hat nicht geklappt.«

Nyberg und Chavez tauschten zum ersten Mal bei dieser Begegnung Blicke aus. Chavez hob die Augenbrauen. Nyberg runzelte die Stirn. Aber sie sagten nichts.

Kerstin Holm fuhr fort:

»Sie sind hier, weil sie glauben, dass du sie verstehst.«

Das Trio beobachtete den Mann im Bett. Es gab kein Anzeichen einer Reaktion. Nur eine Art von tiefem Schlaf. Etwas zwischen Schlaf und Tod. Aber ihre Aufmerksamkeit blieb konstant.

»Jorge arbeitet an einem Fall, mit dem du befasst warst«, sagte Kerstin Holm. »Er will mit dir darüber sprechen. Er will sehen, woran du dich erinnerst.«

»Ich brauche deine Hilfe«, sagte Chavez einfach.

Sie beobachteten das anscheinend schlafende Gesicht genau. Es zeigte keine Spur einer menschlichen Reaktion.

»Ich brauche deine professionelle Hilfe«, verdeutlichte Chavez. »Ich hoffe, du erinnerst dich an den Fall, an dem du gearbeitet hast, als auf dich geschossen wurde. Ich meine nicht den Fall zusammen mit Paul Hjelm, sondern den davor. An dem du ganz allein gearbeitet hast, wegen Personalmangels. Du weißt, wovon ich spreche, oder?«

Nein, dachte Chavez und beobachtete die Totenmaske.

Nein, zum Teufel, was mache ich? Das ist doch eine Leiche. Er atmet zwar, aber in allem Wesentlichen ist er der Inbegriff eines Hirntoten.

Dennoch fuhr er fort:

»Sie haben Handys gestohlen, daran erinnerst du dich. Smarte Kerle, die Handys klauen, die gerade gekauft worden sind, und sie weglegen, ohne sie zu benutzen. Sie passen auf, dass der Diebstahl nicht angezeigt und die Nummer nicht abgeschaltet wird, und dann beliefern sie sämtliche Ganoven im Süden der Stadt mit Handys, die man nicht orten kann.«

Nein.

Nein, es geschah natürlich nichts.

Natürlich gab es keine Bewegung. Es wäre falsch, das zu glauben.

Absurd.

»Habt ihr das gesehen?«, sagte plötzlich Gunnar Nyberg, der aus seiner Starre erwacht war.

Ja, dachte Chavez. Da ich nicht der Einzige bin, der es gesehen hat, habe ich es wirklich gesehen. Nicht nur, weil ich es sehen wollte.

Aber er sagte nichts.

Kerstin Holm sagte etwas:

»Nein, ich habe nichts gesehen.«

»Doch«, sagte Nyberg und ging ein paar Schritte näher an das Bett. »Doch, das war wie REM-Schlaf.«

»Er träumt vielleicht«, sagte Chavez zögernd.

»Mir kam es nicht so vor«, beharrte Nyberg. »Ich hatte den Eindruck, er reagiert direkt auf das, was du gesagt hast.«

Chavez nahm Åkessons Hand und sagte mit großer Deutlichkeit:

»Bewege die Augen, wenn du mich hörst, Bengt.«

Doch.

Doch, gewiss war da eine kleine Bewegung. Wie ein minimaler Ausschnitt von REM-Schlaf, Rapid Eye Movement, dem Schlafstadium, wenn sich die Augen schnell nach verschiedenen Seiten bewegen und der ganze Körper paralysiert ist, außer dem lebenserhaltenden System und den Augen. Man kann deutlich sehen, wo sich unter dem geschlossenen Lid die Pupille befindet.

Was ein Schock ist, weiß jeder. Ein physischer Schock. Es reicht schon, sich kräftig den Kopf zu stoßen, sich zu schneiden oder sich an heißem Wasser zu verbrennen – mit dem Körper geschieht etwas, das sich mit der Verletzung nicht direkt in Verbindung bringen lässt. Eine Art von Fieberschauer, ein abrupter Schweißausbruch, Beine, die fast nachgeben.

Kerstin Holm hätte das Gefühl, das sie in diesem Augenblick überkam, im Nachhinein am ehesten mit den Sekunden nach einem solchen Schock verglichen. Man hackt Zwiebeln und fühlt, wie das Messer plötzlich auf unangenehm weiche Art in den Finger dringt. Man fasst sich an den Finger und wagt nicht hinzusehen, noch nicht, man ahnt nicht, wie schlimm es ist. In diesem Augenblick geht jene Welle durch den Körper.

Genau so fühlte sich Kerstin Holm in dem Moment, als ihr klar wurde, wie lange Bengt Åkesson versucht hatte, mit ihr in Kontakt zu treten. Es konnte ein Jahr gewesen sein, ein Jahr in einem dahinsiechenden Körper ohne Funktion. Ein Jahr lang ein furchtbares Inferno in totaler Isolation. Und neben dem Höllenschlund diese blind vor sich hin schwadronierende, völlig unsensible, unrezeptive Frau.

Sie schlug die Hände vors Gesicht und ließ sie dort.

Chavez sagte:

»Mach eine Bewegung, die dir leichtfällt.«

Zuerst nichts.

Dann ging eine der Pupillen nach rechts.

»Eine solche Bewegung bedeutet ja, zwei bedeuten nein«, sagte Chavez. »Okay?«

Wieder eine Bewegung der Pupille.

»Gut. Weißt du, wie lange du schon bei Bewusstsein bist?«

Die Bewegung erschien wieder. Nur einmal.

Kerstin Holm gab einen Ton von sich. Weder Chavez noch Nyberg konnten ihn identifizieren. Er kam aus einer Tiefe, mit der sie vermutlich noch nie Kontakt gehabt hatten.

»Ist es ein ganzes Jahr?«, fragte Chavez schonungslos.

Es kam eine Bewegung vom Krankenbett.

Und dann folgte noch eine.

»Nein?«, fragte Chavez. »Gut. Ist es mehr als ein Monat?«

Wieder zwei Bewegungen, diesmal in etwas kürzerem Abstand. Sie hörten deutlich, dass Kerstin Holm ausatmete.

Wahrscheinlich war Bengt Åkesson einfach nur dabei, sich an das Kommunizieren zu gewöhnen.

»Ich will dich nicht ermüden«, sagte Chavez. »Den Rest kannst du dann mit Kerstin machen. Nur eine Frage: Erinnerst du dich an den Fall mit der Handybande in Rågsved?«

Ja.

»Gut. Erinnerst du dich auch an die Namen der drei Anführer?«

Nein.

»Okay, erinnerst du dich an den Namen eines der Anführer?«

Keine Antwort.

»Hörst du mich noch?«

Ja.

»Hast du meine Frage nicht beantwortet, weil du nachdenkst?«

Ja.

»Gut, nimm dir Zeit.«

Sie zogen sich zurück, in den Flur. Kerstins Make-up war nicht mehr ganz perfekt. Gunnar Nyberg hatte den starken Wunsch, sie einfach in die Arme zu nehmen und festzuhalten. Er verzichtete darauf. Sie schien eine enge Berührung noch nicht verkraften zu können.

»Scheiße«, sagte sie. »Und ich habe nichts gemerkt.«

»Er ist jedenfalls weniger als einen Monat wach«, sagte Chavez und streichelte vorsichtig ihren Arm. Sie zog sich ein wenig zurück.

»Du bist so oft hier gewesen, dass du dich daran gewöhnt hast, dass er nicht zugänglich ist«, sagte Nyberg. »Kein Wunder, dass du es nicht mitgekriegt hast.«

»Aber trotzdem«, sagte Kerstin verwirrt. »Wer hätte es sonst merken sollen?«

»Einer von uns, die wir nie hier waren, um ihn zu besuchen«, sagte Chavez selbstkritisch.

»Ihr habt ihn ja nicht gekannt.«

»Er war ein Kollege«, sagte Nyberg. »Wir hätten herkommen sollen. Wenn sich jemand schämen muss, dann wir. Nicht du. Du hast hier gesessen und ihn aus dem Totenreich herausgeredet.«

»Ich weiß nicht«, meinte Holm und schüttelte den Kopf.

»Ich frage mich, ob es ein Dienstvergehen ist, dass wir das Personal nicht verständigen«, sagte Nyberg plötzlich nachdenklich.

»Das können wir später machen«, sagte Chavez in seiner guten alten Betriebsblindheit. »Jetzt brauchen wir alles, was wir kriegen können.«

»Gehen wir wieder hinein?«, sagte Kerstin Holm. Sie folgten ihr nach einem schnellen Blickwechsel.

Chavez beugte sich wieder über Åkessons Krankenbett und sagte:

»Ist dir irgendein Name eingefallen?«

Ja.

Chavez ballte eine Sekunde lang die Faust. Aber dann fiel ihm ein, wie schwer es sein würde, in dieser Situation einen komplizierten Namen herauszubekommen.

»Ist es ein langer Name?«, fragte er.

Nein.

»Nein? Okay. Ausländisch?«

Keine Antwort. Offenbar eine Frage, auf die man nicht mit Ja oder Nein antworten konnte.

»Ist er Ausländer?«

Ja.

»Aber der Name ist nicht ausländisch?«

Keine Antwort.

Nyberg drängte sich vor und sagte:

»Ich bin Gunnar Nyberg. Hallo, Bengt. Verstehe ich dich richtig, wenn ich vermute, dass es sich um einen Mann mit einem komplizierten ausländischen Namen handelt, der sich aber bei einem sehr viel einfacheren Namen nennen lässt?«

Chavez nickte und warf seinem Kollegen einen beifälligen Blick zu.

Eine Bewegung glitt über Bengt Åkessons erstarrtes Gesicht. Eine.

Ja.

»Ist es ein Deckname?«, fragte Nyberg.

Keine Antwort.

»Nicht direkt, also?«

Nein.

»Ein Spitzname?«, schlug Chavez vor.

Ja.

»Wenn wir diesen Spitznamen haben«, fuhr Nyberg fort, »finden wir dann seinen richtigen Namen im Polizeiregister?«

Keine Antwort.

»Bist du unsicher, ob sein Spitzname der Polizei bekannt ist?«

Ja.

»Kennst du seinen richtigen Namen?«, fragte Chavez.

Nein.

»Und die beiden anderen, deren Namen du vergessen hast, hatten die auch Spitznamen?«

Nein.

»Und an die kannst du dich weiterhin nicht erinnern?«

Nein.

»Versuchen wir, den Namen herauszubekommen? Sind es mehr als fünf Buchstaben?«

Nein.

»Gut«, sagte Chavez. »Das könnte schwierig werden. Sind es fünf?«

Nein.

»Vier?«

Ja.

»Das schwedische Alphabet hat, glaube ich, achtundzwanzig Buchstaben«, sagte Chavez. »Wir unterteilen es in vier Teile à sieben Buchstaben. Von a bis g, von h bis n, von o bis u und von v bis ö. Verstehst du?«

Ja.

»Also, der erste Buchstabe. Von a bis g?«

Nein.

»Von h bis n?«

Ja.

»H?«

Und so machten sie eine Weile weiter, bis Chavez die Buchstaben k, i, l und l hatte. Alle aus der zweiten Buchstabengruppe.

»Nennt er sich Kill?«, fragte er schließlich.

Ja.

»Weißt du noch mehr über ihn?«

Ja.

»Wo er wohnt?«

Nein.

»Ist er Schwede? Also Immigrant?«

Ja.

»Weißt du, aus welchem Land er stammt?«

Nein.

»Gibt es ein Foto von ihm?«

Nein.

»Hast du eine Ahnung, wie wir ihn finden können?«

Ja.
»Wie denn, verdammt?«, entfuhr es Chavez.
Keine Reaktion.
»Entschuldige«, sagte Chavez. »Dumm von mir. Reden wir von einem Platz? Einem besonderen Platz, wo man Kill finden kann?«
Nein.
»Über eine andere Person?«
Nein.
»Das Internet?«
»Passwort?«
»Eine Zeitung?«
»Telefonnummer?«
Nein, nein, nein, nein. Und immer langsamer. Schließlich legte Gunnar Nyberg die Hand auf Chavez' Arm und schüttelte den Kopf. Chavez seufzte und nickte.
»Wirst du müde, Bengt?«
Mit erheblicher Verzögerung kam ein »Ja«.
Sie verabschiedeten sich von Bengt Åkesson, der jetzt offenbar eingeschlafen war, und gingen wieder auf den Flur.
»Okay«, sagte Kerstin Holm erleichtert. »Das ging ja doch ganz gut. Ihr beiden fahrt zurück ins Präsidium und stellt die Informationen gleich ins Intranet. Die Polizei von Rågsved müsste doch etwas Kluges über Kill zu sagen haben, sollte man meinen.«
»Ich frage mich, was Bengt weiß«, sagte Chavez irritiert. »Er könnte uns ja offenbar mitteilen, wie wir Kill kriegen können, aber ich finde nicht die richtigen Fragen. Warum?«
»Denk darüber nach«, sagte Holm. »Formuliere Fragen. Und du auch, Gunnar. Du musst versuchen, all deine alten Kontakte in die Unterwelt zu aktivieren.«
Gunnar Nyberg nickte und fragte:
»Und was machst du?«
»Ich bleibe noch ein bisschen hier«, sagte Kerstin Holm und ging wieder hinein.

»Jetzt, glaube ich, ist es höchste Zeit, dem Personal Bescheid zu sagen«, meinte Gunnar Nyberg und betrachtete die geschlossene Tür.

Kerstin Holm ging zu dem traurigen Krankenbett, setzte sich auf den Besucherstuhl daneben und nahm Bengt Åkessons schlaffe, aber warme Hand. So saß sie eine Weile da. Sie fühlte die Tränen rinnen. Sie rannen ganz frei und sehr seltsam, als hätte sich eine Schleuse geöffnet, eine Schleuse, die es sonst nicht gab. Tropfen von Wimperntusche fielen auf Bengts Laken und bildeten ein seltsames Sternbild. Sie schloss die Augen, und die Tränen rannen weiter, als brannten sie sich durch die Lider. Als sei es nicht möglich, die Augen zu schließen. Als sei es nicht mehr erlaubt.

Schließlich sagte sie, leise:

»Bist du wach, Bengt?«

Es dauerte eine Weile, dann kam eine einzelne, langsame Bewegung der Pupille an der Innenseite des bleichen Augenlids.

»Ich will dich nicht mehr stören«, sagte sie. »Ich habe nur eine einzige Frage. Eine einzige.«

Sie beobachtete seine Lider.

Wie viele Male hatte sie Gelegenheit gehabt, sie zu küssen?

Hatte sie es je getan?

Sie tat es jedenfalls jetzt.

Dann sagte sie:

»Kannst du mir verzeihen, Bengt? Das ist alles, was ich wissen will.«

Die Bewegung, die jetzt kam, war die langsamste, die sie bisher gesehen hatte. Sie wartete auf Nummer zwei.

Ja, sie wartete tatsächlich auf Nummer zwei.

Die kam nicht.

Es blieb bei einer. Einer langsamen. Vielleicht einer intensiven.

Ja.

20

Sie kamen sich sehr allein vor im Präsidium, außer ihnen war keiner da. Auf jeden Fall nicht auf dem Korridor der A-Gruppe. Und sie selbst wären auch lieber anderswo gewesen. Auf Jagd.

Aber das Intranet musste ihnen reichen. Die Ermittlung wuchs die ganze Zeit an, begann den Rahmen des Überschaubaren zu sprengen und in einen dschungelartigen Zustand einzutreten. Der Strukturfaschist in Arto Söderstedt wollte ordnen und zurechtlegen, doch das schien hoffnungslos zu sein. Das Material trat über alle Ufer.

Viggo Norlander saß auf seiner Seite des Schreibtischs und seufzte.

»Es sind jedenfalls eine ganze Menge, die mit den Angehörigen der Identifizierten gesprochen haben«, sagte er.

In erster Linie ergossen sich die Berichte der Stockholmer Polizei über die Seiten. Söderstedt fragte sich, ob Hultin seinen Versuch, den Überblick zu behalten, ganz einfach aufgegeben hatte. Alles konnte nicht über ihn laufen. Er brauchte einen kleinen Stab von Leuten, die ordneten und sortierten und nicht zuletzt filterten.

Er fragte sich, wie dieser Stab aussah.

»Ja«, antwortete er stattdessen. »Und was schließen wir aus den Daten?«

»Nichts«, sagte Norlander. »Es scheinen ziemlich gewöhnliche Menschen gewesen zu sein. Wie sie eben in der U-Bahn sitzen. Nichts Besonderes, wenn du mich fragst.«

»Ein paar Dinge sind möglicherweise doch auffällig«, sagte Söderstedt.

»Ich wusste, dass du das sagen würdest«, entgegnete Norlander.

»Hast du auch gewusst, woran ich gedacht habe?«

»Ich weiß alles, was du denkst. Schon bevor du es selbst gedacht hast.«

»Was du nicht sagst«, erwiderte Söderstedt ungewöhnlich bleich. »Und was habe ich gedacht?«

»Du hast daran gedacht, dass ziemlich wenige ihrer Angehörigen wussten, warum sie sich in der U-Bahn befanden.«

»Und du findest nicht, dass das merkwürdig ist?«

»Sechs von elf Identifizierten«, sagte Norlander. »Ein Einziger mit Partnerin, der verheiratete Tommy Karlström. Die Übrigen waren Singles, und deshalb ist es nicht verwunderlich, dass kein Familienmitglied wusste, was sie taten. Karlströms Frau hört sich auch nicht besonders lustig an. Sie ging, wie gewöhnlich, um halb neun ins Bett. Er hatte anscheinend andere nächtliche Gewohnheiten.«

Söderstedt zeigte auf den Bildschirm.

»Aber wie du siehst, hat die Stockholmer Polizei sich bemüht, sorgfältig die Freundes- und Bekanntenkreise der Toten zu erfassen. Bisher haben sie nicht *einen Einzigen* in diesen Kreisen gefunden, der wusste, warum sein Freund sich um Viertel vor eins in einer Donnerstagnacht in der U-Bahn befand.«

»Sie sind doch freie Menschen und haben ihr eigenes Leben.«

»Aber Sie sind auf dem Weg irgendwohin. Oder?«

»Wie meinst du das?«, fragte Viggo Norlander und zog die Augenbrauen in die Höhe, denn Arto Söderstedt war offenbar selbst auf dem Weg irgendwohin.

»Im Großen und Ganzen wohnen alle nicht weit von der grünen Linie«, sagte Söderstedt. »Aber sie wohnen alle an ihrem Anfang, im Westen, Richtung Hässelby. Keiner wohnt im Süden, Richtung Hagsätra. Um 0.21 Uhr verlassen der Wagen Carl Jonas und die beiden vorderen Wagen Hässelby Strand. Wenn wir der Strecke folgen und annehmen, dass alle in der Nähe ihrer Wohnung einsteigen, geschieht Folgendes: Der Meeresbiologe Jonas Klingström aus Vällingby steigt um 0.25 Uhr in Vällingby ein. Der Handelsvertreter Tommy Karlström aus Ängby steigt um 0.30 Uhr am Ängbyplan zu. Hussein Al Qahtani aus Ekerö steigt um 0.34 Uhr am Brommaplan zu. Roland Karlsson aus Fredhäll steigt um 0.41 Uhr in Kristineberg zu und Andreas Bingby aus der Creutzgata am Thorildsplan. Sie alle steigen unweit ihrer Wohnung in die U-Bahn. Und alle sind auf dem Weg von zu Hause fort, nicht nach Hause. Kannst du folgen?«

»Ja, verflucht«, sagte Viggo Norlander grantig. »Aber das hat nichts zu bedeuten. Ein Selbstmordattentäter zündet eine Bombe. Sie sind Opfer.«

»Aber sind sie *beliebige* Opfer? Das frage ich mich inzwischen. Die einzige Identifizierte, die nicht in der Nähe wohnt, ist die einzige Frau, die vierundzwanzigjährige Literaturstudentin Alicia Ljung.«

»Aber *die* war ja auf dem Weg nach Hause«, sagte Norlander. »Sie wohnte in der Sigtunagata und wollte am St. Eriksplan oder am Odenplan aussteigen. Das wirft deine Theorie über den Haufen, mein Herr.«

»Ich habe keine Theorie«, sagte Söderstedt. »Ich konstatiere nur Fakten. Sämtliche Männer in diesem etwas dichter besetzten hinteren Teil des Wagens Carl Jonas waren auf dem Weg von zu Hause fort, und niemand weiß, wohin sie wollten. Sie hatten nicht vor, einen Bekannten oder Partner zu treffen. Keiner in ihrer Bekanntschaft weiß, wohin sie unterwegs waren.«

Zwischen Viggo Norlanders Augen erschien eine kleine Furche.

»Brommaplan?«, sagte er.

»Was?«

»Der mit dem arabischen Namen stieg also am Brommaplan ein.«

»Hussein Al Qahtani«, las Söderstedt vor. »Ja, wenn er

von zu Hause den Bus – oder meinetwegen sein Taxi – genommen hat, ist das genau die richtige Station.«

»Ist da nicht auch jemand anderes eingestiegen?«

Söderstedt blinzelte, wie er immer blinzelte, wenn ihm etwas entgangen war, was selten vorkam. Norlander versuchte, dieses vor seinem Partner zu finden, und merkwürdigerweise gelang es ihm.

»Kerstin und Gunnar haben mit ihr gesprochen. Nadja Smith, eine Achtzehnjährige, die mit ihren Arbeitskolleginnen ein paar Bier getrunken hatte. Sie fummelt an ihrem MP3-Player herum und verpasst beinahe die Bahn. Sie kommt am Brommaplan die Treppe heraufgelaufen. Der Zug steht schon da. Sie läuft zur ersten Tür, ganz hinten im Zug. Aber da sieht es voll aus. Die erste und die zweite Tür sind von Menschen verstellt.«

»Und dann läuft sie bis zur siebten Tür, bevor sie sich hineinwagt«, sagte Söderstedt und las in dem Text, den er einige ärgerliche Sekunden nach seinem Kollegen auf den Schirm bekam.

»Weil eine ›Verrückte‹ in der Mitte des Zugs steht«, sagte Norlander. »Aber dieser Hassan kommt bei der letzten Tür hinein.«

»Hussein Al Qahtani«, sagte Söderberg streng. »Er stand im hintersten Stehplatzbereich, als der Wagen gesprengt wurde.«

»Wieso kam er hinein, und sie nicht?«, fragte Norlander.

»Er hat sich wahrscheinlich hineingedrängt«, sagte Söderstedt achselzuckend. »Ist das wirklich wichtig?«

»Vielleicht nicht«, räumte Norlander ein. »Sie glaubte, sie könnte bei der dritten Tür hineinkommen, aber dann sah sie, dass an der vierten Tür eine Irre stand und mit einem verfluchten Handkultivator herumfuchtelte, und deshalb wollte sie es riskieren und zum nächsten Wagen weiterlaufen. Sie schaffte es nicht ganz, aber ganz vorn im Wagen Carl Jonas wirkte es jedenfalls einigermaßen sicher.«

»Hm«, sagte Söderstedt. »Nadja war auf jeden Fall definitiv auf dem Weg nach Hause, nach Gamla Stan. Und die anderen weit vorn im Wagen – Emil Strömberg, Jenna Svensson, Axel Bergman, Nils-Åke Eskilsson und Elsa Krook – waren alle auf dem Nachhauseweg. Normalerweise ist man verdammt noch mal auf dem Nachhauseweg in einer Wochentagsnacht.«

»Es gefällt mir nicht, wenn du anfängst, mich von Sachen zu überzeugen«, gab Viggo Norlander zu. »Aber zuerst musst du mir noch eine deiner berühmten Interpretationen liefern.«

»Ich habe keine«, bekannte Söderstedt seinerseits. »Aber ein bisschen suspekt ist es. Waren sie vielleicht doch eine Gesellschaft? Die sich sukzessive entlang der Strecke sammelte? Die nacheinander zustieg?«

»Aber es gibt keinerlei Anzeichen dafür, dass sie sich kannten«, wandte Norlander ein. »Sie saßen auch nicht wie eine Gesellschaft. Sie saßen etwas verstreut.«

»Aber trotzdem ziemlich eng beieinander«, sagte Söderstedt. »Verdammt, hier ist was. Aber was? Was waren das für Leute? Hauptsächlich Männer in mittleren Jahren, vierzig, fünfzig, bis sechzig Jahre alt – außer dem Überlebenden Andreas Bingby. Und dann also dies Mädchen, Alicia Ljung, die nicht zu der Gesellschaft zu gehören scheint. Haben sie ein gemeinsames Interesse? Kommen sie zusammen, um, was weiß ich, im Dunkeln Fledermäuse zu gucken? Nachtangeln?«

»Auf jeden Fall werden sie von einem wahnsinnigen Selbstmordattentäter in die Luft gesprengt«, sagte Norlander. »Da spielt es keine Rolle, ob sie Irre waren, die fanden, dass, ja, was, verdammt, Zwergewerfen bei Nacht der höchste aller Genüsse ist.«

»Das ist der ganze Clou«, meinte Söderstedt zögernd. »Es ändert vielleicht das Motivbild. Vielleicht ist es genau der Umstand, dass sie irgendwie eine Gruppe auf dem Weg irgendwohin sind, der dazu führt, dass sie in die Luft gesprengt werden. Vielleicht ist es gar nicht die Tat eines wahnsinnigen Selbstmordattentäters.«

»Aber es deutet doch das meiste in diese Richtung. Die Bombe explodierte direkt unter der sogenannten Person 3. Es muss seine Tasche gewesen sein, die explodierte.«

»Falls die Bombe nicht einfach unter seinen Sitz geschoben wurde. Vielleicht war er ganz unschuldig.«

»Also kein Selbstmordattentäter?«

»Für den Fall: nein.«

»Du vergisst eines«, sagte Norlander.

»Was denn?«

»Die heiligen Reiter von Siffin.«

Söderstedt grimassierte.

»Ja«, gab er zu. »Das hatte ich praktisch vergessen. Und dafür hatte ich einen Grund.«

»Nämlich?«

»Nämlich, dass ich anfange, ihnen zu misstrauen.«

»Nun hör schon auf«, sagte Norlander und warf dramatisch die Hände in die Luft. »Sie machen einen äußerst zielbewussten Eindruck, sie äußern sich mit zielbewusster Verachtung über den westlichen Lebensstil, es finden sich arabische Spuren in ihrer gesprochenen Sprache, sie verwenden ein unbenutztes Telefon für den Anruf. Sie existieren, das ist doch klar.«

»Dass sie existieren, bezweifle ich nicht«, sagte Söderstedt. »Es ist irgendeine muslimische Gruppe in Schweden. Aber sind sie wirklich die Schuldigen?«

»Also ist deine Zwergenwurftheorie besser?«

»Es war deine.«

»Entschuldigung. Die Fledermaustheorie.«

Einen Moment lang betrachteten sie einander absolut schweigend.

Schließlich sagte Arto Söderstedt, während er gleichzeitig energisch am Computer zu schreiben begann:

»Computer.«

»Was?«, fragte Viggo Norlander.

»It all boils down to computers.«

»You've lost me.«

»Es muss bei den Ermittlungsunterlagen sein«, erklärte Söderstedt und klickte sich durch die Seiten. »Hat die Stockholmer Polizei nicht die Computer der Opfer untersucht?«

»Die Computer der Opfer?«, wiederholte Norlander. »Das bezweifle ich stark. Warum sollte sie?«

»Es scheint tatsächlich nicht der Fall zu sein«, meinte Söderstedt schließlich. »Sie sind doch bei ihnen zu Hause gewesen. Warum nicht ihre Computer mitnehmen? Da findet man doch heutzutage alles.«

»*Alles*, wie …?«

»*Alles*, wie eventuelle Kontakte der Opfer untereinander, eventuelle Verabredungen, sich in der U-Bahn zu treffen und so weiter. Vielleicht das Ziel dieses nächtlichen Ausflugs.«

»Wenn es denn ein nächtlicher Ausflug war. Sie sind möglicherweise nur ein bisschen herumgefahren. So wie man manche Freaks in der U-Bahn herumkutschieren sieht.«

»Das wäre ja noch absonderlicher«, sagte Söderstedt und stand auf. »Eine Versammlung herumkutschierender U-Bahn-Freaks.«

»Wohin willst du?«

»Dahin, wo du auch hinsollst. Komm schon.«

Und damit wanderten die beiden auf den leeren Korridor hinaus. An den Türen zum Haupttrakt des Präsidiums stießen sie mit Jorge Chavez und Gunnar Nyberg zusammen.

»Partnertausch?«, fragte Norlander.

»Klappe«, sagte Chavez.

Weiter erstreckte sich das Gespräch nicht, denn bevor Norlander es sich versah, hatte Söderstedt ihn in den Aufzug gezogen. Wortlos fuhren sie ein paar Stockwerke abwärts, durchwanderten weitere Korridore und gelangten zu einer Tür, die tatsächlich bewacht war. Persönlich. Ein Securitas-

Wachmann stand davor und sah künstlich streng aus. Als sei er auf dem falschen Platz im Leben gelandet. Polizisten zu bewachen und sie vor anderen Polizisten zu schützen, war bestimmt ein zutiefst schizophrenes Erlebnis für jemanden, der es vermutlich nicht geschafft hatte, Polizist zu werden.

Söderstedt zeigte großzügig seinen Ausweis und legte die Hand an die Türklinke. Der Wachmann seinerseits ergriff Söderstedts Hand.

»Tut mir leid«, entgegnete er. »Sie sind nicht autorisiert.«

»Augen auf«, sagte Söderstedt. »Wir sind Polizisten.«

»Tut mir leid«, sagte der Wachmann. »Sie brauchen einen provisorischen Passierschein.«

»Säpo-Kram«, seufzte Söderstedt und zog sein Handy heraus. Er bekam Antwort und sagte:

»Hier ist Arto. Viggo und ich müssen mit dir reden.«

Er reichte dem Wachmann das Handy. Der hörte nur zu und öffnete ihnen schließlich die Tür. Mit seiner Miene war dabei nicht zu spaßen.

Söderstedt ging einen klinisch reinen Korridor entlang, Norlander klebte an seinen Fersen. Schließlich gelangten sie an eine Tür, auf der ein anspruchsloser Schriftzug kundtat, dass dies der Aufenthaltsort des Ermittlungsleiters Jan-Olov Hultin war.

Söderstadt trat ein, ohne zu klopfen. Der alte Uhu Hultin thronte wie ein Techno-DJ inmitten eines Maschinenparks. Computer überall. Es war ein Anblick, dessen Söderstedt sich nie für würdig erachtet hätte. Ganz einfach herrlich.

Aus dem Mann mit den Flipcharts war der Mann mit den Computern geworden.

»Arto«, sagte Hultin und blickte von seinem Maschinenpark auf. »Was verschafft mir die Ehre?«

»Das hier ist ... unerwartet«, erklärte Arto Söderstedt.

»Was willst du?«, fragte Hultin ruhig.

»Ich will, dass du einen einzigen Anruf tätigst und dafür sorgst, dass sämtliche Computer sämtlicher identifizierter

Opfer auf der Stelle hierher verfrachtet werden – und zwar die Computer von ihren Arbeitsplätzen wie die aus ihren Wohnungen.«

»Motiv?«, fragte Hultin.

»Ich glaube, es war eine Gruppenreise«, sagte Söderstedt. »Die ganze Bande war auf dem Weg von zu Hause weg. Unterwegs zu etwas.«

Hultin betrachtete ihn scharf, drehte den Nacken ein wenig, justierte seine Eulenbrille, nahm den Telefonhörer ab und winkte die beiden Besucher hinaus.

»Gern auch ein bisschen Personal«, fügte Söderstedt hinzu.

Hultin betrachtete ihn noch schärfer, wenn das überhaupt möglich war. Und winkte noch heftiger.

»Na siehst du«, sagte Söderstedt, als sie wieder im Korridor waren. »Es läuft doch wie geschmiert.«

21

Jonte war Junkie. So einfach war das. Das war der Grund, weshalb er als Türsteher beim Riche aufhören musste – ein nicht ganz ungewöhnliches Türsteherschicksal –, und das war der Grund, weshalb er aufgehört hatte, Findus und seinen Kumpeln Schererein zu machen.

Er befand sich auf der Platte, wie der Sergels torg trotz aller Versuche zur Luxussanierung genannt wurde. Nach wie vor irrten einige verwirrte Junkies auf der Platte umher, die noch immer das Zentrum des Drogenhandels von Stockholm war. Sie sahen aus wie dahingeschiedene Seelen, die am Ufer des Totenflusses umherirrten, ohne hinüberzukommen.

Einer von ihnen war Jonte. Jon Anderson erkannte ihn, wie er auf der neuen Rolltreppe auf und ab fuhr, auf und ab in einem ewigen Kreislauf.

Einem bösen Kreislauf.

Er stellte sich kurzerhand neben Jonte und begleitete ihn Runde für Runde. Schließlich reagierte der.

»Was tust du, zum Teufel?«, murmelte er undeutlich. »Äffst du mich nach, du Arsch?«

»Erinnerst du dich an die Kapuzenjacke, Jonte?«, sagte Anderson ruhig. »Sie war grün-gelb gestreift mit einem kleinen Elch als Logo darauf.«

»Was erzählst du da für einen Scheiß?«, fauchte Jonte und starrte ihn an.

»Abercrombie and Fitch«, sagte Jon Anderson.

Jontes Blick wurde ein wenig träumerisch.

»Ja«, antwortete er. »Die war gut. Aber sie ist weg. Sie ist mir geklaut worden.«

»Du hattest sie an, als du ein Handy gekauft hast, erinnerst du dich?«

Jonte verließ die aufwärtsfahrende Rolltreppe und bestieg die abwärtsfahrende. Anderson tat das Gleiche.

»Scheiße«, sagte Jonte und grinste. »Ich glaube, für so kurze Zeit habe ich noch nie was besessen. Und die Jacke haben sie auch geklaut, die Schweine.«

»Haben sie dich gleich draußen auf dem Drottningholmsväg ausgenommen?«

»Nein, sie haben mich in eine Querstraße gedrängt. Drei Mann draußen, einer drinnen im Laden. Verdammt professionell. Der im Laden gab denen draußen ein Zeichen. Aber wer zum Teufel bist du? Bestimmt Basketballspieler, du bist doch mindestens zwei Meter zwanzig groß.«

»Zwei null drei«, sagte Jon Anderson, nicht ganz ohne Stolz. Seine Größe gehörte zu den wenigen Dingen, wegen der er nie einen Komplex gehabt hatte. Es hatte ihm immer ein bisschen Spaß gemacht, auf die anderen herabzusehen.

»Okay«, sagte Jonte ironisch. »Dann eben so.«

»Warum hast du den Diebstahl nicht angezeigt?«

»Haha, warum bist du nicht eins fünfundsiebzig groß?«

»Mit anderen Worten, du bist gar nicht auf den Gedanken gekommen?«

»Solche Leute zeigt man nicht an. Wie hast du mich übrigens gefunden?«

»Es war ein bisschen kompliziert«, sagte Jon Anderson. »Über das Riche und dann über deine Exfreundin und deinen Dealer.«

»Du bist also ein Bulle?«

Und Jonte sah tatsächlich ein wenig erleichtert aus.

»Was dachtest du?«, sagte Anderson.

»Nichts.«

»Dass ich einer von denen bin?«

»Man kann nicht sagen, dass du aussiehst wie einer von denen. Aber wer weiß. Sie werden immer mehr. Superlange Kerle sind vielleicht der neue Trend, wer weiß«

»Hast du sofort gewusst, dass die es waren?«

»Man hat ja von ihnen gehört.«
»Erzähl von ihnen.«
»Wenn ich es bisher nicht getan habe, tu ich es auch jetzt nicht. Sorry, Mann.«
»Keiner erfährt etwas. Wir sind zwei ganz normale Typen, die ein bißchen Rolltreppenracing veranstalten.«
Jonte lachte und verließ die Rolltreppe.
»Gib mir ein Würstchen aus, dann rede ich«, sagte er.
»Ein Würstchen?«
»Es gibt da einen alten Wurstverkäufer auf der Platte. Ich meine einen alten klassischen Wurstverkäufer. Mit Würstchen wie bei einem Spiel in der sechsten Liga. Einfache, ohne Brot und Ketchup. Nur Butterbrotpapier, Senf und lange Zipfel an den Enden.«

Während sie zum Sergels torg hinaufgingen, dachte Jon Anderson an die positiven Wirkungen der Drogen. Der Jonte, von dem Findus oder seine Kollegen im Riche oder – vor allem – seine frühere Freundin erzählt hatten, war ein widerlicher Kerl mit einem riesengroßen Bedürfnis nach Selbstbehauptung gewesen. Dieser hier war ein harmloses und ziemlich munteres Kerlchen, das jedes Prestige verloren hatte.

Das war sehr viel angenehmer.

Bis man ihn tot in der letzten öffentlichen Gratistoilette der Stadt finden würde.

Sie kauften Würstchen bei dem alten Wurstverkäufer. Die bleichen Brühwürstchen hatten tatsächlich lange Zipfel an den Enden.

»Mann, die schmecken«, sagte Jonte. »Ich habe in der zweiten Liga gespielt, hab ich das erzählt? Jahrelang, in der A-Mannschaft von Bromma. Kurz vor einem Profivertrag bei AIK. Aber dann ist das Kreuzband gerissen.«

»Erzähl jetzt«, sagte Jon Anderson und musste zugeben, dass das Würstchen richtig gut schmeckte.

»Was sollte ich erzählen?«, fragte Jonte gutmütig.

»Wer dir dein neues Handy geklaut hat.«
»Scheiße, ja, das war wahrscheinlich diese Bande aus Rågsved. Coole Typen. Da bleibt einem nichts anderes übrig, als es herauszurücken und zu hoffen, dass man nicht genug wert ist, um getötet zu werden.«
»Hast du sie erkannt?«
»Nicht direkt. Aber man weiß ja, wie das abläuft.«
»Wie läuft es ab?«
»Folgendermaßen. Soweit ich es geschnallt habe, sind sie wahnsinnig viele, in jedem Handyladen der Stadt. Sie suchen sich ein Opfer aus und schlagen zu, schnell, einfach und sehr bedrohlich.«
»Weißt du mehr über sie?«
»Nur, was man so gehört hat. Der Boss nennt sich Kill. Die, die mich überfallen haben, lachten und sagten, sie würden ihm meine Kapuzenjacke schenken. Die wäre genau sein Geschmack.«
»Was weißt du über Kill?«
»Mit dem ist nicht zu spaßen. Aber ich kenne niemanden, der ihn getroffen hat. Es gibt Gerüchte. Es heißt, er hat es für die Bullen total unmöglich gemacht, Kriminelle mithilfe von Handys zu identifizieren. Er ist so was wie ein Held bei den Ganoven, weißt du. Obwohl er sie ausnimmt. Hat was mit Masochismus zu tun, glaube ich.«
»Kannst du einen von denen identifizieren, die dich überfallen haben?«
»Keine Chance, Mann. Man versucht sie so schnell wie möglich zu vergessen.«
Jon Anderson verzehrte enttäuscht den Rest seines Würstchens. Er hatte sich etwas mehr erhofft von dem Mann, der das Handy gekauft hatte, das dann für den Bekenneranruf bei dem schlimmsten Terrorakt aller Zeiten in Schweden benutzt wurde. Aber es gab nichts mehr, womit er ihn unter Druck setzen konnte.
»Noch eine, Mann«, bettelte Jonte. »Nur noch eine.«

Jon Anderson kaufte noch ein Würstchen für Jonte, verabschiedete sich und blieb vor den Türen zur U-Bahn-Station T-centralen stehen. Er holte sein Handy hervor und wählte eine Nummer.

»Jorge? Ja, bedaure. Kein Resultat bei Jonte. Aber alles ist bestätigt, sogar Kill. Soll ich reinkommen?«

»Das wird wohl das Beste sein«, sagte Jorge Chavez, legte auf und sah sich in dem leeren Zimmer um. Ja, er vermisste Jon Anderson tatsächlich.

Er atmete tief ein und dachte an sein Leben. Er dachte an Bengt Åkesson, der mithilfe von Augenbewegungen mit der Außenwelt kommunizierte. Doch, Chavez' Leben war trotz allem besser. Er hatte seine geliebte Tochter, Isabel. Die hatte er. Aber ob er eine Frau hatte, das fragte er sich. Der letzte Abend war zwar schön gewesen. Als sie endlich von der Arbeit nach Hause gekommen waren, hatte Sara ihn überrascht. Sie hatte ein super Essen aufgetischt – Catering zwar, aber immerhin –, und er hatte sich besser gefühlt als seit langer, langer Zeit. Dann hatten sie sich geliebt, und er hatte sich dabei ertappt, dass er weinte.

Seit sehr, sehr langer Zeit zum ersten Mal.

Er öffnete das Intranet. Die Ermittlung expandierte weiter. Er hatte keine Lust, alles durchzusehen, sondern wechselte wieder ins Polizeiarchiv.

Kill, dachte er. Dieser verdammte Kill. Er schien ein echter Street Myth zu sein. Alle kannten ihn, keiner wusste, wer er war, nur dass sich sein Aktionsradius ständig erweiterte, und keiner wusste, wie man ihn zu fassen bekam. Keiner, außer Bengt Åkesson.

Und der konnte es nicht sagen.

Es sei denn, Jorge Chavez fiel die richtige Frage ein.

Das war eine Art von Sesam-öffne-dich! Ein einfaches Codewort und die Schatzkammer von Ali Baba und den Räubern öffnete sich.

Oder wie der komplizierte gordische Knoten, der gelöst

werden musste, wenn man Herrscher über Asien werden wollte. Alexander der Große versuchte es, es misslang, er wurde wütend und haute den Knoten einfach mit seinem Schwert durch.

Schließlich rief Jorge den einzigen Menschen an, den er kannte und der von Zeit zu Zeit einen Alexanderhieb vollführte.

»Hej, hier ist Jorge.«

»Aha«, sagte Gunnar. »Wie läuft es?«

»Nicht besonders gut. Ich suche nach einem Sesam-öffne-dich, habe aber mehr und mehr das Gefühl, dass ich einen Alexanderhieb brauche. Ist bei dir was im Gange?«

»Tja«, sagte Nyberg und drehte sich in der engen Arrestzelle um, in der er sich gerade befand. »Ich bin näher an einem Hieb als an einem Sesam, so viel kann ich sagen. Ich rufe bald zurück.«

Dann sah er sein Gegenüber auf der anderen Seite des Tisches an. Er war mit Handschellen an den Tisch gefesselt und sah unglaublich brutal aus. Film-brutal, dachte Gunnar Nyberg. So sehen Banditen nur im Kino aus.

»Warum zum Teufel sollte ich diesen Kill kennen?«, sagte der Mann in seltsam gebrochenem Schwedisch und versuchte, noch brutaler auszusehen.

Doch so etwas machte keinen großen Eindruck auf Gunnar Nyberg.

»Tja«, sagte Nyberg. »Wenn man so lange dabei gewesen ist wie ich, wird man seine Pappenheimer wohl kennen.«

»Wie zum Teufel nennst du mich, Scheißbulle? Ich bin kein Deutscher.«

»Nein, klar«, sagte Nyberg großzügig. »Ich weiß, dass Sie aus Usbekistan stammen. Um ehrlich zu sein, habe ich mir einfach nur den Häftling herausgepickt, der im Moment der Schlimmste in ganz Schweden zu sein scheint.«

Wenn du das brutale Gehabe noch ein bisschen weitertreibst, wird es zur Selbstparodie, dachte er und betrachtete das Monster auf der anderen Seite des Tisches.

»Jetzt hören Sie mal zu«, fuhr Gunnar Nyberg ruhig fort. »Sie stehen demnächst wegen vierfachen Mordes und achtfacher Körperverletzung vor Gericht. Sie haben munter und fröhlich drei Menschen zu Tode gefoltert. Alles spricht dafür, dass Sie für irgendeine osteuropäische Mafia arbeiten. Usbekische Mafia haben wir noch nicht oft gehabt.«

Der Brutale lächelte nur, und Nyberg sprach weiter:

»Das bedeutet natürlich, dass Sie einen glänzenden Anwalt haben. Aber wie glänzend er auch sein mag, er kann Sie nicht vor lebenslänglich bewahren. Sie sind einer der widerwärtigsten Verbrecher, die mir je vor Augen gekommen sind, Beni Karimov. Was immer ich für Sie tue, Ihre Strafe kann es nicht mildern. Warum sollten Sie mir also irgendwas erzählen?«

Karimov sagte:

»Ich glaube, ich lasse meinen Anwalt kommen.«

»Das ist keine gute Idee«, entgegnete Nyberg. »Dann gehe ich einfach.«

»Geh doch, Scheißbulle. Wofür sollte ich dich brauchen?«

»Nichts, was ich für Sie tue, kann Ihre Strafe mildern. Bis auf eines. Ich kann ein bisschen schusselig sein. Nichts lieben Staranwälte mehr als schusselige Polizisten. Ich kann mit einem einzigen Streich die ganze einwandfreie Ermittlung der Stockholmer Polizei sabotieren, indem ich mich zum Beispiel verplappere oder Ihre Papiere verschlampe. Schusselig mit Beweismaterial umgehe. So groß ist mein Interesse, Kill zu schnappen. Ich bin bereit, meine eigene Karriere zu opfern und einen wahnsinnigen Massenmörder laufen zu lassen, um Kill zu fassen zu kriegen. Verstehen Sie?«

Beni Karimov starrte Gunnar Nyberg an. Er musterte die Konturen seines großen, schlank getrimmten Körpers, und es sah aus, als entdecke er ein leuchtendes Dunkel in diesem großen Polizisten, der nicht so war wie die anderen.

Wenn Gunnar Nyberg etwas gelernt hatte, dann dass er

Verbrecher dazu brachte, sich in ihm zu spiegeln. Er ließ sie sich selbst sehen und glauben, sie sähen ihn.

Oder vielleicht ahnten sie auch seine gewalttätige Vergangenheit.

Es war eine ziemliche Herausforderung, einen ausgemachten Psychopathen wie Beni Karimov dazu zu bringen, überhaupt etwas zu verraten.

»In den Ermittlungsakten steht, dass Sie nicht weniger als dreimal Leute mit nagelneuen Handys mit Prepaid-Karte angerufen und bedroht haben. Es handelt sich allem Anschein nach um Handys, die von einer Bande gestohlen und weitergegeben worden waren, einer Bande, die von einer nebulösen Figur namens Kill angeführt wird. Ich glaube, Sie haben ihn getroffen.«

»Wie kannst du mir garantieren, dass du dich schusslig benimmst?«

»Gar nicht«, sagte Gunnar Nyberg. »Sie müssen es einfach riskieren.«

Beni Karimov schnaubte und wollte aufstehen. Die Handschellen zogen ihn auf den Stuhl zurück.

»No way«, sagte er nur.

»Okay«, sagte Nyberg. »Ich weiß, dass Kill von Ihrer Organisation gebraucht wird. Sie braucht den kontinuierlichen Zugang zu Handys, die man nicht orten kann. Wenn Sie Kill ausliefern, würde sich das nachteilig auf die Geschäftstätigkeit auswirken. Und es wäre auch für Sie nicht gut. Für Ihr Wohlergehen im Gefängnis.«

»Weshalb reden wir dann?«

»Damit Sie frei kommen. Das Einzige, was ich verlange, ist, dass Sie Schweden verlassen. Im gleichen Moment, in dem Sie auf freien Fuß gesetzt werden, verlassen Sie Schweden.«

»Ich muss mit meinem Anwalt reden«, sagte Karimov.

»Nein«, sagte Nyberg. »Dies ist eine Sache zwischen Ihnen und mir und kann nur jetzt entschieden werden.«

»Dann ist es dir nicht besonders wichtig.«

»Ich muss Kill *jetzt* fassen. Nicht später. Ich muss ihn *heute* schnappen. Verstehen Sie?«

Beni Karimov betrachtete ihn. Er betrachtete ihn eine ganze Weile, sehr eingehend. Dann brach er in ein dröhnendes Gelächter aus.

»Wirklich gut«, sagte er. »Ein wirklich richtig guter Versuch. Hätte funktionieren können.«

Nyberg sah ihn an und erkannte, dass es gelaufen war. Er lachte.

»Knapp vorbeigeschossen ist auch daneben«, sagte er.

Und dann geschah das Merkwürdige. Zwischen zwei Menschen im tiefsten Inneren der kriminellen Welt tat sich ein bizarrer Moment des Einverständnisses auf, zwischen dem Psychopathen und dem routinierten Polizisten.

»Dies ist eine Scheißwelt«, sagte Nyberg.

»Ja«, sagte Karimov. »Aber ohne sie wäre ich ein hungernder Bauer.«

Nyberg lächelte, stand auf und sagte:

»Ich weiß.«

»Ich habe nie einen Unschuldigen getötet«, sagte Karimov.

»Aber Sie haben es genossen, die Schuldigen zu töten.«

»Ja. Hast du vielleicht nicht getötet?«

Ein Gesicht erschien vor Gunnar Nyberg, ein hageres, zerfurchtes Gesicht mit eisblauem Blick, das einem Mann mit Namen Wayne Jennings gehörte. Er antwortete:

»Doch.«

Dann schüttelte er den Kopf und pochte an die Zellentür. Da sagte Karimov hinter seinem Rücken:

»Ich konnte diesen Kill nie leiden.«

Nyberg drehte sich um. Karimov fuhr fort:

»Ein großkotziger kleiner Scheißer. Aber nützlich.«

Nyberg wartete. Auf dem Korridor hörte er die Schritte des Wärters wie das Ticken eines alten Weckers.

Sie kamen näher und näher. Nyberg sah Karimov an. Der saß schweigend da.

Sehr schweigend.

Schließlich sagte er:

»Er verkauft Briefmarken auf Block.se.«

»Briefmarken?«, wiederholte Nyberg.

Beni Karimov machte eine kleine Geste und konnte gerade noch rechtzeitig seine brutale Miene aufsetzen, bevor der Wärter in die Zelle kam.

»Hau ab, Scheißbulle«, sagte er und blinzelte Nyberg zu, der auf den Korridor trat und sein Handy hervorholte. Er rief Chavez an.

»Gunnar«, sagte Chavez. »Was ist passiert?«

»Ich habe einen Tipp«, sagte Nyberg.

»Einen guten Tipp?«, fragte Chavez.

Nyberg schwieg einen Augenblick. Dann sagte er:

»Ich würde es einen *heißen* Tipp nennen.«

»Einen Alexanderhieb?«

Nyberg lachte.

»Das Schwert ist ein bisschen abgerutscht«, sagte er, »aber das Tau ist durch.«

»Talk to me«, sagte Chavez eifrig.

»Sieh dir den Briefmarkenverkauf auf Block.se an«, sagte Nyberg. »Und frage Bengt Åkesson, ob das der richtige Weg ist.«

»Er hat Nein gesagt, als ich fragte, ob man Kill über das Netz zu fassen bekommt.«

»Da war er müde«, sagte Nyberg. »Vielleicht hat er dich falsch verstanden. Versuch es noch einmal.«

»Du bist Alexander der Große«, sagte Chavez. »Asien gehört dir.«

»Schenk es einem anderen«, antwortete Nyberg und legte auf.

Chavez tat das Gleiche und klickte sich dann ins Internet.

Block.se war eine schwedische Auktionsseite, ähnlich wie das amerikanische ebay.com. In der Rubrik Hobby- und Sammlerobjekte gab es tatsächlich eine Abteilung Briefmarken mit etwas mehr als zehn Angeboten. Jede Menge E-Mail-Adressen und Handynummern der Anbieter. Da lag viel Arbeit vor ihm. Er sah ihr mit kindlicher Freude entgegen. Aber erst ein Telefongespräch.

Hoffentlich war sie noch da.

»Kerstin«, antwortete es im Telefon dumpf.

»Ja«, sagte Chavez kurz. »Bist du noch da?«

»Ja«, sagte Kerstin. »Ich kann ihn jetzt nicht alleinlassen.«

»Gut«, sagte Chavez. »Du musst ihn fragen, ob seine Methode, an Kill heranzukommen, mit Briefmarken zu tun hat.«

»Okay«, sagte Kerstin. »Und wie weiter?«

»Wenn die Antwort Ja ist, muss die nächste Frage lauten: Briefmarken auf Block.se?«

»Also so etwas wie eine Annonce für Eingeweihte? Wie habt ihr das herausgefunden?«

»Gunnar war es«, sagte Chavez. »Ich glaube nicht, dass wir mehr wissen wollen.«

»Nein«, sagte Holm, »das reicht. Aber ich vermute, dass weitere Fragen folgen müssen. Gibt es viele Annoncen?«

»Zu Briefmarken nicht so viele, nein. Aber doch mehr als zehn.«

»Eine davon führt sicher zu der Bande, aber ich schätze, dass man durch ein paar Schleusen muss, um zu Kill vorzudringen. Vielleicht Passwörter. Ich werde die Frage so formulieren: ›Müssen wir sonst noch was wissen, um zu Kill zu gelangen?‹«

»Gut«, sagte Chavez. »Ich höre von dir.«

»Haben wir irgendwie die Rollen vertauscht?«, fragte Kerstin Holm.

»Wenn du das Bedürfnis hast, mich anzureden, darfst du mich Chef nennen«, sagte Chavez und legte auf.

Dann begann er, die Handynummern der Briefmarkenangebote von Block.se zu sortieren. Mehr als die Hälfte davon war ohne Schwierigkeit im Telefonbuch im Internet zu finden. Sie führten zu anständigen und ehrenwerten Philatelisten in Skara, Mjölby, Hallstahammar und so weiter. Aber dann gab es ein paar geheime oder nicht registrierte Nummern. Er hatte vier beisammen, als das Handy klingelte. Als er antwortete, klang er vermutlich sehr zerstreut, denn seine bessere Hälfte sagte:

»Das ist gut. Das ist der Tonfall eines denkenden Jorge.«

»Es geht voran, Sara«, sagte er. »Wir sind kurz davor, das Handy einzukreisen. Ein Durchbruch.«

»Gunnar?«

»Warum tippst du automatisch auf Gunnar? Warum könnte ich es nicht gewesen sein?«

»Trotzdem gefällt mir dein Tonfall immer noch gut, mein Liebling.«

»Ja, natürlich Gunnar. Wer sonst? Wie geht es dir, meine Sara?«

»Ein bisschen öde, ich latsche von einer Bibliothek zur nächsten«, sagte Sara und sah durch das Fenster auf das völlig gleichförmige Hochhausgelände hinaus.

»Kann man dafür nicht das Fußvolk einsetzen?«

»Ich glaube nicht«, antwortete Sara. »Die Suche ist zu vage. Und in so vielen Bibliotheken ist das Buch ja auch nicht vorhanden. Lena und ich brauchen einen Arbeitstag dafür.«

»Zu vage? Du meinst, es könnte peinlich sein?«

»Ich meine, die Kombination uniformierte Polizisten und Ibn Khalduns intellektuelles Hauptwerk wäre grotesk. Man braucht Fingerspitzengefühl. Ist es wahrscheinlich, dass die heiligen Reiter von Siffin hier gewesen sind? Das ist die Frage.«

»Ja, ich verstehe. Habt ihr islamische Vereinigungen und so was auf eurer Liste? Bei denen wird es wohl ein paar arabische Autoren aus dem vierzehnten Jahrhundert geben.«

»Da sind wir dran, ja. Ich bin schon bei dreien gewesen, und in sechs Filialen der öffentlichen Bücherei. Lena hat vier islamische Institutionen und vier Bibliotheken abgeklappert. Wir sind also doch ziemlich fleißig gewesen. Und haben uns eine langsam anwachsende Liste interessanter Entleiher zusammengetrickst.«

»Das klingt gut. Wo bist du jetzt?«

»Auf dem Weg zur Bibliothek in einem sogenannten Multikulturellen Zentrum im Fittja gård.«

»Das kenne ich«, sagte Jorge Chavez. »Ganz toll, Gebäude aus dem neunzehnten Jahrhundert, direkt bei Albysjöns Strand. Ich weiß noch, wie sie dort einzogen, es muss Ende der Achtzigerjahre gewesen sein. Du erinnerst dich vielleicht, dass ich dort gewohnt habe. Meine erste eigene Wohnung.«

»Wir haben wirklich verschiedene Wurzeln«, sagte Sara Svenhagen.

»Vielleicht ist das einer der Gründe, weshalb wir es manchmal schwerhaben. Aber es ist auch einer der Gründe, weshalb wir uns so leidenschaftlich lieben.«

Sara Svenhagen sagte eine Weile nichts.

»Eigentlich wollte ich dich nur deshalb anrufen«, sagte sie schließlich.

»Ich wollte dich gerade anrufen ...«

»Danke für gestern, mein Liebling.«

Da schossen sie wieder hoch in den Kopf. Er fühlte, wie sie in der Kehle sozusagen Anlauf nahmen und dann durch die Tränendrüsen geradezu hochgeschleudert wurden. Und als er antwortete, waren seine Augen feucht.

»Ich danke *dir*«, sagte er, ohne seine Stimme wiederzuerkennen.

»Es war ja nur ein bisschen Catering«, sagte sie.

»Nein, das war es wirklich nicht«, erwiderte er.

Und dann schwiegen sie wieder eine Weile still. Schließlich sagte er:

»Wir haben ein schlechtes halbes Jahr hinter uns, Sara.«
»Ich weiß«, antwortete sie. »Wir müssen aufhören mit so was.«
»Es ist mein Fehler«, sagte Jorge.
»Ist egal, wessen Fehler es ist«, sagte Sara. »Ich liebe dich.«
»Und ich dich auch.«
»Übrigens bin ich es, die Danke sagen muss.«
»Wofür?«
»Für deine Tränen«, sagte Sara und legte auf.

Als sie mit dem Dienstwagen auf einen gewundenen Weg einbog, der zu Albysjöns Strand führte, konnte sie feststellen, dass sie selbst auch keinen Mangel an Tränen hatte. Und als der Värdshusväg nach einer halbkreisförmigen Fahrt endete, war sie gezwungen, den Rückspiegel herunterzudrehen, um ihr an und für sich minimalistisches Make-up in Ordnung zu bringen.

Es ging leidlich. Sie holte tief Luft und blickte in die schöne Umgebung hinaus. Fittja gård hatte wirklich eine wunderbare Lage am Wasser, drei alte, schöne Gebäude, die aussahen, als stünden sie unter Denkmalschutz, und eine neue Ausstellungshalle.

Sie lokalisierte die Bibliothek. Sie befand sich in dem neuen Gebäude und wirkte hell, behaglich und gepflegt. Sie hatte von der Existenz eines Multikulturellen Zentrums von diesen Ausmaßen überhaupt keine Ahnung gehabt. Das stieß ihr bitter auf. Wie urschwedisch war sie eigentlich? Hatte sie zum Beispiel ihren eigenen multikulturellen Ehemann kaputtintegriert? War das auch einer der Gründe, warum sie sich voneinander entfernt hatten?

Jedenfalls sind wir auf dem Weg zurück, dachte sie und musste stehen bleiben, um die Tränen zurückzuhalten. Sie stand direkt neben einem Aushang mit vielen Zetteln, auf denen diverse Arrangements multikultureller Art annonciert wurden. Dort blieb sie eine Weile stehen und tat, als ob sie las, während sie ihre Gesichtszüge unter Kontrolle brachte.

Dann wandte sie sich zum Empfangspult und fragte die offenbar sehr aufgeweckte Bibliothekarin nach Ibn Khalduns *al-Muqaddima* oder *Prolegomena*. Die Bibliothekarin konnte nicht umhin, kurz die Brauen zu heben. Dann schaute sie in ihrer Datenbank nach und verwies die große, blonde Schwedin an Regal K.

Die große blonde Schwedin ging dorthin und fand das Buch. Während sie dastand und den mächtigen Buchrücken betrachtete, begann plötzlich etwas in ihr zu rumoren. Das Rumoren war etwas, das Arto Söderstedt oft befiel, aber nicht Sara Svenhagen. Er pflegte freimütig über diverse Sandkörner zu berichten, die ins Auge seines Gedankens geweht worden waren und dort scheuerten. Wie in einer Muschel, vielleicht im Begriff, zu einer Perle zu werden. Aber die man nicht so leicht zu fassen bekam.

Sie hatte irgendetwas gesehen.

Es kommt vor, dass ein Rentner, der durch die Straßen spaziert, von einem plötzlichen Krampf, einem durchdringenden Schmerz befallen wird, der ihn zwingt, abrupt stehen zu bleiben. Man nennt das Phänomen manchmal Schaufensterkrankheit. Wenn der Anfall auftritt und der ganze Körper wie gelähmt ist, kann man ihn damit maskieren, dass man zum Beispiel so tut, als gucke man in ein Schaufenster.

Das ungefähr war es, was Sara Svenhagen in diesem Augenblick passierte. Sie war wie gelähmt.

Was zum Teufel hatte sie gesehen?

Das Sandkorn scheuerte und scheuerte. Und sie stand völlig still.

Und das, was schließlich aus ihrem Auge rollte, war nicht noch eine Träne. Es war eine Perle.

Sie fing sie ein, drückte das dicke Buch an sich und kehrte zu den Annoncen am Eingang zurück. Ihre Blicke wanderten die vielen Zettel und Anzeigen und Poster entlang.

Und sie fand, was sie suchte.

Halb verdeckt von einer Anzeige, die auf Spanisch einen Sambakurs in Fittja ankündete, hing ein Zettel. Er war ungleich nüchterner formuliert und zeigte das Schwarz-Weiß-Foto eines schwarzen Mannes mit starrem Blick. Der Text lautete: »Wenn Sie diesen Mann gesehen haben, verständigen Sie sofort die Polizei in Älvsjö.« Und darunter die gut einprägsame Telefonnummer, die die heiligen Reiter von Siffin angerufen hatten.

Mit inzwischen geübter Hand schlug Sara Svenhagen die Seite zweihundertsiebenundsechzig in den *Prolegomena* auf. In einem Zitatblock standen die mächtigen Worte des Kalifen Ali an seine Krieger, darunter: »Senkt euren Blick. Das macht den Geist konzentrierter und gibt dem Herzen mehr Frieden.«

Direkt neben das Zitat hatte jemand zwei dicke senkrechte Bleistiftstriche gesetzt.

Sie ging zum Tresen, und die Bibliothekarin war sofort zur Stelle; es kam ihr so vor, als habe diese sie schon eine Weile beobachtet.

»Ist alles in Ordnung?«, fragte die Bibliothekarin mit einer gewissen Unruhe in der Stimme.

»Alles prima«, sagte Sara Svenhagen und legte ohne Umstände ihren Polizeiausweis auf den Tresen. »Ich möchte Sie um einen sehr wichtigen Gefallen bitten.«

Die Bibliothekarin nickte schicksalsschwer.

»Ich möchte wissen, wer dieses Buch im letzten halben Jahr ausgeliehen hat.«

Die Bibliothekarin runzelte die Stirn und sagte:

»Ich bin nicht sicher, ob ich ...«

»Es ist sehr, sehr wichtig. Und eilig.«

»Ich glaube nicht, dass die Polizei das Recht hat ...«

»Wir haben das Recht«, sagte Sara Svenhagen. »Aber der förmliche Weg dauert viel zu lange. Können Sie nicht einfach nachsehen? Ist das Buch oft ausgeliehen worden?«

Die Bibliothekarin drehte den Bildschirm zur Seite, führte

einen Scanner über den Strichcode auf dem Buchumschlag und wartete eine Weile. Dann sagte sie:

»Nein, nicht oft.«

»Wie oft?«

Die Bibliothekarin sah sie wieder mit diesem Blick an, der ahnen ließ, dass sie Konfrontationen mit der Polizei erlebt hatte, die zu kompliziert gewesen waren, um ihr je wieder zu vertrauen.

»Nur ein Mal«, sagte sie schließlich und senkte den Blick, als ob sie sich schäme.

»Wann war das?«

»Das Buch wurde vor knapp einer Woche zurückgegeben«, sagte die Bibliothekarin. »Nachdem es einen Monat ausgeliehen war.«

»Ich fürchte, ich muss den Namen wissen«, sagte Sara Svenhagen.

Die Bibliothekarin seufzte tief und sagte:

»Mehran Bakhtavar.«

»Danke«, sagte Sara Svenhagen und unterdrückte einen Jubelschrei. »Haben Sie auch die Adresse?«

»Rönnholmsgränd 59.«

»Wo ist das?«

»In Vårberg«, antwortete die Bibliothekarin.

22

Viggo Norlander sah sich im Raum um. Es herrschte chaotische Betriebsamkeit.

Ein Sitzungsraum bei der Reichspolizeibehörde war bereitgestellt worden und an den Wänden standen nun Schreibtische in einer langen Reihe. Auf diesen baute eine ansehnliche Menge Polizisten gerade Computer nach Computer auf und kennzeichnete sie einheitlich. Auf einem Tisch in der Raummitte lagen noch weitere Kennzeichnungszettel.

Es waren sehr viele Macs und PCs, Laptops und stationäre Computer, sie alle gehörten den Opfern des Bombenattentats. Und dabei war erst die Hälfte der U-Bahn-Fahrgäste endgültig identifiziert – das Kriminaltechnische Labor arbeitete unter Hochdruck an den übrigen Identifizierungen und war in mehreren Fällen schon kurz vor dem erfolgreichen Abschluss. Die Kennzeichnungen an den Computern auf den Schreibtischen lauteten:

»4a. Jonas Klingströms privater Computer«
»4b. Jonas Klingströms Arbeitsplatzcomputer (Uni Stockholm)«
»7a. Alicia Ljungs privater Computer 1«
»7b. Alicia Ljungs privater Computer 2«
»8a. Tommy Karlströms privater Computer 1«
»8b. Tommy Karlströms privater Computer 2«
»9a. Hussein Al Qahtanis privater Computer«
»10a. Roland Karlssons privater Computer«
»10b. Roland Karlssons Arbeitsplatzcomputer 1 (Vision Data)«
»11. Andreas Bingbys privater Computer«
Auf dem Tisch in der Mitte lagen noch die Zettel:
»8c. Tommy Karlströms Arbeitsplatzcomputer (Sony)«

»9b. Hussein Al Qahtanis Arbeitsplatzcomputer (Ekerö Taxi)«

»10c. Roland Karlssons Arbeitsplatzcomputer 2 (Vision-Com)"

Zwei verschiedene Unternehmen bei Roland Karlsson, dachte Norlander sinnfrei.

»Gut gemacht«, rief er in Ermangelung klügerer Worte und brachte damit die Aktivitäten sekundenlang zum Erliegen. All die zwangsabkommandierten und samstagabendseufzenden Polizisten unterbrachen für einen Augenblick ihre Tätigkeit, um die Quelle dieser großartigen Floskel zu lokalisieren.

Als er ihre Blicke wahrnahm, sehnte er sich auf eine Art und Weise, die er nicht für möglich gehalten hätte, nach Arto Söderstedt.

Wo war der verfluchte Finne? Wenn man ihn ausnahmsweise einmal brauchte ...

Eine der Polizeiaspirantinnen, die sich bereits vor dem Laptop mit der Kennzeichnung »8b. Tommy Karlströms privater Computer 2« niedergelassen hatte, rief:

»Was machen wir denn mit dem Passwort?«

»Welchem Passwort?«, rief Viggo Norlander zurück, hauptsächlich, um Zeit zu gewinnen.

»Wenn der Computer passwortgeschützt ist!«, rief die Aspirantin zurück.

»Wir haben ein paar Techniker hier!«, rief Viggo Norlander. »Techniker nach 8b!«

Dabei hasse ich Ausrufezeichen!, dachte Viggo Norlander.

Ein Computerspezialist drängte sich durchs Gewühl zu Platz 8b durch, und noch ein weiterer Computer, ein richtiges Trumm, traf in den Händen zweier muffeliger uniformierter Polizisten ein.

»Woher kommt der?«, fragte Norlander und begann über seinen Blutdruck nachzudenken.

»Frag mich was Leichteres«, sagte der erste Uniformierte. »Jemand hat ihn mir gegeben und gesagt, er solle hierher.«

»Und so führt die schwedische Polizei ihre Aufträge aus«, sagte Norlander und erntete einen gleichsam schlammigen Blick als Antwort.

Der zweite Uniformierte las indessen einen Begleitzettel und sagte in västergötischem Akzent:

»Ekerö Taxi, anscheinend.«

»Danke«, sagte Norlander. »Nehmt von dem Tisch dort drüben den Kennzeichnungszettel, auf dem steht ›9b. Hussein Al Qahtanis Arbeitsplatzcomputer (Ekerö Taxi)‹, befestigt ihn am Computer und stellt ihn zwischen 9a und 10a dort an die Wand. Seid bedankt, meine Herren.«

»Die A-Gruppe«, sagte der Mann mit dem schlammigen Blick und verdrehte die Augen gen Himmel.

Einen Muskelberg von hundertzehn Kilo die Augen zum Himmel verdrehen zu sehen, war ein ergötzlicher Anblick inmitten des Chaos. Doch ehe Viggo Norlander etwas erwidern konnte, rief eine Stimme in singendem Finnlandschwedisch:

»Sammlung bei der Pumpe, meine Freunde.«

Es war wohl mehr der Dialekt als die Autorität, die das Gewühl im gesamten Raum zum Stillstand brachte. Es gefror augenscheinlich zu Eis.

Dass dem Rufer die zu erwartende Wirkung bewusst war, zeugte jedoch von einer nicht unerheblichen verborgenen Autorität.

»Vielen Dank«, sagte Arto Söderstedt und schloss die Tür hinter sich. »Diejenigen, die Computer bringen, können weitermachen. Der Rest hört bitte einmal her.«

Der Västgöte und der Mann mit dem schlammigen Blick verrichteten schweigend ihre Arbeit. Als sie verschwanden, fuhr Arto Söderstedt fort:

»Ich sehe, dass einige von euch schon angefangen haben. Wir wissen diesen Enthusiasmus zu schätzen. Es wäre jedoch sinnvoll, wenn wir uns zunächst auf ein paar Regeln für unsere Tätigkeit einigen könnten. Also: Ihr sollt versuchen, E-Mails zu lokalisieren – sowohl in üblichen E-Mail-Programmen wie Outlook oder Outlook Express als auch in Internetprogrammen wie Hotmail und Yahoo –, die irgendeine Beziehung zur U-Bahn-Tat haben können. Jede Zweideutigkeit wird gemeldet, jeder misslungene Versuch, ein Passwort zu finden, wird gemeldet, jedes Detail, das vom Üblichen abweicht, wird gemeldet. Ihr seid als besonders computerkompetente Polizisten ausgesucht worden – dies ist also ein ehrenvoller Auftrag, auch wenn er zufällig auf den vielleicht letzten Hochsommerabend in Stockholm fällt. Wenn jemand von euch das Gefühl hat, dass es ihm an Enthusiasmus oder Engagement fehlt, teilt es mir oder Kriminalinspektor Norlander mit, und er wird auf der Stelle abgelöst. Vorrangig geht es um eine Verbindung zwischen Jonas Klingström, Alicia Ljung, Tommy Karlström, Hussein Al Qahtani, Roland Karlsson und Andreas Bingby. Jede Andeutung einer solchen Beziehung wird entweder mir oder Viggo Norlander per Handy gemeldet. Bei Problemen technischer Art wendet ihr euch an die beiden anwesenden Techniker. Die Computer 8c und 10c sind noch auf dem Weg hierher. Kaffee steht dort in der Ecke. Ihr könnt loslegen. Norlander und ich werden euch jetzt verlassen, um an einer Lagebesprechung teilzunehmen, wir kommen in zirka einer Stunde zurück. Wir sind über unsere Handys erreichbar, aber schickt lieber eine SMS, weil wir in der Sitzung sind. Noch Fragen?«

Keine Fragen.

Söderstedt fügte noch hinzu:

»Möchte jemand zurücktreten?«

Keiner wünschte zurückzutreten.

Das Duo verließ den Raum. Norlander betrachtete Söderstedt und sagte nach einigen Metern auf dem Korridor:

»Du hast tatsächlich etwas gelernt, als du Chef warst, du Schurke.«

»Chef zu sein ist gefährlich leicht«, sagte Arto Söderstedt dunkel.

Sie kamen auf den Korridor der A-Gruppe. Norlander warf einen Blick auf die Uhr und stellte fest, dass sie ein paar Minuten verspätet waren. Dennoch war deutlich zu hören, dass in einem Raum noch jemand war. Es war das Zimmer von Jorge Chavez und Jon Anderson.

Söderstedt und Norlander schauten hinein. Chavez und Anderson saßen über einem Papier und blödelten herum. Es war gemütlich.

»Die dritte Frage«, sagte Jon Anderson. »Nicht die vierte.«

»Bist du sicher, dass sie das gesagt hat?«, sagte Jorge Chavez. »Es kommt mir abartig vor, auf die Frage nach dem Lieblingsschauspieler ›Picasso‹ zu antworten. Und ›Steven Seagal‹ als besten Künstler zu nennen.«

»Aber sie hat es so gesagt. Ich bin sicher.«

»Euch ist natürlich klar, dass die Abendbesprechung angefangen hat?«, fragte Arto Söderstedt.

Die Blicke der beiden wandten sich der Türöffnung zu.

»Sondergenehmigung«, sagte Chavez. »Wir müssen zwischen 19.20 Uhr und 19.45 Uhr den sogenannten Kill anrufen, weil wir neue Kunden sind. Es ist jetzt 19.34 Uhr. Ihr seid es, die zur Halbachtsitzung zu spät kommen, nicht wir.«

»Ich glaube, wir bleiben noch einen Moment«, sagte Norlander. »Ihr habt ja richtig Spaß.«

»Macht, was ihr wollt«, sagte Chavez und griff zum Telefon.

»Warte noch«, sagte Söderstedt. »Hat Kerstin diese ganze Information aus Bengt Åkesson herausbekommen?«

»Es kam nur darauf an zu wissen, welche Fragen man stellen musste«, sagte Chavez. »Sesam, öffne dich! Der Rest war mehr eine Geduldsfrage. Er kommuniziert, indem er die Pupillen bewegt.«

»Kann er nicht einmal zwinkern?«, stieß Norlander hervor.

»Nein«, sagte Jon Anderson und wandte sich Chavez zu. »Aber nimm die Antworten jetzt der Reihe nach. Es ist verdammt wichtig. Sonst entlarven sie uns direkt, und dann verschwindet diese Nummer in derselben Sekunde. Und das hier ist unsere einzige Chance, Kontakt aufzunehmen.«

Chavez nickte und schob ein in pedantischer Handschrift verfasstes Papier über den Schreibtisch. Dann nahm er den Telefonhörer und wählte eine Nummer.

Viggo Norlander sagte:

»Leg jetzt dein schlimmstes Kanakenschwedisch auf.«

Jorge Chavez warf ihm einen extrem bösen Blick zu und lauschte ins Telefon.

»Ja.«

»Ich interessiere mich für Ihre Briefmarken«, sagte Chavez konzentriert.

»Wie viele?«, fragte die Stimme.

»Fünfzehn«, sagte Chavez.

Das war die Zahl, auf die sie sich geeinigt hatten. Keine absurd hohe Zahl, aber hoch genug, um jemanden aus den oberen Rängen der Hierarchie auf den Plan zu rufen. Sie hofften, dass es Kill selbst sein würde.

»Einen Augenblick«, sagte die Stimme.

Es blieb eine Weile still. Chavez betrachtete seine Kollegen. Eigentlich müsste es ihn irritieren, dass sie dabei waren. Aber so war es nicht. Es kam ihm ganz richtig vor.

Dann erklang eine andere Stimme:

»Fünfzehn?«

»Ja«, sagte Chavez.

»Warum?«, fragte die Stimme.

Die Frage stand nicht auf dem Papier. Chavez machte eine Geste, die leichte Panik andeutete, fing sich aber wieder und sagte ruhig und mit minimaler Verzögerung:

»Logistischer Bedarf.«

Es blieb einen Moment still. Dann kam die Stimme zurück und fragte:

»Was ist dein Lieblingsessen?«

»Salzhering.«

»Wann wurde der Eiffelturm gebaut?«

»1887–1889«, sagte Chavez.

»Der beste Künstler?«

»Steven Seagal.«

»Wer ist dein Lieblingsschauspieler?«

»Picasso.«

»Erwartest du Mengenrabatt?«

Die Frage stand auch nicht da. Szenarien jagten durch Chavez' Kopf. Es ging schneller, als er zu hoffen gewagt hatte. Er antwortete:

»Nein. Aber auch keinen überhöhten Preis.«

Wieder ein Moment Schweigen. Dann sagte die Stimme:

»Okay. Lieferung wohin?«

Scheiße, dachte Chavez noch. Scheiße, verdammte, konnte er sogar noch denken. Lieferung? Wir wollen sie bei Kill abholen, wollte er schreien. Wir kommen zu euch, ihr Scheißkerle.

»Rödabergspark«, sagte er.

Er sollte noch einige Jahre dauern, bis er aufhören würde, darüber nachzudenken, woher ihm die Antwort gekommen war. Als einziger Grund fiel ihm nachher ein, dass er, obwohl er in Vasastan wohnte, noch nie im Rödabergspark gewesen war. Einen kurzen Moment blanken Entsetzens fragte er sich, ob es diesen Park überhaupt gab. Röda bergen gab es, in Vasastan. Aber gab es wirklich einen Rödabergspark?

Offensichtlich.

»Dreihundert in einer Tasche. Sonst sind alle tot.«

»Okay«, sagte Chavez.

»Heute Nacht um drei«, sagte die Stimme und war weg.

Jorge Chavez legte auf und atmete tief aus.

Und erhielt Applaus.

Drei Mann standen in der Türöffnung und klatschten.

»Fuck off«, sagte Chavez und strich sich über die Stirn.

»Alte taoistische Weisheit«, sagte Jon Anderson.

Chavez lachte und stand auf.

»Richtig saubere Lösungen«, meinte Arto Söderstedt anerkennend, während sie zur Kampfleitzentrale hinüberwanderten.

»Danke«, sagte Chavez verblüfft.

Es war Viertel vor acht, als sie eintrafen. Der Rest der A-Gruppe betrachtete sie säuerlich, während sie sich setzten.

An der hinteren Wand der Kampfleitzentrale war die Projektion einer Skizze des Wagens Carl Jonas zu sehen, die Opfer waren mit Kreuzen und Ziffern markiert. Kerstin Holm saß an ihrem Katheder. Ihr Blick war fest auf Jorge Chavez gerichtet. Er seufzte und nickte kurz. Sie lächelte ebenso kurz und sagte:

»Dann sind wir ja alle versammelt. Also, kurze Lagebesprechung.«

Kurz?, dachten alle. In your dreams.

Kerstin Holm war sich dieses gemeinsamen Gedankengangs natürlich bewusst, als sie fortfuhr:

»Wir sind trotz allem heute ein Stück vorangekommen. Und zwar von unterschiedlichen Flanken her. Ich muss leider zugeben, dass es auf meiner Flanke am schlechtesten läuft. Anderseits bin ich die Chefin, es spielt also keine Rolle. Aber es ist wohl auch die Schwerste gewesen. Was wir von meiner Flanke aus vorweisen können, ist ganz einfach. Die Passagiere im Wagen Carl Jonas verteilten sich, wie wir wissen, auf die beiden Endpunkte des fünfundvierzig Meter langen Wagens. Darüber haben wir uns einige Gedanken gemacht. Warum saßen unsere elf Opfer hinten so dicht beieinander? Warum saßen die Überlebenden beinahe genauso dicht beieinander im vorderen Teil? Warum hatte sich niemand in diesem letzten Nachtzug nach Hagsätra in den mittleren Teil des Wagens gesetzt? Die Antwort scheint zu lauten: Sie wurden abgeschreckt. Allem Anschein nach stand dort eine Frau und lärmte und gestikulierte und fuchtelte mit einer Harke oder einem Handkultivator herum. Sie schreckte die Passagiere ab, sie gingen nach vorn oder nach hinten.«

»Wir sind nicht ganz sicher, was die Symmetrie angeht«, unterbrach Viggo Norlander. »Aber darauf kommen wir vielleicht zurück.«

»An und für sich gibt es wenige Chefs, die es lieben, bei ihrem kritischen Durchgang unterbrochen zu werden«, sagte Kerstin Holm. »Aber für dies eine Mal machen wir eine Ausnahme. Sprich weiter, Viggo.«

»Ich finde aber nicht, dass Viggo weitermachen sollte«, sagte Arto Söderstedt. »Das gehört in einen bestimmten Zusammenhang.«

»Doch«, sagte Kerstin Holm. »Mach weiter, Viggo.«

Norlander blinzelte ein Mal und hatte das Gefühl, die Konturen eines sehr interessanten (und vor allem unterhaltsamen) Machtkampfs zu erahnen. Er fuhr fort:

»Wir sind auf niemanden gestoßen, der abgeschreckt wurde und deshalb *nach hinten* lief. Dagegen scheint eine ganze Menge abgeschreckt worden und *nach vorn* gelaufen zu sein.«

»Kann das nicht daran liegen, dass die, die nach hinten liefen, ganz einfach tot sind?«, fragte Gunnar Nyberg. »In die Luft gesprengt?«

Die Luft, wenn sie denn vorhanden gewesen war, entwich aus Viggo Norlander. Er verstummte, und Kerstin Holm fuhr fort:

»Diese Frau wird von vier voneinander unabhängigen Zeugen als ›verrückt‹ beschrieben. Und diese vier haben es ihr zu verdanken, dass sie noch leben. Eine verrückte Frau hat ihnen das Leben gerettet.«

»Vier?«, fragte Lena Lindberg.

»Ja«, sagte Kerstin Holm. »Eine im Wagen Carl Jonas – die achtzehnjährige Nadja Smith – und drei im Wagen davor. Die Zeugen im Wagen davor sind aber nicht so leicht zu fassen, weil sie von der zuerst eingetroffenen Streife nur sporadisch vernommen wurden.«

»Sporadisch?«, wiederholte Söderstedt.

»Sie wurden ein wenig zu leichtfertig laufen gelassen«, sagte Holm. »Eine Menge Angaben, die da gemacht wurden, sind nicht ordnungsgemäß kontrolliert worden. Man hat sich auf den letzten Wagen konzentriert. Den Wagen Carl Jonas.«

»Aber drei Personen sagen eindeutig aus, dass die verrückte Frau sie abgeschreckt hat«, sagte Gunnar Nyberg. »Das reicht doch wohl.«

»Ja«, sagte Arto Söderstedt. »Das reicht sogar locker.«

Die A-Gruppe betrachtete ihn geschlossen.

»Wozu reicht das, Arto?«, fragte Kerstin Holm.

»Ich weiß nicht recht«, sagte Arto Söderstedt. »Aber es bringt uns ein ganzes Stück weiter. Gebt mir noch ein paar Minuten zum Überlegen.«

»Selbstverständlich«, sagte Holm und ertappte sich dabei, dass sie kicherte.

»Was ist denn mit der Verrückten passiert?«, fragte Lena Lindberg.

»Danke«, sagte Holm aufrichtig und ergriff wieder das Wort: »Das Problem mit dieser verrückten Frau ist, dass sie nirgendwo zu finden ist. Sie befand sich so dicht am Ort der Explosion, dass sie tot sein müsste. Aber es sieht nicht danach aus. Stattdessen benutzte sie ihre komische Harke oder ihren Handkultivator, um die Tür aufzustemmen und zu verduften. Das verlangte eine solche Kraftanstrengung, dass man davon ausgehen kann, dass sie die Explosion überstanden hat, ohne das Bewusstsein zu verlieren. Obwohl sie eigentlich erhebliche Verletzungen davongetragen haben müsste – worauf neu gefundene Blutspuren im Wagen auch hindeuten –, aber sie hat sich nicht in Behandlung begeben. Wir hoffen, dass ihre DNA Aufschluss bringt, aber ich bin skeptisch. Sie ist sicher nicht kriminell, nur verrückt. Und deshalb ist ihre DNA nirgendwo gespeichert.«

»Wäre es nicht endlich an der Zeit, die gesamte Bevölkerung in einem DNA-Register zu erfassen?«, sagte Jon Anderson. »Das wäre doch für den Staat eine Riesenersparnis an Zeit und Arbeitsaufwand.«

»Ethisch knifflige Frage«, entgegnete Holm. »Wozu soll das Register benutzt werden? Um Homosexuelle zu erfassen? Ihre Genbanken zu erforschen? Gibt es ein Schwulengen, das man ausradieren sollte?«

»Wir sind schon viel zu viele«, sagte Jon Anderson und lachte. »Ihr werdet uns nie mehr los.«

»Dann sagen wir eben Downsyndrom«, sagte Holm. »Oder, weiß der Himmel was, Plattfüße. Niemand weiß, wie die Vorurteile von morgen aussehen.«

»Oder das vollständige Wissen über unser aller Gene macht alle Vorurteile überflüssig«, sagte Anderson und fuhr nach einer kurzen Pause fort: »Ich weiß, dass es sich komisch anhören mag, wenn so etwas von mir kommt. Hätte ich ein halbes Jahrhundert früher gelebt, wäre ich in Auschwitz gestorben. Aber nicht, wenn man die DNA gekannt hätte. Dann hätte man niemals so harte Typisierungen vorgenommen und keiner hätte kraniologische Schaubilder über Menschentypen gezeichnet. Dann hätte man die Komplexität in einem einzigartigen Menschen erkannt. Sogar in den allerschlimmsten lebenden Klischees. Korrigiert mich, wenn ich mich irre.«

Eine Weile war es still in der Kampfleitzentrale.

»Ich kann nicht umhin, dir zuzustimmen«, sagte Arto Söderstedt. »Ich fürchte, bei dem, was wir Integrität nennen, handelt es sich oft ganz einfach darum, dass man nicht gesehen werden will, wenn man miese Dinge tut. Ich finde, wenn man miese Dinge tun will, soll man es offen tun. Die

Gesellschaft ist offen und soll offen sein. Und wir müssen akzeptieren, dass Menschen, so gut wie alle Menschen, auf die eine oder andere Art und Weise, miese Dinge tun. Wir müssen die Latte für die moralische Panik höher legen. Es sind die geschlossenen, geheimen Räume, die immer das wirklich Böse hervorgebracht haben. Sorgen wir dafür, dass sie nur noch für die richtig Bösen gebraucht werden. Und isolieren wir die und keine anderen.«

Wieder herrschte eine Weile Schweigen.

»Nein, jetzt ist es aber genug mit Moralphilosophie«, beschloss Kerstin Holm. »Die sogenannte Verrückte ist nicht gefunden worden. Sie hätte gefunden werden müssen. Es ist eine Mitteilung an sämtliche Ärzte in Stockholm und Umgebung hinausgegangen, einschließlich des ausgesprochen mittelmäßigen Porträts, das unsere Polizeizeichner mithilfe von Nadja Smith und den drei übrigen Zeugen zusammengestoppelt haben. Kein medizinisches Pflegepersonal hat sich gemeldet. Entweder hat sie einen illegalen Arzt aufgesucht, was gar nicht so einfach sein dürfte, erst recht nicht, wenn man stark blutet, oder sie liegt völlig verwirrt unter irgendeiner Brücke und stirbt.«

»Gibt es keine Zeugenaussagen über eine blutende Frau in der Nacht in der Nähe von St. Eriksbron?«, fragte Lena Lindberg.

Kerstin Holm schüttelte langsam den Kopf.

»Nein, es gibt keine. Das ist schon ein wenig seltsam. Es müsste welche geben.«

»Also hat sie sich einfach in Luft aufgelöst?«, fragte Viggo Norlander.

»Vorläufig auf jeden Fall«, sagte Kerstin Holm.

»Bis ihre verblutete Leiche gefunden wird«, fügte Arto Söderstedt hinzu.

Die A-Gruppe sah ihn an. Der Kommentar passte so gar nicht zu Arto Söderstedt. Er entschuldigte sich denn auch sogleich.

»Denkt man nicht leicht so?«, sagte er. »Wer vermisst schon eine Verrückte? Sie ist geisteskrank, obdachlos, wie vom Erdboden verschluckt.«

»Noch andere Kommentare zu dieser seltsamen Frau?«, fragte Kerstin Holm.

»Ja«, sagte Söderstedt. »Das ist es ja gerade. Das ist es ja gerade.«

»Gerade was?«, fragte Holm.

»Ja«, sagte Söderstedt. »Gerade was? Diese Frau steht da strategisch aufgestellt mitten im Wagen, an der mittleren von sieben Türen des Wagens Carl Jonas, und schreit und gestikuliert und fuchtelt mit Gartengeräten, die niemand aussprechen kann. Also komplett irre? Von wegen!«

»Sondern?«

»Ich weiß es nicht«, sagte Söderstedt. »Wir untersuchen gerade, ob es zwischen den sechs bisher identifizierten Opfern eine Verbindung gibt. Dazu kontrollieren wir ihre Computer. Wir suchen Kontaktflächen, Berührungspunkte. Denn sie sammelten sich da hinten im Wagen. Die, die nicht dazugehörten, wurden im Zug nach vorn geschickt. Das erledigte unter anderem eine Art von Grenzposten mitten im Wagen, indem man sich unsere größte Angst in der U-Bahn zunutze machte: neben einem Irren zu landen. Wenn wir jemanden sehen, der sich auffällig verhält – und das kann ein klassisch geschulter Violinist sein –, laufen wir, so schnell uns die Füße tragen.«

»Was willst du uns damit sagen? Dass unsere Verrückte überhaupt keine war, sondern ein – Grenzposten?«

»Mir kommt es so vor, als ob die Gruppe hinten im Wagen für sich sein wollte. Mitten in der Nacht waren sie auf dem Weg von zu Hause weg, irgendwohin – alle wohnten an der Strecke, und sie waren nicht auf dem Weg nach Hause, sondern auf dem Weg fort –, und sie wollten nicht gestört werden. Möglicherweise wurden sie ein Mal gestört, als eine junge Frau, die Alicia Ljung hieß, und die zum St. Eriksplan wollte, sich hineindrängte. Sie hätte es nicht tun sollen, sie starb mit ihnen.«

»Was für Leute sind es«, fragte Kerstin Holm. »Ein Männerclub?«

»Ein Männerclub mit einem weiblichen Grenzposten?«, fügte Lena Lindberg hinzu. »Das klingt seltsam.«

»Du hast recht«, sagte Holm. »Da stimmt was nicht, Arto.«

»Ich weiß«, sagte Söderstedt, »Aber ich glaube, die Richtung stimmt. Grundsätzlich.«

»Ja«, sagte Lena Lindberg. »Aber wisst ihr was? Wisst ihr, was ich gerade sehe?«

»Nein«, antwortete Kerstin Holm atemlos.

»Ich sehe nicht *einen* weiblichen Grenzposten, ich sehe *drei*.«

Alle Blicke richteten sich auf die Skizze des Wagens Carl Jonas an der Wand. Kreuze markierten die Position aller Passagiere im Augenblick der Explosion. Kerstin Holm manövrierte ein wenig mit der Maus, zoomte die hintere Wagenhälfte heran und ließ drei der Kreuze aufblinken.

Alle drei befanden sich auf den Stehplatzflächen in der Nähe der Türen.

»An der vierten Doppeltür von hinten: die sogenannte Verrückte«, sagte Holm. »An der zweiten Doppeltür von hinten: eine nicht identifizierte Frau, allein auf dieser Stehplatzfläche. An der hintersten Tür: Alicia Ljung.«

»Sie achten darauf, dass kein Unerwünschter den hinteren Teil des Wagens betritt«, sagte Lena Lindberg. »So ist es doch? Die Verrückte schreckt die Leute ab, damit sie sich nach vorn in den Wagen setzen, die beiden Frauen am Ende halten die zwei wichtigen hinteren Türen sauber, wo alle Eingeladenen sitzen.«

»So könnte es sein«, sagte Holm. »Aber was haben wir dann? Guckt euch das Porträt der ›Verrückten‹ an, das der Polizeizeichner angefertigt hat. Fällt euch dazu etwas ein?«

»Sie sieht wahnsinnig aus«, sagte Viggo Norlander.

»Danke, Viggo. Sonst noch jemand?«

»Sie sieht *jung* aus«, sagte Lena Lindberg. »Ungefähr genauso jung wie Alicia Ljung. Sie sind ein Team.«

»Die Schlussfolgerung halte ich für etwas übereilt«, gab Arto Söderstedt zu bedenken. »Alicia Ljung wohnte in der Sigtunagata. Sie war auf dem Nachhauseweg mit der letzten U-Bahn.«

»Auf dem Nachhauseweg wovon?«, fragte Lindberg.

»Weiß nicht«, gab Söderstedt zu.

»Ist das nicht eher ein weiteres Indiz dafür, dass ihre Rolle eine andere ist? Alle anderen, alle Männer, kommen von Zuhause, entlang der Strecke der grünen Linie, die der Zug schon hinter sich hat. Ihre Rolle war eine andere. Sie war ihre Wächterin. Sie, die Verrückte und Person Nummer eins. Drei Frauen bewachen neun Männer. Das passt.«

»Und zwei von ihnen leben«, sagte Kerstin Holm. »Der jüngste Mann, Andreas Bingby, und die ›Verrückte‹. Wie gehen wir von hier aus weiter vor?«

»Die Computer«, sagte Söderstedt. »Die sind am wichtigsten. Außerdem sind Brynolf Svenhagens Männer offenbar nahe dran, zwei weitere Opfer zu identifizieren. Das würde helfen – und wenn es nur wäre, um uns mit weiteren Computern zu versehen. Dann haben wir Andreas Bingby, dessen Zustand noch immer kritisch ist. Und dann nehme ich an, dass die Jagd auf die Verrückte weitergehen muss.«

»Und wir müssen bei Nadja Smith nachprüfen, ob es eine Frau war, die sie am Brommaplan von der hintersten Tür verscheuchte«, sagte Gunnar Nyberg.

»Gut«, sagte Kerstin Holm. »Aber selbst wenn es stimmt, dass es sich um eine Gang Männer handelt, die sich entlang der grünen Linie gesammelt haben und irgendwie von drei Frauen bewacht werden, gibt uns das noch nicht die Spur eines Hinweises, was die Bombe als solche angeht.«

»Es kann das Motivbild ändern«, sagte Söderstedt. »Es

kann kein Zufall sein. Es kann sich um Leute handeln, die es gerade auf diese Gruppe abgesehen hatten, was es auch immer für Männer waren.«

»Sie scheinen nicht gerade die Creme unserer Gesellschaft zu vertreten«, sagte Lena Lindberg, »oder auch nur besonders wichtig zu sein. Gewöhnliche Männer, ein Student, ein Taxifahrer, ein Vertreter, ein Meeresbiologe, ein Unternehmer in der Computerbranche. Nicht gerade hot shots.«

»Und der Selbstmordattentäter selbst?«, fragte Jon Anderson. »Gibt es da Fortschritte?«

»Es sieht nicht so aus«, erwiderte Kerstin Holm. »Aber wenn unsere Überlegung zutrifft, dann war er wohl einer von ihnen. Einer aus dieser Gruppe.«

»Und dann«, sagte Jon Anderson mit einem Seufzer, »wäre unsere ganze Jagd nach den heiligen Reitern von Siffin vergeblich? Sind wir also völlig auf dem falschen Dampfer?«

Das riss Jorge Chavez aus einem Zustand, der von außen betrachtet lange völlig katatonisch gewirkt hatte. Er sagte, nicht ohne eine gewisse Aggressivität:

»Und das verfluchte Treffen mit dem Idioten Kill, das wir für heute Nacht vereinbart haben, wäre völlig vergeudete Liebesmüh.«

»Dessen bin ich mir überhaupt nicht sicher«, sagte Sara Svenhagen.

Alle wandten sich ihr zu. Etwas in ihrer Stimme ließ das Auditorium aufhorchen. Sie fuhr fort:

»Ich glaube, wir sollten an unserem Interesse für Siffins heilige Reiter festhalten. Wir haben nämlich einen von ihnen gefunden. Und ich bin ziemlich sicher, dass das Zitat, das der Anrufer benutzt hat, aus genau diesem Buch stammt.«

Sie hielt ein dickes, in Plastik eingeschlagenes Buch in die Höhe.

»Dies ist Ibn Khalduns *al-Muqaddima* oder *Prolegomena* in der schwedischen Übersetzung von Ingvar Rydberg. Es wurde am neunundzwanzigsten Juni im Multikulturellen Zentrum in Fittja gård ausgeliehen und auf den Tag genau am neunundzwanzigsten Juli zurückgebracht. Der Entleiher hat genau das Zitat mit zwei dicken Bleistiftstrichen markiert, und als er das Buch zurückbrachte, fiel sein Blick auf die Anschlagtafel im Fittja gård, wo die Telefonnummer der Polizei in Älvsjö hängt. Ich tippe, dass Mehran Bakhtavar sich die Nummer merkte, ohne groß darüber nachzudenken, und sie also parat hatte, als er – oder einer seiner Freunde – anrief und sich zu der Tat bekannte.«

»Mehran Bakhtavar?«, fragte Kerstin Holm.

»Er wohnte in Vårberg«, sagte Sara Svenhagen. »Aber er starb gestern Abend. Er wurde von einem Auto überfahren, als er ein Vereinslokal am Vårbergsväg verließ. Der Fahrer des Wagens beging Fahrerflucht.«

»Gestern Abend?«, sagte Holm nur.

»Pech?«, sagte Svenhagen. »Oder?«

»Das klingt doch sehr unwahrscheinlich. Erzähl alles, was du weißt.«

»Nachdem ich von der Bibliothekarin seinen Namen und die Adresse bekommen hatte, traf ich mich mit Lena, und wir gingen gemeinsam zu Mehran Bakhtavars Wohnung in der Rönnholmsgränd 59. Eine ziemlich angenehme Wohngegend, dafür, dass sie ausgerechnet von 1968 ist. Sie liegt an der Grenze zwischen Vårberg und Johannesdal, nah am Wasser, mit Fähren hinaus auf den Mälaren und einem Sandstrand, den man zu Fuß erreichen kann. Er wohnte im dritten Stock, und als wir ankamen, war die Wohnung voller trauernder Verwandter. Es war eine ziemlich heikle Situation, aber wir konnten auf jeden Fall herausbekommen, dass er gestern Abend um 22.45 Uhr gestorben ist, nachdem er ein persisches Vereinslokal am Vårbergsweg, nur wenige Hundert Meter von seiner Wohnung entfernt, verlassen hat.«

»Wo man wohl kaum von rasenden Idioten angefahren wird«, sagte Kerstin Holm.

»Nein, kaum. Mehran Bakhtavar war Iraner – oder eher, was man so dümmlich als ›zweite Einwanderergeneration‹ bezeichnet. Seine Eltern flohen in den Siebzigerjahren, gegen Ende des Schah-Regimes, aus dem Iran, und Mehran wurde in Schweden geboren und Schwedisch war seine Muttersprache. Er beherrschte jedoch auch Persisch und Arabisch. Er wurde 1983 geboren und studierte Politikwissenschaften an der Universität. In letzter Zeit hat er immer häufiger dieses Vereinslokal besucht und zur Freude seiner Eltern endlich angefangen, sich an seine Landsleute zu halten.«

»Das klingt an und für sich nach einem ziemlich klassischen Muster«, sagte Kerstin Holm. »Gut ausgebildete und gut integrierte Einwanderer der zweiten Generation, die von der Einsicht erfasst werden, dass sie ausgeschlossen bleiben und eine Gemeinschaft brauchen, sind genau die, die der organisierte Terrorismus mit Vorliebe aufsammelt. Gibt es Anzeichen dafür, dass er sich der Religion angenähert hat – oder eher dem Fundamentalismus, was eine ganz andere Sache ist?«

»Um in meiner Erzählung fortzufahren«, sagte Sara Svenhagen, »wir gingen also von Meran Bakhtavars Wohnung zu dem Vereinslokal am Vårbergsväg. Dort wurden wir nicht gerade freundlich empfangen. Ein paar ziemlich grobschlächtige Iraner setzten uns ganz einfach vor die Tür.«

Lena Lindberg sprach weiter:

»Es sah nicht nach einem richtig etablierten Vereinslokal aus, sondern eher nach einem Provisorium. Es hing eine Anzahl von Postern und Zetteln auf Arabisch oder Persisch an den Wänden. Und eine Menge Leute saßen da und tranken Kaffee, vor allem Jugendliche.«

»Also haben wir einige der etablierten iranisch-schwedischen Vereinigungen in der Stadt aufgesucht und nachgefragt, um was für eine Vereinigung es sich handelt«, übernahm Sara Svenhagen. »Einige hatten noch nichts von dem Lokal gehört. Aber einer äußerte sich ein wenig abfällig und nannte es ein Lokal für etwas, was er als ›ungesunde Kontakte‹ bezeichnete.«

»Wir wissen nicht, wer diese ›ungesunden Kontakte‹ sind«, sagte Lena Lindberg, »und unser Kontaktmann wusste es ebenso wenig. Aber sich abschätzig über Landsleute zu äußern, ist nicht so leicht.«

»Kann es Sinn haben, mit ein wenig mehr Muskeln noch einmal dieses Vereinslokal aufzusuchen?«, fragte Gunnar Nyberg.

»Dann aber bitte, ohne gleich alles auseinanderzunehmen«, sagte Kerstin Holm und bohrte einen ziemlich scharfen Blick in ihren früheren Partner. »Ich habe vom Vorfall mit Beni Karimov gehört.«

»Wir ziehen es vor, vom Alexanderhieb zu sprechen«, sagte Chavez.

»Wir brauchen in erster Linie Hirn«, sagte Holm, »und weniger Muskeln. Aber ein zweiter Besuch dort drängt sich auf. Was wisst ihr sonst noch über diesen Mehran Bakhtavar? Habt ihr Freunde ausfindig gemacht, oder eine Freundin?«

»Noch nicht«, sagte Svenhagen. »Diese Informationen sind ja ganz neu, erst ein paar Stunden alt. Aber wir haben den Bericht der Polizei in Skärholmen über den Unfall mit Fahrerflucht. Keine Zeugen, keine Spuren. Mehran Bakhtavar wurde tot auf dem Bürgersteig am Vårbergsväg gefunden, vielleicht fünfzig Meter vom Vereinslokal entfernt. Der menschliche Körper hat zweihundertsechs Knochen. Der Arzt, der als Erster am Platz war, behauptete, dass mehr als die Hälfte davon gebrochen gewesen sei. Es muss also ein kräftiger Aufprall gewesen sein.«

»Keinerlei Spuren?«, fragte Holm. »Nicht einmal ein Stückchen abgesprungener Lack?«

»Nix«, sagte Lindberg. »Kein Stück. Nur die Information, dass der Wagen ein Tempo von ungefähr einhundertzwanzig Stundenkilometer draufgehabt haben muss.«

»Auf einer leeren Straße im Fünfzigerbereich«, sagte Sara Svenhagen. »Es ist klar, dass es sich um die Wahnsinnsfahrt eines betrunkenen Vorstadthelden gehandelt haben *kann*. Ausschließen können wir es nicht.«

»Aber angenommen, es handelt sich nicht darum«, sagte Kerstin Holm. »Was ist es dann?«

Ein Blick irrte in der Kampfleitzentrale umher. Schließlich sagte Sara Svenhagen:

»Das Erste, was einem in den Kopf kommt, ist wohl *Verrat*. Dass er irgendwie als Verräter betrachtet und hingerichtet wurde.«

Jon Anderson sagte:

»Soll man also annehmen, dass Mehran der Intellektuelle in der Gruppe war? Er ging zur Uni, er fand den Meister Ibn Khaldun aus dem vierzehnten Jahrhundert. Und vielleicht hatte er Gewissensbisse und drohte damit, bei den heiligen Reitern auszusteigen.«

»Aber dann war er kaum der Anführer der Gruppe«, sagte Lena Lindberg. »Der Anführer war der, der Mehran gerammt hat.«

»Und auch nicht der Techniker«, sagte Jorge Chavez. »Der Techniker war der, der bei Kill das Handy gekauft hat.«

»Dessen Identität wir heute Nacht hoffentlich ein Stück näherkommen«, sagte Kerstin Holm. »Denn natürlich verfolgen wir auch diese Spur weiter. Worum geht es, Jorge?«

»Ich habe bei Kill fünfzehn frisch gestohlene Handys bestellt«, sagte Chavez. »Wir sollen dreihunderttausend in einer Tasche mitbringen. Um drei Uhr im Rödabergspark.«

»Im Rödabergspark?«, stieß eine Reihe von Personen im Chor aus.

»Don't ask«, brummte Chavez.

»Okay«, sagte Kerstin Holm. »Und was erwartet uns dort?«

»Diese Bande hat einen gewissen Ruf«, sagte Jon Anderson.« Und sie machen die klare Ansage, dass alle sterben, wenn etwas nicht so läuft, wie es soll. Wir haben es also mit bewaffneten Männern zu tun.«

»Eine brutale Bande«, sagte Gunnar Nyberg. »Aber worauf sind wir eigentlich aus? Das Ganze steht und fällt ja damit, dass dieser Kill dabei ist, sonst ist es sinnlos.«

»Das ist wohl der Punkt, über den wir noch diskutieren müssen«, erklärte Chavez. »Es gibt zwei verschiedene Grundmuster. Das Erste: Einfach alle Anwesenden greifen und hoffen, dass einer von ihnen Kill ist oder dass einer von ihnen über den Verkauf des Handys Bescheid weiß – das ist verhältnismäßig einfach, aber auch unsicher. Das Zweite: Eine Spürvorrichtung in der Tasche anbringen und sie bis zu Kills Wohnung verfolgen – das ist etwas sicherer, aber auch ziemlich zeit- und mittelaufwendig. Wir brauchen beispielsweise dreihunderttausend in bar und einen sicheren Spürsender.«

»Wird Kill dabei sein?«, fragte Kerstin Holm und fixierte Chavez.

Er nickte langsam und sagte:

»Das glaube ich. Auf eine so große Lieferung will er bestimmt persönlich ein Auge haben.«

»Das nehme ich auch an«, sagte Gunnar Nyberg. »Aber das liegt nur daran, dass ich glaube, meine Pappenheimer zu kennen.«

Sie starrten ihn eine Weile an. Dann ließen sie es durchgehen.

»Vermute ich richtig, dass ihr einen unmittelbaren Zugriff für das Beste haltet?«, fragte Holm.

»Ich schlage vor, wir setzen alles auf eine Karte«, sagte Chavez. »Kill indirekt zu erwischen, kommt mir allzu kompliziert vor. Wir haben es trotz allem nicht mit schwerem internationalem Verbrechen zu tun, sondern mit einer ziemlich banalen Diebesbande, wenn auch weitverzweigt. Und grausamer.«

»Was ›grausam‹ im Ernst bedeutet, habe ich heute gesehen«, sagte Nyberg, »und das ist etwas ganz anderes. Das könnt ihr mir glauben. Ich finde, ein direkter Zugriff ist das Sinnvollste. Aber was wissen wir vom Rödabergspark? Ich wusste nicht einmal, dass es den gibt. Vasastan?«

»Einen Augenblick«, sagte Kerstin Holm und lud am Computer eine Karte auf den Bildschirm, die auf die Wand hinter ihrem Rücken projiziert wurde.

Das Rödabergsgebiet lag eingeklemmt im Inneren von Vasastan, einer gemütlichen Gartenstadt zwischen der St. Eriksgata und der Torsgata nördlich vom Karlbergsväg. Es wimmelte geradezu von kleinen Parks – Hedemoratäppan, Sätertäppan, Solvändan, Väringetäppan, Hälsingshöjden, Rödabergsbrinken –, aber keiner von ihnen hieß Rödabergspark.

»Wir könnten hier ein kleines Problem haben«, sagte Arto Söderstedt.

»Verflucht«, brummte Chavez. »Er hat es mir doch abgekauft.«

»Ich habe definitiv den Namen Rödabergspark gehört«, erklärte der Urstockholmer Viggo Norlander. »Und ich glaube, ich war in meiner Jugend sogar mal da und habe mit einem Mädel aus Vasastan geknutscht. Ich frage mich, ob es nicht im Volksmund die Bezeichnung für Rödabergsbrinken ist.«

Sie betrachteten den kleinen Fleck, der auf der Karte Rödabergsbrinken hieß. Er lag neben dem größeren und bekannteren Rondell um den Vanadisplan, war allerdings rechteckig. Eigentlich führte nur ein einziger Weg von dort weg, die von einer Allee zweigeteilte Rödabergsgata, die vom Vanadisplan zur Torsgata führte.

»Hätten wir nicht ein Gelände nehmen können, das wir kennen?«, fragte Gunnar Nyberg.

»Da wir nur den Bruchteil einer Sekunde Zeit hatten, um den Treffpunkt zu bestimmen, leider nicht«, sagte Chavez sauer. »Ich war natürlich davon ausgegangen, dass sie selbst ihn bestimmen würden.«

Sie betrachteten wieder die Karte. Falugatan, Gävlegatan, Kadettgatan, Vikingagatan. Dies war wahrlich ein Stadtteil, dem das Kunststück gelungen war, anonym zu bleiben. Aber wegen der vielen Parks in der Nähe erschien es dennoch völlig einleuchtend, dass nur Rödabergsbrinken der Rödabergspark genannt werden konnte.

»Okay«, sagte Kerstin Holm. »Ich schlage vor, dass wir heute Nacht um drei Uhr alle dort anwesend sind – acht Personen sollten wir schon sein, und ich habe nicht die geringste Lust, externe Pfuscher hinzuzuziehen. Ich versuche, das bei Hultin durchzukriegen. Das tue ich in der nächsten halben Stunde, und danach müssen wir hinfahren und den Ort erkunden, solange es noch ein wenig hell ist, und dann einen Plan aufstellen, wie wir vorgehen wollen. In der halben Stunde macht ihr anderen Folgendes. Jorge und Jon, ihr findet heraus, ob es wirklich Rödabergsbrinken ist, der Rödabergspark genannt wird. Viggo und Arto, ihr kümmert euch eingehend um die Geografie, mögliche Fluchtwege, und so weiter. Sara und Lena, ihr beschafft eine passende Tasche für unser imaginäres Geld. Und du Gunnar, tja, du bereitest dich auf den Actioneinsatz der Nacht vor.«

»Für mich ist diesmal Fehlanzeige mit Action«, sagte Gunnar Nyberg mürrisch. »Ich will Mann im Hintergrund sein.«

»Du kannst dich ja hinter einem Rosenstrauch in Rödabergsbrinken verstecken und beobachten, wie gut es läuft«, stichelte Norlander.

»Also dann, meine Freunde«, sagte Kerstin Holm, »erkläre ich diese Sitzung für beendet. Nutzt die Zeit gut.«

23

Plötzlich haben wir ein bisschen Zeit. Heute Nacht rücken wir aus und fangen Verbrecher. Der Plan ist klar. Wir haben ein paar Stunden frei bekommen. Alles, was ich wollte, war nach Hause fahren zu meinem Liebling, die Hand auf diese kleine Ausbuchtung ihrer Haut legen und zu Gott beten. Aber nicht in dieser heiligen und hohen Weise, in der man zu beten pflegt, sondern so, wie man einen Freund um einen Gefallen bittet. Beten, dass du deiner ohnehin schon übervollen Tagesordnung hinzufügst, sie zu retten. Irgendein kleiner Termin wird sich wohl noch finden.

Nimm dieses Böse weg. Nimm es einfach weg.

Aber ich habe es nicht getan. Ich muss meine Zeit nutzen. Ich habe weiter geforscht. Ich kam einfach nicht darauf, was es ist, ob es etwas ist, das ich wider alle Vernunft mitgenommen habe. Und dann begann ich zu ahnen, worum es geht. Ich verstehe es immer noch nicht ganz, aber die Ahnung ist da. Du willst, dass ich selbst darauf komme, nicht wahr, du Teufel? Das Einfachste und Sicherste ist, wenn ich es lediglich abliefere, ohne dass du mich instruieren musst – dann könnte ich dich noch nicht einmal festnehmen.

Das war das eine, was ich tat. Das andere war: deine Tochter suchen. Jawohl, verdammt.

Das Risiko ist nur, dass Liebe für dich nicht dasselbe bedeutet wie für mich. Du lachst mich vielleicht nur aus. Und drückst auf deinen verfluchten höllischen Auslöser, ohne eine Miene zu verziehen.

Und ich, würde ich wirklich – um einen unschuldigen, geliebten Menschen zu retten – einem unschuldigen unbekannten Menschen schaden können? Könnte ich anderseits das Gegenteil tun? Einen geliebten Menschen opfern, weil es nicht »recht« wäre, zum Gegenschlag auszuholen?

Was heißt »recht«? Zu einem bestimmten Zeitpunkt, in einer bestimmten Situation, erübrigt sich diese Art von Fragestellung.

Er droht damit, einen Menschen zu ermorden, den ich liebe. Ist es dann falsch, wenn ich damit drohe, einen Menschen zu ermorden, den er liebt? Natürlich ist es falsch, in der Theorie, und ich würde diese Tat in der Öffentlichkeit niemals rechtfertigen.

Aber das hier ist Praxis.

Kann man wirklich lernen, in der Hölle zu leben? Mitten im Inferno die Alltagsstrukturen zu ordnen? Weiterzuleben und so zu tun, als wäre das Extreme das Alltägliche?

Denn Tatsache ist ja, dass ich mindestens ebenso klar denke wie sonst. Ich funktioniere. Die Arbeit geht voran. Wir machen ständig Fortschritte. Und ich bin dabei.

Können sie mir etwas ansehen? Hat mich schon jemand durchschaut? Ich bin ja von ziemlich cleveren Menschen umgeben, das weiß ich seit vielen Jahren, und es ist möglich, dass sie bereits Bescheid wissen. Dass einige von ihnen bereits über mich diskutieren und wissen wollen, was ich eigentlich mache.

Vielleicht sehen sie den Tod in meinem Gesicht.

Aber jetzt, bald, schlage ich zu.

Du wirst sehen, was das Wort Gegenfeuer bedeutet.

24

Etwas drängte in den Sommer.
Vielleicht lag es an der eigentümlichen Klarheit des Mondlichts. Oder an einer unerwarteten Kraft in den nächtlich dahinschwimmenden Spätsommerwolken.
Vielleicht war es aber auch ganz einfach die Eiseskälte.
Zumindest wenn man dastand, ohne sich zu rühren.
Es war Viertel vor drei am Sonntagmorgen, und sechs von acht Mitgliedern der A-Gruppe standen oder hockten da, ohne sich zu bewegen.
Gunnar Nyberg verharrte beispielsweise hinter einem Rosenstrauch.
Der kleine Park Rödabergsbrinken wurde von einer Fahrstraße umschlossen und war nur minimal von ein paar ziemlich blassen Straßenlaternen beleuchtet, die aus den Jahren nach 1920 übrig geblieben zu sein schienen, als der Architekt Per Olof Hallman das Viertel am Rödaberg hochgezogen hatte. Kurz zuvor hatten Stockholms Stadtarchitekten noch auf gitternetzartige Stadtplanung mit großen Blocks und geraden Straßen gesetzt, wie beispielsweise in Lindhagen. Hallman plante stattdessen ländlich und schuf eine sogenannte Gartenstadt, eine Kleinstadt mitten in der Großstadt, in unmittelbarer Nähe zu den heruntergekommenen Slums um Birkastan.
Dies war vielleicht nicht direkt das, woran Jorge Chavez und Viggo Norlander dachten, als sie, mit einer angemessen abgenutzten Schultertasche zwischen sich, unter einer Laterne am nördlichen Ende des Rödabergsparks standen. Aber im Unterschied zu den übrigen sechs konnten sie sich immerhin ziemlich frei bewegen. Chavez schlug sogar kräftig die Arme um den Oberkörper.

Norlander bewegte sich dagegen wenig. Er sollte so cool wie möglich wirken. Typ Leibwächter. Seine Pistole beulte unverkennbar die linke Seite der zur Hälfte aufgeknöpften Lederjacke aus. Er sah sehr hartgesotten aus.

Chavez seinerseits trug einen ziemlich korrekten Anzug, eine Spur zu fein geschnitten. Typ Krimineller, der glaubt, sich ein wenig höher in der Hierarchie zu befinden, als es tatsächlich der Fall ist, und sich den Anschein von Weltläufigkeit zu geben versucht.

Überhaupt hatte man sich bemüht, die beiden auszusuchen, die am wenigsten nach Polizisten aussahen, und sie noch weniger danach aussehen zu lassen.

Das war aber noch nicht die ganze Rollenbesetzung. Lena Lindberg hatte darauf bestanden, die *baglady* spielen zu dürfen, und trotz vereinzelter Proteste befand sie sich jetzt, passend geschminkt, auf dem Boden neben einem Spielplatz am anderen Ende des Parks. Mit einer Wodkaflasche neben sich, lag sie unter einem alten schmutzigen Schlafsack und schnarchte laut.

Kerstin Holm und Sara Svenhagen hockten zwischen einigen Autos im östlichen, dem Vanadisplan zugewandten Teil des Parks. Auch Arto Söderstedt saß hinter einem prächtigen, üppig blühenden, leuchtend roten Rosenstrauch, zehn Meter von Nybergs Strauch entfernt, und verfluchte Norlander für diesen Einfall. Sie waren am nächsten an Chavez und Norlander postiert und sollten ihnen als Erste zu Hilfe kommen.

Jon Anderson – der ohne zu murren akzeptiert hatte, dass er nie als Krimineller durchgehen würde und deshalb nicht an Chavez' Seite sein konnte – stand gut versteckt in einem Durchgang und fühlte, dass er wohl in erster Linie dort postiert worden war, um aus dem Weg zu sein. Der Gang öffnete sich auf die Rödabergsgata in der Mitte einer Hausfassade und führte zu dem kleinen Parkgelände namens Hedemoratäppan. Auf der gegenüberliegenden Straßenseite gab es einen ebensolchen Durchgang, der zu Sätertäppan führte. Und in der Mitte der abschüssigen Rödabergsgata verlief ein Grünstreifen mit traurig verblühten Kastanien. Am oberen Ende davon, beim Eingang zum Rödabergspark, war ein Kunstwerk aufgestellt worden, das ungewöhnlich fehl am Platz war.

Während der Erkundungstour der A-Gruppe am Abend zuvor hatte Jon Anderson dieses eigentümliche Werk eingehend betrachtet und sich in seine Geschichte eingelesen. Es hieß »Eineinhalb Sphären«, bestand aus drei großen Segmenten – wie auf einen Grillspieß aufgesteckte Scheiben eines Balls aus Stahl – und war 1971 von einem Künstler namens Björn Selder geschaffen worden. Jon Anderson erinnerte sich deutlich an Gunnar Nybergs Ausruf, als die A-Gruppe Rödabergsbrinken erreicht hatte.

»Aber verdammt. Das ist doch kein Park, das ist ein Rotzklecks.«

Er wollte gerade über diese Erinnerung lachen, als er eine Bewegung sah.

Früher Sonntagmorgen bedeutet auch späte Samstagnacht, und sie hatten in der Gruppe auch die Befürchtungen besprochen, dass zahlreiche Nachtschwärmer unterwegs sein würden. Aber bisher schien das in Rödabergen nicht der Fall zu sein. Seit einer halben Stunde hatte sich nichts geregt, als Anderson den Wagen ahnte, der die ziemlich steile Straße herauffuhr. Er sprach in sein Walkie-Talkie:

»Ein Wagen kommt die Rödabergsgata herauf.«

Alle hörten es, außer Chavez und Norlander, die natürlich keine Ohrstöpsel trugen. Dagegen sahen sie das Zeichen – Lena Lindberg drehte sich unter ihrem Schlafsack um – und schärften die Sinne.

Als der Wagen auf der anderen Seite der Kastanienallee in der Mitte der Rödabergsgata an Jon Anderson vorbeifuhr, sah der noch etwas anderes, neben dem Wagen. Ein Schatten glitt kaum wahrnehmbar hinüber zur letzten Kastanie und verschwand hinter dem stählernen Kunstwerk. Ein Augenblick der Unachtsamkeit hätte ausgereicht, und der Schatten wäre ihm entgangen. Aber er sah ihn. Er war da. Er konnte nicht sagen, was es gewesen war, aber sicher ein Mensch, und jetzt war er nicht mehr zu sehen. Aber Anderson hielt den Blick auf das Kunstwerk gerichtet, während der Wagen weiterfuhr, zum Rödabergspark.

Er wagte es nicht, sein Walkie-Talkie zu benutzen. Die Skulptur war zu nah. Er wagte überhaupt nicht, sich zu bewegen. Jedes Geräusch hätte ihn sofort verraten.

Am meisten fürchtete er, dass es ein Scharfschütze sein könnte.

Und so zog er langsam, ganz langsam seine Waffe aus dem Achselholster.

Der Wagen hielt am westlichen Ende des Parks. Zwei Männer stiegen aus. Einer von ihnen trug eine Tasche über der Schulter.

Sie sahen wie wirklich schwere Jungs aus. Langsam betraten sie den Park und gingen hinein. Ihre Jacken waren geöffnet. Ihre Hände zweifellos bereit, die Waffen zu ziehen.

Chavez und Norlander sahen sie in einem Unheil verheißenden Halbkreis auf sich zukommen. Die Männer gingen langsam, glitten ins Licht der Laternen hinein und wieder heraus. Ihre Schritte verrieten große Selbstsicherheit.

Der Mond trat hinter einer Wolke hervor. Der ganze kleine, dreigeteilte Rödabergspark wurde in gleißendes Silberlicht getaucht.

Chavez und Norlander standen ganz, ganz still.

Die Männer kamen näher. Norlander versuchte, die Dicke ihrer Jacken einzuschätzen. Was verbarg sich dahinter? Maschinenpistolen?

Nein, kaum, dachte Viggo Norlander.

Während er gleichzeitig immer intensiver an den Tod dachte.

Das hatte er in letzter Zeit oft getan.

Die Schritte der Männer auf dem Kies wurden deutlicher hörbar, und man konnte ihre Gesichtszüge im Mondlicht erkennen.

Dann blieben sie stehen.

Sie waren fünf Meter entfernt. Mehr nicht.

Der Rechte war groß und massig, er hatte scharfe, halb asiatische Züge. Der Linke war kleiner, kantiger, sehnig. Er trug die Tasche.

Sie blickten sich um. Schätzten die Lage ein. Beobachteten Chavez im Anzug und Norlander in der Lederjacke.

Der sehnige Mann auf der Linken nickte kurz und sagte:

»Das Geld.«

Chavez wartete einen Augenblick und sagte:

»Kann ich erst die Telefone sehen?«

Der Sehnige lachte auf und sagte:

»Natürlich nicht.«

Nyberg und Söderstedt waren aus den Rosensträuchern heraus, noch ehe Chavez und Norlander ihre Waffen gezogen hatten. Aber alle vier waren deutlich schneller als die beiden Männer. Holm und Svenhagen tauchten wenige Sekunden später auf, und am Ende auch Lindberg, den lästigen Schlafsack um das eine Bein gewickelt.

Mit sieben Schusswaffen auf sich gerichtet, blieb den beiden Männern keine große Wahl. Dennoch lag einige geladene Sekunden lang Zweifel in der Luft, aber dann hoben sie die Hände über den Kopf.

Jon Anderson sah das Geschehen nur aus den Augenwinkeln. Seine Aufmerksamkeit war anderweitig gebunden. Noch sah er nichts, aber er hob langsam die Waffe in Richtung des Kunstwerks.

Dann löste sich der Schatten von der Metallskulptur.

Er bewegte sich langsam rückwärts, und als er sich umwandte, war es ein Mann in einer Kapuzenjacke. Er sah aus wie ein ganz gewöhnlicher junger Mann. Langsam und lautlos begann er, im Inneren der Allee die Rödabergsgata hinunterzuwandern.

Anderson trat aus dem Durchgang. Er duckte sich hinter den geparkten Autos und lief auf dem Bürgersteig an ihnen entlang, stets auf gleicher Höhe mit dem Kapuzenmann. Etwas weiter vorn war eine größere Lücke zwischen den Autos. Er sah die Lücke, lief etwas schneller und glitt vor einem Wagen in sie hinein.

Der Mann war verschwunden. Er musste ihn gehört und sich davongestohlen haben. Anderson konnte nur mutmaßen. Entweder hatte der Mann die Falugata genommen, oder er hatte auf der Rödabergsgata kehrtgemacht und war in dem Durchgang in Richtung Sätertäppan verschwunden.

Oder aber, dachte Anderson im gleichen Moment, in dem er auf die Straße hinaustrat, er hat mich gehört und steht mit der Pistole im Anschlag geduckt hinter einem Baum.

Da Jon Anderson noch lebte, war Letzteres anscheinend nicht der Fall.

Anderson hatte die Karte im Kopf; sie lag wie ein Raster vor seinem inneren Auge. Er lief hinunter zur Falugata, die sich ziemlich breit zur St. Eriksgata hin öffnete. Keine Spur von einem Mann mit Kapuzenjacke. Also musste er den Durchgang genommen haben und war jetzt auf dem Weg nach unten durch Sätertäppan. Dann musste es möglich sein, ihm über die Falugata den Weg abzuschneiden, dachte Jon Anderson und lief, lief wie eine wahnsinnige Giraffe mit gewaltigen, aber wankenden Schritten.

Später sollte er sich daran erinnern, dass er während dieses Laufs sehr vieles dachte. Aber was, daran erinnerte er sich nicht.

Die Falugata machte in der Tat einen Schwenker nach oben, wo Sätertäppan enden musste. Anderson schlich an der Fassade eines Hauses entlang zur Straßenecke und warf einen schnellen Blick zum Park hinauf.

Und da kam der Kapuzenmann. In seiner linken Hand

glänzte etwas im Licht einer Parklaterne – vermutlich eine gezogene Pistole. Er war jetzt höchstens zehn Meter entfernt.

Er ist Linkshänder, wie ich, konnte Anderson noch denken. Aber er konnte nicht einmal mehr tief Luft holen, sondern sprang auf die Straße und richtete seine Waffe auf den Mann.

»Waffe fallen lassen«, brüllte er.

Wo das Gesicht hätte sichtbar sein sollen, war nur ein dunkler Schatten unter der Kapuze. Der Mann blieb stehen. Komischerweise dachte Anderson daran, dass der Pulli grüngelb gestreift war. Aber noch merkwürdiger war, dass er den kleinen Elch darauf erkannte.

Der Mann bewegte sich nicht vom Fleck. Die Waffe hing ganz still in seiner Hand. Und das Dunkel unter der Kapuze wurde immer dunkler.

Zeit verging.

Anderson stand nur da, mit erhobener Waffe. Der Mann stand nur da, mit gesenkter Waffe.

Dann kam die Bewegung.

Sie war so merkwürdig, so erwartet und dennoch so überraschend.

Als der Mann die Pistole hob, schoss Jon Anderson.

Er schoss ihm die Pistole aus der Hand. Es hallte wie der Klang einer Kirchenglocke durch die Gartenstadt.

Der Mann schrie auf. Anderson lief auf ihn zu und schlug ihm die Pistole an den Kopf.

Er fiel um wie ein Baum.

Als Jorge Chavez und Arto Söderstedt durch den Durchgang von der Rödabergsgata an Sätertäppan entlang heruntergestürmt kamen, sahen sie Jon Anderson gekrümmt über dem bewusstlosen Mann stehen und kotzen.

25

Der Mann am Verhörtisch hatte einen dicken Verband am Hinterkopf, geronnenes Blut im Gesicht und roch nach Erbrochenem. Die grüngelb gestreifte Kapuzenjacke war schon an Ort und Stelle entsorgt worden – nicht ganz vorschriftsgemäß im nächsten Papierkorb in Röda bergen. Trotzdem hing der Gestank noch in der Luft.

Ihm gegenüber saßen Kerstin Holm und Jorge Chavez. Beide hatten das Gefühl, ziemlich hohläugig auszusehen. Es war fünf Uhr am Morgen, und keiner hatte in der Nacht auch nur eine Minute geschlafen.

Die Person im Verhörraum, die noch am frischesten aussah, war ohne Zweifel Kill.

Denn selbstverständlich war der Mann ihnen gegenüber Kill. Er sah unansehnlich genug aus, um sich unsichtbar machen können. Aber jetzt war er gefasst worden. Von Jon Anderson; von allen Actionhelden der Welt war es ausgerechnet Jon Anderson gewesen.

Den sie zu seiner Wohnung in Sibirien gebracht hatten und der dort im Flur im Stehen eingeschlafen war. Chavez hatte den langen, schlafwandelnden Körper zum Bett transportiert und ihn zusammengefaltet. Dann war er zum Präsidium zurückgekehrt, wo Kill verarztet wurde. Er war schon im Auto wieder munter geworden, in der Mitte zwischen Norlander und Nyberg, und als Kerstin Holm einen Blick in den Rückspiegel warf, hatte er dort auf dem Rücksitz des Öko-Autos nicht gerade imponierend ausgesehen. Ihr ein wenig benebeltes Bewusstsein produzierte die Vorstellung von einem Schmetterling: ein minimaler Körper zwischen zwei Riesenflügeln.

Das war bei näherem Nachdenken ein ziemlich irreführendes Bild.

Allein der Vergleich von Nyberg und Norlander mit Schmetterlingsflügeln ließ sie dort im Verhörraum wieder munter werden. Sie sagte:

»Tja, Kill. Jetzt müssen Sie uns alles erzählen.«

Der Mann hatte ein sympathisches Gesicht unter dem geronnenen Blut. Sein schwarzes Haar war kurz geschnitten und rahmte ein freundlich lächelndes Gesicht von, wie Holm meinte, kurdischer oder türkischer Herkunft ein.

»Ich verstehe leider nicht, was Sie meinen«, sagte der Mann in perfektem Schwedisch. »Und ich verstehe nicht, wie Sie mich nennen.«

»Ich nenne Sie Kill«, sagte Kerstin Holm. »Nicht zuletzt, weil Sie versucht haben, einen meiner Beamten zu erschießen.«

Der Mann schwieg. Das Lächeln hing noch in seinen Mundwinkeln, obwohl eher als kleiner Überrest.

Chavez räusperte sich und sagte:

»Wir haben uns gefreut, dass Sie Jontes Kapuzenjacke noch hatten. Dafür sind wir sehr dankbar.«

»Eine Jacke der Marke Abercrombie and Flynn«, sagte Kerstin Holm.

»Abercrombie and Fitch«, korrigierte der Mann.

»Danke«, sagte Chavez. »Das klingt jetzt allmählich nach Schleichwerbung. Hören wir damit auf.«

Kerstin Holm räusperte sich und sagte:

»Wenn Sie uns bei einer bestimmten Sache helfen, wird das sehr vorteilhaft für Sie sein, wenn die Stockholmer Polizei demnächst gegen die notorische Rågveds-Bande ermittelt.«

»Ihre beiden Muskelmänner sind identifiziert«, sagte Chavez. »Und es wird nicht lange dauern, bis wir auch Sie identifiziert haben.«

»Wie denn?«, fragte Kill ruhig.

»Natürlich durch Ihre Muskelmänner«, sagte Chavez ebenso ruhig. »Sie haben uns schon verraten, dass Sie Kill sind. Wir haben ihnen versprochen, sie laufen zu lassen, wenn sie das tun.«

»Das glaube ich kaum«, sagte Kill.

»Das spielt jetzt keine größere Rolle«, sagte Holm. »Sie sind wegen Mordversuchs an einem Polizisten verhaftet. Der Rest sind Marginalien.«

»Hat er mir wirklich die Pistole aus der Hand geschossen?«, fragte Kill und zeigte zum ersten Mal so etwas wie ein Gefühl. Er öffnete und schloss einige Male die unverletzte linke Hand, betrachtete sie und fügte hinzu:

»Das kann doch nicht möglich sein, verflucht.«

»Für uns ist nichts unmöglich«, sagte Chavez und imitierte Kill in seiner vorherigen Ruhe.

»Ich glaube wirklich, Sie müssen mich laufen lassen«, sagte der. »Sie können einen Menschen ohne Identität nicht festhalten.«

»Warum reden Sie so einen Blödsinn?«, fragte Chavez. »Sie haben versucht, einen Polizisten zu ermorden, noch dazu meinen Partner, und wahrscheinlich kommen Sie nie wieder raus. Wenn Sie meinen, es ist ein gutes Gefühl, wie John Doe im Knast zu sitzen, ist das für uns völlig in Ordnung.«

»Aber es gibt einen mildernden Umstand, den Sie für sich nutzen können«, sagte Holm. »Wenn Sie so smart sind, wie behauptet wird.«

»Das haben Sie gesagt«, Kill grinste. »Aber Sie haben nicht gesagt, worum es dabei geht.«

»Sie werden es erfahren, sobald wir sicher sind, dass Sie uns Ihre ungeteilte Aufmerksamkeit schenken.«

»Das tue ich.«

In dieser Situation hätten Kerstin Holm und Jorge Chavez gern einen Blick gewechselt, aber sie widerstanden der Versuchung.

Holm formulierte die Frage:

»Wir müssen wissen, wer das Handy gekauft hat, das ursprünglich von dem Mann erworben wurde, der ursprünglich auch die Kapuzenjacke gekauft hatte, die Sie heute Nacht trugen.«

Im Nachhinein war sie nicht sicher, ob diese Formulierung die optimale war.

Chavez' Miene war jedenfalls keine Regung anzusehen.

»Habt ihr sie geklaut?«, fragte Kill ganz einfach.

»Was?«, sagte Chavez.

»Als ich zu mir kam, hatte ich keine Jacke mehr an. Habt ihr sie geklaut? Wollte sich jemand aus eurer Truppe gratis eine Abercrombie and Fitch zulegen?«

»Keine Schleichwerbung mehr, hatten wir gesagt«, sagte Chavez.

»Natürlich nicht«, sagte Kerstin Holm und log schamlos: »Das Staatliche kriminaltechnische Laboratorium wird sich um sie kümmern. Haben Sie meine Frage überhaupt verstanden?«

»Erstens war es keine Frage, und zweitens war sie ziemlich plump formuliert«, sagte Kill.

Chavez, der nicht gern zeigen wollte, dass er der gleichen Meinung war, sagte schnell, auch um nicht lachen zu müssen:

»Ich glaube, Sie haben den totalen Überblick über Ihr Geschäft. Ich glaube, Sie wissen genau, von wem jedes einzelne Handy stammt und an wen es verkauft wird. Ich glaube also, es ist nicht das geringste Problem für Sie, dieses Handy einzuordnen. An wen haben Sie es verkauft?«

»Ich möchte eine konkrete Garantie, dass mir diese Information wirklich einen Vorteil bringt«, sagte Kill stilsicher.

»Wir verzichten darauf, Sie als Kill zu registrieren«, sagte Kerstin Holm. »Dass Sie die Waffe gegen meinen Mitarbeiter erhoben haben, müssen Sie verantworten, davon kommen Sie nicht los, aber wir bringen Sie nicht mit den Handys in Verbindung.«

»Und wie sieht die konkrete Garantie aus?«

»Eben so.«

»Das ist nicht besonders konkret.«

»Das ist so konkret, wie es sein kann in unserer Welt.«

Kill schwieg und überlegte. Aber Chavez hatte den Eindruck, dass er nicht nach dem Namen suchte – den hatte er schon –, sondern über den Wahrheitsgehalt von Kerstin Holms abstraktem Versprechen nachdachte.

Dann kam er zu einem Entschluss und sagte:

»Ein kleiner Kerl von irgendwo aus dem Westen der Stadt. Iraner, glaube ich. Er nannte sich Siamak Dulabi.«

Chavez hoffte, dass man nicht sehen konnte, wie er unter dem Verhörtisch die Faust ballte.

»Nannte sich?«, fragte er. »Sie haben ihn doch sicher überprüft?«

Kill machte eine kleine Bewegung mit dem Kopf und sagte:

»Siamak Dulabi, Gränsholmsbacken 19.«

»Und das ist wo?«

»In Vårberg«, sagte Kill.

26

Kerstin Holm schickte Jorge Chavez, der aussah, als würde er jeden Augenblick auf die Bretter gehen, nach Hause, und hoffte, dass Gunnar Nyberg wie abgesprochen in seinem Zimmer bereitsaß. Die anderen hatte sie ebenfalls heimgeschickt, damit sie ein paar Stunden Schlaf bekamen.

Wann sie selbst Zeit zu schlafen haben würde, wusste sie nicht. Vor dem Einsatz im Rödabergspark war es ihr nicht gelungen, sich auszuruhen – zu vieles ging ihr durch den Kopf –, aber sie wusste, dass Nyberg Gelegenheit zum Ausruhen gehabt hatte. Er war nach ihrer Erkundung auf direktem Weg nach Hause gefahren, allerdings nicht in seine Wohnung in Nacka, sondern in Ludmilas Wohnung, die bei Licht besehen viel mehr Zuhause für ihn war als Nacka. Ludmila wohnte außerdem nur einen Steinwurf vom Präsidium entfernt, er hatte also hoffentlich etwas Schlaf gehabt. Nicht nur Sex.

Denn dass er den gehabt hatte, wusste sie. Sie hatte ihn gegen elf Uhr angerufen, nur um noch ein paar Gedanken wegen der Postierung im Rödabergspark mit ihm durchzusprechen, doch es waren nur einige sonderbar gestöhnte russische Phoneme an ihr Ohr gedrungen, die sie veranlasst hatten, auf der Stelle – und ein wenig verschämt – den Hörer wieder aufzulegen.

Und sogleich hatte sie den schmerzlichen Mangel in ihrem eigenen Leben empfunden. Sie dachte an Bengt Åkesson und die wenigen Male, die sie miteinander geschlafen hatten. Sie dachte an die Kraft in dem Körper, der jetzt in einem Krankenbett dahinsiechte. Sie dachte an seinen Penis.

So kam es dazu, dass Gunnar Nyberg in einem Rosenstrauch im Rödabergspark landete.

Jorge Chavez hatte sich nur widerwillig zu seiner Frau Sara Svenhagen nach Hause begeben. Doch ohne Proteste. Der Widerwille galt in erster Linie der eigenen Müdigkeit – die sich nicht länger verbergen ließ. Er hatte ganz einfach nach dem Verhör mit Kill einen viel zu schlappen Eindruck gemacht, und er war sich dessen zutiefst bewusst.

Also trottete er davon, und Kerstin Holm steuerte auf Gunnar Nybergs Zimmer zu.

Der saß da und guckte sich im Internet Autos an. Richtige Rennschlitten. Als sie eintrat, sah er auf, und sein Blick war völlig ungetrübt. Ja, doch, er hatte Schlaf gehabt. Diese schönen Stunden nach der Liebe, die mehr Ruhe schenken als der unruhige Singleschlaf einer ganzen Nacht.

Wenn sie sich richtig anstrengte, konnte sie sich noch daran erinnern.

»Zeit nach Vårberg zu fahren«, sagte sie.

»Okay«, sagte Gunnar Nyberg. »Ich fahre.«

»Du fährst *nicht*«, sagte Kerstin Holm.

Und so fuhren sie in aller Ruhe durch einen völlig stillen, menschenleeren Sonntagmorgen. Die Sonne, die langsam höher stieg und ihre goldenen Strahlen über Årstaviken schickte, als sie die Liljeholmsbro überquerten, war inzwischen zur Spätsommersonne geworden. Es war halb sechs, Sonntag, der siebte August, und kein Mensch war zu sehen. Als sei Stockholm zu Eis gefroren. Und es war eine sehr schöne Ödnis.

Vårberg, das gemeinsam mit den Stadtteilen Skärholmen, Sätra und Bredäng den Ortsteil Skärholmen bildete, wurde in den Sechzigerjahren gebaut. Von Grund auf, in allen seinen Teilen. Und das waren viele. Es waren die niedlichen Teile hinunter nach Johannesdal und zum Mälaren, Reihenhaus an Reihenhaus, und es waren die so typischen Millionenprogrammteile näher am problematischen Skärholmen. Vårberg war ganz einfach ein Schweden in Miniatur.

Der Gränsholmsbacke lag nicht ganz unerwartet in der

Millionenprogrammhälfte. Kerstin Holm parkte vor der Haustür, und sie gingen hinein, betrachteten die Namensschilder, fanden »Dulabi« und nahmen den Aufzug in den zweiten Stock.

Es war die Tür, die dem Lift am nächsten lag. Sie hatte nichts Besonderes an sich. Nur eine ganz normale Tür auf einem ganz normalen Etagenflur.

Kerstin Holm flüsterte:

»Du weißt, warum ich dich mitgenommen habe.«

Gunnar Nyberg sah auf die Uhr, sah, dass es 5.49 Uhr war, und flüsterte zurück:

»Um das Auto zurückzufahren, nicht wahr?«

Kerstin Holm verzog das Gesicht und sagte:

»Okay.«

Worauf Gunnar die Tür eintrat.

Sie gingen mit gezogenen Waffen hinein.

Siamak Dulabi saß an seinem Schreibtisch. Sein Computer vor ihm gab ein herzzerreißend schrilles Piepen von sich. Es klang, wie wenn man eine Menge Tasten gleichzeitig drückt und sie stundenlang gedrückt hält. Das hatte er offenbar getan.

Mit dem Gesicht.

Gunnar Nyberg warf einen schnellen Blick auf den Bildschirm, erkannte ein geöffnetes Word-Dokument und sah, dass es sich auf Seite 3764 befand. Daraus wurde gerade 3765.

Die linke Hand hing herunter. Sie tropfte nicht mehr. Der Lache auf dem Fußboden nach zu urteilen, war der Körper ganz einfach ausgeblutet.

Rechts von der Tastatur ruhte die andere Hand. Darin steckte ein blutiges Küchenmesser.

Sie durchsuchten rasch die kleine Einzimmerwohnung. Es war sonst niemand hier. Während Kerstin Holm telefonierte, zog Gunnar Nyberg seine Gummihandschuhe an, packte Siamak Dulabis halblanges Haar, hob vorsichtig den Kopf an und schaltete die Tastatur des Computers aus. Der Computer verstummte.

Das Dokument befand sich auf Seite 3772.

Gunnar Nyberg blickte auf die Uhr. Es war 5.52 Uhr.

»Ja, sofort«, sagte Kerstin Holm ins Handy. »Gränsholmsbacken 19 in Vårberg.«

Nyberg meinte, eine urgesteinherbe Stimme erkennen zu können, die sagte:

»Aber rührt verdammt noch mal nichts an.«

Dann war das Gespräch zu Ende.

»Du hast etwas angerührt«, sagte Kerstin Holm in zurechtweisendem Ton.

»Dafür gibt es Gründe«, sagte Gunnar Nyberg. »Und damit meine ich nicht nur, dass der Scheißkasten so schrill gepiept hat.«

»Hier ist es dunkel«, sagte Holm. »Lass mal die Rollos hoch.«

»Es geht um eine interessante Timingfrage«, sagte Gunnar Nyberg, zog die Rollos hoch und ließ die Augustmorgensonne herein. »In genau drei Minuten ist die Seitenzahl von 3764 auf 3772 vorgerückt. Wie viele Seiten sind das?«

»Ich bin nicht so ausgeschlafen wie du«, sagte Kerstin Holm unwirsch.

»Okay«, sagte Gunnar Nyberg nachsinnend. »Siebenhundertzweiundsiebzig minus siebenhundertvierundsechzig gibt acht. Nehmen wir an, wir haben einen Moment gebraucht, bevor wir es sahen. Sagen wir also neun. Wie lange ist es dann her, dass sein Gesicht auf die Tastatur gefallen ist? Vorausgesetzt, er hat nicht allzu viele Seiten geschrieben. Drei Seiten pro Minute vielleicht.«

»Wie zum Teufel kannst du so frisch sein?«, fragte Holm und betrachtete die bereits halb geronnene Blutlache auf dem Fußboden. Ihr war speiübel.

»Liebe«, sagte Gunnar Nyberg.

»Mach weiter«, seufzte Kerstin Holm.

»Dreitausendsiebenhundertzweiundsiebzig geteilt durch drei macht vielleicht eintausendzweihundertfünfzig. So viele Minuten hat er da gelegen. Tausendzweihundertfünfzig durch sechzig ergibt etwas mehr als zwanzig, richtig?«

»Weiß ich doch nicht, verdammt.«

»Richtig? Jetzt werd mal wach!«

»Ich bin wach. Mir ist nur ein bisschen übel.«

»Nichts hilft besser gegen Übelkeit als eine Mathematikaufgabe.«

»Du bist ein Wahnsinniger.«

»Zwanzig Stunden hat Siamak Dulabi, wenn er es denn ist, mit dem Gesicht auf der Tastatur gelegen. Wann starb er also?«

»Jetzt ist es sechs«, schnaubte Kerstin Holm. »Dann ist er gestern früh um zehn Uhr gestorben.«

Nyberg nickte und zog vorsichtig eine Brieftasche heraus, die aus der Gesäßtasche des Sitzenden ragte. Er fand einen Führerschein und sagte:

»Ja, dies ist Siamak Dulabi.«

Kerstin Holm schüttelte heftig den Kopf, wie um wach zu werden, zog sich ein Paar Gummihandschuhe an und sagte:

»Mehran Bakhtavar starb am Freitagabend um Viertel vor elf, von einem Auto überfahren, und Siamak Dulabi starb am Samstagvormittag gegen zehn Uhr, durch Aufschneiden der Pulsader. Soll man es so deuten?«

Nyberg beugte sich hinab und betrachtete den aufgeschnittenen linken Arm. Der Schnitt verlief sehr exakt und zielbewusst in Längsrichtung des Arms. Mindestens eine lebenswichtige Ader war präzise getroffen worden.

»Es ist gar nicht so leicht, die heiligen Reiter von Siffin zu fassen zu bekommen«, sagte Gunnar Nyberg und tippte vorsichtig in die Blutlache. Sie war fast ganz getrocknet.

»Erklärung?«, fragte Kerstin Holm und zog die Tastatur zu sich heran.

»Mehran wird von Gewissensbissen gequält und droht zu

plaudern. Als er ermordet wird, geht auch Siamak auf, wie ernst die Lage ist, und er nimmt sich aus Verzweiflung das Leben.«

»Denkbar«, sagte Holm und zeigte auf die Tastatur. »Sind nicht drei Seiten pro Minute ziemlich schnell? So schnell schreibt man doch keine A4-Seite voll?«

»Wenn eine der heruntergedrückten Tasten die Returntaste ist, dann kann es so schnell gehen«, sagte Nyberg. »Und er lag auf der rechten Seite.«

»Wollen wir nachsehen, was er geschrieben hat, als er starb?«

»Ich dachte schon, du würdest nie mehr fragen.«

Kerstin Holm drückte ein paar Tasten und gelangte zum Anfang des Dokuments. Da stand:

»We were just amateurs.«

Danach begann ein Wald verschiedenster Buchstaben und Zeichen. Und offenbar war die Returntaste tatsächlich involviert gewesen, denn es war kein dichtes Textbild, sondern eher ein gelichtetes.

Und der Text war absolut bedeutungslos.

»Mist«, sagte Kerstin Holm. »Was heißt das?«

»Wir waren nur Amateure«, übersetzte Nyberg folgsam.

»Hör schon auf«, sagte Kerstin Holm. »Was bedeutet es?«

»Ein Bekennerschreiben auf Englisch«, sagte Gunnar Nyberg. »Nicht ganz überzeugend, wenn du mich fragst.«

Kerstin Holm blinzelte und sagte:

»Die Spurensicherung kann jeden Moment hier sein. Dann fliegen wir raus. Versuche etwas zu finden, los schnell. Irgendwas.«

»Aber ohne etwas anzufassen«, fügte Nyberg hinzu und machte sich auf der Stelle über Schubläden und Bücherregale her. Und Holm tat desgleichen.

Das meiste war weitgehend leer. Die Schreibtischschubladen waren staubfrei, was bei routinierten Polizisten immer schnell Misstrauen hervorruft. Als sie die Kriminaltechniker vor der zersplitterten Tür die Treppe heraufkommen hörten, hatten sie es schon aufgegeben. Es bedurfte keiner Worte zwischen ihnen, um zu verstehen, dass die Wohnung durchsucht worden war. Äußerst gründlich.

Wahrscheinlich von einem Mörder, der ein albernes, falsches Bekennerschreiben auf Englisch geschrieben hatte.

Und der das aus einem ganz speziellen Grund getan hatte.

Im Flur begegneten sie Brynolf Svenhagen. Der zeigte auf die zersplitterte Tür und sagte:

»Wie schaffst du das immer wieder?«

Gunnar Nyberg zuckte mit den Schultern und sagte:

»Schlechtes Material. Sechzigerjahre.«

Dann waren sie wieder draußen auf Gränsholmsbacken. Nyberg streckte die Hand aus. Holm betrachtete sie. Nyberg zog sie nicht zurück. Schließlich ließ Holm den Wagenschlüssel hineinfallen.

Es war so etwas wie ein Déjà-vu-Erlebnis.

»Aber wir fahren nicht besonders weit«, sagte Gunnar Nyberg, während er den Fahrersitz kräftig nach hinten schob.

»Es ist Sonntag, und sechs Uhr am Morgen«, sagte Kerstin Holm. »Ich glaube, das können wir vergessen.«

»Nicht alle in unserer multikulturellen Welt haben die gleichen Gewohnheiten wie wir«, sagte Nyberg und ließ den Prius an. »Du bist Kulturimperialistin, meine Schöne.«

Dann fuhren sie vollkommen lautlos ein paar Hundert Meter, bevor Nyberg bremste und anhielt.

Das Vereinslokal am Vårbergsväg wirkte zweifellos geschlossen. Aber als Nyberg die Türklinke herunterdrückte, ging die Tür auf. Sie betraten einen kleinen, ziemlich heruntergekommenen Versammlungsraum. Tische und Stühle von billigster Ikea-Qualität standen an den Wänden, und die Wände waren regelrecht zugekleistert mit Ankündigungen und Postern auf Arabisch und Persisch.

Arabisch und Persisch?, dachte Gunnar Nyberg. Wie konnten Sara Svenhagen und Lena Lindberg behaupten, dass es sich um Arabisch und Persisch handelte? Man sah ja überhaupt keinen Unterschied. Persisch wird nämlich auch mit arabischen Buchstaben geschrieben – obwohl es eine indoeuropäische Sprache ist, im Unterschied zum semitischen Arabisch, und also dem Schwedischen eindeutig nähersteht. Das war an diesen Plakaten aber kaum zu erkennen. Und für einen kurzen Moment dachte Nyberg, dass ordentliche Sprachkenntnisse für die schwedische Polizei immer wichtiger wurden. In der neuen Welt reichte es nicht mehr aus, herumzulaufen und auf bräsige Weise schwedisch zu sein. Man musste viel mehr können. Er hasste es, sich unwissend zu fühlen.

Gut, er lernte Russisch. Nyberg besuchte tatsächlich einen Abendkurs in Russisch. Ludmila hatte ihm einen guten empfohlen. Denn wenn sie zu ihrer Familie nach Moskau kamen – und sie wollten über Weihnachten dorthin –, konnte er nicht herumlaufen und bräsig schwedisch sein.

Er fand überhaupt, dass das Wissen über die Welt außerhalb Schwedens heutzutage wichtig war. Man konnte sich eigentlich nicht mehr damit herausreden, dass einem etwas fremd war. Die Welt wurde in rasendem Tempo globalisiert. Innerhalb von vierundzwanzig Stunden konnte jeder Mensch zu jedem Ort auf dem Erdball gelangen. Geografische Fremdheit war nur noch eine Erinnerung. Kulturelle Fremdheit würde wahrscheinlich nie nur eine Erinnerung sein.

Was taten wir eigentlich gerade in der Welt. Bauten den Turm zu Babel wieder auf? Mithilfe des Internets konnte der Mensch relativ guten Zugang zu den meisten Sprachen, Kulturen und Ländern in der ganzen Welt bekommen. Niemand konnte sich mehr herausreden. Niemand konnte seine Furcht vor dem Fremden darauf schieben, dass der Fremde unzugänglich war. Nie zuvor war der einzelne Mensch mit so vielen verschiedenen Völkern und Nationalitäten in Kontakt, nie zuvor war die Welt so offen und zugänglich.

Und dann gab es Menschen, die sich in Nostalgie vergruben.

Gunnar Nyberg fand eine solche Haltung vollkommen unverständlich. Obwohl er im Grunde ein Mensch war, der eigentlich klar festgelegt hätte sein sollen. Er müsste ein griesgrämiger alter Bulle sein, verbittert, erschlafft, unfähig, sich Neues anzueignen, unwillig, irgendetwas Neues zu lernen, das nach den Siebzigerjahren gekommen war. Und es hatte sogar ihn selbst erstaunt, wie wenig dies bei ihm zutraf. Er hatte nicht die geringste Neigung zur Nostalgie – es gab eigentlich nichts, was früher besser war –, und er fühlte sich nicht einmal besonders schwedisch – obwohl ein Onkel festgestellt hatte, dass er im vierzehnten Glied schwedisch war. Gunnar Nyberg war also ein richtiger verfluchter Urschwede – alles sprach dafür, dass er in direkt aufsteigender Linie von den Wikingern abstammte.

Und dennoch liebte er die Erde, die Welt und ihre Menschen, all diese eigentümlichen Völker mit ihren seltsamen Bräuchen, die sich überall auf dem Erdball etabliert hatten, jedes nach seinen spezifischen Voraussetzungen.

Vor allem jedoch liebte er die Sprachen. Wie schrecklich schwer das Russische auch war, wie verdammt unmöglich, die grotesken Diphthonge hinzukriegen und sich im bizarren kyrillischen Alphabet zurechtzufinden, er liebte die menschlichen Sprachen und ihre Vielfalt. Und Arabisch war das größte aller Mysterien. Er wünschte sich wirklich nichts sehnlicher, als an diesen Wänden Arabisch und Persisch unterscheiden zu können, dies alles lesen zu können.

Doch auch er hatte seine Grenzen.

Und dann kam ihm plötzlich in den Sinn, dass er gerade eine Leiche gesehen hatte, ohne dass es ihn im Geringsten berührt hatte. Statt über das Schicksal des armen Schweins Siamak Dulabi nachzusinnen, wie er gelitten haben musste, was ihm alles verloren gegangen war, hatte er angefangen, über Sprachen nachzudenken. War das wirklich gesund?

Er kehrte in die Wirklichkeit zurück, genauer gesagt zu dem einzigen Menschen, der sich hier außer ihnen im Versammlungslokal am Vårbergsväg aufhielt. Der stand hinter einer Theke, auf der unter einer Glasglocke ein paar schlappe Gebäckstücke ruhten, und sah groß und grob aus. Wahrscheinlich war er einer der Männer, die Sara und Lena am Tag zuvor angetroffen hatten, einer der ziemlich robusten Iraner, die sie vor die Tür gesetzt hatten.

»Wie früh Sie geöffnet haben«, sagte Nyberg und zeigte auf die Glasglocke. »Ich möchte gern einen Kuchen.«

Der große Mann machte eine skeptische Miene, und Gunnar Nyberg dachte, dass er alt zu werden begann. Er jagte Menschen keinen Schrecken mehr ein. Aber vielleicht war das auf lange Sicht ein gutes Zeichen.

Leider ging es hier um die kurze Sicht.

»Wir haben geschlossen«, sagte der große Mann in gutem, aber nicht akzentfreiem Schwedisch. »Ich muss Sie bitten, wieder zu gehen.«

»Tun Sie, was Sie tun müssen«, sagte Nyberg, »dann tue ich das auch. Ich muss Ihnen nämlich diese Gesichter hier zeigen.«

Er zog einen Führerschein aus der Tasche (was Kerstin Holm den Atem verschlug) und hielt ihn dem großen Mann hin. Dann holte er ein größeres Foto heraus und sagte:

»Ich gehe davon aus, dass Sie das Foto bereits gesehen hatten, als Sie gestern zwei Polizistinnen vor die Tür setzten. Es zeigt einen Mann namens Mehran Bakhtavar. Und auf dem Führerschein sehen Sie, wie Sie lesen können, einen Siamak Dulabi. Diese beiden Männer sind tot.«

Nyberg beobachtete das Gesicht des großen Mannes. Lag es nur am Schlafmangel und an der frühen Morgenstunde, dass er meinte, dort eine neue Falte zu entdecken? Er war nicht sicher.

Aber er musste es wissen.

»Beide sind kürzlich ermordet worden«, sagte Nyberg

und setzte auf gut Glück hinzu: »Und wir wissen, dass beide hier in diesem Lokal verkehrten.«

Der große Mann sah ihn nur gelassen an. Er hatte seinen steinernen Blick wiedergefunden.

»Was für ein Lokal ist das eigentlich?«, fragte Nyberg. »Ein Café?«

Die Augen des Mannes wurden eine Spur schmaler. Er sagte:

»Es ist ein Versammlungslokal.«

Nyberg nickte, als habe der Mann ihm ein großes und wichtiges Geheimnis enthüllt.

»Aha«, sagte er. »Und ich kann es schon heute schließen.«

»Was?«, stieß der Mann hervor.

»Wenn Sie mir nicht die Antworten geben, die ich haben will, bevor ich durch diese Tür hinausgehe, wird Ihr Lokal für alle Zukunft geschlossen sein.«

Die Augen des großen Mannes wurden noch eine Ahnung schmaler. Aber er blieb auf seiner Seite der Theke.

»Mehran und Siamak haben sich hier getroffen, nicht wahr?«, fragte Nyberg.

In diesem Moment wurde es offensichtlich, dass der Mann seinen inneren Kampf verloren hatte. Er sagte knapp:

»Ja.«

Nyberg nickte und fragte:

»Aber nicht allein, nicht wahr? Es waren noch mehr, die sich hier trafen?«

Das letzte Widerstandsnest auf dem inneren Schlachtfeld des Mannes erwachte zum Leben. Seine Augen wurden wieder schmal.

»Sie müssen mich jetzt entschuldigen«, sagte er.

»Nein, ganz und gar nicht«, gab Gunnar Nyberg zurück. »Im Gegenteil. Wer waren sie?«

»Ich weiß nicht«, antwortete der Mann und sah seine letzten inneren Soldaten fallen.

»Wie viele?«

»Vier«, sagte der Mann. »Immer vier. Sie sitzen immer am gleichen Tisch. Dort drüben am Fenster. Aber ich weiß nicht, wie sie heißen. Ich kenne ihre Gesichter, aber keine Namen.«

»Warum kommen sie gerade hierher?«

»Dies hier ist eine Freizone. Man darf denken, was man will, keine Grenzen.«

»Darf man auch fundamentalistisch denken?«

Der Mann hob die Hände in einer Geste, die Hoffnungslosigkeit signalisierte.

»Ich nehme an, Sie wissen, wie viele Iraner es in Schweden gibt?«, sagte er. »Es sind viele. Diejenigen, die nicht schon vor dem Schah geflohen sind, sind vor dem Fundamentalismus geflohen. Wir bereiten der hiesigen Gesellschaft so gut wie keine Probleme.«

»Ich bin ganz Ihrer Meinung«, entgegnete Nyberg. »Ich habe es nicht auf eine Volksgruppe abgesehen, sondern auf einige wenige Individuen.«

»Das können Sie sich einreden. Um es auszuhalten.«

»Versuchen Sie nicht, dies zu einer Frage von Vorurteilen zu machen. Wir haben mit großer Mühe diese beiden Individuen ausfindig gemacht, und genau in dem Moment, da wir sie finden, sterben sie. Es geht also mindestens ebenso sehr darum, den beiden Übrigen das Leben zu retten. Wer sind die beiden?«

»Wie gesagt, ich weiß es nicht. Aber ich glaube, ich kenne jemanden, der es weiß. Er wird Kråkan genannt und kommt jeden Morgen um sieben Uhr hierher, sonntags wie wochentags. Sie können ja auf ihn warten.«

»Danke«, sagte Gunnar Nyberg und zeigte wieder auf die Glasglocke. »Kann man die essen?«

Der Mann blickte Nyberg finster an und sagte:

»Es sind Zabankuchen, Butterteigschnitten mit Mandelfüllung, Safran und Rosenwasser. Aber Sie müssen Tee dazu trinken.«

»Zwei Tee und zwei Zabankuchen bitte!«

Das Bestellte kam auf einem kleinen Tablett, und Nyberg trug es zu einem Fenstertisch, an den Kerstin sich schon gesetzt hatte.

»Herrlich«, sagte sie und roch am Tee.

»An genau diesem Tisch saßen die heiligen Reiter von Siffin und planten ihre Taten«, sagte Gunnar Nyberg und setzte sich. Er biss herzhaft in seinen Zabankuchen und konnte nicht umhin festzustellen, dass es ein kulinarischer Leckerbissen war. Ein Meisterwerk.

»Jesses«, sagte er. »Dabei sahen sie so verschrumpelt aus.«

»Kråkan?« Kerstin Holm war skeptisch.

Danach sagten sie fast eine halbe Stunde lang gar nichts. Siamak Dulabis Leiche holte sie ein. Vor ihrem inneren Auge gingen sie noch einmal die kleine Wohnung ab, sorgfältig, jeden Winkel. Nein, da war nichts, sie war gestaubsaugt. Die Spurensicherung würde nichts finden, so viel war klar.

Schließlich sagte Kerstin Holm:

»Sie sind also zu viert. Wer sind die, die wir gefunden haben? Der Theoretiker und der Techniker? Soll man das so sehen? Hat Siamak Dulabi die Bombe gebastelt? Gab es irgendetwas in seiner Wohnung, das darauf hindeutete?«

»Nichts, was nicht beseitigt worden ist«, sagte Gunnar Nyberg.

»›We were just amateurs‹«, zitierte Kerstin Holm.

»Tja, du«, sagte Gunnar Nyberg.

Dann schwiegen sie wieder, bis die Tür aufging. Nyberg warf einen schnellen Blick zu dem großen Mann hinter der Theke und erhielt ein diskretes Nicken als Antwort. In der Tür erschien ein schlanker, mittelgroßer Mann mit einem Aussehen, das möglicherweise als iranisch gedeutet werden konnte. Er war gut zwanzig Jahre alt und trug typische Hip-Hop-Klamotten. Er grüßte den Mann hinter der Theke mit einem in die Luft gestreckten Finger und schloss die Tür. Im gleichen Moment sagte Gunnar Nyberg unmittelbar neben ihm:

»Kråkan?«

Der Angesprochene fuhr zusammen und starrte auf den enormen Polizisten.

»Wer will das wissen?«, brachte er schließlich heraus.

»Ein freundliches schwedisches Paar, das möchte, dass du dich einen Augenblick an unseren Tisch setzt.«

»Was'n los? Seid ihr vom anderen Ufer? Mieses Sexleben?« Er hatte seinen Hip-Hopper-Ton wiedergefunden.

»Ich bestehe darauf«, sagte Gunnar Nyberg und spürte, dass es angebracht war, den Polizeiausweis hervorzuholen. Was Kråkan veranlasste, ihn gehorsam zum Fenstertisch zu begleiten. Er setzte sich auf den dritten Stuhl und sagte: »Falls ihr glaubt, dass ich jemand verpfeife, sei ihr auf'm falschen Dampfer.«

»Du sollst nichts weiter tun, als ein paar Kumpeln das Leben retten.«

»Wie die Bullen so sagen.«

»Es geht um Folgendes«, sagte Kerstin Holm und beugte sich über den Tisch. »Wir glauben, dass du ein Kumpel von den vieren bist, die an diesem Tisch zu sitzen pflegen.«

»Ja?«, blaffte Kråkan aufmüpfig. »Und?«

»Zwei von ihnen sind tot«, sagte Holm. »Mehran und Siamak. Sagen dir die Namen etwas?«

Kråkan erbleichte zusehends.

»Ja, klar«, sagte er schließlich. »Wir waren Kumpel in der Schule. Alle fünf. Aber ihr irrt euch. Siamak ist nicht tot. Mehran ist tot. Ihr verwechselt sie. Er wurde von irgendeinem Psycho überfahren.«

»Alle fünf?«

»Ja, die alte Gang. Klar kenne ich sie.«

»Warum habt ihr angefangen, euch hier zu treffen?«

»Korrekter Laden«, sagte Kråkan mit einem Achselzucken. »Echt guter Kuchen. Zaban, you know.«

»Ihr fünf wart also eine feste Gang?«

»Damals ja.«

»Wieso? Jetzt nicht mehr?«

»Wir hatten uns eine Menge Jahre nicht getroffen. Aber dann wollte Jamshid uns wieder zusammenbringen. Hatte so eine Idee.«

»Wann war das?«

»Wir haben, ja, verdammt, vor acht Jahren aufgehört, nach der neunten Klasse.«

»Ich meine: Wann hat Jamshid sich wieder gemeldet und wollte die alte Gang wieder zusammenbringen?«

»Weiß nicht«, sagte Kråkan. »Zwei Monate?«

»Aber du bist abgesprungen, Kråkan«, sagte Kerstin Holm. »Du wolltest nicht mitmachen.«

»Was soll denn der Scheiß jetzt?«

»Es waren immer nur die vier am Tisch hier, nicht wahr? Und trotzdem warst du immer hier, Kråkan. Wo hast du gesessen?«

Kråkan schwieg. Er machte ein paar Drehbewegungen mit den Schultern, verzog aber keine Miene.

»Ich habe nicht gelogen, Kråkan«, sagte Holm. »Mehran ist tot, und Siamak ist auch tot. Wir waren gerade bei Siamak zu Hause am Gränsholmsbacke und haben seine Leiche gesehen. Er hat sich sehr gründlich die Pulsadern aufgeschnitten. So sah es auf jeden Fall aus.«

Kråkan starrte sie an und sagte:

»Nein, verdammt, nie Siamak. Nie.«

»Doch, leider.«

»Aber ihr habt sie doch nicht mehr alle«, sagte Kråkan. »Ihr wollt mich verarschen. Ihr lügt doch!«

»Wir lügen nicht, Kråkan. Du musst jetzt alles erzählen, was du weißt, dies hier ist blutiger Ernst. Erzähl jetzt die ganze Geschichte.«

Kråkan saß reglos da und starrte vor sich hin. Schließlich begann er zu erzählen, fast mechanisch:

»Jamshid rief an und sagte, wir sollten uns wieder treffen, die alte Gang. Geil, dachte ich. Der Einzige von den alten

Kumpels, den ich manchmal sah, war Siamak, und das auch nicht gerade oft. Wir trafen uns zum ersten Mal hier. Kamen uns wieder näher, du weißt schon. Es war alles wieder da, du weißt schon wie das ist mit Freunden, die man eine Zeit aus den Augen verloren hat: einmal Kumpel, immer Kumpel. Wir trafen uns ein paarmal, echt geil, aber anders als früher. Mehran und seine verfluchte Uni, cleverer Typ. Jamshid ziemlich stiff, aber okay. Arman einfach a nice guy. Und Siamak, der Mann mit den Kontakten. Der kannte Gott und die Welt.«

»Da wurdet ihr also wieder Kumpel?«

»Eine Zeit lang«, nickte Kråkan. »Eine Zeit lang war es echt cool. Cool, sich zu treffen, Tee zu trinken, über Mädels zu quatschen, auf 'n Putz zu hauen. Du weißt schon.«

»Und dann?«

»Dann fing Jamshid an, zur Sache zu kommen.«

»Zur Sache?«

»Ja, du weißt schon. Alles wurde ernst. Er quatschte vom Dschihad und ihr wisst schon. Von den Wurzeln und vom Kulturerbe. Und er redete vom Koran, dem heiligen Buch, und vom Propheten und den heiligen Kriegen. Die Schlacht bei Badr und Uhud und Khandaq und alles.«

»Die Schlacht bei Siffin?«

»Ja genau, das auch. Er redete von den heiligen Kriegern. Und auf einmal wollte er, dass wir heilige Krieger sein sollten. ›Stopp mal‹, hab ich gesagt, ›ich will kein heiliger Krieger sein.‹ Arman war meiner Meinung und Mehran auch, glaube ich. Siamak fand es cool, sozusagen, einfach so. Keiner war besonders überzeugt. Aber Jamshid redete weiter, und er hat sie überredet. Ich hab nur gesagt: ›Aber du machst Witze, Jammis, wir sind schwedische arme Schweine, wir können uns nie selbst in die Luft sprengen.‹ ›Du bist vielleicht ein schwedisches armes Schwein, Kurush‹ – so hat mich seit der Oberstufe außer meiner Mutter niemand mehr genannt –, ›aber wir sind es nicht, wir glauben an eine höhere

Sache, eine höhere Berufung.‹ Arman, Mehran und Siamak haben sich so ein bisschen gegenseitig abgecheckt, um zu sehen, wie die anderen reagierten. Ich weiß noch, dass Mehran nickte und sagte: ›Wir sind schon Bürger zweiter Klasse, Kråkan, das weißt du doch auch. Sogar an der Uni sehen sie es. Sobald sie deinen Namen hören, bist du außen vor, ganz egal wie scheißclever du bist. Sollen wir uns alle Kråkan nennen, um was zu sein?‹ Da bin ich sauer geworden und abgehauen.«

»Für immer?«

»Nein, verflucht. Am nächsten Tag war ich wieder da, aber da hatten sie sich irgendwie eingekapselt. Selbst Arman, der immer easy war, hat geschwiegen und mich weggestoßen. Und Siamak, mein alter Kumpel, mein Bruder – nein, völlig abgedreht. Der Arsch Jamshid hat der ganzen Gang das Gehirn gewaschen. Dann kamen sie hierher, wenn ich nicht da war, sie kannten ja meine Zeiten. Scheiß Reiter.«

»Reiter?«

»So nannten sie sich eine Zeit lang. Die Reiter also. Was ist das jetzt für'n Scheiß, ey?, hab ich mich gefragt. Aber dann hab ich es kapiert.«

»Ein erstes Entwicklungsstadium, nehme ich an«, sagte Kerstin Holm. »Und wie heißen sie jetzt? Ich brauche die vollständigen Namen von Arman und Jamshid.«

»Arman Mazlum und Jamshid Talaqani«, sagte Kråkan.

»Weißt du, wo sie wohnen?«

»Ich weiß, wo sie wohnten, als sie in die Oberstufe gingen, aber nicht, wo sie jetzt wohnen. Es ist auf jeden Fall hier in der Nähe.«

»Kannst du alle Adressen, an die du dich erinnerst, hier auf den Zettel schreiben? Und hast du keine Handynummern?«

Kråkan schrieb und schüttelte gleichzeitig den Kopf.

»Und du heißt also – Kurash?«

»Kurush Mahdavi«, sagte Kråkan, während er schrieb.

»Ich schreibe es auch auf. Jetzt geht mir verdammt noch mal die Muffe. Glaubst du, sie wollen mich auch allemachen? Weil ich es weiß?«

»Weil du was weißt?«

»Dass sie die heiligen Reiter von Siffin sind.«

27

Please could you stop the noise, I'm trying to get some rest from all the unborn chicken voices in my head.
Er hatte einen neuen Lieblingssong gefunden. Dass er immer das Bedürfnis hatte, mit seinen Kopfhörern Musik zu hören, wenn er den Mann mit all den ungeborenen Kükenstimmen im Kopf treffen sollte, war sicher kein Zufall.
*When I am king, you will be first against the wall,
with your opinion which is of no consequence at all.*
Arvid Lagerberg betrat den Verhörraum mit diesem Blick des Erstaunens angesichts der Unendlichkeit des Weltalls.
»Paranoid Android«, dachte Paul Hjelm und schaltete den auch diesmal gut versteckten MP3-Player ab.
»Hej, Arvid«, sagte er. »Haben Sie gut geschlafen?«
Arvid setzte sich. Der gelbweiße Bart umgab seinen Kopf in ganz und gar unvorhersagbarer Unordnung und erinnerte drastisch an eine Wolke.
Viel eher an eine Wolke als an einen Glorienschein.
»Ich schlafe nicht«, sagte Arvid Lagerberg ernst.
»Nie?«, fragte Paul Hjelm.
»Nein«, sagte Arvid ruhig.
Hjelm beugte sich über den Tisch und sagte:
»Erinnern Sie sich, worüber wir letztes Mal gesprochen haben, Arvid?«
Arvid nickte stumm.
»Worüber denn?«, fragte Hjelm schließlich.
»Über den Polizisten«, sagte Arvid. »Wo ich ihn schon einmal gesehen hatte.«
»Genau. Und ist es Ihnen eingefallen?«
»Ich weiß nicht. Ein bisschen.«
»Ein bisschen?«

»Ich erinnere mich, wo ich gesessen habe. Ich saß am Wasser. Es war Frühsommer. Plötzlich kam eine Menge Menschen. Sie blieben vor einer großen Tür stehen und schoben sie auf. Sie schnitten eine schwere Kette durch und schoben die Tür zur Seite. Sie hatten Kameras. Ich dachte, sie seien vom Fernsehen. Aber dann sah ich, dass einige von ihnen Uniformen trugen. Polizeiuniformen.«

»Prima, Arvid«, sagte Hjelm überrascht. »Sie haben sich wirklich angestrengt.«

»Danke«, sagte Arvid.

»Können Sie sich erinnern, wo das Wasser war? Wo haben Sie gesessen?«

»Es war eine Art Kanal. In der Nähe einer Brücke. Es war nicht weit zum anderen Ufer.«

»Sie schlafen meistens im Nattugglan, dem Obdachlosenheim der Stadtmission in der Fleminggata, und halten sich in der Gegend um den Fridhelmsplan auf, oder? War es dort in der Nähe?«

»Ich glaube ja«, sagte Arvid träumerisch. »Wenn es warm ist, gehe ich gern die Treppen hinunter. Ich liege unten am Wasser, bis mich jemand verjagt.«

»Es klingt so, als wären Sie nach Kungsholms Strand hinuntergegangen? Könnte das sein, Arvid? Nicht weit entfernt von der St. Eriksbro?«

Arvid Lagerberg nickte langsam und sagte:

»Aber als sie mit einer Menge verschiedener Autos daherkamen, ging ich ihnen entgegen. Das war nicht mehr unten am Wasser. Das war etwas weiter oben.«

Hjelm versuchte intensiv, sich den genauen Stadtplan ins Gedächtnis zu rufen. Den PC wollte er nur im Notfall bemühen. Es hätte Lagerberg verwirren können.

»Alströmergatan?«, schlug er vor, eher um Zeit zu gewinnen.

»Nein«, sagte Arvid, »wo die liegt, weiß ich. Dort ist auch das Room.«

Paul Hjelm sah den Mann ein wenig verwirrt an und überlegte, wie dessen Wahrnehmung eigentlich funktionierte. Das Room war eines der elegantesten Einrichtungshäuser im Lande.

»Es gibt dort irgendwo eine Nebenstraße, sie heißt Gjutargata, glaube ich«, sagte Hjelm.

»Ja«, nickte Arvid Lagerberg. »Das stimmt. Es war ganz in der Nähe. Eine ähnliche Straße.«

»Gibt es nicht auch eine Straße namens Svarvargata?«, fragte Hjelm, aber eher sich selbst.

»Die war es«, sagte Arvid bestimmt.

»Sind Sie sicher?«, fragte Hjelm.

»Die Autos fuhren alle auf ein großes Tor zu, und ich ging ihnen nach. Es sah aus wie eine Garageneinfahrt, aber das Tor ging zur Seite auf. Sie schnitten eine unheimlich dicke Kette durch. Mit einer Riesenschere.«

»Und einer der Polizisten war der, den Sie kürzlich nachts auf der St. Eriksgata gesehen haben?«

»Ja. So war es.«

»Ich muss noch ein bisschen mehr wissen«, sagte Hjelm, »um es in unseren Archiven finden zu können. Erinnern Sie sich zum Beispiel, was dort sonst noch war? Was war das für ein Tor?«

»Da waren Zeichen«, sagte Arvid. »Komische Zeichen.«

»Was für welche? Zeichnungen?«

»Nein, eigentlich nicht. Einer der Polizisten hat später auch was gesagt. Oder geschrien, er schlug mit der Faust an das Tor, dass es dröhnte. Als sich zeigte, dass es drinnen leer war. Ich glaube, der war es.«

»Erinnern Sie sich, was er geschrien hat?«

Zum ersten Mal schwieg Arvid Lagerberg nun und ließ sein Bewusstsein entgleiten. Als Hjelm bemerkte, dass es sich dem Reich der Farne näherte, sah er sich gezwungen einzugreifen und sagte:

»Was hat der Polizist geschrien, Arvid?«

»Verdammte Chinesen!«, schrie Arvid. »Es waren chinesische Zeichen.«

Paul Hjelm schwieg eine Weile und dachte nach. In seinem Kopf klingelte nichts. Ihm war kein Fall bekannt, der mit Chinesen zu tun und sich, ziemlich dramatisch, in der Svarvargata abgespielt hatte.

Und bei dem Kameras hätten dabei sein können.

»Können Sie warten, während ich im Polizeiarchiv nachschaue, Arvid?«, sagte Hjelm.

»Ja«, antwortete Arvid Lagerberg und verschwand tief in seiner Wolke.

Hjelm öffnete sein drahtlos vernetztes Laptop, suchte mithilfe einiger Schlüsselwörter und gelangte zu einem Fall, der unter der Bezeichnung »Yin Mo« lief. Es handelte sich offenbar um eine gemeinsame Aktion, an der die Einwanderungsbehörde, die Schwedische Botschaft in China, Europol und die Säpo beteiligt waren. Aber auch die Reichskriminalpolizei.

Er überflog den Bericht und suchte im Speicher nach einem Film. Nach einer Weile fand er ihn. Er ließ sich ohne Probleme abspielen.

Zuerst wurde die Umgebung der Chinesischen Botschaft gezeigt, dann die Umgebung einer Importfirma, die sich Fan Wan Import AB nannte. Dann waren die Flure des Präsidiums zu sehen und schließlich die Svarvargata. Einige Autos hielten vor einem Tor mit einer Kette, darunter zwei Einsatzwagen. Uniformierte Polizisten sprangen heraus, einer hielt einen gigantischen Bolzenschneider in der Hand. Dazu kamen einige Zivilpolizisten, die sich in der Nähe aufstellten. Zwei von ihnen zogen ihre Dienstwaffen. Einer war größer als die anderen und neben ihm stand ein kleinerer. Paul Hjelm glaubte sie zu erkennen, aber sie standen zu weit entfernt von der Kamera.

Die Kette wurde durchtrennt und das große Tor zur Seite gezogen. Die Polizisten gingen hinein. Und kamen enttäuscht wieder zurück. Der große und der kleine Polizist schrien sich etwas zu. Und in dem Augenblick, als der kleinere etwas rief, was in der stummen Filmsequenz nicht zu hören war, und mit der geballten Faust gegen das Tor schlug, zoomte die Kamera ihn heran.

Paul Hjelm hielt den Film an.

Und sah Jorge Chavez.

Scheiße, dachte er und verspürte einen Brechreiz. Nicht schon wieder.

Er drehte den Laptop um einhundertachtzig Grad, sodass Arvid Lagerberg auf den Bildschirm sehen konnte.

»War das der Polizist, den Sie gesehen haben?«, fragte Hjelm mit trockener Stimme.

Arvid beugte sich vor und sah sich das Standbild blinzelnd an. Dann nickte er und sagte:

»Ja, der war es.«

»Sind Sie ganz sicher, Arvid? Dass es dieser Polizist war, den Sie vorgestern Nacht auf dem Weg zum U-Bahn-Eingang am Fridhelmsplan gesehen haben? Der erst lief und dann umkehrte und abhaute?«

»Er hatte es sehr eilig zur U-Bahn«, sagte Arvid und nickte immer noch. »Aber als der Rauch kam, kehrte er auf der Stelle um und verschwand in derselben Richtung, aus der er gekommen war.«

»Das heißt, hinunter zur St. Eriksbro?«

»Ja«, sagte Arvid Lagerberg.

Sie verließen die Arrestzelle gemeinsam, und Arvids Schlussworte lauteten:

»Sperrst du mich jetzt richtig ein?«

»Nein«, sagte Paul Hjelm. »Jetzt lasse ich Sie richtig laufen, Arvid. Machen Sie was draus. Und danke für Ihre Hilfe.«

Dann trennten sie sich.

Sobald Hjelm die Flure der Arrestzellen verlassen hatte, holte er sein Handy hervor und rief in Chavez' Zimmer bei der A-Gruppe an. Dies sollte eine Sache zwischen ihnen beiden und niemandem sonst sein.

Aber es war nicht Chavez, der antwortete. Es war Jon Anderson.

Hjelm sprach einfach drauf los:

»Ist Chavez nicht da?«

»Nein«, sagte Jon Anderson und klang ziemlich kleinlaut.

»Bist du sicher, dass du nicht mit mir reden willst? Ihr habt mich doch schon den ganzen Vormittag in der Mangel gehabt.«

Anderson hatte ihn sofort an der Stimme erkannt. So ist das mit der Anonymität, dachte Hjelm finster.

»Haben wir?«, war er jedoch gezwungen zu sagen.

»Wegen der Schießerei letzte Nacht«, sagte Anderson. »Bei der ich einem Gangsterboss die Pistole aus der Hand geschossen habe.«

Und dann noch dieser stolze Ton, dachte der interne Ermittler in Paul Hjelm. Alles klar.

»Nein, ich wollte nur mit Jorge über etwas Privates reden. Weißt du, wo er ist?«

»Hast du seine Handynummer nicht?«

»Doch. Weißt du, wohin er wollte?«

»Er wollte einen Mann namens Jamshid Talaqani suchen. Er und Kerstin haben eine Freundin von ihm in Bredäng ausgemacht. Anna Blom. Bredängsvägen 244. Sie sind gerade los.«

»Danke«, sagte Hjelm so gutmütig, wie er konnte. »Guter Schuss, übrigens.«

»Danke«, sagte Jon Anderson überrascht.

Sie sind gerade los, dachte Paul Hjelm und lief zur Garage des Präsidiums.

Mit Vollgas fuhr er nach Bredäng.

Es schien ein schöner Spätsommersonntag zu werden. Die Sonne stand hoch am Himmel und leuchtete groß. Es war schwierig, nicht geblendet zu werden auf der Fahrt nach

Süden auf der E 4 mit dem außerordentlich chefgemäßen Dienst-Audi, der dem Leiter der Stockholmer Abteilung der Sektion für interne Ermittlungen zustand.

Während er über seine Kopfhörer »Paranoid Android« hörte und mittels verschiedener Sitzpositionen der Sonne auszuweichen versuchte, dachte er an Jorge Chavez.

An diesem Punkt hatte er schon einmal gestanden. Ganz am Anfang seiner Zeit bei den Internen war Chavez mit Anzeigen und übler Nachrede überzogen worden, und Hjelm hatte gegen seinen engsten Freund ermitteln müssen. Das hatte gezehrt, nicht nur an ihrem Verhältnis, sondern auch an Paul Hjelm selbst. Er war drauf und dran gewesen, bei den Internen aufzuhören und zur A-Gruppe zurückzukehren. Wenn sie ihn denn wiederhaben wollten.

Aber es war anders gekommen. Die Sache hatte sich geregelt, Chavez hatte sich als unschuldig erwiesen, ihre Freundschaft war wiederhergestellt.

Und jetzt war es also wieder so weit.

The panic, the vomit.
The panic, the vomit.
God loves his children, God loves his children, yeah!

Als er in Gedanken so weit gekommen war, befand er sich bereits in Bredäng. Bredängsvägen 244 war leicht zu finden, und man brauchte kein Mathematikgenie zu sein, um sich auszurechnen, dass er vor Holm und Chavez dort sein würde. Auch zu ihm war das Gerücht von Kerstin Holms Spielzeugauto vorgedrungen.

Er parkte nicht weit vom Bredängstorg vor der Tür des ansehnlichen Mietshauses und wartete.

You don't remember
You don't remember
Why don't you remember my name?

Zehn Minuten später kam ein bronzemetallicfarbener Toyota Prius auf dem Bredängsväg angerollt und parkte auf der anderen Straßenseite. Kerstin Holm und Jorge Chavez stiegen aus. Kerstin sah aus, als hätte sie sehr lange nicht mehr geschlafen, aber Jorge wirkte überraschend frisch. Die gleiche geballte Energie wie immer.

Die Energie also.

Als Paul Hjelm aus dem Auto stieg, waren ihm die Komplikationen tief bewusst. Nicht nur, dass diese beiden zu den Menschen gehörten, die ihm im Leben am nächsten standen, sowohl privat als auch beruflich. Kerstin Holm war darüber hinaus die Chefin von Chavez, und das machte es noch verzwickter, die Angelegenheit inoffiziell zu regeln.

Außerdem hatte sie ihm gerade eine sehr schöne Wohnung in der Heleneborgsgata weggeschnappt. Aber das wusste sie vermutlich nicht.

Kerstin zu begegnen, war immer ein wenig speziell.

Jedenfalls war es am besten, Chavez auf freiem Feld zu konfrontieren. Ohne in offizielle Räume eingesperrt zu sein.

Sie starrten ihn von der anderen Straßenseite aus erstaunt an, während er auf sie zukam. Es sah aus, als trauten sie ihren Augen nicht.

»Paul?«, sagte Kerstin mit entsprechendem Tonfall.

»Hej, ihr zwei«, grüßte Paul Hjelm. »Ich weiß, das sieht jetzt vielleicht wie ein komischer Zufall aus, aber ich muss mit Jorge reden.«

In beiden schien für einen kurzen Moment etwas zu erbeben.

»Was ist passiert?«, fragte Holm.

»Vielleicht gar nichts. Kann ich mit dir unter vier Augen reden, Jorge. Nur ein paar Minuten?«

»Mann, wir stehen unmittelbar vor einem Zugriff«, sagte Chavez. »Es ist gut möglich, dass der Anführer der heiligen Reiter von Siffin sich dort drinnen bei seiner schwedischen Freundin versteckt hält. Der Mann, der die U-Bahn gesprengt hat.«

»Unter vier Augen?«, sagte Holm skeptisch.

»Eine Privatsache«, bestätigte Hjelm.

»Später«, sagte Chavez und versuchte, an Hjelm vorbei zu der Tür zu gelangen, die mit der Nummer 244 bezeichnet war.

»Nur ein paar Minuten«, sagte Hjelm und hielt ihn am Arm fest. »Jamshid Talaqani kann ruhig noch ein paar Minuten in Anna Bloms Wohnung sitzen bleiben. Wenn er überhaupt da ist.«

»Was weißt du davon?«, fragte Holm überrascht. »Es hat viel Zeit gekostet, diese Anna Blom zu finden.«

»Ich weiß alles«, sagte Paul Hjelm und lächelte.

Kerstin Holm machte eine ungläubige Miene, kratzte sich am Kopf und sagte nach einiger Bedenkzeit:

»Ich behalte die Tür im Auge. Aber nur ein paar Minuten.«

Paul Hjelm zog Jorge Chavez zu einer nahe gelegenen Parkbank und klopfte darauf. Chavez setzte sich widerwillig.

»Du weißt, weshalb ich hier bin«, sagte Hjelm. »Was zum Teufel machst du?«

»Ich weiß nicht, wovon du redest«, entgegnete Chavez und schaute in weite Ferne.

»Doch«, sagte Hjelm. »Das weißt du genau. Hast du gedacht, es löst sich einfach in Luft auf? Du bist genau mit diesem Fall befasst. Und steckst privat mittendrin.«

Chavez' Blick war die ganze Zeit ohne einen Hoffnungsschimmer gewesen. Erst jetzt wurde Paul Hjelm bewusst, dass Chavez all die Energie in jenem Augenblick verlassen hatte, als er Paul Hjelm erblickte. Alles war zusammengebrochen.

»Das hatte nichts mit der Sache zu tun«, sagte Chavez finster.

Hjelm wartete auf mehr.

»Es ändert nichts«, fuhr Chavez fort. »Ich habe es hin und her gewendet und bin zu dem Ergebnis gekommen, dass es nichts ändert.«

Wieder zog Paul Hjelm es vor, abzuwarten. Chavez sagte, den Blick immer noch in die Ferne gerichtet:
»Es hatte nichts mit dem Attentat zu tun, in keinster Weise. Außerdem habe ich die U-Bahn verpasst.«
»Erzähl alles, dann sehen wir, was wir retten können.«
Chavez schüttelte den Kopf. Hjelm sah zu Kerstin hinüber, die am Auto stand, und er sah, dass sie es sah. Dass sie die Dimensionen des Kopfschüttelns sah.
»Wir haben eine schlechte Zeit gehabt, Sara und ich, ein halbes Jahr lang. Das weißt du, du hast es mitbekommen. Ich habe das Gefühl gehabt, nicht gesehen zu werden. Dann habe ich mich ein bisschen im Netz umgesehen. Du weißt schon.«
»Im Netz?«, fragte Hjelm. »Zum Chatten?«
»Ja. In der Art. Es war spannend, verboten. Es war wie eine Rückkehr in die Jugendjahre. Plötzlich waren überall Bräute. Du verstehst?«
Hjelm nickte. Er dachte an Chavez' Vergangenheit. Die wilden Junggesellenjahre. Und er dachte an sein eigenes Junggesellenleben. Er dachte an die Einsamkeit in seiner früheren Ehe, an die höllische Einsamkeit in der Zweisamkeit. Und er dachte an Sara Svenhagen, die phantastische Sara Svenhagen. Und er hörte auf zu nicken. Stattdessen schüttelte er den Kopf. Idiot, dachte er. Du verdammter blöder Idiot.
»Was geschah dann?«, fragte er nur.
»Ich hatte nie daran gedacht, wirklich etwas zu unternehmen«, sagte Chavez. »Es war nur ein Spiel, ein verlockendes Spiel. Ich kam in Kontakt mit einer Frau auf einer Chat-Seite, die sich Viktualia nannte. Ich selbst nannte mich Vollnerd – das kam gut an, als Selbstironie. Wir haben ein bisschen herumgealbert. Plötzlich erzählte sie, dass eine Party stattfinden würde. In real life. Sie fragte, ob ich mitkäme.«
»Eine Party?«, wiederholte Paul Hjelm.
»Eine ungezwungene Party. Bräute. Du weißt.«

»Nein, Jorge«, sagte Hjelm etwas schärfer. »Ich weiß *nicht*.«

»Nein«, sagte Chavez tonlos. »Eine Party, die ein bisschen was kosten sollte.«

»Ein Bordell, schlicht und einfach«, konstatierte Hjelm.

»Alle Wünsche sollten erfüllt, alle Träume verwirklicht werden. Der Gedanke ließ mich nicht mehr los. Ich konnte mich nicht davon befreien. Ich war wie verhext.«

»Und dann?«

»Ja, dann kamen die Instruktionen. Die letzte Linie 19 in der Nacht zu Freitag, ganz hinten im Zug. Erst dort sollten wir erfahren, wohin es ging. Irgendwohin im Süden. Hagsätra vielleicht.«

»Wir?«

»Männer, vermute ich. Männer wie ich. Scheiße.«

»Du bist also hingegangen?«

»Ich ging über die St. Eriksbro, um nicht an meiner normalen Station, St. Eriksplan, einzusteigen. Ich dachte, ich wäre da etwas anonymer. Der Ruf, du weißt. Der Toten Tatenruhm. Und gleichzeitig ging ich langsam. Als ob ich irgendwie nicht rechtzeitig da sein wollte. Und das wollte ich wohl auch nicht. Ich weiß nicht, was ich wollte. Einfach nur, dass zwischen Sara und mir wieder alles gut wäre.«

»Und dann?«

»Ich habe die U-Bahn natürlich verpasst. Als ich beim U-Bahn-Eingang Fridhelmsplan ankam, kam die Explosion, der Rauch, wie, ich weiß nicht, wie ein Gebrüll aus den Eingeweiden. Der Rauch kam aus dem Treppenabgang gequollen wie bei einem frischen Vulkanausbruch. Und da habe ich einfach kehrtgemacht und bin so schnell wie möglich über die St. Eriksbro zurückgegangen nach Hause und habe mich ins Bett gelegt. Sara schlief schon. Natürlich. Sie war wie immer mit Isabel eingeschlafen.«

»Und was hast du dir dann gedacht?«

»Ich dachte, ich müsste alles auf diesen Fall setzen. Ich

dachte, ich muss um jeden Preis zurück zu Sara. Und sie muss mir etwas angemerkt haben, denn am Abend danach hat sie einen gemütlichen Abend und Babysitter und alles organisiert. Und dann habe ich einfach die Fassung verloren. Ich habe geweint wie ein Kind. Wir haben uns geliebt. Und alles war wieder gut.«

»Hm«, sagte Paul Hjelm. »Aber du weißt, dass Arto und Viggo wie verrückt herauszufinden versuchen, was das eigentlich für eine seltsame Versammlung da hinten im Wagen Carl Jonas war. Das steht im Intranet. Und *du hast es die ganze Zeit gewusst*. Wie kannst du behaupten, es habe nichts mit dem Attentat zu tun? Sie vergeuden eine Wahnsinnsmenge Arbeitsstunden, um herauszufinden, was du schon weißt.«

»Aber die Sache ist doch die, dass ich gar nichts weiß«, sagte Chavez mit Tränen in den Augen. »Das ist es doch.«

»Hör mal«, sagte Hjelm. »Die Männer da hinten im Wagen waren alle unterwegs zu einem Bordell im Süden der Stadt. Natürlich ist das eine relevante Information. Das bedeutet, dass die beiden oder die drei Mädchen da hinten Prostituierte waren. Und dass deine Kontaktfrau Viktualia eine von ihnen war. Du hast mit einer Hure gechattet.«

»Aber das hat nichts mit der Bombe zu tun. Und ich weiß nichts über die Männer und auch nicht über die Mädchen. Ich bin zu dem Ergebnis gekommen, dass ich mit voller Überzeugung an diesem Fall arbeiten kann, ohne mich eines größeren Fehlers schuldig zu machen. Eines kleinen Fehlers, ja, was die Polizeiarbeit betrifft, aber keines größeren. Ein bisschen Mehrarbeit für Arto, er findet es sowieso heraus, und er wird sehen, dass es nichts mit der Bombe zu tun hat. Der moralische Fehler – und der ist verdammt viel größer, mit dem muss ich mein Leben lang zurechtkommen –, der moralische Fehler hatte nichts damit zu tun. So habe ich gedacht.«

»Aber du hast falsch gedacht, oder? Du hast die größte

polizeiliche Ermittlung Schwedens verzögert. Wenn man von Anfang an davon hätte ausgehen können, dass hinten im Wagen drei Mädchen standen und die Türen bewachten und nur Männer hereinließen, die zu einem Bordell wollten, dann hätte die Ermittlung ganz anders ausgesehen, oder? Sie wäre viel mehr auf Alicia Ljung ausgerichtet worden. Du hast einen großen polizeilichen Fehler gemacht, nicht einen kleinen.«

»Das finde ich eigentlich nicht. Was Arto und Viggo tun, hätten sie ohnehin tun müssen, das ändert nichts. Und auf meinen Anteil an der Arbeit hat es überhaupt keinen Einfluss. Ich setze ganz auf die heiligen Reiter von Siffin und arbeite härter und intensiver als seit Langem. Sag mir, dass diese Ermittlungen besser vorankommen würden, wenn ich außen vor wäre. Sag mir, dass die Polizei makelloser und besser dastünde. Sag mir, dass die Welt besser wäre, wenn Sara diese Geschichte erfahren und mich verlassen würde. Sag mir, dass die Polizei ehrenhafter, dass Sara glücklicher, dass Isabel glücklicher sein würde, dass ich glücklicher wäre und dass du glücklicher wärest. Ich will hören, dass du das sagst, Paul.«

Jetzt war es an Paul Hjelm, den Blick in die Ferne des klarblauen Himmels von Bredäng zu richten. Er dachte an Wahrheit und Konsequenz. In allen erdenklichen Richtungen. Dann sagte er:

»Ich habe nicht vor, das zu sagen.«

Und es war wieder eine Weile still.

»Nee«, sagte Jorge Chavez dämlich.

»Bist du sicher, dass du nicht noch mehr über diese Viktualia weißt? Gibt es noch irgendeine Information, die du mir noch vorenthalten hast?«

»Das sehe ich nicht«, sagte Chavez. »Möglich, dass man etwas über ihre IP-Adresse beim Einloggen auf die Chat-Seite finden kann, aber wer weiß. Ich glaube nicht, dass die Sachen so lange gespeichert werden. Es ist eine Woche her.«

»Und was ist mit eigenen Spuren? Hast du selbst Spuren hinterlassen?«

»Da gilt das Gleiche«, sagte Chavez. »Wenn man ihre IP-Adresse findet, dann findet man auch meine. Andere Spuren gibt es nicht. Nur du, du ekelhaft effizienter, verfluchter Bulle, hast mich irgendwie gefunden, wie zum Teufel auch immer.«

»Über einen Astronom, der sich 1968 im Kongo verirrt hat.«

»Daran hätte ich denken sollen«, sagte Chavez.

»Ich weiß«, sagte Paul Hjelm. Plump.

Sie schwiegen wieder eine Weile. Und waren wieder auf einer Wellenlänge. Hjelm warf schnell einen Blick zu Kerstin Holm am Auto hinüber. Er glaubte, eine neu entstandene Falte auf ihrer Stirn zu erkennen. Aber eigentlich war die Entfernung dafür zu groß. Er sagte:

»Dann gilt ab jetzt: Wahrheit oder Konsequenz. Wahrheit: Falls Arto die Sache nicht bis zur nächsten Versammlung der A-Gruppe geknackt hat, musst du ihnen eine waghalsige Hypothese präsentieren. In dieser Hypothese muss ein Bordell vorkommen. Ich gebe dir die Chance, bedeutend smarter dazustehen, als du bist. Dummkopf. Konsequenz: Kerstin dort drüben. Sie weiß, dass wir über etwas Wichtiges reden. Sie wird wissen wollen worüber.«

»Ich weiß«, sagte Chavez. »Hast du einen Vorschlag?«

»Ich habe nicht vor, sie zu belügen«, sagte Hjelm. »Aber auch nicht, etwas zu sagen. Das musst du schon tun. Lass dir was einfallen. Und noch etwas.«

»Ja?«

»Geh zurück zu Sara und bleib bei ihr, du Idiot. Sie ist ein Prachtstück.«

»Ich weiß«, sagte Chavez und stand mit einer Kopfbewegung in Kerstins Richtung auf. »Das ist die da auch. Idiot.«

Hjelm musste lachen und wandte sich zum Gehen. Chavez hielt ihn am Oberarm fest.

»Danke«, sagte er mit einem tiefen Blick in seine Augen.

Paul Hjelm lächelte gequält und ging zu Kerstin Holm hinüber. Chavez trottete hinterher.

»Ein paar Minuten privates Gespräch«, sagte Holm säuerlich.

»Tut mir leid«, sagte Hjelm. »Wie gefällt es dir in der Wohnung?«

»Was?«, entfuhr es Holm.

»In der Wohnung, die du mir vor der Nase weggeschnappt hast.«

Sie sah ihn scharf an und sagte:

»Es geht uns ausgezeichnet. Anders liebt sie.«

»Gut«, sagte Hjelm. »Ich selbst suche immer noch.«

»Du warst das also, der sie eine halbe Million teurer gemacht hast, du Lump«, murmelte sie und ging um das Auto herum, um auf die Straße zu treten.

In dem Augenblick kam ein Paar aus der Tür des Hauses Bredängsvägen 244. Der Mann war dunkel, und sie war blond, sie legten einander die Arme um die Schultern, und ein schneller Blick genügte, um zu erkennen, dass es Jamshid Talaqani und Anna Blom waren. Kerstin Holm schob die Hand in die Jacke und war im Begriff, auf die Straße zu treten.

Da hörte man ein Auto, das heftig Gas gab. Instinktiv packte Hjelm Kerstin Holm am Arm und riss sie zurück. Das Auto näherte sich mit wahnsinniger Geschwindigkeit. Es zielte genau auf das Paar. Und schleuderte es, gelenklosen Puppen gleich, in die Luft, über zehn Meter weit. Als sie auf den Asphalt aufschlugen, waren sie bereits tot und mehr als die Hälfte der zweihundertundsechs Knochen in ihren Körpern waren gebrochen.

Aber keiner sah, wie sie aufschlugen.

Nicht Paul Hjelm, nicht Kerstin Holm, nicht Jorge Chavez.

Alle drei Zeugen sahen in eine andere Richtung. Hinter

dem Auto her. Hinter dem dunklen Gesicht des Fahrers her, seiner grünen Baseballkappe mit dem langem Schirm und der Sonnenbrille mit goldener Fassung.

Als sie zu den zerschmetterten Körpern liefen, war das Auto längst verschwunden.

Kerstin Holm sah von Anna Bloms zerfetzter Leiche auf, verbarg das Gesicht in den Händen und sagte leise:

»Euer beschissenes privates Gespräch hat sie getötet.«

Hjelm starrte Chavez an. Chavez starrte zurück.

»Ich hoffe, dass es das wert war«, sagte Kerstin Holm.

28

»Drei Frauen«, sagte Arto Söderstedt zum fünfzehnten Mal, »bewachen neun Männer. Was bedeutet das? Warum ist nach Geschlechtern aufgeteilt? Natürlich weil es gerade darum geht, Geschlecht. Natürlich weil es um den Handel mit Geschlecht geht.«

Er beobachtete Viggo Norlander, der wirklich authentisch müde aussah, wie ein alter, zäher Bulle in einem schwedischen Krimi. Unter anderen Umständen hätte Söderstedt sich gefragt, was eigentlich mit ihm los war.

»Okay«, sagte Norlander schleppend. »Aber trotz der ganzen Überstunden unserer Computerspezialisten hat keiner auch nur den geringsten Hinweis in den Computern der Herren gefunden. Warum nicht?«

»Vielleicht sind die Herren aufgefordert worden, alle Spuren zu löschen?«

»Aber dieses ›Vielleicht‹ bringt uns kaum weiter.«

»Es war ja Lenas Idee«, sagte Söderstedt. »Anfangs war ich skeptisch. Es sah wirklich so aus, als sei Alicia Ljung auf dem Weg nach Hause gewesen. Aber vielleicht war sie das gar nicht. Vielleicht ist es nur ein Zufall, dass sie an der grünen Linie wohnt. Dann wäre sie wirklich eine der drei Wachen. Sie versperren den hinteren Teil des Wagens Carl Jonas und passen auf, dass kein Unbefugter zusteigt. Denn alle dort haben das gleiche Ziel. Die Frauen sammeln unterwegs Leute ein. Männer. Guck dir die Klientel an: Ein einziger verheirateter Mann, und der lebt in einer lausigen Ehe – der Rest sind Loser, unfreiwillige Langzeitjunggesellen. Sie sind genau genommen typische Sexkunden. Der verschüchterte Student, der einsame Taxifahrer, der übergewichtige Meeresbiologe, der alternde Unternehmer aus der Computerbranche.«

»Aber keiner von ihnen ist vorbestraft«, sagte Norlander.
»Ich weiß. Der normale Sexkunde ist nicht vorbestraft.«
»Wir treten auf der Stelle.«
»Ich weiß.«
Eine Weile saßen sie schweigend da und sahen sich an.
»Scheiße«, sagte Viggo.
»Ich weiß«, sagte Arto.
Da klingelte das Telefon. Arto Söderstedt nahm ab und hörte zehn Sekunden schweigend zu. Viggo Norlander kam es wie eine gute Stunde vor. Schließlich sagte Arto:
»Wir kommen.«
Genau in diesem Moment ertönte ein akustisches Signal vom Computer. Die Ermittlung im Intranet wuchs unaufhörlich. Sie versuchten, damit Schritt zu halten, so gut es ging. Söderstedt zeigte auf den Bildschirm und sagte:
»Sieh du nach, ob es was Wichtiges ist, dann gehe ich in den Computerraum.«
»Miese Arbeitsteilung«, brummte Norlander.
»Es kann ein falscher Alarm sein«, sagte Söderstedt. »Aber die Kollegin, die an Alicia Ljungs Computer sitzt, glaubt, etwas gefunden zu haben. Ich sehe es mir an.«
Norlander nickte ungnädig und holte die neuen Ermittlungsergebnisse auf den Bildschirm. Da stand:
»Drei neue Tote identifiziert, und zwar die folgenden, entsprechend dem bestehenden Schema: Person 2, Person 5, Person 6. Weitere Information unter folgendem Link.«
Doch was Viggo Norlanders Blick anzog, stand weiter unten:
»Das dritte lokalisierte Mitglied der heiligen Reiter von Siffin wurde zusammen mit seiner Freundin um 13.15 Uhr heute Mittag von einem mit hoher Geschwindigkeit fahrenden roten Wagen der Marke Volkswagen Golf und einem mit den Buchstaben SK beginnenden Kennzeichen getötet. Es besteht kein Zweifel daran, dass es sich um Mord handelt, da

Kriminalkommissarin Holm und Kriminalinspektor Chavez Augenzeugen des Tathergangs waren.«

»Scheiße, verfluchte«, sagte Norlander und las noch etwas tiefer auf der Seite weiter. Dort stand:

»Kriminalinspektor Nyberg hat ein eventuelles Versteck eines der Mitglieder der heiligen Reiter von Siffin, Arman Mazlum, ausfindig gemacht, nämlich ein Sommerhaus in Roslagen, auf Vätö. Weitere Informationen folgen.«

»Nimm dir jemanden mit, Gunnar«, sagte Norlander laut, ohne das Gesicht vom Bildschirm zu wenden. »Fahr nicht allein. Du weißt ja, wie es dann meistens ausgeht.«

Weitere Information fand er nicht. Dagegen gab der Computer ein neues akustisches Signal von sich. Norlander seufzte und schüttelte den Kopf, während er sich durch das Material zurück an den Anfang arbeitete. Er kam dabei an der schrecklichen Information über den Mord vorbei, den Kerstin und Jorge mitangesehen hatten. Er kam an der interessanten Information über die neu identifizierten Opfer vorbei, und er landete ganz oben auf der Seite und fand folgende Information:

»Vollständige Durchsuchung der Anwesenden auf der U-Bahn-Station Islandstorget in der Nacht auf Freitag ergab zusammengefasst, dass die identifizierten Anwesenden, einschließlich einer Reinigungskraft mit Namen Chandra Chandra, beheimatet in Sri Lanka, in dessen Pass aus unbekanntem Grund ein anderer Name geschrieben steht, was, wie er unter Druck zugab, darauf beruhte, dass er Mitglied einer Band sei, die sogenannte ›world music‹ spiele – was dem Unterzeichnenden nichts sagt und der wahre Name Tillakaratne Muralitharan der befragten Person zufolge dafür nicht richtig tauge, keine ergänzenden Angaben zur Sache machen konnten.«

Norlander fühlte, dass dies einer jener Sätze war, die man mindestens zwanzigmal lesen musste, aber zugleich war da etwas anderes, das juckte. Etwas weiter unten. Er kehrte zu den identifizierten U-Bahn-Opfern zurück. Da stand:

»Zwei neue Tote identifiziert, und zwar die folgenden, entsprechend dem bestehenden Schema: Person 5, Person 6. Weitere Information unter folgendem Link.«

Verflixt, dachte Norlander, mir ist, als wären es drei gewesen.

Dann klickte er den Link an und erhielt folgende Information:

»Person 5: Joakim Höglund, 48 Jahre, wohnhaft in Nockeby. Person 6: Stein Høgemo, 53 Jahre, wohnhaft in Nälsta.«

Zwei neue Identifizierte. Alles bestens also.

Aber Viggo Norlander konnte sich damit nicht abfinden. Es kam ihm vor, als ginge nicht alles mit rechten Dingen zu. Als wäre irgendwo der Wurm drin.

»Verfluchte Kiste«, sagte er laut.

Arto Söderstedt stand in der Tür und starrte ihn an.

»Was?«, fragte er.

Norlander machte eine Geste der Resignation.

»Ich glaube, ich werde langsam verrückt.«

»Was ist denn los?«

»Wir haben Identifikationen neuer Opfer bekommen.«

Söderstedt trat näher und blickte über Norlanders Schulter auf den Bildschirm.

»Aber das ist doch super«, sagte er und deutete auf die Information. »Zwei Neue. Jetzt geht die Post ab.«

»Ich hätte schwören können, dass da ›drei‹ gestanden hat. ›Drei neue Tote identifiziert.‹«

»Du wirst eben alt«, sagte Söderstedt und setzte sich auf seine Seite des Schreibtischs. »Damit musst du dich abfinden.«

Er bewegte die Maus und erweckte den eingeschlafenen Bildschirm zu neuem Leben. Norlander beobachtete ihn. Söderstedt fuhrwerkte wild am Computer herum, und Norlander beobachtete ihn weiter. Eine ganze Weile.

Dann sagte er sehr bestimmt:

»Nein.«

»Ja?«, sagte Söderstedt desinteressiert.

Viggo Norlander stand auf.

»Nein, verdammt noch mal«, sagte er mit klarer, fester Stimme. Da stand nicht ›zwei‹, sondern ›drei‹.«

Söderstedt unterbrach äußerst widerwillig sein Getippe, klickte ein paarmal mit der Maus, streckte die Hand zum Bildschirm aus und sagte:

»Das steht ›zwei‹, Viggo. Zwei. Person 5 und Person 6.«

»Aber da stand ›drei‹. Ich bin völlig sicher. Person 2, Person 5 und Person 6.«

Arto Söderstedt blickte in Viggo Norlanders Augen. Wahrscheinlich gehörte dieses Radarpaar zu den besteingespielten im gesamten Polizeikorps. Sie kannten sich. Und Söderstedt sah, dass Norlander es ernst meinte. Sein Blick wanderte zur Wand hinüber und wurde fernsichtig.

»Bist du ganz, ganz sicher?«, fragte er nach einer Weile.

»Ja, und ich werde immer sicherer«, sagte Norlander.

»Wie lange dauerte es, bis es geändert wurde?«

»Weiß nicht«, sagte Norlander. »Höchstens eine Minute.«

»Okay«, sagte Söderstedt. »Dann gehen wir.«

Mit raschen Schritten strebte er durch den Korridor der A-Gruppe dem Aufzug zu. Norlander blieb die ganze Zeit mindestens fünf Schritte hinter ihm, sosehr er sich auch anstrengte, ihn einzuholen. Sie fuhren ein paar Stockwerke abwärts, durchwanderten weitere Korridore und gelangten zu der bewachten Tür. Der Securitas-Wachmann streckte den Arm aus, wie um sie aufzuhalten, aber Söderstedt sagte nur:

»Du weißt doch noch, wie es beim letzten Mal endete?«

Woraufhin der Wachmann die Hand zurückzog und sie mit grimmiger Miene durchließ. Sie gingen den klinisch reinen Gang entlang, kamen zu der magischen Tür und traten ein, ohne anzuklopfen. Jan-Olov Hultin saß inmitten seines Maschinenparks und sah sie an.

»Die Regeln gelten für alle«, sagte er dumpf. »Die Ermittler haben nicht automatisch Zutritt zu den Räumen der Führung.«

»Warum nehmt ihr Dinge aus dem Intranet?«, sagte Arto Söderstedt.

»Was?«, fragte Hultin.

»Warum behauptet ihr zuerst, dass drei der bisher nicht identifizierten Opfer identifiziert worden sind – und ändert es dann in zwei?«

Jan-Olov Hultin sah tatsächlich ein wenig angeschlagen aus. Er rieb sich die Augen und sagte:

»Ich habe nicht die blasseste Ahnung, wovon du redest.«

»Du hast doch gehört, was ich gesagt habe.«

»Ja, aber es war unbegreiflich.«

»Dann sieh im Intranet nach«, sagte Söderstedt.

Hultin tat es. Er las laut: »›Zwei neue Tote identifiziert, und zwar die folgenden, entsprechend dem bestehenden Schema: Person 5, Person 6.‹«

»Eine knappe Minute lang stand da ›drei‹«, sagte Norlander. »Person 2, Person 5 und Person 6.«

»Alle Information, die im Intranet verbreitet wird, läuft über dich. Das hast du doch gesagt?«, beharrte Söderstedt.

Hultin nickte.

»Das war eine Utopie«, sagte er schwer.

»Was soll das heißen?«

»Diese Information hat eine Kennzeichnung am Ende«, erklärte Hultin. »Da unten, siehst du. Ein kleines ›s‹.«

»Bedeutet es das, was ich vermute?«, fragte Söderstedt.

»Wahrscheinlich«, sagte Hultin mit einer Grimasse.

»Säpo?«

»Sie haben eine direkte Leitung, über die sie eigene Information verbreiten. Sie wollten sich nicht auf totale Offenheit einlassen. Das stehe im Widerspruch zu ihrem offiziellen Auftrag von der Staatsmacht, sagten sie. Es kam eine entsprechende Anweisung vom Reichspolizeichef.«

»Kannst du ein wenig in der Sache nachgraben?«, fragte Söderstedt. »Herausfinden, warum sie die Identifikation von Person 2 wieder herausgenommen haben?«

»Kann es nicht einfach ein Schreibfehler gewesen sein?«, schlug Hultin vor.

»Du redest mit mir«, sagte Söderstedt.

»Ich seh mal nach«, lenkte Hultin ein. »Aber rechne nicht mit einer Antwort.«

»Sind Brynolf und seine Mannen noch im Haus?«

»Ja, das provisorische Labor ist nach wie vor unten im Keller. Aber Morgen ist Schluss damit, und die ganze Bande zieht wieder ab nach Linköping.«

»So bald wie möglich«, sagte Söderstedt und zeigte aufs Telefon.

Hultin lachte auf.

Sie ließen ihn allein und gingen in den Keller. Eine Reihe von Räumen war dem Personal des kriminaltechnischen Labors zur Verfügung gestellt worden. Sie fanden Brynolf Svenhagen vor einem Computer, in seinem Lieblingskleidungsstück, einem weißen Kittel.

»Zwei oder drei?«, sagte Söderstedt.

Und sah, dass der Urgesteinharte auf der Stelle verstand, was er meinte. Aber er sagte:

»Wovon redest du? Ich habe alle Hände voll zu tun.«

»Und deshalb lässt du dir wohl Dinge aus der Hand nehmen. Das hätte ich von dir nicht gedacht, Brynolf.«

»Hör auf«, sagte Svenhagen. »Und macht euch vom Acker.«

»Nix da«, sagte Söderstedt. »Habt ihr zwei oder drei identifiziert? Wir haben widersprüchliche Meldungen bekommen ...«

»Da kann ich nichts dran machen, leider. Wir erstatten nur Bericht über das, was wir finden, sonst nichts.«

»Habt ihr über zwei oder drei Bericht erstattet?«

»Wir erstatten nur der Führungsgruppe Bericht, nicht einzelnen Polizisten, die überhaupt keinen Zutritt zu unseren Räumen haben.«

»Okay, okay«, sagte Söderstedt. »Wie wurden diese *zwei* identifiziert?«

»Steht alles im Bericht«, sagte Svenhagen.

»Erzähl's mir trotzdem. War es die DNA? Sie standen also in der Straftäterkartei?«

Svenhagen presste die Lippen zusammen und kehrte an seinen Computer zurück. Er sagte:

»Ihr müsst euch schon an die offiziellen Kanäle halten, meine Herren. Bedaure.«

Sie konnten nicht mehr viel machen. Söderstedt und Norlander traten den Rückweg durch die Korridore an. Im Aufzug sagte Norlander:

»Was hat das zu bedeuten? Was spielt die Säpo für ein Spiel?«

»Ich war dumm genug, zu glauben, dass die Albernheiten ein Ende hätten«, sagte Söderstedt. »Aber es ist alles genau so, wie es immer war.«

»Und was heißt das?«

»Sie halten die Identität von Person zwei geheim. Jemand hat sich dusselig angestellt, als sie die beiden anderen Identitäten bekannt gegeben haben, aber es wurde schnell entdeckt und korrigiert. Und wenn du, ausgerechnet du, nicht aufgepasst hättest, dann wäre es überhaupt kein Fehler gewesen, dann hätte es ihn einfach nicht gegeben.«

»Glaubst du, Jan-Olov kann was machen?«

»Weiß nicht«, sagte Söderstedt. »Hoffentlich hat er in seiner Position ein bisschen mehr Gewicht, um seinen Worten Nachdruck zu verleihen.«

»Was hast du denn eigentlich gefunden?«, fragte Norlander. »In dem Computer.«

Als die beiden Ermittler den Korridor der A-Gruppe betraten, sagte Söderstedt geheimnisvoll:

»Eine begabte Frau, das.«

»Wer denn?«

»Kann sie wirklich Selma heißen? Ich kann mich nicht erinnern – die Frau, die Alicia Ljungs Computer untersucht. Sie hat jedenfalls auf ziemlich verschlungenen Wegen eine Chatseite gefunden, die Ljung wenigstens einmal unter dem Nick Rollgardina besucht hat. Kommt einem das nicht irgendwie bekannt vor?«

»Pippilotta Viktualia Rollgardina Pfefferminza Efraimstochter Langstrumpf«, sagte Viggo Norlander.

Söderstedt blieb abrupt stehen, genau auf der Schwelle ihres gemeinsamen Zimmers.

»Hm«, sagte er. »Du kennst deine Astrid Lindgren.«

»Ich lese Sandra gerade Pippi vor«, sagte Norlander. »Charlotte ist schon zu groß dafür. Findet sie.«

»Interessant«, sagte Söderstedt, ohne dass es im Geringsten ironisch klang.

»Wahrscheinlich lese ich meinen Kindern viel mehr vor, als du es bei deinen getan hast«, sagte Norlander und streute Salz in die Wunde.

Söderstedt setzte sich vor den Computer, und Norlander zog seinen Stuhl von der anderen Seite des Schreibtischs herüber. Als er sich neben den Kollegen setzte, hatte dieser sich gerade auf der Chatseite eingeloggt.

Unter dem Nicknamen Rollgardina.

Im aktuellen Chatraum waren knapp hundert Personen angemeldet, und ein Nick war seltsamer als der andere. Unmittelbar nach dem Einloggen wurde Rollgardina alias Söderstedt von fünf Männern kontaktiert, die allerlei sexuelle Aktivitäten vorschlugen. Nichts davon kam Rollgardina besonders verlockend vor.

Bis eine Person, die sich Humbug nannte, verdeckt, sodass kein anderer es sah, schrieb:

»Hello darling. Hattet ihr Spaß am Donnerstag? Schade, dass ich es verpasst habe. Musste mit meiner Tochter zum Ballett. Todlangweilig. Aber was soll man machen?«

Söderstedt blinzelte und stellte ebenfalls auf verdecktes Schreiben. Dann tippte er:

»Ein echter Kracher, Darling.«

Und war richtig zufrieden mit der Formulierung.

»Erzähl mal ein paar leckere Einzelheiten«, schrieb Humbug.

»Mit der Tochter beim Ballett«, sagte Norlander angewidert, »so ein Schwein.«

»Weißt du noch, wer dabei sein sollte?«, tippte Söderstedt und verzog vor Nervosität das Gesicht.

»Ihr vier doch, oder waren mehr dabei?«

»Nein, nur wir, da kannst du dir ja vorstellen, was abging. Lass mal deine Phantasie spielen.«

»Du bist doch sonst nicht so zugeknöpft«, klagte Humbug.

Da kam noch ein Kontakt, von einem Trauerflor, direkt an Rollgardina gerichtet:

»Creepy.«

Das war alles.

»Shit, was ist denn das jetzt?«, entfuhr es Norlander. »Creepy? Grausig, was?«

Söderstedts Sorgenfalten glätteten sich zur Babystirn.

»Aha, der Kontakt, der ›creepy‹ schreibt, weiß vermutlich, dass Rollgardina tot ist. So muss man es wohl verstehen? Trauerflor? Es kann eine von den vier sein.«

»Jesses«, sagte Norlander. »Und was antworten wir jetzt?«

Söderstedt klopfte sich intensiv an die Stirn und schrieb schließlich:

»Keine Sorge, ich bin es. Wer bist du?«

»Bist du es, Efraimstochter?«, schrieb Trauerflor und fuhr fort: »Hier ist Pfefferminza.«

»Shit«, schrieb Söderstedt, weil sich das nach seinen älteren Töchtern anhörte. »Ja, bin ich.«

»Verflucht, hab ich mir Sorgen gemacht«, schrieb Trauerflor. »Das kann doch nicht wahr sein, das alles.«

»Vier Stück«, sagte Söderstedt laut. »Rollgardina ist Alicia Ljung, die tot ist. Ich schreibe jetzt als Efraimstochter, die also die Dritte im Wagen gewesen sein muss, ›die Verrückte‹, und Trauerflor ist Pfefferminza, die Vierte, die nicht mit im Wagen war. Die andere Tote im Wagen Carl Jonas muss also …«

»Viktualia sein«, sagte Norlander.« Wenn sie Pippilotta und Langstrumpf auslassen und nur die Zwischennamen nehmen.«

Söderstedt nickte und schrieb: »Wie ist es Viktualia ergangen? Weiß nichts, war wie weggeblasen und hab im Bett gelegen.«

»Wo denn? Bei deinem Onkel?«

»Bei ihrem Onkel?«, sagte Söderstedt entsetzt. »Welchem Onkel? Wie kriegen wir das raus?«

»Schreib doch: ›Warum glaubst du das?‹«, schlug Norlander vor.

»Ist das nicht zu durchsichtig?«, fragte Söderstedt.

»Du bist noch benebelt«, sagte Norlander. »Du bist gerade aus dem Koma aufgewacht.«

»Gut«, sagte Söderstedt und tippte:

»Warum glaubst du das?«

»Er ist doch Arzt. Und wohnt ganz in der Nähe von da, wo es geknallt hat. Bist du verletzt, Liebling?«, kam es von Trauerflor.

»Ja, ich bin vor Kurzem erst wieder zu mir gekommen«, schrieb Söderstedt. »Mir tut alles weh. Aber ich lebe. Was ist mit Viktualia?«

»Du hast es also nicht gehört?«, fragte Trauerflor alias Pfefferminza.

»Ich geh jetzt aufs Ganze und nenne den richtigen Namen«, sagte Söderstedt und schrieb:

»Hab mich mit Alicias Nick eingeloggt, um sie zu ehren. Ich weiß, dass sie tot ist. Hab es eben im Netz gesehn. Es ist Wahnsinn.«

Die Antwort kam schnell:

»Verdammt, Molly. Du weißt es also nicht? Gabriella ist auch tot. Das ist so was von krank. Ein beschissener Albtraum. Und Andy, der Ärmste, stirbt wohl auch. Mensch, Gabbi und Andy.«

»Und dabei wollten wir doch nur ...«, schrieb Söderstedt listig.

»Ja, verdammt«, schrieb Trauerflor. »Dabei wollten wir nur ein paar Schwanzfechter bloßstellen.«

»Wow«, sagte Norlander. »Es war gar nicht ernst gemeint.«

»Was ist mit dir passiert?«, tippte Söderstedt.

»Ich dachte, es kann nicht wahr sein«, antwortete Trauerflor. »Ich stand da mit dem Scheißbus und hab gewartet und gewartet, und es kam kein Zug. Es war total unglaublich. Ich hab euch drei angerufen, aber niemand hat sich gemeldet. Dann erfuhr ich ja von diesem ganzen Wahnsinnsscheiß und bin ohnmächtig geworden. Verdammt schön, dass du lebst, Liebling. Ruf mich an.«

»Mein Handy ist dabei draufgegangen«, log Söderstedt inspiriert.

»Ruf mich zu Hause an. Wir müssen reden«, schrieb Trauerflor.

Und dann war sie weg.

Sie hatte sich ausgeloggt.

Söderstedt und Norlander starrten sich an. Lange.

Was für ein merkwürdiger Dialog.

»Jesses«, seufzte Norlander. »Es ist nicht zu fassen.«

»Faszinierendes Medium«, sagte Söderstedt. »Jetzt wollen wir mal sehen.«

»Es sind vier Frauen«, fasste Norlander zusammen. »Pippi Langstrumpfs Zwischennamen. Drei von ihnen sind in der U-Bahn, eine wartet mit einem Bus irgendwo an der Strecke.«

Arto Söderstedt schrieb auf dem Computer eine Liste:

»* Viktualia: Person 1 im Wagen Carl Jonas – Gabriella X.
* Rollgardina: Person 7 im Wagen Carl Jonas – Alicia Ljung.
* Pfefferminza: ›Trauerflor‹ im Chat – unbekannt, aber mit Busführerschein.
* Efraimstochter: ›Die Verrückte‹ im Wagen Carl Jonas – Molly X.«

»Habe ich jetzt alle beisammen?«, fragte Söderstedt.

»Nein«, sagte Norlander. »›Der arme Andy‹ fehlt noch.«

»Verflixt«, sagte Söderstedt. »Ich glaube, ich bin langsam ausgebrannt. Natürlich. ›Der arme Andy‹. Das ist dann ...«

»Absolut«, sagte Norlander. »›Der arme Andy‹ ist Andreas Bingby. Der gehört dazu. Vielleicht der Freund von einer. Der unterschied sich ja von den anderen.«

»Viel jünger«, nickte Söderstedt und fügte hinzu:

»* ›Der arme Andy‹: Person 11 im Wagen Carl Jonas – Andreas Bingby.«

»Und sonst?«, fragte Söderstedt. »Stimmt es?«

»Ich glaube schon«, sagte Norlander. »Viktualia und Rollgardina sind tot. Möglicherweise auch Efraimstochter, oder aber sie liegt mit ihren Verletzungen bei ihrem Onkel, der in der Nähe von St. Eriksbron wohnt und sie pflegt. Pfefferminza lebt, aber wir wissen nicht, wo sie ist. Hätten wir das nicht herausfinden können?«

»Ich hatte noch eine Frage im Kopf, als sie sich ausgeloggt hat«, sagte Söderstedt. »Aber im Übrigen hast du recht.«

»Was haben sie da gemacht? Was zum Kuckuck hatten sie vor? War es wirklich nichts ernst Gemeintes?«

»Sie wollten ›ein paar Schwanzfechter bloßstellen‹«, sagte Söderstedt. »Was soll man sich dabei vorstellen? Sexkäufern die Hosen herunterziehen? Ein paar Freierärsche entblößen? Namen oder Bilder veröffentlichen, um die Erniedriger zu erniedrigen?«

»Was hat Alicia Ljung studiert?«, fragte Norlander.

»Du hast recht, darauf hätten wir vielleicht reagieren sollen«, nickte Söderstedt. »Literaturwissenschaft mit Spezialisierung in Gender Studies an Södertörns Högskola. Außerdem aktive Veganerin und sehr tüchtig im Studium. Ihre Eltern wohnen in Täby, und sie hatte eine Einzimmerwohnung in Vasastan. Das Mädchen hat keinen Sex verkauft. Bestimmt nicht.«

»Sind sie eine Aktivistengruppe gegen Pornografie?«, fragte Norlander.

»So sieht es beinahe aus«, sagte Söderstedt. »Sie haben im Netz Abschaum aufgerissen, um irgendeinen Coup zu landen.«

»Wir müssen intensiv unter Alicias Freunden suchen. Nach einer Gabriella und einer Molly. Molly soll außerdem in der Nähe von St. Eriksbron einen Onkel haben, der Arzt ist. Und wir müssen sehen, ob es jemanden gibt, den wir mit dem Trio Alicia–Gabriella–Molly näher verbinden können, sodass sie ein Quartett ergeben. Und Andreas Bingby müssen wir irgendwo unterbringen. Wahrscheinlich waren Gabriella und er ein Paar – ›Gabbi und Andy‹, wie sie schrieb.«

»Schwanzfechter«, sagte Söderstedt nachdenklich. »Kommt einem das nicht irgendwoher bekannt vor?«

»Eins noch«, warf Norlander ein.

»Okay?«, fragte Söderstedt.

»Wir sind der Bombe keinen Zentimeter nähergekommen.«

29

Kerstin Holm ging es alles andere als gut. Sie saß in ihrem Zimmer und sah zwei deformierte jugendliche Körper durch die Luft fliegen, immer wieder, wie in einer ewigen Reprise. Ein Loop. Sie sah, wie vor ihren Augen zwei junge Leben ausgelöscht wurden. Das war schrecklich. Nein, schrecklich war kaum das richtige Wort. Es gab kein richtiges Wort.

Alle Wörter waren falsch.

Alles Stimmige und Ausgeglichene im Leben war verschwunden.

Es ging ihr ganz und gar nicht gut.

Außerdem hatte es bei dem Loop noch ein anderes Moment gegeben. Einen Arm. Einen Arm, der sich vorstreckte und sie zurückzog, weg von dem heranrasenden Auto.

Paul Hjelms Arm.

Und dann, als sie bei den Toten gestanden hatten und er ihre Anklage beantwortet hatte, die Worte:

»Das Beste ist, wenn ich jetzt verschwinde. Das ist das Beste für alle.«

Wie sie ihm unmittelbar geglaubt hatte. Aufs Wort. Zum Teufel, warum glaubte sie ihm immer aufs Wort?

Verdammte Wörter, dachte sie.

Verdammter Satz:

»Euer beschissenes privates Gespräch hat sie getötet. Ich hoffe, dass es das wert war.«

Ungerecht war noch milde ausgedrückt.

Aber Paul und Jorge hatten ihre Worte ernst genommen, hatten tief in ihre offenbar stark verdunkelten Seelen geblickt. Und Paul Hjelm, Chef der Stockholmer Sektion für interne Ermittlungen, hatte gesagt:

»Du hast den Fahrer gesehen. Das Ganze war unausweichlich. Wenn ihr hineingegangen wärt und ich euch nicht aufgehalten hätte, wärt ihr auch gestorben. Er wollte um jeden Preis diesen Jamshid kriegen. Das kannst du mir glauben.«

Und auch das hatte sie ihm abgenommen.

Sie hatte geweint – scheiße, wie sie an diesem Tag geweint hatte, diese verdammten weiblichen Tränen – und hatte ihm geglaubt. Sie hatte ihn gehen lassen. Sie hatte den Blick des Einverständnisses zwischen den beiden Männern gesehen, die ihr in ihrem Leben am nächsten standen, und hatte ihn akzeptiert. Aber sie war eifersüchtig darauf gewesen. Neugierig.

Und natürlich hatte sie verstanden, dass das, was sich zwischen ihnen abgespielt hatte, wichtig war. Sehr wichtig.

Später waren die Rollen neu verteilt worden, und sie hatte sich um Jorge Chavez kümmern müssen. Es war am Ende zu viel für ihn gewesen. Hjelm war abgezogen und hatte sie mit ihm allein gelassen, und er war zusammengebrochen. Und sie hatte nicht viel mehr tun können, als ihn trösten – direkt neben den deformierten Leichen, den menschlichen Fetzen und ihrem eigenen Chaos.

Als die örtliche Polizei kam und die Sirenen die Stille in Bredäng zerschnitten, war Paul Hjelm schon weit weg.

Keiner sah ihn mehr.

Und – dachte sie und raffte sich auf – der dritte der heiligen Reiter von Siffin war tot. Der Anführer. Derjenige vermutlich, der die Polizei in Älvsjö angerufen und sich zu der Tat bekannt hatte. Und der einen Akzent gehabt hatte, der eben nicht arabisch war – wie der Professor für Phonologie, Kurt Ehnberg, so hartnäckig behauptet hatte –, sondern persisch. Deshalb war Ehnberg nicht darauf gekommen, um welchen arabischen Dialekt es sich handelte. Es war eine völlig andere Sprache – aus einer ganz anderen Sprachfamilie.

Kurt Ehnberg hatte wohl das letzte Mal als Sprachexperte der Polizei gedient.

Vor einem guten Monat war Jamshid Talaqani, arbeitslos,

zweiundzwanzigjährig und in Vårberg wohnhaft, im Iran, dem Land seiner Väter, umhergereist. Plötzlich hatte er, der früher auf alles Amerikanische fixiert gewesen war, besonders auf die Hip-Hop-Kultur, Interesse für seine Wurzeln entdeckt und war aufgebrochen. Nach seiner Rückkehr hatte er seine Kumpel aus der Jugendzeit, Mehran Bakhtavar, Siamak Dulabi, Arman Mazlum und Kurush Mahdavi wieder zusammengebracht und mit ihnen über den Dschihad und den Propheten und die Freuden der heiligen Pflicht gesprochen. Sie hatten ziemlich gleichgültig reagiert, ziemlich schwedisch, aber seine Hartnäckigkeit und sein Eifer hatten dazu geführt, dass einer nach dem anderen begann, sich für diese Ideen zu interessieren. Nur einer war abgesprungen: Kurush Mahdavi, eher bekannt als Kråkan. Er hatte nicht mitgemacht, als sich die heiligen Reiter von Siffin formierten. Und er war nicht dabei gewesen, als die Bombe platziert wurde.

Aber wenn es nun die heiligen Reiter von Siffin gewesen waren, die die Bombe platziert hatten – wer von ihnen war dann der Selbstmordattentäter?

Drei von ihnen waren zwar tot, aber nicht wegen einer Selbstmordbombe. Allem Anschein nach waren sie von ein und demselben Mann ermordet worden, einem Mann in einem roten Volkswagen Golf mit einem Kennzeichen, das mit SK begann.

Sie hatten ihn gesehen. Kerstin Holm, Paul Hjelm und Jorge Chavez hatten den Mörder tatsächlich gesehen, hatten sein Gesicht erkennen können. Offiziell jedoch nur Holm und Chavez. Und Holm hatte auch die ersten Buchstaben auf dem Kennzeichen lesen können.

Die Fahndung nach dem Auto war bereits im Gang – so etwas machte die Stockholmer Polizei mit Bravour, das musste man zugeben, und Kråkan stand Tag und Nacht unter Polizeischutz. Wer fehlte, war, mit Kråkans Worten, ein »nice guy« mit Namen Arman Mazlum.

Es gab drei Möglichkeiten, was diesen Arman Mazlum betraf. Erstens: Er war auf der Flucht vor dem Schicksal, das seine Kameraden ereilt hatte; zweitens: er war schuldig an ihrem Tod; oder er war der Selbstmordattentäter.

Möglichkeit drei war durchaus denkbar. Arman Mazlum führte den Angaben zufolge das Leben einer ziemlich einsamen U-Bahn-Aufsicht, einsamer Job, einsame Freizeit. Es gab keinen lebenden Menschen, der bestätigen konnte, nach dem Bombenattentat Kontakt mit Arman gehabt zu haben. Es war durchaus möglich, dass die Konstellation versprengter Atome und Moleküle, die in den offiziellen Dokumenten unter der Bezeichnung »Person 3 (evtl. Selbstmordattentäter)« rangierte, schlicht und einfach Arman Mazlum war. Und es war durchaus denkbar, dass er sich in seiner Eigenschaft als SL-Angestellter, mit seiner Connex-Jacke, Zugang zu dem Wagen verschafft hatte, der von drei Frauen mit den Zweitnamen Pippi Langstrumpfs blockiert worden war, und sich zu den sexgeilen Männern gesetzt hatte. Jemanden in einer solchen Jacke nicht hereinzulassen, wäre für die Mädchen schwierig gewesen.

Aber trotzdem ...

Kerstin Holm raffte sich auf und wählte eine Telefonnummer.

»Ja, Gunnar«, antwortete es aus dem Hörer.

»Kerstin«, sagte Kerstin. »Wo bist du?«

»Ich fahre gerade über die Vätöbro«, sagte Gunnar Nyberg. »Der Vätösund schimmert wunderbar in der Spätsommersonne.«

»Ausgezeichnet.«

»Aber du weißt, wie es mit mir und den Brücken ist«, fügte Nyberg hinzu. »Ich habe da immer eine Vorahnung vom Tod.«

»Du bist doch sonst nicht abergläubisch«, stellte Kerstin Holm fest, und fragte dann: »Es ist also nicht mehr weit?«

»Maximal zehn Minuten. Ist dir etwas Besonderes eingefallen, Kerstin?«

»Bist du wirklich allein losgefahren, trotz ausdrücklicher Anordnung?«

Der Telefonhörer gab eine Weile seltsam knarrende Geräusche von sich, dann sagte eine Stimme, die deutlich heller klang:

»Er fährt wirklich ein bisschen sonderbar.«

»Sara«, rief Kerstin. »Bist du bei ihm?«

»Teile von mir«, sagte Sara Svenhagen. »Und Teile von Lena. Die übrigen Teile liegen verstreut am Norrtäljeväg.«

Im Hintergrund brüllte ein Bass:

»Die alte Gang aus Ångermanland ist wiedervereinigt.«

»Okay, schön«, sagte Kerstin Holm und meinte es so. »Denkt daran, dass Arman Mazlum möglicherweise von jemandem gejagt wird, den man als vollkommen rücksichtslosen professionellen Mörder bezeichnen muss. Achtet vor allem auf einen roten VW Golf mit einem Kennzeichen, das mit SK beginnt.«

»Danke, wir wissen Bescheid«, sagte Sara Svenhagen und blickte auf den Sund zwischen dem Festland und Vätö hinaus, der von vielen als »die schönste Aussicht Schwedens« bezeichnet wurde. Er schimmerte wirklich wunderbar. Das vielleicht letzte Hochsommerwochenende des Jahres in Schweden ging seinem Ende entgegen. Es war Sonntagnachmittag, fast Abend, und einen großen Teil der Bevölkerung hatte zu diesem Zeitpunkt die Sonntagsangst befallen. Aber nicht die A-Gruppe. Und niemanden bei der Polizei. Für sie herrschte immer Sonntagsangst. Das Warten darauf, dass die Arbeit anfängt. Ernsthaft anfängt.

Hinter der Vätö-Brücke wurde die Straße auf ein paar Hundert Metern ausgesprochen kurvenreich, und als sie schließlich wieder gerade verlief, befand sich das Auto am Rande des kleinen Hauptortes der Insel, Harg. Ein Wegweiser zeigte nach Dyvik und Vätö huvud. Gunnar Nyberg bog ab.

Während das Auto einen enormen Hüpfer über eine Schwelle auf der Fahrbahn machte, sagte Lena Lindberg:

»Entschuldige, dass ich nicht verstanden habe, wie du ihn gefunden hast. Deine letzte Erklärung war etwas rätselhaft, und außerdem bist du ziemlich schnell gefahren.«

»War es schwer zu verstehen, was ich gesagt habe?«, fragte Gunnar Nyberg.

»Es war eher schwer zu hören«, sagte Lena Lindberg.

»Arman Mazlum arbeitet als Aufsicht bei der U-Bahn, was möglicherweise interessant sein kann. Das ist die Sachlage: Jamshid, der Anführer, arbeitslos; Kurush, der abgesprungen ist, arbeitslos; Mehran, der Intellektuelle, Student; Siamak, der Techniker, Monteur bei IKEA; und Arman, der feine Kerl, U-Bahn-Aufsicht bei SL. Da sich die Stockholmer Polizei auf seine Bude konzentrierte, befasste ich mich mit seinem Arbeitsplatz, fand seinen Zeitplan und kam zu der Erkenntnis, dass er eigentlich nur auf drei verschiedenen Stationen arbeitet, nämlich Vårberg, Vårby gård und Masmo. Nachdem ich Vårberg und Vårby gård gecheckt hatte, fand ich im Personalraum der U-Bahn-Station Masmo eine Plastikschachtel, die der diensthabenden Aufsicht zufolge Arman gehörte. Auf den letzten Seiten eines persischen oder arabischen Buches – ich schäme mich, dass ich den Unterschied immer noch nicht erkennen kann – war eine 0176-Nummer notiert. Der Bereich Norrtälje. Wie sich zeigte, führt sie zu einem Hof auf Vätö, zwei Meilen nördlich von Norrtälje, der einem gewissen Nils-Ove Kristiansson gehört, wohnhaft in einer Reihenhaussiedlung in Skärholmen. Bei vorsichtigen Nachforschungen stellte sich heraus, dass Nils-Ove einen Sohn von fünfundzwanzig Jahren hat, einen Feuerwehrmann namens Berra, der Betriebsfußball in einem Team mit dem heldenhaften Namen Skärholmen Benknäckers IF spielt. Bei weiteren Nachforschungen ergab sich, dass der zweite Partner ›des kreativsten Mittelfeldpaares der Betriebssportliga‹, so der massive Libero der Mannschaft, Arman Mazlum hieß. Arman und Berra waren, demselben Libero zufolge, auch privat Freunde, sie verstanden sich blind, jedenfalls bis zu dem Zeitpunkt vor einem Monat, als Arman die Skärholmen Benknäckers IF ganz plötzlich verließ. So war das. Und womit habt ihr den Tag verbracht, meine Damen?«

»Wir haben nach den heiligen Reitern von Siffin gesucht«, sagte Lena Lindberg mürrisch. »Das lief ziemlich mies.«

»Die Freundin von Jamshid haben wir natürlich gefunden«, sagte Sara Svenhagen noch mürrischer. »Und wie es dann weiterging, weißt du ja.«

»Wenn ich dich richtig verstehe, Gunnar«, sagte Lena, »dann gibt es also überhaupt keinen Beweis dafür, dass Arman sich hier oben auf Nils-Ove Kristianssons Hof aufhält? Es kann ebenso gut sein, dass wir nur jede Menge Arbeitsstunden für diese Fahrt verschwenden?«

»Ich habe euch nicht gebeten mitzukommen«, gab Gunnar Nyberg zurück und zeigte fürwahr, dass auch er mürrisch sein konnte.

Nybergs goldgelber Renault glitt oder besser: hopste nun auf eine längere gerade Strecke, die zuerst abfiel und dann zu einem kleinen Waldstück anstieg. Auf dem weitläufigen Feld auf der linken Seite graste eine große Pferdeherde in der letzten Hochsommersonne.

Als das mürrische Auto den Waldrand erreichte, wischte Sara Svenhagen ihre saure Miene beiseite und sagte:

»Was ist da eigentlich los? Warum sterben sie?«

»Risikoreduzierung«, sagte Lena Lindberg. »Ich gehöre zu der Minderheit, die glaubt, dass Arman Mazlum wirklich der Selbstmordattentäter ist. Die heiligen Reiter von Siffin waren eine Terroristenzelle mit loser Verbindung beispielsweise zu al-Qaida, Jamshid ist dort unten gewesen und hat die Grundausbildung absolviert. Als wir sie ins Visier nahmen, war man höheren Orts gezwungen zu handeln. Sie wurden zu Risikofaktoren. Man schickte einen Berufskiller los. Sein Job ist erledigt, alles hat bestens funktioniert, er hat das Land bereits verlassen.«

»Denkbar ist das natürlich«, meinte Sara Svenhagen.

»In dem Fall wäre das hier wirklich eine Jagd auf wilde Gänse«, sagte Gunnar Nyberg. »Dann wäre Arman seit ein paar Tagen tot. Wir jagen Gespenster.«

»Denkbar, aber nicht wahrscheinlich«, fuhr Sara Svenhagen fort. »Wenn sie wirklich eine Terroristenzelle waren, wären sie zusammen eine Selbstmordzelle gewesen. Sie hätten sich dann selbst umgebracht. Statt sich vor einem Berufskiller zu verstecken.«

»Siamak hat sich ja tatsächlich umgebracht«, sagte Lena und schluckte die Worte »We were just amateurs« herunter.

»Aber weder Jamshid noch Mehran haben sich selbst überfahren«, sagte Sara.

»Vielleicht haben sie sich geweigert, sich umzubringen«, überlegte Lena. »Vielleicht haben sie den Befehl von oben bekommen, es aber nicht geschafft, ihn auszuführen. Bei genauerer Betrachtung war das Leben mehr wert als die Sache. Das wäre sehr begreiflich.«

»Selbstverständlich«, sagte Gunnar Nyberg. »Aber die Norrtälje-Nummer in diesem Buch ist eine Realität.«

»Die kann da schon lange gestanden haben«, sagte Lena und zuckte die Schultern. »Seit der Fußballzeit. Berra war bei seinen Eltern auf dem Land, und Arman wollte ihn erreichen, um nach einem Trainingstermin zu fragen.«

Gunnar Nyberg schüttelte den Kopf. »Im Laufe eines Monats hätte sich also der feine Typ, Einzelgänger und Aufsichtsperson bei SL, Arman Mazlum, vom Techniker im zentralen Mittelfeld bei Skärholmen Benknäckers IF in einen U-Bahn-Selbstmordattentäter verwandelt. Erzählt mir was Besseres.«

Da waren sie am Ziel. Sie rollten auf das Sommerhausgelände an der nördlichen Spitze der dreieckigen Insel, das Vätö huvud genannt wird. Kopf. Zwischen einigen Temposchwellen passierten sie eine Abzweigung, die zu einem Ort namens Fiskeby führte.

»Nicht nach Fiskeby?«, fragte Lena Lindberg.
»Nein«, sagte Gunnar Nyberg und fuhr weiter.
Sie kamen an einer Reihe von Wegen vorbei, die in alphabetischer Reihenfolge Namen von Pflanzen hatten, Porsstigen, Odonstigen, bogen scharf ab, fuhren einen Hügel hinauf und hielten auf einer Kreuzung. Nyberg zeigte auf den kleinsten der sich kreuzenden Wege und flüsterte:
»Das Haus ganz hinten, direkt am Wald.«
Sie überprüften ihre Dienstwaffen, stiegen aus und machten sich auf den Weg. Sie kamen an ein paar Häusern vorbei, deren Besitzer auf ihren Terrassen und Veranden die letzten Strahlen der Sonntagssonne einsogen. Es war eine Idylle.
Und wer waren sie, diese Idylle zu stören?
Obwohl es keine Spur eines roten VW Golf gab, waren sie vorsichtig. Das letzte Grundstück lag etwas abseits, fast schon im Wald, und schien aus der Distanz aus drei Gebäuden zu bestehen, einem etwas größeren Haupthaus und zwei kleineren, von denen eines offenbar eine Sauna war. Sie duckten sich, um aus Häusern und von den Nachbarn nicht gesehen zu werden. Und so schlichen sie näher.
Nils-Ove Kristianssons Landhaus schien ganz verlassen zu sein. Nichts deutete darauf hin, dass jemand in der letzten Zeit dort gewesen war.
Sie betraten das Grundstück – es gab keine rechte Möglichkeit, sich von verschiedenen Seiten aus anzuschleichen. Also war es dringend nötig, zusammenzubleiben. Sie schlichen noch näher heran, wandten sich dem Haupthaus zu, waren auf der Treppe.
Da knallte es hinter ihnen. Eine Tür wurde aufgetreten.
Und ein großer Mann mit einer Schrotflinte stand im Türrahmen der Sauna und schrie:
»Hände hoch, ihr Pack!«
Er war etwa fünfundzwanzig und nur mit Shorts bekleidet.
»Ich will eure Hände sehen, sofort«, brüllte er.
Alle Blicke waren konzentriert auf die leicht zitternde

Mündung der mächtigen Schrotflinte gerichtet. Sie hoben die Hände.

»Wir sind von der Polizei«, sagte Gunnar so souverän, wie er konnte. »Sind Sie Berra?«

»Beweisen Sie, dass Sie von der Polizei sind«, sagte der Mann, ohne die Schrotflinte sinken zu lassen.

»Dann muss ich die Hand herunternehmen«, sagte Nyberg.

»Du nicht«, brüllte der Mann. »Eins von den Mädchen.«

Sara und Lena sahen sich an, und Lena ließ vorsichtig die Hand sinken und suchte ihren Polizeiausweis in der Innentasche.

»Sie wissen, dass wir hier sind, um Arman zu retten?«, fragte Nyberg.

»Aber das gelingt euch nicht«, blaffte Berra und hielt immer noch die Schrotflinte hoch. »Der ihn jagt, das ist ein Monster.«

»Es gelingt uns«, sagte Nyberg nachdrücklich. »Das verspreche ich. Wo ist er?«

Lena Lindberg hielt ihren Ausweis in der Hand.

»Kommen Sie damit her«, befahl Berra. »Nicht in der Schusslinie.«

In diesem Augenblick war Sara Svenhagen zum ersten Mal seit fast einem Jahr ein wenig besorgt, was Lena Lindberg tun würde. Sei nicht die alte Lena, dachte sie, nicht wieder ein Anfall von Heroismus.

Aber Lena ging langsam und mit erhobenen Händen auf Berra zu.

»Wenn Arman gerade erst abgehauen ist, müssen wir uns beeilen und ihn finden«, sagte Nyberg. »Wo ist er? Draußen im Wald können wir ihn nicht schützen.«

Berras Blick wanderte zwischen Nyberg und dem Ausweis hin und her. Schließlich schien er zufrieden zu sein, denn er nickte Lindberg zu. Sie kehrte ebenso langsam und beherrscht zurück, wie sie hingegangen war.

Zum ersten Mal sah Berra Kristiansson ein wenig unsicher aus. Den nächsten Schritt hatte er offenbar nicht vorbereitet.

»Sie sind Feuerwehrmann«, sagte Nyberg. »Sie kennen sich aus. Wir müssen Arman sofort finden und ihn schützen. Er hat Ihnen sicher zu verstehen gegeben, was für Kräfte hier im Spiel sind.«

Berra senkte die Schrotflinte, Lena Lindberg sah es im Augenwinkel und drehte sich schnell um. Sie sprang zurück und trat nach der gesenkten Schrotflinte, die wie ein Bumerang durch die Luft flog. Dann drückte sie Berra mithilfe ihrer Dienstwaffe auf die imprägnierten Bretter der Saunaveranda hinunter und zischte:

»Man zielt nicht auf Polizisten, du Arsch.«

Sara Svenhagen seufzte und sagte:

»Ist gut jetzt, Lena. Danke.«

»Wo ist er?«, rief Nyberg. »Schnell.«

Berra murmelte etwas und streckte eine Hand aus, auf die Lena trat.

»Lass ihn los«, schrie Sara Svenhagen etwas schärfer, als sie beabsichtigt hatte.

Lindberg ließ ihn los und warf ihrer Partnerin einen flammenden Blick zu. Aber nur für eine Sekunde. Dann war sie wieder sie selbst.

Oder vielleicht auch nicht.

»Wo?«, brüllte Nyberg.

»Er ist in den Wald gerannt«, sagte Berra und deutete in eine Richtung. »Wir haben einen Pfad zu der kleinen Insel an der Nordspitze.«

Lena Lindberg nahm die Schrotflinte und sicherte sie, und Gunnar Nyberg rannte zum Waldrand.

»Hier entlang?«, fragte er.

Berra nickte mit finsterem Blick.

Und dann machten sie sich auf den Weg in den Wald. Gunnar Nyberg rannte, Lena Lindberg folgte ihm geschmeidig, und Sara Svenhagen fiel ein wenig zurück, bis sie dachte: Dabei schwimme ich doch jede Menge Bahnen im Eriksdalsbad.

Nach diesem Gedanken lief sie an der Spitze.

Es war ein verzauberter Wald. Die tief stehende Sonne strahlte fast von der Seite herein, und der Schärenwald schien im Innern zu brennen.

Es gab eigentlich nur einen Pfad, und dem folgten sie. Arman war bestimmt ein durchtrainierter Fußballspieler, er lief mit Sicherheit um sein Leben, aber sie hatten trotzdem das Gefühl, dass sie näher kamen. Lena Lindberg war eine echte Fitnessfrau und lief wie besessen, obwohl sie ein wenig von der Schrotflinte behindert wurde. Sara Svenhagen wurde von der neuen Erkenntnis getragen, dass sie tatsächlich gut durchtrainiert war. Und Gunnar Nyberg hatte zwar immer noch mehr als hundert Kilo zu schleppen, aber das waren inzwischen ganz andere Kilos. Richtige Läuferkilos.

Sie holten ihn ein.

Aber sie holten ihn ein, weil er aufgegeben hatte.

Er saß auf einem Stein und erwartete sie. Sein Blick war völlig leer.

Er war ziemlich klein und geschmeidig und sah eher jünger aus als seine zweiundzwanzig Jahre. In T-Shirt und Shorts saß er auf einem Stein und erwartete den Tod.

Als er sie sah, leuchtete etwas in seinen Augen auf, und das war nichts Geringeres als Hoffnung.

Er stand auf und betrachtete die drei keuchenden Gestalten. So hatte er sich den Tod nicht vorgestellt. Den heiligen, strahlenden Tod, an dem ihm mittlerweile nichts mehr gelegen war. Man konnte ihm ansehen, dass dieser noch mindestens ein halbes Jahrhundert warten konnte.

»Arman Mazlum?«, keuchte Sara Svenhagen.

Arman nickte. Ohne ein Wort führten sie ihn zurück zu dem Haus. Fast am Waldrand angekommen, sagte Arman:

»Wir wussten nicht einmal, dass er angerufen hat.«

»Jamshid?«, fragte Sara Svenhagen.

»Ja«, sagte Arman. »Er hat es von sich aus getan. Wir begriffen nichts.«

Ein Auto startete jenseits des Waldrands.

Autos starteten hier draußen ständig, ein wenig bockig und widerwillig nach einem herrlichen Wochenende, das zwar von leichter Terrorismusangst überschattet, aber im Großen und Ganzen von der Außenwelt unbeeinflusst gewesen war. Keiner wollte in die Stadt zurück. Fast alle mussten es. Es war also nichts Besonderes, dass ein Auto startete.

Trotzdem reagierten alle vier instinktiv. Arman schrie:

»Berra!«

Er riss sich los und rannte die letzten vielleicht dreißig Meter durch den Wald. Die drei Polizisten waren direkt hinter ihm, mit gezogenen Waffen.

Als sie aus dem Wald kamen, wehte eine Staubwolke über Kristianssons Grundstück. Gunnar Nyberg durchquerte sie, gelangte auf den kleinen Weg und lief mit erhobener Pistole den Hügel hinauf zur Wegkreuzung. In dem Moment, als das Auto um die Ecke bog, erkannte er das VW-Zeichen, das sich gegen den roten Lack abzeichnete. Er rannte so schnell er konnte, schöpfte seine letzten Kräfte bei diesem Lauf auf den Hügel, wo das Auto abgebogen war. Als er oben ankam, sah er nur noch einen Pilz aus Wegstaub, der in der Ferne aufquoll. Er setzte sich auf die Motorhaube seines eigenen goldgelben Renault, sank ein wenig in sich zusammen und wählte eine Nummer auf seinem Handy.

Berra Kristiansson lag auf dem Rasen in der Mitte zwischen den drei Gebäuden. In seiner nackten Brust war ein Loch, aus dem das Blut mit einer Geschwindigkeit quoll, dass alle drei Anwesenden begriffen, dass es nicht zu stillen war. Trotzdem riss sich Sara Svenhagen die Jacke herunter und presste sie auf die Wunde. Der Stoff färbte sich sofort rot. Der Mund des großen Feuerwehrmanns bewegte sich stumm in seinem immer bleicher werdenden Gesicht. Lena Lindberg verbarg das Gesicht in den Händen und murmelte:

»Ich habe sein Gewehr genommen. Ich habe ihn getötet.«
Arman Mazlum legte das Ohr an den Mund seines Freundes, und auch Sara Svenhagen hörte seine letzten geflüsterten Worte:
»Ich habe nichts gesagt, Arman.«
Dann starb er.
Arman Mazlum brach in lautes Wimmern aus, und Sara Svenhagen wandte sich an Lena. Sehr deutlich sagte sie:
»Du hast ihn nicht getötet. Vergiss das sofort.«
Nyberg kam zurück und überblickte die Szene.
»Ich habe ihn umgebracht«, wimmerte Arman. »Er hatte nichts mit der Sache zu tun. Er war nur fair zu mir. Ich habe ihn in die Scheiße mit reingezogen.«
Nyberg trieb alle in das Haupthaus, während er sagte:
»Es ist denkbar, dass er zurückkommt. Wir werden uns hier eine Weile verbarrikadieren.«
»Lasst Berra nicht da draußen liegen«, wimmerte Arman leise. »Alle um mich herum sterben. Alle sterben.«
Gunnar Nyberg betrachtete ihn. Dann ging er hinaus und holte Berra. Als er die blutige Leiche des großen Feuerwehrmanns über den Rasen trug, wirkten seine Schritte gravitätisch. Er legte ihn behutsam auf ein Sofa und sagte:
»Ich gehe raus und verschaffe mir einen Überblick. Dann setze ich mich draußen hin und halte Wache. Behaltet die Fenster im Auge.«
Sara Svenhagen und Lena Lindberg nickten.
Gunnar Nyberg ging hinaus. Er lief ums Haus herum und verschaffte sich ein klares Bild von der Lage. Ein Angriff konnte eigentlich nur von vorn erfolgen, vom Weg aus.
Er setzte sich auf die Veranda und betrachtete seine blutigen Hände. Langsam schüttelte er den Kopf und dachte an Brücken und an den Tod. Dann wischte er seine Hände im Gras ab und zog seine Dienstwaffe.
So wartete er.
Und hoffte, der Dreckskerl würde kommen.

Das geschah nicht.

Es dauerte zwanzig Minuten, bis der Polizeihubschrauber eintraf. Er schwebte auf den Rasen herab wie ein Wesen aus dem äußeren Weltraum. Eine Gruppe schwer bewaffneter Polizisten verteilte sich auf dem Grundstück.

Lena Lindberg und Sara Svenhagen führten Arman Mazlum zum Hubschrauber. Er sah sehr klein aus.

Der Hubschrauber startete und hob sich kreisend in die Luft, immer höher, bis schließlich ganz Vätö wie ein Dreieck aussah.

Ein Warndreieck.

30

Die Zeit ist gekommen. Es ist so weit. Eine Nacht der Vorbereitungen. Wieder eine schlaflose Nacht. Wie lange halte ich noch durch?

Für dich, mein Liebling halte ich unendlich lange durch.

Um das Böse zu besiegen.

Und um das Böse zu besiegen, muss ich selbst Böses tun. Ist das wirklich meine einzige Chance?

Ja, es ist schon beschlossen. Es gibt kein Zurück.

Es ist klar, dass ich auf etwas Subtiles gehofft hatte, eine richtig raffinierte Lösung des Dilemmas. Dass ich das Ungeheuer ganz einfach wegtricksen könnte. Ihn mit einer Finte auf die Tribüne befördern. Aber es geht nicht. Ich finde nichts Subtiles. Stattdessen setze ich alles auf eine Karte. Auf einen Tausch.

Deine Tochter gegen meine. So einfach.

Ich kann jetzt nicht mehr schreiben. Es geht nicht.

Ich muss arbeiten.

Es ist so weit. Die Zeit ist gekommen.

Im Laufe des Tages wird es geschehen.

31

Die Mitarbeiter treffen sich am Montagmorgen. Das ist das Übliche. Die Montagmorgenbesprechung. Es klingt genau wie bei einem normalen Arbeitsplatz. Man kommt nach dem Wochenende zusammen und bespricht, was in der Woche anliegt.

So war es auch jetzt: eine Montagmorgenbesprechung. Am Montag, dem achtzehnten August, um 9.00 Uhr. Alle frisch und ausgeruht nach dem Wochenende.

Aber gerade bei einer Montagmorgenbesprechung müssen bestimmte Berufsgruppen erkennen, dass sie nicht so sind wie andere. Dass ihre Arbeit nicht so ist wie die der anderen.

Dass ihr Leben nicht so ist wie das der anderen.

Kerstin Holm überblickte ihre A-Gruppe in der Kampfleitzentrale und musste feststellen, dass ihre Leute erschöpft aussahen. Ungewöhnlich erschöpft.

Wie seltsam diese Tage gewesen waren.

Wie viele Menschen gestorben waren.

Wie mächtig das Nachbeben war, das sich verbreitet hatte.

Und es war nicht zu Ende. Weil immer noch mehr Menschen starben.

»Wir fangen an«, sagte sie anspruchslos. »Ich hoffe, ihr habt heute Nacht wenigstens ein bisschen schlafen können.«

Ein sehr träges Murmeln war die Antwort.

»Gemäß dem, was wir bisher herausgefunden haben, ergeben sich mehr und mehr zwei getrennte Linien. Linie eins: die heiligen Reiter von Siffin; Linie zwei: die Fahrgäste. Auf welcher dieser beiden Linien finden wir den Schuldigen des U-Bahn-Attentats?«

Die Mitglieder der A-Gruppe sahen sich an. Jeder schien

der Meinung zu sein, dass es besser wäre, wenn einer der anderen antwortete.

Deshalb gab Kerstin Holm selbst die Antwort:

»Wir haben mittlerweile fast genauso viele Opfer entlang der Linie ›Siffin‹. Es sind jetzt fünf Tote: Mehran Bakhtavar, Jamshid Talaqani, Siamak Dulabi, Anna Blom und Sven-Benny Kristiansson.«

»Sven-Benny?«, fragte Lena Lindberg.

»Er zog es aus erklärlichen Gründen vor, sich Berra nennen zu lassen«, sagte Kerstin Holm. »Zu welcher Erkenntnis bringen uns all diese Toten?«

»Dass jemand es für sehr wichtig hält, die heiligen Reiter von Siffin auszulöschen«, sagte Sara Svenhagen. »So wichtig, dass auch ein Mädchen wie Anna und ein Mann wie Berra geopfert werden mussten.«

»Anna war einfach nur im Weg«, sagte Jorge Chavez. »Aber Berra hat ihn gesehen. Darum geht es. Ich habe ihn auch gesehen. Und du auch, Kerstin.«

»Ich habe sogar Albträume gehabt, in denen er vorkommt«, gab Kerstin Holm zu. »Fuck.«

Sie sahen sie an, das spürte sie.

Eine höhere Polizeibeamtin sollte nicht »fuck« sagen, jedenfalls nicht, wenn sie eine schwedische Polizistin ist und nicht in der Fernsehserie *The Wire* mitspielt.

»Die Grundfrage ist, ob die Morde mit dem Attentat zu tun haben«, sagte Sara Svenhagen. »Ich zweifle daran. Sie waren fünf Jungen, alte Kumpel aus der Kindheit, die nach vielen Jahren wieder zusammengefunden haben. Das geschah auf Initiative eines von ihnen, nämlich Jamshids. Und er ergriff die Initiative offenbar deshalb, weil er im Iran gewesen und von gewissen fundamentalistischen Gedanken beeindruckt worden war. Er versuchte sie für den Dschihad zu begeistern. Das gelang nur teilweise. Einer von ihnen, Kråkan, sprang ab. Die anderen waren auch nicht so leicht einzufangen, aber einer der Jungen war immerhin sehr inspiriert, nämlich Mehran, der Ibn Khalduns fabelhaftes Hauptwerk *al-Muqaddima* fand. Dort traf er auf ein schönes Zitat des Kalifen Ali, der vor der Schlacht von Siffin verkündet, wie Krieger zu sein haben, und von dort hatte er – ohne tiefere Reflexionen – den Namen ›heilige Reiter von Siffin‹, nach dieser Schlacht, bei der sich der Islam in Schiiten und Sunniten spaltete. Die Jungen selbst waren Schiiten, aber als ›heilige Reiter‹ hätten sie die Spaltung vermutlich aufheben, sie im Keim ersticken können. Das war wohl Mehrans theoretischer Gedanke. Doch es blieb bei der Theorie. Sie sind nicht genügend überzeugt, um ›heilige Reiter‹ zu werden. Es gibt keine anderen Pläne, als im Versammlungslokal zu sitzen, Tee zu trinken, Zaban-Kuchen zu essen und zu klagen. Aber als Jamshid von dem U-Bahn-Attentat hört, denkt er sofort an London. Sie könnten sich zu der Tat bekennen und sie sich auf ihr Konto schreiben lassen. Er ruft Mehran an und fragt ihn nach einer Telefonnummer bei der Polizei. Mehran ist ratlos, erinnert sich aber an eine Telefonnummer, die er kürzlich an einem Aushang gesehen hat. Jamshid fragt ihn auch nach einem Zitat, über das sie kürzlich diskutiert haben, nach einem Zitat des Kalifen Ali. Vielleicht ist Mehran einverstanden, dass Jamshid anruft, wahrscheinlich aber weiß er nicht, was Jamshid vorhat. Er begreift es erst, als ihre kleine Bruderschaft in den Medien auftaucht, was ja erstaunlich schnell nach dem Telefonat geschieht. Die Ermittlung ist leck wie ein Sieb. Plötzlich wird überall von den ›heiligen Reitern von Siffin‹ geredet, im Fernsehen, Radio, in den Zeitungen. Ihr Diskussionsklub hat ein ganz neues Gewicht gewonnen, auch bei Jamshids alten Kontakten in der muslimischen Welt. Den naiveren Mitgliedern, Siamak Dulabi, der früher einmal von einem Mann namens Kill ein Handy für die Gruppe besorgt hat, das man nicht orten kann, und dem eher passiven Arman Mazlum, der sich mehr für Fußball interessiert und schwedische Kumpel hat, die bereit sind, ihr Leben für ihn zu opfern, den beiden stößt es natürlich sauer auf. Sie haben nicht das Geringste mit dem U-Bahn-Attentat zu tun – was hat Jamshid da angerichtet? Und dann taucht ein Mann auf, der sie töten will, einen nach dem anderen. Was denken sie?«

»Was sagt Arman Mazlum?«, fragte Kerstin Holm.

»Er ist völlig fertig«, antwortete Sara Svenhagen. »Die Sache mit Berra war sozusagen der Tropfen, der das Fass zum Überlaufen brachte. Er weint nur.«

»Er hat keine Ahnung, wer der Mann ist, der hinter ihnen her ist?«

»Nicht im Geringsten. Aber er schiebt es auf Jamshid. ›Das müssen seine alten Kumpel sein.‹«

Kerstin Holm schnitt eine Grimasse und sagte:

»Es ist natürlich nicht undenkbar, dass dieser Typ mit dem grünen Käppi im Arrest auftaucht und ihm ans Leder will.«

»Er steht unter zusätzlichem Polizeischutz«, sagte Sara Svenhagen. »Die Säpo hat ihm zwei Kerle vor die Tür gestellt. Nein, ich glaube nicht, dass man an ihn herankommt.«

»Und dann ist da dieses Auto«, sagte Kerstin. »Gibt es dazu Neuigkeiten? Jon?«

Jon Anderson sah aus, als habe er sich von seinem unglaublichen Präzisionsschuss erholt. Er sagte:

»Es ist mit Sicherheit ein Mietwagen. Wir ermitteln bei allen Firmen im Land. Im Lauf des Tages werden wir wohl fündig werden.«

»Gut«, sagte Kerstin. »Viggo und Arto?«

»Das ist wohl der richtige Weg«, sagte Viggo Norlander und hielt dann den Mund. Doch Arto Söderstedt sagte:

»Wir haben im Grunde zweierlei zu berichten. Erstens hat die Säpo die Identität mindestens eines der Fahrgäste im Wagen Carl Jonas verschleiert, nämlich die der sogenannten Person 2, die auf dem Platz neben dem möglichen Selbstmordattentäter, Person 3, saß. Hultin versucht bei der Säpo herauszubekommen, was da im Gange ist. Person 2 ist offenbar identifiziert, aber sie halten ihre Identität aus unbekannten Gründen geheim.«

»Aber das ist doch unfassbar«, entfuhr es Lena Lindberg.
»Und dennoch ist da im Moment schwer etwas zu machen«, sagte Söderstedt. »Deshalb ist unsere größte Chance die falsche Sexparty. Habt ihr gelesen, was Viggo und ich darüber ins Intranet geschrieben haben?«
»Die Zwischennamen von Pippi Langstrumpf?«, fragte Gunnar Nyberg. »Wie seid ihr darauf gekommen?«
»Arto kann chatten wie der Teufel«, sagte Norlander. »Für so was braucht man viel Training.«
Söderstedt ignorierte diese Bemerkung natürlich und fuhr fort:
»Eine allem Anschein nach feministisch ausgerichtete Aktivistengruppe, bestehend aus mindestens vier Mädchen und einem Mann, hat auf einer der größten Chatseiten des Landes mit Sexkunden gechattet. Soweit wir das Ganze rekonstruiert haben, erhielten die Männer die Instruktion, zu einer bestimmten Zeit in eine bestimmte U-Bahn zu steigen und sich ganz hinten in den Zug zu setzen. Sie sollten irgendwo an der Strecke in die Linie 19 einsteigen, die letzte an diesem Tag, und die Auswahl am Anfang der Strecke lässt schon darauf schließen, dass es am Ende ziemlich viele Männer gewesen wären. Man wird annehmen dürfen, dass die meisten an größeren Stationen wie Slussen oder T-centralen einsteigen sollten, um sich nach Süden zu einer unbekannten Station transportieren zu lassen, wo eines der Mädchen, Pfefferminza, mit einem Bus warten würde. Drei Mädchen plus Andreas Bingby, der Freund eines der Mädchen, befanden sich im hinteren Teil des Wagens Carl Jonas, wo sie Fahrgäste, die nicht dazu gehörten, verscheuchen wollten. Vermutlich hatten die Männer ein Codewort erhalten, das sie sagen mussten, entweder zu Efraimstochter, die in der Mitte des Wagens die Leute verscheuchte, indem sie verrücktspielte, oder zu Viktualia, die die vorletzten Türen kontrollierte, oder zu Rollgardina, die die Türen ganz hinten bewachte. Efraimstochter heißt eigentlich Molly und lässt ihre Verletzungen

vermutlich zu Hause von einem Onkel behandeln, der Arzt ist und an der St. Eriksbro wohnt. Viktualia hieß eigentlich Gabriella und ist tot. Und Rollgardina hieß Alicia Ljung und ist ebenfalls tot. Wir suchen intensiv nach der vollständigen Identität von Molly und Gabriella. Gabriella war vermutlich mit Andreas Bingby zusammen. Wir warten natürlich dringend darauf, dass er aufwacht, aber das scheint nicht zu geschehen. Die letzte Prognose war schlecht.«

»Es muss also eine ganze Menge Männer in Stockholm geben, die wissen, worum es hier geht«, sagte Sara Svenhagen.

»Und die den Mund halten«, fügte Lena Lindberg hinzu, »um ihre eigene Haut zu retten.«

»Aber was hatten sie mit all den Männern vor?«, fragte Jorge Chavez mit düsterer Stimme. »Sie in einem Bus sammeln?«

»Die Männer dachten, sie seien unterwegs zu einer Sexparty, einem Bordell. Die Mädchen hatten jedoch etwas ganz anderes mit ihnen vor. Was, wissen wir nicht. Aber sie sollten wohl irgendwie entlarvt werden. Ein großer PR-Coup gegen Sexkunden, vermutlich.«

»Aber habt ihr wirklich keine Spur davon in den Computern der Männer gefunden?«, fragte Kerstin Holm. »Wie zum Teufel konnten die das geheimhalten?«

»Weil alles über etwas so Flüchtiges wie einen Chat lief«, sagte Jorge Chavez mit noch düsterer Stimme. »Die Leute, die eine Chatseite unterhalten, speichern nichts. Die Worte verschwinden einfach wieder.«

»Wissen wir das?«, fragte Kerstin Holm.

»Leider ist es so«, sagte Arto Söderstedt. »Wir haben Kontakt mit den Betreibern der Seite gehabt, und für die ist Integrität Ehrensache. Sie besteht darin, dass sie grundsätzlich nichts speichern und noch weniger herausrücken. Dieser Weg scheint also blockiert zu sein. Aber auf den Computern dürfte anderes zu finden sein. Irgendetwas, aufgezeichnete Erinnerungen, erotische Phantasien, Mails an Gleichgesinnte. Das Einzige, was wir bisher gefunden haben, ist Alicia Ljungs Pseudonym Rollgardina.«

»Das hat anderseits unerwartet weit geführt«, nickte Kerstin Holm. »Ihr nehmt Gunnar dazu.«

»Danke«, sagte Viggo Norlander tonlos.

»Außerdem steht euch die gesamte Stockholmer Polizei zur Verfügung. Nutzt die Möglichkeiten. Sie können euch helfen, Molly und Gabriella zu identifizieren.«

»Und hoffentlich Pfefferminza zu finden«, sagte Söderstedt und verdeutlichte: »Die Busfahrerin.«

»Und irgendwo vielleicht sogar eine Bombe«, fügte Norlander mürrisch hinzu. »Denn die scheint weiter weg zu sein denn je. Wir finden eine Menge heilige Reiter, die meisten tot, eine Menge Freier und vermeintliche Prostituierte, die meisten ebenfalls tot, aber nicht einen einzigen kleinen Bombenmann.«

»Die Arbeitsverteilung sieht also folgendermaßen aus«, sagte Kerstin Holm. »Jon und Jorge kümmern sich um die Autovermieter – und ich gehe davon aus, dass ihr euch sämtliche Möglichkeiten der Reichskriminalpolizei zunutze macht. Irgendwo in Schweden ist dieser rote Volkswagen gemietet worden. Oder meinetwegen gekauft oder gestohlen worden. Macht Dampf. Sara und Lena verhören Arman Mazlum, sobald es möglich ist. Und Gunnar, Viggo und Arto versuchen, die verletzte Molly zu finden, die sogenannte ›Verrückte‹. Jedenfalls ist es gut zu hören, dass sie nicht unter einer Brücke liegt und verblutet.«

»Aber tot kann sie trotzdem sein«, sagte Norlander. »Sie hat keinen Kontakt mit Krusmynta aufgenommen.«

»Aber warte mal«, sagte Nyberg. »Was wirst du tun, Kerstin?«

Kerstin Holm lächelte knapp und sagte:

»Ich denke, ich gehe in den Nahkampf mit der Säpo.«

32

Arman Mazlum war nicht einmal ein Schatten seines früheren Selbst. Er hatte immer noch rotgeweinte Augen. Aber er wirkte jetzt zumindest ansprechbar.

Sara Svenhagen und Lena Lindberg setzten sich ihm gegenüber an den Tisch im Vernehmungsraum der Untersuchungshaft. Sara legte ihre Hand auf seine, er ließ es zu.

»Du überstehst das hier, Arman«, sagte sie und fühlte sich völlig unzulänglich. »Es ist jetzt vorbei. Wenn du willst, dass es vorbei sein soll.«

Arman sah sie an und schüttelte den Kopf.

»Begreifen Sie nicht, dass Sie keine Chance haben?«, sagte er leise.

»In der Hinsicht sind wir ein bisschen schwer von Begriff«, antwortete Sara. »Das gebe ich zu.«

»Sie wissen also, wer er ist?«, fragte Lena Lindberg.

Arman schüttelte den Kopf.

»Aber er lässt nicht locker«, sagte er nur.

»Dann schnappen wir ihn uns eben«, sagte Lena.

»Das geht nicht.«

»Also fangen wir andersherum an«, sagte Sara. »Erzählen Sie von den heiligen Reitern von Siffin.«

»Das war Jamshids Ding«, erklärte Arman. »Wir anderen haben nur mitgemacht, um zu sehen, was passiert.«

»Ist Ihnen klar, Arman, dass wir ernsthaft geglaubt haben, Sie wären der Selbstmordattentäter in der U-Bahn? Der zehn Menschen ermordet hat? Das hier ist ernst.«

»Kråkan war mutig«, sagte Lena. »Er hat es gewagt, auszusteigen. Sie haben das nicht getan.«

»Es war ja nur eine Art Club«, jammerte Arman. »Ein Spiel.«

»Sie haben aufgehört, Fußball zu spielen«, stellte Sara fest. »Berra und Sie waren die kreativsten Mittelfeldspieler der Betriebsliga. Dann haben Sie einfach aufgehört. Also haben Sie die Sache ernst genommen. Was hat Berra gesagt, als Sie Schluss gemacht haben?«

»Reden Sie nicht von Berra«, flüsterte Arman.

»Aber genau darüber werden wir reden, über Berra«, sagte Sara. »Denn Berra ist der Preis, den man für solche Ideen bezahlt. Es sind Ideen, die töten, Arman.«

»Es war Jamshid.«

»Damit kommen Sie nicht weit, Arman. Sie wissen, dass das nicht stimmt. Sie waren vier. Sie stießen Kråkan aus und schlossen sich um eine gefährliche Idee zusammen. Eine Gewaltidee.«

»Aber es war nur eine Idee«, sagte Arman. »Wir haben nie etwas getan.«

»Sie tötet, und das spüren Sie selbst. Alle sterben, Arman.«

Lena Lindberg fuhr fort:

»Jamshid rief die Polizei an und bezeichnete alle schwedischen Frauen als Huren. Dann stellt sich heraus, dass er selbst mit einer schwedischen Frau zusammen ist, Anna Blom. Und sie ist nun auch tot, Arman. Alle sterben. Erzählen Sie mir, warum sie alle sterben.«

»Schwedische Frauen sind hart. Man darf ihnen nicht zu nahe kommen.«

»Aber Jamshid hat es getan. Wissen Sie, was Doppelmoral ist?«

»Hören Sie auf.«

»Das ist, wenn man eine Sache sagt, und das Gegenteil tut«, sagte Lena Lindberg. »Hat Ihr teurer Führer Jamshid nicht genau das getan? Er verdammte schwedische Frauen und lebte mit einer zusammen.«

»Ich weiß«, sagte Arman nur.

»Und Sie selbst finden schwedische Frauen hart.«

»Das ist meine Erfahrung. Wenn sie einen wie mich sehen – einen, den sie Einwanderer nennen –, glauben sie immer, man wäre ein Sexfreak, und ergreifen die Flucht. Außer, sie sind gerade in ›Partylaune‹ und wollen sich mit einem ›dreckigen Araber‹ ein bisschen selbst beschmutzen. ›Erfahrungen sammeln.‹ Wissen Sie, wie oft ich schon ›dreckiger Araber‹ genannt worden bin? Ich bin nicht einmal Araber. Und kein bisschen dreckig.«

»Aber das stimmt so nun wirklich nicht«, stieß Lena Lindberg hervor.

»Ich finde schon«, sagte Arman Mazlum unbeirrt.

»Ich glaube, wir verlassen das Thema«, unterbrach Sara Svenhagen. »Haben Sie bei den heiligen Reitern von Siffin jemals darüber gesprochen, wer Sie bedroht? Haben Sie drei sich getroffen, nachdem Mehran tot war?«

»Ja, zu Hause bei Mehran. Wir haben kurz mit den Verwandten gesprochen. Aber da begriffen wir noch nichts. Erst nach Siamaks Tod erkannten wir, was im Gange war. Da redete ich mit Jamshid. Er sagte, er würde Anna nehmen und weit wegfahren, und er sagte mir, ich sollte das Gleiche tun. Sie wollten gerade auf die Kanarischen Inseln, als sie überfahren wurden. Der Einzige, der mir einfiel, war Berra. Er hat öfter von dem Haus seines Vaters auf dem Land erzählt. Ich dachte, ich könnte dort für eine Weile unterkriechen, aber Berra kam mit. Wir waren Freunde. Richtige Freunde.«

»Ich weiß«, sagte Sara tonlos. »Wie war es, als Sie Jamshid trafen und mit ihm über das redeten, was mit Mehran und Siamak passiert war?«

»Ich habe ihn nicht getroffen. Wir haben nur am Handy geredet. Er wirkte angeschlagen. Als ob er es kapiert hätte. Aber er hat nichts gesagt. Außer, dass ich eine Zeit verschwinden sollte.«

»Dass er was kapiert hätte?«

»Die Hintergründe kapiert hätte. Es muss jemand gewesen sein, den er in einem Ausbildungslager im Iran getroffen hatte.«

»War er wirklich in einem Ausbildungslager?«

»Er hat es so genannt. Aber ich weiß es nicht sicher. Ich glaube nicht, dass er mit richtigen Freiheitskämpfern in Kontakt war.«

»Denken Sie noch einmal über alles nach, was Jamshid bei den Treffen der heiligen Reiter von Siffin gesagt hat. Gibt es irgendwo einen Anhaltspunkt?«

»Ich habe nachgedacht und nachgedacht«, sagte Arman Mazlum und rieb sich die Augen. »Ich bin nur ein Aufseher bei SL und hatte es satt, allein zu sein. Jamshid hat uns jedenfalls zusammengebracht, uns zu einem Team gemacht. Wir spürten, dass unser Leben nun einen Sinn hatte.«

»War es Mehran Bakhtavar, der Ibn Khaldun entdeckte? War das mit Siffin seine Idee?«

»Mehran hat Kalif Alis Worte gefunden. Wie man sich auf den Kampf vorbereitet. Es war poetisch. Wir haben ein bisschen darüber geredet. Wenn es wirkliche heilige Reiter in Siffin gegeben hätte, dann wäre es nicht zur Teilung des Islam gekommen. Dann hätten alle Muslime in Frieden leben können. Statt sich gegenseitig zu bekämpfen. So dachten wir.«

»Und den eigentlichen Namen haben Sie sich also gemeinsam ausgedacht?«

»Das weiß ich nicht mehr.«

»Doch. Denken Sie nach.«

»Ich glaube, es war Jamshid, der draufkam. Mehran hatte die Aufgabe übernommen, etwas zu suchen, das wir als – wie sagt man? –, als Motto nehmen konnten. Er fand das in dem dicken Buch.«

»Woher nahm Jamshid den Namen Siffin?«

»Weiß nicht«, sagte Arman. »Eine Zeit lang nannten wir uns ›Die Reiter‹.«

»Aber nicht die heiligen Reiter von Siffin?«

»Nicht sofort. Jamshid sprach von den heiligen Schlachten. Badr, Uhud, Khandaq, Hunayn, Jamal, Siffin. Daher kam es.«

»Versuchen Sie, sich genau daran zu erinnern, wie das ablief.«

Arman Mazlum rieb sich erneut die Augen und sagte schließlich langsam:

»Er leierte die ganzen Schlachten herunter. Als er zu Siffin kam, sagte er plötzlich: ›Die heiligen Reiter von Siffin‹.«

»Wieso ›plötzlich‹?«

»Weiß nicht. Als ob es … ihm gerade einfiele …«

»Als ob er sich erinnerte?«

»Vielleicht … Ja, vielleicht. Als ob es – wie sagt man? – ein Zitat wäre.«

»Sie haben nicht weiter darüber gesprochen, wo es herkam?«

»Nein«, sagte Arman bestimmt.

»Was glauben Sie selbst?«

»Ich glaube, es war eine Erinnerung aus dem Ausbildungslager. Oder wie man es nennen soll.«

»Die ganze Phrase also? ›Die heiligen Reiter von Siffin‹? ›The Holy Riders of Siffin‹?«

»Er hat es zuerst auf Arabisch gesagt.«

»Nicht auf Schwedisch?«, fragte Sara Svenhagen erstaunt. »Nicht einmal auf Persisch?«

»Nein, zuerst auf Arabisch. Mein Arabisch ist ziemlich schlecht. Danach sagte er es auf Schwedisch und auf Persisch. Da verstand ich es besser. Aber ohne es richtig zu begreifen.«

Sara Svenhagen und Lena Lindberg sahen einander an. Sara stand als Erste auf und sagte:

»Melden Sie sich direkt, wenn Ihnen noch etwas einfällt.«

»Bin ich festgenommen?«

»Sie sitzen hier nicht, weil Sie unter irgendeinem Verdacht stehen, Arman. Ich hoffe, das ist Ihnen klar. Sie sitzen hier so lange, bis wir wissen, dass der Mörder das Land verlassen hat. Sie sitzen hier zu Ihrem eigenen Schutz.«

Arman Mazlum nickte schwer. Er schien dennoch erleichtert zu sein.

Sie verließen ihn. Draußen im Flur des Untersuchungsgefängnisses sagte Lena Lindberg:

»Was war das?«

»Ich frage mich«, sagte Sara Svenhagen, »ob wir gerade auf eine wirklich wichtige Spur gestoßen sind.«

»Aber ich begreife es nicht ganz. Arabisch?«

»Nur so eine Idee«, erläuterte Sara. »Angenommen, Jamshid Talaqani schnappte bei seinem Aufenthalt in dem sogenannten Ausbildungslager wirklich etwas auf, das er nicht hätte hören sollen ...«

»Aber das war doch eine der ersten Informationen im Intranet – dass es angeblich keine internationale Verbindung gibt.«

Sara Svenhagen zitierte langsam:

»›The Holy Riders of Siffin sind international nicht bekannt. Nachfrage bei internationalen Sicherheitsdiensten ergebnislos.‹«

»Meine Güte, dass du dich daran erinnerst.«

»Unterzeichnet Säpo ...«

»Alle Wege führen zur Säpo ...«

»Kam das nicht ein bisschen zu schnell? Hat man wirklich so schnell ›eine Nachfrage bei internationalen Sicherheitsdiensten‹ durchführen können?«

»Wir sind vielleicht völlig paranoid.«

»Oder auch ...«

»Ich weiß, was du jetzt denkst, Sara. Sprich es nur aus.«

»Angenommen, es gibt eine echte Gang ›heilige Reiter von Siffin‹. Die eine *richtige* Terroraktion planen. Und denen es übel aufgestoßen ist, als diese Bluffer sich plötzlich zu einem U-Bahn-Attentat von ziemlich kleinem Format in dem kleinen Schweden bekannten.«

»Und die ...?«

»Und die, vermute ich, einen Killer nach Schweden schickten, um alle Spuren auszulöschen. Einen Killer, der sich bereits in Europa aufhielt.«

Lena Lindberg nickte bedächtig und sagte:
»Aber dann hätte es doch gereicht, Jamshid zu beseitigen.«
Sara Svenhagen streckte den Nacken und sagte:
»Ich meine wirklich: *alle* Spuren.«
Lena schüttelte langsam den Kopf.
»Und wenn ihnen das der Mord an so vielen Menschen wert war ...«
»Ja«, sagte Sara Svenhagen. »Dann ist da ein richtig großes Ding im Gang.«

33

»Schwanzfechter«, sagte Arto Söderstedt. »Sagt uns das was?«

Er beobachtete die beiden Kollegen in dem für diese Versammlung viel zu kleinen Zimmer. Sie sahen sich eine Weile an. Nyberg blickte Viggo Norlander an und umgekehrt. Früher einmal hatte man ernsthaft sagen können: »Wenn zwei Köpfe, die normalerweise nicht die klügsten sind, zusammenstoßen, ergibt sich etwas Neues.« Das galt nicht mehr. Vielleicht waren es nicht die allerklügsten Köpfe im Universum, aber es gab keinen direkten Grund, Nyberg oder Norlander als dumm zu bezeichnen.

Dachte Arto Söderstedt väterlich und betrachtete zärtlich die beiden Riesen.

»Ja«, sagte Gunnar Nyberg. »Ich erkenne es wieder. Ein bescheuertes Wort.«

»Das was beschreibt?«

»Männer, die sich ekelhaft aufführen.«

»Und aus welchem Zusammenhang kennen wir es?«

Nyberg sah aus, als fiele es ihm sehr schwer, etwas herauszubringen.

»Ich habe es gedruckt gesehen«, brachte er schließlich hervor.

»Ich auch«, nickte Norlander. »In einer *Abendzeitung*, oder?«

Nyberg sah Norlander an und sagte:

»Es ist nicht lange her, dass ich es gelesen habe. Wann habe ich es gelesen?«

»Ich kenne deine Lesegewohnheiten nicht so genau«, sagte Norlander.

»Das Internet«, sagte Söderstedt und bearbeitete die Tastatur.

Er erhielt Treffer über Treffer. Und in Zusammenhang mit jedem Treffer stand ein Name.

Veronica Janesen.

»Kolumnistin in der *Abendzeitung*«, sagte Söderstedt. »Ihr seid Genies, meine Herren.«

Nyberg und Norlander sahen sich erneut an und mussten feststellen, dass ihr Kollege recht hatte.

Sie waren Genies.

»Jetzt erinnere ich mich«, sagte Nyberg. »Sie schrieb eine Kolumne über die junge Gewerkschaftschefin, die sich in einem Casino danebenbenahm. Wo ich den Schlichter spielen durfte. Sie bezeichnet Männer immer als Schwanzfechter. Ich hätte darauf kommen sollen.«

»Bist du ja«, tröstete Söderstedt. »Indirekt.«

»Und deshalb finde ich auch, du kümmerst dich selbst um die Sache«, sagte Norlander.

»Sie könnte das Mädchen kennen«, sagte Söderstedt. »Versuch es.«

»Okay«, sagte Nyberg. »Meinetwegen.«

Dann war er verschwunden.

»Und was machen wir?«, fragte Norlander.

»Weißt du doch«, antwortete Söderstedt.

»Das ist aber nicht besonders anregend«, klagte Norlander.

»Nicht direkt«, sagte Söderstedt. »Aber getan werden muss es. Wir kümmern uns weiter um die Kommilitoninnen von Alicia Ljung. Wir haben weder eine Molly noch eine Gabriella gefunden, leider, aber wir hatten eine andere an der Angel, durch die Stockholmer Polizei. Wie hieß sie noch?«

»Erika Granlund«, sagte Norlander. »In Flemingsberg.«

»Stimmt, ja. Direkt bei der Hochschule von Södertörn.«

»Aber da war noch einer, der interessant schien, oder?«

»Ein früherer Freund, hieß es. Olof Strand. In Järfälla.«

»Stein oder Schere?«, fragte Norlander und hielt die geballte Faust hin.

Söderstedt schob sie beiseite und sagte:

»Ich opfere mich für Järfälla.«

»Opferst dich? Du denkst doch nur ans Kilometergeld, du Raffzahn.«

»Dann nimmst du eben Järfälla«, sagte Söderstedt großzügig.

»Hrmf«, machte Norlander.

Und dann wanderten sie nebeneinanderher zur Garage, ohne ein einziges Wort zu wechseln, setzten sich in ihre Autos und fuhren auf die Bergsgata hinaus.

Im selben Augenblick erreichte Gunnar Nyberg, der zuweilen ziemlich schnell fuhr, die Redaktion der großen *Abendzeitung*. Er parkte das Auto und betrat das mächtige Zeitungsgebäude. An der Rezeption fragte er vorbildlich knapp:

»Veronica Janesen?«

»Sie haben gerade Glück«, sagte die Empfangsdame. »Sie ist freie Mitarbeiterin und normalerweise gar nicht in der Redaktion.«

»Das hat nichts mit Glück zu tun«, sagte Gunnar Nyberg und lächelte süß.

Er wurde von einem Redaktionssekretär an Ort und Stelle geführt.

Veronica Janesen war kleiner, als Nyberg es sich vorgestellt hatte. Sie saß an einem Schreibtisch in der offenen Bürolandschaft und schrieb fieberhaft. Als sie zu ihm aufsah, flatterte ihr strähniges Haar, und die Menge an Mascara schien das Gewicht des Gesichts zu verdoppeln.

»Hej«, sagte Gunnar Nyberg. »Hier meldet sich ein Schwanzfechter.«

Veronica Janesen sah so erschrocken aus, dass er sich eilends bemühte, seinen Ausweis vorzuzeigen. Innerlich war ihm wohl bewusst, dass er immer noch einen ziemlich Angst einjagenden Eindruck machte.

»Ein Bulle«, schnaubte sie und sammelte ihre Gesichtszüge zusammen, die ihr vor Schreck entglitten waren.

»Natürlich«, sagte Nyberg. »Was dachten Sie?«
Veronica Janesen schüttelte den Kopf und sagte:
»Wenn Sie wüssten, wie viele Drohungen ich bekomme ...«
»Ich kann es mir vorstellen«, meinte Nyberg verbindlich.
»Sie trampeln auf allerlei wunden Männerzehen herum.«
»Ich sitze normalerweise nicht hier«, sagte Janesen verwirrt. »Wie haben Sie mich gefunden?«
»Fortschrittliche Polizeiarbeit.«
Sie speicherte den Text im Computer ab und führte Nyberg zu einer menschenleeren Teeküche mit einer hochmodernen Kaffeemaschine, die koffeinhaltige Getränke in allen erdenklichen Variationen zubereiten konnte. Er entschied sich für einen Café au Lait, eine Bezeichnung, die beinahe ganz von all den Latte-Varianten verdrängt worden war, und fand, dass er genau so fade schmeckte wie jeder andere Automatenkaffee auch. Veronica Janesen zeigte auf einen Stuhl an einem freien Tisch, auf dem allerlei Zeitungen in unterschiedlichen Stadien der Vergilbung lagen, und er setzte sich. Sie nahm ihm gegenüber Platz.
»Ich habe einfach in der Redaktion angerufen«, erklärte Gunnar Nyberg. »Sie sagten mir, Sie seien hier.«
»Fortschrittlich«, sagte Veronica Janesen ernst. »Zu Hause wird mein Bad renoviert, und zurzeit herrscht eine gewaltige Nachfrage nach meinen Kolumnen. Die Zeitung hat mir einen Schreibtisch zur Verfügung gestellt.«
Nyberg betrachtete sie. In ihrem ernsten Gesicht war keine Spur von der Aggression zu erkennen, die ihre Kolumnen so oft über die bislang bekannten Grenzen trieb. Sie schien im Gegenteil eine recht sympathische Frau zu sein. Und kaum älter als dreiundzwanzig, vierundzwanzig Jahre.
»Das wäre ja auch noch schöner«, sagte Nyberg. »Sie tragen die Zeitung doch auf Ihren Schultern.«
Sie lachte, und Nyberg fühlte, dass das Eis gebrochen war.
Er gab inzwischen ohne Umstände zu, dass er Frauen liebte, die smarter waren als er selbst. Es war tatsächlich eine

echte Neigung, obwohl er sie viele Jahre lang nicht hatte zugeben wollen.

»Was kann ich für meinen Freund und Helfer tun?«, fragte Janesen, noch nicht einmal besonders ironisch.

»Schwanzfechter«, kam Nyberg direkt zur Sache.

Sie hob die schwarzen Bögen ihrer Augenbrauen und starrte ihn an.

»Sie sind also doch hier, um mich zu schikanieren? Für einen Schwanzfechter haben Sie sich gut maskiert, das muss ich sagen.«

»Überhaupt nicht«, sagte Nyberg ruhig. »Ich möchte wissen, woher der Begriff kommt und ob es irgendeinen besonderen Kreis gibt, der Ihnen nahesteht und der ihn verwendet.«

»Ich habe ziemlich viele Leserinnen«, sagte Veronica Janesen. »Viele lassen sich inspirieren. Es ist nicht zu glauben, wie viele von uns das Patriarchat satt haben. Und solche Kolosse wie Sie.«

»Aber einige mögen uns immer noch«, sagte Nyberg und lächelte einnehmend.

Sie lächelte ebenfalls.

»Worum geht es also?«, fragte sie schließlich.

»Worum geht es in diesen Tagen bei der Polizei?«

Sie musterte ihn genau.

»Meinen Sie, dass ich recht hatte?«, fragte sie.

»Das ist sehr wahrscheinlich«, erwiderte er. »Fragt sich nur, womit.«

»Damit, dass die Verteilung der Geschlechter in diesem Wagen etwas sonderbar war?«

Gunnar Nyberg streckte sich ein wenig und sagte:

»Sie werden verstehen, dass ich über manches nicht sprechen darf, schon gar nicht mit jemandem wie Ihnen.«

»Wie ich?«

»Einer Journalistin.«

»Ich bin keine Journalistin.«

»Das ist mir wohl bewusst.«

»Und was sind Sie? Kritiker?«

»Muss es so aggressiv sein? Das ist eigentlich alles, was ich wissen möchte. Sie haben ja recht. Aber muss es den Leuten derart eingehämmert werden?«

»Ich glaube, Sie verstehen nicht, wie die Medienwelt dort draußen aussieht.«

»Ich sehe sie nur von einer Seite, und die ist wahrlich nicht schön«, gab Nyberg zu.

»Von der anderen Seite gesehen ist sie eher hart. Es ist hart zu überleben. Man muss eine Nische finden. Etwas, das nur einem selbst gehört. Und das jeder sofort wiedererkennt.«

»In Nischen bleibt man stecken. Das ist ihre Natur.«

»Sie *sind* wahrhaftig Kritiker.«

»Leser, Schrägstrich Kritiker. Was sollen wir Ihrer Meinung nach sein? Widerstandslose Empfänger? Passive Behältnisse für Ihre wild ejakulierten Worte?«

»Hm, feministischer Sprachgebrauch aus völlig falschem Mund.«

»Falsch inwiefern? Zu großer Körper?«

»Zu männlicher Körper.«

»Vielen Dank. Und das meine ich wirklich so.«

Sie hörten auf. Und sahen sich an.

Gunnar Nyberg fand, dass es ein erhellender Moment war. Aber er war ja auch ein Stützpfeiler der patriarchalischen Gesellschaft.

Als solcher sagte er in etwas ruhigerem Ton:

»Ich lebe mit einer Frau zusammen, die viel intelligenter ist als ich – auch wenn ich in der letzten Zeit zu der Einsicht gekommen bin, dass ich intelligenter bin, als ich jemals zu glauben gewagt hätte. Und das ist Ludmilas Verdienst. Inwiefern unterdrücke ich sie?«

»Strukturen«, sagte Veronica Janesen.

»Das taugt nicht«, sagte Nyberg. »Ich höre diese Abstraktionen und kaufe sie niemandem mehr ab. Ich will konkret wissen: Wie unterdrücke ich, indem ich Mann bin, Ludmila, die Frau ist?«

»Ich weiß nichts über Ihre private Situation.«

»Warum behaupten Sie dann, dass Sie es tun?«

»Das habe ich nie behauptet.«

»Doch«, sagte Gunnar Nyberg. »Ich bin einer Ihrer Schwanzfechter. Ich unterdrücke Frauen automatisch und völlig unbewusst. Ich möchte aufrichtig wissen, was ich tun soll, um das zu vermeiden.«

Es war wieder eine Weile still.

»Schön, das mal loszuwerden, was?«, sagte Veronica Janesen.

»Sehr schön«, antwortete Gunnar Nyberg.

»Es ärgert Sie?«

»Es ärgert mich gewaltig.«

»Weil Sie wissen, dass es wahr ist.«

»Ebenso, wie Sie wissen, dass Ihre Schwanzfechtertheorien nicht wahr sind. Sie treffen nicht auf alle weißen Männer mittleren Alters zu.«

»Da sind wir uns schon einig. Wenn ich eine bestimmte mediale Rolle einnehmen muss, um Männer wie Sie – und lieber noch viel schlimmere Männer – zum Nachdenken zu bringen, dann bin ich bereit, das zu tun. Dann übernehme ich die Rolle als Hexe der Nation. Das ist okay.«

»Und ich übernehme die Rolle des Schwanzfechters – für all die verdammten Feiglinge da draußen, die Frauen vergewaltigen. Was also ist ein Schwanzfechter?«

»Ich bin selbst darauf gekommen«, sagte Veronica Janesen. »Ich glaube, das gibt es sonst nicht.«

Gunnar Nyberg betrachtete sie eindringlich. Dann sagte er:

»Könnten Sie sich vorstellen, auf billige Pointen zu verzichten, wenn ich erzähle, worum es geht? Nichts kommt in die Zeitung, nichts wird irgendwo in der Welt publiziert. Nichts wird irgendwem erzählt.«

»Warum sollten Sie so etwas tun?«
»Weil ich durch Sie verstehe, wie Ludmila war, als sie mit dreiundzwanzig Jahren in der Sowjetunion lebte.«
Veronica Janesen lachte laut. Und ziemlich lange.
»Sechsundzwanzig«, sagte sie. »Die Mascara macht mich jünger.«
»Da sieht man's«, sagte er.
»Ja«, sagte sie.
»Ja?«, sagte er.
»Ja«, sagte sie. »Ja, das kann ich mir vorstellen.«
»Sie kämpfen gegen Porno und Prostitution. Eine Gang von Mädchen, die Sexkunden entlarven wollten. Sie füllten den U-Bahn-Wagen mit Freiern, die glaubten, sie fahren zu einem Bordell. Eigentlich sollten sie enttarnt und bloßgestellt werden. Stattdessen wurden sie in die Luft gejagt, die ganze Bande, Männer und Frauen, ohne Rücksicht auf patriarchalische Strukturen. Die überlebende Frau, von der wir nicht wissen, wer sie ist, bezeichnet Männer als Schwanzfechter.«
»Sie wissen nicht, wer sie ist, aber sie spricht?«
»Man nennt es chatten«, sagte Gunnar Nyberg.
Veronica Janesen seufzte tief.
»Ich bleibe dabei, es kann irgendeine meiner Leserinnen sein. Es gibt viele, und sie sind treu.«
»Die bösen Männer sind wohl auch recht treu.«
Sie lachte und sagte:
»Trotzdem weiß ich, wer sie sind.«
Gunnar Nyberg verschluckte sich. Er hustete eine Weile und sagte, mitten im Husten:
»Sie wissen, wer sie sind?«
»Ich glaube, ich verstehe es jetzt«, sagte Veronica Janesen. »Es gibt eine Clique von Fans. Sie mögen meine Parolen. Sie finden meine Formulierungen großartig.«
»Das sind sie«, sagte Nyberg, »offensichtlich.«
»Grundlage ist eine Mailing-Liste, mit vielen Teilnehmern.«

»Eine Mailing-Liste?«

»Die Gruppe nennt sich ›Männerhass‹. Ich glaube, Sie besitzen die erforderlichen ironischen Fähigkeiten, um das zu verstehen.«

»Mit patriarchalischen Krücken, möglicherweise«, sagte Gunnar Nyberg.

»Die Kerntruppe scheint aus vier Frauen zu bestehen, die Pornografie und Prostitution ablehnen. Sie haben auch ziemlich viel Humor.«

»Wenn wir Glück haben, ist die Hälfte davon noch vorhanden.«

»Zwei Überlebende, also?«

»Vielleicht«, sagte Nyberg. »Es hängt von der ärztlichen Kunst eines Onkels ab.«

»Eines Onkels, der Arzt ist?«

»Ja«, sagte Nyberg und spitzte die Ohren. »Und der in der Nähe der St. Eriksbro wohnt.«

»Davon weiß ich nichts«, sagte Veronica Janesen, »aber ich habe von einem Onkel gehört, der Arzt ist. Von Molly.«

»Okay«, sagte Nyberg abwartend.

»Die vier Mädchen, die die E-Mail-Liste ›Männerhass‹ betreiben, heißen Molly, Gabriella, Alicia und Johanna.«

»Kennen Sie sie?«

»Nein, überhaupt nicht. Aber ich bekomme ihre E-Mails zugesandt.«

»Wissen Sie, wie sie heißen?«

»Ich habe nie etwas anderes als die Vornamen gehört. Molly wird Mollan genannt, Gabriella Gabbi. Aber sie könnten Andeutungen gemacht haben, im Nachhinein betrachtet, jetzt, wo wir wissen, was passiert ist.«

»Welche denn?«

»Ich muss in meine E-Mails schauen«, sagte Veronica Janesen, hielt aber mitten in der Bewegung inne. »Aber warten Sie. Was hat das alles mit der Bombe zu tun?«

»Wir haben keinen blassen Schimmer«, sagte Gunnar Nyberg sehr aufrichtig. »Aber das ist die Bande, die in die Luft gejagt wurde. Eine Gruppe lüsterner Sexkunden und eine Clique falscher Sexverkäuferinnen.«

»Absurd«, sagte Janesen und machte sich auf den Weg.

Nyberg folgte ihr durch das große Zeitungsgebäude, das eher an ein Labyrinth erinnerte, wenn auch an eines ohne Wände. Alle Redaktionen waren völlig offen und die Grenzen zwischen ihnen eher diffus.

Als Veronica Janesen bei ihrem provisorischen Schreibtisch ankam, stand Gunnar Nyberg bereits dort. Sie schrak zusammen. Er sagte:

»Ich wollte nichts verpassen.«

»Sie sind verrückt«, erwiderte sie und begann, ihre Tastatur zu bearbeiten. Eine lange Reihe E-Mails lief über den Bildschirm. Plötzlich hielt sie den Strom an und sagte:

»Hier, da hab ich's. Mal sehen. Hier steht es, in einer Mail von Molly.«

»Datum?«, fragte Nyberg.

»Okay«, sagte Janesen. »Vor gut einer Woche. Am Freitag, zweiundzwanzigster Juli. ›Ihr werdet eine feministische Aktion erleben, die von anderer Art ist als ein paar Steinwürfe auf Pornoläden. Wartet ab.‹«

»Und das stammt von Molly, unserer Lieblingsverrückten?«

»Das verstehe ich jetzt nicht.«

»Von Molly?«

»Ja. Aber wieso Lieblings...?«

»Haben Sie den Eindruck, dass Molly die Anführerin der vier ist?«

»Ich glaube, die Struktur ist eher antihierarchisch. Aber wer die Mailing-Liste ins Leben gerufen hat und sie verwaltet, das ist Johanna.«

»Aha«, sagte Nyberg nur.

»Johanna schreibt in der Antwort-Mail vom selben Tag: ›Wir können nicht mehr sagen, aber ihr werdet es spüren.‹«

»Ich kann Sie damit erfreuen, dass Johanna als Einzige von den vieren bei guter Gesundheit ist. Außerdem hat sie einen Busführerschein. Sie haben da keinen Nachnamen?«

»Es kommen keine Nachnamen vor.«

»Okay, Scheiße.«

»Aber anderseits ...«

Sie blätterte fieberhaft weiter und wurde fündig.

»Manche E-Mail-Adressen enthalten tatsächlich den Nachnamen. Zum Beispiel ›alicia_ljung‹ und ›johanna_x_larsson‹.«

»Johanna Larsson?«, sagte Nyberg. »Wieso x?«

»Es ist eine Hotmail-Adresse«, sagte Janesen. »Es wird so sein, dass johanna_larsson bereits vergeben war und sie ein x hineingesetzt hat, um die Adresse zu bekommen.«

»Und Gabriella und Molly?«

»Das sind Decknamen: gabbypabby und mollan45.«

»Ich fürchte, ich brauche die ganze Mailing-Liste«, sagte Gunnar Nyberg. »Können Sie sie ausdrucken?«

»Ja«, sagte Veronica Janesen und legte den Kopf ein wenig schief. »Wenn Sie darauf bestehen.«

»Ich bestehe darauf. Ist außer diesen Vieren noch jemand auf der Liste, der besonders aktiv ist?«

»Die meisten scheinen eher passiv zu sein. Aber ein paar sind da noch.«

»Können Sie versuchen, sie zu finden?«

Dies geschah. Veronica Janesen arbeitete mit imponierender Geschwindigkeit ihr Postfach durch und sagte:

»Ich habe hier eine statistische Verteilung. Johanna hat die meisten geschickt, dann Molly, Gabriella, Alicia ungefähr gleich viele. Dann kommt noch eine Gruppe: Lissan, Erika, Villan, Steffan.«

»Die richtigen Namen?«

»Vilhelmina Jonbratt, offenbar. Kann nicht schwer zu finden sein. ›Villan‹. Dann Erika, die Erika Granlund heißt. Lissan scheint eine Lisa Strömsten zu sein.«

»Danke«, sagte Gunnar Nyberg. »Drucken Sie es aus?«
Veronica Janesen druckte die Liste aus. Er bedankte sich und gab ihr seine Karte mit der Bitte, ihn sofort anzurufen, wenn ihr noch etwas einfiele.

Auf dem Weg nach draußen hielt sie ihn zurück: »Nur wegen des Gleichgewichts. Es gibt auch allerhand weibliche Sexkunden. Mehr als man denkt. Ich würde es eine Dunkelziffer nennen.«

»Danke«, sagte Gunnar Nyberg.

Die Augustsonne strahlte großzügig, als er auf den Parkplatz des Zeitungshauses trat. Er blinzelte in die Sonne und dachte daran, dass sie bald für ein halbes Jahr in den Winterschlaf gehen würde. Er seufzte tief und wählte eine Nummer auf dem Handy. Als Arto Söderstedt nicht antwortete, rief er, wenn auch ein wenig widerwillig, Viggo Norlander an.

»Viggo, sagen dir folgende Namen etwas? Vilhelmina Jonbratt, Erika Granlund, Lisa Strömsten.«

»Der Mittlere«, sagte Norlander, unerwartet kurz angebunden.

Nyberg hatte das Gefühl, dass der Kollege irgendwie in einer brenzligen Situation steckte. Nach kürzerer Bedenkzeit sagte er:

»Kann es sein, dass du gerade bei Erika Granlund bist?«

»Flemingsberg, ja«, sagte Viggo Norlander, mindestens ebenso kurz angebunden.

»Was sagt sie?«

»Es ist vielleicht nicht die ideale Situation, um das zu diskutieren.«

»Falls sie behauptet«, sagte Nyberg nachdrücklich, »dass sie die Mädchen aus der U-Bahn nicht kennt, kann ich dir mitteilen, dass es gelogen ist. Sie hat an einem Netzwerk mit einer Mailing-Liste teilgenommen, das sich ›Männerhass‹ nannte und bei dem auch Alicia Ljung, Gabriella X und Molly Y Mitglieder waren. Plus derjenigen, die die Verantwortliche gewesen zu sein scheint, bei euch lief sie unter der

Bezeichnung Pfefferminza beziehungsweise Trauerflor. Sie heißt eigentlich Johanna Larsson.«

»Kannst du das wiederholen?«

»Was?«, stöhnte Nyberg. »Den ganzen Kram?«

»Nur das Letzte.«

»Johanna Larsson.«

»Danke«, sagte Viggo Norlander, drückte seinen Kollegen weg und wandte sich der Frau vor ihm zu.

Sie saßen an einem Küchentisch in einer Wohnung in einem Millionenkomplex, nicht weit vom Zentrum Flemingsberg entfernt. Auf der anderen Seite des Küchentisches, und zwei tüchtige Dampfwolken von frisch gebrautem Kamillentee entfernt, saß ein Mädchen in den Zwanzigern. Sie trug alternative Kleidung, die deutlich an diejenige erinnerte, die Viggo Norlanders Generationsgenossen in den Siebzigerjahren getragen hatten. Er selbst war bestenfalls in die Nähe solcher Kleidungsstücke geraten, als er als uniformierter und mindestens ebenso bissiger Polizeiassistent diverse Demonstrationen auseinandergetrieben hatte.

Er nahm einen Schluck Kamillentee, verbrannte sich kräftig die Zunge und sagte:

»Ich glaube, ich darf diese Frage noch einmal stellen, Erika.«

»Warum?«, fragte Erika Granlund schnippisch. »Ich habe sie doch beantwortet.«

»Gewiss«, sagte Viggo Norlander, »aber ich glaube, Ihre Antwort stimmt nicht ganz mit der Wahrheit überein. Sie kennen also keine vier Mädchen mit Namen Molly, Alicia, Gabriella und Johanna?«

»Von Johanna haben Sie vorhin nichts gesagt«, sagte Erika Granlund.

»Es sind relevante Informationen hinzugekommen.«

»Aber meine Antwort ist genau die Gleiche. Ich kenne sie nicht.«

»Wie kommt es dann, dass wir den Beweis haben, dass Sie

sich auf derselben Mailing-Liste befanden wie sie? Eine Mailing-Liste namens ›Männerhass‹?«

Erika Granlund blinzelte einige Male zu oft.

»Sie müssen verstehen, dass es Konsequenzen hat, wenn man die Polizei belügt«, sagte Viggo Norlander. »Ich will alles hören, was Sie über Johanna Larsson und Molly wissen, deren Nachnamen wir nicht kennen. Alicia und Gabriella sind tot, für die können wir also nicht mehr viel tun. Aber Johanna und Molly können wir retten.«

Erika Granlund schwieg, war aber sichtlich betroffen.

»Vor allem interessiert mich Mollys Onkel«, fuhr Norlander fort. »Er ist Arzt und wohnt irgendwo bei der St. Eriksbro. Nun machen Sie schon, das hier ist wichtig.«

Erika war noch eine Weile still. Dann machte sie eine wegwerfende Handbewegung und sagte:

»Ja, und wenn schon? Als ich das letzte Mal nachgesehen habe, war es nicht illegal, auf einer Mailing-Liste zu stehen.«

»Männerhass?«

»Das ist Ironie. Ich verstehe, das ist vielleicht nicht Ihre stärkste Seite.«

Norlander nickte und war durchaus einer Meinung mit ihr. Nein, Ironie war nicht seine starke Seite. Aber auch nicht seine schwache. Er sagte:

»Erzählen Sie von der Liste.«

Äußerst widerwillig sprach Erika Granlund weiter:

»Ich habe mitgemacht, weil ich Molly kannte, das war alles.«

»Da gab es die Liste also schon?«

»Der Ausgangspunkt waren Veronica Janesens coole Kolumnen. Es gab einen Kern, der seit dem Start vor einem Jahr dabei war. Alicia und Molly gingen mit mir zusammen zur Södertörn Hochschule, obwohl Alicia Literatur und Molly und ich Soziologie studierten. Dann waren noch ein paar Mädchen dabei, Johanna, ja, sie war diejenige, die sich um die Liste kümmerte, und eine, die wohl Gabbi hieß. Außerdem tauchten noch ein paar andere auf, Villan, Steffan und noch ein paar. Aber getroffen habe ich nur Molly und Alicia.«

»Sie und Molly waren also Klassenkameradinnen?«

»So sagt man nicht auf Hochschulniveau.«

»Kommilitoninnen, whatever«, sagte Norlander. »Wie heißt Molly?«

»Molly Wiklinder.«

»Danke. Und wo wohnt sie?«

»In Haninge. Das ist ziemlich weit draußen. Sie versuchte, mehr in die Stadt zu ziehen. Aber sie hat einen Verwandten, der eine große Wohnung in der Stadt hat. Wenn wir in der Stadt übernachten mussten, nach einem Fest oder so, dann schliefen wir dort.«

»Bei dem Verwandten? Und das war Mollys Onkel, der Arzt?«

»Weiß nicht, ich glaube, ja.«

»Und wo ist diese Wohnung?«

»Unten in dieser komischen Gegend, zu der man über eine Treppe durch die Häuser kommt. Wie heißt sie noch? Atlasmuren? Atlasgata. Ich erinnere mich nicht an die Hausnummer, aber an der Tür stand Landqvist. Ganz oben im Haus. Eine Wohnung über zwei Etagen, wir hatten den ganzen oberen Teil für uns.«

»Danke«, sagte Viggo Norlander und schrieb in sein kleines Notizbuch. »Was wissen Sie über diese Aktion in der Nacht zu Freitag?«

»Molly und Alicia haben darüber nie gesprochen, ich habe sie in dieser Zeit nicht getroffen. Ich weiß nur das, was ich in der E-Mail gelesen habe. Da stand etwas in der Art, dass es nicht nur um ein paar Steinwürfe auf Pornoläden gehen sollte. Dann hörte ich, dass Alicia tot ist, und von Molly habe ich gar nichts mehr gehört.«

»Aber als Sie begriffen, dass Molly an der Aktion teilgenommen hatte, haben Sie doch sicher versucht, sie zu sprechen.«

Erika Granlund schüttelte den Kopf.

»Das habe ich natürlich. Aber auf ihrem Handy habe ich sie nicht erreicht.«

»Den Onkel haben Sie nicht angerufen?«

»So weit habe ich nicht gedacht.«

Eine ganze Weile später überlegte Viggo Norlander, ob er das Verhör zielbewusst in diese Richtung getrieben hatte, denn jetzt endlich begann Erika Granlunds kühle Fassade zu bröckeln. Nicht sehr zwar, aber genug. Ihr Kopf fiel nach vorn, das Kinn berührte die Brust.

»Ich habe geglaubt, sie sei eine von den Toten.«

»Wäre es nicht besser gewesen, etwas zu sagen? Zum Beispiel der Polizei?«

»Man kann nicht gerade behaupten, dass wir Vertrauen haben zur Polizei. Das ist eine widerwärtige frauenverachtende Organisation.«

»Da ist was dran«, sagte Norlander und stand auf.

Erika starrte ihn leer an und fragte:

»Aber wer hat sie in die Luft gesprengt?«

»Das möchten wir auch gern wissen«, entgegnete Norlander.

Als er auf die Straße trat, schien es fast so, als sei die Dämmerung über Flemingsberg hereingebrochen. Er fühlte sich seltsam wehmütig.

Er holte sein Handy hervor und drückte auf den Rückrufknopf.

»Ja, Gunnar«, kam die Antwort.

»Ich glaube, ich habe den Arztonkel gefunden«, sagte Norlander.

»Super«, sagte Nyberg. »In der Nähe der St. Eriksbro?«

»Ja. Ein Herr Landqvist in der Atlasgata. Die genaue Adresse müssen wir noch herausfinden. Sehen wir uns dort?«

»Was ist mit Arto?«

»Er scheint sich irgendwo in Järfälla verlaufen zu haben. Diese Sache erledigen wir selbst.«

34

Der Mann, der Ata genannt wurde, war mit seiner Ausbeute in diesem eigentümlichen Land nicht ganz zufrieden.

Er hatte nicht alle vier erwischt. Er hatte versagt. Sicherlich gab es mildernde Umstände – den Wichtigsten hatte er erwischt –, aber dennoch hatte er versagt.

Er, der sonst nie Fehler machte.

Doch das war jetzt Geschichte. Er fuhr seinen roten VW Golf in das große Parkhaus und wählte einen möglichst unauffälligen Parkplatz.

Als er ausstieg und die Tasche über die Schulter warf, blickte er sich um. Der Wagen stand gut verdeckt zwischen zwei etwas größeren Autos. Es dürfte einige Zeit dauern, bis er entdeckt würde.

Dann ging er zum Ausgang, der gleichzeitig ein Eingang war. Ausgang aus dem Parkhaus und Eingang zum Flughafengebäude.

Als er den Gang zum Flughafenterminal entlangwanderte, holte er eine kleine rosa Pille heraus und wog sie in der Hand.

Es war tatsächlich denkbar, dass er im Begriff war, abhängig zu werden.

Als ob das noch wichtig wäre, dachte er, und stellte sich auf die Rolltreppe.

Als ob das noch im Geringsten wichtig wäre.

Seine Zeit auf dieser Erde war sowieso bald abgelaufen.

Er stellte sich in die Schlange vor dem Check-in-Schalter, zeigte brav einen seiner vielen Pässe und versicherte brav, dass er kein Gepäckstück einzuchecken habe. Erst, als er in der langen, gewundenen Schlange vor der Sicherheitskontrolle stand, steckte er die rosa Pille in den Mund.

Im gleichen Moment, in dem er – ohne, dass das leiseste

Piepen erklang – durch den Metalldetektor schritt, stellte sich der Rausch ein. Mit einem sehr feinen Lächeln auf den Lippen nahm er seine Tasche vom Rollband des Handgepäck-Scanners und warf sie sich wieder über die Schulter.

Als er vom Menschengewimmel im Inneren des Terminals verschluckt wurde, verspürte er ein unwiderstehliches Bedürfnis, zu töten.

35

Erst, als er in die erste Etage kam und durch das Fenster des Treppenhauses auf die kleinen roten Häuschen und die große Kirche auf dem Hügel blickte, setzten sich seine Pläne in ihm fest.

Vorher waren sie ihm nur *aufgegangen*. *Festsetzen* ist etwas ganz anderes. Erst jetzt, mit der wunderschönen Aussicht vor Augen, setzte sich alles fest. Er konnte sich kaum bewegen. Er blieb am Fenster stehen und lehnte sich, seinen ganzen Körper an die mit einer Yuccapalme dekorierte Fensterbank und versuchte, sich aufrechtzuhalten. Seine Gedanken auf Kurs zu halten. Oder besser, sie klar zu erkennen in dem Chaos, das nun in seinem Inneren herrschte.

Bisher war alles recht gut gegangen.

Aber jetzt geschah etwas.

Schnee fiel. Er fiel rasch. Eine dicke, gleichsam gefrorene Schneedecke legte sich auf die Hausdächer, und die Hausdächer waren andere. Sie waren hoch, sehr hoch, und das Fenster, an dem er stand, war ein völlig anderes. Keine Yuccapalme, keine kleinen roten Häuser, kein Hügel, keine Kirche. Karge Hochhäuser, eines neben dem anderen. Und er wandte sich von der Winterlandschaft ab, wandte sich von sich selbst ab und wurde ein anderer. Ein Gedanke blieb. Er hieß:

Warum haben wir in Schweden keinen Frühling mehr?

Es war April, und es war immer noch Winter wie seit sechs Monaten.

Und in dem Augenblick drehst du dich um. An dem überhäuften Schreibtisch in dem strengen, kargen, sehr sterilen Büro steht ein Mann. Er ist groß, und dass er über sechzig ist, weißt du nur, weil du es gelesen hast. Instinktiv hättest du auf siebenundvierzig getippt. Er hat etwas Militärisches an sich, und die gerade Linie der Nase hat etwas sehr Besonderes. Er ist straff, streng, und erst jetzt legt er den Telefonhörer auf und streckt die Hand aus. Er entschuldigt sich, ihr begrüßt euch, du stellst dich vor. Der Mann tut das Gleiche.

»Per Naberius«, sagt er mit tiefer Stimme von der Art, wie sie kein Mensch von Natur aus hat, sondern sich antrainieren muss. Medientraining.

»Wissen Sie, was ›kill pills‹ sind?«, fragst du ruhig.

»Natürlich«, antwortet der Mann souverän. »Die Voraussetzung für Selbstmordattentäter. Man hat sie kürzlich im Irak entdeckt. Wie Sie wissen, bin ich im Irak aktiv, bei den friedenserhaltenden Truppen.«

»Sie sind Waffenhändler, ja.«

»Das ist eine triste Bezeichnung. Ich bin im Rahmen der friedenserhaltenden Truppen tätig.«

»Können Sie etwas über Ihre Tätigkeit sagen?«

»Wir sind ein Unternehmen. Ich bin das nicht allein.«

»Selbstverständlich«, sagst du großzügig. »Naberius Enterprises Ltd.«

»Korrekt«, sagte der Mann. »Wir liefern verschiedene Waffensysteme an die alliierten Truppen. Es hat hauptsächlich mit Elektronik zu tun. Die Kunsttischlerei der Waffenbranche, kann man sagen.«

Du fühlst dich nicht so wachsam, wie du es dir wünschst. Noch hast du keinen Spalt gefunden. Aber du hast einiges gesehen. Du hast den überhäuften Schreibtisch gemustert und kritische Punkte lokalisiert. Trotzdem fühlst du dich noch nicht ganz bereit, als du gezwungen bist zu sagen:

»Könnte es sein, dass die eine oder andere ›kill pill‹ in die Lieferungen der Firma in den Irak und aus ihm heraus geraten ist?«

Per Naberius macht sogenannte *große Augen* und sagt: »Aber mein Gott, natürlich nicht.«

»Pinkies?«

»Ich weiß, was das ist, und dies ist eine völlig abwegige Vorhaltung.«

»Ganz sicher?«

»Wir werden unterwegs von so vielen Zollbehörden kontrolliert, dass etwas Derartiges völlig ausgeschlossen ist. Das verstehen Sie doch?«

»Na dann«, rufst du, und in dem Moment öffnen sich die Türen weit, und ein ganzer Pulk Männer strömt herein. Naberius tritt auf sie zu, um sie zurückzudrängen, aber Brynolf Svenhagen schenkt ihm nur einen irritierten Blick und zieht mit seiner gesamten Kriminaltechnikertruppe an ihm vorbei.

Unterdessen nimmst du den Merkzettel an dich.

Du hast gesehen, dass er unter dem Chaos auf dem Schreibtisch hervorlugte. Du hast die Bleistiftstriche darauf gesehen. Du nimmst ihn einfach an dich, ehe Svenhagen neben dir steht, und er steckt in deiner Tasche, als du die Kriminaltechniker mit einladender Geste an den Schreibtisch winkst, über den sie sich sofort hermachen. Sie grasen ihn ab, Zentimeter für Zentimeter, beschlagnahmen Computer, sichern, sperren ab, untersuchen, beschlagnahmen. Und alles, was sie beschlagnahmen, prägst du dir ein. Du prägst dir alles ein, außer den Zettel. Und im Laufe des Erinnerungsprozesses vergisst du ihn. Du vergisst den Zettel in der Tasche einer Jacke, die du ein paar Tage später in den Schrank hängst, weil inzwischen kein Winter mehr ist.

Es ist Frühsommer. Obwohl auch diese Bezeichnung ihre Bedeutung verloren hat. Es ist einfach nur Sommer, ein ziemlich schlechter Sommer, und du stehst in der Tür zu deinem Zimmer und siehst, wie all die beschlagnahmten Sachen verschwinden, eine nach der anderen, und in jenen Bereich des Präsidiums gebracht werden, in dem die Säpo sitzt, Computer, Papiere, Büroausstattung, alles.

Alles verschwindet, bis der Brief kommt. Ohne Briefmarke, ohne Absender, zum falschen Zeitpunkt. Deine zweitälteste Tochter übergibt ihn dir. Er ist sehr kurz gefasst. Und es dauert noch einmal ein paar Tage – ein paar höllische Tage –, bis du so weit bist, dass du die Winterjacke aus dem Schrank holst. Du suchst in der Tasche, bestimmt ist er da, zwischen Quittungen, Rabattheften, Briefmarken, einem alten, steifen Taschentuch.

Du suchst fieberhaft wie ein anderer Mensch.

Ein anderer Mensch als der, der er heute war. Aber jetzt fühlte er in der Tasche nach, nun, in der Tasche der Sommerjacke, und da war es der Merkzettel, der ihn in die Wirklichkeit zurückrief, in die Spätsommerwirklichkeit. Und wieder sah er durch die Fenster des Treppenhauses die kleinen roten Häuschen und die große Kirche auf dem Hügel. Und die Wirklichkeit stand wieder still.

Er stieg eine Treppe höher. Und noch eine. Im letzten Fenster war die Yuccapalme durch einen verrückten Farn ersetzt worden, der sich entgegen seiner Natur am Fensterrahmen emporrankte.

Er betrachtete ihn und dachte an alles, was gegen die Natur war.

Wie zum Beispiel das hier.

Dass er an dieser Tür klingelte.

Ein kleines Mädchen mit kreideweißem Haar öffnete. Sie sah mit einem flehenden Blick zu ihm auf. Und dann hielt sie ihm ihren Arm hin, und gleich oberhalb des Handgelenks befand sich eine Beule und eine kleine, verheilte Wunde, wie ein Wespenstich, und sie hielt ihm den Arm mit der Beule näher vor das Gesicht.

Dann öffnete das kleine Mädchen mit dem kreideweißen Haar den Mund und sagte:

»Hilf mir, Papa.«

Und dann wurde die Tür richtig geöffnet. Eine junge Frau sah ihn mit scharfem Blick an.

Die gerade Linie ihrer Nase hatte etwas sehr Besonderes.

★

Sie trafen sich bei Atlasmuren. Tatsächlich kamen sie fast gleichzeitig an.

Atlasmuren ist vermutlich der verkommenste Ort in der Stockholmer Innenstadt, in jeder Hinsicht. Die Verkommenheit ist von einer Art, dass sie absoluten Kultstatus besitzt. Atlasmuren liegt an das Auflager der St. Eriks-Brücke geklemmt da und ist ebenso unheimlich wie verkommen. Es war stockdunkel dort drinnen, obwohl die Sonne noch ziemlich hoch am Himmel stand. Im Inneren des Schachtes ist der Beton mit Werken von Straßenkünstlern wie Akay, Hop Louie und Brat Punisher tapeziert. An dem vorderen Brückenpfeiler hängt ein dreidimensionales Werk, das Hände an einem Plattenspieler darstellt. Der Schacht gilt als unterirdische Galerie für Schüler der Kunsthochschule.

Gunnar Nyberg sah sich um und hielt intuitiv nach Junkies Ausschau. Stattdessen sah er Viggo Norlander wie ein Gespenst mit dunklen Schatten unter den Augen im Schacht umherirren.

»Ist das hier ein guter Treffpunkt?«, fragte Nyberg.

Norlander zeigte zur Brücke hinauf, zu der U-Bahn-Brücke, die als separate Brücke unterhalb der eigentlichen Brücke verlief.

»Da ist sie langgegangen«, sagte er nur.

Nyberg ging zu ihm und sagte:

»Du siehst in der letzten Zeit ein bisschen krank aus, Viggo.«

Norlander warf ihm einen Blick zu, den man scheu nennen konnte, und sagte:

»Es ist mitten in der Nacht. Die U-Bahn ist soeben gesprengt worden. Sie hat mit einer kleinen Harke in der Hand die Verrückte gespielt, um die Leute nicht in den Wagen zu lassen. Der Wagen explodiert. Sie blutet, das Blut rinnt auf die Harke in ihrer Hand. Da erst fällt ihr wieder ein, dass sie das Ding in der Hand hat. Sie benutzt die Harke, um die Türen aufzustemmen. Sie springt auf die Gleise und hinkt über den unteren Teil der St. Eriksbro. Sie weiß, dass sie schwer verletzt ist. Aber sie erreicht die U-Bahn-Station St. Eriksplan, hangelt sich, soweit wir wissen ungesehen, auf den Bahnsteig und humpelt die Treppen nach Atlasmuren hinunter. Schließlich steht sie vor dem Haus ihres Onkels Johannes Landqvist in der Atlasgata. Sie geht durchs Tor und setzt sich in den Fahrstuhl. Onkel Johannes öffnet die Tür und hat seine blutüberströmte Nichte vor sich. Molly Wiklinders letzte Worte, bevor sie das Bewusstsein verliert, sind: ›Kein Krankenhaus, keine Polizei, Onkel Johannes.‹«

Gunnar Nyberg sah seinen Kollegen an.

»Ungeahntes Erzählertalent«, sagte er.

»Ich habe Krebs«, sagte Viggo Norlander.

Und so geschah es, dass man zwei sehr groß gewachsene Polizisten beobachten konnte, wie sie sich am Montag, dem achtzehnten August, um 17.22 Uhr auf dem verkommensten Platz der Stockholmer Innenstadt umarmten.

Es war 17.25 Uhr, als man sie an Atlasmuren entlanggehen und in die Vulcanusgata einbiegen sah, um dann nach rechts in die Atlasgata und schließlich durch das sehr elegante Tor eines mächtigen Gebäudes zu gehen.

Unterdessen sagte Gunnar Nyberg:

»Krebs, wo?«

»Magen«, antwortete Viggo Norlander. »Arto trinkt jeden Morgen einen Liter Orangensaft. Wenn ich genauso verrückt wäre, hätte ich es wahrscheinlich nicht gekriegt.«

»Wieso?«

»Der einzige kontrollierbare Risikofaktor bei Magenkrebs ist Mangel an Vitamin C. Zu wenig Obst. Oder Saft.«

Sie betraten den Fahrstuhl. Es gab keine Blutspuren.

Beide hatten den Arztonkel Johannes Landqvist vor Augen, wie er um halb zwei Uhr in der Nacht auf Knien im Fahrstuhl herumrutschte und scheuerte.

Sie klingelten.

Ein Mann knapp über fünfzig mit scharfgeschnittenen

Zügen öffnete. Sie sahen, wie sein Blick fahl wurde. Er war Arzt und ging geschickt dagegen an. Aber sie waren geschickter. Sie waren zwei ungewöhnlich routinierte Polizisten, und sie konnten sofort sehen, dass er jede Form von Widerstand aufgab.

»Ja?«, sagte er.

»Johannes Landqvist?«, fragte Gunnar Nyberg.

Der Mann nickte.

»Sie wissen, warum wir hier sind«, sagte Viggo Norlander.

Der Mann nickte wieder.

»Ich vermute, Sie sind von der Polizei.«

»Ist Molly Wiklinder hier?«, fragte Nyberg und hielt seinen Ausweis hoch.

Johannes Lundqvist machte eine kleine einladende Geste und ging vor ihnen zu einer Wendeltreppe. Dort blieb er stehen und sah die großen Männer an.

»Es geht ihr nicht gut«, sagte er.

»Das verstehe ich«, sagte Nyberg.

»Ich kann meine Zulassung als Arzt verlieren«, sagte Landqvist.

»Es hätte die Ermittlung sehr erleichtert, wenn Sie zu uns gekommen wären«, erwiderte Nyberg.

Johannes Lundqvist lächelte freudlos und erklomm die Wendeltreppe.

Die obere Wohnung sah aus, als sei sie in einen Krankenhaussaal verwandelt worden. Dort standen ein EKG-Gerät und Tropfstative, Desinfektionsmaterial lag herum, und sogar das Bett sah aus wie ein Krankenhausbett.

Das Bett, in dem Molly Wiklinder lag.

Sie sah nicht ganz so schlimm aus wie Roland Karlsson oder Andreas Bingby. Die Verbände und Mullbinden bedeckten nicht ihren ganzen Körper. Aber vielleicht den halben. Außerdem atmete sie selbstständig und war bei Bewusstsein. Sie las in einem Buch.

»Steht sie unter Medikamenten?«, flüsterte Nyberg Landqvist zu.

»Ich habe das Morphium herabgesetzt«, flüsterte Landqvist zurück. »Aber die Dosis ist immer noch ziemlich hoch.«

»In was für einem Zustand war sie?«

»Sie hatte eine Menge Blut verloren. Ich musste mir schnell ein paar Beutel aus dem St. Göran besorgen. Das hat geklappt. Sie kam durch. Sie hat nur Quetschwunden.«

»Danke«, sagte Nyberg und wandte sich dem Bett zu.

Viggo Norlander stand schon da. Er begrüßte Molly Wiklinder vorsichtig. Es war möglich, ihr die Hand zu geben.

»Erzählen Sie einfach«, sagte Norlander.

Molly Wiklinder hustete beängstigend. Dann sagte sie mit krächzender Stimme:

»Was zum Teufel ist passiert?«

»Wir wissen es noch nicht, und das ärgert uns. Es wäre einfacher gewesen, wenn Sie in ein öffentliches Krankenhaus gegangen wären. Für Sie und für uns.«

»Wir haben uns strafbar gemacht«, sagte Molly. »Ich habe es nicht gewagt. Und dann wusste ich nicht, ob die Bombe mit uns zu tun hatte. Ich hatte Angst. Was ist mit den anderen passiert?«

Norlander warf Landqvist einen schnellen Blick zu. Er sah zu Boden und schüttelte kurz den Kopf. Norlander legte seine Hand auf Mollys und sagte:

»Alicia und Gabriella sind tot, Andreas ist schwer verletzt. Es tut mir leid.«

Dieses »Es tut mir leid«, das immer so höhnisch klang. Molly schluchzte auf.

»Ich habe es gewusst«, sagte sie. »Es war nichts mehr von ihnen übrig. Mein Gott, wie das ausgesehen hat.«

Sie schwiegen eine Weile. Dann fuhr sie fort:

»Aber Andy hat überlebt? Wie ist das zugegangen?«

»Weiß nicht«, sagte Norlander. »Aber er liegt immer noch

im Södersjukhus im Koma. War er der Freund von Gabriella?«

»Ja«, nickte Molly. »Scheiße, er sollte helfen, falls jemand gewalttätig werden würde. Er war unser Backup.«

»Wie heißt Gabriella? Wir müssen ihre Angehörigen verständigen.«

»Gabriella Karlsson«, sagte Molly. »War es so schlimm?«

»Wie meinen Sie das?«

»Dass sie nicht einmal identifiziert werden konnte?«

»Ja«, sagte Norlander. »So schlimm war es. Zehn Menschen sind gestorben.«

»Das meiste wissen wir«, sagte Gunnar Nyberg. »Aber nicht, was im Bus passieren sollte.«

Molly Wiklinder lächelte flüchtig. Sie sagte:

»Ich weiß es nicht genau. Johanna hatte irgendeinen coolen Plan, wie die Schwanzfechter bloßgestellt werden sollten. Sie sollten richtig gedemütigt werden.«

»Haben Sie eine Idee, warum diese Bombe da war?«

Molly schüttelte ihren ziemlich gut bandagierten Kopf.

»Das ist einfach nur Wahnsinn«, war alles, was sie sagte.

»Wir wollen Sie nicht länger behelligen«, sagte Viggo Norlander. »Nur noch eine Sache. Wir brauchen Johanna Larssons Adresse.«

»Sie wohnt auf Söder«, sagte Molly mit geschlossenen Augen. »Skånegata 101.«

»Danke, Molly«, sagte Norlander und streichelte ihre Hand.

Sie ließen sie allein. Wieder blieb Johannes Landqvist am Fuß der Wendeltreppe stehen.

»Wie geht es jetzt weiter?«, fragte er.

»Pflegen Sie sie gut«, sagte Viggo Norlander.

»Werden Sie mich anzeigen?«

»Das wird wohl nicht nötig sein«, meinte Norlander.

»Aber beachten Sie in Zukunft die Anzeigepflicht«, setzte Nyberg hinzu.

Johannes Landqvist schüttelte den Kopf und sagte:
»Es ist alles so anders, wenn es um die eigenen Angehörigen geht. Alle Regeln verändern sich. Sie werden so viel flexibler. Es tut mir leid.«
»Sie haben ihr das Leben gerettet«, sagte Norlander. »Das reicht mir.«
Sie fuhren jeder in seinem Auto von Vasastan nach Södermalm. Gern hätten sie gemeinsam in einem Wagen gesessen.
Als sie dicht hintereinander die Skånegata hinauffuhren, verschwand die Sonne zum ersten Mal an diesem ereignisreichen Montag hinter den Wolken.
Sie hielten direkt vor dem Haus Skånegata 101. Auf zwei illegalen Parkplätzen. Auf der anderen Seite der Skånegata erstreckte sich die Reihe kleiner roter Häuser, und oben auf dem Hügel Vita bergen thronte die Sofia-Kirche unter einer tiefen Wolkenbank.
Kein Mensch war in der östlichen Skånegata zu sehen. Gunnar Nyberg leistete sich den Luxus, das Türschloss mit einer alten Büroklammer zu überlisten, die immer in seiner Tasche bereit lag. Es war nicht ganz die richtige Situation, um eine altehrwürdige Haustür kaputt zu treten.
Sie stiegen die Treppe hinauf und kamen an eine Tür mit dem Namen »Larsson«. Viggo Norlander klingelte.
Niemand öffnete. Es war vollkommen still.
Trotzdem gab es etwas, das beide reagieren ließ. Kaum ein Geräusch, keine Bewegung. Trotzdem sahen sie sich in genau derselben Sekunde in die Augen. Runzelten die Stirn. Und zogen ihre Dienstwaffen in derselben Sekunde.
Viggo Norlander seufzte tief und zeigte auf die Tür. Gunnar Nyberg nickte.
Und trat sie ein.
Der Anblick, der sich ihnen in der Wohnung bot, war einer von der schwer verdaulichen Art. Sie waren zwei extrem routinierte Polizisten, und so schnell konnte sie kaum etwas überraschen.

Aber was sie hier sahen, brachte sie im ersten Moment doch aus der Fassung.

Sie sahen Arto Söderstedt.

Und eine junge Frau in den Zwanzigern. Sie saß auf einem Bett und war leichenblass. Und über ihr türmte sich kein Geringerer auf als Arto Söderstedt. Als er zu ihnen hochsah, hatte Viggo Norlander den Eindruck, dass er sie nicht erkannte. Dass er ein anderer war.

Norlander brachte keinen Ton heraus.

»Was zum Teufel«, sagte stattdessen Nyberg. »Arto?«

Söderstedt war völlig stumm und starrte sie an. Schließlich kehrte etwas zurück, das einem Blick ähnelte.

Etwas, das Arto Söderstedt ähnelte.

»Was ist hier los, Arto?«, fragte Nyberg und steckte seine Pistole ins Achselholster.

Söderstedt kratzte sich an seinem kreideweißen Kopf. Aber er sagte nichts.

Viggo Norlander machte eine fragende Geste zu seinem ständigen Partner, und schließlich kam ein Ton von Söderstedt.

»Scheiße, wie ihr mich erschreckt habt«, sagte er.

»Aber was ist passiert?«, stieß Norlander aus. »Was tust du hier?«

Söderstedt sah immer noch ziemlich abwesend aus. Er sagte:

»Das hier ist Johanna Larsson.«

»Das wissen wir«, sagte Gunnar Nyberg prägnant. »Die Frage ist, woher du es weißt.«

Söderstedt sank neben Johanna Larsson auf das Bett und blinzelte.

»Wovon redet ihr?«, fragte er.

»Was zum Teufel tut ihr Idioten?«, schrie schließlich Johanna Larsson. »Warum tretet ihr meine Tür ein?«

»Warum öffnen Sie nicht, wenn wir klingeln?«, brüllte Nyberg zurück.

Johanna Larsson sah sofort ein wenig kleinlaut aus und sagte piepsig:
»Er hat gesagt, ich soll es nicht tun.«
»Er?«
»Er«, sagte Johanna Larsson und zeigte auf Söderstedt, der sich jetzt die Hände vor das Gesicht hielt.
»Du hast also herausgefunden, dass Johanna das vierte Mitglied auf der Mailing-Liste ›Männerhass‹ ist. Wie bist du darauf gekommen?«
Söderstedt blickte auf und versuchte seine Kollegen zu fixieren. Er war bleicher denn je. Es sah aus, als liefen eine Milliarde Gedanken in seinem Kopf Amok.
»Olof Ström«, sagte er mit belegter Stimme.
»Olofström?«, brüllte Nyberg. »Das wird jetzt allmählich bizarr.«
»Olof Ström in Järfälla«, sagte Söderstedt etwas deutlicher.
»Hieß er nicht Olof Strand?«, fragte Norlander und setzte sich neben seinen Partner. Auf dem Bett wurde es eng.
»Doch, Entschuldigung«, sagte Söderstedt und schien allmählich wieder zu sich zu kommen. »Olof Strand in Järfälla hat erzählt, dass Johanna Larsson das vierte Mitglied auf der Mailing-Liste ist.«
»Und warum hast du uns nicht angerufen?«, fragte Norlander. »Ich habe mehrfach versucht, dich zu erreichen.«
»Der Akku war leer«, sagte Söderstedt und blinzelte seinen Partner an.
»Na dann«, sagte Gunnar Nyberg und übernahm nun die Angelegenheit. »Johanna Larsson alias Pfefferminza alias Trauerflor, Sie waren also die Anführerin dieser Mailing-Liste und leiteten die feministische Aktion, die in der Nacht zu Freitag von der Bombe in der U-Bahn gestoppt wurde. Sie saßen irgendwo in einem Bus und warteten darauf, dass Ihre Opfer ankommen würden, und dann wollten Sie irgendetwas mit denen anstellen. Ist das korrekt?«

Johanna Larsson sah fast ebenso mitgenommen aus wie Arto Söderstedt. Sie nickte nur. Nyberg wartete.

»Aber wir wollten nichts Schlimmes tun«, sagte sie schließlich. »Die Schwanzfechter sollten sich im Bus ausziehen, und dann wollten wir sie nackt auf einem großen Feld aussetzen. Und da wollten wir sie fotografieren und die Bilder ins Internet stellen. Zwecks allgemeiner Besichtigung.«

»Wo haben Sie mit dem Bus gestanden?«

»Am Sockenplan«, sagte Johanna Larsson.

»Und wie haben Sie diese sogenannten Schwanzfechter eingeladen?«

»Nur über eine Chatseite. Keine Mails, das war verboten. Überhaupt keine anderen Kontakte. Wenn Sie wüssten, wie viele Idioten sich dort versammeln, und was die bereit sind zu bezahlen, um ihre kranken Gelüste zu befriedigen, dann würden Sie auf unserer Seite stehen, da bin ich sicher.«

»Vermutlich stehe ich schon auf Ihrer Seite«, antwortete Nyberg. »Theoretisch. Aber Ihre praktischen Schlussfolgerungen sind etwas anderes.«

»Es musste doch etwas geschehen«, sagte Johanna Larsson aufgebracht. »Das ist ein Sumpf, der immer größer wird. Die ganze Welt wird pornografisiert. Das ist akut. Es ist ein Gefühlstod, der sich in der Welt verbreitet. Im Moment wirkt noch die Scham. Scham ist immer noch ein abschreckender Faktor. Aber wer weiß wie lange. Haben Sie *Brave New World* von Aldous Huxley gelesen?«

»Wir hätten Sie nicht gejagt, wenn es die Bombe in der U-Bahn nicht gegeben hätte, das kann ich Ihnen versprechen. Aber jetzt müssen wir alles wissen, alle Vorbereitungen.«

»Waren sie hinter uns her? Und was ist mit Molly?«

»Da kommen wir gerade her. Sie wird von ihrem Onkel gepflegt.«

»Ich weiß«, sagte Johanna. »Ich habe mit ihr gechattet.«

»Das haben Sie ganz und gar nicht«, sagte Gunnar Nyberg. »Sie haben mit meinen beiden Kollegen hier gechattet.«

Johanna Larsson betrachtete das erschöpfte Duo neben sich auf dem Bett und sah wirklich erstaunt aus.

»Ob sie hinter Ihnen her waren?«, nahm Nyberg den Faden wieder auf. »Wir wissen es nicht, immer noch nicht. Deshalb brauchen wir sämtliche Informationen, die wir von Ihnen bekommen können. Sie müssen zu einem ordentlichen Verhör mit uns aufs Präsidium kommen.«

Johanna Larsson nickte und stand auf.

Nyberg beugte sich zu Norlander vor und sagte:

»Ich nehme sie mit aufs Präsidium. Ihr könnt hier die Reste zusammenfegen.«

Viggo Norlander hörte, wie Johanna Larsson auf dem Weg nach draußen Gunnar Nyberg zuflüsterte:

»Der war ja ziemlich komisch, Ihr erster Kollege.«

Ja, dachte Norlander. Komisch bist du, mein Arto.

»Okay«, sagte er. »Erzähl jetzt.«

Als Söderstedt aufsah, war sein hellblauer Blick fast so klar wie immer. Er sagte:

»Ich hatte einfach eine Scheißangst. Ihr habt mich zu Tode erschreckt.«

»Aber warum?«

»Ich dachte, ihr seid dieser Profikiller.«

»Aber der ist doch nur hinter den verdammten Reitern von Siffin her.«

»Das sagt der Verstand«, sagte Arto Söderstedt. »Das Herz sagt etwas anderes.«

»Und deines scheint ja fast stehen geblieben zu sein«, sagte Viggo Norlander und stand auf. »Kannst du allein gehen?«

»Red keinen Blödsinn«, sagte Arto Söderstedt und erhob sich, dass es schepperte.

Schepperte?, dachte Norlander und hob die Sommerjacke des Kollegen an. An seinem Hosenbund hingen Handschellen.

»Was ist das denn?«, entfuhr es ihm. »Seit wann benutzen wir Handschellen?«

»Für den Fall der Fälle«, sagte Arto Söderstedt und machte ein paar unsichere Schritte zur Wohnungstür.

Norlander holte ihn ein und legte den Arm um ihn.

»Falls es dich tröstet«, sagte Viggo Norlander, »ich habe Krebs.«

36

Der nächste Schritt. Denk daran, dass es immer einen nächsten Schritt geben muss.
Wie lösen wir das jetzt?
Wie rette ich meine kleine Lina?
Darum dreht sich alles. Nur darum.
Sogar Viggos Krebs muss warten.
Ich muss es aufdecken, ohne aufzudecken, was ich plante. Manchmal ist der Zufall grausam, manchmal sehr gnädig, ich weiß noch nicht, wie es hier ist.
Aber es war absurd.
Ein Kellerraum stand bereit. Ich hatte vor, die Tochter von Per Naberius in einen furchterregenden Keller zu verfrachten, sie dort mit Handschellen anzuketten und noch weiterzugehen. Erpressung gegen Erpressung.
Und dann erwies sich eben jene Johanna Larsson, die Tochter des Waffenhändlers und Drogenschmugglers Per Naberius, als die Frau, die hinter dem feministischen Coup in der U-Bahn steckt.
Trauerflor, mit der ich gechattet habe.
Pfefferminza in dem Quartett mit den Mittelnamen von Pippi Langstrumpf.
Ein nahezu göttlicher Zufall.
Oder?
Ist es überhaupt Zufall?
Ich habe inzwischen gelernt, über das Schreiben zum Denken zu kommen, wie sonderbar. Selbst hier, sogar jetzt, muss ich schreiben, um Ordnung in das Chaos zu bringen. Ich frage mich, ob das für einen Polizisten ein gutes Zeichen ist.
Herrgott.
Ja, Gott. Sich vorzustellen, dass du hier tatsächlich mitgemischt hast.

Sich vorzustellen, es wäre tatsächlich so.

Per Naberius, der Waffenhändler, der auf Mikroelektronik für Waffensysteme spezialisiert ist, hatte in seinem Waffenlager eine Spezialwaffe in Mikroformat. Sie wird dem Opfer unter die Haut implantiert und kann jederzeit und an jedem Ort per Fernsteuerung ausgelöst werden, woraufhin auf der Stelle Gift in den Blutkreislauf des Opfers freigesetzt wird. Irgendwie hat Naberius herausgefunden, was genau alles die Säpo von ihm beschlagnahmt hatte. Er sah, dass eine Sache fehlte, eine Sache, die ich ganz einfach in dem Chaos, das entstand, als die Säpo den Fall übernahm, vergessen hatte. Er verband die Sache mit mir, und der Gegenstand war so wichtig, so fundamental, dass er sofort schweres Geschütz einsetzte.

Es habe sich nur wie ein Wespenstich angefühlt, sagte Lina, meine wunderbare, schöne kleine Tochter. Das Nesthäkchen. Sie hatte in der Schule einen Wespenstich bekommen, als sie die Hand in einen Busch steckte. Es hatte sich eine Schwellung unmittelbar oberhalb des Handgelenks gebildet. Eine Beule. Ein klassischer Wespenstich.

Bis der Brief kam. Da war der Stich nicht mehr im Geringsten klassisch.

Der Brief lautete:

»Ihrer Tochter Lina ist kürzlich ein hoch komplizierter Mechanismus in den linken Arm implantiert worden. Sie hat es für einen Wespenstich gehalten, was auch so beabsichtigt war. Dieser Mechanismus kann auf zwei Arten ausgelöst werden: entweder durch einen Fernauslöser – der sich gerade in meiner Hand befindet – oder dadurch, dass man versucht, ihn chirurgisch zu entfernen. Tun Sie das also nicht. Sprechen Sie auch nicht mit der Polizei. Sie wissen, was ich von Ihnen will, und Sie brauchen es mir nur zu geben, dann erhalten Sie auch den Fernauslöser, mit dem man den Mechanismus problemlos unwirksam machen kann. Tauschen wir ganz einfach.«

Und jetzt sitze ich hier und halte das, was er wollte, in der Hand.

Einen ganz normalen gelben Merkzettel.

Darauf stehen eine Reihe Buchstaben, Zeichen und Ziffern. Es ist ein undurchdringlicher Code, und ich habe in den letzten Tagen natürlich keine Möglichkeit gehabt, zu versuchen, ihn zu entschlüsseln.

In dieser Zeit habe ich merkwürdig klar gedacht und agiert. Die Bedrohung hat mich eher gestärkt. Ich war mindestens ebenso schnell und effizient wie sonst. Ich frage mich, ob das nicht ein bisschen krank ist. Bin ich ein bisschen krank?

Zufall?

Göttlich oder nicht – aber dies ist verdammt noch mal kein Zufall.

Per Naberius.

Ja, zum Teufel.

Du Teufel.

Der Mechanismus sitzt noch immer in Linas Arm. Und der Fernauslöser liegt noch immer in Naberius' Hand.

Es ist die Hölle.

Oder Gott. Hilf mir weiter. Wenn du mir bisher geholfen hast, hilf mir weiter. Durch deine Hilfe ist es mir erspart geblieben, zum Verbrecher zu werden und einen unschuldigen Menschen zu misshandeln. Wenn es dich doch gegen jede Wahrscheinlichkeit gäbe.

Dein nächster Schritt muss folgerichtig sein, meine Tochter zu retten.

Die arme kleine Lina.

Es gibt eine Antwort. Es gibt eine Lösung.

Wo ist sie? Sie ist mir verborgen, aber es gibt sie.

Wer hat das gesagt?

Alle Wege führen zur Säpo.

37

»Was schreibst du, Arto?«, fragte Kerstin Holm.

Arto Söderstedt richtete sich auf und sah sich in dem leeren Raum um.

»Notizen«, sagte er. »Ich versuche, Ordnung in meinem Gehirn zu schaffen. Aber jetzt lösche ich sie. Alle.«

Und das tat er.

Unwiderruflich.

»Und, hast du Ordnung ins Gehirn gebracht?«, fragte Kerstin Holm.

»Ein bisschen«, sagte er.

»Okay, ich wollte nur sagen, dass wir uns in einer Stunde in der Kampfleitzentrale versammeln. Um 19.30 Uhr.«

Söderstedt nickte schwer.

Er ist wirklich nicht wie sonst, dachte Kerstin Holm. Dies war nicht ihr Arto. Und bei näherem Nachdenken war er es seit Tagen nicht mehr.

»Gunnar und Viggo sind dabei, Johanna Larsson zu verhören«, sagte sie. »Du könntest dich zu ihnen gesellen, sobald du einen klaren Kopf hast.«

»Ich gehe gleich«, versprach Arto Söderstedt. »Danke.«

Kerstin Holm nickte und ging. Sie wanderte durch das Präsidium und gelangte in ihr recht unvertraute Flure. Hier war sie nicht besonders oft.

Hier war man nicht, es sei denn, man hatte gute Gründe dafür.

Und die guten Gründe waren selten besonders gut.

War man hier, dann war man ein Polizist, der Ärger hatte.

Sie klopfte an die Tür. Keine Antwort. Sie klopfte noch einmal.

Nichts.

Sie trat in ein leeres Vorzimmer. Es war halb sieben Uhr

abends, und es war klar, dass die Sekretärin nach Hause gegangen war. Sie ging zur nächsten Tür und öffnete auch diese behutsam.

Paul Hjelm hatte die Kopfhörer tief in den Ohren und die Augen geschlossen. Er sang vor sich hin:
This is what you get, this is what you get,
this is what you get, when you mess with us.

Sie stellte sich vor seinen Schreibtisch. Und schließlich war es irgendein kleiner Nerv, ein einzelner kleiner Nerv von ihm, der im Kontakt mit der Außenwelt stand und reagierte. Hjelm machte die Augen auf.

Dann nahm er die Kopfhörer aus den Ohren, schaltete einen kleinen MP3-Spieler ab und sagte kryptisch:

»Karma Police.«

»So weit sind wir hoffentlich noch nicht gekommen«, gab sie zurück.

»Kerstin«, sagte er. »Ich hatte fast erwartet, dass du früher oder später kommen würdest. Man nennt es Neugier, und das ist die größte Tugend eines Polizisten.«

»Ich bin es«, bestätigte Kerstin Holm. »Komm mir nicht mit diesen Sprüchen.«

»Ja, ja«, sagte Paul Hjelm. »Tut mir leid. Was kann ich für dich tun?«

»Ja, ich bin neugierig. Und zwar auf deine privaten Angelegenheiten mit Jorge. Aber deshalb bin ich nicht hier.«

»Willst du dich bei mir bedanken?«

»Wofür?«

»Dafür, dass ich dir das Leben gerettet habe. Aber das hast du vielleicht vergessen. So eine Kleinigkeit.«

»Ich bin nicht sicher, dass es so war, aber trotzdem danke. Nein, deshalb bin ich nicht gekommen. Ich brauche Muskelmasse.«

»Ich bin nicht so gut trainiert, wie ich es sein sollte«, sagte Paul Hjelm und betastete seine Armmuskeln. »Aber du siehst durchtrainiert aus.«

»Ein halbes Jahr Suspendierung bewirkt Wunder für die Kondition.«

»Ich hätte gern ein Ganzes. Warum benötigst du Muskeln?«

»Ich brauche die geballte polizeiliche Muskelmasse. In einer Stunde haben wir Besprechung in der Kampfleitzentrale. Danach begibt sich die gesamte Truppe einschließlich Hultin in dunklere Korridore.«

»Meinst du, was ich denke?«

»Ja, ich bin auf die Säpo aus.«

»Warum?«

»Weil sie etwas in diesem Fall verdunkelt hat.«

»Dass die es nie lernen.«

»Aber vielleicht gibt es einen wirklich guten Grund. Falls ja, will ich ihn wissen.«

»Und du willst, dass ich mitkomme?«

»Ja.«

»Weißt du, wie weit meine Befugnisse hinsichtlich der Sicherheitspolizei genau reichen?«

»Nicht genau, nein. Aber ich sammle wie gesagt Muskelmasse.«

Der Bildschirm vor Paul Hjelm machte Pling.

»Verfolgst du den Fall?«, fragte Kerstin Holm.

»Ja, ich habe ihn von Anfang bis Ende verfolgt.«

»Es gibt noch kein Ende.«

»Sicher nicht. Aber ich glaube, es ist bald so weit.«

Er las schnell den Text auf dem Bildschirm durch.

»Johanna Larsson«, sagte er. »Ihr habt sie also gefunden?«

»Ja«, sagte Kerstin. »Arto von seiner Seite aus und Viggo und Gunnar von ihrer.«

»Ungewöhnliche Rollenverteilung«, sagte Paul Hjelm.

»Du sitzt also hier und siehst von oben auf uns herab, du Schuft.«

»Ja, und ich glaube, du hast völlig recht. Die Säpo sitzt auf irgendetwas. Und ich glaube, es ist etwas Großes.«

»Viggo hat Magenkrebs«, sagte Kerstin Holm.
Paul Hjelm schwieg und sah sie an.
»Schlimm?«
»Ich habe es gerade erfahren. Ich weiß nicht.«
»Oha! Noch ein Grund, die heimatlichen Gefilde aufzusuchen. Natürlich bin ich dabei. Die Säpo, weit hinein komme ich da nicht, aber ein Stück schon.«
Sie schwiegen eine Weile und sahen sich an.
»Wie geht es dir?«, fragte Kerstin Holm schließlich.
Hjelm wiegte den Kopf ein wenig hin und her.
»Dass man sich so an die Einsamkeit gewöhnen kann«, sagte er, »das hätte ich nie gedacht.«
»Nein«, sagte Kerstin Holm. »Ich weiß.«
»Du hast ja immerhin deinen Sohn«, sagte Paul Hjelm.
»Das ist schön, ja. Aber die eigenen Kinder können nicht für alles herhalten. Hast du Kontakt mit deinen?«
»Wenig«, antwortete Hjelm. »Danne geht auf die Polizeihochschule, der Idiot. Tova hat an der Uni angefangen und studiert Theaterwissenschaften.«
»Die Idiotin«, setzte Holm hinzu und lachte auch.
»Ich bin von lauter Idioten umgeben«, sagte Hjelm und lachte. »Zum Beispiel von solchen, die einem eine Wohnung vor der Nase wegschnappen.«
»Du warst derjenige, der sie teuer gemacht hat, du Schuft.«
»Jetzt hast du den obersten Chef der Stockholmer Sektion für interne Ermittlungen zweimal Schuft genannt.«
»Schuft«, wiederholte Holm.
Und dann waren sie wieder eine Weile still.
»Worum geht es hier?«, fragte Kerstin Holm schließlich. »Warum wurde die U-Bahn gesprengt? Das erinnert ja langsam an Kafka. Rätsel über Rätsel und keine Antwort.«
»Es gibt eine Antwort«, sagte Paul Hjelm. »Und ich glaube, es ist eine andere, als man erwartet. Ein völlig anderer Faden. Der jedoch verbunden ist mit denen, die ihr gefunden habt, sonst hättet ihr den Fall jetzt gelöst.«

»Hultin war überzeugt, dass wir ihn lösen würden. Jetzt scheint er etwas verdrießlicher zu sein.«

»Wir nehmen uns die Säpo vor«, sagte Hjelm. »Das ist der richtige Weg.«

»Und jetzt erzählst du mir von Jorge«, sagte Holm und lächelte.

Hjelm seufzte.

»Nein«, sagte er. »Das tue ich nicht. Tut mir leid.«

»Wenn er einen Fehler gemacht hat, muss ich es wissen. Auch wenn du ihn freigesprochen hast.«

»Die Umstände haben ihn freigesprochen.«

»Jetzt klingst du auch wie Kafka.«

»Was hältst du von einem Abendessen?«

»Hier?«

»Wir haben fast noch eine Stunde Zeit. Das reicht für das Tabbouli um die Ecke.«

»Den Libanesen in der Agnegata?«

»Es hieß früher anders«, sagte Paul Hjelm. »Man sagt, dort sei einmal eine klassische Literaturzeitschrift gegründet worden.«

»Okay«, sagte Kerstin Holm erstaunt.

»Ich rufe an und lasse einen Tisch reservieren.«

Als sie eine knappe Stunde später die Kampfleitzentrale betraten, hatte der eine und andere im Auditorium den Eindruck, sie seien ein wenig angeheitert. Aber das war natürlich ein abwegiger Gedanke. Der Mann war ja ein hochrangiger Chef in der Abteilung für Interne Ermittlungen.

Jan-Olov Hultin war da. Er saß zwar nicht auf dem Podium, sah nicht einmal sehnsüchtig zu dem alten Katheder dort oben hinauf, sondern hatte mitten unter den anderen Platz genommen und unterhielt sich entspannt mit ihnen. Paul Hjelm grüßte reihum. Er zerzauste Jorge Chavez' Frisur, wie dieser es immer mit der seiner Tochter Isabel tat. Und er war nahe daran, das Gleiche bei Isabels Mutter zu tun, hielt aber in letzter Sekunde inne, da Sara Svenhagens Blick besagte, dass mit ihr nicht zu spaßen war. Stattdessen umarmte er sie. Viggo Norlander begrüßte er heiter, aber mit leicht gerunzelter Stirn, er zog den Bauch ein und winkte Gunnar Nyberg zu. Und er begrüßte Arto Söderstedt und dachte an Wolken. Schwarze Wolken um den Kopf. Er vermutete, dass er eine Antwort bekommen würde.

Und dann war es so weit.

»Wir gehen alle zusammen zur Säpo«, sagte Kerstin Holm einfach vom Katheder herab. »Ich weiß, dass sie heute Abend um acht ein Leitungstreffen haben. In einer halben Stunde. Kurz danach sind wir da und intervenieren. Aber wir müssen wissen, was wir sagen wollen. Die Ergebnisse des Tages, meine Freunde. Jon und Jorge?«

»Ganz frisch«, sagte Jon Anderson. »Ein roter Volkswagen Golf mit dem Kennzeichen SKP 738 ist vor nicht mehr als einer Viertelstunde im Parkhaus des Internationalen Flughafens Arlanda gefunden worden. Die Kriminaltechniker sind unterwegs, um ihn an Ort und Stelle zu untersuchen.«

»Hat er das Land verlassen?«, fragte Kerstin Holm.

»Er ist unterwegs zu etwas Größerem«, sagte Sara Svenhagen.

Sie wurde intensiv gemustert. So intensiv, dass sie gezwungen war fortzufahren:

»Zu diesem Schluss hat unser Verhör mit Arman Mazlum geführt. In aller Kürze: Jamshid Talaqani hat den Namen heilige Reiter von Siffin vermutlich vor Kurzem im Iran aufgeschnappt. Allem Anschein nach wurden unsere heiligen Reiter von bedeutend schlimmeren heiligen Reitern bestraft. Sie haben den falschen Namen für ihren kleinen Gesprächskreis gewählt, und deshalb sind fünf Menschen gestorben. Die richtigen Reiter, deren Existenz von der Säpo umgehend geleugnet wurde, wussten nicht, wie viel die falschen wussten, und entschieden sich, auf Nummer sicher zu gehen. Um nicht Gefahr zu laufen, dass etwas viel Größeres aufgedeckt wurde. Und wir wissen tatsächlich nicht, wie viel Jamshid Talaqani wirklich wusste, und das werden wir nie erfahren.«

»Also noch ein Grund, mit der Säpo zu sprechen«, sagte Kerstin Holm. »Ich übergebe das Wort an die Herren.«

Worauf Gunnar Nyberg sagte:

»Wir haben die Identität sämtlicher vier Mädchen, die etwas veranstaltet haben, was man vielleicht die Antiporno-Aktion in der U-Bahn nennen könnte: Alicia Ljung, Gabriella Karlsson, Molly Wiklinder und Johanna Larsson. Ljung und Karlsson sind tot, Person 7 beziehungsweise Person 1. Wiklinder ist verletzt, wird aber überleben, und Larsson ist im Arrest.«

»Wir haben Johanna Larsson gerade verhört«, fuhr Viggo Norlander fort. »Und wir haben eine genaue Beschreibung von der geplanten Aktion in der U-Bahn bekommen. Johanna hatte eine Liste aller Decknamen, aller Chat-Pseudonyme, die Interesse an der geplanten Orgie angemeldet haben. Es sind vierundzwanzig Namen. Diese vierundzwanzig sollten später dazu gebracht werden, sich im Bus auszuziehen, und sollten dann auf ein Feld draußen in Östberga gelockt werden, wo sie in all ihrer schändlichen Nacktheit fotografiert und zur allgemeinen Besichtigung im Internet ausgestellt werden sollten.«

Hjelm sah kurz zu Chavez hinüber, der blinzelnd zurückblickte.

Nyberg klickte auf einem Computer herum und projizierte eine Reihe Namen im Großformat an die Wand hinter Kerstin Holm.

»Hier ist die Liste der Decknamen«, sagte Gunnar Nyberg.

Sie betrachteten die lange Liste. Als Erstes fielen Hjelm und Chavez der Name Obernerd auf. Aber es gab auch hochgestochene Nicks wie Elfenbeintroll, Gudiballan, Brumbär, Zwölfender, Rappakalja, Exbomb, Unicorn Five und Big Fat Boy.

Acht der vierundzwanzig Decknamen gehörten zu Menschen, die inzwischen tot waren.

Chavez sah kleinlaut aus. Er blinzelte ein paarmal zu oft. Aber er war sehr, sehr stumm.

»Viel mehr haben wir leider nicht«, schloss Nyberg. »Außer, dass die Identität eines der identifizierten Toten – Person 2 – wohl von der Säpo zurückgehalten wurde.«

»Aber etwas haben wir doch noch«, sagte Arto Söderstedt tonlos.

Sie sahen ihn an. Wenn Söderstedt sich in dieser Art zu Wort meldete, war es oft etwas Wichtiges. Aber sonst waren die Neuigkeiten in der Regel von einem spürbaren Enthusiasmus begleitet. Das war jetzt nicht der Fall. Söderstedt sah ernster und bedrückter aus, als man ihn je gesehen hatte.

»Johanna Larsson ist die Tochter von Per Naberius«, sagte er dumpf.

»Was?«, riefen Nyberg und Norlander gleichzeitig.

»Ich habe sie gerade überprüft«, fuhr Söderstedt fort. »Sie hat es gut verborgen, will wohl mit ihrem Vater nichts zu tun haben. Denn bekanntlich ist er ein Schwein. Ihr erinnert euch an den Fall Pinky, der uns von der Säpo abgenommen wurde. Der Fall ist wieder aktuell. Mit seiner ganzen verdammten Wucht.«

»Wieso?«, fragte Kerstin Holm.

»Auf einer sehr persönlichen Ebene«, sagte Arto Söderstedt und sah über die Kollegen hinweg. »Naberius bedroht das Leben meiner jüngsten Tochter Lina.«

»Was?«, kam es aus mehreren Ecken in der Kampfleitzentrale.

»Das geschieht in diesem Moment, während wir hier sprechen«, fuhr Söderstedt fort. »Sollte es irgendwie durchsickern, wird sie sterben. Ich bitte also um extreme Diskretion. Man hat ihr eine Vorrichtung in den Arm operiert, die jederzeit eine unmittelbar tödliche Giftampulle auslösen kann. Es klingt nach James Bond, aber Naberius beschäftigt sich ja gerade mit James-Bond-Waffen. Er liefert sie an die alliierten Truppen im Irak. Und von dort holt er auch seine Drogen. Seine ›pinkies‹ und ›kill pills‹.«

»Aber das ist ja fürchterlich, Arto«, rief Norlander. »Und ich dachte, *ich* wäre schlecht dran.«

»Es ist jedenfalls so«, sagte Söderstedt sehr gedämpft.

»Ahnen wir hier irgendeinen Zusammenhang?«, fragte eine Stimme, die nicht sofort jeder erkannte.

Es dauerte ein wenig, bis sie die Stimme dem sehr müden Jan-Olov Hultin zuordnen konnten, dem Leiter der ganzen großen Ermittlung, der vermutlich seit mehreren Nächten kein Auge mehr zugemacht hatte.

»Ja«, sagte Söderstedt, »ich ahne einen Zusammenhang. Aber ich finde ihn nicht. Ich brauche eure Hilfe.«

»Handelt es sich um eine Erpressung, Arto?«, fragte Paul Hjelm.

»Ja. Naberius will einen Notizzettel haben, den ich von seinem Schreibtisch geklaut habe, bevor er verhaftet wurde. Später wurde er dann ja freigelassen.«

»Durch die Säpo, ja«, sagte Hjelm. »Warum wurde er freigelassen?«

»Mangel an Beweisen, darf man vermuten. Clevere Anwälte.«

»Von wegen«, sagte Hjelm. »Entweder gibt es dunkle Verbindungen zwischen Naberius und der Säpo, vielleicht über das Militär, den Must, den militärischen Sicherheitsdienst, oder sie haben jemanden auf ihn angesetzt. Da ich zu Verschwörungstheorien nicht sehr neige, glaube ich Letzteres.«

»Angesetzt?«, wiederholte Holm.

»Einen Schatten«, sagte Hjelm. »Oder einen Spitzel.«

»Und was soll das mit meinem Notizzettel zu tun haben?«, fragte Söderstedt resigniert.

»Parameter«, sagte Hjelm. »Es sind verschiedene Parameter wirksam. Erstens: Naberius' Tochter plant eine Aktion in der U-Bahn, die gesprengt wird. Zweitens: Naberius braucht einen Notizzettel, den Arto unterschlagen hat. Drittens: Die Säpo hat die Identität der Person verschleiert, die dem Selbstmordattentäter in der U-Bahn am nächsten saß. Viertens: Der Selbstmordattentäter ist angeblich nicht identifiziert. Fünftens: Die Säpo behauptet, die heiligen Reiter von Siffin seien international unbekannt. Sechstens: Die Säpo hat einen Spitzel in Naberius' Drogenbande geschleust.«

»Aber da passt doch nichts zusammen«, sagte Kerstin Holm und machte eine fahrige Geste.

»Ich bin völlig überzeugt, dass es zusammenpasst«, sagte Paul Hjelm. »Um was für einen Notizzettel handelt es sich, Arto? Das ist der Schlüssel.«

Söderstedt grub in seiner Jackentasche und holte einen sehr abgenutzten Zettel hervor, den er oben auf Kerstin Holms Katheder auf einen Scanner legte. Der Scanner summte eine Weile, und dann erschien der Zettel hinter Holm an der Wand.

In zwei Zeilen stand dort:
»uik lkjj ey94 9 %&«
Und:
»sdoh €kjh 89 76=«

»Fucking hell«, sagte Viggo Norlander und brachte damit die gesammelte Ohnmacht des Auditoriums zum Ausdruck.

»Ein Code, darf man vermuten«, sagte Paul Hjelm. »Es wird Zeit, den besten Dechiffrierexperten des Landes heranzuziehen.«

»Ich setze sofort jemanden darauf an«, sagte Jan-Olof Hultin, wählte eine Nummer auf seinem Handy und führte ein kurzes, verhaltenes Gespräch. Schließlich sagte er:

»Die Experten versammeln sich as we speak.«

»Können wir dann gehen?«, fragte Kerstin Holm.

So geschah es. Als Paul Hjelm sie betrachtete, fand er, sie erinnerten an ein Aufgebot wie in alten Westernfilmen. Mehr oder weniger ehrenhafte Mitbürger, die, angeführt von einem Späher, ausziehen, um die Banditen zu fangen.

Die Frage war, wer die Rolle des Spähers innehatte.

Es waren Jan-Olov Hultin, Kerstin Holm, Paul Hjelm, Sara Svenhagen, Lena Lindberg, Arto Söderstedt, Viggo Norlander, Gunnar Nyberg, Jorge Chavez und Jon Anderson.

Sie waren zu zehnt, und sie waren cool.

Als der Securitaswächter sie im Trupp ankommen sah, schien er sich vor der geballten Macht zu ducken. Er seufzte hörbar vor Glück, als Hultin sich aus dem Inneren des Aufgebots löste und die Tür direkt vor ihm mit seinem Code öffnete. Er ließ es geschehen.

Das Aufgebot drang tiefer und tiefer in die innersten verborgenen Winkel polizeilicher Verschleierung ein. Schließlich standen sie vor einer Tür, die nur einer von ihnen schon einmal gesehen hatte, Jan-Olov Hultin, und das auch nur von außen.

Er öffnete sie.

In dem ziemlich kleinen und kargen Konferenzraum saßen sechs Männer. Es waren der Säpo-Chef, dessen rechte Hand Sune und vier Unbekannte, die Anzüge von ausgesuchtem Schnitt trugen.

»Das ist ja ein gewaltiges Aufgebot«, sagte der Säpo-Chef, ohne eine Miene zu verziehen. Die anderen saßen still da. Sune war derjenige, der das gesammelte Mienenspiel im Raum zum Ausdruck brachte. Er sagte:

»Ihr habt kein Recht, hier zu sein, raus mit euch.«

»Die Rechtsfrage ist genau das Interessante«, sagte Hultin. »Wenn ihr das Kleingedruckte in meinem Vertrag und im Reglement der Abteilung für interne Ermittlungen lest, kommt ihr vielleicht zu einem anderen Schluss.«

»Dass du und Hjelm das Recht habt, in diesem Raum zu sein, lässt sich vielleicht diskutieren«, sagte Sune. »Aber ihr seid acht Personen zu viel.«

»Wir kommen in genau der richtigen Anzahl«, sagte Hultin.

»Entspannt euch«, sagte der Säpo-Chef in seiner üblichen, nonchalanten Art. »Wir waren ohnehin im Begriff, euch aufzusuchen. Ihr trampelt in dieser Sache schon etwas zu lange herum.«

»Beginnen wir damit, dass wir uns vorstellen?«, schlug Hultin vor und betrachtete die vier Unbekannten im Raum.

»Repräsentanten der CIA und des deutschen Sicherheitsdienstes«, sagte der Säpo-Chef und zeigte lässig auf das Sofa, wo die vier saßen. Dazu unser eigener Experte für internationale Angelegenheiten und der technische Experte. Namen bekommt ihr nicht.«

»Solltet ihr nicht besser bewacht werden?«, fragte Hultin, um etwas zu sagen, das sein Erstaunen verbarg.

»Wir können selbst auf uns aufpassen«, erwiderte einer der vier Männer mit einem kleinen Lächeln.

Es war deutlich, dass er recht hatte.

»CIA?«, sagte Kerstin Holm.

»Selbstverständlich«, sagte der Säpo-Chef. »Ihr könnt im Übrigen Schwedisch sprechen. Sie verstehen unsere Sprache.«

»Wir wollten eigentlich weniger sprechen als zuhören.«

»Okay«, sagte der Säpo-Chef. »Sune?«

Der zweite Mann der Säpo richtete sich ein wenig auf und sagte:

»Was wollt ihr wissen?«

»Wir möchten wissen, warum ihr die Identität von Person 2 im Wagen Carl Jonas verschleiert habt, warum ihr so schnell behauptet habt, dass es keine internationale Verbindung namens ›heilige Reiter von Siffin‹ gibt und was der Waffenhändler und Drogenschmuggler Per Naberius mit der Sache zu tun hat.«

»Gute Zusammenfassung«, sagte der Säpo-Chef. »Aber kommt doch herein. Ihr könnt nicht da draußen im Flur stehen wie eine Herde Schafe.«

»Wir haben nicht nur Person 2 verschleiert«, sagte Sune,

»sondern auch Person 3. Den sogenannten Selbstmordattentäter. Er war ein Mann namens Oleg Mamedov, zeitweise Söldner, zeitweise Berufskiller. Mit internationalem Ruf. Trotzdem ist es Naberius gelungen, ihn in die Luft zu sprengen.«

»Ich glaube, es ist besser, wenn ihr von Anfang an erzählt«, sagte Hultin und wandte sich an sein Aufgebot beziehungsweise seine Schafherde. »Seht zu, wo ihr Sitzplätze findet.«

Die Gruppe verteilte sich im Raum. Auf Tischen und Fensterbänken und sogar auf dem Fußboden.

Einer der Männer auf dem Sofa, der links saß, sagte in glasklarem Hochschwedisch:

»Als Erstes ist zu sagen, dass ihr uns sehr geholfen habt. Ihr seid wirklich ausgezeichnete Polizisten. Wir sind bisher noch nie bereit gewesen, vitale Informationen an die normale Polizei weiterzugeben.«

»Darf man fragen, wer Sie sind?«, sagte Hultin.

»Ich bin der, den der Chef so freundlich als unseren Experten für internationale Angelegenheiten bezeichnet hat«, sagte der Mann.

»Und wobei hat euch die A-Gruppe geholfen?«

»Eigentlich bei allem. Erst jetzt sehen wir das Ganze. Und das sollt ihr auch zu sehen bekommen.«

Aus dem Mund dieses Experten klang das Angebot ungemein entgegenkommend.

»Sune?«, sagte der Säpo-Chef.

Sune bekam wieder Wind unter die Flügel und sagte:

»Es ist schwer zu sagen, wo die Geschichte anfängt. Vielleicht legen wir den Anfang auf den Moment, als ihr auf die Idee kamt, Per Naberius zu verhaften. Ein ganzes Stück unserer Arbeit wurde dadurch kaputtgemacht. Es steht nämlich außer Zweifel, dass Naberius Enterprises Ltd. parallel zu ihrem höchst legitimen Waffenhandel ihre Einnahmen erheblich mit illegalem Waffenverkauf und Drogengeschäften aufbessert. Eure Ermittlung war ausgezeichnet und weitreichend. Ein Lob für Kommissar Söderstedt. Aber sie erreichte nicht den Endpunkt. Und wir wollten bis ans Ende.«

»Ich war stellvertretender Kommissar«, sagte Söderstedt. »Jetzt bin ich wieder normaler Kriminalinspektor.«

»Sie haben für Ihre Kompetenz einen zu niedrigen Dienstgrad«, sagte der internationale Experte. »Das sage ich schon lange.«

Die A-Gruppe musterte ihn und begann zu verstehen, was der Ausdruck »Spiel hinter den Kulissen« bedeutet.

»Bis ans Ende?«, fragte Hultin.

Sune sagte:

»Wir wollten Naberius nicht nur wegen des bisschen Drogenschmuggels, dafür hättet ihr ihn schnappen können, sondern wegen all seiner internationalen illegalen Geschäfte. Dazu gehörte sehr viel mehr.«

»Also habt ihr einen V-Mann in die Organisation eingeschleust«, sagte Paul Hjelm.

»Sie wissen einiges über polizeiliches Doppelspiel, Hjelm«, antwortete der Säpo-Chef kryptisch.

Sune fuhr fort:

»Das war nicht ganz leicht. Die Voraussetzung für den Erfolg in einer so harten Branche ist eine sehr engmaschige Organisationsstruktur. Da eine neue Kraft hineinzubringen, ist sehr schwierig. Aber schließlich ist es uns gelungen. Wir konnten einen Mann einschleusen, den wir hier Unicorn Five nennen können.«

»Ah«, sagte Gunnar Nyberg. »Nach seinem Chatnamen. Es beginnt sich zu lichten.«

»Darf ich fortfahren?«, fragte Sune schroff.

»Be my guest«, sagte Nyberg großmütig.

»Unicorn Five operierte sehr geschickt. Er drang tief in Naberius' Organisation ein und war im Begriff, Wege zum Kern zu finden. Leider kam man ihm nach ein paar Monaten auf die Spur und begann, seine Gewohnheiten zu überprüfen. Zu diesen gehörten leider auch gewisse pornografische

Abenteuer. Wenn wir die Situation richtig einschätzen, hatte Per Naberius auch Kenntnis von den feministischen Aktivitäten seiner entlaufenen Tochter. Als er entdeckte, dass sie und ihre Freundinnen eine Aktion planten, die mit der Entlarvung von Bordellbesuchern zu tun hatte, und als er feststellte, dass seine Tochter Johanna, die ihren Nachnamen in Larsson geändert hat, sich dabei nicht in der U-Bahn befand, sondern in einem Bus warten sollte, lud Naberius über eine Chatseite Unicorn Five zu dem geplanten Bordellbesuch am Sockenplan ein. Der Porno-Junkie Unicorn Five biss natürlich an. Er meldete sich als Interessent und bekam ein Codewort von den Mädchen. Gleichzeitig meldete sich auch ein Mann mit dem Decknamen Brumbjörn an. Auch er erhielt ein Codewort. Diese Codewörter sollten gesprochen werden, wenn man durch die beiden letzten Türen in die inzwischen landesweit bekannte U-Bahn einstieg. Brumbjörns richtiger Name war Oleg Mamedov, und sein Job war es, möglichst nahe bei Unicorn Five eine Bombe in der U-Bahn zu platzieren. Seine Instruktionen sahen vor, dass er an der U-Bahn-Station St. Eriksplan aussteigen sollte, nachdem er die Bombe an Ort und Stelle gebracht hatte. Allerdings wusste er nicht, dass sein Auftraggeber, Per Naberius, die Bombe so eingestellt hatte, dass sie früher hochging. Um alle Spuren auszulöschen, einschließlich Mamedov selbst.«

»Aber warum eine so komplizierte Methode?«, fragte Kerstin Holm. »Naberius hätte Unicorn Five doch jederzeit umnieten können?«

»Das Geheimnis hinter Per Naberius' Vorgehensweise ist, dass er immer mehrere Dinge gleichzeitig tut«, fuhr Sune fort. »So auch hier. Die Bombe erfüllte, soweit wir es beurteilen können, vier Funktionen zugleich. Erstens sollte sie den Spitzel Unicorn Five beseitigen; dann die Aufmerksamkeit von der Tat ablenken, indem der derzeitige Terrorismus imitiert wurde; drittens sollte der Täter zusammen mit dem eigentlichen Opfer beseitigt werden; und viertens sollte dafür gesorgt werden, dass die Polizei anderes zu tun hatte, als den Schmuggel zu stoppen. Man kann es ein Ablenkungsmanöver nennen.«

»Den Schmuggel zu stoppen?«, wiederholte Jan-Olov Hultin.

»Das, wofür ihr Naberius schnappen wolltet, war nur eine kleine Kostprobe«, sagte Sune. »Die eigentliche Lieferung kam viel später. Genauer gesagt, irgendwann am Morgen nach der Tat. Wir stellten fest, dass kurz darauf sehr viele neue ›kill pills‹ in Schweden angelangt waren, und wir vermuten, dass eine ganze Containerladung aus dem Irak sehr schnell in Stockholm und Umgebung verteilt wurde. Der Osten von Schweden wurde mit rosa Killerpillen gespickt.«

»Pinkies«, sagte Viggo Norlander.

»Und jetzt ist wieder eine Lieferung unterwegs. Wir glauben, dass sie noch größer ist. Und hinter der sind wir her. Die Informationen dazu finden sich vermutlich irgendwo in kodierter Form, aber wir haben darüber nichts in dem Naberius-Material entdecken können, das wir von euch bekommen haben.«

»Und das ihr ihm zurückgegeben habt«, sagte Arto Söderstedt.

»Das mussten wir doch«, sagte Sune. »Wir wollten seine gesamte Organisation schnappen. Und das konnten wir nur mithilfe eines V-Mannes.«

»Er hat gemerkt, dass er nicht das vollständige Material zurückbekam«, sagte Söderstedt. »Er wusste, dass ihr alles zurückgeschickt habt, was da war. Also gab es nur eine Instanz, die Beweismaterial zurückgehalten hatte. Eine Person. Und das war ich. Er hat meiner jüngsten Tochter einen fürchterlichen Mechanismus implantieren lassen, der mit einem Fernauslöser aktiviert werden kann.«

»Hm«, sagte der internationale Experte auf dem Sofa und begann, flüsternd mit seinen Kollegen neben sich zu verhandeln. Schließlich sagte er:

»Unser technischer Experte hier hat sich längere Zeit auf Waffensysteme der Naberius Enterprises Ltd. spezialisiert.«

Der zweite Mann von links auf dem breiten Sofa räusperte sich und sagte:

»Der Mechanismus, von dem Sie sprechen, gehört zu den Standardwaffen in Naberius' Angebot. Wir nennen ihn ›The Black Mail Bomb‹, da er im Zusammenhang mit Erpressungen sehr gut zu verwenden ist. Und er lässt sich verhältnismäßig leicht entschärfen.«

»Verhältnismäßig?«, fragte Söderstedt atemlos.

»Ich brauche ein paar Dinge, aber ich kann anfangen, sobald wir hier fertig sind. Es müsste in einer halben Stunde zu schaffen sein.«

»Tun Sie es jetzt«, sagte Söderstedt heiser.

Der technische Experte sah den Säpo-Chef an, der sich mit großer Sorgfalt in der Nase bohrte.

»Bitte«, sagte Söderstedt. »Dann bekommen Sie den Code.«

Der Säpo-Chef betrachtete einen prächtigen Popel, den er zwischen Daumen und Zeigefinger hielt, und nickte kurz.

»Ihre Tochter muss dazu herkommen«, sagte der technische Experte.

»Sie kommt sofort«, erwiderte Söderstedt und betätigte mit fliegenden Fingern sein Handy.

»Sie haben also den Code?«, fragte der Säpo-Chef schleppend.

Söderstedt nickte, während er am Handy mit seiner Frau Anja sprach. Er holte den gelben Zettel aus der Jackentasche und hielt ihn dem Säpo-Chef hin.

Der nickte dem internationalen Experten zu, und dieser stand auf, holte sich den Zettel von Söderstedt und las.

»Ich glaube, ich erkenne den Code wieder«, sagte er. »Aber ich bin nicht sicher.«

»Ich habe fünf Dechiffrierexperten herangezogen«, sagte Hultin. »Sie sollten unterwegs ein.«

»Gut«, sagte der Säpo-Chef. »Obwohl ich unsere eigenen Experten bevorzugt hätte.«

»Natürlich«, sagte Hultin.

Neutral.

»Aber was sind das für Codes?«, fragte Kerstin Holm. »Wenn es um Drogenlieferungen geht – warum ändert man nicht einfach Zeit und Ort?«

Der internationale Experte schüttelte leicht den Kopf und sagte:

»Wenn man den Rücken wirklich freihaben will, hält man sich so weit wie möglich von der praktischen Durchführung selbst entfernt. Man hat keinerlei Kontakt zu den Schmugglern. Das Ganze ist seit mindestens einem halben Jahr beschlossen und im Gange, vermutlich sogar länger. Es ist eine Maschinerie, an die nicht heranzukommen ist – und an die man auch nicht herankommen soll. Es darf keinerlei lose Fäden geben.«

»Dann hätte Naberius die Lieferzeiten tatsächlich nicht ändern können?«

»Das ist die beste Hypothese, die wir finden können. Das einzige Verbindungsglied und die einzige Richtlinie ist der Merkzettel.«

»Sune?«, sagte der Säpo-Chef. »Willst du fortfahren?«

Sune legte auf der Stelle los:

»Wir haben uns natürlich sofort um internationale Unterstützung gekümmert, aber erst als diese Burschen auftauchten, die sich ›heilige Reiter von Siffin‹ nennen, bedurften wir wirklich internationaler Informationen. Irgendwo in den Tiefen des amerikanischen Nachrichtenmaterials über al-Qaida tauchten ›The Holy Riders of Siffin‹ auf. Es war eine völlig unbekannte Organisation. Aber eine genauere Untersuchung ergab, dass der Name so oft bei Abhöraktionen vorkam, dass man sie für existent halten muss. Steve?«

Der Mann ganz rechts auf dem Sofa sagte in gutem Schwedisch, aber mit deutlichem amerikanischen Akzent:

»Im Iran hat sich kürzlich eine Organisation zu erkennen gegeben, die sich ›The Army of Martyrs of the International Islamic Movement‹ nennt. Sie haben eine Zeit lang eine Unterschriftensammlung unter Iranern mit einem Formular betrieben, das den Titel ›Vorläufige Registrierung für Märtyreroperationen‹ trägt. Man meldet sich einfach als freiwilliger Selbstmordattentäter an, und auf dem Formular kann man sogar angeben, ob man lieber an heiligen Stätten im Irak gegen amerikanische Truppen oder gegen israelische Truppen auf palästinensischem Territorium agieren möchte. Die Gruppe behauptet, bisher hätten sich fünfzehntausend Iraner registrieren lassen. Euer Jamshid Talaqani war allem Anschein nach in einem geheimen Trainingslager, das, wie wir wissen, von ›The Army of Martyrs of the International Islamic Movement‹ in den Bergen der abgelegenen und bevölkerungsarmen Provinz Semnan im nordöstlichen Irak arrangiert wurde. Es besteht kein Zweifel, dass das Trainingslager aktiv von al-Qaida unterstützt wurde, trotz der religiösen Differenzen. Dort hat er wahrscheinlich ein Gespräch zwischen einigen militärischen Führern belauscht, die Araber waren. Sie dürften die heiligen Reiter von Siffin erwähnt haben, und Talaqani hat das aufgeschnappt, ohne weiter darüber nachzudenken. Der Punkt ist, dass sie in unserem Abhörmaterial wieder aufgetaucht sind. Horst?«

Der letzte Mann auf dem Sofa räusperte sich und sagte mit ebenso deutlichem deutschen Akzent:

»Ja, es scheint, dass sie ein Attentat in Deutschland vorbereiten. In Berlin. Wir ahnen auch, *wann* es geschehen wird, und im Großen und Ganzen auch *wo*. Das Einzige, was wir sonst über diese Organisation wissen, ist, dass sie Ata hinzugezogen haben. Steve?«

»Ata«, sagte der Mann, der sich Steve nannte, »ist eine Legende in fundamentalistischen Terroristenkreisen. Über ihn wissen wir ungefähr Folgendes. Er wurde irgendwo in den besetzten Gebieten von Palästina geboren und meldete sich in jungen Jahren als Freiwilliger zum Märtyrertum. Der Mythos besagt, er habe bereits mit der Selbstmordbombe am Körper im Bus nach Jerusalem gesessen, als er zurückgeholt und mit wichtigeren Aufgaben vor allem innerhalb der Hamas betraut wurde. Im Übrigen wissen wir, dass er stets bereit ist zu sterben und sich aufgrund dieser Bereitschaft sehr leichtfüßig durch die Welt bewegt. Und dass er alle bekannten Waffen beherrscht. Ata ist der Schakal unserer Zeit.«

»Mit zwei Ausnahmen«, sagte der Mann, der sich Horst nannte. »Erstens fällt seine Tätigkeit zusammen mit dem zunehmenden Metamphetamingebrauch bei terroristischen Aktivitäten. Wir glauben, dass Ata die sogenannten ›kill pills‹ in hohem Maße konsumiert. Er ist schlicht ein neuer Menschentyp, ohne jedes menschliche Gefühl. Kein angenehmer Gegner.«

»Und zweitens?«, fragte Kerstin Holm, und wusste, wie die Antwort lauten würde.

»Zweitens«, sagte Horst, »gibt es in der ganzen Welt nur zwei Personen, die ihn gesehen haben und ihn identifizieren können.«

Es war eine Weile still. Kerstin Holm und Jorge Chavez sahen einander an, lange, lange.

»Drei«, sagte eine Stimme.

Alle Anwesenden in dem engen Raum suchten die Quelle der Stimme. Sie trafen auf – Paul Hjelm.

»Ich war auch dort«, erklärte er.

»Du?«, sagte Hultin. »Warum zum Teufel?«

»Ich war in Bredäng, um mit Jorge über eine Privatangelegenheit zu sprechen. Ich habe ihn auch gesehen.«

Horst nickte und sah aus, als denke er nach. Steve beugte sich zu ihm vor und sagte etwas Unhörbares. Auch der namenlose internationale Experte mischte sich in das leise Gespräch.

»Aber wir haben doch ein Phantombild erstellen lassen«, sagte Kerstin Holm. »Das ist schon lange in den Medien.«

»Es ist etwas anderes, einen Menschen im Ganzen zu sehen«, sagte Steve, »und das wissen Sie auch, Kerstin Holm.«

»Eigentlich seid ihr zu viele«, sagte der internationale Experte. »Ihr seid zu viele, um zu hören, was wir jetzt sagen werden. Das Risiko für Lecks ist zu groß.«

»Wenn ihr so viel über die A-Gruppe wisst«, sagte Hultin, »dann wisst ihr auch, dass aus ihr nie etwas in die Presse gesickert ist. In zehn Jahren nicht.«

»Stimmt«, sagte der internationale Experte.

»Aber sind es nicht eigentlich neun Jahre?«, fragte Steve.

»Genug«, sagte Horst. »Ich will, dass ihr drei mit nach Berlin kommt.«

»Was?«, entfuhr es Chavez.

»Alles deutet darauf hin, dass Ata am Mittwoch, also übermorgen, in Berlin zuschlagen wird. Eine offizielle amerikanische Delegation mit dem US-Außenminister an der Spitze wird am Bauplatz für die neue amerikanische Botschaft am Pariser Platz einige Reden halten.«

»Übermorgen?«, sagte Kerstin Holm.

»Ja«, antwortete Horst. »Wir reisen morgen früh ab.«

»Ich weiß verdammt noch mal nicht mehr, von wem ich meine Anweisungen erhalte«, sagte Holm und wandte sich an Hultin.

Hultin schwieg und sah ungemein unparteiisch aus. Dann sagte er:

»Du erhältst deine Anweisungen von mir, Jorge von dir, und Paul erhält seine Anweisungen von Niklas Grundström. Und ich sage: Ihr fahrt.«

»Mit Grundström, das klären wir«, sagte der Säpo-Chef.

»Wer vertritt mich in meiner Abwesenheit?«, fragte Kerstin Holm.

»Du hast doch schon einen Vertreter«, sagte Hultin.

Arto Söderstedt schüttelte den Kopf.

»Nein«, sagte er. »Die Zeit ist vorbei. Ich bin nicht würdig.«

Alle sahen ihn eine Weile an. Er blickte zu Boden.

»Ich schlage Sara Svenhagen vor«, sagte Kerstin Holm.

»Was?«, entfuhr es dieser.

»Das klingt sehr gut«, sagte Jan-Olov Hultin.

»Aber ...«, sagte Sara Svenhagen.

Sie wurde vom Klingeln zweier Handys unterbrochen. Es dauerte eine Weile, bis die sechzehn Personen im Raum herausgefunden hatten, wessen Geräte klingelten. Es waren die Handys von Hultin und von Söderstedt.

Während die beiden sich in finstere Gespräche vertieften, sagte Paul Hjelm:

»Was wird unsere Aufgabe sein?«

»Wir werden euch als Späher an kritischen Stellen platzieren«, erklärte Horst. »Aber ihr bekommt alle Details morgen im Flugzeug.«

»Privatflieger?«, fragte Hjelm mit einem schiefen Lächeln.

»Selbstverständlich«, sagte Steve, mit ungefähr dem gleichen Lächeln.

Hultin schaltete sein Handy aus und berichtete:

»Die Dechiffrierexperten sammeln sich. Es heißt, sie reiben sich schon die Hände.«

»Ausgezeichnet«, sagte der Säpo-Chef in einem plötzlichen Anfall von Großzügigkeit.

In diesem Augenblick beendete auch Söderstedt sein Gespräch. Er betrachtete sein Telefon lange, und als er aufsah, liefen Tränen über sein Gesicht.

»Wie zum Teufel kann man sich bloß an einem Kind vergreifen?«, sagte er nur.

»Darum dreht sich alles«, erläuterte der sogenannte internationale Experte und beugte sich auf dem Sofa vor. »Wie wir dem Bösen begegnen. Ihr denkt, wir seien eine geheime Gesellschaft ohne Nuancierungen. Und das stimmt in einem gewissem Sinn. Unser Job ist sehr technisch, wir arbeiten nicht mit moralischen Bewertungen wie ihr. Aus unserer Sicht habt ihr es überhaupt nicht mit Verbrechern zu tun, da es immer noch moralische Grauzonen und Fragestellungen geben kann. Wir arbeiten in einem Bereich jenseits davon. Wo der Ausgangspunkt das Böse ist, nicht als metaphysische Kraft oder ähnlichem Unsinn, sondern als praktische Realität. Für die, mit denen wir es zu tun haben, ist es eine Selbstverständlichkeit, dass man sich an einem Kind vergreift. Ebenso selbstverständlich, wie ein unschuldiges Mädchen totzufahren oder einen ebenso unschuldigen Feuerwehrmann zu liquidieren. Diese Welt *gibt es*. Wir versuchen, ihr so gut es geht zu begegnen, aber wir – die sogenannten Guten – schleppen eben noch etwas Großes mit uns herum. Das, was man Leben nennt. Deshalb sind wir immer im Nachteil gegenüber dem Extremismus, in welcher Form er auch auftritt. Per Naberius hätte zum Beispiel keinen Finger gerührt, um seine Tochter zu retten, wenn man sich an ihr vergriffen hätte. Vermutlich hätte sich noch nicht einmal sein Puls beschleunigt. Auge um Auge geht nicht bei dieser Art von Menschen.«

Söderstedt blickte zu dem internationalen Experten hinüber und sah in dessen Augen einen Moment äußersten Ernstes aufleuchten. Er fühlte sich vollkommen durchschaut, seufzte tief und sagte:

»Lina ist jetzt jedenfalls hier. Ich muss sie holen.«

»Bringen Sie sie herein«, sagte der technische Experte auf dem Sofa.

Söderstedt verschwand.

»Habt ihr noch mehr Fragen?«, wollte der Säpo-Chef wissen und brachte zum ersten Mal seit Menschengedenken ein Lächeln hervor.

»Noch eines«, sagte Sara Svenhagen. »Gibt es eine konkrete Verbindung zwischen Naberius und Ata? ›Kill pills‹?«

Diesmal war Steve an der Reihe, sich auf dem Sofa vorzubeugen.

»Ja«, sagte er. »Wir wissen immer noch nicht, wo sie hergestellt werden, aber alles deutet darauf hin, dass bei Naberius' Geschäften die Vertriebsabteilung eng mit den wichtigsten Kunden der ›kill pills‹ verbunden ist, den verschiedenen Organisationen der Selbstmordattentäter. Per Naberius ist mit seinen mikroelektronischen Waffentechnologien für die alliierten Truppen im Irak unentbehrlich, und dass er gleichzeitig für die andere Seite arbeitet, ist für uns sehr lästig. Aber er lebt vom Krieg, und er lebt gut von ihm – das tun viele –, man kann also durchaus verstehen, dass er den Frieden nicht sehr schätzt. Naberius düngt beide Seiten und wird von beiden Seiten belohnt. In diesem ewigen Krieg.«

»Da ist noch etwas, das ich nicht verstehe«, sagte Sara Svenhagen. »Warum hat sich Naberius entschlossen, ausgerechnet die Freundinnen seiner Tochter in die Luft zu jagen? Das ist doch eine fürchterliche Tat.«

»Es passte technisch sehr gut«, sagte der internationale Experte und zuckte die Schultern. »Mehrere Fliegen mit einer Klappe. Alle Polizisten Stockholms waren mit der Bombe beschäftigt, und es war kein Problem, die Lieferung ins Land kommen zu lassen. Der Spitzel der Säpo wurde ausgeschaltet und mit ihm sein Mörder. Es war perfekt.«

»Aber warum hat er seine Tochter überhaupt überwacht?«

»Das ist eher eine Frage von Hypothesen, und darin seid ihr sehr viel besser als wir«, sagte der internationale Experte und lächelte. »Ich schätze, er war wütend auf sie, weil sie einen anderen Familiennamen angenommen hatte und nichts mehr von ihm wissen wollte. Er suchte eine gute Gelegenheit, um sich zu rächen, sodass es ein bisschen wehtat.«

»Vielleicht schätzte er ihr feministisches Engagement nicht«, sagte Lena Lindberg.

»Das ist eine mindestens ebenso plausible Hypothese«, sagte der internationale Experte großzügig.

»Ein Punkt ist ja auch«, setzte Sune hinzu, »dass wir keine realen, physischen Beweise gegen Per Naberius haben. Tatsächlich nicht einen einzigen. Allerdings dürfen wir hoffen, die Lieferung der ›kill pills‹ zu stoppen.«

»Dann schlage ich vor, dass wir die Versammlung beenden«, sagte der Säpo-Chef und erhob sich nonchalant.

So geschah es. Draußen auf dem Flur zerfielen sie sofort in zwei Gruppen, wovon jede in ihre Richtung abzog. Arto Söderstedt kam ihnen mit seiner Frau Anja und seiner Tochter Lina entgegen. Ohne den Blick zu erheben, drängte sich die Familie durch die Gruppe hindurch und in den kleinen Konferenzraum.

Während sich die anderen immer mehr voneinander entfernten, hielt Paul Hjelm den sogenannten internationalen Experten zurück. Er sagte:

»Es hat mir gefallen, was Sie da drinnen über das Böse gesagt haben.«

»Danke«, erwiderte der internationale Experte und sah tatsächlich ein wenig überrascht aus.

»Gibt es dieses Böse wirklich?«

»Der Terminus gefällt mir nicht, er ist viel zu biblisch. Aber das Böse gibt es. Glauben Sie mir, ich begegne ihm jeden Tag.«

»Wer sind Sie eigentlich?«, fragte Hjelm.

Der internationale Experte schüttelte kurz den Kopf und sagte:

»Ich bin der Mann mit dem Überblick.«

»Sie haben keinen Namen, aber Sie haben ein Leben?«

Der Mann sah durch das Fenster in den Innenhof des Präsidiums. Der Blick verlor sich in sehr weiter Ferne, und aus dieser unendlichen Entfernung kam die Antwort:

»Sie wissen selbst, dass diese Arbeit ihren Preis hat.«

»Sogar auf meinem Niveau«, sagte Hjelm und lachte.

»Ja«, sagte der Mann und lächelte. »Sogar auf Ihrem Niveau.«

»Können Sie für das normale Leben einstehen, wenn Sie selbst keins haben?«

Für einen kurzen Moment legte der internationale Experte die Hand auf Paul Hjelms Oberarm. Er sagte nur:

»Ich versuche es.«

»Es wäre schön, sich irgendwann einmal zu treffen und mehr über diese Dinge zu reden«, hörte Hjelm sich sagen.

»Das finde ich auch«, antwortete der internationale Experte. »Aber das wird nicht geschehen. Nicht bevor Sie mein Nachfolger geworden sind.«

Dann ging er. Hjelm sah ihm erstaunt nach.

Drinnen im Konferenzraum flüsterte Arto Söderstedt:

»Wie gehen wir vor?«

Der technische Experte flüsterte seinerseits:

»Ich identifiziere die genaue Frequenz und betätige anschließend eine Fernkontrolle, um den Mechanismus zu entschärfen. Dann kann Per Naberius auf seinen Fernauslöser drücken, so lange er will.«

»Und dann?«

»Dann schneiden wir ihn heraus.«

»Was?«, rief Söderstedt. Seine Frau und seine Tochter starrten ihn beunruhigt an.

»Ich bin auch Mediziner«, flüsterte der technische Experte und nahm eine Spritze aus einer Reisetasche, die die ganze Zeit hinter dem Sofa gestanden hatte.

Er trat zu der kleinen Lina und sagte:

»Ich muss dir eine Spritze geben. Das ist nicht besonders schlimm, und danach wird dir dein Wespenstich nicht mehr weh tun.«

»So weh tut er nicht«, sagte Lina tapfer.

»Was tun Sie?«, fragte Anja und wurde blass.

»Es ist nur eine lokale Betäubung«, erklärte der technische Experte.

Er führte die Kanüle in Linas Arm ein, ohne dass sie eine Miene verzog, und begann dann, mit allerlei technischer Apparatur verschiedener Art zu hantieren. Söderstedt legte die Hand auf seinen Arm und sagte:

»Ich hoffe, Sie wissen, was Sie tun.«

Der technische Experte lächelte schief und entgegnete:

»Ich habe es schon öfter gemacht. Also los.«

Nach einer völlig undefinierbaren Zeitspanne holte er eine Fernbedienung hervor, die er Söderstedt reichte.

Was Arto Söderstedt in diesen Augenblicken erlebte, würde er nie erklären können.

Noch nicht einmal schriftlich.

»Sie sollen die Ehre haben, das hier zu tun«, sagte der technische Experte. »Drücken Sie auf den grünen Knopf.«

Söderstedt betrachtete die kleine grafitgraue Fernbedienung, und seine Gedanken wurden frei. Er dachte an Macht. An Macht über Leben und Tod. Er dachte an Liebe und Hass. Dachte an alles, was mit den Mysterien des Lebens zu tun hat.

Und drückte auf den Knopf.

»Danke«, sagte der Experte und nahm die Fernbedienung wieder an sich. Dann holte er wie ein altmodischer Zauberkünstler ein Tuch aus der Tasche. Es war grün und sah steril aus. Er ging damit zu Lina und lächelte ihr zu. Sie lächelte zurück, obwohl Söderstedt sah, dass sie sich fragte, was geschah.

Mutiges kleines Mädchen, dachte er und hielt seine Tränen zurück.

Es würden beizeiten noch genug davon kommen, das ahnte er.

Der Experte hielt das Tuch zwischen Linas Augen und ihr Handgelenk und wies Söderstedt an, es hochzuhalten.

»Wie einen Theatervorhang«, sagte er.

Söderstedt und der technische Experte befanden sich auf der einen Seite des Tuchs, Anja und Lina auf der anderen. Sie sahen nicht, wie der Experte ein Skalpell hervorholte und damit vorsichtig an der Haut von Linas Handgelenk arbeitete. Und das Mädchen selbst merkte es gar nicht, denn das Gefühl war durch die örtliche Betäubung aus ihrem Handgelenk gewichen.

Der technische Experte setzte den Schnitt.

Und auch das sahen Anja und Lina von der anderen Seite des Theatervorhangs nicht.

Mithilfe einer Pinzette zog er etwas aus der Wunde. Er übergab Söderstedt die Pinzette, legte zwei Streifen Tape über die Wunde und wickelte eine Mullbinde um den Unterarm.

Arto Söderstedt hielt die Pinzette gut verborgen hinter dem Theatervorhang. Darin hing ein sehr kleiner, aber ziemlich blutiger Mechanismus. Söderstedt sagte:

»Unergründlich sind die Wege des Teufels.«

Dann nahm ihm der technische Experte die Pinzette aus der Hand. Und Arto Söderstedt ließ den Theatervorhang fallen. Er hockte sich neben Lina hin und streckte die Arme zu Anja aus.

Und dann umarmte er sie beide, fest, und seine Tränen liefen.

Plötzlich war alles in der ganzen Welt tatsächlich gut.

38

Bengt Åkesson guckte Kerstin Holm an.
Ja, er guckte. Und er sah. Sie sah, dass er sie erkannte.
Er richtete seinen Blick in ihre Augen, und sie fand, dass der Blick sagte:
»Töte mich.«
Sie fand, dass er es schrie.
Dann meinte sie, dass er schrie:
»Hilf mir.«
Und schließlich fand sie, dass er mit sehr milder Stimme sagte:
»Ich bin auf dem Weg zurück, Kerstin. Dank dir.«
Mit anderen Worten, alles war wie gewöhnlich – sie wusste nicht, was er wollte. Aber jetzt guckte er immerhin.
»Hej, Bengt«, sagte sie und drückte seine Hand.
Und nach einer Weile fragte sie:
»Sieht die Welt gut aus?«
Sie beobachtete seine Augen. Er blinzelte einmal. Und er unterließ es bewusst, ein zweites Mal zu blinzeln.
Ja.
Sie senkte den Blick zu Boden und fühlte, dass sie weinte.
Wir müssen mit diesem verdammten Weinen aufhören, dachte sie und wischte sich die Tränen ab.
»Ja?«, sagte sie.
Wieder ein Blinzeln.
»Ich muss kurz nach Berlin«, sagte sie. »Und dann, verflucht, holen wir dich aus diesem Bett raus.«
Da lächelte Bengt Åkesson.
Als sie in ihrem völlig lautlosen Auto vom Krankenhaus wegfuhr, war ihr sehr, sehr warm ums Herz. Aber zugleich war ihr klar, dass dieses Gefühl nicht lange anhalten würde.

Ganz andere Dinge warteten.
Und sie warteten tatsächlich schon in ihrem Büro.
Auf einem der beiden Besucherstühle saß Horst. Er sagte:
»Ich habe mir erlaubt, einzutreten.«
»Aber ich bitte Sie«, entgegnete Kerstin Holm.
»Klar zur Abreise?«
»Natürlich.«
Mehr sprachen sie nicht. Horst geleitete sie und ihre Reisetasche durchs Präsidium und hinaus auf die Polhemsgata. Dort stand eine große schwarze Limousine. Horst warf ihre Tasche in den Kofferraum und öffnete ihr galant die Tür. Auf der geräumigen Rückbank saßen Paul Hjelm und Jorge Chavez.
»Ich sag's doch«, grummelte Chavez.
»Störe ich die Herren im privaten Gespräch?«, fragte Holm und setzte sich neben sie.
»Nein, beim langen Warten«, sagte Chavez.
»Aber die Klimaanlage ist gut«, sagte Hjelm.
»Bengt hat die Augen aufgemacht«, berichtete Holm.
Die beiden nickten und schienen Schwierigkeiten zu haben, eine passende Antwort zu finden.
»Schön«, sagte Chavez schließlich.
Der Wagen fuhr auf direktem Weg zum Flugplatz Bromma. Eine kleine Düsenmaschine stand für sie bereit. Als sie das Flugzeug betraten, war Steve bereits da. Mit ihm drei Männer, die mehr wie klassische Nachrichtendienstfiguren aussahen, in Anzügen, die eine Spur zu groß und zu luxuriös aussahen für die robusten Körper.
Die drei schwedischen Polizeibeamten wurden zu einem Tisch am einen Ende der Maschine geführt. Zusammen mit Horst und Steve setzten sie sich auf die fünf Sitzplätze um den fest verankerten Tisch.
»Wir können euch unmöglich weiter Horst und Steve nennen«, sagte Chavez. »Das klingt nach Pornoschauspielern.«
Die beiden lachten, und Steve sagte:

»Ich bin Roger Stone und dies ist Reinhart Vogel.«
Der grüßte ein wenig halbironisch in die Runde.
»Es klingt immer noch nach Pornoschauspielen«, sagte Chavez.

Die Maschine hob ab, und als sie in der Luft waren, begann Stone zu sprechen:

»Ich will nicht die ganze lange Geschichte amerikanischer Botschaften in Deutschland ausbreiten, sondern ein kleines, historisch signifikantes Stück herausgreifen. Der Pariser Platz in Berlin erstreckt sich vom Brandenburger Tor bis zum neu errichteten ›Denkmal für die ermordeten Juden Europas‹. Am südlichen Rand des Pariser Platzes lag, nur durch die Behrensstraße vom Denkmal getrennt, am Anfang des Jahrhunderts der Blücherpalast. Dieser Palast wurde im Jahre 1930 vom amerikanischen Staat gekauft, um dort eine Botschaft einzurichten. Leider kam es zu einem Brand, bevor der Umzug stattfand, und als das Gebäude endlich restauriert war, hatten die Zeiten sich geändert. Die Botschaft zog zwar 1939 noch ein, doch dann kam der Krieg und die Botschaft wurde geräumt. Während des Krieges wurde der Blücherpalast zerstört und im April 1957 vom ostdeutschen Regime kurzerhand abgerissen. Damals lag nämlich der gesamte Pariser Platz in dem großen Niemandsland, das das DDR-Regime zwischen den zwei Mauern, aus denen die Berliner Mauer eigentlich bestand, geschaffen hatte. Als die Mauer im November 1989 fiel, gab es zwei amerikanische Botschaften in Deutschland, eine in Bonn und eine in Ostberlin. Als Berlin offiziell zur Hauptstadt des wiedervereinigten Deutschlands erklärt wurde, hatte man selbstverständlich vor, eine neue amerikanische Botschaft zu bauen. Man dachte natürlich an das Gebäude in amerikanischem Besitz, am südlichen Rand des Pariser Platzes, wo einst der Blücherpalast gestanden hatte, und 1992 gaben wir unsere Pläne bekannt, dort ein Botschaftsgebäude zu errichten. Ein Architektenwettbewerb wurde ausgeschrieben, aus einer Abstimmung ging 1996 ein siegreicher Entwurf hervor. Nachdem 1999 die Bonner Regierung in die neue Hauptstadt umgezogen war und man die notwendigen Sicherheitsvorkehrungen in die Pläne eingearbeitet hatte, wurde 2004 mit dem Bau begonnen. Die neue Botschaft ist also noch nicht fertiggestellt. Aber jetzt haben Sie einen Eindruck von der historischen Bedeutung dieser Örtlichkeit.«

»Die dadurch nicht geringer wird, dass das Botschaftsgebäude direkt an das ›Denkmal für die ermordeten Juden Europas‹ angrenzt«, fuhr Reinhart Vogel fort. »Und dessen Geschichte ist beinahe ebenso komplex. Es liegt auch in dem alten Niemandsland und tangiert sowohl den Bunker von Hitler wie auch den von Goebbels. Es liegt eine Pointe darin, dass Hitler sich zweihundert Meter von dem Gelände entfernt, wo jetzt das Denkmal steht, das Leben nahm. Das Denkmal erstreckt sich über eine Fläche von fast zwanzigtausend Quadratmetern und besteht aus zweitausendsiebenhundertelf Betonstelen, die alle knapp einen Meter breit und gut zwei Meter lang sind. Die Höhe der Stelen variiert. Die Höchste misst fast fünf Meter, die Niedrigste ist ganz flach, nur ein Rechteck am Boden. Dreihundertdrei von ihnen sind höher als vier Meter, dreihundertsiebenundsechzig niedriger als einen Meter. Der Rest verteilt sich dazwischen. Zusammen wiegen die Betonblöcke über einundzwanzigtausend Tonnen. Sie sind symmetrisch angeordnet, mit geraden asphaltierten Gängen dazwischen, auf denen die Besucher sich bewegen. Das Monument wurde nach langem Streit und vielen Diskussionen vor drei Monaten eingeweiht, am zehnten Mai, und am zwölften für die Allgemeinheit geöffnet. Es ist ein bewegendes Erlebnis, das Monument zu durchwandern. Man bekommt wirklich einen nachhaltigen Eindruck von der Dimension unseres historischen Verbrechens.«

»Es handelt sich also um zwei symbolisch aufgeladene Orte«, sagte Roger Stone. »Und wenn Ata an den amerikanischen Außenminister herankommt und dazu noch die Botschaft und das Monument sprengt, dann muss das als ein wirklicher Volltreffer für den islamischen Fundamentalismus angesehen werden. Amerikaner und Juden auf einen Schlag.«

»Und natürlich noch eine Menge Deutsche«, fügte Reinhart Vogel hinzu. »Der Außenminister, der Botschafter und die anderen Redner werden von einem Podium aus sprechen, das an der Ecke Behrensstraße – Ebertstraße provisorisch aufgebaut worden ist. Die Zuhörer werden sich auf diesen Straßen und in den Grünanlagen jenseits der Ebertstraße sammeln, am Rand des Tiergartens. Das Denkmal wird abgesperrt sein, der Zutritt ist absolut verboten.«

Vogel teilte Karten und Übersichtspläne an seine schwedischen Gäste aus und sagte:

»Wir werden Sie an drei Stellen mit möglichst gutem und vollständigem Überblick postieren. Sie erhalten Walkie-Talkies und Ferngläser.«

»Und Waffen?«, fragte Paul Hjelm.

»Eigentlich sollte das nicht nötig sein«, sagte Roger Stone, »aber es besteht natürlich ein gewisses Risiko des Nahkontakts. Sie werden also mit Dienstpistolen eines Ihnen gut bekannten Modells ausgestattet.«

»Danke«, sagte Jorge Chavez.

»Jetzt schlage ich vor, dass wir den Flug genießen«, sagte Reinhart Vogel. »Darf ich den Herrschaften einen Drink anbieten?«

39

Viggo Norlander dachte an Handschellen. Er dachte an klirrende Handschellen, während er sich den Bauch hielt – und damit dazu überging, an Krebs zu denken. Wie merkwürdig das war. Man spürte ja gar nichts, nicht das Geringste. Und doch befand sich etwas Unbegreifliches dort drinnen, ein Dunkel, das ganz und gar unsichtbar war und dabei unmerklich immer größer wurde, so lange, bis es tötete. Er verzichtete darauf, symbolisch daran zu denken, und begann stattdessen, an sehr konkrete Dinge wie Operation, Strahlentherapie und Zellgifte zu denken, an Übelkeit und Haarausfall, an das verschwitzte und säuerlich riechende Laken eines Krankenhausbettes, an Schmerzen. Vor allem dachte er an Schmerzen. Wie er wirkliche Schmerzen aushalten würde. Und da entstand ein Ton in seinem Inneren, zuerst meinte er, es seien Kirchenglocken, und dass er auf seiner eigenen Beerdigung sei, aber dann verstand er, dass es Handschellen waren, die klirrten.

»Teufel auch«, sagte er, griff nach dem Telefonhörer und wählte eine Nummer.

»Strand«, antwortete es im Hörer.

»Olof Strand in Järfälla?«

»Ja.«

»Hier ist Viggo Norlander von der Reichskriminalpolizei.«

»Aha. Hej.«

»Sie haben ja schon früher mit uns gesprochen, oder?«

»Nein, das glaube ich nicht ...«

»Hatten Sie nicht gestern Besuch von einem Kriminalbeamten?«

»Tut mir leid«, sagte Olof Strand. »Ich habe in meinem

Leben noch nie mit einem Kriminalbeamten gesprochen, glaube ich. Bis jetzt.«

»Danke«, sagte Norlander und legte auf.

Er hielt sich ein wenig den Bauch, und dann begriff er.

Er lachte auf und sagte:

»Arto, mein Arto.«

Und dann begrub er das Ganze. In der Nähe des Krebsgeschwürs, in seinem tiefsten Inneren.

Für alle Zukunft.

*

Jan-Olov Hultin betrat etwas, das wie eine Bürolandschaft aussah. Er war noch nie in diesem Teil des Präsidiums gewesen und wäre bei einer anderen Gelegenheit sicher ein wenig erstaunt gewesen. Aber im Augenblick war kein Platz für Erstaunen.

Ein älterer Mann, von dem Hultin wusste, dass er Professor für Mathematik war, kam auf ihn zu und sah aus wie ein Professor für Mathematik. Seine Schritte waren geschmeidig wie die eines Mannes, der die Lösung eines kniffligen Problems gefunden hat. Der Mann – oder besser sein Team in der Bürolandschaft – hatte nämlich genau so eine Lösung gefunden.

»Kommen Sie mit«, sagte der Professor und führte Hultin vor eine Wand.

Als Hultin sah, dass dort ein enormes Flipchart hing, fühlte er sich gleich ein wenig zu Hause in dieser Bürolandschaft.

Auf dem Flipchart stand:

»uik lkjj ey94 9 %&«

Und:

»sdoh €kjh 89 76=«

Aber das war nicht alles. Es fanden sich auch die erstaunlichsten mathematischen Berechnungen und Formeln und Ziffern und Symbole.

»Habt ihr keine Computer?«, fragte Hultin.

»Denken kann man immer noch am besten unverdrahtet«, sagte der Professor mit einem selbstgefälligen Lächeln.

»Wie wahr«, sagte Hultin.

Der Professor räusperte sich und erklärte:

»Einen Kryptotext in Klartext zu verwandeln, erfordert bekanntlich einen kryptologischen Algorithmus und den richtigen Schlüssel. Ich vermute, Sie kennen Fibonaccis Zahlenreihe und ihre Relation zu den Binominalkoeffizienten sowie Pascals Triangel?«

»Wäre eine kurze Version möglich?«, fragte Hultin so verbindlich er konnte.

Der Professor runzelte kurz die Stirn und sagte:

»Es handelt sich um eine Chiffre in drei Schritten, mit einem etwas speziellen integrierten Dreh. Wirklich gute Arbeit. Die obere Zeile ist als 08 050 400 zu deuten und die untere als 08 100 300.«

»Ist das alles?«, fragte Hultin. »Nur Ziffern?«

»Ich sagte doch, es gibt einen etwas speziellen integrierten Dreh«, sagte der Professor lächelnd.

»Und der wäre?«

»Man darf wohl annehmen, dass die Ziffernreihen Zeitangaben darstellen. 5. August, 4.00 Uhr beziehungsweise 10. August, 3.00 Uhr.«

»Der zehnte August ist heute Nacht«, sagte Hultin nachdenklich.

»Und der fünfte August war die Nacht, in der die U-Bahn gesprengt wurde«, sagte der Professor.

»Das sind die Lieferzeiten«, begriff Hultin. »Aber wir brauchen auch einen Ort.«

»Da liegt eben der Dreh«, sagte der Professor. »In dem Code ist ein Ort integriert. Er ist nicht leicht zu verstehen, aber er wäre zu deuten als Årudden, Ärudden oder Örudden.«

»Danke«, sagte Jan-Olov Hultin und spürte in genau diesem Augenblick, dass seine allerletzten Kräfte erschöpft waren.

Er wurde, der Reihe nach, von akuter Sehnsucht nach einer Sauna, seiner Frau Stina und dem See Ravalen in Sollentuna ergriffen.

40

Årudden existierte nicht. Ärudden ebenso wenig. Aber Örudden lag auf Torö. Torö wiederum lag südlich von Nynäshamn, eine Halbinsel, die mit dem Festland nur durch eine Reihe kleiner Landzungen verbunden war. Tatsächlich sah es aus der Luft wie ein Perlenband von kleinen Beinahe-Inseln aus, deren südlichste Torö war. Und an der äußersten südwestlichen Spitze von Torö lag Örudden, hauptsächlich für sein hervorragendes Kitesurfrevier und als Rastplatz für Zugvögel bekannt, wo im Lauf der Jahre seltene Arten wie Eisente, Zwergschnäpper, Brachpieper und Gebirgsstelze beobachtet worden waren.

Aber sie kamen nicht aus der Luft, sie kamen vom Meer.

Sara Svenhagen war übel. Da sie vorübergehend zur Chefin der A-Gruppe ernannt worden war, tat sie ihr Bestes, um diesen Umstand zu verbergen. Seekrankheit stand der neu eroberten Autorität nicht gut an. Das Boot der Wasserpolizei war zwar nur von Nynäshamn hergefahren, nicht besonders viele Seemeilen, aber in der dunklen Augustnacht reichte ihr das voll und ganz. Sie versuchte von Neuem, sich auf die Landkarte und die Seekarte zu konzentrieren, die vor ihr ausgebreitet lagen, aber es gelang ihr nicht optimal. Stattdessen blickte sie auf und erfreute sich am Anblick von Gunnar Nyberg, der über die Reling gebeugt stand und sich übergab.

Ja, es freute sie tatsächlich. Und sie stand dazu.

»Du meine Güte«, sagte Viggo Norlander. »Du hast ein Haus in der griechischen Inselwelt und hältst nicht einmal eine Viertelstunde in einem Boot aus.«

»Da unten haben sie große Schiffe«, jammerte Nyberg und erbrach sich von Neuem.

Arto Söderstedt, Lena Lindberg und Jon Anderson waren auch mehr oder weniger bleichgesichtig. Norlander sah zum allerersten Mal in diesem Sommer am frischesten von allen Mitgliedern der A-Gruppe aus.

Ach, wie der Schein trügen kann, dachte Sara Svenhagen und schrie, um den Lärm der Maschine zu übertönen: »Kennen jetzt alle ihre Positionen?«

Es wurde ein wenig zerstreut hier und da genickt auf dem dunklen Deck des Polizeiboots, das nur von ein paar Laternen beleuchtet war.

»Wir müssen Sichtkontakt halten, aber gleichzeitig so großen Abstand wie möglich, damit wir die gesamte Küstenstrecke abdecken.«

»Wir haben verstanden«, sagte Nyberg brüsk.

Sie kletterten an einer Klippe an Land und sahen, wie das Polizeiboot rasch von der Dunkelheit verschluckt wurde. Sara Svenhagen knipste eine Taschenlampe mit einem starken Blendschutz an, und die sechs sammelten sich wie um ein Lagerfeuer. Svenhagen breitete die Karte der Insel und die Seekarte auf dem Felsen aus. Entlang der Uferlinie waren sechs deutliche Kreuze eingezeichnet.

»Diese Klippe hier ist das dritte Kreuz«, sagte sie. »Das ist meine Position. Es gibt da Büsche und Sträucher, wo man in Deckung gehen kann. Hoffentlich sieht es bei den anderen Kreuzen ähnlich aus. Hat jeder seine Lampe klar?«

Es wurde ein bisschen mit verschiedenen kleinen roten Lampen geblinkt, deren Lichtkegel unauffällig und punktgerichtet waren.

»Alle außer den beiden auf den Außenpositionen müssen zwei Lampen sehen, wir werden sporadisch blinken. Und wir halten Kontakt über die Walkie-Talkies mit Ohrstöpseln. Keine Geräusche und sehr schwaches Licht. Sie werden uns nicht sehen.«

»Fragt sich, ob wir sie sehen«, murmelte Nyberg.

»Scheiße, ist das kalt«, sagte Lena Lindberg.

»Du hast immer zu wenig an«, sagte Jon Anderson, der sich dick eingepackt hatte.

»Wir werden sie sehen«, sagte Sara Svenhagen. »Der Fahrweg endet ein Stück weiter oben, wir werden also möglicherweise das Auto nicht sehen. Aber das Boot entgeht uns nicht.«

»Wenn es denn ein Boot ist«, sagte Nyberg.

»Los jetzt«, sagte Sara Svenhagen.

Sie machten sich auf und verteilten sich mit jeweils fünfzig Metern Abstand. Sara sah Jons Lampe rechts von sich blinken und nach einer Weile auch Gunnars zu ihrer Linken. Sie blinkte zurück. Und wartete.

Es war eigentlich nicht besonders kalt, aber Stillsitzen ist kalt an sich, und es dauerte nicht lange, bis Sara Svenhagen zu frieren begann. Sie hörte das Rauschen des Meeres, das Schlagen der Wellen, und sie nahm die Düfte des Meeres wahr. Der Mond war halb und ziemlich klein. Seine Spiegelung auf der leicht bewegten Meeresoberfläche blieb unerwartet blass. Und es war so sternenklar, wie sie es lange nicht erlebt hatte.

Dann und wann blinkte es rechts oder links von ihr. Sie blinkte zurück und befühlte die Dienstwaffe in ihrem Achselholster. Die Pistole war unwahrscheinlich kalt, viel kälter als die Luft.

Sie fragte sich, warum.

In ihren Ohrstöpseln war es so still, dass sie für einen kurzen Augenblick befürchtete, das Walkie-Talkie-System sei zusammengebrochen. Sie machte einen Test. Die Gruppe meldete sich, einer nach dem anderen, inklusive individuell ausgeformter Klagen über die Situation im Allgemeinen und die Windböen im Besonderen.

Sonst war es still.

Weit entfernt, fast abgekippt über den Horizont, erkannte man das schwache Licht eines Öltankers. Es zog langsam durch das Blickfeld.

Sie musste sich ein wenig bewegen. Die Arme um sich zusammenschlagen. Wie ihr Mann es zu tun pflegte.

Sie dachte an Jorge. Was machte er gerade? Saß er mit Paul, Steve und Horst zusammen und kippte Drinks? Kaum. Er musste morgen in Form sein. Wahrscheinlich schlief er. Sie fragte sich, was er wohl träumte. Sie hoffte, dass er von ihr träumte.

An seine einzelnen Träume konnte sie sich nicht mehr erinnern. In letzter Zeit hatte er viele gehabt und Ängste. Sie wünschte, sie könnte sie aufsuchen. Sie aufsuchen und dann verstehen, was er dachte und fühlte. Wirklich verstehen.

Die große Tragödie des Lebens ist, dass wir keinen einzigen Menschen je verstehen können, nicht die, die uns am nächsten stehen, und am allerwenigsten uns selbst.

Sie fasste einen Entschluss. Sie würden zusammen verreisen. Beide hatten noch ein wenig Urlaub offen. Sie würde Isabel nehmen und sich mit ihm an irgendeinem Ferienort treffen, wo sie den Sommer ein bisschen verlängern konnten und nach dem schweren, anstrengenden und merkwürdigen letzten halben Jahr eine wirkliche Wiedervereinigung schaffen.

Sie war so in ihre Gedanken versunken, dass der Anruf wie ein Schock wirkte. Sie fuhr zusammen.

Es war Viggo Norlanders Stimme. Viggo ganz links außen.

»Verdammt, da ist es ja«, zischte er in ihre Ohrstöpsel. »Dunkles Boot, nur zwanzig Meter vom Ufer. Aber ein Stück entfernt. Wir liegen zu weit rechts, alle miteinander.«

»Wie konnte es sich so lautlos nähern?«, flüsterte sie.

»Weiß nicht«, antwortete Viggo. »Aber es ist da.«

»Wie schnell kannst du hinkommen?«

»Schwer zu sagen. Kann problematisch werden, wenn sie Maschinenpistolen haben.«

»Arto, du bist am nächsten«, sagte Sara. »Kannst du dich geräuschlos näher an Viggo heranarbeiten?«

»Glaub schon«, sagte Söderstedt.

»Ich auch«, sagte Nyberg. »Es ist ziemlich frei.«

»Können Arto und Viggo die ganze Zeit leuchten, ohne dass die es sehen?«

»Ja«, sagte Viggo.

»Glaub schon«, sagte Arto. »Aber ich werde mich gleichzeitig bewegen.

»Gut, wir sammeln uns und warten ab. Jon und Lena, wir tun das Gleiche. Kommt zu mir her.«

»Okay«, gaben Jon und Lena von rechts zurück.

Dann war es eine Weile still.

Sara gefiel es nicht, stillsitzen zu müssen. Da drüben passierte etwas, und sie konnte es nicht sehen. Aber es war besser, sie waren zwei Gruppen. Außerdem musste sie sich selbst eingestehen, dass genau die richtige Gruppe am nächsten dran war.

»Scheiße«, sagte Arto im Ohrstöpsel.

Dann kam nichts mehr.

»Was ist los?«, fragte Sara.

Keine Antwort, keine Reaktion. Kein Laut außer dem unablässigen Murren des Meers.

Scheiße, dachte sie, was ist los?

»Pass auf das Boot auf«, flüsterte Viggo atemlos in ihrem Ohr.

»Was ist los, Viggo?«, sagte Sara.

Wieder Stille. Verdammte Stille. Sie blinkte mit ihrer Lampe und bekam eine Antwort. Aus drei Metern Entfernung. Sie schrak heftig zusammen.

»Ich bin's nur. Jon.«

Dann wieder Stille.

»Verdammter Mist«, sagte Gunnar in ihrem Ohrstöpsel.

»Ihr müsst mir sagen, was los ist«, flüsterte Sara und war vollkommen machtlos.

»Jetzt«, erklangen Viggo und Arto in ihrem Ohr.

Ein Schuss wurde abgefeuert. Das Echo hallte durch die Nacht.

Mehrere Schüsse folgten. In einiger Entfernung waren Schreie zu hören, Brüllen. Sie erkannte einen dröhnenden Bass, konnte aber keine Wörter verstehen. Noch ein paar Schüsse und wieder Schreie.

»Verflucht«, sagte sie und blickte auf, direkt in Jons mondbleiches Gesicht. Hinter ihm tauchte Lena auf, mindestens ebenso bleich. Zitternd vor Kälte.

»Nichts wie hin jetzt«, sagte sie und knipste die große Taschenlampe an.

Und sie rannten gemeinsam über die Felsen, rutschten, glitten aus, liefen. Sara griff nach der Pistole. Sie war jetzt noch kälter. Es fühlte sich an, als fröre sie in ihrer Hand fest. Und sie riss im Laufen den Blendschutz von der Taschenlampe. Ein scharfer Lichtstrahl wippte vor ihr. Felsspalten und Gebüsch tanzten vorbei wie unter den Lichtblitzen eines Stroboskops.

Und da war das Boot. Der Lichtstrahl erfasste Teile davon. Es sah aus wie ein altes Fischerboot, und es lag halb an Land, auf einem kleinen Stück Sandstrand.

»Lie down, you bastards!«, schrie Viggo gerade in dem Moment, in dem der Lichtkegel ihn erreichte. »Weg mit der Lampe«, rief er.

Sara richtete sie abwärts auf seine Beine. Er kniete auf einem Rücken und drehte mit der linken Hand einen Arm aufwärts, während er die Waffe auf einen anderen Mann gerichtet hatte, der mit den Armen im Nacken im Sand kniete. Der Lichtkegel glitt hinüber zu einer weiteren Schattenformation. Es war Gunnar. Sein Arm blutete, und nicht weniger als drei Männer lagen zu seinen Füßen auf der Erde, anscheinend ausgeknockt.

»Gunnar!«, rief Sara.

»Es ist nur eine Schramme«, sagte Gunnar. »Ich hoffe, ich hab sie nicht erschlagen. Seht nach Arto.«

Der Lichtkegel schwenkte durchs Dunkel. Arto befand sich an Bord des Boots. Er kam gerade aus dem Steuerhaus, die Pistole auf drei Männer gerichtet, die folgsam im Gänsemarsch mit im Nacken gefalteten Händen vor ihm herliefen.

»Bist du an Bord gegangen, du verfluchter Blödmann?«, rief Viggo.

»Es war notwendig«, sagte Arto ruhig.

Die drei Männer sprangen nacheinander vom Boot und legten sich vornüber in den Sand.

»Acht Stück«, rief Viggo. »Das waren wohl alle?«

Sara, Jon und Lena liefen mit erhobenen Waffen hinzu. Gunnar kam auf Sara zu. Sein linker Jackenärmel war blutgetränkt.

»So ein Mist«, stöhnte er grimmig. »Was habe ich nicht alles durchgemacht wegen dieser Jacke.«

»Wie ist es denn passiert?«, rief Sara, während sie gleichzeitig einen der Ausgeknockten umdrehte, die Waffe noch erhoben. Er war ordentlich k. o.

»Das Übliche«, sagte Viggo. »Gunnar wurde angeschossen und hat sie niedergeschlagen.«

»Verflucht, wie konnten wir das Boot überhören?«, schimpfte Gunnar. »Den Wagen müssen die Typen weiter oben geparkt haben. Aber das Boot?«

»Was sind das für Leute?«, fragte Jon und richtete die Waffe auf einen der drei im Sand liegenden Männer der Bootsbesatzung.

»Balten«, sagte Arto vom Boot aus. »Die ganze Bande, glaube ich, die vom Boot und die vom Auto. Es hörte sich an wie Litauisch.«

»Litauisch ist eine verdammt interessante Sprache«, sagte Gunnar und begann, seinen Lumberjack abzustreifen. »Es ist dem Indoeuropäischen so nah, wie wir ihm überhaupt nur kommen können.«

»Wahnsinniger«, sagte Viggo.

Lena übernahm die Bewachung der drei Bewusstlosen, und Sara trat zu Gunnar. Der Schuss hatte den Oberarm durchschlagen, aber nicht den Knochen getroffen. Zum zweiten Mal binnen weniger Tage opferte Sara ihre Jacke, um eine Blutung zu stillen. Die Entscheidung kam ihr richtig vor.

Arto Söderstedt überblickte die Situation vom Boot aus. Sie schien unter Kontrolle zu sein. Er steckte seine Waffe ins Achselholster und ging einige Schritte nach achtern.

Auf dem Achterdeck bedeckte eine Persenning eine große Ladung. Er löste einige Taue, riss die Persenning herunter und legte an die fünfzig halb transparente Kisten frei. Sie waren sämtlich mit etwas Diffusem gefüllt, und erst als eine Wolke am Mond vorübergezogen war, erkannte er den Inhalt.

Es waren kleine rosa Pillen. Sie leuchteten gleichsam wie von einem inneren hellen Schein und ließen die halb transparenten Kisten erglühen. Es war eine unendliche Menge.

Eine riesige Menge »kill pills«.

Arto Söderstedt seufzte tief und legte die Hand auf die Kisten.

Es war wie eine neu gezeichnete Weltkarte.

41

Paul Hjelm blickte über das Denkmal für die ermordeten Juden Europas. Es hatte tatsächlich eine mächtige Wirkung. Die enormen Betonstelen formten sich zu einer Unendlichkeit. Es war wie eine neu gezeichnete Weltkarte.

Er stand auf einem strategisch erhöhten Platz gleich außerhalb der Absperrungen zur Ebertstraße, und die unendlich vielen Eingänge in das Monument waren nicht nur mit deutlich sichtbaren Schlagbäumen versperrt, sondern wurden auch von uniformierten Polizisten bewacht. Es war gewiss kein Ort, der leicht zu bewachen war – es gehörte zum Grundkonzept des Architekten Peter Eisenman, dass es durch diese Ansammlung von zweitausendsiebenhundertundelf Betonstelen unendlich viele Wege gab. Jeder Besucher sollte sich sein eigenes Bild des Unüberschaubaren und Unbegreiflichen machen, sollte seinen eigenen Weg finden. Wenn Hjelm richtig rechnete, musste es also gut fünfzig Möglichkeiten von jeder Seite aus geben, mehr als zweihundert Eingänge. Und wie viele Scheidewege, wie viele Kreuzungen gab es eigentlich im Innern? Er rechnete wieder nach, es begann, unüberschaubar zu werden. Zweitausendsiebenhundert denkbare Entscheidungen. Und das ließ die Anzahl möglicher Wege durch die Stelen fast ins Unendliche wachsen. Es war ein würdiges Monument.

Ebensosehr ein riesiges Gräberfeld wie eine enorme Stadt.

Sein Blick wanderte die Ebertstraße hinauf zum Botschaftsgebäude. Am Straßenrand sammelten sich mehr und mehr Menschen, und die kreuzende Behrenstraße war schon mit Zuschauern überfüllt. Dabei war noch eine halbe Stunde Zeit, bis der Außenminister der USA an diesem Bauplatz eintreffen sollte, wo ein provisorisches, aber stabiles Podium errichtet worden war. Ein Techniker testete gerade das Lautsprechersystem, und vor den Mikrofonen stand ein Kinderchor. Die Kinder skandierten freimütig: »Eins, zwei, Polizei, drei, vier, Offizier!« Es schallte über das stille Denkmal. Hjelm lächelte ein wenig, sein Blick ging wieder zurück bis zur Kreuzung der beiden Straßen. Jorge Chavez war kaum noch zu sehen, aber mit äußerster Anstrengung konnte Hjelm ihn an der Ecke erkennen. Und als sein Blick die halbe Strecke zurückgewandert war, war auch Kerstin Holm in der Mitte zwischen ihnen zu sehen. Sie sah durch ihr Fernglas zu ihm herüber und winkte. Er winkte zurück. Sehr diskret. Wie ein Agent in geheimem Auftrag.

Erinnerte er sich wirklich noch daran, wie dieser Ata aussah? Es war so unglaublich schnell gegangen. Deutlich vor sich sah er eine grüne Schirmmütze und eine Sonnenbrille mit goldenen Bügeln. Aber sonst? Würde er ihn identifizieren können, wenn er ihn mit einer anderen Frisur und ohne Mütze und Brille sah?

Er wusste nicht, wo Roger Stone und Reinhart Vogel sich befanden, aber angeblich hatte er Walkie-Talkie-Kontakt mit ihnen. Bisher hatte er allerdings in den Ohrstöpseln nicht das Geringste gehört.

Es war ein makelloser Sommertag in Berlin – gerade in der ersten Augusthälfte wurde es so deutlich, dass Europa doch südlich von Schweden lag. Die Sonne stand hoch am Himmel, es war früher Nachmittag, Tauben schwebten hier und dort über den klarblauen Himmel, und kein Wolkenfetzen trübte das Blau. Tatsächlich war es richtig heiß. Paul Hjelm schwitzte. Der Schweiß rann ihm den Rücken herab, und er hätte seinem schlimmsten Feind nicht gewünscht, mit den Achselhöhlen unter seiner Jacke in näheren Kontakt zu kommen.

Aber genau genommen hatte er wohl keinen schlimmsten Feind.

Er sah wieder zu seinen schwedischen Kollegen hinüber,

die ihm vorhin erzählt hatten, dass sie sich in dieser Stadt wie die Verwandten vom Lande fühlten. Man hatte sie gestern sich selbst überlassen, und sie waren in der Stadt umhergewandert und hatten sich klein gefühlt. Berlin war im Sommer phantastisch. Eine Stadt, die sehr speziell duftete. Sie gingen überall dorthin, wohin man gehen musste, schlenderten Unter den Linden entlang, machten einen Abstecher über den Kurfürstendamm, sahen vom Alexanderplatz zum Fernsehturm hinauf, streiften über die Museumsinsel, besuchten die Delikatessenabteilung des KaDeWe und tranken ein Glas Champagner.

Jorge hatte sich ziemlich früh zurückgezogen. Er war immer noch angeschlagen, Paul sah, was mit ihm los war: Sein Gewissen fraß ihn auf. Er brauchte eine Auszeit, das war klar, ein bisschen Ferien zusammen mit Sara. Paul und Kerstin blieben noch in der nach Zigarren stinkenden Bar im Savoy Hotel in der Fasanenstraße sitzen, dem klassischen Hotel, in dem Hemingway während seiner Berliner Zeit gewohnt hatte. Sie sprachen nicht viel miteinander, sie waren ziemlich müde. Und sie hatten einen schweren Tag vor sich.

Aber als Paul sich über den Tisch beugte und in Kerstins dunkle Augen blickte, war das Leben einfach ganz gut.

Er blieb eine Weile daran hängen, an diesem Blick. An allem, was der Blick sagte. Und an allem, was er nicht sagte. Er blieb so lange an ihm hängen, dass er den Knall gleichsam gar nicht hörte. Das war eine Zeitverschwendung. Der Knall kam eher wie ein Nachhall, ein Echo. Und mit sich zog er eine ganze Außenwelt von bösem, plötzlichem Tod.

Es war kein lauter Knall, aber es war eine Explosion, und sie kam von einem Abfallbehälter ein Stück weiter oberhalb in der Ebertstraße, auf halbem Wege zu Kerstin Holm. Der Abfallbehälter verstärkte das Geräusch, und Hjelm sah, wie die Essensreste, Zeitungsfetzen, Eispapier und Cola-Dosen in die Luft geschleudert wurden. Es erinnerte an die Chinaböller der Kindheit. Der Abfallbehälter selbst schien nicht einmal beschädigt zu sein.

Die Menschen schrien, zogen sich zurück, alarmbereite Polizisten liefen herbei, Waffen wurden gezogen. Alle Konzentration war für ein paar Sekunden auf den Abfallbehälter gerichtet. Und nur, weil Paul Hjelm so zerstreut war, so erfüllt von anderem, so außerhalb der Zeit, war seine Aufmerksamkeit in eine andere Richtung gelenkt. Er sah, wie ein Schatten fast unmerklich unter einem der Schlagbäume hindurch in das Monument huschte, zwischen die Betonstelen. Hjelms Bewusstsein brauchte noch ein paar Sekunden, um das Bild des Schattens zu realisieren.

Das Gesicht des Mannes, den er in das Monument huschen sah, war kein anderes als das von Ata.

Und wenn ihm nicht sofort jemand folgte, würde er dort im Innern der zweitausendundsiebenhundert Betonblöcke verschwinden. Auf irgendeiner der zweitausendundsiebenhundert Wegkreuzungen.

Er sprach in das Walkie-Talkie, das aber so tot schien wie zuvor. Dann sah er zur Ebertstraße hinauf, und es gelang ihm, Kerstin auf sich aufmerksam zu machen. Er zeigte in das Innere des Monuments. Sie hob die Arme als Zeichen, dass sie nicht verstand.

Und da warf er sich hinein.

Es war, als käme man in ein anderes Universum. Das Geschrei von der Straße war wie verschluckt, die Stille unglaublich deutlich. In alle Richtungen erstreckten sich gerade Säulengänge, wölbten sich nach oben und unten. Der Boden war leicht gewellt, kleinere Hügel auf und ab, aber die Gänge, die unendliche Korridore bildeten, waren schnurgerade. Am Ende eines jeden Korridors konnte man die Menschenmenge draußen zwar ahnen, aber das war eine andere Welt. Eine völlig wesensverschiedene Welt.

Hier drinnen war kein Mensch. Das Denkmal für die ermordeten Juden Europas war menschenleer.

Hjelm zog die geliehene Dienstwaffe und stemmte sich mit dem Rücken gegen eine der enormen Stelen. Er überlegte. Versuchte, rationale Gedanken zu produzieren.

Was geschah da? Warum ging Ata in das Denkmal hinein? In das Monument? Hier war nichts, keine Türen, Öffnungen, keine Auswege. Vielleicht suchte er nur eine Stelle mit freier Annäherungsmöglichkeit an das Botschaftsgebäude.

Um mit der Bombe so nahe wie möglich heranzukommen.

Mit der Bombe, die er vermutlich an seinem Körper trug.

Hjelm wagte nicht mehr ins Walkie-Talkie zu sprechen, es hätte ihn verraten können. Entweder hatten sie ihn gehört oder nicht, mehr war da nicht zu machen. Die Kopfhörer waren betäubend stumm.

Er glitt mit dem Rücken an der glatt geschliffenen Betonoberfläche entlang und erreichte die Kante des Blocks. Er schaute um die Ecke. Nur ein langer Säulengang in beide Richtungen.

Kein Mensch.

So geräuschlos wie möglich lief er einige Blöcke vor und schaute erneut um die Ecke. Nichts, in keiner Richtung, nur diese schnurgeraden Korridore, identisch und doch nicht identisch.

Irgendwo dort drinnen war Ata. Er konnte ihm jeden Moment Auge in Auge gegenüberstehen. Paul Hjelm begriff, dass er dem Tod sehr nahe war.

Er wusste es, doch das war nicht der Moment, darüber nachzudenken. Er musste konzentriert bleiben. Hoch konzentriert.

Er wählte die Betonblöcke rein zufällig aus. Eine andere Methode gab es kaum. Er hatte das Gefühl, mehr und mehr ins Zentrum des Monuments zu gelangen.

Als ob es im Unüberschaubaren ein Zentrum gäbe.

Die Sonnenstrahlen fielen zwischen die Stelen und bildeten in den Gängen des Monuments ein scharfes Karomuster.

Es täuschte ein wenig, machte es schwieriger, in dieser ersten Zehntelsekunde, die so wichtig ist, die das Leben vom Tod trennt, klarzusehen.

Als er zum fünften Mal hinter einem Block hervorschaute, sah er etwas. Einen Schatten, der schnell nach links huschte.

Geräuschlos lief auch er einige Blöcke nach links und hielt wieder Ausschau. Er sah einen Menschen mit erhobener Waffe. In seine Richtung erhoben. Er zog sich rasch hinter den Block zurück. Sein Puls stieg. Er atmete mit offenem Mund und hatte das Gefühl, dass sein Kehlkopf im Takt mit den Atemzügen pumpte.

Er schaute wieder vor, geduckt, falls die Waffe noch dort und bereit war. Und er sah wieder einen Schatten, diesmal auf dem Weg nach rechts.

Er ging ein paar Reihen näher heran, lief dann so schnell er konnte nach rechts und stürzte hinter dem vierten Betonblock mit schussbereiter Pistole vor.

Der Schatten näherte sich. Er war sechs, sieben Blöcke entfernt. Und er tat etwas. Er blieb auf der Wegkreuzung stehen. Starrte ihn an.

Es war Kerstin Holm.

Nein, Kerstin, dachte er und winkte ihr zu. So war es nicht gemeint, dass du mir folgen sollst.

Sie standen beide auf ihrer Wegkreuzung, die Waffen gesenkt, und sahen einander an.

Die Gefahr, sie zu erschießen, war real gewesen.

Sie war zwanzig Meter entfernt, und ihre Lippen formten ein Wort. Er konnte es nicht genau von ihren Lippen ablesen, aber sie sagte wohl: jeder zweite.

Dann verschwand sie weiter nach rechts.

Jeder zweite?, dachte Paul Hjelm und lief hinter ihrem unsichtbaren Schatten her. Er schaute in den nächsten Korridor und sah sie zwischen zwei Stelen vorbeihuschen. Als er am nächsten Block vorbeilief, sah er sie mit erhobener Waffe.

Ja, dachte er. Ist klar. Jede zweite Öffnung.

Es entstand ein Muster. Sie sahen abwechselnd in jede zweite Öffnung hinein.

Bis Kerstin plötzlich verschwunden war. Sie war nicht mehr zu sehen. Irgendetwas hatte sie veranlasst, nicht mehr aufzutauchen.

Kerstin, dachte er. Werde jetzt nicht übermütig.

Er nahm den Quergang und lief in ihre Richtung. Er sah in jeden Korridor hinein, an dem er vorbeihuschte. Nichts.

Bis er plötzlich, weit entfernt, vermutlich ganz in der Nähe der Behrenstraße, noch einen Schatten sah. Und der war breiter. Der war eindeutig breiter.

Es war ein anderer Schatten.

Und dann war er verschwunden.

Wieder bog Hjelm im Winkel von neunzig Grad ab und lief in die Richtung des Schattens. Und erneut sah er ihn auftauchen.

Und dann war er plötzlich da. Und stand still.

Es war Jorge Chavez.

Er zeigte nach rechts. Hjelm antwortete mit einer Geste des Unverständnisses. Chavez deutete wieder, heftiger. Und verschwand. Hjelm folgte ihm. Jedes Mal wenn er an einer Kreuzung vorbeikam, wandte er den Kopf sehr schnell nach rechts und nach links. Das wurde mehr und mehr zur Hypnose. Alles sah gleich aus. Und trotzdem gar nicht gleich.

Er entdeckte wieder einen Schatten, und erneut in derselben Richtung. Er beeilte sich, um vor ihm zum nächsten Korridor zu kommen. Das gelang. Es war Kerstin Holm. Sie war jetzt weiter entfernt, vielleicht zehn, zwölf Blöcke. Sie sah ihn nicht, blickte in die andere Richtung, dorthin, wo sich vielleicht, vielleicht die Behrenstraße befand.

Dann war sie verschwunden.

Er lief ihr nach. In die Richtung, von der er glaubte, dass es ihre Richtung war. Er war im Begriff, jedes Gefühl für Richtungen völlig zu verlieren.

Noch ein Schatten. Rechts.

Hjelm drehte sich um, sah nach vorn.

Der Schatten huschte zehn Blöcke entfernt vorbei. Er sah nicht, wer es war, und versuchte, ihm zu folgen. Der Schatten verschwand. Hjelm war gezwungen, sich für eine Richtung zu entscheiden. Nach links.

Er schaute hinter dem nächsten Block nach vorn.

Und sah Ata.

Keine zehn Blöcke entfernt, eher sieben.

Ata kam auf ihn zu.

Seine Jacke sah dick aus. Sehr dick. Als verberge sie ordentliche Mengen an Sprengstoff.

Hjelm versuchte, parallel an ihn heranzukommen. In einem Umgehungsmanöver. Jetzt sah er nach links.

Und da huschte er wieder vorbei. Nur fünf Blöcke entfernt.

Er wusste nicht, ob Ata ihn gesehen hatte.

Hjelm blieb stehen, stemmte den Rücken gegen den Betonblock. Nach links oder nach rechts schauen? Er schloss die Augen.

Und schaute dann nach rechts. Nichts. Schnell zurück, und dann nach links.

Ata stand drei Blöcke von ihm entfernt und schoss.

Ja, er war fünf Meter entfernt und schoss.

Vielleicht machte Paul Hjelm eine Bewegung, vielleicht schlug die Kugel deshalb völlig geräuschlos in den Betonblock hinter ihm ein. Er zog sich dahinter zurück. Und lief ein Stück seitwärts, versuchte wieder, um ihn herumzugehen.

Vorsichtig schaute er hinter einem Block hervor. Und sah Chavez, der seine Pistole auf ihn gerichtet hielt und sie dann mit grimmiger Miene senkte. Und hinter ihm befand sich eine leichte Steigung aufwärts. Deshalb konnte er sehen, dass Ata direkt in Chavez' Rücken mit erhobener Pistole auftauchte. Aber statt zu schießen, duckte er sich. Eine Kugel schlug hinter Ata in die Stele, genau oberhalb seines Kopfes. Er verschwand wieder zwischen den Blöcken. Chavez verschwand ebenfalls. Statt dessen tauchte Holm auf, weiter entfernt. Hjelm zeigte nach links. Sie tauchte ab.

Die Stille machte es so absurd. Als ob das Monument jedes Geräusch verschluckte.

Hjelm wusste nicht mehr, wo sie waren. Wohin sie sich bewegt hatten. War es in Richtung Behrenstraße, in Richtung Botschaft? Er hatte keine Ahnung. Aber jetzt lief er wieder. Sein Blick pendelte die ganze Zeit nach links und rechts, ohne Unterbrechung, diese langen, schnurgeraden, aber wellenförmigen Korridore entlang.

Er schaute hinter einem Block vor.

Ata schaute hinter derselben Stele vor. Aber von hinten.

Sie standen jeder auf seiner Seite derselben Stele.

Hjelm stützte sich nicht ab. Er sprang vor und warf sich herum, schießend.

Ata war nicht mehr da. Er war verschwunden.

Hjelm dachte an die Anzahl Kugeln, den Patronenvorrat. Es müssten immer noch sechs übrig sein. Er lief.

Und begegnete Chavez. Sie konnten nicht miteinander sprechen, blieben aber hinter einem Betonblock stehen und sahen jeder in seine Richtung. Dann wagten sie es, sich kurz anzublicken. Und sahen die Leiche des anderen. Das Gespenst des anderen. Das ließ sie noch bleicher werden.

Sie gingen gemeinsam vor, ohne ein Wort. Gaben einander Deckung, während sie sich Stück für Stück vortasteten. Systematisch deckten sie eine Fläche von fünf mal fünf Blöcken ab.

Bis Chavez ganz einfach verschwunden war. Wie vom Erdboden verschluckt.

Hjelm stemmte den Rücken gegen einen Betonblock und schloss kurz die Augen. Was zum Teufel passierte hier?

Es war keine Zeit zum Nachdenken. Er ging zurück in Chavez' Richtung, sah in einen leeren Korridor, dann in noch einen und einen weiteren. Bis er Ata erblickte. Der stand da, den Arm um Chavez' Hals gelegt und hielt ihm die

Pistole an die Schläfe. So kamen sie auf ihn zu, hinkend, stolpernd. In der Hand des Armes, der sich um Chavez' Hals presste, befand sich ein Auslösemechanismus. Der linke Daumen lag darauf. Und die rechte Hand hielt die erkennbar entsicherte Pistole an Chavez' Kopf. Chavez war jetzt bleicher als eine Leiche, viel bleicher. Sein Gesicht war verzerrt.

»Drop your weapon«, sagte Ata.

Hjelm zögerte. Die Waffe hing in seiner Hand.

»Drop it«, sagte Ata. »Now.«

Und Hjelm wollte einen Schatten im Korridor hinter ihm sehen. Es war ein brennender Wunsch.

Dann ließ er die Waffe fallen.

Chavez machte ein erschrockenes Gesicht in der Sekunde, in der das erste Geräusch seit Langem zu hören war. Es war ein sehr scharfes Geräusch.

Atas Stirn öffnete sich. Etwas wurde herausgeschleudert.

Hinter ihnen stand Kerstin Holm mit rauchender Waffe. Sie war bleicher als eine Leiche.

Und Chavez erreichte blitzschnell mit seinen Händen Atas linke Hand und fasste den Daumen und bog ihn hoch, während Atas Gehirnmasse aus seiner Stirn quoll. Er packte den linken Daumen und bog ihn mit seltsam überirdischer Kraft nach oben. Und als Ata fiel, war ein Geräusch zu hören, das viel schärfer klang als dasjenige, als Kerstin Holm ihm von hinten in den Kopf geschossen hatte. Es war das Geräusch seines Daumens, der aus der Hand gebrochen wurde.

Ata fiel über Chavez. Chavez hielt immer noch den Daumen fest. Er riss ihn aus der Hand des Toten. Er lag unter ihm, und es war ihm egal, was aus dem zerschossenen Kopf auf ihn herabtriefte. Selbst die unerhört massive Selbstmordbombe, die ihn tief auf den Asphalt drückte, war ihm egal. Aber der Auslöser war ihm nicht gleichgültig. Den sollte keine verdammte Leiche posthum betätigen.

Paul Hjelm lief an ihnen vorbei zu Kerstin Holm. Sie stand leichenblass da und hielt die Waffe noch immer erhoben. Er drückte ihre steifen Arme hinunter, sodass sich die Waffe auf den Asphalt richtete. Er ließ die Sicherungssperre einrasten.

Und dann nahm er sie in die Arme.

Sie standen im Denkmal für die ermordeten Juden Europas und umarmten sich. Umarmten sich, bis ihre Gesichter wieder Farbe bekamen, bis das Blut in den Körper, das Leben in den Atem zurückkehrte. So standen sie auch noch, als von allen Seiten Menschen in das Denkmal strömten, sie schienen von sämtlichen zweihundert Eingängen zu kommen.

Sie umarmten sich, so fest es ging.

Chavez befreite sich von Atas schwerer Leiche und fragte: »Und ich?«

42

Der große Mann steht stramm und streng mit vor der Brust gekreuzten Armen da und blickt in militärischer Pose über die Hochhausdächer. Tiefe Nacht. Er streicht sich langsam über die Nase, deren gerade Linie sehr auffällig ist. Er wartet.

Er wartet ruhig und gefasst.

Er hat das Gefühl, etwas in der Luft vor dem Bürofenster wahrzunehmen. In der Luft selbst. Etwas Kaltes. Als drängte etwas in den Sommer.

Das Telefon klingelt. Er streckt den Arm zur Seite aus, ohne den übrigen Körper zu bewegen, und nimmt den Hörer ab. Er meldet sich:

»Naberius.«

Dann schweigt er eine Weile. »Hm«, sagt er schließlich. »Haben sie die ganze Ladung?«

Er nickt und hebt eine Augenbraue.

»Es ist auf jeden Fall an der Zeit, das Hauptquartier zu wechseln. Sieh zu, dass es erledigt wird. Weg mit allem.«

Wieder schweigt er eine Weile. Dann lacht er leicht und sagt:

»Ja, was soll's, hier wird es ja Herbst jetzt, das spürt man. Im Herbst bin ich sowieso nie in Schweden.«

Neues Schweigen. Dann:

»Okay. Wir sehen uns in einer Woche dort. Das weiterentwickelte Antiterrorsystem müsste vor Ablauf eines Monats lieferbar sein.«

Und nach abermaligem Schweigen:

»Ja, selbstverständlich. Sturm im Wasserglas. Die Säpo ist aus dem Spiel. Wir müssen uns auf einen ordentlichen Drink sehen. Haha.«

Er legt den Hörer auf und streckt den Nacken. Dann blickt er ein letztes Mal aus dem Fenster und seufzt leise.

Er beginnt, Sachen vom Schreibtisch einzupacken. Unter einem Papierstapel findet er einen kleinen Gegenstand.

Eine kleine graphitgraue Fernbedienung mit einem grünen Knopf.

Er betrachtet sie desinteressiert. Dann drückt er auf den grünen Knopf und wirft die Fernbedienung in den Papierkorb.

Danach reist er seines Weges.

43

Eigentlich kehrte das Leben erst in dieser halben Stunde auf dem Flugplatz von Rhodos zurück. Nicht einmal während der streng geheimen Zeremonie, als die drei Schweden für verdienstvoll ausgeführte internationale Polizeiarbeit ihre Medaillen erhalten hatten, waren die Lebensgeister zurückgekehrt. Auch nicht, als Reinhart Vogel gesagt hatte, dass er persönlich Berlin und die westliche Welt vor einer internationalen Katastrophe gerettet habe.

Da war er noch erstarrt gewesen.

Und blasser als eine Leiche.

Außerdem hatte Vogel dasselbe zu Kerstin Holm gesagt. Und sogar zu Paul Hjelm. Auch das noch.

Aber jetzt, in dieser tristen halben Stunde, während er auf das Flugzeug aus Stockholm wartete, kehrte das Leben zurück. Und zwar mit furchtbarer Kraft. Wie ein aufgestauter See.

Er sehnte sich schmerzlich nach Sara.

Und nach Isabel, natürlich.

Jorge Chavez streckte sich auf dem Wartesofa aus und ließ sich von Leben durchströmen. Er dachte an Veränderung. Es war erst eine Woche her seit jenem schmählichen Lauf durch das nächtliche Stockholm zu jener U-Bahn, die er ums Leben nicht erreichen wollte. Aber die er trotzdem zu erreichen versuchte. Eine einzige Woche. Was hatte sie nicht alles gebracht.

Vor allem Demütigung. Das Gefühl, sein Leben in die falsche Richtung gelenkt, eine bizarr falsche Entscheidung getroffen zu haben. Das sollte nicht wieder passieren, so viel wusste er. Nie wieder.

Er war ein Idiot gewesen. Ein richtiger Vollidiot.

Die halbe Stunde verstrich langsam. Sehr, sehr langsam. Und während dieser Zeit genoss er das Leben so, dass er sich nicht erinnerte, wann er es zuletzt so gespürt hatte. Es war eine Weile her.

Aber jetzt stand eine schöne Zeit bevor. Sie wollten zu der kleinen Insel Tilos zwischen Rhodos und Kos, einer freien Zone zwischen all den touristischen Zerstörungen. Vorläufig noch. Jedenfalls klang es so – in der Tourismusbroschüre.

Er war direkt aus Berlin gekommen und wollte sich hier auf Rhodos mit Sara und Isabel treffen. Sie würden mit dem Schiff weiterfahren und eine erholsame Woche auf Tilos verbringen. Das war der Plan.

Die große Anzeigetafel rasselte. Neben dem Wort Stockholm blinkte jetzt das Wort »gelandet«.

Die letzte Viertelstunde war schierer Genuss.

Schließlich kam Sara Svenhagen, Isabel im Kinderwagen schiebend, heraus. Sie waren vereint. Umarmten sich. Und ihnen gelang sogar ein echter Filmkuss.

Er zog sie mit sich zum Flughafenrestaurant. Sie holten sich zwei kleine Flaschen Retsina und setzten sich an einen ziemlich schmierigen Tisch. Isabel war in ihrem Kinderwagen neben dem Tisch eingeschlafen; so spannend war es, Papa wiederzusehen.

Jorge schenkte den harzigen Wein ein und sagte:

»Ich habe die Polizeiarbeit ziemlich satt.«

»Ich auch«, sagte Sara.

»Und was ist in der Stadt passiert?«

»Nicht sehr viel. Aber du bist ein internationaler Held, mein Latino-Ritter. Hast du ihm wirklich den Daumen abgerissen?«

»Frag nicht«, erwiderte Jorge mit angewiderter Miene. »Da war eine Menge Adrenalin im Spiel.«

»Ja, was ist in Stockholm passiert?«, sagte Sara. »Andreas Bingby ist aufgewacht. Er hat die Geschichte der Mädchen bestätigt und weint um seine Gabriella. Arman Mazlum ist auf freiem Fuß. Er kehrt zum Skärholmen Benknäckers IF zurück und nimmt wieder Kontakt zu Kråkan auf. Viggo soll zur Operation und Zellgiftbehandlung ins Krankenhaus, und Jan-Olov kehrt in die Sauna am Ravalen zurück. Wenn sie ihn denn loswerden. Aber was ist mit Paul und Kerstin?«

»Neugierig bist du gar nicht«, stellte Jorge fest und lächelte.

»Du ahnst gar nicht, wie!«, sagte Sara und lächelte ebenfalls.

»Ich weiß es nicht«, sagte Jorge. »Stimmt es, dass Per Naberius sich in Luft aufgelöst hat?«

Sara nickte.

»Mächtige Beschützer, weißt du ...«

Sie schwiegen eine Weile.

»Wir haben einiges nachzuholen«, sagte Sara.

»Ja«, antwortete Jorge, und ein Anflug von Schmerz trat in sein Gesicht. Er rieb ihn weg.

»Ich liebe dich.«

»Und ich liebe dich.«

Als sie sich über den Tisch beugten, um sich einen Kuss zu geben, gab es hinter ihnen eine kräftige Explosion.

Gegenseitig zogen sie sich auf den Fußboden herunter.

Er zog sie im selben Augenblick, als sie ihn zog. Sie tasteten nach ihren Dienstwaffen, die nicht vorhanden waren.

Ihre Blicke trafen auf ein sonnenverbranntes Paar am Nebentisch. Das Paar starrte sie erschrocken an, und die Hand des Mannes hielt eine heftig schäumende Champagnerflasche.

Jorge und Sara brachen in Gelächter aus. Es war jenes Lachen, das einfach kein Ende findet. Sie lagen auf dem schmutzigen Fußboden des Flughafenrestaurants und lachten und lachten.

»Wir brauchen ein paar Tage Urlaub«, sagte Sara Svenhagen.

PIPER

Arne Dahl
Dunkelziffer

Kriminalroman. Aus dem Schwedischen von Wolfgang Butt.
432 Seiten. Gebunden

In den Wäldern des nordschwedischen Ångermanlands verschwindet die 14-jährige Emily. Einzige Hinweise für Kerstin Holm vom Stockholmer A-Team sind Fahrzeuge mit baltischen Kennzeichen – und die Information, dass drei verurteilte Pädophile ganz in der Nähe des Tatorts leben. Der Fall gewinnt an Brisanz, als ein Mann mit durchtrennter Kehle aufgefunden wird. Das Mordinstrument: eine Klaviersaite. Bald gibt es in Stockholm eine zweite Leiche mit ähnlichen Schnittwunden. Die Spuren führen ins Internet, mitten hinein in einen perfiden Kampf zwischen Gut und Böse, in dem die junge Emily ihre ganz eigene Rolle spielt. »Dunkelziffer« entführt in die finstersten Winkel der menschlichen Seele und präsentiert einen Racheengel der raffiniertesten Art.

01/1864/01/R

Arne Dahl
Misterioso

Kriminalroman. Aus dem Schwedischen von Maike Dörries. 345 Seiten. Piper Taschenbuch

Kaum ist Paul Hjelm, Inspektor der Stockholmer Polizei, zur Sondereinheit für besonders schwierige Fälle berufen worden, da hat er es schon mit einem kaltblütigen Serienmörder zu tun: drei unbescholtene Geschäftsleute – hingerichtet mit Kopfschüssen aus nächster Nähe, nach einem präzisen Ritual. Eine erste Spur, die zu einer Geheimloge führt, erweist sich als Sackgasse. Ist womöglich die russische Mafia in die Morde verwickelt? Doch dann die heiße Spur: ein Jazzstück mit dem bezeichnenden Titel »Misterioso«...

»Sein Erzählstil ist dicht, seine Figuren sind glaubwürdig gezeichnet, seine Geschichte gut durchdacht und geschickt konstruiert.«
Westdeutsche Zeitung

Arne Dahl
Böses Blut

Roman. Aus dem Schwedischen von Wolfgang Butt. 360 Seiten. Piper Taschenbuch

Ein schwedischer Literaturkritiker wird auf dem New Yorker Flughafen auf ebenso ungewöhnliche wie grausame Weise getötet. Die Spur des Täters führt zu einer Mordserie, die fünfzehn Jahre zurückliegt. Paul Hjelm und Kerstin Holm von der Stockholmer Sonderkommission stoßen auf einen ungeheuerlichen Fall...

»Mit diesem Roman hat sich der Schwede Dahl in die erste Reihe der internationalen Thriller-Autoren geschrieben. ›Böses Blut‹ ist weit mehr als die schnell konsumierte und ebenso schnell wieder vergessene Thriller-Konfektion. Dahls Roman hat literarisches Niveau.«
Der Spiegel

Arne Dahl
Falsche Opfer
Kriminalroman. Aus dem
Schwedischen von Wolfgang Butt.
388 Seiten. Piper Taschenbuch

Der brutale Mord an einem Stockholmer Restaurantbesucher, ein Zeuge, der nichts gesehen haben will, die unerklärliche Bombenexplosion in einem Hochsicherheitsgefängnis und ein tödlicher Bandenkrieg – nach seinen Bestsellern »Misterioso« und »Böses Blut« gelingt Arne Dahl ein glänzender neuer Fall um seine Sonderermittler Paul Hjelm und Kerstin Holm.

»Der vielgelobte Schwede Arne Dahl ist ein scharfer Kritiker sozialer Zustände, zudem ein packender Erzähler und auf dem besten Weg, Altmeister Henning Mankell zu entthronen.«
Der Standard

Arne Dahl
Rosenrot
Kriminalroman. Aus dem
Schwedischen von Wolfgang Butt.
400 Seiten. Piper Taschenbuch

Dag Lundmark war Leiter der rasch und effektiv durchgeführten Razzia. Winston Modisane mußte dabei sterben – aber war der Tod des Südafrikaners wirklich unvermeidlich? Paul Hjelm und Kerstin Holm ermitteln in einem Fall, der im Milieu illegaler Einwanderer beginnt und in der trügerischen Idylle eines schwedischen Sommers atemlos endet. Ein Fall, der mehr mit ihnen selbst zu tun hat, als sie wahrhaben wollen ...

»Der schwedische Bestsellerautor Arne Dahl zählt unbestritten zu den Größten seines Fachs: Seine Thriller sind nicht nur packend, sondern auch modern, international und sensibel.«
Iris Alanyali, Die Welt